Marina Fiorato

*Die Heilerin von San Marco*

Marina Fiorato

# *Die* Heilerin von San Marco

*Historischer Roman*

Aus dem Englischen
von Nina Bader

LIMES

Die Originalausgabe erschien 2012
unter dem Titel »The Venetian Contract«
bei John Murray, London.

MIX
Papier aus verantwortungsvollen Quellen
FSC® C014496

Verlagsgruppe Random House FSC® N001967
Das FSC®-zertifizierte Papier *EOS* für dieses Buch
liefert Salzer Papier, St. Pölten, Austria.

Der Limes Verlag ist ein Unternehmen der
Verlagsgruppe Random House.

Erste Auflage

Satz: Buch-Werkstatt GmbH, Bad Aibling
Druck und Bindung: GGP Media GmbH, Pößneck
Printed in Germany
ISBN 978-3-8090-2635-8

www.limes-verlag.de

Für Ileen Maisel, die mich darauf gebracht hat,
über Palladio zu schreiben.

Und als das Lamm das vierte Siegel auftat, hörte ich die Stimme der vierten Gestalt sagen: Komm und sieh! Und ich sah, und siehe, ein fahles Pferd. Und der darauf saß, dessen Name war: der Tod, und die Hölle folgte ihm nach. Und ihnen wurde Macht gegeben über den vierten Teil der Erde, zu töten mit Schwert und Hunger und Pest und durch die wilden Tiere auf Erden.

OFFENBARUNG 6, 7–8

*Teil 1*

# DAS SCHWARZE PFERD

# *Prolog*

VENEDIG
JAHR 1576 NACH CHRISTLICHER ZEITRECHNUNG

Sebastiano Venier, der Doge von Venedig, blickte mit Augen, die so aufgewühlt waren wie das Meer, aus seinem steinernen Vierpassfenster.

Sein von vielen auf See verbrachten Jahren geschärftes Auge hatte den Sturm schon seit drei Tagen aufziehen sehen. Er ballte sich am Horizont zusammen und rollte über in einem fahlen Amethystton leuchtende Wellen. Jetzt war der Mahlstrom bei ihnen angelangt, und er hatte etwas weit Unheilvolleres mitgebracht als schlechtes Wetter.

Der Doge mit seinem wehenden weißen Bart und der würdevollen Haltung war von Tintoretto gemalt und mit Neptun, der gleichfalls über ein Wasserreich herrschte, verglichen worden. Manchmal hatte man hinter vorgehaltener Hand sogar einen Vergleich mit Gott gewagt. Als gottesfürchtigem Mann hätte dem Dogen jeder dieser Vergleiche aus verschiedenen Gründen zutiefst missfallen, aber heute hätte er alles dafür gegeben, über die Allmacht zu verfügen, Venedig vor seiner schwärzesten Stunde zu bewahren.

Er beobachtete, wie sechs zum Schutz vor den Elementen dicht zusammengedrängte Gestalten über das bereits vom aufgepeitschten Wasser überschwemmte Dock eilten und die einsetzende Ebbe an den Säumen ihrer schwarzen Gewänder zerrte. Die mit Kapuzen versehenen Umhänge verliehen ihnen das Aussehen von Mönchen, aber diese sechs Männer hatten sich nicht der Religion, sondern der Wissenschaft verschrieben. Sie befassten sich mit dem Leben und dem Tod. Sie waren Ärzte.

Als sie näher kamen, konnte er ihre Masken deutlich erkennen; Schnäbel von der Farbe ausgebleichter Knochen, die sich raubvogelartig unter den dunklen Kapuzen krümmten. Die Masken allein wirkten schon Furcht einflößend genug, aber der Grund, aus dem sie sie trugen, war noch bedrohlicher.

Sie waren seine *Medici della Peste.* Pestärzte.

Es waren sechs Gelehrte aus guten Familien, an den besten medizinischen Lehranstalten ausgebildet, einer für jedes der *sestieri,* der sechs Stadtteile Venedigs. Diese sechs Ärzte zusammen zu sehen war ein böses Omen. Sebastiano Venier bezweifelte, dass sie sich zuvor überhaupt schon einmal begegnet waren, und sie schienen ihm wie schwarze Krähen über einem Grab zu schweben. Vielleicht seinem eigenen. Er ließ einen Moment lang die Schultern sinken und fühlte sich plötzlich sehr alt.

Er sah zu, wie die Ärzte die einzigartige Riva degli Schiavori entlanggingen, eine der prächtigsten Straßen der Welt, und wusste, dass sie jetzt jede Minute seinen riesigen weißen Palast betreten würden. Der Doge fröstelte, als hätte ihn Gischt benetzt, lehnte den Kopf gegen die kühlen quadratischen Glasflächen des Fensters und schloss einen barmherzigen Moment lang die Augen. Hätte er das nicht getan, hätte er vielleicht eine venezianische Galeere gesehen, die rasch über das dunkle, auf- und abschwellende Wasser glitt. Doch er hielt die Augen ein paar Herzschläge lang geschlossen, um still dazustehen und die salzige Luft einzuatmen.

Den Geruch Venedigs.

Sebastiano Venier straffte sich, erinnerte sich daran, wer er war und wo er war. Er betrachtete die kunstvolle Steinmetzarbeit seiner Fenster, deren Scheiben aus feinstem venezianischem Glas seine Ohren vor dem Dröhnen des Meeres schützten. Dann blickte er auf, hob den edlen Kopf zur Decke und zu den unvergleichlichen roten und goldenen Fresken, die über Hunderte von Jahren hinweg von den besten Künstlern der Stadt gemalt worden waren und nun die gewölbte Fläche über ihm bedeckten. Und doch konnte all der Reichtum und die Pracht nicht die Pestilenz von seiner Tür fernhalten.

Der Doge nahm auf seinem mächtigen Stuhl Platz und wartete darauf, dass ihm die Ankunft der Ärzte gemeldet wurde. Sie strömten tropfnass in den Raum und bildeten wie Geier einen Halbkreis um ihn. Die in ihre Masken eingesetzten roten Kristallaugen glitzerten hungrig, als seien ihre Träger bereit, ihm das Fleisch von den Knochen zu picken. Doch sowie sie zu sprechen begannen, verlor der Doge jegliche Furcht vor ihnen.

»Wir haben es kommen sehen, Herr«, sagte einer von ihnen. »In den botanischen Gärten der *Jesuiti* hat es in der letzten Zeit ungewöhnlich viele Schmetterlinge gegeben – Hunderttausende von ihnen.«

Der Doge hob eine schneeweiße Braue. »Schmetterlinge?«

Der Arzt, dem der stählerne Unterton in Veniers Stimme entging, plapperte weiter. »Ihr wisst doch, Doge, dass Schmetterlinge als Vorboten der Pest bekannt sind.«

»Das ist wahr«, fiel ein anderer ein. »Aber es sind noch andere Zeichen gesichtet worden. Im Arsenal gibt es eine Bäckerei, und wenn man dort die Brotlaibe in zwei Teile bricht, beginnen sie zu bluten.«

Der Doge trommelte mit den Fingerspitzen auf der Lehne seines Stuhls herum. »Die Tatsache, dass die Pest Venedig erreicht hat, steht nicht zur Debatte. Die Frage ist, wie wir die Seuche am besten bekämpfen.«

Es war sinnlos. Ein Arzt wollte die Pest dadurch heilen, dass er seinen Patienten riet, eine tote Kröte um den Hals zu tragen. Der nächste schlug vor, eine lebende Taube rücklings in die angeschwollenen Beulen in Leistengegend und Achselhöhlen zu legen, damit die Schwanzfedern das Gift herausziehen konnten. Sie begannen sich gegenseitig zu übertönen, ihre Schnäbel prallten fast gegeneinander. Die Masken wirkten jetzt nur noch lächerlich, und die leisen, gelehrten Stimmen der Ärzte wurden immer schriller, bis sie dem Quaken einer aufgeregten Entenschar glichen.

Der Doge, dessen Verärgerung stetig wuchs, merkte, dass sich seine Aufmerksamkeit anderen Dingen zuzuwenden begann. Diese Doktoren waren Scharlatane, Quacksalber, einer eingebildeter als der andere. Sein Blick wanderte zum Schatten eines Wandteppichs, wo ein Mann ungefähr seines Alters stand, zuhörte und darauf wartete, dass der Doge ihn zu sich rief und ihm mitteilte, warum er ihn herbefohlen hatte.

Der alte Mann im Schatten, der von Beruf Architekt war, lauschte dem Geschnatter gleichfalls nur halbherzig. Immer mehr an Gebäuden als an Menschen interessiert, bewunderte er die Art, wie die steinernen Kreuzpfeiler den Schwung der Decke unterstrichen und wie die Proportionen der viereckigen Stützpfeiler die großen Tafeln der Fresken ergänzten.

Genau wie der Doge hatte er anfangs einen Stich der Angst verspürt, als die Ärzte den Raum betreten hatten. Jeder, vom Dogen bis hin zu dem niedrigsten Bettler, wusste, was die Masken zu bedeuten hatten. Die Pest ging in der Stadt um. Aber der Architekt machte sich deswegen keine übermäßigen Sorgen. Vor zwei Jahren hatte es einen kleineren Ausbruch der Seuche gegeben, und er würde jetzt tun, was er damals getan hatte. Er würde die Stadt verlassen und sich nach Venetien zurückziehen, vielleicht in seine alte Heimatstadt Vicenza. Dort in den Bergen würde er ausharren und planen und zeichnen. Er würde Wein trinken, während er darauf wartete, dass die Pest ihren eigenen Durst stillte. Mit einem schnellen Boot nach Mestre und einem noch schnelleren Pferd nach Treviso konnte er bei Sonnenuntergang in Maser sein, im Haus seiner guten Freunde, der Brüder Barbaro. Für ihn würde es dort immer Platz geben, das wusste er, schließlich hatte er das Haus gebaut. Sowie er herausgefunden hatte, was der Doge von ihm wollte, würde er aufbrechen.

Der Doge hatte genug gehört. Diese Ärzte konnten Venedig nicht helfen. Sie würden ihre Tränke und Arzneien verkaufen und dabei gutes Geld verdienen, und einige Bürger der Stadt würden am Leben bleiben und andere sterben. Er umschloss die Armlehne, bis sich seine Knöchel weiß verfärbten und er voller Verzweiflung auf sie hinabblickte. Der Anblick seiner Hände deprimierte ihn – sie waren knorrig, von Adern durchzogen und mit Leberflecken übersät. Wie konnte ein alter Mann die Pest aufhalten?

Venier räusperte sich. Er musste handeln. Sein Vermächtnis durfte nicht darin bestehen, zugelassen zu haben, wie dieses Juwel von einer Stadt von der Pest zerstört wurde. Der Herzschlag des alten Dogen beschleunigte sich. Er erhob sich, wobei ihm das Blut in den Kopf stieg. »Ihr seid entlassen«, sagte er eine Spur zu laut zu den Ärzten. »Hinaus.« Er fuchtelte mit den Armen, als wolle er sie wegscheuchen wie die Krähen, die sie waren, und wartete, bis sich die Türen hinter ihnen geschlossen hatten. »Andrea Palladio.« Die Stimme des Dogen hallte in dem großen Raum wider. »Tretet vor.«

Palladio löste sich aus dem Schatten, ging auf den großen Stuhl des Dogen zu und blieb davor stehen. Der Wind rüttelte an den Fensterflügeln, begehrte Einlass und brachte seinen Passagier, die Pestilenz, mit sich. Palladio, der es eilig hatte, hier wegzukommen, scharrte unruhig mit den Füßen, doch der Doge, der seinem Zorn Luft gemacht hatte, hatte seinen

Platz wieder eingenommen und schien sich in einer nachdenklichen Stimmung zu befinden.

»Habt Ihr schon einmal von dem Wunder des heiligen Sebastian von Giudecca gehört?«

Palladio runzelte leicht die Stirn. Obwohl er dem Dogen noch nie zuvor begegnet war, kannte er ihn vom Hörensagen – ein Seelord mit vierzigjähriger Erfahrung, tief gläubig, respektiert und klug genug, um viele aufeinanderfolgende Ratssitzungen der Zehn zu überstehen, ohne in einem der furchtbaren Gefängnisse der Republik zu enden. War Sebastiano Venier zu spät in dieses höchste Amt gelangt? War sein Geist mittlerweile verwirrt? Hinter den Fenstern konnte er die Insel Giudecca sehen, regengepeitscht, aber immer noch eines der schönsten *sestieri* von Venedig, das sich um den hinteren Teil der alten Stadt wand. »Ja, natürlich«, gab er bedächtig zurück, während er überlegte, worauf die Frage abzielen mochte. Der Doge ergriff erneut das Wort. Er schlug einen Ton an, als würde er eine Legende wiedergeben oder ein Gleichnis predigen.

»Als die Pest 1464 die Stadt fest in den Klauen hielt, kam ein junger Soldat an das Tor des Klosters Santa Croce auf Giudecca und bat um Wasser. Die Schwestern befanden sich alle in dem Gebäude, und die Äbtissin litt selbst an der Pest. Die *portonera,* eine Schwester Scholastica, ging an das Tor. Als ihr Blick auf den jungen Mann fiel, sah sie, dass er eine Rüstung aus schimmerndem Silber trug, Haare von goldenem Feuer und saphirblaue Augen hatte. Voller Ehrfurcht reichte sie ihm einen Becher mit Wasser aus dem Klosterbrunnen. Die Erscheinung dankte Scholastica und wies sie und alle ihre Mitschwestern an, Tag und Nacht zum heiligen Sebastian zu beten und das Wasser des Brunnens zu trinken. Wenn sie dies täten, würde das Kloster von der Pest verschont bleiben. Dann stieß er sein Schwert in den Boden und verschwand, als wäre er ein Lufthauch.«

Palladio, der darüber nachgegrübelt hatte, wie schnell er

nach Mestre gelangen konnte, sowie der Doge zum Ende gekommen war, fühlte sich durch die plötzliche Stille bemüßigt, eine Frage zu stellen. »Was ist dann passiert?«

»Die Äbtissin erholte sich in dieser Nacht, ebenso wie jede andere kranke Nonne. Keine der anderen Schwestern wurde von der Pest befallen, und alle, die aus dem Brunnen tranken, wurden gerettet.« Der Doge erhob sich, trat von dem Podest herunter, auf dem sein Stuhl stand, ging zu Palladio hinüber und blickte von seiner beträchtlichen Größe auf ihn herunter. »Das Kloster war dann lange Zeit eine Pilgerstätte, und die Menschen nutzten das Wasser aus dem Brunnen, um sich vor der Pest und später vor anderen Krankheiten zu schützen. Als ich vier Häuser von Santa Croce entfernt im Venier-Palast zur Welt kam, wurde ich aufgrund dieses Wunders Sebastiano getauft. Aber jetzt ist das Kloster nur noch eine Ruine.« Er verstummte.

Nur das Pfeifen des Windes zerriss die Stille. Palladio, der jetzt zu wissen meinte, was von ihm verlangt werden würde, spürte, wie sein Herz schwer wurde. Seit Jahren schon wollte er auf Giudecca bauen, einer Insel mit einem guten Untergrund aus massivem Felsgestein und einem der besten Blicke auf die Lagune. Seit Jahren hatte er den Rat der Zehn erfolglos gebeten, ihm dort ein Stück Land zuzuteilen. Aber jetzt, wo er sich nichts anderes wünschte, als die Stadt zu verlassen, wurde ihm genau das angeboten, was er sich am meisten ersehnte. Palladios schmale Lippen krümmten sich zu einem leisen Lächeln. Manchmal fand er, dass der Allmächtige über einen gehörigen Sinn für Ironie verfügte. »Und Ihr wollt, dass ich das Kloster Santa Croce wieder aufbaue?«

»Nein, das eigentlich nicht.« Der Doge trat zum Fenster. »Schaut sie Euch an, Andrea.« Mit einem Schwenk seiner knorrigen Hand bedeutete er Palladio, auf die prächtige Fläche des Markusplatzes hinunterzublicken. Zwei Prostituierte schlenderten in ihren traditionellen rotgelben Gewändern unter dem Fenster her. Trotz des prasselnden Regens waren ihre Brüste entblößt und schwangen frei hin und her.

Palladio, zu alt, um bei einem solchen Anblick etwas zu empfinden, entdeckte jemanden, der weniger unbeteiligt blieb; einen Mann, der die beiden von den Arkaden der Procuratie Vecchie aus beobachtete, während seine Hand eifrig in seiner Leistengegend beschäftigt war. Der Zuschauer winkte die Frauen zu sich in die Arkaden, und sowie eine Münze den Besitzer gewechselt hatte, presste er eine Frau gegen eine der majestätischen Säulen der Loggia, schlug ihre Röcke hoch und nahm sie mit heftigen Stößen. Die andere schob eine Hand hinten in seine Hose, um dem Kunden zusätzliche Freuden zu verschaffen. »Auf der *Straße,* Andrea.« Der Doge wandte sich ab. »Auf offener Straße. Diese prachtvollen Säulen, die Euer Architektenkollege Sansovino errichtet hat, um diesen Platz zum schönsten der Welt zu machen, dient jetzt den Huren als Ort, um ihre Freier zu bedienen.« Er seufzte. »Die Zügellosigkeit und die Ausschweifungen werden immer ärger. Ein solches Benehmen gab es früher nur im Karneval, zwei kurze Wochen im Jahr lang. Jetzt ist es an der Tagesordnung. Wir sind im ganzen Ausland dafür bekannt, werden deswegen verhöhnt. Man spricht weder von Sansovinos Säulen noch von Euren eigenen Villen und Kirchen, sondern nur von den Huren, die ganz offen auf den Straßen ihrem Gewerbe nachgehen.« Der Doge legte eine Hand an den Fensterriegel und überprüfte ihn, wie um sich zu vergewissern, dass der Gifthauch der Seuche nicht in den Raum dringen konnte. »Und sowie es sich in der Stadt verbreitet, dass die Pest umgeht, wird alles noch viel schlimmer werden. Die Nähe des Todes verleitet einen Mann zu seltsamen Dingen – er achtet das Gesetz nicht mehr und meint, er müsste huren, stehlen, lügen und so viel Geld zusammenraffen, wie es nur irgend geht.«

Palladio versuchte, die einzelnen Fragmente der Rede des Dogen miteinander in Einklang zu bringen, das Wunder und die Dirnen.

»Nur ein einziger Mann kann diese liederlichen, wundervollen Menschen vor der Pest bewahren, und dieser Mann bin nicht ich.«

Palladio dachte an die sechs Ärzte der *sestieri,* von denen keiner ihm des Mantels des Erretters würdig zu sein schien. Dann wurde ihm bewusst, dass der Doge von Christus sprach, und er setzte rasch eine fromme Miene auf. Der Doge richtete seine wässrigen hellen blauen Augen auf ihn. Sie wirkten alt, geschlagen und müde. »*Ihr* seid dieser Mann.«

Palladios ehrerbietige Maske fiel von ihm ab, als ihm der Mund offen stehen blieb.

»Seht Ihr es denn nicht? Gott straft Venedig. Wir brauchen ein Opfer, eine Gabe, die groß genug ist, um Seinen Zorn von uns abzuwenden und Seine Hand davon abzuhalten, unsere Stadt auszulöschen. Wenn uns die Medizin nicht helfen kann, müssen wir uns dem Gebet zuwenden. Ihr, Andrea, werdet auf den Ruinen des Klosters Santa Croce eine Kirche erbauen. Ihr werdet in die Fußstapfen des heiligen Sebastian treten und eine so prächtige Kirche zum Ruhme Gottes bauen, dass sie mit dem Glanz Seiner Schöpfung wetteifern kann. Und wenn Ihr das getan habt, werden die Menschen zu Hunderten und Tausenden kommen und sich Gott zuwenden; sie werden Ihn mit ihren Stimmen preisen und Ihm auf Knien danken. Die Macht des Gebets wird uns alle erlösen.«

Palladio verlieh seinem Widerstreben Ausdruck. »Aber … ich hatte gedacht … natürlich fühle ich mich sehr geehrt, aber vielleicht könnte ich die Arbeiten von Vicenza oder vielleicht Treviso aus leiten …«

Der Satz erstarb unter dem Blick des Dogen, und der Wind heulte spöttisch auf. Der Doge ließ einen Moment verstreichen, bevor er erwiderte: »Andrea. Wir sind alte Männer. Die Zeit, die uns noch bleibt, ist kurz. Ihr werdet ebenso wie ich in Venedig bleiben. Ihr könnt Eurer Stadt keinen größeren Dienst erweisen als diesen. Begreift Ihr denn nicht?« Er umschloss Palladios Schultern mit einem erstaunlich festen Griff. »Ihr schließt einen Vertrag mit Gott selbst ab.«

Palladio erinnerte sich daran, dass er als junger Steinmetz immer Fossilien in den Steinen gefunden hatte, die er bearbeitete. Kein Tag war vergangen, ohne dass er nicht wenigstens auf einen Nautilus gestoßen war, eine perfekte, komprimierte und Tausende von Jahren lang im Carrara-Marmor begrabene gleichwinklige Spirale. Und jetzt saß er in einer ähnlichen Falle. Sein Auftrag legte ihn in Ketten; er war buchstäblich in Stein gefangen.

Aber er las die Hingabe in den Augen des Dogen und wusste, dass Sebastiano Venier keinen Widerspruch dulden würde. Wie konnte er diese Augen für die eines alten Mannes gehalten haben? Jetzt glühte in ihnen das blaue Feuer religiösen Eifers, das Feuer des heiligen Sebastian. Selbst wenn er den Mut aufgebracht hätte, sich zu weigern – die Nähe eines der Gefängnisse gab den Ausschlag. Palladio neigte in stummer Zustimmung den Kopf.

Der Doge, der eine Weigerung gar nicht in Betracht gezogen hatte, rief nach seinem Haushofmeister. »Camerlengo, bring Signore Palladio zu seinem Haus zurück und sorge dafür, dass er alles erhält, was er braucht. Und, Camerlengo«, bellte er, als der Haushofmeister sich anschickte, Palladio durch die mächtigen Türen zu folgen, »such mir jetzt einen *richtigen* Arzt.«

# 1

KONSTANTINOPEL
JAHR 983 NACH OSMANISCHER ZEITRECHNUNG
EIN MONAT ZUVOR

Feyra Adalet bint Timurhan Murad gab sich an diesem Morgen besondere Mühe mit ihrem Äußeren.

Ihr Vater hatte das Haus bereits verlassen, daher konnte sie nicht – wie sie es häufig tat – *seine* Kleider anlegen. In Konstantinopel war es unter den ärmeren Familien üblich, dass Frauen und Männer das Gleiche trugen; Männer- und Frauenkleider waren einander ohnehin so ähnlich, und oft reichte das Geld nur für eine Garnitur guter Kleider oder ein gutes Paar Schuhe. Feyra und ihr Vater waren dank Timurhan bin Yunus Murads Status als hochrangiger Schiffskapitän recht wohlhabend, aber Feyra hielt trotzdem an dieser Tradition fest: Sie half ihr, sich dahinter zu verstecken.

Heute musste ihr Vater eine wichtige Verabredung haben, und eine frühe noch dazu, denn als Feyra die geschnitzten Gitterläden ihres Fensters aufstieß, sah sie, dass die Sonne noch kaum über der Stadt aufgegangen war. Die Kuppeln und Minarette, die sie so liebte, bildeten immer noch bloße Silhouetten; dunkle Umrisse, die sich von dem korallenfarbenen Himmel abhoben. Feyra sog die salzige Luft tief ein.

Den Geruch Konstantinopels.

Sie blickte auf das Meer hinaus, eine silbrige Linie im Licht der Morgendämmerung, und fragte sich, was wohl dahinter liegen mochte. Einen Moment lang stieg Sehnsucht nach einem anderen Land in ihr auf, nach jenen Orten, die sie nur aus den Geschichten eines zur See fahrenden Vaters kannte.

Aber Feyras Tagträumerei hatte sie Zeit gekostet. Sie wandte sich von der Aussicht ab und blickte stattdessen in das in Emaille gefasste, auf Hochglanz polierte und nur von ein paar Dellen im Metall verunzierte Rechteck aus Silber, das an der Wand hing. Ihr Vater hatte es aus irgendeinem östlichen Land jenseits irgendeines östlichen Meeres mitgebracht, und es hatte in ihrem Raum gehangen, seit sie ein Baby war. Als Kind war der Spiegel eine Kuriosität für sie gewesen; er hatte ihr gezeigt, welche Farbe ihre Augen hatten, wie ihr Gesicht aussah, wenn sie Grimassen schnitt, und wie weit ihre Zunge reichte, wenn sie sie herausstreckte. Nun, wo Feyra zur Frau herangereift war, war der Spiegel ihr bester Freund.

Sie musterte ihr Spiegelbild eindringlich, versuchte zu sehen, was die Männer sahen. Als sie zuerst bemerkt hatte, dass Männer sie auf der Straße anstarrten, hatte sie begonnen, ihr Haar zu bedecken. Dann starrten sie ihren Mund an, also gewöhnte sie sich an, den *yashmak*, den Halbgesichtsschleier, zu tragen. Sie hatte sogar einen mit Ziermünzen am Saum gewählt, damit das Gold die Augen der Männer von den ihren ablenkte. Doch sie stierten sie immer noch an, also ging sie zu dem *ormisi* über, einem dünnen, eine Handspanne breiten Schleier, der über den Augen getragen wurde. Als auch das nichts fruchtete, schloss sie daraus, dass ihr Körper das Interesse der Männer wecken musste. Sie fing an, ihre knospenden Brüste so fest zu bandagieren, dass es schmerzte, und immer noch wurde sie angestarrt. *Warum?*

Feyra hatte genug Sonette und Oden liebestrunkener Poeten gelesen, um zu wissen, dass sie nicht den Idealen der osmanischen Dichter entsprach. Sie glich auch nicht den Mädchen, um die es in den zotigen Liedern ging, die die Seemannsfreunde ihres Vaters grölten. Sie hörte sie manchmal, wenn sie im Bett lag und die Männer unten beim Essen saßen und zu viel getrunken hatten.

Feyra hielt ihre bernsteinfarbenen Augen, die groß, aber leicht schräg stehend wie die einer Katze waren, für nicht rund und dunkel genug, um in Liedern gepriesen zu werden. Ihre kleine Stupsnase konnte gleichfalls keinen Anspruch auf Schönheit erheben. Ihre kaffeebraune Haut war nicht rauchig genug, um Männer zu Gedichten zu inspirieren; ihr Haar, das ihr in dichten Locken um die Schultern fiel, nicht seidig und glatt genug, und auch die Farbe stimmte nicht: Es wies alle Schattierungen von Dunkelbraun auf, aber nicht das tiefe Schwarz von Rabenflügeln. Und ihr breiter, roter Mund, dessen Oberlippe seltsamerweise größer war als die Unterlippe, war so großzügig geschnitten, dass ihn auch der romantischste Dichter nicht guten Gewissens mit einer Rosenknospe vergleichen konnte.

Ihrer Ansicht nach waren ihre Züge – sowohl einzeln als auch als Ganzes betrachtet – unauffällig, wenn nicht gar eigenartig. Aber sie schien irgendeine geheimnisvolle Macht auszustrahlen, die sie nicht begriff und die ihr ganz und gar nicht gelegen kam. Selbst ihre Verkleidung erzielte nicht immer die gewünschte Wirkung. Bedeckte sie ihre Augen, stierten die Männer auf ihren Mund. Bedeckte sie ihren Mund, starrten sie ihre Augen an. Bedeckte sie ihr Haar, musterten sie ihre Figur. Trotzdem durfte sie in ihren Bemühungen nicht nachlassen, denn die Unannehmlichkeiten, die ihre tägliche Maskerade mit sich brachte, war nichts im Vergleich zu den Folgen, mit denen sie rechnen musste, wenn sie sich nicht so sorgsam verhüllte.

Die Feyra vor dem Spiegel hob das Kinn leicht an, und das Spiegelbild ermutigte sie. Heute musste sie Frauenkleider tragen. Nun gut, sie würde das Beste daraus machen. Sie begann mit ihrem Ritual.

Nur mit ihrer weiten Pluderhose aus durchsichtiger Seide angetan, griff Feyra nach einer langen cremefarbenen Bandage, klemmte ein Ende in ihre Achselhöhle und wickelte den Stoff fest um ihren Oberkörper. Als ihre Brüste schmerzten und ihr das Atmen Mühe bereitete, empfand sie ein grimmiges Glücksgefühl.

Jetzt war es Zeit für das Gewand. Feyras Vater hatte ihr Roben aus gold- und silberfarbenen Satin sowie Ballen von Samit und leichter Damaszener Seide aus allen vier Winkeln der Welt mitgebracht, doch sie lagen unberührt in einer Truhe unter dem Fenster. Stattdessen hatte sie auf dem Bedestan-Basar ein schlichtes sackartiges Gewand, ein *barami,* erstanden. Das Kleid fiel ihr ohne Falten bis zu den Füßen und verdeckte ihre Gestalt. Darüber kam das *ferace,* das Oberkleid, dessen Mieder bis zur Taille geknöpft und dann offen gelassen wurde.

Dann kämmte und flocht sie ihr Haar, wand es wie eine Krone um ihren Kopf und kämpfte mit den Locken, die hartnäckig dem Schleier entschlüpften, egal wie sehr sie sich bemühte, sie zu bändigen. Sie zog einen dünnen Schleier über ihr Haar und befestigte ihn mit einem um die Stirn herum verlaufenden geflochtenen Band. Dann befeuchtete sie die Löckchen, die um ihr Gesicht tanzten, mit Rosenwasser und strich sie energisch zurück, bis keine einzige Strähne mehr zu sehen war.

Über all das stülpte sie den *hotoz,* eine viereckige Kappe, die unter dem Kinn geknöpft wurde, und bedeckte ihr ganzes Gesicht mit einem viereckigen *yemine*-Schleier. Dann schlang sie sich eine lange Bahn schlichten Tülls mehrmals um den Hals und blickte erneut in den Spiegel. So in Stoffhüllen eingewickelt, war sie nicht zu erkennen. Ihre Kleider waren in Sand- und Zimttönen gehalten, um sie mit der Stadt verschmelzen zu lassen und ihr Schutz zu bieten. Den einzigen Farbfleck bildeten die gelben Pantoffeln ihres Glaubens – Lederpantoffeln mit hochgebogenen Kappen, die über dem Spann befestigt wurden und praktisch, wasserfest und unempfindlich gegen die anderen, weitaus schädlicheren Flüssigkeiten waren, mit denen sie bei der Ausübung ihres Berufs in Berührung kam.

Als sie endlich fertig angekleidet war, verzichtete Feyra darauf, Schmuck anzulegen. Zwar besaß sie Gold genug – ihr nachsichtiger Vater hatte sie mit Tand überhäuft –, aber Arm- und Fußreifen hätten Aufmerksamkeit erregt und, schlimmer noch, sie bei ihrer Arbeit behindert.

Sie vervollständigte ihre Aufmachung durch ein letztes Kleidungsstück, das allerdings keinen modischen Putz, sondern eine Notwendigkeit darstellte: einen hässlichen, sperrigen Gürtel, den sie selbst angefertigt hatte. Er enthielt eine Reihe kleiner Glasfläschchen und Phiolen, die jeweils in einer Lederkapsel steckten und an einem breiten Lederriemen mit einer großen Messingschnalle hingen. Sie schnallte den Gürtel unter ihr *ferace,* sodass er komplett verborgen war, sie aber zugleich um die Taille herum plump wirken ließ und ihr die Silhouette einer doppelt so alten Frau verlieh.

Als sie fertig war, war die Sonne vollständig aufgegangen, und der Himmel schimmerte so blau wie ein Vogelei. Sie gestattete sich einen weiteren Blick auf die Stadt, die sie liebte und von der sich ihr jetzt im Tageslicht jede Einzelheit darbot. Die wundervolle Kurve der glitzernden Bucht; die Häuser und die Tempel, die sich wie ein juwelenbesetztes Halsband an der geschwungenen Küstenlinie entlangzogen. Darüber kauerte wie ein Wächter des Bosporus die große Moschee Hagia Sophia, von deren sonnenbeschienener goldener Kuppel sich die Falken des Sultans von der Thermik hoch in die Luft tragen ließen. Feyra vergaß einen Moment ihr Fernweh, sie wollte nicht mehr wissen, was hinter diesem Meer lag. Stattdessen schwor sie sich, diese Stadt nie zu verlassen.

Der klagende Gesang des Muezzins, der zur *sabah,* dem Sonnenaufgangsgebet rief, wehte von den Türmen der Sophia zu ihr herüber. Feyra drehte sich um und lief eilig die Stufen hinunter.

Sie war sehr spät dran.

# 2

Auf der Straße war es kühl, die Sonne hatte die Schatten noch nicht vertrieben.

Normalerweise wäre dies Feyras liebster Teil des Tages gewesen. Sie liebte es, ein wenig zu trödeln, die Waschfrauen zu grüßen, die mit ihren Körben voll Wäsche zur Bucht hinuntergingen, oder sich an den blauen und goldenen Karren, die an jeder Straßenecke zu stehen schienen, ein aus *simit* und *salep,* Hefegebäck und Wurzeltee, bestehendes Frühstück zu kaufen. Sie genoss es auch, mit ihren eigenen Münzen zu bezahlen, denn sie war eine selbstständige, berufstätige Frau. Heute musste sie ihren knurrenden Magen ignorieren und weitereilen.

Als sie von Sultanahmet aus den Hügel zur Serail-Spitze erklomm, sah sie gelegentlich das Meer blau aufblitzen. Heute drehte sie sich nicht wie an jedem anderen Morgen um, um die Aussicht zu bewundern. Daher bemerkte sie auch die davonsegelnde genuesische Galeere nicht, die das kobaltblaue Wasser des Bosporus durchquerte, und die sie dank dem, was ihr Vater ihr beigebracht hatte, mühelos hätte identifizieren können.

Feyra schritt, den Blick starr nach vorne gerichtet, die Mese-Straße zum Topkapi-Palast empor. Der auf der Serail-Landspitze gelegene Topkapi bot einen herrlichen Blick über das Goldene Horn, das Marmarameer und den Bosporus und bildete eine kleine Stadt für sich. Das Großherrliche Tor, der erste Zugang, den Besucher passieren mussten, war ein architektonisches Sinnbild für Macht und Bedeutung und ein Hinweis auf die dahinter verborgene Pracht. Zwischen den kegelförmigen Zwillingstürmen des Torhauses, unter der goldenen Inschrift auf dem Querbalken, die die Weisheit des verstorbenen Sultans pries (vom jetzigen, so hatte Feyra gehört, konnte von Weisheit so wenig die Rede sein, dass man sie bestimmt nicht in Gold in Stein meißeln musste), stand ein Wachposten, der eine Schriftrolle in der Hand hielt. Die erste von vielen Sicherheitsvorkehrungen innerhalb des Palastes.

Sie kannte den Mann nicht und hatte dies auch gar nicht erwartet. Er war an diesem Morgen im Wachraum ausgelost worden, denn für den Sultan stand eine Truppe von dreihundertvierundfünfzig Wachposten bereit, einer für jeden Tag des Jahres des Hicri-Kalenders. Kein Mann durfte diesen Dienst zwei Mal im Jahr versehen, und keiner wusste, an welchem Tag er an der Reihe sein würde, damit er nicht bestochen oder gezwungen werden konnte, einen Eindringling einzulassen.

»Name?«

»Feyra Adalet bint Timurhan Murad.«

»Und was tust du hier?«

»Ich bin die *Kira* der Valide Sultan Nurbanu.« Sie holte tief Atem. »Und Haremsärztin.«

Sie beobachtete ihn bei den letzten Worten scharf, und er reagierte genau so, wie sie es vorhergesehen hatte. Er hatte kaum von seinem Pergament aufgeblickt, als sie ihm gesagt hatte, dass sie eine *Kira* war, eine Mittlerin zwischen den Frauen des Harems und der Außenwelt. Manchmal verzog der Wächter des Tages den Mund oder hob eine Braue, wenn sie Nurbanu erwähnte, die Valide Sultan. Als Sultansmutter war sie die mächtigste Frau des Palastes, Konstantinopels und der osmanischen Welt. Aber alle Wächter ohne Ausnahme zeigten sich überrascht, wenn sie ihnen mitteilte, dass sie Ärztin war.

Obwohl sie erst einundzwanzig Jahre zählte, verabreichte sie schon seit Jahren Arzneien und führte kleinere Operationen durch. Mit dreizehn hatte sie begonnen, die Heilmittel des Palastarztes vom Hauptteil des Palastes in den Harem zu bringen. Sie pflegte den Doktor in der Halle des Reinigungsbrunnens zu treffen, einem schönen Hof, der die Grenze zum Haremskomplex bildete. Weiter durfte kein Mann in diesen Bereich vordringen. In diesem Alter hatte ihre Aufgabe darin bestanden, aufmerksam seinen durch das mosaikgeschmückte Atrium hallenden Anweisungen zu lauschen, sie zusammen mit dem Echo wie ein Papagei zu wiederholen, sich zu verneigen und dann durch die Halle der Konkubinen in den eigentlichen Harem zu gehen.

Als sie älter war, wurde Feyra ausgeschickt, um auf dem Großen Basar Kräuter und andere Ingredienzien für Arzneien einzukaufen. Dort wanderte sie durch die überfüllten Gassen, und beißende, süße und würzige Düfte stiegen ihr in die Nase, wenn sie die Fläschchen und Päckchen zum Palast zurücktrug. Sie begann, besser achtzugeben, und lernte die Wirksamkeit der Arzneimittel bald einzuschätzen. Als die Jahre verstrichen, der Arzt die Blüte seiner Jahre überschritt und Feyra sich der ihren näherte, begann sich ihre Beziehung unmerklich zu verändern und sie fing an, von seinen Anweisungen ein wenig abzuweichen. Manchmal ersetzte sie die von ihm genannten Kräuter durch andere, und manche Mittel, die der Arzt verordnet hatte, erreichten die Patienten erst gar nicht. Die Frauen im Harem waren nie gesünder gewesen. Inzwischen wusste Feyra genau, wie und womit sie die Frauen behandeln musste, aber aus Höflichkeit kam sie immer noch täglich in den mittleren Hof. Der mittlerweile stark gealterte Arzt befasste sich mit den Palastbewohnern und dem Sultan selbst. Er vertraute darauf, dass Feyra die meisten Krankheiten der zweihundert oder mehr Haremsdamen selbst zu heilen verstand. Vor zwei Jahren hatte er ihr sogar mit dem Segen des alten Sultans den

Titel verliehen, den sie jetzt voller Stolz führte. Der Arzt ließ sich im mittleren Hof kaum noch blicken, daher war sie überrascht, dass er dort auf sie wartete, als sie endlich die Halle des Reinigungsbrunnens erreichte.

Irgendetwas schien ihn aus der Fassung gebracht zu haben, denn er rang unablässig die Hände. In dieser prunkvollen Umgebung, in der er früher imposant gewirkt hatte, sah er jetzt alt und gebeugt aus. Sein Name war Haji Musa, und er hatte einst aufgrund seines chirurgischen Geschicks und seiner medizinischen Abhandlungen in der ganzen Welt großen Respekt genossen. Jetzt ließ ihn der mächtige Bogengang klein und unbedeutend erscheinen, das wässrige Grün, Blau und Weiß der Fliesen verlieh seiner Haut eine kränkliche Schattierung, und der sprudelnde Springbrunnen ertränkte seine zittrige Stimme, sodass Feyra ihn bitten musste, seine Worte zu wiederholen.

»Verzeihung, Lehrer?«

»Nurbanu Sultan«, nörgelte er über das Plätschern des Wassers hinweg. »Sie ist krank. So krank, dass man mich vom zweiten Hof weggerufen hat.« Er hob einen bebenden Zeigefinger und fuchtelte damit vor ihrem Schleier herum. »Hör auf mich, Feyra. Vergiss nie, dass Nurbanu die Mutter des Sultans ist. Eine hochrangigere Patientin wirst du nie behandeln.«

Feyra spürte, wie sie ungeduldig wurde. Sie hatte sich ohnehin schon verspätet, und sie wusste nicht, warum Haji Musa so aufgeregt war, schließlich hatte sie ihre Herrin schon viele Male zuvor behandelt. Sie verneigte sich vor ihm, so wie sie es als dreizehnjähriges Mädchen zum ersten Mal getan hatte. Damals hatte sie ihm Respekt erwiesen. Heute gab sie ihm zu verstehen, dass sie gehen wollte.

Er verstand sofort. »Erstatte mir Bericht. Ich warte. Gesegnet sei der Sultan.«

Feyra richtete sich auf. »Denn er ist das Licht meiner Augen und die Freude meines Herzens.«

Noch während sie die vorgeschriebene Antwort murmelte, wandte sie sich schon in Richtung der Frauenunterkünfte. Als sie davoneilte, bemerkte sie, dass der Arzt seinen Turban zurechtrückte, als hätte ihn das traditionelle Segnen des Sultans nervös gemacht.

Der Ruf des neuen Sultans war auch so schon furchterregend genug – wenn seiner Mutter etwas zustieße, würde sein Zorn keine Grenzen kennen. Sie wusste, dass Haji Musa um seinen Kopf fürchtete, und hoffte nur, er würde sich bei Sonnenuntergang noch auf seinen Schultern befinden.

Feyra hastete in den inneren Hof und durch die Haremstore. Hier wurde sie nicht angehalten. Zwei der schwarzen Eunuchen öffneten ihr die Tür, ohne dass sie Notiz von ihnen nahm. Sie ging den Goldenen Weg entlang, wo die Konkubinen einst mit Gold überschüttet worden waren, steuerte direkt auf Nurbanus Gemach zu und öffnete eine weitere Tür zu der inneren Kammer. Der große, luftige, mit unglaublich blauen *Iznik*-Steinen ausgekleidete Raum enthielt einen kleinen offenen Hof mit einem Springbrunnen und ein Podest, auf dem ein Bett stand. Schon von der Schwelle aus konnte Feyra Schreie hören.

Sie wurde an der Tür von Kelebek empfangen, Nurbanus *Gedik*, ihrer Leibdienerin. »Gesegnet sei der Sultan, Feyra.«

Kelebek, eine inmitten all dieser Schönheit schlicht wirkende Frau, war eindeutig aufgeregt, hielt aber trotzdem das Protokoll ein. Feyra war zu durcheinander, um formell zu antworten. Sie machte sich aber bislang noch keine wirklichen Sorgen wegen Nurbanus Zustand. Die Valide Sultan litt gelegentlich unter Magenbeschwerden, die ihren Leib aufblähten und ihr Schmerzen bereiteten, aber ein von Feyra selbst hergestelltes Brechmittel verschaffte ihr für gewöhnlich innerhalb einer Stunde Linderung. Feyra fürchtete eher, wegen ihrer Verspätung Schwierigkeiten zu bekommen. Auf dem Nachttisch stand eine Schale mit geeisten Früchten, und ihr eigener Magen begann sie knurrend daran zu erinnern, dass sie noch nichts gegessen hatte. Die über den Rand der Schale hängenden Trauben lockten sie. Sie streckte eine Hand aus, um sich eine abzupflücken, aber vom Bett her erklang ein weiteres Stöhnen, woraufhin sie die Hand rasch zurückzog. »Hat sie nach mir gefragt?«

»Nein. Sie fragt nach Cecilia Baffo.«

»Wer ist Cecilia Baffo?«

»Das wissen wir nicht. Keine von uns weiß es.« Kelebek deutete auf die Odalisken, die für das Bett des Sultans bestimmten Konkubinen in der Ausbildung. Fünf junge Frauen, alle schön, alle in weiße Gewänder gekleidet, und alle bissen sich auf die Lippen oder blickten zu Boden. Obwohl sie ungebildet und unerfahren waren, wussten sie doch, dass etwas nicht stimmte.

Von einem Gefühl drohenden Unheils erfüllt, stieg Feyra die Stufen des Podests empor und zog die feinen bestickten Musselinvorhänge des Bettes zurück.

Die Mutter des Sultans lag mit halb geschlossenen Augen zusammengekrümmt auf dem Bett. Ihre Haut wies einen unnatürlichen Ton irgendwo zwischen der Farbe von Galle und ausgebleichten Knochen auf. Die Adern am Hals traten blau und schwarz hervor, als ringelte sich eine Alraunwurzel um ihren Nacken. Ihre für gewöhnlich vollen, rosigen Wangen waren eingefallen, und unter ihre Augen schien jemand violette Schatten gemalt zu haben. Das blonde Haar war feucht, strähnig, dunkel vor Schweiß und klebte an ihrer Stirn. Nurbanu war eine Frau von vielleicht fünfzig Jahren, normalerweise rundlich und hellhäutig wie eine Ausländerin. Doch jetzt wirkte die Haut unter dem juwelenbesetzten Bettgewand schlaff, aschgrau und fleckig, und das Fleisch schien so locker auf ihren Knochen zu sitzen, als wäre es angestochen worden wie eine Blase. Die Schreie und das Stöhnen waren abgeebbt, und Nurbanu schien jetzt zu schlafen.

Feyra tastete nach dem Handgelenk der Valide Sultan, um den Blutfluss zu überprüfen. Der leichte Druck bewirkte, dass ihre Herrin sich regte, stöhnte und mit dem Akzent einer fremden Sprache zu stammeln begann: »Cecilia Baffo. Cecilia Baffo.«

Nurbanus für gewöhnlich leise und melodische Stimme glich jetzt dem Krächzen einer Krähe. Sie schlug mit einem Ruck die blutunterlaufenen, milchigen Augen auf, schien Feyra aber zu erkennen. Sie flüsterte den Namen des Mädchens, zog sie zu sich hinunter und redete in einer Sprache mit ihr, die nur Feyra verstand – Nurbanus Muttersprache. Eine Sprache, die federte und tänzelte wie Pferdehufe und in der jedes Wort mit einem *a* oder *o* zu enden schien. Die Valide Sultan hatte ihr diese Sprache beigebracht – Phönizisch hatte sie sie genannt –, seit sie als kleines Mädchen begonnen hatte, mit ihrem Vater den Palast zu besuchen. Sie war zu einer Geheimsprache zwischen ihnen geworden, die nur zum Erörtern der privatesten Angelegenheiten der Valide Sultan benutzt wurde, und dieser Sprache bediente sie sich jetzt. »Du musst es ihm sagen. Sag es ihm, Feyra. Du und nur du.«

Feyra glaubte zu verstehen. Jetzt doch von Furcht gepackt, wandte sie sich an Kelebek. »Wir müssen den Arzt verständigen und den Sultan benachrichtigen.«

»Nein!« Die Valide Sultan setzte sich plötzlich hellwach und sichtlich verängstigt auf. »Cecilia Baffo. Cecilia Baffo. Vier Reiter, sie reiten und reiten. *Komm und sieh.«* Nurbanus Atem roch faulig, und ein weißlicher Speichelfaden hing von ihrem Kinn herab. Feyra beruhigte sie und streichelte ihr wie einem Kind die Wange, bis ihre Herrin wieder in einen unruhigen Schlaf fiel.

Feyra trat zurück, schloss den Bettvorhang hinter sich und winkte Kelebek zu sich. »Cecilia Baffo«, murmelte sie. »Wer ist das? Und wer sind die vier Reiter?«

Kelebek zuckte die Achseln. »Meine Herrin wurde vor vielen Jahren von Korsaren hergebracht, die sie gefangen genommen hatten. Könnten es vier gewesen sein?«

»Möglich. Aber was ist mit dem Namen? Wer ist Cecilia Baffo?«

»Ich weiß es nicht!« Kelebeks Stimme klang schrill vor Angst.

Feyra dachte nach. »Beschreib mir ihren Tagesablauf. Ganz genau, von Sonnenaufgang an.«

Kelebek knetete ihre Finger. »Sie erwachte und befahl uns, sie in ihr juwelenbesticktes Bettgewand zu kleiden, weil sie Besuch erwartete.«

Feyras Augen wurden schmal. Es verstieß nicht gegen das Protokoll, wenn sich die Valide Sultan, die schließlich Witwe war, einen Liebhaber nahm. Aber Feyra hatte nie munkeln hören, dass ihre Herrin seit dem Tod ihres Gemahls Sultan Selim vor zwei Jahren bei einem Mann gelegen hatte. »Wen? Einen Mann?«

»Nein. Sie sagte, sie wollte mit der Dogaressa von Genua das Fasten brechen, bevor das genuesische Schiff mit der Morgenflut ausläuft.«

»Ist das Schiff ausgelaufen?«

»Vor ein paar Minuten.«

»Cecilia Baffo«, überlegte Feyra laut. »Der Name klingt fremdländisch. Könnte er genuesisch sein? Wie heißt die genuesische Dogaressa? Kann das jemand herausfinden?«

»Wie denn, Feyra?« Kelebek, sonst durchaus fähig und tüchtig, verwandelte sich in Krisensituationen immer wieder in das einfache Dorfmädchen, das sie einst gewesen war.

Feyra hatte mit ihrem unbeholfenen Gehabe plötzlich keine Geduld mehr. »Frag irgendjemanden«, fauchte sie. »Den Kislar Aga.«

Kelebeks Augen weiteten sich vor Furcht. Der Kislar Aga, Aufseher der Mädchen und Oberster der schwarzen Eunuchen, war der Stellvertreter des Sultans im Harem und verkörperte innerhalb dieser Mauern das Gesetz. Der momentane Kislar Aga Beyazid war ein Furcht einflößender Basilisk von einem Mann, sieben Fuß groß und mit ebenholzschwarzer Haut. Wenn ein Mädchen das Missfallen des Sultans erregte, vielleicht seine Vorlieben zu ungewöhnlich fand, wurde sie in einen Sack eingenäht, und Beyazid warf sie persönlich von der Brustwehr des Turms der Gerechtigkeit in den Bosporus. Die anderen Mädchen wurden gezwungen zuzusehen, wie der Sack vom Wasser durchtränkt wurde und unter die Oberfläche sank; den Schreien des Opfers zu lauschen und Zeugen der Folgen von Ungehorsam zu werden. Bei der Erwähnung des Namens des Kislar Agas wich Kelebek einen Schritt zurück. »Ich kann ihn nicht fragen, Feyra.«

Feyra seufzte gereizt. Sie fürchtete den Aga genauso wie Kelebek, aber noch mehr fürchtete sie das, was ihrer Herrin widerfahren könnte. Sie verließ den Raum und durchquerte den Hof der Konkubinen. Die Sonne stand jetzt hoch am Himmel, und als sie in den Hof der schwarzen Eunuchen einbog, waren die Schatten unter den Marmorsäulen tief und dunkel. Die Sonnenstrahlen fielen durch die schmiedeeisernen Lampen, die über ihr hingen, zersplitterten zu hellen Diamanten und blendeten sie. Als sie anklopfte und die Kammer des Kislar Aga betrat, konnte sie einen Moment lang überhaupt nichts sehen.

Langsam begannen sich Feyras Augen an das Dämmerlicht zu gewöhnen. Sie befand sich in einem langen Raum mit zwei in den Boden eingelassenen Marmorkanälen, durch die Wasser strömte. Das wenige Licht, das diese Bäche silbern schimmern ließ, kam von den in die steinerne Decke geschnittenen Sternen, durch die fahle Sonnenstrahlen fielen und wie aus Papier ausgeschnitten wirkende geometrische Figuren auf den Boden malten. Feyra trat zwischen den Strahlen hindurch. Sie hätte fast meinen können, allein im Raum zu sein. Beyazids Haut glich poliertem Ebenholz, was ihn fast mit dem Stuhl, auf dem er saß, verschmelzen ließ. Aber er rauchte eine Huka, von der kleine Wölkchen aufstiegen, während er sprach. Der Rauch waberte um seinen Kopf und wurde von den Sternenlichtstrahlen beleuchtet.

»Feyra, Timurhans Tocher? Was führt dich zu mir?«

Beyazid schien sie seinerseits ausgezeichnet sehen zu können. »O Kislar Aga, wie lautet der Name der genuesischen Dogaressa, die heute mit meiner Herrin Nurbanu das Fasten gebrochen hat?«

Jetzt konnte Feyra seine sogar in entspannter Haltung massige Gestalt ausmachen. Die Muskeln spielten unter den goldenen Bändern an seinen Oberarmen, als er die Huka zum Mund führte, das fahle Licht der Sterne in der Decke warf einen silbernen Schein über seinen kahlen Kopf. »Ihr Name ist Prospera Centurione Fattinanti.« Trotz seiner Statur klang seine Stimme so hoch und klar wie die eines Knaben, denn er war entmannt worden, bevor er das Erwachsenenalter erreicht hatte. Der seltsame Kontrast zwischen Stimme und äußerer Erscheinung ließ ihn nicht weniger bedrohlich wirken. Er stieß eine weitere Rauchwolke aus. »Ist das alles?«

»Ja, Kislar Aga.« Feyra wandte sich ab, dann drehte sie sich mit einem Mut, von dem sie nicht gewusst hatte, dass sie ihn besaß, noch einmal um. »Das heißt, nein. Wer ist Cecilia Baffo?«

Sie sah zwei weiße Halbmonde, als er wie in einem unfreiwilligen Reflex des Erkennens die Augen einen Spalt breit öffnete. Einen Moment lang stieg Furcht in ihr auf. Doch dann schlossen sich die Augen wieder. »Ich weiß es nicht. Und jetzt lass mich allein. Gesegnet sei der Sultan.«

»Denn er ist das Licht meiner Augen und die Freude meines Herzens.«

Feyra verließ den dunklen Raum und durchquerte den strahlend hellen Hof, voller Widerstreben, zu dem zurückzukehren, was sie gleich vorfinden würde. Aber im Gemach der Valide Sultan schien gleichfalls die Sonne aufgegangen zu sein.

Kelebek lächelte, die Odalisken gurrten wie eine Schar weißer Tauben, und die Stimmung hatte sich merklich aufgehellt. *»Komm und sieh«*, forderte Kelebek sie auf.

Feyra zog die Musselinvorhänge des Bettes erneut zur Seite. Nurbanu saß aufrecht gegen ihre Kissen gelehnt da, die hervorgetretenen Adern waren nicht mehr zu sehen, ihre Augen leuchteten, und ihre Wangen schimmerten rosig. Ihre Augen waren nur von der Schminke umschattet, die sie täglich mit einem Pinsel auftrug, der nicht größer war als die Nadel eines Vergolders. Sie begrüßte Feyra, woraufhin diese von einer Welle der Erleichterung erfasst wurde. Mit einer vertrauten Selbstverständlichkeit, die nur ihr zustand, setzte sie sich neben die Valide Sultan auf das Bett und griff noch einmal nach Nurbanus Handgelenk. Diesmal schlug der Puls kräftig und gleichmäßig, und Feyra ließ ihre Finger höher gleiten, um die Hand ihrer Herrin zu umfassen. Nurbanu lächelte sie an. »Feyra? Was ist denn?«

»Herrin, wie geht es Euch?«

Nurbanu lachte, ein glockenhelles Geräusch echter Heiterkeit. Für gewöhnlich liebte Feyra es, aber heute klang es falsch wie ein Misston beim Zitherspiel. »Mir? Ich habe mich nie besser gefühlt. Bring mir mein Schreibzeug, Feyra. Dann bestell mein Frühstück und sag den Eunuchen, sie sollen meine Barke bereit machen – sollen wir heute nach Pera segeln? Es ist ein herrlicher Tag. Kannst du dich ein paar Stunden von deinen Patienten frei machen?«

Feyra verneigte sich zustimmend, machte sich aber insgeheim Sorgen. Nurbanus Veränderung war so vollständig, dass Feyra fast glaubte, sich die kurze, schreckliche Krankheit nur eingebildet zu haben. Aber Kelebek war auch hier gewesen, ebenso wie die Odalisken. Sie zögerte. »Herrin, als ich vor nicht ganz einer Stunde zu Euch kam, wart Ihr nicht bei Euch. Eure Augen blickten irr, Ihr seid eingeschlafen und wieder hochgeschreckt und habt geschrien.«

Ein verdutzter Ausdruck trat auf Nurbanus rundes, freundliches Gesicht. »Feyra, wovon redest du denn?«

Feyras Angst kehrte zurück, als sie ihre Herrin eindringlich musterte. Die klaren, wie Brillanten funkelnden Augen. Die allzu blühende Farbe der Wangen. Das blonde Haar, das sich jetzt wie ein Glorienschein feucht um das Gesicht ringelte. Die völlig fehlende Erinnerung an den Zwischenfall von vorhin.

Feyra wandte sich ab und sah sich im Raum um. Dann ging sie zu dem Podest zurück. Ihr Blick blieb an den geeisten Früchten hängen, die unschuldig auf dem Intarsientisch standen. Sie winkte die *Gedik* zu sich. »Kelebek«, zischte sie dem Mädchen scharf zu. »Hat meine Herrin heute Morgen irgendetwas gegessen oder getrunken?«

»Noch nicht. Aber es ist ja noch früh … Sie hat nur ein paar von den Früchten gegessen, die die Dogaressa ihr mitgebracht hat.«

»Hat jemand zuerst davon gekostet?«

Kelebeks Augen waren so rund und grün wie die Trauben. »Wie … nein, Feyra, du warst nicht hier. Aber ich dachte, es wäre schon in Ordnung, sie waren ein Geschenk von der Dogaressa, und sie ist eine Freundin der Herrin – eine schöne Frau.«

Feyra ging mit vor Furcht bleischweren Füßen auf die üppig gefüllte Schale zu. Das Eis darin knackte protestierend, während es schmolz. Wieder wurde ihre Aufmerksamkeit von den Trauben gefesselt. Sie sahen köstlich aus, quollen über den Rand der Silberschale und waren mit glitzernden Tautröpfchen bedeckt. Zum zweiten Mal fand Feyra, dass etwas entschieden zu viel Farbe aufwies.

Sie pflückte eine Traube ab, ritzte sie mit dem Fingernagel auf, ging zum Fenster und hielt die aufgeschlitzte Frucht ins Sonnenlicht. Im jadegrünen Herz der Traube saß dort, wo die Kerne sein sollten, ein schwarzer Klumpen. Sie fischte ihn heraus und legte ihn auf ein weißes Mosaiksteinchen im Fensterbrett. Dann griff sie nach ihrem Medizingürtel, entnahm ihm ein Monokel mit Messingeinfassung und klemmte es sich ins Auge, bevor sie den Klumpen untersuchte und darin herumstocherte. Sowie sie ihn zerrieben hatte, konnte sie eine Anzahl winziger Kerne erkennen, die alle wie ein Sternanis geformt waren. Ihr Magen krampfte sich zusammen.

Gift.

Aber nicht irgendein Gift, sondern eines, das sie erst ein Mal zuvor gesehen hatte. Haji Musa hatte einst einen Mordanschlag auf den Sultan durch ein Geschenk, einen Krug vergifteten Ales, vereitelt. Der Arzt hatte ihr die sternförmigen Sporen gezeigt, die von den Früchten des St.-Bartholomäus-Baums stammten, den man in den Hügeln rund um Damaskus fand. Er hatte ihr eingeschärft, vorsichtig zu sein, denn die Sporen zählten zu den tödlichsten den Menschen bekannten Giften. Sie waren geschmack- und geruchlos, und es gab kein Gegengift. Das Opfer würde die bösen Folgen eine halbe Stunde lang spüren, sich dann erholen, als wäre es wieder gesund. Danach würde sich sein Zustand rapide verschlechtern, während sich die Sporen in den Organen vermehrten, die Leber befielen und die Innereien zu Brei zersetzten.

Feyra war von einem so starken Gift fasziniert und hatte den Falknern des Sultans einen lahmen Zwergfalken abgeschwatzt, um ihn mit einigen der Sporen zu füttern, die er gierig aufgepickt hatte. Sie setzte sich auf den steinernen Fußboden und beobachtete ihn. Eine halbe Stunde lang lag er zappelnd und mit den Flügeln schlagend auf den Steinen und krächzte vor Qual. Feyra betrachtete ihn mit den sachlichen Augen des Arztes, doch dann erholte sich der Vogel auf wundersame Weise wieder. Die nächste Stunde lang wirkte der Falke munter und gesund, sogar sein Fuß schien nicht mehr lahm zu sein. Doch ehe Feyras Beine auf dem harten Boden taub wurden, kippte er wieder um, verfärbte sich schwärzlich, die Augen wurden glasig, und er schnappte nach Luft, bis sie ihn aufhob und ihm den Hals umdrehte. Warm und überraschend leicht lag er mit baumelndem Kopf in ihrer Hand. Einen Moment lang hatte Feyra Reue empfunden – dieser Falke würde sich nie wieder über die Kuppel der Hagia Sophia erheben. Dann hatte sie ihr Herz verhärtet, ihn direkt auf dem Boden mit einem Skalpell aus ihrem Gürtel aufgeschnitten und festgestellt, dass sein Inneres schwarz vor Sporen war. Die Organe und Eingeweide waren zu einem Brei verlaufen und nicht mehr voneinander zu unterscheiden.

Feyra dachte fieberhaft nach, ging im Geist alle Mittel durch, die sie kannte; alle, die sie in ihrem Gürtel bei sich trug. Nichts würde helfen. Wenn sie da gewesen wäre, o Himmel, wenn sie doch nur da gewesen wäre, als Nurbanu die Trauben gegessen hatte, dann hätte sie vielleicht etwas tun können. Sie besaß eine kleine Phiole mit Talgkügelchen, die sofortiges heftiges Erbrechen und eine Säuberung der Gedärme herbeiführten, wenn man sie kaute. Aber sobald sich die Symptome zeigten, wie hier beim ersten Krankheitsanfall, war es schon zu spät. Außerdem, dachte Feyra grimmig, hätte sie als Nurbanus *Kira* die Trauben vorgekostet, wenn sie, wie Kelebek so richtig bemerkt hatte, hier gewesen *wäre*. Dann würde sie jetzt auf ihren eigenen Tod warten.

Feyra überlegte einen Moment lang. Für ihre Herrin kam jede Hilfe zu spät. Jetzt ging es darum, wen sie retten konnte. Die Odalisken waren alle Schönheiten, alle noch Jungfrauen. Sie stellten für den Sultan einen beträchtlichen materiellen Wert dar, ihnen würde nichts geschehen. »Lasst uns alleine. Ihr alle«, zischte sie ihnen zu und verfolgte, wie sie hastig den Raum verließen.

Übrig blieb Kelebek, die unscheinbare, fünfundzwanzigjährige Kelebek. Vor ihrem geistigen Auge sah Feyra einen Sack, der sich mit Wasser vollsog und versank, bis Kelebeks Schreie mit einem letzten Gurgeln verstummten. Sie trat zum Fenster, wo sich die Morgensonnenstrahlen in einem filigranen Goldkästchen auf dem Fensterbrett fingen. Sie nahm ihren Schleier ab, wickelte das Kästchen darin ein, bis kein verräterisches Glitzern mehr zu sehen war, und drückte es dem Mädchen in die Hand. »Kelebek, nimm dieses Kästchen und …«, sie wühlte in der Tasche ihrer Pluderhose, »drei Dirham und setze mit einem Boot nach Pera über. Wo liegt das Haus deines Vaters?«

»In Edirne.«

»Verkauf das Kästchen in Pera, kauf ein Maultier und reite dorthin. Reite bis Edirne, ohne Halt zu machen. Dann lass deinen Vater einen netten Mann aus dem Dorf für dich suchen und heirate ihn. Deine Zeit im Topkapi ist vorbei.«

»Wie meinst du das?«

»Die Valide Sultan wird sterben, und du hast ihr vergiftete Früchte gegeben.«

Kelebek begann zu zittern. »Wie … aber ich habe nicht … ich wusste doch nicht …« Sie schüttelte den Kopf und stöhnte leise, während sie diese Information verarbeitete. »Kannst du denn nicht … es muss doch … hast du nichts in deinem Gürtel, das ihr helfen kann?« Für Kelebek und die Konkubinen war Feyras Arzneigürtel mit den zahlreichen verkorkten Fläschchen ein kleines Wunder, ein Allheilmittel für alle Krankheiten. Feyra sah dem Mädchen in die Augen und schüttelte den Kopf.

Mehr bedurfte es nicht. Kelebek nahm das Kästchen und huschte davon.

Feyra sprang die Stufen zum Bett hoch und riss den Vorhang zurück. Die Angst ließ sie unwirsch werden. »Wer ist Cecilia Baffo?«, wollte sie wissen.

Nurbanu Sultan, die entspannt in ihren bestickten Kissen lehnte, lachte erneut, aber diesmal war es ein nervöses, falsches Trillern. »Ich habe wirklich keine Ahnung, Feyra. Und jetzt hol mir bitte mein Schreibzeug.« Doch Feyra rührte sich nicht von der Stelle. Ihre Herrin wusste nicht, dass sie krank gewesen war, erinnerte sich nicht an die furchtbaren Minuten, während derer sie sich auf ihrem Bett gekrümmt und gewunden hatte. Doch sie wusste nur zu gut, wer Cecilia Baffo war.

Feyra nahm unaufgefordert wieder auf dem Bett Platz und sah Nurbanu Sultan fest in die Augen. Sie sprach sehr klar und ein wenig zu laut. »Hört mir zu, Herrin. Die Trauben, die die Dogaressa hier gelassen hat, waren mit den Sporen des St.-Bartholomäus-Baums vergiftet. Wenn Ihr die Sporen schluckt, fühlt Ihr Euch eine halbe Stunde lang entsetzlich krank – so, als stünde der Tod bereits vor Eurer Tür. Dann geht es Euch sehr schnell besser. Eure Haut leuchtet rosig, Eure Augen funkeln. Ihr könnt Euch nicht daran erinnern, was geschehen ist. Euer Körper bekämpft die Sporen, und Eure Körpersäfte reagieren sogar positiv auf das Opiat in dem Gift. Ungefähr eine Stunde lang fühlt Ihr Euch besser als je zuvor. Ich werde Euch Ziegenmilch und hartes Brot bringen lassen, um die Aufnahme des Gifts zu verlangsamen. Aber bald, sehr bald, wird es Euch wieder schlecht gehen, und in Kürze werdet Ihr nicht mehr sprechen können. Da Ihr dies nun wisst … möchtet Ihr mir etwas sagen? Habt Ihr eine Botschaft für Euren Sohn, Vermächtnisse für Eure Familie, Anordnungen bezüglich Eurer Bestattung? Oder wollt Ihr mir«, fügte sie bedeutungsvoll hinzu, »die Identität von Cecilia Baffo verraten?«

Die Valide Sultan setzte sich in ihren Kissen auf. Ihre Augen blitzten. »Ich sage, zur Hölle mit Ziegenmilch und hartem Brot. Was für ein Unsinn, an einem so schönen Tag vom Tod zu sprechen, Feyra! Ich werde jetzt mein Frühstück einnehmen. Und die Dogaressa von Genua ist meine Freundin. Ich will dieses dumme Gerede nicht mehr hören.«

Feyra nickte. »Ich weiß, dass Ihr mir im Moment nicht glaubt, und ich verstehe Euch. Ihr fühlt Euch wohl, Euer Körper strotzt vor Gesundheit. Aber dieser Zustand wird nicht anhalten, und es gibt kein Gegengift. Das Gift ist geschmacklos, es dauert einige Zeit, bis die Wirkung einsetzt, also hätte

Euch selbst Eure Vorkosterin, wenn sie da gewesen wäre …«, an dieser Stelle errötete sie vor Scham, »nicht retten können. Als tödliches Gift sind diese Sporen mit nichts zu vergleichen, und deswegen schätzen die Genuesen sie auch so sehr, vermute ich. Ich werde Euch jetzt allein lassen und darauf warten, dass Euer Körper Euch sagt, was ich Euch nicht klarmachen kann.«

Nurbanu öffnete den Mund, um sie anzuschreien, doch Feyra war für den Sturm gewappnet, sie wich und wankte nicht. Die Valide Sultan konnte in heftige Wut geraten und dann ebenso Furcht einflößend sein, wie sie gütig war. In all den Jahren, in denen sie ihr diente, hatte Feyra nie die raue Seite der Zunge der Sultanin zu spüren bekommen, aber sie verstand sie. Niemand wollte sich damit abfinden, dass er dem Tod geweiht war.

In ihren Jahren als Haremsärztin hatte sie schon alle Reaktionen erlebt: Ableugnen der Wahrheit, Zorn, Angst. Einige brachen sofort zusammen und flehten um ein Heilmittel. Sie hatte Frauen mit einem Krebsgeschwür in der Brust oder im Unterleib mitteilen müssen, dass sie sterben würden, dies jedoch noch Wochen, Monate oder gar Jahre dauern konnte. Aber ihre Herrin würde zur Mittagszeit tot sein, und das war etwas, was unmöglich zu begreifen war. Sie wappnete sich für eine Flut von Beschuldigungen und wusste, dass es sinnlos war, hierzubleiben. Die Valide Sultan musste die Wahrheit akzeptieren und dann in der kurzen Zeit, die ihr noch blieb, ihre Angelegenheiten regeln. Endlich überlegte Feyra, was sie sagen sollte. Als Nurbanu innehielt, um Atem zu schöpfen, sagte sie ruhig, wobei sie sich vorkam, als würde sie einen Stein in einen Sturm werfen: »Als Ihr am schlimmsten gelitten habt und nicht wusstet, was Ihr redet, habt Ihr weder nach Eurem Sohn noch nach mir gerufen, sondern nach Cecilia Baffo. Sie ist offensichtlich sehr wichtig für Euch.« Feyra kniete neben dem Bett nieder. »Die Zeit ist knapp, Herrin.

Wenn Ihr wollt, dass ich sie finde oder ich ihr eine Botschaft zukommen lassen soll, sagt es mir jetzt.« Sie erhob sich wieder. »Bedenkt nur eins. Ich habe Euch nie belogen. Aber *Ihr* habt *mich* angelogen. Ihr wisst, wer Cecilia Baffo ist.« Feyra sprach mit absoluter Bestimmtheit. »Und wenn Ihr bereit seid, es mir anzuvertrauen, findet Ihr mich in der Samahane.«

Sie eilte die Stufen des Podests hinunter, riss die Tür auf und stellte fest, dass die fünf Odalisken zusammengekauert am Schlüsselloch lauschten. »Kümmert euch um eure Herrin«, fuhr sie sie an, verließ den Raum und hastete davon, bis sie Nurbanus ärgerliche Rufe nicht mehr hören konnte.

Feyra schritt durch die stillen Höfe zur Samahane, der Ritualhalle, betrat sie und stieg zum Mezzanin empor, da es Frauen verboten war, an den Riten teilzunehmen. Sie setzte sich hinter einen der kunstvollen Bögen und zog den seidenen Vorhang hinter sich zu. Sie brauchte Zeit und Raum zum Nachdenken.

Sie spähte über die Balustrade nach unten. Die Derwische des Mevlevi-Ordens vollführten einen rituellen Tanz. Neun Ordensmitglieder wirbelten um ihren Priester in der Mitte herum. Die weißen, fliegenden Röcke bauschten sich zu einem perfekten Kreis, die hohen braunen, scheinbar bewegungslosen Hüte bildeten die zentrale Achse, als sie sich drehten. Ihre Füße glitten fast lautlos über den gefliesten Boden der Samahane. Es glich dem leisen Plätschern von Regentropfen.

Feyra verfiel in einen Trancezustand. Ihre Gedanken kreisten in ihrem Kopf umher wie die Derwische in der Halle. Sie kannte die Symbolik der Ordenstracht – die weißen Gewänder standen für die Farbe des Todes, die hohen braunen Hüte, die einem verlängerten Fes glichen, versinnbildlichten Grabsteine. Ihre äußere Erscheinung brachte sie dem Leben nach dem Tod näher, der anderen Seite. *Weiß für den Tod,* dachte sie, *und Braun für den Grabstein.* Die Derwische waren Boten des Todes. Nurbanu würde bald in ein weißes Leichentuch gehüllt und mit einem Stein am Kopfende in der Krypta begraben werden.

Feyras Beine wurden steif, und ihre auf die steinerne Balustrade gestützten Arme begannen zu schmerzen. Was würde aus ihr werden? Würde sie verfolgt und in den Kerker geworfen werden, weil sie zu spät gekommen war, um die tödlichen Früchte zu kosten, bevor die Valide Sultan sie aß? Weil sie ihre Herrin nicht hatte heilen können? Sollte sie fortlaufen, wie Kelebek? Und was war mit ihrem Vater? Konnte er beim Sultan ein gutes Wort für sie einlegen? Oder sollten sie zusammen fliehen? Würde er sie über das Meer bringen, über das sie sich noch heute Morgen so viele Gedanken gemacht hatte?

Feyra wurde plötzlich von einer lebhaften Erinnerung heimgesucht, so hell und farbüberfrachtet, wie es die Früchte und das Gesicht ihrer Herrin gewesen waren. Klar und deutlich sah sie sich selbst als sechsjähriges Kind vor der Tür des Hauses ihres Vaters, wo sie mit ihren Freunden im Staub spielte. Einer der Jungen hatte einen Kreisel, den er scheinbar eine Ewigkeit lang drehte. Feyra hatte Magie darin gesehen, wie er sich kaum bewegte und von irgendeiner unsichtbaren himmlischen Macht gehalten in der Schwebe gehangen hatte, bis er schließlich zu zittern und dann zu wackeln begann, am Ende in den Staub fiel und zwischen den Füßen der Kinder hindurchschlitterte. Feyra fing ihn ein und drehte ihn ein, zwei Mal, bis sie den Trick heraushatte. Während er sich drehte, ruhte ihr Blick unverwandt auf seiner reglosen Mitte, fasziniert von dem Umstand, dass sich etwas so schnell bewegen konnte, dass es aussah, als stünde es still. Die anderen Kinder begannen sich zu langweilen und trotteten auf der Suche nach einem anderen Spiel davon, doch Feyra blieb, wartete und beobachtete den Kreisel voller Aufregung und einem Gefühl, das an Furcht grenzte.

Jetzt, fünfzehn Jahre später, verstand sie diese Saat der Angst. Sie hatte darauf gewartet, dass der weiße Kreisel umfiel, hatte es sich gewünscht, sich aber gleichzeitig davor gefürchtet und wider besseres Wissen insgeheim gehofft, der Kreisel würde sich ewig drehen. Jetzt beobachtete sie die Derwische und wartete gleichfalls darauf, dass einer von ihnen zu Fall kam, bis sie das Rascheln hörte, mit dem der Vorhang hinter ihr aufgezogen wurde. Sie drehte sich um, sah eine der Odalisken dort stehen und wusste, was das Mädchen sagen würde, noch bevor es zu sprechen begann. »*Komm und sieh.*«

Als sie sich mit verkrampften Muskeln erhob, drehte sich Feyra noch ein Mal zu den tanzenden Derwischen um.

Sie wirbelten noch immer durch die Halle. Es war Nurbanu, die zu Fall gekommen war.

# 3

»Ich bin Cecilia Baffo.«

Feyra saß auf Nurbanus Bett. Die Valide Sultan wirkte schwach, ihre Haut war dunkler denn je und von Äderchen gesprenkelt. Das Gift zeigte jetzt Wirkung. Feyra hätte denken können, ihre Herrin würde irrereden, aber sie war noch bei Sinnen und völlig klar. Feyra schüttelte verwirrt den Kopf.

»Wie meint Ihr das?«

Die Valide Sultan versuchte, sich in den Kissen aufzurichten. »Was weißt du von mir?«

Feyra plapperte nach, was sie von Kelebek gehört hatte. »Ihr wurdet von Korsaren gefangen genommen und hierher zu Sultan Selim gebracht, möge er im Licht des Paradieses ruhen.« Feyra wusste, dass türkische Reiter in der ganzen Welt gefürchtet wurden. Sie waren hervorragende Kämpfer, die sich von den Hügelhängen aus kreischend wie die Todesfeen auf ihre Feinde stürzten.

»Von Korsaren gefangen genommen?« Nurbanu lächelte leicht. »Ja, so behauptet es die Legende. *Von Korsaren gefangen genommen.* Aber das ist nicht die Hälfte, nicht ein Viertel, nicht das kleinste Stück meiner Geschichte.«

»Ich dachte, ich wüsste alles«, erwiderte Feyra verwundert, denn sie hatten im Lauf der Jahre so viele Geheimnisse miteinander geteilt.

»Sprich in meiner Sprache.«

Feyra wusste, dass ihre Herrin Phönizisch meinte. Wenn sie sich dieser Sprache bedienten, würde sie gleich ein großes Geheimnis zu hören bekommen. Größer als damals, als Nurbanu den Tod ihres Mannes Selim zwölf Tage vor der Welt geheim gehalten hatte, bis ihr Sohn und Erbe, der jetzige Sultan, aus den Provinzen zurückgerufen werden konnte. Größer als damals, als Feyra ihrer Herrin geholfen hatte, Geld aus der Schatzkammer abzuzweigen und Schatullen voller Gold zu dem Architekten Mimar Sinan zu bringen, der in Nurbanus Namen eine Moschee baute. Größer als all die Male, wo Feyra Treffen zwischen Nurbanu und ihren Verbündeten aus allen Nationen der Welt arrangiert hatte, die dazu dienten, die politischen Entscheidungen ihres zu übereiltem Handeln neigenden Sohnes zu korrigieren.

»Ich finde Phönizisch so schwierig.«

»Feyra. Nicht Phönizisch. *Venezianisch.*«

Ein Wort, das sie als kleines Mädchen falsch verstanden hatte, war jetzt der Schlüssel, mit dem sich Feyra ein Rätsel erschloss. Sie sperrte vor Staunen den Mund auf.

Nurbanu seufzte tief. »Ja, ich bin Venezianerin. Ich habe zugelassen, dass jedermann das vergisst. Ich habe es ja fast selbst vergessen. Doch als ich in Venedig lebte, war ich Cecilia Baffo, die Tochter von Nicolò Venier.«

*»Venier?«* Feyra stieß den Namen hervor, der in Konstantinopel als Fluch galt.

Nurbanu entging ihr Tonfall nicht. »Ja. Mein Onkel ist Sebastiano Venier, Admiral von Lepanto und Doge von Venedig.«

Kein Wunder, dass das gemeine Volk dies hatte vergessen sollen. Die Venezianer waren seit Jahrhunderten Feinde der Türken, sie hatten ihr Gold geraubt, ihre Frauen geschändet und sogar die Gräber ihrer Sultane entweiht. Venezianische Plünderer hatten die Krone von Mehmet II. noch mit dem Haar daran aus seiner Grabstätte gestohlen. Und der schlimmste, verhassteste dieser Piratenoberer war Sebastiano Venier, die Galionsfigur des Kriegsschiffes Venedig. Der Ruf des Dogen wurde täglich in den Pamphleten geschmäht, die an den Straßenecken verkauft wurden, und sein Bild wurde in den Gassen verbrannt. Seit er vor einigen wenigen Jahren in der Schlacht von Lepanto die osmanische Flotte vernichtet hatte, lechzten der Sultan und alle seine Untertanen Tag und Nacht nach Rache.

»Ja. Du wirst gemerkt haben, dass mein Sohn mir keine Liebe entgegenbringt. Er hält meine Politik für provenezianisch und glaubt, ich würde für meine alte Heimat Partei ergreifen. Und er hat recht.« Die Valide Sultan sah mit Augen aus dem Fenster, denen sich in diesem Moment ein anderer Ausblick bot. »Oh, Feyra, hast du jemals eine Stadt gesehen, die auf dem Meer schwebt? Hast du je Türme gesehen, die wie Speere gen Himmel ragen, statt sich zu Kuppeln zu krümmen, und eine Klinge, die gerade statt gebogen ist? Hast du jemals Glas gesehen, das wie ein Edelstein schimmert, und Paläste, deren harter Stein so bearbeitet ist, dass er wie zarte Spitze wirkt? Und jetzt plant mein Sohn den perfidesten Anschlag auf Venedig, und nur du kannst ihn verhindern.«

»Ich?«

»Ja, Feyra, du. Du bist meine *Kira,* das Bindeglied zwischen mir und der Welt. Aber die Welt ist größer als diese Stadt. Ich muss dich auf einen sehr schweren Botengang schicken.«

»Warum mich?«

»Um das zu verstehen, musst du meine Geschichte kennen. Ich wurde als Cecilia Baffo geboren, Tochter von Nicolò Venier und Violante Baffo. Mein Vater war der Herr von Paros, Statthalter all der tausend kleinen Inseln vor der Küste Griechenlands, die man die Kykladen nennt und die unter der Herrschaft Venedigs stehen. Obwohl ich damals in Venedig lebte, hielt ich mich im Sommer 1555 – 962 nach unserer Zeitrechnung – mit meinem Vater auf den Inseln auf.«

Vor einundzwanzig Jahren, dachte Feyra. Bevor sie selbst

geboren worden war. »Und dort wurdet Ihr gefangen genommen?«

»In gewisser Hinsicht ja. Zur Feier meiner Verlobung fand in unserem Palast auf Paros ein großer Maskenball statt. Ich sollte Ridolfo Falieri heiraten, einen sehr reichen Mann, und in der Nacht, in der ich ihm anverlobt werden sollte, verliebte ich mich.«

»Demnach war er ein guter Mann?«

»Ganz und gar nicht. Er war alt und grausam und verbittert – es war eine rein dynastische Verbindung. Nein, ich habe mich nicht in *ihn* verliebt. Auf dem Maskenball war auch ein junger Schiffskapitän, ein Günstling des Sultans, dessen Schiff die Insel angelaufen hat, um Vorräte an Bord zu nehmen. Innerhalb einer Stunde hatte ich mich ihm hingegeben. Die Korsaren waren seine Besatzung. Wir nahmen Pferde aus dem Stall meines Vaters und ritten zum Ufer, und ich ging willig mit ihm. Sicher, ich wollte am liebsten einen ganzen Ozean zwischen mich und Ridolfo legen, aber ich konnte vor allem den Gedanken nicht ertragen, dass der Kapitän ohne mich fortsegelte.«

Feyra knetete das Laken zwischen den Fingern. »Der Mann, in den Ihr Euch verliebt habt, war mein Vater.« Es war eine Feststellung, keine Frage.

»Es war dein Vater«, bestätigte ihre Herrin. Sie sah Feyra eindringlich an. »Und als wir Konstantinopel erreichten, war ich in Hoffnung.«

Feyra blieb stumm. Sie sah, dass ihrer Herrin das Sprechen schwerzufallen begann. Sie hörte, wie die Worte ineinander verschwammen und wagte kaum zu atmen. Sie musste unbedingt hören, was als Nächstes kam.

»Ach, Feyra, ich war nicht so vorsichtig, wie du es bist. Ich sehe ja, wie du dich kleidest, welche Mühe du dir gibst, dein Äußeres zu verbergen. Ich war leichtsinnig. Ich ging vor Liebe und der Freude auf mein Kind strahlend in meinen kostbaren venezianischen Gewändern, mit unverhülltem Gesicht und zu Locken frisiertem Haar in Sultanahmet umher. Damals war ich schön, Feyra, ich hatte goldenes Haar, perlweiße Haut und meerblaue Augen. Als ich eines Tages vom Basar nach Hause ging, kam eine Sänfte an mir vorbei – Sultan Selim saß darin. Ein Windstoß wehte den Vorhang ein Stück beiseite, und unsere Blicke trafen sich einen Moment lang. Dieser Moment reichte aus. Am Abend war ich im Harem, erhielt den Namen Nurbanu Afife, und Cecilia Baffo existierte nicht mehr.«

»Was hat mein Vater getan?«

Der Abglanz eines Lächelns huschte über Cecilias Gesicht. »Er tobte und schrie, kam zum Palast, brach mit seinen bloßen Händen die Tür auf und verlangte die Herausgabe seiner Geliebten und des Kindes, das sie trug. Er wurde von den Wachposten zum Sultan gebracht, der ihm sagte, dass das Kind getötet werden würde, wenn es ein Junge war. Es dürfe nicht am Leben bleiben, um zum Rivalen etwaiger legitimer Erben zu werden, die ich ihm gebären würde. Der Sultan selbst wartete bis nach der Geburt, bevor er sich erstmals zu mir legte. Die Monate, die ich auf mein Kind warten musste, waren die Hölle, Feyra.«

»Aber das Kind war ein Mädchen, nicht wahr?«

Feyra hätte Cecilias schwaches Nicken gar nicht als Bestätigung gebraucht. Plötzlich ergab alles einen Sinn: der Umstand, dass sie, so lange sie denken konnte, täglich den Harem besucht hatte; dass ihre Herrin bis heute nie die Stimme gegen sie erhoben hatte; dass Nurbanu selbst sie Lesen, Schreiben und die Sprache ihrer Jugend gelehrt hatte; dass sie ihr Interesse an der Medizin gefördert und ihr eine Ausbildung ermöglicht hatte, die Frauen zumeist verwehrt blieb.

»Als Gegenleistung für seinen Verzicht auf mich wurde deinem Vater Rang und Ansehen versprochen, und er erhielt dich, seine Tochter, um sie in Frieden in der Stadt großzuziehen. Er bekam dein Leben im Gegenzug für zwei Dinge: seine absolute Loyalität gegenüber dem Sultan und allen seinen Erben und das Versprechen, dass er niemals versuchen würde, mich wiederzusehen. Und ich habe ihn nie wiedergesehen, Feyra, von jenem Tag an bis zum heutigen kein einziges Mal.« Nurbanus Augen wurden glasig. »Als wir bei Lepanto gegen die Venezianer kämpften, war dein Vater Admiral, er stand somit in demselben Rang, den mein Onkel, der Doge, bei den Venezianern bekleidete. Ich habe aus diesem Fenster geblickt, Feyra, habe die Augen zusammengekniffen und mir vorgestellt, ich könnte bis zum Golf von Patras sehen, wo die beiden Flotten aufeinandertrafen, wo mein Geliebter Timurhan und mein Onkel Sebastiano sich auf Befehl meines Mannes Selim mit Feuer und Kanonen bekämpften.«

Feyra musste sich jetzt vorbeugen, um sie verstehen zu können.

»Im Laufe der Zeit wurde ich wieder glücklich. Ich begann, meinen Mann, den Sultan, zu lieben. Nicht mit der jugendlichen Leidenschaft, die ich für deinen Vater empfunden habe, sondern mit wachsendem Respekt und Zuneigung. Er war ein gütiger, freundlicher Mann und ganz anders als unser Sohn – sie waren so verschieden wie Tag und Nacht. Ich lernte, mich unentbehrlich zu machen, und stieg von Odaliske zur Konkubine, von Konkubine zur Kadin und dann zur Sultana auf. Behutsam fing ich an, meinen Einfluss einzusetzen, um eine provenezianische Politik zu unterstützen. Aber als mein Mann starb, endete das alles. Du wirst dich daran erinnern, Feyra, wie wir uns bemüht haben, Murads Thronfolge zu sichern. Jetzt wirst du verstehen, warum ich dich und niemand anderen gebeten habe, mir dabei zu helfen. Aber es wäre besser gewesen, wenn ich Murads Rivalen den Thron überlassen hätte, denn mein Sohn ist durch und durch schlecht und von Hass auf Venedig und demzufolge auch auf mich erfüllt.«

Feyra kletterte jetzt in das Bett und brachte ihr Ohr ganz nah an die trockenen, aufgesprungenen Lippen ihrer Herrin heran. Die Valide Sultan legte einen aufgeblähten Arm um sie und lächelte geisterhaft, als würde sie diese Intimität sehr glücklich machen.

»Du musst mich nicht bedauern. Es war mir in all den Jahren ein Trost, ein Kind zu haben, das das Licht meines Lebens war. Mein Sohn weiß nicht, wer du wirklich bist, denn er wurde ein Jahr später geboren, und meine Zofen haben das Geheimnis gut gehütet. Es war mir möglich, dich in meiner Nähe zu behalten und dich aufwachsen zu sehen. Du bist so klug, tapfer und warmherzig. Ich sehe Timurhan jeden Tag in dir.« Die Erwähnung ihrer alten Liebe belebte sie ein wenig, und ihre Stimme wurde etwas kräftiger. »Du darfst ihm nichts von alldem sagen, versprich mir das. Es ist sehr wichtig, dass du das nicht tust, denn er spielt in dieser Tragödie, die mein Sohn inszeniert, eine bedeutende Rolle.« Mit sichtlicher Anstrengung hob sie eine geschwollene Hand und umschloss Feyras Wange. »Wenn ich einen Wunsch frei hätte, würde ich mir wünschen, du wärst nicht so schön. Es ist gut, dass du die Stadt verlassen wirst.«

Feyra lief ein kalter Angstschauer über den Rücken. »Warum muss ich fortgehen?«

»Mein Sohn hat einen perfiden Plan gegen Venedig ausgeheckt …« Die Hand, die Feyras Wange hielt, begann zu zittern. Feyra tastete besorgt nach dem Handgelenk. Zorn war der Feind ihrer Herrin, denn er beschleunigte den Blutfluss und brachte die Körpersäfte zum Brodeln. Die Sporen würden jetzt ihre Organe befallen.

»Ruhig. Sprecht weiter.«

Nurbanu entzog sich ihrem Griff und begann die Hände zu ringen – nein, sie bemühte sich, einen Ring von ihrem angeschwollenen Finger zu lösen, den Kristallring, den sie immer trug. »Nimm dies.« Ihre Augen schlossen sich, und ihre Zunge wurde schwer. »Sag es meinem Onkel, dem Dogen. Sag es *ihm.* Und wenn du einen Zufluchtsort suchst, geh zu einem

Haus mit einem goldenen Zirkel über der Tür. Dort lebt ein Mann namens Samstag. Er wird dir helfen.«

Feyra nahm den Ring, ohne ihn anzusehen. Seit der Name des Dogen gefallen war, hatte sie kaum noch zugehört. Voller Angst stützte sie sich auf einen Ellbogen. »Was soll ich ihm sagen?«

Doch Nurbanus Augen blickten leer und glasig.

»Wo soll ich den Ring hinbringen?«

Cecilia Baffos Augen weiteten sich und fielen dann zu. Sie sprach mit geschlossenen Augen. »Nach Venedig natürlich.«

Feyra beugte sich zu ihrer Herrin hinunter und legte die Wange an ihre Lippen. Das Wort *Mutter* vermochte sie noch nicht zu denken. Die Valide Sultan atmete flach, aber regelmäßig. Sie war noch am Leben, aber Feyra wusste, dass es nichts brachte, sie zu wecken. Der Schreck wäre für ihr gemartertes Herz wahrscheinlich zu viel.

Feyra blickte aus dem Fenster über das Meer hinweg, das nach Venedig führte. Die Sonne stand hoch am Himmel, Boote drängten sich auf der Mündung des Bosporus. Durch irgendeine Alchemie hatte sich das lapislazulifarbene Wasser in Gold verwandelt. Kleine schwarze Boote verdunkelten das Licht. Einige fuhren durch die Meerenge nach Pera und zurück, andere segelten zu ferneren Ufern. Wie herzlos, dachte Feyra. Wie kann weiter Handel betrieben werden, wie können Leute immer noch Seide und Salz und Safran benötigen, während sich hier ein Menschenleben dem Ende zuneigt?

Feyra hatte an vielen Sterbebetten gesessen und wusste, dass die Todgeweihten ihre letzten Worte klar verständlich hervorstießen, wenn sie noch etwas zu sagen hatten, und dann ihr Leben aushauchten, auch wenn die osmanischen Geschichtenerzähler etwas anderes behaupteten. Feyras einzige schwache Hoffnung bestand darin, dass Nurbanu noch einmal irre reden würde, wenn ihr Körper sich ein letztes Mal verzweifelt gegen die Sporen des St.-Bartholomäus-Baums zur Wehr setzte, bevor das Gift sie tötete. Aber sie konnte nicht damit rechnen, dass Nurbanu so klar im Kopf sein würde wie gerade eben. Feyra war dankbar dafür, dass ihr die Zeit geblieben war, die Geschichte ihrer Mutter – und ihre eigene – zu hören, aber jetzt musste sie wissen, was ihre Herrin von ihr verlangte und was es mit dem Ring auf sich hatte.

Sie drehte ihn im Morgenlicht am Finger. Er war schön und zeugte von großer Handwerkskunst. Der glasklare Kristall wies eine Art farbiges Muster auf. Als sie genauer hinsah, stellte sie fest, dass die Farben kein Muster bildeten, sondern winzige Pferde darstellten, vier an der Zahl, die um den Reif herumgaloppierten. Sie inspizierte sie eingehend. Die Tiere waren kunstvoll in das Glas eingearbeitet, mit einem Werkzeug, das nicht größer sein konnte als eine Nadelspitze. Jedes Pferd schimmerte in einer anderen Farbe: Eines war schwarz, eines rot, eines weiß und eines grünlich wie Gallenflüssigkeit. Obwohl sie keine Stunde zuvor in der Samahane erwogen hatte, mit ihrem Vater zusammen zu fliehen, wusste Feyra jetzt, dass sie ihre Patientin nicht verlassen konnte. Sie musste erst alles wissen. Und sie musste nicht lange warten.

»Feyra, Feyra …« Es war kaum mehr als ein Wispern.

Feyra griff erneut nach der Hand der älteren Frau. *»Komm und sieh.«* Der Atem roch jetzt faul, als kröche der Tod aus Nurbanus Mund. »Sie kommen!«

*»Wer?«*, fragte Feyra.

»Die vier Reiter.«

Nurbanus Geist musste sich verwirrt haben. Sie bezog sich auf den Ring, den sie Feyra gegeben hatte, und vielleicht auf die vier Pferde, die sie von Paros fortgebracht hatten. Feyra sprach beruhigend auf sie ein. »Nein, nein, sie kommen nicht.«

»Doch, doch … ich sehe sie. Sie bringen den Tod!« Die meerblauen Augen starrten jetzt blicklos ins Leere.

»Nein, sie kommen nicht«, versuchte Feyra ihr zu versichern. »Ich kann bis Pera sehen, und dort sind nur wenige Boote. Es ist auch niemand im Raum und niemand an der Tür.«

»Sie kommen nicht zu *mir«*, protestierte die Sterbende. »Sie reiten nach Venedig! Die Große Bedrängnis reitet nach Venedig. Sie galoppieren auf weißen Pferden über die Wellen, aber nur eines von ihnen ist weiß, die anderen haben andere Farben.«

Feyra sah erneut auf den Ring hinab, betrachtete die zarten Gravuren. Ein Pferd war weiß eingefärbt. *»Aber nur eines von ihnen ist weiß, die anderen haben andere Farben.«* Vielleicht sprach ihre Herrin ja doch nicht im Delirium, dachte Feyra.

»Was heißt das? Was bringen die Pferde?«

*»Komm und sieh, komm und sieh, komm und sieh!«*

Feyra beugte sich so nah zu ihr wie möglich. »Ich bin hier, Herrin.«

Plötzlich richtete sich Nurbanu kerzengerade auf und sprach mit einer Kraft, die ihrem geschwächten Körper kaum noch zuzutrauen war. *»Und als das Lamm das dritte Siegel auftat, hörte ich die dritte Gestalt sagen: Komm und sieh! Und ich sah, und siehe, ein schwarzes Pferd. Und der darauf saß, hatte eine Waage in der Hand. Und ich hörte eine Stimme mitten unter den vier Gestalten sagen: Ein Maß Weizen für einen Silbergroschen und drei Maß Gerste für einen Silbergroschen; aber dem Öl und Wein tu keinen Schaden!«*

Sie sank in die Kissen zurück, und ihre Stimme erstarb wieder zu einem Flüstern. »Es steht geschrieben. Im Buch steht es geschrieben.«

Feyra wurde nervös. Sie war keinen Deut klüger. Die Valide Sultan verschwendete ihre Kraft. Bald würde sie nicht mehr sprechen können, und sie vergeudete Worte für Gejammer über Wein und Öl?

»Was für ein Buch?«

»Ich habe seit Jahren nicht mehr darin gelesen. Sie erlauben es mir hier nicht. Das Buch, das Buch der Bücher. Es berichtet von der Großen Bedrängnis. *Komm und sieh, komm und sieh, komm und sieh.*«

Ihre Augen blickten starr, und Feyra wusste, dass die Zeit der Valide Sultan ablief. Sie versuchte es mit einer anderen Frage. »Was kann ich tun?«

»Timurhan bringt das erste Pferd, das schwarze Pferd, mit seinem Schiff mit. Geh mit ihm, hindere ihn daran. Das rote Pferd ist ihm dicht auf den Fersen. Wenn das dritte Pferd kommt, das weiße, der Eroberer, wird Venedig nicht länger existieren. Dann ist das fahle Pferd der König über alle Reiche, denn es ist das schrecklichste von allen, das alle Menschen fürchten.«

»Wer ist das fahle Pferd?«

»Tod.«

Die einzelne Silbe hallte in dem stillen Hof wider. Sie schien ein Ende zu sein: das letzte Wort. Doch dann drehte die Valide Sultan den Kopf auf dem Kissen und sah Feyra in die Augen. Sie sprach fast normal. »Werde *ich* sterben?«

In Feyras Hals schien etwas zu stecken, ein großer, kalter Stein, der ihre Stimme blockierte. Aber sie hatte ihre Herrin noch nie belogen. »Ja.«

Wie ein kleines Mädchen, als wäre sie die Tochter und Feyra die Mutter, fragte die Valide Sultan mit leiser, ängstlicher Stimme: »Wird es wehtun?«

Feyra dachte an den Falken, dem sie die Sporen des St.-Bartholomäus-Baums gegeben hatte. Und daran, wie der Vogel zwei, drei Stunden nach der Infektion ausgesehen hatte. Sie dachte daran, wie Nurbanu in einer weiteren Stunde aussehen würde und wie ihre Organe wie die des Falken zu Brei zerfallen würden. Ihr Herz brach. Das Letzte, was sie zu ihrer Mutter sagte, war eine Lüge. »Nein«, erwiderte sie. »Ihr werdet nichts spüren.«

Eine Stunde später war Feyra so sicher, wie sie nur sein konnte, dass ihre Herrin tot war.

Die Augen der Valide Sultan standen offen, das Fleisch war mit schwarzen Flecken übersät. Feyra schloss die Augen von der Farbe des Meeres, dieses Meeres und jenes, das Venedig umschloss, und schlich auf Zehenspitzen aus dem Raum.

Sie wusste, dass es Zeit war, den Arzt zu suchen, also stolperte sie zur Halle des Reinigungsbrunnens zurück. Als sie das letzte Mal hier gestanden hatte, war ihre Welt noch in Ordnung gewesen. Jetzt lag ihre Zukunft ungewiss vor ihr, und sie hatte innerhalb weniger Stunden eine Mutter gefunden und wieder verloren.

Sie schickte einen der schwarzen Eunuchen nach dem Arzt, und als er kam, sah er wenig besser aus als ihre arme Herrin. Er war grau im Gesicht, zitterte, und sein Turban saß schief. Sie verneigte sich vor ihm. »Es scheint, dass Ihr bereits wisst, was ich zu sagen habe, Lehrer.«

Haji Musa sah sie an, als habe er in den Abgrund der Hölle geblickt. »Feyra, ich muss dir mitteilen, dass dein Vater in Gefahr schwebt. Lass ihn nicht gehen.«

»Mein *Vater*? Aber ich bin gekommen, um Euch zu sagen, dass meine …« Sie hielt kurz inne. »Dass meine Herrin gestorben ist. Ihr wusstet das nicht?«

Es war, als könne der Arzt sie nicht hören. »Ich habe bereits zu viel gesagt. Lass ihn nicht die Segel setzen. Seine Fracht ist gefährlich. Sie wird ihn töten.«

Feyra erstarrte. »Seine Fracht? Was befördert mein Vater denn für eine Fracht?« Sie war von Kummer und Verwirrung überwältigt und hatte genug von Hinweisen und Andeutungen. Es machte sie zornig. »Sagt es mir, und zwar rasch und deutlich.«

Ihr Lehrer und Mentor, der große Haji Musa, schien vor ihren Augen zu schrumpfen. Er wich zurück. »Ich habe schon zu viel gesagt.« Seine Hände flatterten zu seinem Mund. »Hast du gesagt, deine Herrin läge im Sterben?«

»Sie ist bereits tot.«

Die Nachricht schien ihn nicht zu berühren, war nichts als eine unbedeutende Kleinigkeit. »Dann geh nach Hause, Feyra. Jetzt. Sei ja nicht hier, wenn sie entdeckt wird. Und bring deinen Vater fort, *lass ihn nicht die Segel setzen*!«

»Wartet!«

Er ging bereits davon. »Ich habe schon zu viel gesagt. Allein dafür könnten sie meinen Kopf nehmen. Wenn ich noch mehr sage, bin ich mit Sicherheit ein toter Mann.«

Feyra blickte ihm nach, als er davonhuschte, und wusste, dass sie ihn nie wieder sehen würde.

Da sie nicht wusste, was sie sonst tun sollte, ging sie durch die stillen Höfe zum Palasttor zurück. Ihre Mutter hatte ihr gesagt, sie solle Timurhan auf seiner Reise begleiten. Ihr Mentor hatte gesagt, sie solle ihren Vater auf keinen Fall die Segel setzen lassen. Beide hatten von seiner Fracht gesprochen. Nurbanu hatte sie als das schwarze Pferd bezeichnet, und Haji Musa hatte sie gewarnt, dass sie ihn töten würde. Feyra fühlte sich mit einem Mal sehr jung. Am liebsten wäre sie auf Timurhans Schoß geklettert, hätte an seinem Bart gezupft, wie sie es als Kind getan hatte, ihm alles erzählt und ihn gefragt, was sie jetzt tun sollte.

Als sie an den Gemächern des Sultans vorbeikam, konnte sie drinnen die Stimme des Sultans dröhnen hören. Sie beschleunigte ihre Schritte, als könne Murad jeden Moment persönlich herausstürmen und sie züchtigen, weil sie seine Mutter hatte sterben lassen. Hätte sie aufmerksamer zugehört und wäre sie nicht so in Eile gewesen, hätte sie vielleicht eine zweite Männerstimme vernommen.

Und sie hätte diese Stimme vielleicht erkannt. Der Sultan befand sich in einer Besprechung mit ihrem Vater.

# 4

Sultan Murad III. hatte seine Herrschaft so begonnen, wie er sie fortzusetzen gedachte.

Nachdem er aus der Provinz Manisa zurückgekehrt war und den Thron bestiegen hatte, hatte er seine jüngeren Brüder, die sein Vater mit anderen Frauen gezeugt hatte, mit einer Bogensehne erdrosseln lassen. Die Thronfolge war gesichert. Jetzt, im Alter von neunzehn Jahren, war er der unangefochtene Herrscher seines Reiches und bereit, den ehrgeizigsten Plan seines Lebens zu verwirklichen.

Dem Kislar Aga zufolge, mit dem er soeben eine interessante Unterredung geführt hatte, sollte seine Mutter inzwischen tot sein. Er war endlich frei von dieser Fessel, die sich zuletzt wie eine Schlinge um ihn zusammengezogen hatte, und würde ihre ständige Einmischung nicht länger dulden müssen.

Genialerweise war er darauf verfallen, die Genuesen die Tat ausführen zu lassen. An seinen Händen klebte kein Blut, denn während die Beseitigung seiner Brüder beim Volk auf Zustimmung gestoßen war und von einem starken Herrscher erwartet wurde, wäre der Mord an seiner Mutter, die sich großer Beliebtheit erfreute, zu weit gegangen. Die Schuld den Genuesen zuzuschieben war ein Meisterstück. Er würde die *Gedik* seiner Mutter wegen ihrer Nachlässigkeit hinrichten lassen und die Genuesen denunzieren, die seiner Meinung nach mit ihren Unterkünften im Galataturm und dem umliegenden

Getto ohnehin einen zu großen Teil seiner Stadt an sich gerissen hatten. So konnte er nicht nur seine Mutter betrauern, wie es sich gehörte, sondern zugleich auch rechtschaffenen Zorn auf Ausländer schüren. Und dieser Hass würde dazu dienen, seinen jüngsten, größten und kühnsten politischen Streich zu unterstützen. Ein derartiges Wagnis war noch nie unternommen worden.

Der Sultan saß auf seinem Thron und musterte den Mann, der unterwürfig vor ihm auf der marmornen Karte der bislang bekannten Welt stand, die den gesamten Boden des geräumigen Audienzsaales einnahm. Der Mann stand passenderweise im Meer.

Dieser Mann hatte einst seinem Vater Selim und allen seinen Erben unverbrüchliche Treue geschworen. Ein einstiger Admiral und jetzt, in Friedenszeiten, nur ein alter Kapitän. Nun, der alte Bursche würde bald wieder Admiral sein. Der Gedanke stimmte den Sultan großmütig, ein Gefühl, das er zutiefst genoss, ging es doch mit Macht einher. Es würde noch einen letzten Kampf für den alten Seemann geben. Sultan Murad III. beabsichtigte, eine Schuld einzufordern.

Als er dem Kapitän seine Anweisungen erteilte, meinte er, den genauen Moment, die genaue *Sekunde* erkennen zu können, in der Timurhan begriff, dass er von dieser Fahrt nicht mehr zurückkehren würde. Dieser Mann, der sämtliche kartografierten Gewässer des Osmanischen Reichs und jenseits seiner Grenzen durchquert hatte, seit er ein Junge war, würde seine letzte Reise antreten. Murad kostete den Augenblick aus. Er war ein Teil des Gesamtbildes. Die goldene Pracht im Raum, die riesige Marmorkarte und die Diener, die weißen Eunuchen, die alle taub und stumm waren, weil man ihnen auf seinen Befehl hin die Trommelfelle durchstochen und die Zungen herausgerissen hatte. Die Gewänder, die er trug, die Palastwände, die ihn umgaben, der Harem voller Frauen, die ihm jederzeit zur Verfügung standen. Und das Beste von allem – die Macht, das Leben eines Mannes zu beenden und von ihm zu erwarten, dass er sein Los akzeptierte. Was der Kapitän tat.

Timurhan bin Yunus Murad war perfekt geeignet für diese Aufgabe. Niemand kannte die Meere besser als er, und als Lepanto-Veteran hatte er in dieser größten aller Seeschlachten genug Grausamkeiten gesehen, um Venedig und seinen Dogen zu hassen. Und er hatte nur einen Nachkommen; einen, den Murad nur zu gerne in seine persönliche Obhut nehmen würde.

»Unser guter Doktor hat seinen Auftrag ausgeführt und von einem Tempel außerhalb der Stadt einen entsprechenden Kasten besorgt. Die weißen Eunuchen werden dafür sorgen, dass die Fracht um Mitternacht zum Dock geschafft wird. Du wirst mit einem der venezianischen Schiffe segeln, die wir bei Lepanto erbeutet haben. Es heißt *Il Cavaliere.*«

Aus dem Tonfall des Sultans hätte man schließen können, dass er selbst dabei gewesen war. Tatsächlich war es aber Timurhan, der an der Schlacht teilgenommen hatte, in deren Verlauf diese spezielle Galeere erobert worden war. *Der Reiter.* Der Name hatte für Timurhan eine ebenso große Bedeutung wie für Murad. Der Sultan, der mit allen Einzelheiten der Geschichte seiner Mutter vertraut war, fand ihn erheiternd. Er mochte Zufälle und glückliche Fügungen – sie verliehen ihm das Gefühl, dass Gott auf seiner Seite stand. »Du bringst das Schiff nach Venedig und wartest.«

Er erhob sich von seinem Thron, schritt geräuschlos über die Karte und zeichnete die Route des Schiffs mit seinen goldenen Pantoffeln nach. Als er die marmorne Darstellung von Venedig erreichte, stampfte er absichtlich über die ganze Stadt. Es gefiel ihm, sie mit seinen Füßen zu besudeln. »Wenn du die Mündung der Lagune erreichst«, er blieb an der entsprechenden Stelle stehen, »wartest du auf einen Sturm. Im Schutz eines Unwetters und an Bord eines venezianischen

Schiffs hast du gute Chancen, an der Quarantäneinsel vorbeizukommen.« Er deutete auf eine kleine Landmasse, unter der *Vigna Murada* stand. »Dort werden sie dich, wenn sie dich fassen, vierzig Tage lang festhalten, und alles wäre verloren. Die Seeleute werden in Armenhäuser gesperrt und die Fracht abgewaschen und geräuchert, damit ihr kein Gift mehr anhaftet. Ich muss dir ja nicht sagen, dass unser Unternehmen zum Scheitern verurteilt ist, wenn das geschieht. Bring die Fracht stattdessen zum Markusbecken direkt vor dem Palast des Dogen. Genau hier«, er tippte mit der Spitze seines Pantoffels auf die Stelle, »wirst du deine Last abliefern.«

Der Sultan wartete lange genug, um sicher zu sein, dass er keinen Widerspruch hören würde. Der Kapitän war ihm gehorsam gefolgt, dieser Schwächling. »Dann segelst du zur Leeseite dieser Insel, sie heißt Giudecca. Dort findest du ein sicheres Haus, hier, an dem Ort namens Santa Croce.« Der Sultan glaubte nicht, dass Timurhan die Bedeutung dieses heiligen Namens verstand, verschluckte aber trotzdem vorsichtshalber die Silben ein wenig. »Dort findest du Leute, die dir Unterkunft gewähren, dir helfen und dich mit Proviant versorgen. Dann kannst du sicher in die Türkei zurücksegeln.« Er brachte die Lüge glatt über die Lippen.

Der Kapitän blickte stumm auf die Karte hinab. Der Sultan war daran gewöhnt, dass in seiner Gegenwart geschwiegen wurde, aber dieses Schweigen hielt so lange an, dass es ihn ärgerte. Dann ging ihm auf, dass dieser Mann, der häufig mit seinem Vater, aber noch nie zuvor mit ihm zu tun gehabt hatte, von seiner Macht und seiner Ausstrahlung eingeschüchtert wurde. Er freute sich darüber. Seine Mutter, mochten ihre Gebeine in der Hölle verrotten, behauptete immer, er sei das genaue Gegenteil seines Vaters. Natürlich fürchtete sich dieser Mann vor ihm. Er war nicht wie sein Vater Selim, ein schwacher Mann, gütig und barmherzig und ein Weichling. »Du darfst sprechen«, forderte er den Kapitän großzügig auf.

Timurhan bin Yunus Murad fürchtete den Sultan ganz und gar nicht. Er hielt ihn für einen bösartigen jungen Gecken, nicht würdig, seinem Vater auch nur die Stiefel zu küssen. Er schwieg nur, weil er versuchte, diesen letzten Schlag zu verarbeiten, den das Schicksal ihm versetzt hatte.

Timurhan war an Verluste gewöhnt. Er hatte eine Frau gefunden, die er liebte und die ihn liebte, und sie an den Vater dieses Sultans verloren. Er hatte sich der Seefahrt verschrieben, war bei Lepanto zu Ruhm und Ehre gelangt und hatte seine Flotte verloren. Das Einzige, was er in seinem Leben hatte behalten können, war Feyra, und nun würde er sie auch noch verlieren. Die Ironie des Ganzen entging ihm nicht. Nach der Geburt seiner Tochter hatte er im Gegenzug dafür, sie mit nach Hause nehmen und in Frieden in der Stadt großziehen zu dürfen, Selim und seinen Erben die Treue geschworen. Und genau dieser Schwur hatte zur Folge, dass er jetzt und hier in diesem Raum stand und sich auf eine Mission begeben musste, die ihn für immer von Feyra trennen würde. Endlich ergriff er das Wort, stellte die Frage, um die alle seine Gedanken kreisten.

»O Licht meiner Augen und Freude meines Herzens, was wird mit Feyra geschehen?«

»Ah, deine kluge Tochter. Ja, sie ist sehr klug.« Der Sultan dachte an seine aufschlussreiche Unterredung mit dem Kislar Aga zurück. »Sie weiß bereits einiges, was sie nicht wissen sollte.«

Timurhan streckte beide Hände vor, als wolle er einen Schlag abwenden. »Herr, ich weiß, dass sie zu gebildet ist, aber wenn Ihr sie gütigerweise in den Diensten Eurer Mutter belassen wollt …«

Der Sultan schnitt ihm das Wort ab. »Meine Mutter hat ihre Seite in diesem Krieg gewählt, und deswegen braucht sie deine Tochter nicht mehr.«

»Herr …«

»Beruhige dich. Ich missbillige das medizinische Wissen deiner Tochter nicht, das ich nur weiterempfehlen kann. Nein, eine kluge Frau kann sehr hilfreich sein. Aber sie ist auch schön, eine Tatsache, die sie, wie ich bemerke, um jeden Preis zu verbergen versucht.«

Timurhan stellte die nächste Frage voller Angst. »Wie meint Ihr das?«

»Ich meine, dass ich mich zum Dank für den Dienst, den du meinem Reich erweist, persönlich um sie kümmern werde. Ich habe beschlossen, Feyra die große Ehre zuteilwerden zu lassen, sie als meine Kadin in meinen Harem aufzunehmen.«

Timurhan saß in der Falle. Wie konnte er dem Sultan gestehen, dass Feyra seine Halbschwester war; dass er, ein einfacher Schiffskapitän, einst bei Murads Mutter gelegen hatte? Er würde an Ort und Stelle niedergestreckt und Feyra höchstwahrscheinlich ebenfalls ermordet werden. Sollte er sich verneigen, die Ehre annehmen, sich auf die Todesmission begeben und hinnehmen, dass Feyra zwar in Sicherheit wäre, sich aber täglich ihrem Bruder würde hingeben müssen?

Die Wahl war eigentlich gar keine. Er verbeugte sich.

Als er zur Tür ging, sah ihm der Sultan lächelnd nach. Timurhan hatte ihn unterschätzt, wie es so viele Menschen taten. Feyra war nicht die Einzige, die etwas wusste, was sie nicht wissen sollte.

Er wusste, dass Feyra seine Schwester war, und es störte ihn nicht.

Timurhan ging durch die Gänge und Höfe des Topkapi-Palastes, wohl wissend, dass er das alles nie wieder sehen würde. Als er am Harem vorbeikam, fragte er sich wie so oft, ob *sie* sich darin aufhielt. Die Tür war stets geschlossen und wurde von schwarzen Eunuchen bewacht.

Nur heute nicht.

Sowohl die äußeren als auch die inneren Türen standen offen. Zögernd, als wäre schon der Blick eines Mannes an diesem Ort ein Eindringling, spähte er quer über einen kleinen Hof zu einer weiteren geöffneten Tür. Hinter dieser zweiten Tür lag eine Frau in ihren Kissen. Sie regte sich nicht, ihre Haut war fleckig, und sie schien tot zu sein. Aber während er sie ansah, schlug sie die Augen auf. Augen, die so blau waren wie das Meer.

Plötzlich befand er sich einundzwanzig Jahre in der Vergangenheit, auf einem Maskenball in Paros, wo ebendiese Augen ihn verzaubert hatten. Diese Augen hatten in die seinen geblickt und ihn überredet, sie fortzubringen, mit ihr zu seinem Schiff zu reiten und nach Konstantinopel zu segeln. Jetzt blickte er wieder in diese Augen, einen letzten Moment lang, und dann, als er erkannte, dass er Zeuge eines Endes und nicht eines Anfangs war, wandte er sich ab.

# 5

Feyra konnte sich hinterher nicht mehr daran erinnern, was sie an diesem Abend gegessen hatten.

Sie hatte die verschiedenen Speisen zubereitet und zum Tisch getragen. Sie hatte die Messinglampen angezündet, als die Sonne unterging, und den Tisch mit Messern und Bechern gedeckt. Sie hatte einige Bissen zum Mund geführt, aber nichts geschmeckt.

Während der Zubereitung des Essens, hatte sie wieder und wieder über die Wege nachgegrübelt, die ihr offen standen. Sie konnte ihrem Vater alles erzählen und so gegenüber ihrer toten Mutter einen Vertrauensbruch begehen. Oder sie konnte schweigen und alles für sich behalten. Sie hatte immer noch keine Entscheidung getroffen, als sie ihren Platz gegenüber von ihrem Vater am Tisch einnahm. Nur eines wusste sie mit Sicherheit. Sie würde Konstantinopel nicht verlassen. Wenn ihre Mutter tot war und ihr Vater fortging, war die Stadt alles, was sie noch hatte.

Feyra musterte Timurhan eindringlich. Er wirkte beunruhigt. Sie betrachtete sein gebräuntes, von den vier Winden der vier Jahreszeiten auf dem Meer wettergegerbtes Gesicht, den eingeölten, spitz zulaufenden, jetzt grau gesprenkelten Bart und die Augen, die so bernsteinfarben leuchteten wie ihre. Er saß, wie er es immer tat, wenn er zu Hause war, am Kopfende des polierten Tisches vor dem holzvergitterten Fenster, das Kreuze und Rauten aus Licht auf seine Gestalt warf. Er schwieg und aß nur wenig mehr als sie.

Feyra respektierte ihren Vater, gehorchte ihm, wie es alle guten Töchter tun sollten. Sie liebte ihn und, was noch wichtiger war, sie mochte ihn. Aber sie fürchtete sich auch ein wenig vor ihm.

Er war streng und wachte eifersüchtig über ihre Keuschheit, weswegen er auch ihre Art, sich sorgsam zu verhüllen, guthieß. Er schlug sie, wenn sie ihm die Stirn bot – woraus sie ihm keinen Vorwurf machte, denn welcher Vater schlug seine Töchter nicht? –, und küsste sie, wenn er mit ihr zufrieden war. Aber in der letzten Zeit hatte sich eine kaum merkliche Veränderung eingeschlichen. Wenn sie gelegentlich beim Essen eine Bemerkung machte oder von ihrer Arbeit sprach, änderte sich etwas so unbemerkt wie der Gezeitenwechsel, wenn das Wasser in die entgegengesetzte Richtung zu fließen begann. Sie nahm leisen Respekt in den Augen ihres Vaters wahr und darüber hinaus auch einen Hauch von Angst.

Die Quelle ihrer neuen Macht hieß Wissen. Ein oder zwei Mal fragte er sie bezüglich medizinischer Angelegenheiten nach ihrer Meinung, und manchmal nahm er sie sogar gegenüber seiner Besatzung in Schutz. Erst letzte Nacht hatte er ihr beim Abendessen einige Fragen über die Pflege eines Kranken gestellt und wissen wollen, wie man verhinderte, dass die Krankheit sich ausbreitete, wenn der Patient auf engem Raum mit anderen lebte. Aber er tat es widerwillig. Sie merkte ihm an, dass ihm die Veränderung nicht gefiel, dass er das Gefühl hatte, etwas wäre verloren gegangen.

Feyra beschloss, ihrem Vater etwas zu erzählen, was keinen Vertrauensbruch gegenüber ihrer Mutter darstellte, ihr aber vielleicht dabei helfen würde, zu entscheiden, was sie tun sollte. »Meine Herrin ist tot.«

Die Worte rollten in der Stille zwischen ihnen hin und her wie auf den Tisch geworfene Murmeln.

Die Augen ihres Vaters flackerten leicht. »Das tut mir leid«, sagte er.

Diese wenigen Worte verrieten Feyra, dass er bereits Bescheid wusste. Und noch mehr – es tat ihm wirklich leid, er war traurig, weil er sie immer noch liebte. Das reichte aus. Sie ließ ihren Teller klirrend fallen und sank neben ihrem Vater auf die Knie. »Vater, was soll ich tun? Am Ende redete sie irre, sagte alle möglichen seltsamen Dinge – soll ich morgen dorthin zurückkehren?«

Er umschloss ihr Gesicht. »Feyra. Ich trete morgen eine Reise an. Und du wirst in den Harem zurückkehren, aber jetzt als Kadin des Sultans.« Er vermochte ihr nicht in die Augen zu sehen.

Das Blut rauschte in Feyras Ohren. Tausend widersprüchliche Gefühle schlugen über ihr zusammen, und das vorherrschende davon war Wut. All die Mühen, die sie Tag für Tag auf sich genommen hatte, seit sie erwachsen war, waren umsonst gewesen.

Der Sultan hatte durch den Schleier hindurchgesehen.

Dass sich die Geschichte ihrer Mutter wiederholen würde, war schon schlimm genug, aber Feyra erwartete ein weitaus grausameres Schicksal: Sie würde die Frau ihres Bruders werden, ein Verbrechen gegen die Natur und ihre Weiblichkeit.

»Nein, Vater«, erwiderte sie fest und bat dann mit weicherer Stimme: »Das wirst du nicht zulassen, nicht wahr?«

Er entspannte sich und sah sie an, als sich ihm die Lösung des Problems erschloss. Er hatte dem Sultan den Treueeid geleistet, um seine geliebte Tochter behalten zu können. Wenn er Feyra sowieso verlieren würde, was nutzte ihm dann sein Eid oder sein Leben? Er würde Feyra nehmen, sie zu seinem Schiff bringen und fortsegeln – ohne Ladung, irgendwohin, wohin ihm der Sultan nicht folgen konnte.

Vielleicht würden sie nach Paros gehen, einen Ort, der für ihn immer das Paradies bleiben würde. Er konnte immer noch den Duft der Zitronenbäume riechen, an denen er in jener warmen Nacht vorbeigekommen war, als er hinter der schönen Cecilia Baffo her zum Meer hinunterritt. Es hatte ihn entzückt, dass sie schneller war als er. Er sah sie wieder vor sich, wie sie sich umdrehte und ihn anlachte, verängstigt und abenteuerlustig und krank vor Liebe zugleich.

Er blickte auf das Gesicht hinab, das er jetzt zwischen den Händen hielt, ein unvergleichliches Gesicht, das er selten unverhüllt zu sehen bekam. Feyra, ihrer Mutter so ähnlich und doch so anders als sie. An der Hand, die die seine hielt, erkannte er Cecilias Ring. Er hatte so viele Fragen und sie so viel zu erzählen, aber jetzt war keine Zeit dafür. »Ich kann dich nicht gehen lassen. Pack deine Sachen. Wir müssen noch vor Sonnenuntergang von hier fort.«

Feyra sprang auf, holte ihren Umhang und schnallte ihren Medizingürtel um. Es dauerte nur einen Moment. »Fertig«, sagte sie. Heute Abend bestand keine Notwendigkeit, sich zu verhüllen, die lästige, nutzlose Verkleidung anzulegen. Sie sah ihren Vater an, und sie tauschten ein seltenes Lächeln.

Timurhan öffnete die Tür, und ihr Lächeln erstarb.

Vor der Tür stand der Kislar Aga und verdeckte das ersterbende Licht mit seiner massigen Gestalt.

»Kapitän Yunus Murad«, sagte er mit seiner seltsam hohen Stimme. »Ich soll Euch zu Eurem Schiff eskortieren, wo Eure Besatzung Euch erwartet. Dame …« Er wandte sich an Feyra. »Geht zu Bett. Meine Männer werden vor Eurer Tür wachen und Euch im Morgengrauen in den Harem bringen.«

Feyra blieb nichts anderes übrig, als sich zu verabschieden; ihre Wange so fest gegen die ihres Vaters zu pressen, dass sich ihre Tränen vermengten, und zu winken, bis er und der Kislar Aga um die Ecke gebogen waren. Es gelang ihr, sich auf den Beinen zu halten, bis er außer Sicht war, dann brach sie vor den Füßen der Wächter auf dem Pflaster zusammen.

Dem Pflaster, auf dem sie einst einen Kreisel gedreht hatte.

# 6

Feyra lag im Dunkeln und drehte an dem Kristallring herum.

Sie wurde nicht länger von Unentschlossenheit gemartert, sondern wusste genau, was sie zu tun hatte. Sie wartete nur den richtigen Moment ab. Sie wartete und drehte dabei den Ring an ihrem Finger, als zähle sie die Herzschläge, bis sie endlich handeln konnte.

Der Ring befand sich erst seit vier Stunden in ihrem Besitz, und trotzdem fühlte er sich bereits wie ein Teil von ihr an. Sie drehte den Kristallreif immer ein Viertel weiter, sodass jedes Mal ein anderes Pferd zuoberst erschien – schwarzes Pferd, weißes Pferd, rotes Pferd, fahles Pferd. Sie fragte sich, ob ihre Mutter dieselbe Angewohnheit gehabt hatte.

Ihre Mutter.

Nurbanu war Feyra in allem, nur nicht dem Namen nach, eine Mutter gewesen. Sie würde um sie trauern, wenn der Schock abgeklungen war, aber sie hatte nicht das Verlangen, ihre Beziehung in ein anderes Licht zu rücken. Es hatte gegenseitige Liebe und Respekt gegeben, Umarmungen, viele miteinander verbrachte Stunden – mehr, als irgendeine andere Tochter erwarten konnte. Feyra quälte sich nicht mit ungesagten Worten herum. Alles Notwendige war in jenen letzten schrecklichen Stunden gesagt worden, der Rest unausgesprochen zwanzig Jahre davor. Feyra bedauerte nur, dass ihre Mutter ihr nicht mehr über die Reiter hatte erzählen können. Über das schwarze Pferd, das ihr Vater nach Venedig bringen sollte, und darüber, was sie selbst zu tun hatte.

Draußen auf der Straße trat Stille ein. Es wurde Zeit.

Feyra erhob sich so geräuschlos wie eine Katze. Sie brauchte sich nicht anzukleiden, denn sie hatte sich gar nicht erst ausgezogen, sie legte aber einen Schleier an, bevor sie ihren Hut aufsetzte. Jetzt verbarg sie nicht ihre Schönheit, sondern ihre Identität.

Behutsam öffnete sie die Fensterflügel und die filigranen Läden, hinter denen sie an diesem Morgen gestanden hatte. Der Kislar Aga hatte es nicht für nötig befunden, an der Rückseite des Hauses Wachposten aufzustellen. Sie ließ sich auf das Dach des Schuppens gleiten, in dem die Nachbarn nachts ihre Ziegen einschlossen. Die elenden Geschöpfe begannen zu meckern, und sie atmete mit einem unwillkürlichen entsetzten Keuchen ihren Gestank ein, ehe sie in die dunkle Gasse unter ihr hinunterkletterte. Sie schlich zur Straßenecke, sah, dass die Straße verlassen dalag, und rannte, so schnell sie konnte, zu den Docks hinunter. Dort erblickte sie mit bis zum Hals klopfendem Herzen Hunderte bemannter hölzerner Schiffsrümpfe, Spiere und Maste, die wie feindliche Lanzen gen Himmel ragten und ihre Flucht verhinderten. Wie sollte sie in Erfahrung bringen, welches Schiff ihr Vater nehmen würde? Ihm wurde für jede Reise ein anderes zugeteilt. Und was, wenn er schon abgelegt hatte?

Verzweifelt lief sie durch den Hafen und las die bombastischen Namen, die Männer ihren Schiffen gaben – törichte, vor Siegesgewissheit strotzende Prahlereien. Sollte sie sich auf gut Glück an Bord von einem davon schleichen und hoffen, dass sich die Besatzung als nicht gar zu übel erweisen würde, oder lieber nach Hause zurückkehren, am Morgen in ihrem eigenen Bett erwachen und sich in den Harem schaffen lassen? Feyra war mit den Vorgehensweisen von Männern vertraut, sie wusste, welches Schicksal sie als einzige Frau an Bord eines fremden Schiffes erwartete, wenn ihr Vater nicht da war, um sie zu beschützen. Aber war das schlimmer als das Dasein im Harem? Sie würde nur einem Mann statt zwanzig als Spielzeug dienen, aber dieser Mann war ihr Bruder und überdies ein wahres Monster. Sie hatte eigentlich gar keine Wahl.

Gerade als sie kehrtmachen wollte, fiel ihr Blick auf ein Schiff, das sich von den anderen unterschied. Mit seinen gerade geschnittenen statt gekrümmten Deckplanken und dem üppig verzierten Vorderdeck wirkte es fremdländisch, und am Bug prangte in gemalten Goldbuchstaben der Name *Il Cavaliere.* Nurbanu hatte es nicht versäumt, ihr das Lesen beizubringen – der venezianische Name bedeutete schlicht und einfach »der Reiter«.

Feyra verbarg sich hinter einem Fässerstapel und beobachtete das Treiben auf dem Schiff. Der hölzerne Landungssteg war herabgelassen, und die an der Hafenmauer befestigten Fackeln beleuchteten das Kommen und Gehen. Sie verfolgte, wie zwei Seeleute, Männer ihres Vaters, mit Ausrüstungsgegenständen und Vorräten beladen zwischen einem Lagerhaus am Kai und dem Schiff hin und her eilten. Flüchtig spielte sie mit dem Gedanken, sich zu erkennen zu geben und zu verlangen, zur Kabine des Kapitäns gebracht zu werden. Aber der Umstand, dass er sich in der Gesellschaft des Kislar Aga befinden würde, hielt sie davon ab.

Stattdessen studierte sie den Rhythmus, dem die Seemänner folgten. Schiffe waren seit ihrer frühesten Kindheit ihr Spielzimmer gewesen. Sie war von den Fässern und Kisten fasziniert, die sie dort vorfand, und hatte zahlreiche Laderäume erforscht. Normalerweise gelangte man durch eine Luke an Deck in den Frachtraum, und sie konnte sich nicht daran erinnern, jemals einen gesehen zu haben, der diesem hier glich. Bei diesem venezianischen Schiff lag der Zugang zum Laderaum an der Seite, sodass die Fracht direkt vom Dock aus durch die Doppeltüren knapp oberhalb der Wasseroberfläche eingeladen werden konnte. Eine hölzerne Planke führte geradewegs in die dunkle Höhle.

Wenn Feyra die Konkubinen im Harem behandelt hatte, hatte sie gerne gesagt, die Lösung eines Problems sei oft die einfachste. So verhielt es sich auch hier. Sie wartete einfach und huschte dann in einem unbeachteten Moment wie ein Schatten die Holzbrücke hoch und in den dunklen Bauch des Schiffes.

Sie ließ sich in den düsteren, einer Gruft ähnelnden Raum fallen, rollte sich hinter einigen Getreidesäcken zusammen und machte es sich so bequem wie möglich, um zu warten. Innerhalb der nächsten Stunde wurden weitere Säcke auf sie geworfen, bis sie sich kaum noch rühren konnte und zu schwitzen begann. Ihr Medizingürtel, ihr alter Freund, den sie so lange getragen hatte, dass er sich wie ein Teil ihres Körpers anfühlte, grub sich schmerzhaft in ihre Taille und ihre Rippen. Sie überlegte, was für Folgen es haben würde, wenn eine der Flaschen zerbrach und die Scherben sich in ihre Haut bohrten oder, schlimmer noch, wenn der Inhalt in ihre Haut sickerte. Diese Mittel wirkten heilend, wenn man sie in der richtigen Menge anwandte, in der falschen Dosis konnten sie jedoch großen Schaden anrichten.

Außerdem kratzte die raue Sackleinwand an ihrem Gesicht. Eine neue Angst wurde geboren: die, dass sie ersticken könnte. Also begann sie während der kurzen Abwesenheit der Seeleute ihr Gewicht zu verlagern und sich ein Luftloch zu schaffen. Im Schein einer einzelnen, an einem Haken hängenden Lampe erkannte sie allmählich, dass sie fast erdrückt wurde, weil alle Vorräte für die Reise auf einer Seite des Laderaums aufgestapelt wurden. Im vorderen Teil des Raums war ein Bereich mit einem Musselinvorhang abgetrennt, und zwischen diesem Vorhang und der Ladung lag eine größere leere Fläche.

Schließlich gelang es Feyra, den quälenden Druck auf ihren Körper zu lindern und sich umzublicken. Im Dämmerlicht begann sie die Säcke und Fässer zu untersuchen, sich nach Hinweisen auf die tödliche Fracht umzusehen, die ihr Vater mit sich führte – irgendetwas, das mit einem Pferd zu tun hatte, irgendetwas Schwarzes. Dabei fiel ihr noch etwas Seltsames auf: Bei den um sie herum gelagerten Vorräten handelte es sich nicht um die übliche Verpflegung an Bord eines Schiffes, die aus Pemmikan und Schiffszwieback bestand, sondern um guten, festen Käse, Fleisch und feines, weißes Mehl. Sie streckte die Hand Richtung achtern aus und drückte sie in die Säcke, wobei das Korn unter dem Sackleinen leise knirschte.

Während die Seemänner kamen und gingen, verhielt sie sich so still wie möglich und versuchte sogar, ganz flach zu atmen. Aber das war anscheinend nicht genug, denn einer der Verlader setzte sein Fass ab, richtete sich auf, hob eine Hand und spreizte die Finger, um seinem Kameraden Schweigen zu gebieten.

»Was ist denn?« Der zweite Mann stellte sein Fass ebenfalls ab.

»Ich habe etwas gehört«, zischte der mit den scharfen Ohren. »Dort hinter dem Stapel.« Er deutete auf die Fässer, hinter denen Feyra lag. Ihr Herzschlag dröhnte in ihren Ohren, und der Schweiß, der von ihren Fingerspitzen tropfte, verklumpte das Getreide.

»Das ist nur eine Ratte«, meinte der zweite. »Du bildest dir das ein.«

»Nur eine Ratte? Du solltest dir mal die Ohren waschen. Hast du den Befehl unseres Kapitäns nicht gehört? *Keine Tiere an Bord* – hier gibt es noch nicht einmal eine Schiffskatze. Also werden wir sie selber finden müssen.«

»Warum keine Tiere?«

»Das weiß ich doch nicht. Hat irgendetwas mit der Fracht zu tun.«

»Na schön. Suchen wir, wenn es sein muss, aber der größte Teil der Vorräte muss noch verladen werden.«

Sie kamen so gefährlich nah, dass Feyra ein beißender Ziegengestank in die Nase stieg – einer der Männer war vermutlich an Land ein Hirte. Der zweite, dessen Augen eindeutig besser waren als seine Ohren, sah direkt in ihre Richtung. »Hab sie! Komm her, du blinder Passagier!«

Feyra kroch zurück, aber der Mann hielt eine riesige, vor Angst quiekende schwarze Ratte in die Höhe. Er brach ihr das Genick, sodasss wieder Stille eintrat, schwang sich den langen Körper wie einen Sack über die Schulter und trug ihn, gefolgt von seinem Freund mit dem guten Gehör, in die Nacht hinaus.

Feyra lehnte sich erleichtert zurück. Ihr Herz hämmerte so heftig, dass sie meinte, ihre Brust würde zerspringen.

Dann ließ sie ein dumpfer Aufprall, ein Scharren und ein Fluch zusammenzucken. Die Seeleute mussten noch ein Stück Fracht zu verladen haben. Sie sah zu, wie sie ihre Last hereinbrachten. Vier Männer trugen etwas auf den Schultern wie Sargträger.

Einen Sarkophag.

Alle Sargträger waren verschleiert. Man hätte denken können, sie würden so ihren Respekt vor dem bezeugen, was sie trugen, doch ihr Verhalten und ihre Ausdrucksweise sprachen dagegen. Die Männer gingen so grob mit dem Sarg um, stöhnten und stießen so derbe Flüche aus, dass sie unmöglich einen Leichnam transportieren konnten. Der Sarkophag selbst schien aus Silber oder Zinn zu bestehen, irgendeinem grau schimmernden Metall. Er war mit verschlungenen farbigen Mustern aus Emaille verziert und wurde unter großem Gestöhne, Geschlurfe und gekrächzten Anweisungen zu dem Musselinvorhang geschafft. Dieser wurde zurückgezogen und die Last dahinter mit einem dumpfen Aufschlag auf den Planken abgestellt.

Die Träger zogen sich eilig zurück und nahmen die Fackel mit. Plötzlich herrschte Totenstille. Feyra konnte noch immer den geschlossenen Vorhang erkennen, weiß wie der Rock eines Derwischs, der jetzt schlaff herunterhing.

Genau wie zuvor, anders als zuvor.

Denn jetzt spürte Feyra die fast greifbare Bedrohung, die von dem Metallkasten dahinter ausging. Sie war irgendwie Furcht einflößender und beunruhigender als alles andere, was sie an diesem Tag gesehen hatte. Sie betrachtete den Vorhang von der Farbe des Todes, dann die leere Fläche zwischen ihr und ihm und lauschte in die Stille. Diese wurde mit einem Mal brutal von der schrillen, unverkennbaren Stimme des Kislar Aga zerrissen, der das Schiff verließ.

Dann gab es einen Ruck, ein Ruf ertönte, ein mächtiges Tau fiel klatschend ins Wasser, und es roch nach verbranntem Hanf, als das Schiff ablegte. Feyras Magen krampfte sich zusammen und hob sich dann. Es gab kein Zurück mehr.

Sie war auf See.

# 7

Während der ersten Stunde der Reise verhielt Feyra sich so still wie möglich.

Dabei half ihr das Schlingern des Schiffs, denn sie war nicht sicher, ob sie sich hätte bewegen können, wenn sie es gewollt hätte. Sie hatte noch nie eine größere Seereise unternommen, nur ab und an eine Vergnügungsfahrt in Nurbanus vergoldeter Barke, die aber das goldene Becken des Bosporus nie verlassen hatte. Es war alles so fremd und seltsam, dieser Rhythmus, das Auf und Ab der Wellen.

Wenn sich der Rumpf senkte, fühlte sich ihr Körper schwerelos an, hob er sich, wurde sie mit solcher Wucht gegen die Säcke gepresst, dass ihr Medizingürtel ihr erneut Schmerzen bereitete. Sie fühlte sich elend, kämpfte mit aufkeimender Panik und fand die Bewegungen des Schiffs, das Warten auf jedes Heben und Senken nahezu unerträglich. Das Schweben auf den Wellenkämmen, bevor es in die Tiefe ging, verursachte ihr Übelkeit. Zum ersten Mal verstand Feyra das Verhalten ihres Vaters, wenn er von einer langen Reise zurückkam. Kein Wunder, dass er danach ein paar Tage lang blass und krank war, sein Gesicht das ungesunde grünliche Weiß von Gebeinen aufwies, seine Hände zitterten und er keinen Raum durchqueren konnte, ohne zu schwanken und zu stolpern.

Feyra war eine Pragmatikerin. Ihr Vater hatte oft gesagt:

»Ich brauche einen Tag und eine Nacht an Bord, um seefest zu werden, und genauso lange, um mich wieder an festen Boden unter den Füßen zu gewöhnen.« Sie versuchte, gleichmäßig zu atmen und lernte mit der Zeit, sich der Bewegung des Schiffs anzupassen. Es erinnerte sie daran, wie sie zum ersten Mal auf einem Pferd gesessen hatte. Nurbanus eigene Pferdehegerin hatte sie gelehrt, dem Auf und Ab des Pferderückens mit ihrem Körper zu folgen, um den Ritt genießen zu können. So war es auch hier an diesem fremden Ort.

Nach einer Weile war sie imstande, sich aufzusetzen und die schweren Säcke über ihr von ihrem Gesicht weg und zur Seite zu schieben. Dann ging sie geräuschlos daran, sich inmitten der Fracht ein Nest zu bauen. Unter ihr lag eine Matratze aus Sackleinwand, zu einer Seite das Achterdeck, eine Krümmung aus sich überlappenden Planken, auf der anderen eine Reihe von Fässern. Zwischen den dickbauchigen Fässern klaffte eine Lücke, durch die sie den Laderaum und den Vorhang klar erkennen konnte, zugleich aber selbst vor Blicken geschützt war. Aufgrund der Ladung, die das Schiff mitführte, berechnete Feyra, dass sie viele Tage, vielleicht sogar Wochen lang vor der Entdeckung sicher war, denn zwischen ihrem Versteck und der Deckluke über ihr stapelten sich zahlreiche Säcke, Kisten und Fässer. Die Mannschaft würde diese Vorräte zuerst verbrauchen.

Feyra wusste, dass es von entscheidender Bedeutung war, ihre Anwesenheit an Bord geheim zu halten, bis ein ganz spezieller Moment der Reise verstrichen war. Sie hatte ihren Vater diesen Punkt auf den Karten markieren sehen, die er in ihrem Haus zusammengerollt in der Kartentruhe aufbewahrte. Als kleines Mädchen hatte sie gern zugesehen, wie ihr Vater die großen Pergamentbögen auf dem Tisch ausbreitete, seinen silbernen Zirkel zur Hand nahm und seine Reiseroute festlegte. Feyra verfolgte dann, wie der Zirkel in seiner Hand wie ein kleiner silberner Zwerg mit Spitzen statt Füßen über das Meer wanderte. An einem bestimmten Punkt erstarrte der Zwerg mit einem in der Luft schwebenden Bein wie ein Tänzer, und Timurhan presste die Spitze des Zirkels fest in das Pergament, zog ihn weg und kennzeichnete die Stelle mit einem säuberlichen Kreuz. »Da ist er«, pflegte er zu sagen. »Der Umkehrgrenzpunkt.«

Sie hatte damals begriffen, dass der Umkehrgrenzpunkt der Punkt war, an dem man nicht mehr kehrtmachen konnte, sondern seine Reise fortsetzen musste. Es war eines der wichtigsten Seezeichen in der Schifffahrt, denn wenn die Vorräte zur Neige gingen, ein Kampf ausbrach oder man von Piraten verfolgt wurde, musste man wissen, ob ein Schiff noch umkehren konnte oder ob es besser war, weiterzusegeln. Wenn Feyra nicht entdeckt wurde, bis sie die Hälfte der Strecke nach Venedig zurückgelegt hatten, konnten sie den Rückweg nicht mehr antreten. Sie würde bis zum Ende der Reise an Bord bleiben, komme, was wolle, und das Schicksal ihres Vaters teilen, wie immer es aussehen mochte.

Das erste Tageslicht fiel zwischen den Ritzen des Rumpfs hindurch. Feyra spähte mit einem Auge durch den breitesten Spalt. Salzige Gischt und Wind trübten ihren Blick, und sie konnte lediglich eine wogende dunkle Wassermasse erkennen. Das Meer, das jetzt nicht mehr so blau wie Lapislazuli und Saphir war, sondern stumpfgrau, bäumte sich wie ein gefährliches Tier auf. Sogar das Wasser war hier anders. Sie hatte alles hinter sich zurückgelassen, was ihr vertraut war. Plötzlich sehnte sich Feyra heftig nach ihrem Vater.

Tränen vermischten sich mit der Gischt, aber sie zwinkerte sie mit vor Erschöpfung schweren Lidern weg. Wieder ganz Ärztin befahl sie sich, sich auszuruhen. Sie war seit dem letzten Morgengrauen auf den Beinen, seit dem eine Welt entfernten Moment, wo sie sich vor ihrem Spiegel so sorgsam angekleidet hatte. Als sie sich zum Schlafen niederlegte, galt ihr letzter bewusster Gedanke dem Vorsatz, morgen den schlingernden Laderaum zu durchqueren und den weißen Vorhang wegzuziehen.

Und festzustellen, was sich Grässliches dahinter verbarg.

Als Feyra erwachte, verspürte sie einen brennenden Durst, vermochte aber zuerst nicht den Kopf zu heben, weil er dröhnte wie eine Trommel. Es kostete sie ebenso viel Mühe wie in der Nacht zuvor, sich aufzusetzen. Damals war sie seekrank gewesen. Jetzt stimmte etwas mit ihrem Körper nicht.

Ihre Haut brannte, sie konnte den Blick nicht auf einen bestimmten Punkt heften, und ihr Kopf drohte zu platzen. Sie musste unbedingt etwas trinken. Verschwommen erinnerte sie sich daran, einen Halbmond aus Regenwasser auf einem der Fässer bemerkt zu haben. Unter Aufbietung all ihrer Willenskraft hob sie die rechte Hand zu dem Deckel des Fasses neben ihr, schloss die Finger um das kupferne Band und tauchte sie in die kleine Pfütze. Dann führte sie die Finger an die Lippen und saugte die kostbare Flüssigkeit auf.

Als sie die Hand zurückzog, stellte sie fest, dass sich die Fingerspitzen schwarz verfärbt hatten. In dem Strahl goldenen Morgenlichts, der durch die Ritzen der Schiffswand fiel, sah sie, dass sie dunkle Flecken aufwiesen, als hätte sie mit Feder und Tinte hantiert. An dem Fass musste Teer geklebt haben. Wieder saugte Feyra an ihren Fingerspitzen, aber die schwarze Färbung blieb.

Die Finger selbst waren pechschwarz angelaufen.

Feyra war mit den Symptomen des Wundbrands vertraut, aber sie hatte keine Verletzung, durch die das Gift in ihren Körper gelangt sein könnte. Da sie nicht länger die Kraft aufbrachte, die Hand vor ihr Gesicht zu halten, ließ sie sie fallen, und dabei schoss ein sengender Schmerz durch ihre Achselhöhle. Mit der anderen Hand befühlte sie die betreffende Stelle über ihrer Brust und ertastete eine runde, feigengroße Schwellung.

Ihre glühende Haut wurde kalt vor Entsetzen. Sie untersuchte den Knoten mit verzweifelten, hektischen Bewegungen. Jede Berührung schmerzte wie ein Messerstich. Konnte es sich um ein Krebsgeschwür handeln, so wie es einige der Konkubinen in der Brust hatten? Nein – sie hatte noch nie erlebt, dass sich eine solche Krankheit über Nacht entwickelte, außerdem lag die besondere Gefahr derartiger Geschwüre darin, dass sie keine Schmerzen verursachten.

Was war es dann? Feyra wusste, dass Achselhöhlen, Leistengegend und Hals während einer Krankheit anschwollen, weil sich die Körpersäfte dort sammelten wie in einer Regenwassertonne, aber so etwas war ihr noch nie untergekommen. Schwach vor Schock sank sie zurück. Ihr Körper fühlte sich wieder an, als stünde er in Flammen, und ihr Schweiß rieselte in die Säcke unter ihr. Von da an nahm sie kaum noch etwas bewusst wahr.

In ihren klaren Momenten registrierte sie benommen, dass Leute kamen und gingen. Jede Nacht wurde eine Lampe in den Laderaum gebracht und an einen Haken gehängt, damit der Quartiermeister seine Vorräte inspizieren konnte, und am Morgen war die Lampe stets wieder verschwunden. Aber bald bekam Feyra all dies nicht mehr mit und konnte nicht mehr verfolgen, wie oft es geschah und wie viele Tage verstrichen waren.

Ab und an hörte sie sich selbst schreien – reden, wirres Zeug plappern, sogar singen. Zu Beginn war sie sich der Notwendigkeit bewusst, sich still zu verhalten, wenn die Deckluke geöffnet wurde, und biss ihre schmerzenden Zähne zusammen. Als die Zeit verging, schwand dieses Bewusstsein, und ihr wurde alles egal. Sie wollte jetzt nur noch, dass jemand sie fand, ihr half und sie zu ihrem Vater brachte, damit sie nicht alleine hier starb und verrottete, bis die Vorräte so weit zur Neige gingen, dass sie entdeckt wurde.

Tränen des Selbstmitleids rannen in ihre Ohren, und nach

vielen einsamen Stunden und Tagen, in denen sie entweder vor Kälte schlotterte oder vor Fieber glühte, begann sie den Tod herbeizusehnen. Sie konnte sich nicht mehr daran erinnern, wie es war, sich frisch und kräftig zu fühlen. Gesundheit schien ein fremdes Land zu sein, das sie nie wieder besuchen würde. Es war eine zu große Anstrengung, die Willenskraft aufzubieten, gesund zu werden. Sie fand es leichter, zu sterben. Sie hatte schließlich und endlich den Umkehrgrenzpunkt erreicht. Feyra schloss die Augen, wobei sie hoffte, es sei das letzte Mal, und ließ sich davontragen …

Sie fand sich allein in einem großen, luftigen Raum mit milchweißen, eiglatten Fliesen wieder. In der Mitte des Raums stand ein Sarg, der so klar schimmerte wie Glas. Sie ging darauf zu und sank auf die Knie, und als sie sich darüber beugte, konnte sie den in Eis eingeschlossenen alten Sultan Selim sehen. Seine toten Augen starrten sie an, seine Haut wies eine bläuliche Färbung auf. Sie legte die Hände auf das Eis, woraufhin sie gleichzeitig feucht und kalt wurden. Sie fröstelte, musste unbedingt ihre Hände wärmen. Sie erhob sich und ging zum Fensterbrett hinüber, auf dem ein in der Sonne glänzender goldener Kasten stand. Als sie danach griff, befand sie sich plötzlich im Freien.

Die sengende Sonne erhitzte die Schatulle in ihrer Hand, bis sie sie kaum noch halten konnte. Aber sie erklomm den Hügel nach Üsküdar am anatolischen Ufer, wo die große Moschee über der Stadt gebaut wurde. Sie konnte sich nach *dem Architekten, dem Architekten* fragen hören, denn sie war angewiesen worden, das Kästchen nur Mimar Sinan persönlich zu übergeben.

Es war zwingend notwendig, dass sie den Architekten fand. Sie fragte jeden Steinmetz, der die frisch geschnittenen weißen Steinblöcke bearbeitete, drehte jeden Mann an seinem Gewand zu sich um, blickte in jedes bärtige Gesicht. Sie war verzweifelt. Sie musste den Kasten loswerden, das Gold verbrannte ihre Hände. Sie selbst brannte. *Wo war der Architekt?*

Endlich kam sie zu einer Tür, in deren Querbalken ein Zirkel eingemeißelt war. Dieser Zirkel war nicht silbern wie der ihres Vaters, sondern golden und gebogen – der Zirkel eines Steinmetzen. Die Tür wurde geöffnet, und sie sah ihn, einen freundlichen, bärtigen alten Mann. »Seid Ihr der Mann, den man Samstag nennt?«, fragte sie. Er nickte, und sie legte den Kasten erleichtert in seine schwieligen, mit weißem Steinstaub überzogenen Hände. Er verneigte sich vor ihr. »Sagt der Valide Sultan, dass ihre Moschee eine große Kuppel haben wird«, sagte er. Dann lief Feyra zurück, durch den Basar und den Beltan, lief und lief, bis zum Topkapi-Palast. Sie rannte durch die inneren Höfe, erreichte das Gemach der Valide Sultan und zog den weißen Vorhang zurück, doch ihre Herrin hatte sich bereits in einen aufgedunsenen, in ihren Bettdecken verrottenden Leichnam verwandelt. Feyra streckte eine Hand aus, um die meerblauen Augen ihrer Mutter zu schließen, und als sie dies im Traum tat, riss sie in ihrer eigenen dumpfen Realität ihre eigenen Augen auf.

Feyra fuhr sich mit der Zunge durch ihren strohtrockenen Mund und setzte sich mühsam auf. Sie war immer noch schwach und schwitzte stark, aber sie wusste, dass die Krankheit vorüber war. Als sie die Finger vor das Gesicht hielt, stellte sie fest, dass sie wieder ihre normale Farbe angenommen hatten. Es musste Nacht sein, denn die Ritzen im Schiffsrumpf waren dunkel, und die Lampe schwang leise knarrend an ihrem Haken hin und her und warf groteske Schatten auf Boden und Wände.

Ihren Schleier und ihren Hut hatte sie verloren, als sie sich auf ihrem provisorischen Lager umhergewälzt hatte. Ihr Medizingürtel war unversehrt, saß aber locker auf ihrer schmal gewordenen Taille. Feyra zwinkerte zwei Mal und drehte ihren schmerzenden Kopf – ihr Haar glitt wie ein dickes salzverkrustetes Seil zwischen ihre Schulterblätter, als sie sich den Hals verrenkte, um hinter sich zu blicken. Der Abdruck ihres Körpers zeichnete sich in den Säcken ab, auf denen sie gelegen hatte, und war dunkel vor Schweiß. Dort, wo die Beule in ihrer Achselhöhle aufgebrochen war und ihren Inhalt in das Sackleinen entleert hatte, prangte ein hässlicher schwarzer Fleck. Als sie den linken Arm hob, sah sie ähnliche Flecken auf ihrem Gewand. Sie kam nicht dazu, darüber nachzudenken, was das bedeuten mochte, denn in diesem Moment wurde ihre Aufmerksamkeit von einer Stimme gefesselt.

Sie musste immer noch im Delirium gefangen sein.

Die Stimme ertönte erneut. Sie klang so rau wie das Krächzen einer Krähe.

Ein eisiger Schauer lief ihr über den Rücken, denn als sie die Stimme ein drittes Mal vernahm, erkannte sie das Wort, das sie hervorstieß. Ein Wort, das bedeutete, dass sie entdeckt worden war. Feyra wartete mit zum Zerreißen gespannten Nerven darauf, dass die Säcke und Fässer zur Seite geschoben und sie dahinter hervorgezerrt werden würde. Doch die Stimme krächzte nur erneut diese zwei Silben.

Mit Armen so schwach wie Bindfäden stieß Feyra gegen die Säcke und befreite sich mit enormer Kraftanstrengung aus ihrem Gefängnis. Sowie sie alles sehen konnte, was vor ihr lag, stellte sie verwirrt fest, dass die Luke zum Deck über ihr geschlossen war und sie sich allein im Laderaum befand. Sie erhob sich so unsicher wie ein Kleinkind und setzte sich in Bewegung, kam aber aufgrund der Schwäche in ihren Beinen und dem Schlingern des Schiffs nur langsam voran. Mühsam, als würde sie durch Sand waten, setzte sie einen Fuß vor den anderen und markierte wie ein Zirkel die Strecke zwischen ihr und dem Vorhang.

Den halben Weg, noch einige Schritte, und sie hatte ihr Ziel erreicht.

Sie griff nach dem weißen Stoff und zog ihn von bösen Vorahnungen erfüllt zurück. Und während sie dies tat, glitt das Schiff leise durch den dunklen Archipel, der aus tausend als Peloponnes bekannten Inseln bestand, wo ein Kapitän einst eine venezianische Prinzessin entführt hatte.

Der Umkehrgrenzpunkt.

Feyra blickte auf den Sarkophag hinab und erkannte, dass sie recht gehabt hatte – die Stimme war von dort gekommen. Ein Schwächeanfall ließ ihre Knie zittern, und ihre Beine gaben unter ihr nach. Sie kniete sich vor den Sarkophag, wie sie einst vor einem Sultan gekniet hatte, der in einen Sarg aus Eis eingeschlossen war.

»Mädchen«, erklang es erneut.

»Ja, Sarg?«

# 8

Feyras Mund war wie ausgedörrt, als sie weitersprach. »Wer bist du?«

»Ich bin der Tod.«

Sie schluckte und war überzeugt, dass das Fieber sie umgebracht hatte und sie sich in irgendeiner anderen Welt befand.

»Was willst du von mir?«

»Eine andere Seele.«

Benommen vor Entsetzen starrte Feyra den sprechenden Sarkophag an und versuchte zu begreifen, was hier geschah. Jetzt, wo sie direkt vor dem Sarg stand, wusste sie, dass sie schon ähnliche gesehen hatte. Er war aus Zinn gefertigt, wie sie angenommen hatte, und mit Emaille in den Farben bunter Edelsteine verziert. Geometrische Muster im osmanischen Stil wanden sich um die dekorative goldene *Diwani*-Schrift. Sie hatte genau so einen Sarg gesehen, als Sultan Selim direkt unterhalb der großen Kuppel in der Hagia Sophia aufgebahrt worden war und seine trauernden Untertanen an ihm vorbeischritten, um einen letzten Blick auf ihn zu werfen.

Hier in diesem dumpfen, feuchten Laderaum sah es anders aus. Ein ekelhafter unterschwelliger Gestank nach menschlichen Exkrementen bildete einen auffälligen Gegensatz zu dem prächtigen Sarg, an dessen silbernen Nieten in regelmäßigen Abständen Myrtebüschel befestigt waren, ein Kraut, das als Schutz vor giftigen Dünsten bekannt war. In der Hagia

Sophia war das Gesicht des toten Sultans hinter einer klaren Kristallscheibe deutlich zu erkennen gewesen – hier war das Glas durch ein Stück undurchsichtigen Musselin ersetzt worden. Der Stoff war locker genug gewebt, um Luft hindurchzulassen, und blähte und senkte sich gleichmäßig wie das Fell einer Trommel.

Irgendetwas atmete noch.

Seinem Namen zum Trotz war das Ding darin am Leben.

Ein Seufzer entwich dem Sarkophag, und der Musselin bauschte sich wie ein Segel. »Ich wollte dir keine Angst einjagen, ich meinte nur, dass ich mir einen Freund, einen Gefährten gewünscht habe. Seit vier Tagen liege ich hier drinnen. Ich fühle mich einsam.« Die Stimme war männlich, tief und rau wie die eines Menschen, der sich kaum einmal von seiner Tabakpfeife trennte, so wie ihr Vater. Sie verlor etwas von ihrer Angst.

»Ich habe dich sprechen und singen gehört. Ich dachte, du wärst eine der Sirenen, die den Sagen zufolge an der Küste Griechenlands leben. Wir müssten jetzt in diesen Gewässern sein.« Demnach kannte Tod sich auf dem Meer aus. »Aber jetzt weiß ich, dass du sterblich bist. Ich hörte dich leiden, so wie ich gelitten habe. Es tut mir für dich leid, dass du hier bist, aber um meinetwillen freut es mich.«

Feyra streckte eine Hand aus und legte sie in einer unfreiwilligen Geste des Mitleids auf den Zinn. Sie rechnete damit, dass sich das Metall kalt anfühlte, aber es war so warm, als würde ein Fieber darin toben.

»Erzähl mir deine Geschichte.«

»Zuerst muss ich dich etwas fragen. Bist du unserem geliebten Sultan Murad treu ergeben?«

Feyra fielen tausend Antworten auf diese Frage ein. *Er ist ein Mörder. Er ist mein Bruder. Er wollte mich zur Frau.* Stattdessen wich sie auf eine Floskel aus. »Er ist das Licht meiner Augen und die Freude meines Herzens.«

»Aber bist du *loyal*? Denn ich kann dir nicht erzählen, was ich erzählen möchte, wenn ich das nicht weiß.«

Tod schlug ihr ein Geschäft vor. Feyra hatte die persischen Sagen gelesen und kannte den Ablauf – ein Austausch geheimer Geschichten als Vertrauensbeweis. Eine gefangene Prinzessin musste mit ihrem Häscher um ihre Freiheit feilschen. Feyra hatte die Miniaturmalereien der Texte in der Topkapi-Bibliothek gesehen; eine dunkelhäutige Maid, die in Pluderhose im Schneidersitz dasaß und mit hoch erhobenen Händen und wie ein Fächer gespreizten Fingern mit einer monströsen Chimäre sprach.

Obwohl sie noch nie von einem Mädchen gelesen hatte, das dieses Spiel mit dem Tod trieb, wusste Feyra, was von ihr erwartet wurde. Sie musste ihm ein Geheimnis verraten, bevor er ihr seines enthüllte. Als wäre all das Teil dieser unwirklichen Situation, nahm sie die formelle Haltung osmanischer Geschichtenerzähler ein und begann.

»Am einundzwanzigsten Tag des Monats *dhu'l-qa'dah* des Jahres 982 begab es sich, dass ich zur *Kira* Nurbanus ernannt wurde, der Mutter unseres geliebten Sultans. Als der Vater unseres geliebten Sultans, Sultan Selim, starb – möge er im Licht des Paradieses wandeln –, befand sich unser Sultan Murad weit entfernt vom Palast in der Provinz Manisa, wo er Statthalter war. Meine Herrin Nurbanu, wohl wissend, dass seine eifersüchtigen Brüder versuchen würden, den Thron an sich zu reißen, nahm es auf sich, den Tod ihres Mannes zu verschleiern. Sie übertrug mir diese Aufgabe, und ich ließ in den Küchen ein Kunstwerk aus Eis anfertigen, einen gefrorenen Sarg, der so geformt war wie der, in dem du jetzt liegst, und so konnten wir sein totes Fleisch in der Sommerhitze konservieren. Im Lauf der nächsten Tage brachten wir ihn in seiner Sänfte zum Gebet, damit die Menschen ihn sahen, und sogar in den Hippodrom, wo er auf seinem goldenen Thron über die Wagenrennen präsidierte. Auf diese Weise erhielten wir den Eindruck aufrecht, dass er noch lebte. Zwölf Tage lang ruhte Selim in seinem eisigen Sarg, zwölf Tage länger, als Gott ihm in seinem natürlichen Leben zugestanden hatte, bis Murad nach Konstantinopel zurückkehrte. Nachdem Murad den osmanischen Thron bestiegen hatte, beanspruchte Nurbanu als Lohn für ihre Mühe den Titel Valide Sultan, und Selim wurde in einen silbernen Sarg gelegt und in der Sophia aufgebahrt, damit ihn alle sehen und betrauern konnten. Also könnte man sagen, ich hatte das Privileg, dazu beizutragen, den Thron unseres geliebten Sultans zu sichern. Dies habe ich noch keiner lebenden Seele erzählt.«

Feyra wartete darauf, dass die eingetretene Stille endete. In der Tradition der Sagen wurde die Maid entweder in die Unterwelt geschleift, oder ihr wurde im Gegenzug eine andere Geschichte erzählt.

»Am siebten Tag dieses Monats *sibtambir* dieses Jahres 983«, hörte sie mit einiger Erleichterung die Stimme aus dem Sarkophag beginnen, »gefiel es Gott, dass ich auf dem Heimweg von einer längeren Reise in den Bergen todkrank wurde. Nur ein Hirte war da, um mir zu helfen. Er legte mich auf eine Trage und zog mich zu einem Tempel auf einem Hügel, wo in der Heilkunst bewanderte Imame lebten. Sie warfen nur einen Blick auf mich, bevor sie mir eine eigene Kammer zuwiesen und mich zum Sterben zurückließen. Aber als ich aus meinem Fieber erwachte, stellte ich fest, dass ich vom Leibarzt des Sultans, von Haji Musa persönlich behandelt wurde.« Feyra zuckte zusammen, als sie den Namen ihres Mentors hörte. Auch die Befriedigung, die in der Stimme mitschwang, entging ihr nicht. Tod konnte, wie es schien, immer noch Stolz empfinden. »Er kam zu mir und fragte mich, ob ich mich auf eine sehr wichtige Mission für den Sultan begeben würde. Er hatte Angst, das sah ich in seinen Augen. Zuerst dachte ich, er würde sich vor dem Sultan fürchten, aber es stellte sich heraus, dass er sich vor mir fürchtete. Vor dem, woran ich litt. Es war die Pest.«

Feyra lief ein Schauer über den Rücken. Sie wusste natürlich von dem furchtbaren Ausbruch der Pest in Konstantinopel im Jahr 747, die Tausende von Menschenleben gekostet hatte. Wie es aussah, war die Seuche, die jahrhundertelang geruht hatte, zurückgekehrt. »Der Schwarze Tod?«, flüsterte sie.

»Pest, Schwarzer Tod … sie hat viele Namen. Obwohl ich viele Jahre lang nicht in der Stadt gewesen war, kannte ich die Geschichten. Und da wusste ich, dass ich verloren war. Der Arzt wusste es ebenfalls. Er gab mir ein Versprechen – Gold für meine Frau, Privilegien für meine Söhne, vorteilhafte Heirat für meine Tochter. Er schien alles über mich zu wissen. Er wusste auch, dass ich in Lepanto war.«

Feyra beugte sich vor. Demnach kannte Tod die Meere so gut wie ihr Vater.

»Er sagte mir, wenn ich in die Pläne des Sultans einwilligen würde, könnte ich unseren alten Feind im Alleingang besiegen. Er legte es so dar: Ich konnte entweder an diesem einsamen Ort in den Bergen sterben, und meine Familie würde auch weiterhin in Armut leben und nie von meinem Schicksal erfahren, oder ich konnte ein Held werden wie die in den Sagen, mein Name würde in den Schriften auftauchen und in Liedern besungen werden, während es meiner Familie an nichts fehlen würde. Im Grunde genommen lag die Entscheidung auf der Hand.«

Feyra hörte ein dumpfes Geräusch und ein Rascheln im Sarg, als Tod sein Gewicht verlagerte.

»Könntest du mir etwas Wasser geben? Mein Mund ist vom Sprechen trocken. Neben dir steht eine Kanne. Manchmal denken die Seeleute daran, sie zu füllen, manchmal nicht.«

Feyra blickte nach unten und sah eine silberne Wasserkanne mit einer dünnen, gekrümmten Tülle – sie ähnelte den Krügen, die die Haremsdamen benutzten, um sich zu reinigen. Sie führte die Kanne an das Musselinstück und goss ein dünnes Rinnsal durch den Stoff. Die grässlichen Züge darunter konnte sie sich nur vorstellen, aber sie hörte das Schmatzen der Lippen, als Tod die Flüssigkeit aufsog.

»Sie brachten mich in einer Sänfte den Hügel hinunter zu einem Eishaus in der Nähe der Bucht. Es dauerte lange, denn sie nahmen einen Weg, der weit von der Stadtmauer entfernt war. Ich sah den Arzt nie wieder, sondern wurde von einigen Männern des Sultans versorgt, die schwarze Livreen, schwarze Turbane und Gesichtsmasken trugen. Ich fand nie heraus, ob es sich um Soldaten oder um Priester handelte, denn sie sprachen nicht nur von ihrer Mission und ihrem Krieg, sondern auch vom Paradies und ihrem Opfer.«

Es waren Janitscharen gewesen, die schwarz gekleideten, fanatischen Elitesoldaten des Sultans. Sie waren als Jungen ihren christlichen Heimen entrissen und zum wahren Glauben bekehrt worden und ihrem angenommenen Gott ergebener als diejenigen, die im Reich des Propheten geboren worden waren. Aber Feyra schwieg und ließ Tod weitersprechen.

»Diese Soldaten legten mich in diesen Sarg, legten mir Wolle unter die Hüften, um meine Ausscheidungen aufzufangen, und getrocknetes Fleisch als Nahrung neben meine Hände und sagten, sie würden mir ab und zu Wasser geben. Diese Kiste ist groß, wie du siehst, und ich kann mich bewegen und mich umdrehen, aber ich will dir nicht verschweigen, wie groß mein Entsetzen war, als sie den Deckel über mir zunagelten. Ich dachte, nun wäre ich lebendig begraben, aber man teilte mir mit, dass ich mein Grab noch ein Mal verlassen würde. Wenn ich dann noch lebe, werde ich mich am Ende unserer Reise aus meinem Sarg erheben, mich unter die Menschen mischen und ihnen mein Geschenk zukommen lassen. In Venedig.« Er sprach den Namen der Stadt widerstrebend aus, fast so, als würde es ihm Schmerzen bereiten.

Feyra hörte grimmig zu. Dies war die furchtbare Bestätigung von allem, was Nurbanu ihr mitzuteilen versucht hatte. Der Sultan musste in der Tat ein Monster sein, um einen so grausamen Plan zu ersinnen. Ihr wurde so übel, dass ihr der Mageninhalt in die Kehle stieg. Wenn sie nicht gewusst hätte, dass sie unter moralischer Abscheu vor dem litt, was ein einzelner Mensch einer ganzen Stadt antun wollte, hätte sie angenommen, ihre Krankheit sei zurückgekehrt. Doch sie versuchte, keinerlei Anklage in ihrer Stimme mitschwingen zu lassen. »Und wenn du nicht so lange lebst?«

»Der Soldat sagte mir, dass mein Leichnam ins Wasser geworfen werden würde, wenn ich sterbe«, erhielt sie zur Antwort. »Und dann würde dieser Mann sich selbst in meinen Sarg legen, sich in meine Tücher hüllen, meine Ausdünstungen einatmen und das Gift selbst verbreiten.«

Feyra schwante etwas Furchtbares, und ihr lief ein eisiger Schauer über den Rücken. »Also ist dieser Mann an Bord des Schiffes?«

»Ja. Und wenn er stirbt, wird ein anderer Soldat des Sultans seinen Platz einnehmen. Jeder Mann auf diesem Schiff hat einen Eid geleistet, die Seuche nach Venedig zu bringen. Wir sind alle verdammt, Mädchen. Auch du.«

Feyras Neugier war stärker als ihre Furcht. »Aber warum diese sinnlose Reihe von Opfern?«

»Der gute Doktor hat mir gesagt, dass zu Justinians Zeiten die Pest mit einem Ballen Seide aus Pelusium nach Konstantinopel gebracht wurde. Der Sultan hätte genauso vorgehen können, aber er wollte ganz sicher gehen. Der Arzt riet ihm, die Pest im Körper eines Kranken nach Venedig zu schicken, das sei der beste Weg. Als ich dir sagte, ich wäre der Tod, entsprach das der Wahrheit. Meinen wirklichen Namen kann ich dir nicht verraten, denn ich habe im Namen des Sultans, des Lichts meiner Augen und der Freude meines Herzens, ein Versprechen abgegeben. Die Quelle der Ansteckung muss geheim bleiben, egal ob der Plan gelingt oder nicht. Der Soldat sagte mir, wenn die Staaten der ungläubigen Christen je die Wahrheit erführen, wäre unsere Nation dem Untergang geweiht und es würde wie in alten Zeiten ein Kreuzzug gegen Konstantinopel geführt werden.«

Jetzt verstand Feyra, warum Haji Musa bei ihrem Abschied in der Halle des Reinigungsbrunnens so verängstigt gewesen war, dass er Nurbanus Hinscheiden kaum zur Kenntnis genommen hatte. Jetzt ergaben die Warnungen einen Sinn. Der Arzt, der einen Eid geleistet hatte, Leben zu retten, konnte einen so infamen Plan, dem Tausende von Menschen zum Opfer fallen würden, nicht gutheißen. Sie fasste ihr Entsetzen schließlich doch noch in Worte und konnte jetzt auch nicht mehr mit unbeteiligter Stimme sprechen. »Aber was ist mit den *Menschen* – den Bürgern von Venedig?«

»Was soll mit ihnen sein?«, scholl es zurück. »Der Arzt hatte recht, was mich betraf, ich war in Lepanto. Die venezianischen Ratten haben unsere Schiffe in Brand gesteckt. Ich habe sie verbrennen sehen, Mädchen. All diese Seeleute. Es war die Hölle auf Erden. Nein. Ich will tun, was ich tun werde. Ich freue mich darauf. Ich bin zufrieden.«

Während der nächsten beiden Tage kam Feyra wieder zu Kräften und begann zu glauben, dass ein Wunder geschehen war und sie sich irgendwie von dieser schlimmsten aller Krankheiten erholt hatte. Davon erzählte sie Tod aber nichts, denn sie wollte in ihm keine Hoffnung auf eine solche Heilung wecken. Ihre Freundschaft wuchs im Lauf dieser Tage, und nachts, wenn der Quartermeister gekommen und wieder gegangen war, zog sie den weißen Vorhang zurück und unterhielt sich mit Tod.

In stillschweigender Übereinkunft sprachen sie nie wieder von seiner Mission und dem Gift, das er in sich trug. Sie plauderten von der Heimat, von Orten und Dingen, die sie beide kannten – dem Basar, dem Jahrmarkt in Pera, der Bootswettfahrt auf dem Bosporus. Wenn er die Kraft dazu aufbrachte, erzählte er von seinen Reisen, und sie fühlte sich stark an ihren

Vater erinnert. Sie fragte ihn auch unauffällig, ob er von einem schwarzen Fabelpferd oder einem Pferd anderer Farbe gehört hatte, aber das war nicht der Fall. Sie erkundigte sich sogar, ob er einen Mann namens Samstag vom Hörensagen kannte. Sie sprach das Wort türkisch und venezianisch aus, doch sie konnte hören, wie er beim Klang eines venezianischen Namens versuchte, den wenigen Speichel auszuspucken, den er im Mund zu sammeln vermochte; auf dem Musselin vor seinem Gesicht breitete sich ein kleiner dunkler Fleck aus, und sie bohrte nicht weiter.

Das einzige Thema, das sie nicht ansprach, war seine Familie. Sie wusste, dass er sterben würde, so oder so, und konnte es nicht ertragen zu erfahren, dass er eine Tochter hatte, die ihm vorsang, wenn sie in der Küche am Spinnrocken saß, oder einen Sohn, der Scherze machte, während sie ihren Ochsen zum Pflügen ins Joch spannten, oder eine Frau, die seinen Bart streichelte und ihn küsste, wenn er zum Morgengebet das Haus verließ. Sie versuchte nur, ihm seine letzten Tage so leicht wie möglich zu machen, denn sie konnte sich das Ausmaß des Horrors seiner Existenz kaum ausmalen – in seinen eigenen Ausscheidungen in dieser Kiste liegen zu müssen, während die Seuche an ihm fraß.

Jetzt wusste sie auch, warum ihr Vater sie vor einer Woche beim Abendessen über die Isolierung eines Kranken an Bord eines Schiffes ausgefragt hatte. Sie war es gewesen, die ihm zu dem Vorhang und dem Musselinstück geraten, und einen kleinen, abgetrennten, mit Myrte behängten Bereich vorgeschlagen hatte.

Sie hatte Tod in diesen Sarg gebracht.

»Mädchen?«

»Ja, Tod?«

»Denkst du manchmal über die Dschanna nach? Was meinst du, wie es dort ist?«

Feyra überlegte einen Moment lang. Diese Frage war ihr im Harem schon des Öfteren gestellt worden – die Sterbenden richteten ihre Gedanken immer auf das, was nach dem Leben kam. Die Dschanna, das Paradies, war ihm versprochen worden, und es überraschte sie nicht, dass er im Geiste seinem schrecklichen Gefängnis entrinnen und sich mit dem Jenseits befassen wollte.

Aber sie wusste nicht, was sie ihm antworten sollte. Sie konnte ihm sagen, dass er auf einer Blumenwiese liegen, süßen Honig trinken und juwelenbesetzte Gewänder tragen würde. Aber sie glaubte an das Gute und das Böse und an einen Propheten und einen Gott, die gleichfalls an diese Dinge glaubten. Daher konnte sie Tod nicht guten Gewissens weismachen, er würde dafür, dass er skrupellos eine ganze Stadt auslöschte, auch noch belohnt werden. Doch es blieb ihr erspart, entweder mit einer barmherzigen Lüge oder einer unbarmherzigen Wahrheit aufwarten zu müssen, denn über ihnen, über dem Deck, den Segeln und sogar über dem Mast selbst erscholl ein lauter Ruf.

*»Land ahoi!«*

# 9

»Tod?«

»Ja, Mädchen?«

»Haben wir Halt gemacht?«

»Ja. Sie sind vor Anker gegangen. Wir müssen in der Nähe unseres Ziels sein.«

»Warum haben wir Halt gemacht?«

»Sie warten auf einen Sturm. Auch das hat mir der Soldat gesagt. Erst dann segeln wir näher an die Stadt heran, und ich werde meine Aufgabe erfüllen.«

Feyra begann das Aufziehen des Sturms zu fürchten, weil sie sich etwas Furchtbares abverlangen musste. Etwas Derartiges in Erwägung zu ziehen wäre für jeden Menschen entsetzlich gewesen, aber sie kostete es eine besondere Überwindung. Nicht nur, weil der Mann in dem Sarg jetzt ihr Freund war, sondern auch, weil sie als Ärztin geschworen hatte, zu heilen und nicht zu töten. Sie wünschte sich verzweifelt, sich zu erkennen zu geben und ihren Vater suchen zu können, aber das durfte sie – um seinetwillen – erst tun, wenn die Tat ausgeführt war. Schließlich glich ein einzelnes Leben nur einer Feder, wenn man es gegen die Zehntausende aufwog, die gerettet werden konnten.

Der Moment der Entscheidung kam früh an einem Morgen mit einem gleißenden Blitz, der vor den Ritzen der Bordwand aufflammte und den Laderaum einen Augenblick lang hell erleuchtete, gefolgt von einem krachenden Donnerschlag, der ihre Rippen erzittern und ihre Zähne klappern ließ. Fast gleichzeitig hörte Feyra eine Kette klirren, als der Anker gelichtet wurde. Die großen eisernen Flügel kratzten an der Seite des Laderaums wie ein wildes Tier, das eingelassen werden wollte, und das Schiff begann sich zu bewegen.

Hoch über sich vernahm sie die Rufe der Seemänner, das Knirschen von sich spannenden Seilen und das Knarren sich blähender Leinwand, als die Segel gehisst wurden. Das Schiff fing an zu schlingern, beschrieb einen Ruck nach vorne, und die *Il Cavaliere* nahm volle Fahrt auf.

Während dieser letzten Tage hatte sie sich ein wenig von Tod zurückgezogen. Zum einen wusste sie, dass sich sein Zustand verschlechterte – das Atmen fiel ihm zunehmend schwerer, und wenn er sprach, wirkte er manchmal verwirrt. Zum anderen lag ihr Weg jetzt klar vor ihr, und sie konnte es nicht ertragen, in dem Wissen um das, was sie bald tun musste, bei ihm zu sitzen.

Als das Schiff seine Geschwindigkeit erhöhte, durchquerte sie torkelnd und stolpernd den schwankenden Laderaum und zog den Vorhang ein letztes Mal zurück. Draußen rauschten der Wind und das Wasser, und die Planken knarrten protestierend, aber in dem Sarkophag herrschte eine gespenstische Stille. Vielleicht war der Mann darin bereits tot. Sie hoffte es zumindest.

Sie kauerte sich hinter den schweren Sarg und stemmte sich so fest wie möglich dagegen. Sie war fast vollständig von ihrer Krankheit genesen und hatte vorsichtig von den Vorräten gegessen und getrunken, um wieder zu Kräften zu kommen. Dennoch konnte sie den großen Kasten keinen Millimeter von der Stelle bewegen. Am Ende nutzte sie die Naturgewalten, um ihr Ziel zu erreichen. Das Schiff schwankte und schlingerte so heftig, dass es ihr gelang, den Sarg über den Boden zu schieben, wenn die Planken steil abfielen, und die Schulter gegen das Zinn zu pressen, um zu verhindern, dass der Sarg zurückrutschte, wenn die Bodenneigung gegen sie arbeitete.

Schließlich erreichte sie ihr Ziel. Der Sarg stand an der Tür in der Seitenwand. Als Nächstes griff sie nach einem zusammengerollten Seil und schlang es sich um das Handgelenk, um nicht über Bord gerissen zu werden. Dann schob sie den Riegel zurück und stieß die Doppeltür auf.

Die beiden Türhälften flogen augenblicklich wieder zu und schlugen gegen ihre Unterarme. Sie versuchte, sie erneut zu öffnen, aber sie musste gegen die vier Winde ankämpfen. Unter Aufbietung all ihrer Kräfte schob sie eine Seite nach der anderen so weit auf, dass der Wind sie von außen gegen die Schiffswand drückte und offen hielt. Ihre Augen wurden von zu viel Licht geblendet, ihre Lungen füllten sich mit zu viel Luft. Nach den ganzen Tagen in ihrem muffigen, dunklen Verlies verschlug die Helle und Frische der Außenwelt ihr den Atem.

Ein tosender Sturm schlug die Taue wie Peitschenschnüre gegen die Backbordseite, und die eiskalte Gischt durchweichte sie, drohte sie in die Tiefe zu ziehen. Von nacktem Entsetzen erfüllt blickte sie nach unten – sie befand sich in den Klauen des Drachens. Das Meer war so zinngrau wie der Sarg und so aufgewühlt, dass sie einen Moment lang in ein so tiefes bleifarbenes Tal geriet, dass sie den Himmel nicht sehen konnte, und im nächsten auf einen silbernen Berg gehoben wurde.

Während sie sich an die nassen Seile klammerte, nahm sie verschwommen eine kleine, von Fackeln erleuchtete und von Mauern umgebene Insel wahr und hörte einen Schrei, als das Schiff vorüberrauschte. Als sie den Sarg vorwärtsschob, bis erst ein Viertel und dann ein Drittel davon aus dem Schiff herausragte, übertönte ein noch gellenderer Schrei das Toben des Sturms.

Er kam von Tod.

Er wusste, was sie vorhatte, und begann kreischend gegen den Sarg zu hämmern. Sie meinte, von irgendwo über ihr einen Antwortschrei zu hören, der aber in Tods verzweifeltem Flehen unterging.

»Nein, Mädchen, nein! Lass mich! Ich brauche meinen Triumph. Meine Familie, was ist mit meiner Familie? Wenn ich meinen Auftrag nicht ausführe, werden sie nicht belohnt!«

Sie versuchte, die Ohren vor seiner Stimme zu verschließen, und schob die Schultern für einen letzten Stoß hinter den Kopf, aber sie hörte jedes einzelne panikerfüllte Wort. »Ich habe einen Sohn, der den Hof neben meinem kaufen will! Er heißt Daoud, und er ist erst siebzehn! Ich habe eine Tochter, Deniz, sie ist zwanzig und möchte heiraten, hat aber keine Mitgift! Meine Frau, meine Zarafa … meine Liebe … großer Gott, lass mich sie nicht schmählich im Stich lassen!«

Da wusste sie, dass er ein Mann war, nur ein Mann. Sie konnten ihn das schwarze Pferd oder Tod nennen, aber er war nur ein dem Untergang geweihter sterblicher Mann mit einer Familie und einer Tochter, die so alt war wie sie selbst. Der Wind fegte Feyras Tränen weg, bevor sie über ihre Wangen rollen konnten, doch sie schob den Sarg grimmig entschlossen weiter. Endlich trat sie zurück.

Der Sarkophag balancierte wippend auf dem Rand. Voller Grauen sah sie, wie er den Kipppunkt erreichte und in die sturmgepeitschten Wellen zu fallen begann.

Im nächsten Moment brach ein heilloses Durcheinander aus, als hinter ihr die Deckluke aufgerissen wurde und eine Schar Seeleute in den Laderaum hinuntersprang. In Sekundenschnelle wurden ihr die Arme mit dem Seil, das sie in der Hand hielt, auf den Rücken gebunden, während eine der Gestalten an ihr vorbeistürmte und sich auf das Ende des Sarkophags warf, das sich noch im Schiffsinneren befand. Der Sarg fiel mit einem lauten Klirren zurück.

Als die Männer ihn wieder in den Laderaum hievten, hörte

Feyra auf, sich zur Wehr zu setzen. Wenn sie weiterkämpfte, würde sie sich nur verletzen. Auf den ersten Blick erkannte sie keinen dieser Männer. Sie gehörten nicht zur regulären Besatzung ihres Vaters und trugen die tintenschwarze Livree der Janitscharen sowie schwarze Turbane.

Der Sarkophag wurde in die Sicherheit zurückgezogen und Feyra an seinen Platz gestoßen, bis sie dem silbernen Wasserwall gegenüberstand. Sie wusste, dass sie jetzt dasselbe Schicksal erleiden würde, das sie dem Sarg zugedacht hatte, und wartete auf den Stoß, der sie in die Tiefe schicken würde. Doch dann hörte sie plötzlich eine laute Stimme. »Nein!«

Sie drehte sich im Griff ihrer Häscher um, um den Mann anzusehen, der gerufen hatte. Es war der, der sich auf den Sarg geworfen hatte und nun genauso tropfnass war wie sie. Die Wellen hatten seinen Turban weggerissen, und sein dunkles Haar wehte ihm um das Gesicht.

»Ihr könnt sie nicht töten«, sagte er zu den Männern, die sie festhielten. Seine dunklen Augen blickten fest und gebieterisch. »Sie ist die Tochter des Kapitäns.«

Jetzt erkannte sie ihn. Sie kannte ihn flüchtig – sein Name war Takat Turan, er war oft mit ihrem Vater gesegelt. Er stand ihr altersmäßig näher als Timurhan. Sie erinnerte sich, dass seine erste Seeschlacht die von Lepanto gewesen war und ihr Vater ihm das Leben gerettet hatte. Wenn es das war, was ihn bewogen hatte, sie zu retten, konnte sie die Schuld, in der er bei ihm stand, zu ihrem Vorteil nutzen.

Sie konnte sich kaum vorstellen, wie sie aussehen musste. Die Gischt hatte sie völlig durchweicht, sodass ihr Hemd und Hose schmutzbespritzt und nass am Körper klebten. Sie hatte gesehen, wie die Konkubinen vor dem Spiegel ihre verführerischen Blicke einstudierten und die Odalisken mit den Wimpern klimperten. Ihr waren diese Künste fremd, aber sie nutzte die ganze Macht, die sie stets unter ihrem Schleier verborgen hatte, und setzte einen flehenden Blick auf. »Bitte.«

Sie sah ausschließlich Takat Turan an. »Bring mich zu meinem Vater.«

Takat blickte über ihren Kopf hinweg zu dem Mann, der sie festhielt. »Tu es«, befahl er scharf.

Der Mann zuckte die Achseln. »Gut, ich bringe sie zu ihm. Am Ende kommt es auf dasselbe hinaus.«

Feyra hörte, wie hinter ihr die Seitentür wieder geschlossen und verriegelt wurde. Sie ließ sich bereitwillig auf das Deck hinauf und in das blendende Licht ziehen. Sie wurde zum Backbordende des Hauptdecks geführt, wo hinter großen beschlagenen Türen die Kapitänsunterkunft lag.

Als sie zu der Schlafkabine auf der Steuerbordseite gestoßen wurde, überlegte sie, was ihr Vater wohl sagen würde, wenn er sie sah. Während die Tür aufgeschlossen wurde, freute sie sich so auf das Wiedersehen, dass sie nicht darauf verfiel, sich zu fragen, warum er in der Kabine praktisch gefangen gehalten wurde. Aber sowie sie in den kleinen Raum stolperte, verstand sie plötzlich alles.

Timurhan lag bleich und schwitzend auf seinem Schwingbett, und die Finger, mit denen er sich bei ihrem Anblick ans Herz griff, waren schwarz.

# 10

Als sich die Tür hinter ihr schloss, sank Feyra vor dem Bett auf die Knie. Sie hörte noch nicht einmal, wie der Schlüssel im Schloss gedreht wurde.

Das Bett des Kapitäns, das an Seilen an einem an der Decke befestigten Schwingbalken hing, stieß sie fast um, als sie niederkniete. Dieses Bett war ein Statussymbol, eine größere Version der Hängematten der gewöhnlichen Seemänner, mit hölzernen Seiten und einem Vorhang, der zusätzlich Schatten spendete und Privatsphäre schuf. Ihr Vater wirkte darin wie ein Kind in einer Wiege. Timurhan kam ihr vor, als sei er geschrumpft, wie er da verkrümmt auf der feinen Batistdecke lag. Einen Moment lang war sie die Mutter und er das kleine Kind.

Feyra griff nach der schwarz verfärbten Hand und zwang sich, ihren Vater mit professioneller Sachlichkeit zu betrachten. Er war blass, seine Haut fühlte sich heiß an, und er atmete schwer. Sie schob eine Hand unter sein Hemd und ertastete in jeder Achselhöhle die verräterische Schwellung. Er erkannte sie, als sie ihn berührte, denn seine Augen weiteten sich, er lächelte schwach und versuchte mit trockenen, aufgesprungenen Lippen ihren Namen zu formen. Als er begriff, was ihre Gegenwart bedeuten konnte, erstarb das Lächeln, und ein gequälter Ausdruck trat auf sein Gesicht. Der Anflug von Schmerz schnitt ihr ins Herz, sie umarmte ihn fest und küsste ihn auf die Wange. »Hab keine Angst, Vater«, murmelte sie. »Ich hatte die Krankheit auch, und ich habe sie überlebt. Du wirst ebenfalls wieder gesund werden.«

Sie zwang sich, fest daran zu glauben. *Deshalb* hatte man sie nicht in die Wellen geworfen, *deshalb* »kam es am Ende auf dasselbe hinaus«. Es war den Janitscharen egal, ob sie im Meer oder in dieser verseuchten Kabine starb. Nun, sie würde die Pestilenz einmal mehr besiegen, diesmal um ihres Vaters willen.

Das Schiff schwankte so stark, dass sie Mühe hatte aufzustehen. Sie blickte sich in der Kabine um. Der Boden war bedeckt mit Teppichen und grobem Wollstoff, der so bemalt war, dass er Fliesen glich. An den Schotten hingen Bilder, und es gab sogar einen Kohleofen, mit dem man im Winter heizen konnte. Aber der Duft von Waldmeister und Weihrauch, der in der Luft hing, konnte den Gestank von Fäulnis und Verwesung nicht ganz überdecken. All dieser Luxus nutzte ihrem Vater jetzt nichts.

Auf dem Schreibtisch am vorderen Ende der Kabine entdeckte Feyra einen Kristallkrug mit Wasser und einen Zinnkrug, der Wein enthielt. Sie goss etwas Wein in das Wasser, um es von etwaigen Verunreinigungen zu säubern, und sah zu, wie er sich wie eine Blutwolke in der klaren Flüssigkeit ausbreitete. Dann griff sie nach einem Tintenschwamm, riss das fleckige Löschpapierblatt ab und tauchte den Schwamm in das Wasser. Sie ging zu ihrem Vater hinüber, benetzte mit dem Schwamm seine Lippen und drückte ihn zusammen, bis etwas Flüssigkeit in seinen halb offenen Mund rann, was ihm ein leises Husten entlockte – ein gutes Zeichen. Zuletzt wischte sie ihm mit dem Schwamm Gesicht und Stirn ab. Ihre Behandlung schien Timurhan gut zu tun, und sie meinte, er hätte etwas Farbe bekommen.

Im Gegensatz zu ihrem früheren Gefängnis fiel in diesen Raum viel natürliches Licht – durch die Bullaugen zu beiden

Seiten und durch den Gitterrost im Quarterdeck über ihnen. Die Fenster waren so gut verglast, dass sie von dem draußen tobenden Sturm kaum etwas hörten, aber der Regen verwandelte jedes Bullauge in ein Tamburin. Sie blickte ihren Vater an. Er bekam von dem Unwetter nichts mit; war in seinen eigenen Kampf mit dem Fieber verstrickt und in einen unruhigen Schlaf gefallen. Sie konnte kaum etwas anderes tun, als abzuwarten.

Auf dem Schreibtisch des Kapitäns drehte sich ein hölzerner Globus um seine Achse, als wären alle himmlischen Mächte fortgeweht worden und hätten den vier Winden die Vorherrschaft überlassen. Eine leere Weinflasche rollte auf dem Holzboden hin und her. Nach einer Weile konnte Feyra das monotone Geräusch nicht mehr ertragen, sie hob die Flasche auf und stellte sie auf den Tisch.

Dann setzte sie sich auf den Stuhl des Kapitäns, spähte durch das Bullauge und wischte immer wieder das Kondenswasser ihres Atems weg. Was sie sah, bewirkte, dass sie sich zum zweiten Mal an diesem Tag fragte, ob sie gestorben und ins Jenseits eingegangen war. Vor ihr erhob sich eine auf dem Wasser erbaute schimmernde Zitadelle aus dem wabernden Nebel; mit weißgrauen, gen Himmel ragenden Türmen und elfenbeinfarbenen Palästen, die sich am Wasser entlangzogen. Selbst der strömende Regen konnte der eigenartigen Schönheit dieses Ortes keinen Abbruch tun. Er war weitläufig angelegt, und der Hafen öffnete sich in einen großen, von steinernen Bögen und Säulen umgebenen Platz. Ein hoher Turm überragte seine Umgebung, und eine gedrungene goldene Kirche, deren bunte Farben im Regen wie Juwelen glänzten, kauerte in einer Ecke des Platzes.

Während sie aus dem Fenster starrte, glitt das Schiff längsseits an zwei riesige Marmorsäulen heran, die hoch in den Himmel ragten, und Feyra spürte das Rasseln der Kette, als sie erneut den Anker warfen. Sie spähte nach oben, indem sie durch die Regenmassen blinzelte. Auf einer Säule thronte ein ungläubiger Heiliger, auf der anderen eine Kreatur, die zu fürchten man sie von ihrer Kindheit an gelehrt hatte: ein geflügelter Löwe mit einem Buch zwischen den Tatzen.

Sie war in Venedig.

Ein Geräusch vom Bett hinter ihr veranlasste sie, sich umzudrehen. Sie sah, wie ihr Vater, der selbst in Extremsituationen noch Seemann bis ins Mark war, sich mühsam auf die Ellbogen stützte. Er hatte ebenfalls den Anker gehört und wusste, dass die Stunde gekommen war. »Feyra«, krächzte er vor Anstrengung keuchend. *»Der Tod kommt …«*

Sie verstand seine Fieberfantasien besser, als er ahnte. Mit einem Nicken wandte sie sich wieder zum Fenster und sah zu, wie der Holzsteg herabgelassen wurde. Ihr Blickfeld war jetzt eingeschränkt, aber sie blinzelte über den Steg hinweg zwischen den Zwillingssäulen hindurch zu dem großen, mit Wasser bedeckten Platz hinüber. Trotz dieser Sintflut waren viele Bürger unterwegs, sie stapften so unbeteiligt durch ihre eigenen Spiegelbilder, als wären derartige Überschwemmungen an der Tagesordnung.

Sie wechselte zum nächsten Bullauge und starrte nach unten, als sie das Kratzen und Poltern hörte, mit dem der Sarkophag oben an den Steg gezerrt und abgestellt wurde. Voller Furcht verfolgte sie, wie die Nieten gelöst und die Myrtenbüschel entfernt und vom Wind davongeweht wurden. Die Janitscharen traten zurück und bildeten einen Halbkreis. Ihre Köpfe waren jetzt unbedeckt, die Livreen unter weinroten Umhängen verborgen. Sie beobachteten gebannt, aber angsterfüllt, wie das Geschöpf darin sich mit großer Mühe zitternd wie ein neugeborenes Fohlen erhob.

Erst setzte sich der Mann auf, dann hievte er sich mit bebenden Armen aus dem Sarg. Er bot einen grässlichen Anblick. Seine Stoffhüllen waren zerfetzt und flatterten wie lose Verbände um seinen Körper – ein zum Leben erwachter, noch in sein Leichentuch gehüllter Leichnam. Jemand warf ihm einen Umhang zu, der sich in der Luft aufrollte und einen dunklen Schatten über ihn warf. Er legte ihn an und zog die Kapuze über seinen umwickelten Kopf. Auf den Rücken war ein geflügelter goldener Löwe gestickt. Das Tier schien sich bei jedem abgehackten Atemzug seines Trägers zu bewegen, die Knochen seines ausgemergelten Rückens hauchten den Flügeln des Löwen Leben ein.

Jetzt war Tod in angemessenes Schwarz gekleidet.

Er blieb einen Moment lang oben auf dem Steg stehen, bevor er ihn hinunterstolperte, wobei ihm der Neigungswinkel und der Wind in seinem Rücken halfen. Auf dem Dock fiel Tod auf die Knie und versuchte vergebens, wieder aufzustehen.

Feyra beobachtete ihn, obwohl sie wünschte, den Blick von dem jämmerlichen Anblick abwenden zu können, was sie aber aus irgendeinem Grund nicht fertigbrachte. Sie schwankte zwischen Mitleid mit dem Mann und der inbrünstigen Hoffnung, er würde mit dem Gesicht nach unten ins Wasser fallen und ertrinken oder von der einsetzenden Flut, die seinen Umhang silbrig schimmern ließ und durchweichte, in das Meer zurückgeschwemmt werden.

Doch er raffte sich mit übermenschlicher Willenskraft auf und taumelte zwischen den Säulen hindurch. Der Stoff des Umhangs fiel in so seltsamen Falten herab, dass es aussah, als wäre sein Träger die einzige Menschenseele ohne Spiegelbild oder Schatten auf dem Platz. Auch der sich im Wind bauschende und blähende Überwurf verlieh dem sterbenden Mann ein gespenstisches, unirdisches Aussehen. Er glich dem personifizierten Sensenmann.

In diesem Moment begriff Feyra, dass sowohl die Galeere selbst als auch der Umhang mit dem furchterregenden geflügelten Löwen Teil des Plans waren. Die Einwohner der Stadt würden ein venezianisches Schiff und einen kranken Mann in dem Umhang eines Admirals sehen und ihm zu Hilfe eilen. Einige Menschen wateten schon zu ihm hinüber.

Sie hämmerte schreiend gegen das Bullauge, aber die Glasscheibe, die Stürmen und Schlachten standgehalten hatte, bekam noch nicht einmal einen Sprung. Ihre Knöchel wurden wund und ihre Stimme heiser, aber sie erreichte nichts. Sie rannte zur Tür und zerrte an dem Knauf, wusste aber schon, dass auch das nichts fruchten würde. Dann blickte sie zur Decke, rüttelte mit aller Kraft an den Gitterrosten im Quarterdeck und versuchte sie aufzureißen. Schließlich griff Feyra verzweifelt nach der Weinflasche und schmetterte sie gegen das Bullauge, bewirkte aber nur, dass die Flasche in ihrer Hand zerbrach und die grünen Scherben ihr in die Haut schnitten.

Als sie das bittere Blut von ihren Fingern leckte, sah sie eine Frau, die ihren Sohn auf der Hüfte trug. Die Mutter setzte das Kind ab und zog ihm zum Schutz vor dem Regen seinen kleinen Dreispitz tiefer in die Stirn. Doch der Junge klammerte sich an ihre Röcke, weil er nicht zurückgelassen werden wollte, also gingen sie gemeinsam zu der Gestalt in dem Umhang hinüber.

Feyra schrie nicht mehr, sondern beschwor die Frau nur leise und voller Verzweiflung: »Bitte, bitte, bitte, kehr um. Nimm dein Kind und lauf weg.« Doch die Frau schritt mit ihrem Sohn im Schlepptau geradewegs auf Tod zu und streckte ihm eine Hand hin. Und als würde die Zeit langsamer verstreichen sah Feyra zu, wie Tod seine schwarze Hand unter seinem Umhang hervorschob und sie um die weiße der Frau schloss.

Es war vollbracht.

Sie sah, wie die Frau vor dem Gesicht unter der Kapuze zurückwich, sah, wie sie die weiße Hand wegriss, sie um den kleinen Jungen schloss und mit den Fingern, die die von Tod berührt hatten, das kleine Gesicht in ihr Gewand presste. Ein paar andere Leute kamen halb durch das knietiefe Wasser watend, halb laufend auf sie zugeeilt, um zu sehen, was dort nicht stimmte.

Feyra drehte sich wieder zu ihrem Vater um. Sie brauchte weder mit anzusehen, was auf diesen Vorfall folgte, noch ihm zu berichten, was geschehen war. Er las ihr alles vom Gesicht ab und sank geschlagen auf sein Lager zurück. Das Schiff schwankte erneut, als der Anker gelichtet wurde, der Wind die Segel blähte und der Abstand zum Dock rasch größer wurde.

Feyra beobachtete, wie die vom Bullauge eingerahmte Szene, die um Tod gescharte, dem Untergang geweihte Gruppe von Menschen kleiner und kleiner wurde. Sie wandte den Blick nicht ab, bis sie sie kaum noch sehen konnte, bis sie nicht größer waren als die schwarzen Sporen des St.-Bartholomäus-Baums.

# 11

Feyra kehrte an die Seite ihres Vaters zurück, ihre Sorge galt jetzt einzig und allein ihm.

All ihre anderen Gefühle unterdrückte sie. Sie war dazu erzogen worden, die Bewohner von Venedig zu hassen, aber sie empfand nichts als Mitleid mit dieser jungen Mutter, ihrem Kind und all den anderen, die Tod zu Hilfe geeilt waren. Und sie hatte *ihre* Mutter enttäuscht, es war ihr nicht gelungen, den Dogen vor dem drohenden Unheil zu warnen. Aber ihr würde genug Zeit bleiben, ihr Versagen in Ruhe zu bereuen. Ihre Aufgabe bestand jetzt darin, ihren Vater zu heilen und nach Hause zu bringen.

Nachdem es sich seiner grässlichen Fracht entledigt hatte, hatte das Schiff gewendet und segelte mit voller Fahrt von der Stadt fort. Feyra kniete neben dem Bett ihres Vaters nieder, um ihm mit dieser Neuigkeit Mut zu machen. Einen Moment lang fürchtete sie, er wäre schon von ihr gegangen, aber als sie nach seiner Hand griff, erwachte er und hustete erneut leicht. Erleichterung durchströmte sie – durch Husten reinigte der Körper die Lungen von giftiger Luft –, und sie lächelte ihn an. »Gib nicht auf, Vater. Wir kehren nach Hause zurück. Bald werden wir den Bosporus und die Serail-Landspitze wieder sehen, und die Kuppel der Hagia Sophia wird golden im Sonnenlicht leuchten.«

Er schüttelte sehr langsam den Kopf. »*Giudecca*«, flüsterte er. Seine Stimme klang so heiser wie das Krächzen eines Raben.

Es waren Worte, die sie nicht kannte, aber sie wusste, dass die Pest Kranke in ein Delirium fallen lassen konnte. Sie tätschelte seine Hand, doch er packte sie und hielt sie fest. »Sicheres Haus«, fuhr er fort. »Sultan … versprochen.«

Sie nickte mit einem strahlenden Lächeln, obwohl sie in Wirklichkeit nicht glaubte, dass der Sultan eine solche Sicherheitsvorkehrung getroffen hatte. Die Männer an Bord der *Il Cavaliere* waren ihm sicher genauso entbehrlich, wie Tod es gewesen war, und jeder Moment, den sie in diesen Gewässern verbrachten, brachte sie in weitere Gefahr.

Feyra war in diese unerfreulichen Gedanken versunken, als sie zum Bullauge zurückkehrte. Sie wollte sehen, wie Venedig in der Ferne verschwand und sie den Rückweg antraten. Für sie haftete der Stadt keinerlei Schönheit an: Ihre Mitschuld an dem grausamen Schicksal, das sie erwartete, machte sie zu einem Ort des Entsetzens. Sie schwor sich, Konstantinopel nie wieder zu verlassen, wenn sie erst wieder dort war. Sie würde nie wieder hierher zurückkehren, nie wieder. Schon alleine der Name Venedig war ihr verhasst. Sie wollte den geflügelten Löwen nie wieder sehen müssen. Er war ein Monster, und jede Seemeile, die zwischen ihr und seinem Reich lag, war ein Segen.

Aber statt auf das offene Meer hinauszusegeln, steuerte das Schiff auf eine graubraune Landspitze nördlich der Stadt zu. Nur wenige Häuser hier konnten sich mit der Pracht messen, die sie rund um den großen Platz gesehen hatte, und das Mauerwerk war schlichter, grober, braun und gesprenkelt wie ein Hühnerei. Hier und da gab es auch Ruinen, die wie Zahnlücken in den Häuserreihen klafften, und dazwischen lagen grasbewachsene Ödlandflächen. Das Schiff glitt längsseits an eine solche Wildnis heran.

Feyra hatte gelernt, zu erkennen, wann der Anker geworfen wurde und das Schiff zum Stillstand kam, aber sie verstand das alles nicht. Warum machten sie hier Halt? Warum segelten sie nicht so schnell wie möglich nach Hause? Was konnten sie hier denn noch zu erledigen haben?

Sie setzte sich wieder neben ihren Vater und ergriff seine Hand. Der Regen hatte nachgelassen, und alles war ruhig.

Zu ruhig.

Ruhig genug, dass sie hören konnte, wie der kleine Messingschlüssel im Schloss der Schlafkabine gedreht wurde. Sie erhob sich voller Angst, als die Tür geöffnet wurde und ein halbes Dutzend Janitscharen mit schwarzen Gesichtsmasken in den Raum trat.

Keiner sprach ein Wort, aber ein Mann nahm sie am Arm und zog sie zur Seite. Vier andere griffen nach den Seilen an jeder Ecke des Schwingbetts ihres Vaters und zogen mit einem metallischen Klirren ihre Krummsäbel. Einen furchtbaren Moment lang dachte sie, sie würden ihn hier und jetzt hinrichten, doch dann durchtrennten die vier säuberlich die Seile und trugen das Bett wie eine Sänfte zur Tür.

Feyra sprach sich selbst Mut zu: Es waren loyale Männer, die sich an den auf einem Schiff geltenden Kodex halten würden. Timurhan war trotz seiner momentanen Hilflosigkeit immer noch ihr Kapitän. Ihr Häscher zog sie mit sich und folgte der Prozession. »Wo bringt ihr meinen Vater hin?«, fragte sie, aber der Schwarzmaskierte gab keine Antwort.

Sowie sie an Land war, konnte sie ihre Position erkennen. Sie befanden sich auf der Leeseite der Landmasse, geschützt vor dem Wind, der die Meerseite peitschte, und das Schiff lag jetzt zum Teil hinter einer riesigen Steinruine verborgen. Hier gab es eine von Bogenfenstern durchsetzte Mauer und dahinter ein Gewirr niedrigerer Mauern mit einem Brunnen in der Mitte. Die einzigen Bewohner der Gemäuer waren die Dohlen und Falken, die im Dachgesims kreischten. Über dem Querbalken prangten verblasste Buchstaben, die nur Feyra zu entziffern vermochte.

*Santa Croce.*

Ein verwittertes Steinkreuz erhob sich auf der verfallenen Mauer. Beim Anblick dieses Symbols drängten sich die Männer enger zusammen.

Feyra rückte näher an die schwarz gewandete Gruppe auf dem verlassenen hölzernen Pier heran.

»Es war eine Stätte ihres Propheten, ihres Christus«, sagte einer.

»Wir dürfen sie nicht betreten, sie ist unrein«, stimmte ein anderer zu.

»Unser Sultan muss einen Fehler gemacht haben. Dies hier ist kein sicheres Haus für uns.«

»Unser Sultan, das Licht meiner Augen und die Freude meines Herzens, macht keine Fehler.« Eine klare, weithin vernehmliche Stimme.

»Sieh dich doch um. Außer den Vögeln, die alles vollscheißen, lebt hier niemand. Ihr Gott ist schon lange nicht mehr da.«

»Hier können wir nicht bleiben.«

»Nein, aber diese Ruine bietet uns zumindest Schutz, während wir uns beraten.«

Feyra folgte ihnen, als sie ihren Vater hineintrugen, und sie erlaubten ihr, es ihm so bequem wie möglich zu machen. Er konnte sich glücklich schätzen, in seinem Bett zu liegen, denn die dicke Matratze wurde von den hölzernen Seitenteilen an ihrem Platz gehalten, und Feyra bezweifelte, dass er überhaupt gemerkt hatte, wie man ihn forttrug. Sie riss einen Streifen von seinem Laken und ging zu dem Brunnen in der Mitte des alten Hofes, wobei sie Mühe hatte, nicht über die überall verstreuten Steine zu stolpern, die die Wurzeln und Gräser, die sie überwucherten, im Laufe der Jahre aus der Erde gehoben hatten.

Trotz des sintflutartigen Regens, der gerade eben erst nachgelassen hatte, war der Wasserstand des Brunnens so tief, dass sie kaum eine silberne Scheibe wolkenverhangenen Himmels erkennen konnte. Es gab eine alte Winde mit einer rostigen Kette, aber keinen Eimer, also gab sie ihre Idee auf, hier Wasser zu schöpfen. Stattdessen ging sie mit dem Stoffstreifen zum Pier und tauchte ihn in das Meerwasser. Das würde zwar den Durst ihres Vaters nicht stillen, aber sie konnte zumindest seine fieberglühende Haut kühlen.

Als sie durch das Ruinengelände zurückging, wurde sie von den Janitscharen empfangen, die einen Halbkreis bildeten. Mit dem nassen, auf ihre Füße tropfenden Tuch in der Hand blieb sie wie angewurzelt stehen. Plötzlich bekam sie es mit der Angst zu tun.

Sie blickte von einem dunklen Augenpaar zum anderen. Keiner der Männer vermochte ihr ins Gesicht zu sehen. Endlich ergriff einer das Wort. »Kehr um«, sagte er. »Wir gehen an Bord des Schiffs zurück.«

»Aber …« Sie streckte die Hand mit dem immer noch tropfenden Tuch aus, um in die alte Kirche zu deuten. »Mein Vater«, sagte sie, als wären sie alle begriffsstutzig.

»Er bleibt.«

Sie war es, die nichts begriffen hatte. Sie würden ihn hier zurücklassen. Ihr Kapitän war mit einer ansteckenden Seuche behaftet, und sie würden ihn nicht wieder an Bord lassen. »Dann muss ich bei ihm bleiben.«

»Nein. Du kommst mit uns.«

»Genau«, stimmte ein anderer zu. »Wenn der Tod uns holen kommt, möchte ich für meinen Teil die Tage genießen, die mir noch bleiben.« Jetzt sah der erste Mann sie an, sein Blick wanderte gierig über ihr unverschleiertes Gesicht und ihren Körper, an dem ihre immer noch feuchten Kleider klebten.

Also sollte sie diesen Männern auf dem gesamten Rückweg nach Konstantinopel als Spielzeug dienen. Niemand war da, der ihre Ehre verteidigen konnte. Ihr Vater lag ganz in der Nähe und bekam noch nicht einmal mit, dass Regen auf sein Gesicht zu fallen begonnen hatte. Sie hatte sich danach gesehnt, nach Hause zurückzukehren, aber nicht auf diese Weise. Dann mischte sich ein Mann ein, der etwas abseits der anderen stand.

»*Ich* werde bleiben, wie es vereinbart war.«

Mit dieser Bemerkung hatte er seine Kameraden zum Schweigen gebracht. Endlich entgegnete ein anderer mit hoher, ungläubiger Stimme: »Warum? Es gibt hier kein sicheres Haus. Zu bleiben wäre Selbstmord.«

»Dann werde ich die Befehle meines Sultans bis zu meinem Ende befolgen, wie ich es geschworen habe, denn er ist das Licht meiner Augen und die Freude meines Herzens. Und nach unserem Sultan gehorche ich meinem Kapitän. Er ist der Stellvertreter unseres Sultans und hat mich bei Lepanto vor einem wesentlich schlimmeren Schicksal als diesem bewahrt.«

Er hob die linke Hand, an der drei Finger fehlten. Geblieben waren nur Daumen und Zeigefinger.

Jetzt wusste Feyra, dass es sich bei dem maskierten Mann um Takat Turan handelte, der heute verhindert hatte, dass sie ins Wasser gestoßen worden war. Und jetzt erinnerte sie sich auch an die Geschichte, die ihr Vater ihr erzählt hatte.

Als sie ihn nach dieser größten aller Seeschlachten gefragt hatte, hatte er ihr nicht von den einander rammenden Kriegsschiffen und der Tapferkeit der Admiräle erzählt, sondern von einem Jungen, nicht älter als sie, der als Pulverjunge an Bord genommen worden war, um die Kanonen zu laden. Sie waren von den Venezianern geentert worden, und Timurhan hatte den Burschen buchstäblich am Schanzkleid festgenagelt vorgefunden, weil ein geschleuderter venezianischer Dolch sein Ziel verfehlt und sich so tief durch seine Hand in das Holz gebohrt hatte, dass er sich nicht befreien konnte. Timurhan hatte mit seinem eigenen Krummsäbel drei Finger der Hand abgetrennt und den blutenden Jungen auf das Vorderdeck und in Sicherheit gezerrt. Er hatte Feyra erzählt, dass der Junge noch nicht einmal geweint hatte, sondern später, nachdem die

Venezianer zurückgeschlagen worden waren, mit stoischem Schweigen zugesehen hatte, wie der Schiffsarzt seine Wunden mit Teer bestrich und ausbrannte, und dann nur darum bat, den venezianischen Dolch als Andenken behalten zu dürfen.

Feyra konnte sehen, dass er sich diesen Mut auch als Erwachsener erhalten hatte – und noch etwas anderes, denn in Takat Turans Augen loderte ein nicht zu deutendes Feuer.

Sein Kamerad fand einen Namen dafür. »Du bist ja wahnsinnig!«

Doch Takats Stimme blieb ruhig und bestimmt. »Trotzdem. Wenn mein Kapitän mich braucht, werde ich ihm dienen, bis er stirbt.«

Es berührte Feyra tief, in dieser dunklen Zeit und an diesem finsteren Ort auf eine solche Loyalität zu stoßen. Bevor sie sich erniedrigen konnte, indem sie sich ihm zu Füßen warf, sprach er weiter.

»Und außerdem vergesst ihr die Befehle unseres Sultans, des Lichts meiner Augen und der Freude meines Herzens. Es war nicht vorgesehen, dass auch nur einer von euch zurückkehrt. Denkt daran: Unser Werk hier ist noch nicht vollbracht. Wir sind Teil eines größeren Kampfes. Dies hier war nur die Eröffnungssalve.«

Feyra las wahre Treue und Ergebenheit in seinen Augen – und eine fanatische Glut. Sie fragte sich, was der gepeinigten Stadt wohl noch angetan werden konnte, aber der andere Soldat begann Einwände zu erheben.

»Du hast den Verstand verloren! Was meinst du, wie lange ihre Offiziere und Kalifen brauchen, um uns aufzuspüren? Hast du noch nie von den höllischen Methoden ihrer Folterknechte gehört? Die von Byzanz sind nichts im Vergleich dazu!«

Takat Turan zuckte so lässig die Achseln, als würden ihm solche Foltern nichts bedeuten. »Dann sollen sie kommen. Wenn sie mir die Glieder vom Rumpf hacken und mir die Augen ausstechen und die Zunge herausreißen, werde ich in die Dschanna eingehen, wo ich wieder gehen und sehen und sprechen werde, um den Namen Gottes zu preisen. So hat es der Sultan gesagt.«

Die anderen Männer begannen unbehaglich mit den Füßen zu scharren und miteinander zu tuscheln. Dann meinte der, der zuerst gesprochen hatte: »Mach, was du willst«, und ging zu Feyra. Doch Takat Turans schwarz bekleideter Arm versperrte ihm den Weg.

»Sie bleibt ebenfalls.« Er sprach langsam und gemessen.

»Was?«, entfuhr es dem anderen. »Warum solltest du sie ganz allein für dich behalten, du lüsterner Bock!«

»Diese Frage häuft Schande über dich. Ich diene meinem Gott und meinem Sultan und meinem Kapitän, und meine Gelübde verbieten es mir, eine Frau anzurühren.«

Sein Ankläger wich zurück, als wäre er geschlagen worden. Takat Turan nutzte die Gelegenheit, um Feyra aus dem Mundwinkel heraus zuzuraunen: »Geh zu deinem Vater und leg dich so dicht wie möglich neben ihn.«

Sie duckte sich unter seinem schützenden Arm hinweg und legte sich zu ihrem ohnmächtigen Vater in die Bettkiste. Mit einem Mal überkam sie eine abgrundtiefe Erschöpfung, und sie war dankbar dafür, dass ein anderer über ihr Schicksal entschied. Feyra blickte zum Himmel empor, zu den regenschwangeren Wolken, die über ihn hinwegzogen, und lauschte den von den alten Steinen widerhallenden zornigen Stimmen.

»Kommt und holt sie euch, wenn ihr sie wollt. Ihr seht, wo sie liegt – ganz nah bei ihrem Vater. Ich weiß, dass ihr ausgelost habt, wer ihn vom Schiff tragen muss. Aber ich weiß auch, dass mein Gott mich schützen wird, damit ich meine Aufgabe erfüllen kann. Könnt ihr dasselbe von euch behaupten? Wenn ja, dann kommt und zerrt sie von seinem Totenlager.«

Feyra fuhr fort, die Wolken zu beobachten, während sie

darauf wartete, dass Hände sie packten und Arme sie hochhoben.

»Und was dann?«, ertönte Takats Stimme erneut. »Wer von euch will sie an Bord bringen und in sein Bett nehmen? Genauso gut könnt ihr euch gleich mit der Pesthexe mit ihrer roten Schürze und ihrem Besen vergnügen.«

Kein einziger Mann trat vor, um Hand an sie zu legen. Feyra wagte es, den Kopf ein wenig zu heben. Die Männer bewegten sich unruhig, einige blickten zu Boden. Schließlich verließen sie unschlüssig vor sich hin brummend und mit betretenen Mienen das Gebäude und ließen den Sterbenden und die beiden jungen Menschen zurück.

Vom Torbogen aus beobachtete Feyra, wie der Anker gelichtet, die Seile eingeholt und das Schiff von ungeduldigen Füßen vom Dock weggeschoben wurde. Erst dann drehte sie sich zu Takat um.

»Danke.«

Er verneigte sich knapp. »Jede Schuld muss zu gegebener Zeit bezahlt werden.« Sie dachte, er würde sich auf das beziehen, was er ihrem Vater zu verdanken hatte, und freute sich darüber. Als sie ihn anlächelte, ging ihr auf, dass sie außer ihrem Vater noch nie einem Mann zugelächelt hatte, ohne dass ein Schleier ihr Gesicht bedeckte.

Doch er erwiderte das Lächeln nicht, sondern sah durch den verfallenen Bogen des großen Tors, der das sich entfernende Schiff einrahmte, auf das Meer hinaus. Er hatte seine Maske heruntergezogen, sodass sie ihm um den Hals hing, und sie konnte sein Gesicht betrachten. Sein spitz zulaufender Bart war sorgsam gestutzt und eingeölt, die Lippen zwischen dem schwarzen Haar wirkten ungewöhnlich voll. Er schien über das Schiff und sogar über die Kurve des Horizonts und alle Sorgen dieser Welt hinwegzublicken. Instinktiv vertraute sie ihm.

»Was sollen wir jetzt tun?«, fragte sie.

Takat Turan dachte eine Weile nach. »Wir müssen deinen Vater ins Trockene bringen.« Sein Blick schweifte über die Ruinen. »Schau, das Gebäude dort hat noch ein Dach – ein Torhaus oder etwas in der Art. Ich helfe dir, ihn hinüberzutragen.«

Es kostete sie große Anstrengung, Timurhan in den Schutz des alten Torhauses zu schaffen. In dem verfallenen Gemäuer fanden sie einen Stuhl, auf dem einst der Torhüter gesessen haben musste, eine Halterung für eine Lampe, die längst erloschen war, und ein Nest voller Stare unter der Dachtraufe, die kreischend dagegen protestierten, ihr Heim mit Menschen teilen zu müssen.

Feyra streichelte das Gesicht ihres Vaters, doch er reagierte nicht. Sein Atem ging schwer, und seine Finger waren schwärzer denn je. Sie sah Takat auf seinen Kapitän hinabblicken und konnte ihm seine Gedanken vom Gesicht ablesen, obwohl er sie nicht laut aussprach. Stattdessen musterte er das baufällige Dach und den Himmel dahinter. »Ich habe ein Päckchen mit Essen bei mir, aber das wird nicht lange reichen«, sagte er. »Ehe die Nacht hereinbricht, muss ich ein paar Vorräte herbeischaffen.«

Feyra wusste, dass er sie würde stehlen müssen, aber sie scherte sich nicht darum. Sie konnte das nagende Hungergefühl in ihrem Magen nicht länger ignorieren. Als er sich zum Gehen wandte, legte sie ihm eine Hand auf den Arm, um ihn zurückzuhalten.

»Warte«, sagte sie. »So kannst du nicht gehen. Du siehst so anders aus als die Einheimischen hier. Nimm deinen Turban ab.«

Ohne ihn wirkte er jünger und weniger bedrohlich. Der Wind wehte ihm sein dunkles Haar ins Gesicht. »Jetzt geh.«

Die schwarz gekleidete Gestalt blieb am Tor noch einmal stehen; dort, wo der heilige Sebastian einst sein Schwert in den Boden gestoßen hatte. »Versteck dich gut«, riet er. »Du wirst mich bald wiedersehen.«

Sie sah ihm nach, bis er um die Ecke gebogen war. Über seine Schultern hinweg konnte sie weit draußen auf dem Meer die *Il Cavaliere* sehen. Ihr Bug wies in Richtung Konstantinopel.

Die nächsten Stunden verbrachte sie zusammengekauert im feuchten Dunkel, den Rücken gegen die kalte Mauer gepresst.

Sie war durchgefrorener als je zuvor in ihrem Leben, und sie konnte sich drehen, wie sie wollte, immer bohrten sich scharfe Steinkanten in ihr Fleisch. Zwei Mal hörte sie während jener Stunden Inselbewohner an ihrem Versteck vorbeikommen. Sie spähte zwischen den Steinen hindurch und sah erst zwei korpulente Wäscherinnen, die sich zum Schutz vor dem Regen ihre Körbe über den Kopf hielten, und dann einen Fischer mit einem Hund. Sie hielt den Atem an, als das Tier geradewegs in das Torhaus getrottet kam und an Timurhans reglosen Füßen schnupperte, bis sie ihn davonscheuchte und er auf einen Pfiff seines Herrn hin davonschoss. Ein leichter Fischgeruch wehte durch die bröckelige Mauer zu ihr herüber und versetzte sie einen Moment lang auf den Fischmarkt in Balik Pazari zurück. Sie blinzelte ins Freie und sah die silbernen Schuppen der Tiere, die der Fischer sich über die Schulter geworfen hatte, in der Abenddämmerung glänzen. Ihr Magen begann erneut zu knurren. Sie hätte beide Fische samt Augen, Eingeweiden und Gräten verschlingen können.

Als es dunkel wurde, musste sie sich mit der Wahrheit abfinden. Takat Turan würde nicht zurückkommen.

Sie erhob sich, weil es jetzt so dunkel war, dass niemand sie mehr sehen konnte, und ging durch den ganzen alten Gebäudekomplex zum anderen Ufer der Insel hinüber. Dort blickte sie zum Mond empor und dann auf den Kristallring an ihrem Finger hinab. Das kleine schwarze Pferd befand sich zuoberst, und sie drehte den Ring, bis es unter ihren Fingern verschwand und das rote Pferd erschien. Sie hatte versagt. Es war ihr nicht gelungen, das schwarze Pferd auf seinem Ritt aufzuhalten, und nun würde sie nie einen Mann namens Samstag finden oder zu einem Haus mit einem goldenen Zirkel über der Tür gehen oder den Dogen persönlich kennenlernen, der unglaublicherweise ihr Großonkel war. All das kam ihr jetzt nur mehr wie eine osmanische Legende vor, ebenso alt wie unwahrscheinlich.

Sie betrachtete die seltsame Stadt jenseits des Wassers, wo nach und nach Lichter hinter den Fenstern aufflammten wie Sterne, als die Bewohner ihre Kerzen und Lampen entzündeten. Und sobald die Menschen ihre Binsenlichter nahmen, um den Weg zu ihren Betten zu erleuchten, würde einem Mann die hektische Röte im Gesicht seiner Frau oder einer Mutter die unnatürlich heißen Wangen ihres Sohnes auffallen, wenn sie ihm einen Gutenachtkuss gab. Und die Morgendämmerung würde dann das Grauen der Pest mit sich bringen.

# *Teil 2*

# DER VOGELMANN

# 12

Doktor Annibale Cason gab sich an diesem Morgen besondere Mühe mit seinem Äußeren.

Da er sich gerade für den Posten des *medico* des Miracoli-*quartiere* seiner Heimatstadt Venedig qualifiziert hatte, stand ihm aufgrund seines neuen Status jetzt ein Leibdiener zu, der ihm beim Ankleiden behilflich war, aber er brachte es nicht fertig, stillzustehen und den Mann seine Arbeit tun zu lassen. Es war noch ungewohnt für ihn, sich wie ein Kind anziehen zu lassen. Er zappelte herum oder zuckte zusammen, band ein Band neu oder öffnete einen Knopf, und endlich schickte er den Diener weg und stellte sich allein vor seinen mannshohen Spiegel aus Muranoglas. Heute dienten seine Kleider nicht nur als Statussymbol, sondern dem eigentlichen Zweck, für den sie entworfen worden waren. Es war die Schutzkleidung eines Arztes, und er wollte sie selbst anlegen, denn sie konnte ihm das Leben retten.

Über seine übliche Kleidergarnitur zog er eine lange, geschmeidige Lederhose. Sie ähnelten der, die die Fischer in der Lagune trugen, war aber nicht dazu bestimmt, Meerwasser abzuhalten, sondern andere, weitaus schädlichere Flüssigkeiten. Sie wurde unter seinem Umhang getragen und würde seine Beine und seine Leistengegend vor Infektionen schützen.

Als Nächstes schlang sich Annibale schwungvoll einen langen, schwarzen Umhang um die Schultern. Er zog ihn eng um seinen Hals, dann zupfte er seine längeren Locken heraus, sodass sie ihm über den Nacken fielen. Er trug seine Locken aus einem guten Grund so lang. Seine Lehrer in Padua hatten ihm geraten, in infizierten Gegenden so wenig Haut wie möglich unbedeckt zu lassen, weil die Krankheit sich über die Luft verbreitete. Er schlug den hohen Kragen des Umhangs hoch, sodass Nacken und Hals völlig von dem Stoff und der Streifen dazwischen von seinem Haar bedeckt waren. Der Umhang reichte ihm bis zu den Füßen und war von oben bis unten mit Hammelfett und Talg eingerieben. Das Fett zog die Pestilenz aus den Körpern der Kranken und fing sie in den Falten des Umhangs ein, der des Nachts in Wacholderrauch geräuchert wurde. Das Wachs diente als Schutz vor Tröpfcheninfektionen. Es verhinderte, dass Auswurf oder andere Körperflüssigkeiten am Umhang hängen blieben, denn es war bekannt, dass Husten die Pest weitergab.

Dann kam das Symbol von Annibales Berufsstand, eine hässliche Maske, die seine ansprechenden Züge verbarg. Um diese scheußliche Konstruktion in Form eines Vogelschnabels tragen zu dürfen, hatte er sieben Jahre lang studiert. Annibale wusste, dass die Form der Maske von der altmodischen Vorstellung herrührte, dass Vögel die Pest übertrugen und ein Arzt mit einer solchen Vogelmaske die Krankheit von einem Patienten auf die Kleider umleiten konnte, die er trug. Annibale schnaubte ob dieser von Beschränktheit zeugenden Theorie, der an der Schule von Padua längst kein Gewicht mehr beigemessen wurde, abfällig hinter seiner Maske und atmete dabei den schweren Geruch von Zimt und Pottasche ein. Der Schnabel der Maske war mit stark aromatischen Kräutern gefüllt, die die giftigen Ausdünstungen überdeckten und den Gestank von nicht begrabenen Leichen, Auswurf, aufgeplatzten Beulen und anderen Freuden abmilderten, denen er heute entgegensah. Die Maske war überdies mit roten Glasaugen versehen, die den Träger vor jeglichem Unheil feien sollten.

Zuletzt setzte Annibale den auffallenden breitkrempigen, eng am Kopf anliegenden Hut auf und zog ihn über die gewölbte Stirn der Maske. Er hatte nicht um seinetwillen Angst vor Ansteckung, doch wenn er erkrankte, konnte er keine Patienten mehr heilen, und Annibale hatte nicht die Absicht, aufzuhören, noch bevor er richtig begonnen hatte.

Ehe er sich von dem Spiegel abwandte, griff er nach einem gegen die Wand gelehnten hölzernen Stock. Dieser Stock diente sowohl dazu, Familienmitglieder anzuweisen, den Patienten zu versorgen oder zurechtzurücken, als auch, den Kranken in manchen Fällen direkt damit zu untersuchen. Überdies konnte ein *medico* in Bereichen, in denen Ansteckungsgefahr bestand, mit dem Stock einen Kreis um sich ziehen, den niemand zu betreten wagte. Annibale zückte ihn jetzt wie ein Rapier, um seine äußere Erscheinung zu unterstreichen. Doch was er sah, überzeugte ihn nicht. Seine Aufmachung, die frisch von Schneidern und Maskenschnitzern kam und in deren Falten teilweise noch die Rechnungen hingen, wirkte entschieden zu neu und unbenutzt.

Einen Moment lang sah er sich so, wie andere ihn sehen würden: als Boten des Todes. Die Kleidung eines Pestarztes erfüllte noch einen zweiten Zweck: Gaffern Angst einzujagen, sie zu warnen und ihnen klarzumachen, dass etwas Furchtbares ganz in ihrer Nähe lauerte. Vor allem die Schnabelmaske sah unglaublich schauderhaft aus.

Selbst an einem gewöhnlichen Tag war er für die Maske dankbar, denn sie verbarg sein überaus attraktives Gesicht. Annibale betrachtete sich selbst so, wie er die ganze Welt betrachtete – mit den Augen des Wissenschaftlers, der leidenschaftslos die in Gläsern konservierten Tiere der *Scuola Medica* in Padua untersuchte. Von vier Katzen konnte er mühelos diejenige ausmachen, die die schärfsten Zähne, den geschmeidigsten Rücken und die längsten Beine besaß. Er wusste, dass er ein ansehnliches Exemplar der Spezies *Homo sapiens* war, groß gewachsen für einen Venezianer, mit muskulösen, langen Gliedmaßen und einem dichten dunklen Haarschopf. Sein Gesicht blieb ihm jedoch ein Rätsel. Die regelmäßigen Züge erschienen ihm eher unauffällig: dunkle Augen, darüber geschwungene Brauen, eine gerade Nase mit ebenmäßigen Flügeln und volle Lippen. Dennoch ging von ihnen ein seltsamer Zauber aus, der auf eine Art auf Frauen wirkte, die ihm nicht gefiel. Annibale legte Wert auf Ordnung, und da er die Wirkung seines Äußeren auf andere nicht kontrollieren konnte, zog er es vor, sein Gesicht zu bedecken.

Tatsächlich hatte Annibale zusätzlich zu seinem Arztschnabel noch eine weitere, ganz eigene Maske entwickelt. Einzig und allein, um Frauen – und auch einige Männer – auf Abstand zu halten, legte er ein schroffes Benehmen an den Tag, das ihn stolz und hochmütig erscheinen ließ. Wenn er sprach, geschah dies mit schlecht verhohlener Gereiztheit. Er hatte keine Geduld mit Dummköpfen und war für sein aufbrausendes Temperament bekannt.

Die bittere Wahrheit lautete, dass Doktor Annibale Cason deshalb ein guter Arzt war, weil es ihn nicht wirklich interessierte, wer am Leben blieb und wer starb. Nachdem ihn seine Mutter als Säugling im Stich gelassen hatte und die zahlreichen Tanten, die ihn nacheinander großgezogen hatten, samt und sonders gestorben waren, hatte er keine emotionalen Bindungen mehr an andere Menschen und trotz häufiger Anträge nie geheiratet. Er betrachtete Krankheit als eine persönliche intellektuelle Herausforderung, bei der es fast noch mehr um ihn ging als um seine Patienten, weshalb seine Behandlungsmethoden sehr erfolgreich waren. An der Universität galt er als Mann ohne jegliches Mitgefühl, der ungerührt zusehen konnte, wie ein Baby starb.

Mit dieser Einschätzung taten ihm seine Kollegen Unrecht. Annibale war nicht vollkommen herzlos, doch er zog auch ohne seinen Stock einen kleinen Kreis der Distanz um sich. Diejenigen, an denen ihm wirklich etwas lag, kannten den wahren Annibale. Es waren nur wenige, aber er brauchte nicht mehr.

Padua war eine wohlhabende Stadt, und in seinem letzten Studienjahr, als die jungen Ärzte eigenständig Patienten betreuen durften, hatte er viele reiche Frauen behandeln müssen. Dort, in der Stadt, in der er seine Ausbildung absolviert hatte, hatte ihm die grässliche Maske dazu gedient, ihn vor den Annäherungsversuchen dieser gelangweilten Matronen zu schützen, die von seinem Gesicht so entzückt waren, dass sie verlangten, er solle dicht an ihrem Mund ihren Atem schnuppern oder das Ohr auf ihren wogenden Busen pressen, um ihren Herzschlag zu kontrollieren. Heute, wieder in seiner Heimatstadt, würde die Maske ihren eigentlichen medizinischen Zweck erfüllen.

Annibale konnte sein Glück kaum fassen. Er war in Venedig geboren und aufgewachsen, in der Kirche Santa Maria dei Miracoli getauft worden, ebender Kirche, in der jetzt die Pestglocken läuteten, und er war erst seit einem Tag aus Padua zurück, hatte nur eine Nacht in seinem alten Bett im Heim der Familie verbracht, bevor der Herr die Stadt gestraft hatte. Jetzt würde er endlich das in die Praxis umsetzen können, was er in seinem siebenjährigen Medizinstudium an der Universität, wo er unter den Jahrgangsbesten war, gelernt hatte. Jetzt würde er anwenden können, was er in all den Büchern über Kräuterheilkunde in der Bibliothek gelesen und sich während all der Morgen in den botanischen Gärten und all den Nachmittagen in dem hölzernen Hörsaal angeeignet hatte, wo er seinem geschätzten Mentor beim Sezieren der Leichen wenig betrauerter Verbrecher zuzusehen pflegte.

Sobald er fertig angekleidet war, scheuchte er sein Spiegelbild fort, wie er seinen Diener fortgescheucht hatte, bellte seinem Koch Befehle bezüglich des Abendessens zu und verließ fast beschwingt das Haus. Er fühlte sich wie ein Ritter aus alten Zeiten, der in den Kampf zog. Das Schicksal hatte ihm den tödlichsten Gegner überhaupt geschickt, um seine Lanze an ihm zu erproben. Er, *Doktor* Annibale Cason, war bereit, es mit der Pest aufzunehmen.

Auf seinem Weg durch die *calli* bemerkte er, dass sein Feind keine Zeit verloren hatte, um auf dem Schlachtfeld die Oberhand zu gewinnen. Die zahlreichen an die Türen gemalten roten Kreuze, die Kalkkästen an allen Ecken und der Myrtenrauch, der aus jedem Schornstein quoll, verrieten ihm, dass der Schwarze Tod sich schon innerhalb dieser kurzen Zeit fest in der Stadt eingenistet hatte.

Als er am Campo Santa Maria Nova eintraf, wo er seinen Vorgesetzten treffen sollte, fiel es Annibale nicht schwer, Doktor Valnetti zu erkennen, denn dieser war genauso gekleidet wie er selbst. Nur seine Maske unterschied sich in einer Kleinigkeit von der Annibales. Da er zu den sechs obersten Ärzten der *sestieri* gehörte, war um seine roten Kristallaugen zusätzlich eine schwarze Brille gemalt, ein Zeichen seiner größeren Weisheit und Gelehrtheit. Obwohl Annibale viel von der neumodischen Erfindung der Augengläser hielt, fand er, dass die beiden schwarzen Zwillingsringe seinen Vorgesetzten ein wenig lächerlich wirken ließen.

Doktor Valnetti gab sich sehr beschäftigt. Seit einem morgendlichen Besuch beim Dogen persönlich, zu dem er zusammen mit den obersten *medici* der anderen fünf *sestieri* bestellt worden war, strotzte er vor Eigendünkel und schüttelte Annibales behandschuhte Hand nur flüchtig.

Annibale verfolgte höflich, was sein Vorgesetzter tat – er schien getrocknete Fischhäute eine Sekunde lang über eine gelbe Feuerstelle in der Mitte des *campo* zu halten, als würde er Schellfische räuchern, und sie dann wie Herbstlaub aufzuschichten.

Annibale sah genauer hin und musste an eine seiner vielen Tanten denken, die ihm immer *risotto con rana* gekocht hatte. Sie schlitzte jeden Frosch rund um die Füße herum auf, zog die Haut ab wie ein Hemd und warf das Fleisch dann in den Suppentopf. Er nahm eine Fischhaut von dem Stapel auf dem Pflaster. Sie hatte lange Gliedmaßen. Dann begriff er und wandte sich ungläubig an seinen Vorgesetzten. »Krötenhäute? Tatsächlich?«

Obwohl er sich bemühte, respektvoll zu klingen, erwies Annibale nur denjenigen wahre Ehrerbietung, die sie wirklich verdienten, wie sein Held, Lehrer und Mentor Hieronymus Mercurialis von der medizinischen Fakultät in Padua. Er konnte nicht verhindern, dass sich die übliche Geringschätzung in seine Stimme schlich.

»Nun, es sind nicht *nur* Kröten – sie sind erstaunlich schwer zu finden«, erwiderte der Arzt flüchtig. »Aber in Venedig gibt es reichlich Frösche, die Kanäle wimmeln von ihnen. Damit geht es auch. Solche Häute haben auch beim letzten Ausbruch der Pest geholfen«, schloss er, wobei er allerdings zu erwähnen vergaß, dass dieser ein Jahrhundert zurücklag. »Sie schienen die Luft in den Hauptgefäßen des Körpers wirksam zu reinigen.«

Annibales Augen wurden hinter den roten Sichtlöchern schmal. »Ihr meint das *Blut* in den Hauptgefäßen des Körpers.«

»Ja, ja«, stimmte Valnetti zu. »Das sagte ich ja.« Er fügte ziemlich hastig hinzu: »Verteilt sie in Eurem *quartiere*. Lindert die Symptome, so gut Ihr könnt. Wir treffen uns bei Sonnenuntergang wieder hier.« Er reichte Annibale den Stapel Krötenhäute, den dieser mit Schwierigkeiten entgegennahm, weil sie so trocken und fedrig waren wie Asche und ebenso leicht fortgeweht wurden. Valnetti klopfte ihm auf den Rücken. »Ich muss sagen, wir waren überrascht, dass ein Arzt nach Venedig kommen wollte, und mit einem Mann aus Padua habe ich ganz bestimmt nicht gerechnet. Die meisten Ärzte rennen, so schnell sie können, in die entgegengesetzte Richtung.«

Annibale zuckte die Achseln, wobei ihm eine weitere

Froschhaut entglitt. »Ich würde lieber in Venedig sterben als irgendwo anders leben.«

Valnetti schnaubte hinter seiner Maske. »Das kann leicht passieren.«

Ein leises Unbehagen keimte in Annibale auf. Es war jetzt Jahrhunderte her, seit irgendein Naturwissenschaftler zuletzt geglaubt hatte, dass Luft statt Blut in den Adern zirkulierte. Er, Annibale, hatte geholfen, das Gegenteil zu beweisen, als er erst letztes Jahr bei einer Bluttransfusion assistiert hatte, bei der einem Mann das Blut eines Hundes übertragen worden war. Man hatte das Blut des Tieres in die geöffneten Adern eines verurteilten Verbrechers fließen lassen. Er hätte Valnetti davon berichten können – natürlich unter Auslassung der Tatsache, dass sowohl der Mann als auch der Hund gestorben waren. Aber er hatte keine Lust, seinen Atem zu verschwenden. Stattdessen hob er die Häute hoch und fragte: »Ist das alles? Nur Froschhäute?«

»Vorerst. Ich entwickele natürlich meine eigenen Heilmittel, aber für heute tut, was Ihr könnt. Und, Cason?«

Annibale drehte sich um, froh, dass Valnetti sein Gesicht nicht sehen konnte. »Verwirrt die Patienten nicht mit Euren modernen paduanischen Theorien. Es sind einfache Leute, keine Gelehrten wie wir.« Mit diesen Worten verschwand der Doktor wie ein Zauberer in einer Rauchwolke.

Sowie Annibale um die Ecke in die Calle San Canzian eingebogen war, warf er die scheußlichen Froschhäute in den nächstbesten Kalkkasten.

Als Annibale Cason am Ende des Tages zum Campo Santa Maria Nova zurückkehrte, hatte die Pest ihn vernichtend geschlagen.

Annibale hatte nicht bedacht, wie ungleich der Kampf sein würde. Er kämpfte nicht nur gegen die Seuche, sondern auch gegen alles andere. Er kämpfte mit Familienbanden –

Müttern, die ihre infizierten Söhne nicht verlassen wollten, Frauen, die nicht von der Seite ihrer Männer wichen, sodass sich die Krankheit schnell ausbreitete. Er kämpfte gegen die Ärzteschaft: Der Gesundheitsrat stand auf Valnettis Seite und bestand darauf, dieselben Mittel einzusetzen wie beim letzten Pestausbruch von 1464. Aber der schlimmste Kampf war der gegen die Stadt selbst.

Venedigs Paläste wimmelten von Dienern, die kamen und gingen, wie es ihnen beliebte, und die Krankheitskeime in ihrem Atem und ihren Kleidern zu den Märkten, Putzmachern und Schneidern trugen, während sich in den ärmeren Häusern ganze Familien in einem verräucherten Raum drängten und dieselbe verpestete Luft atmeten.

Sogar die Männer, die die Türen der Erkrankten kennzeichneten, schleppten den Gifthauch der Pest von Haus zu Haus. Sie und ihre Malerpinsel wurden zu unbewussten Krankheitsüberträgern. Auch Katzen und Hunde, die eigentlich alle getötet werden müssten, streiften frei durch die Straßen. In den großen Häusern trugen verhätschelte Schoßhunde die Seuche von einer streichelnden Hand zur nächsten, und in den ärmeren Gegenden drangen hungrige Streuner in die Häuser der Kranken ein und huschten wieder heraus, ohne dass die leidenden Bewohner es merkten. Es gab noch nicht einmal mehr Rattenfänger, die das Ungeziefer vernichteten.

Und schlimmer noch, Bettler stahlen Leichen aus den mit roten Kreuzen versehenen Häusern, wiegten sie auf der Straße in den Armen, gaben vor, dass es sich um Familienangehörige handelte, und erbettelten Münzen, um ihren Kummer zu lindern. Je jünger der Leichnam, desto größer der Erfolg, registrierte Annibale.

Zusätzlich zu all dem fand er das unaufhörliche Glockengeläut alles andere als hilfreich. Gegen Mittag hatte der *Consiglio della Sanità* erlassen, dass die Pestglocke den ganzen Tag lang läuten sollte. Die ständigen Klänge von Miracoli und San

Canzian zerrten an den Nerven der Kranken, jagten den Gesunden Angst ein und störten die Ärzte bei ihrer Arbeit. Annibale war mit seinen Patienten kürzer angebunden denn je, es war seine einzige Antwort auf das Flehen und Weinen der Familien, die sich mit einem unermesslichen Verlust konfrontiert sahen. Er konnte ihnen nicht helfen, und sein Zorn auf sich selbst verwandelte sich in Wut auf sie.

Annibale arbeitete schneller und weigerte sich, sich einzugestehen, wie sehr ihm dieser Tag zugesetzt hatte. Es traf zu, dass er in Padua einmal ein tot geborenes Baby gesehen und nichts dabei empfunden hatte, aber heute hatte sein Herz einen empfindlichen Schlag erlitten, von seinem Stolz ganz zu schweigen. All sein Wissen, von den Grundkenntnissen über Galenos und seine Lehre von den vier Körpersäften im ersten bis zu den Feinheiten der Chirurgie im letzten Studienjahr, hatte ihm nicht geholfen.

Es wurde schon dunkel, als er Valnetti wiedertraf. Als Annibale den *campo* überquerte, um ihn zu begrüßen, wirkte sein Gang müde und schleppend, und seine Füße fühlten sich so schwer an, als trüge er wirklich die Eisenschuhe und Sporen eines Kriegers. Sein Vorgesetzter jedoch, der doppelt so alt war wie er, schritt lebhaft aus und wirkte überraschend munter. »Ein harter Tag, ich weiß«, sagte er, bevor Annibale das Wort ergreifen konnte. »Aber morgen wird es besser, denn ich habe meine Apotheker zur Arbeit angetrieben.« Er tippte mit einem behandschuhten Finger verschwörerisch gegen seinen Schnabel, dann schlug er mit großer Geste seinen Umhang zurück, um zu enthüllen, was er darunter verbarg.

Valnetti zog einen kleinen roten Karren mit vier Rädern und einem Handgriff hinter sich her, auf dessen Seite die groteske Karikatur eines Arztes gemalt war. In dem Karren klirrten zahlreiche Schichten von Glasfläschchen. Annibale nahm eines heraus und hielt es ans Licht. Eine Art grüner Schlamm blieb an den Seiten der Phiole haften, als er sie schüttelte. »Was ist das?«

»Vierräuberessig«, erwiderte der Arzt stolz. »Auch als Marseille-Essig bekannt. Mein eigenes Rezept. Ich habe aufgrund meiner Forschungsergebnisse die Zusammensetzung etwas verändert. Es wundert mich, dass Ihr ihn nicht kennt. Er wird seit Urzeiten zur Behandlung des Schwarzen Todes benutzt. Was wird in Padua eigentlich heutzutage gelehrt? Zu meiner Zeit in Salerno lernten wir das bei der ersten Vorlesung.« Er seufzte, da er sich verpflichtet sah, Annibale zu belehren, und trug die Geschichte mit eintöniger Stimme vor. »In Marseille wurden vier Räuber beschuldigt, in die Häuser von Pestopfern gegangen zu sein, sie in ihren Betten erwürgt und dann ihre Habseligkeiten gestohlen zu haben. Dafür wurden sie zum Tod auf dem Scheiterhaufen verurteilt, aber die Richter staunten darüber, dass die Diebe sich nicht angesteckt hatten. Die Übeltäter gaben zu, immun gegen die Pest zu sein, und gaben ihr geheimes Gegenmittel preis: einen Essig, der nach ihnen benannt wurde. Die Richter wollten die Zusammensetzung wissen und versprachen, sie im Gegenzug vor dem Feuer zu bewahren.«

»Was geschah mit ihnen?«

»Sie wurden gehängt«, erwiderte der Doktor knapp. »Aber das tut hier nichts zur Sache.«

»Nein. Nein, vermutlich nicht.« Annibales wissenschaftliches Interesse war geweckt. »Und wie lauteten die Zutaten?«

»Nehmt Eure Schreibtafel«, riet Valnetti wichtigtuerisch. »Vielleicht wollt Ihr die Liste schriftlich festhalten. Normalerweise würde ich ein solches Wissen nicht an einen anderen Arzt weitergeben, aber wenn wir in diesem *sestiere* eine niedrigere Sterblichkeitsrate erreichen wollen, als sie die anderen Ärzte erzielen können, müssen wir zusammenarbeiten, nicht wahr?« Er rückte näher an Annibale heran, zog einen Stapel Papiere aus seinem Ärmel, teilte ihn in zwei Hälften und gab Annibale eine davon. »Totenscheine«, sagte er. »Papierkram, fürchte ich. Für jede Seele, die wir verlieren, müsst Ihr einen Schein ausfüllen, auch für die Armen.« Er rümpfte die Nase. »Nur unter uns – abgesehen von unserer Belohnung von dem Dogen habe ich mit den anderen fünf Ärzten um ein Fass Gascogne-Wein gewettet, dass wir in San Marco weniger Patienten verlieren als in den anderen Stadtteilen. Und jetzt hört gut zu.«

Annibale steckte die Scheine gehorsam weg und zog sein Notizbuch und seinen Bleistift aus dem Ärmel, obwohl er bei sich dachte, dass es wenig gab, was sein Vorgesetzter ihm beibringen könnte. Ihm schien auch, dass Valnetti nichts an seinen Patienten lag – aber war er, Annibale, der sich gerne mit dem Tod maß, um zu beweisen, dass er der Bessere war, so anders? Verwirrt begann er zu schreiben, als Valnetti die Zutaten an seinen schwarz behandschuhten Fingern abzählte.

»Rosmarin und Salbei, Weinraute, Minze, Lavendel, Kalmuswurzel, Muskat. Und natürlich Knoblauch, Zimt und Nelken, die Heilige Dreifaltigkeit bei der Behandlung der meisten Krankheiten. Weißer Essig, Kampfer. Und die wirksamsten und teuersten Bestandteile von allen: Wermutkraut und Beifuß.«

*»Artemisia absinthium* und *Artemisia pontica«*, warf Annibale ein, den die vorherige Schmähung seiner Ausbildung getroffen hatte.

»Ihr weicht die Kräuter zehn Tage lang in Essig ein«, fuhr Valnetti fort, als wäre er nicht unterbrochen worden. »Dann presst Ihr alles durch ein Leinentuch. Habt Ihr das?«

»Ja, ja«, log Annibale, der schon länger nicht mehr mitschrieb. Die Tinktur war ein Scheinmedikament, eine wahllose Zusammenstellung von Kräutern, die weder töten noch heilen würden. Er sah seinen Vorgesetzten zweifelnd an. »Soll ich diese Phiolen in den Häusern verteilen?«

*»Gesu,* mein Bester, nein!«, entfuhr es dem guten Doktor. »Sie kosten einen Dukaten pro Stück für die, die es sich leisten können. Wenn Ihr natürlich zwei herausschlagen könnt, umso

besser. Aber lasst es langsam angehen, die Lehrlinge können vor morgen nichts mehr herstellen.« Er dämpfte die Stimme und beugte sich vor. »Und ich habe noch einen Tipp für Euch. Wenn Ihr auf eine Mutter mit einem kranken Kind stoßt – sie zahlen *jeden* Preis.«

Annibale hörte ihm nicht länger zu. Er betrachtete den gemalten Arzt an der Seite des roten Karrens, der mit Schnabel und Brille versehen war und leuchtend rote Kreise auf jeder Wange hatte, die von Gesundheit zeugen sollten. Er erschien ihm grotesk, ein Hanswurst – wie Pulcinella, der hakennasige Alte in der *commedia dell'arte.* Schlimmer noch, er war ein Geier, der Münzen aus dem Fleisch der Toten und Sterbenden riss, nicht besser als die vier Räuber von Marseille. Er spürte, wie Valnetti ihm den Karrengriff in die Hand drückte.

»Der Karren lässt sich leicht ziehen, seht Ihr? Einen Dukaten pro Stück, vergesst das nicht. Meine Kosten müssen gedeckt werden. Verkauft diese Karrenladung – im Moment haben wir nicht mehr – und geht dann zu Bett. Cason? Cason? Wo wollt Ihr hin?«

Annibale hatte den Karrengriff angewidert fallen lassen und ging davon. Für eine solche Scharlatanerie hatte er nicht studiert. Er steuerte auf die Fondamenta Nuove zu. Myrtenrauch umwehte ihn, als wäre er ein von der Hölle ausgespiener faustischer Geist. Dort auf dem Dock konnte er wieder atmen. Er nahm seine Maske ab, warf sein verschwitztes Haar zurück, schüttelte den Rauch aus seinen Kleidern, sog die salzige Luft ein und begann, Überlegungen anzustellen.

Was, wenn die Bürger der Stadt nicht zum Sterben zusammengepfercht wurden? Was, wenn sie *diese* Luft atmen konnten und nicht den zum Würgen reizenden Rauch verbrannter Myrte? Wenn er sie einfach fortbringen und so behandeln konnte, wie er es für richtig hielt – nicht mit Hexerei und Aberglaube, sondern gemäß der medizinischen Lehren, denen er sein akademisches Leben geweiht hatte?

Er stieß die Schrecken dieses Tages in einem langen, resignierten Atemzug aus und blickte auf das Meer hinaus. Am fernen Horizont konnte er durch den gelblichen Nebel der Pestfeuer, der über die Lagune waberte, dort, wo die Luft klar war, eine Reihe von Inseln sehen. Die Glasinsel, die Spitzeninsel. Und dahinter die Lazarette.

Am fernen Horizont seines Geistes nahm eine vage Idee Formen an.

# 13

Als Feyra an ihrem ersten Morgen in Venedig erwachte, dachte sie, ihr Vater wäre bereits tot.

Mit wild hämmerndem Herzen blieb sie einen Moment lang still neben ihm liegen und wagte nicht, ihn anzusehen. Aber während ihre an seinen fiebrigen Körper gepresste Vorderseite warm war, fühlte sich ihr Rücken kalt und steif an. Die Wärme ließ sie hoffen.

Sie erhob sich von ihrem Lager und reckte sich. Die Stare in dem verfallenen Gebälk waren bereits wach und begrüßten den neuen Tag. Sie ging ins Freie und erblickte eine veränderte Welt: Eine freundliche Sonne schien, Regen und Sturmwolken waren verschwunden. Die Steine gaben den Blick auf die in die Wand eingebetteten funkelnden Kristalle und Fossilien frei, während auf dem Gras Tautropfen glitzerten. Feyras Lebensgeister erwachten ein wenig. Vielleicht würde ihr Vater ja doch nicht sterben.

Sie ging zu dem Brunnen in der Mitte der Ruine, und heute hatte sie die Zeit herauszufinden, wie das Flaschenzugsystem funktionierte. Da der Eimer schon lange fehlte, benutzte sie einen Streifen von der Decke ihres Vaters, warf die Kette aus wie ein Fischer seine Angel, ließ den Haken in die Tiefe fallen, zog das Tuch tropfnass wieder hoch und saugte gierig daran. Dank des gestrigen Sturzregens schmeckte das Wasser erstaunlich frisch und klar. Feyra weichte das Tuch erneut ein, kehrte zu ihrem Vater zurück, ließ das Wasser in seinen Mund tropfen und schloss den starren Kiefer mit den Fingerspitzen, damit er schluckte.

Dann setzte sie sich in einen sonnigen Torbogen, nahm ihren Medizingürtel ab und rieb über die Stellen an ihrer Taille, die er aufgescheuert hatte. Sie breitete den Gürtel über ihre Knie und inspizierte ihn. Die Phiolen in ihren Lederhalterungen schienen unversehrt zu sein. Einer der kleinen Korken fehlte, und sie hatte ihren Vorrat Weinraute verloren, was nicht weiter schlimm war, da dieses Kraut häufig vorkam. Ein Gedanke durchzuckte sie wie ein Stich. In Konstantinopel war es häufig vorgekommen. Hier befand sie sich in einem anderen Land.

Die getrockneten Kräuter in den kleinen Taschen waren vom Meerwasser durchweicht und zu einer feuchten Masse zusammengeklumpt wie jene, die die Kalifen in ihren *nargilehs* rauchten. Feyra besaß zahlreiche Mittel, von einfachem Zitronenbalsam bis hin zu zerstoßenen Juwelen. Sie besaß sogar einen in ein Weinblatt eingewickelten kleinen fettigen Klumpen Ambra. All die Phiolen und Täschchen enthielten über hundert im Lauf von Monaten und Jahren sorgsam zusammengetragene Arzneimittel.

Feyra beschloss, einen letzten Versuch zu unternehmen, ihren Vater zu retten. Den Gedanken, nach dem Prinzip des *murekebbat* selbst eine Arznei zusammenzumischen, verwarf sie, da sie nicht genug über ihren Gegner wusste, um ein Heilmittel herzustellen. Stattdessen beschloss sie, *mufradet* einzusetzen, die einfache Lehre über die Wirkung einzelner Pflanzen. Sie würde Timurhan nacheinander jede Arznei verabreichen, sich dabei an den Glocken orientieren, die jede Stunde läuteten, und die Mittel weglassen, von denen sie wusste, dass sie stark giftig waren. Sie begann mit Zinnober, rotem Quecksilber, das in kleinen Mengen ein ausgezeichneter Blutreiniger war. Sie entnahm ihrem Gürtel einen kleinen Bund silberner Löffel in verschiedenen Größen, die an den Stielen an einem Ring befestigt waren und die sie sich von einem Silberschmied in einer Hintergasse in Sultanahmet eigens hatte anfertigen lassen. Sie breitete die Löffel aus wie einen Fächer, wählte den kleinsten aus, häufte ein wenig von dem entsprechenden Pulver darauf und schob ihn zwischen Timurhans ausgedörrte Lippen.

Da sie nichts anderes tun konnte, als abzuwarten, nutzte sie die Zeit, um sich um ihren eigenen Körper zu kümmern. Sie brach ein Stück von dem Brot ab, das Takat zurückgelassen hatte, und zwang sich, es langsam zu essen. Sowie ihr nagender Hunger notdürftig gestillt war, streifte sie durch die Ruine und suchte nach Ersatz für die Weinraute, die sie verloren hatte. Sie ließ sich auf die Knie sinken und durchkämmte das feuchte Gras mit den Fingern. Der Tau erfrischte sie und säuberte ihre schmutzigen Nägel. Sorgfältig untersuchte sie die Gräser, die rund um die alten Steine wuchsen, die winterharten Blumen, die sich zwischen den Ritzen im Mauerwerk hervordrängten, und die Kräuter, die die Ränder von etwas säumten, das wie ein alter Garten aussah.

Feyra sog die unzähligen verschiedenen Düfte ein, als die Sonne aufging und bewirkte, dass sich die Blätter entrollten und die Blüten öffneten. Als erfahrene Kräuterkundige musterte sie die Form dieser Blätter sowie Farbe und Anzahl der Blüten ganz genau. Einige Pflanzen konnte sie identifizieren, andere nicht. Aber in der Nähe des Brunnens fand sie die gesuchte Weinraute.

Mit einem kleinen Triumphschrei kniete sie sich auf den Boden, um die vertraute fedrige Pflanze mit den blaugrünen Blättern und gelben Blüten zu untersuchen. Der mit Wasser vollgesogene Untergrund durchweichte ihre Knie, während sie die Blätter zur Seite schob, um die kostbaren Früchte zu pflücken, kleine Kapseln, die zahlreiche Samenkörner enthielten. Ermutigt setzte sie ihre Suche fort und entdeckte in einer

Ecke unter einem umgestürzten Bogenfries eine seltene Beute: einen Busch im Schatten wachsender Roter Betonien. Und als ihre Finger an den zähen Wurzeln zerrten, stieß sie auf einen noch greifbareren Schatz: eine runde Metallscheibe.

Sie rieb die Münze an ihrer schmutzigen Hose, bis sie einen stumpfen goldenen Schimmer wahrnahm. Dann schob sie sie in den Mund und biss darauf.

Gold.

Sie betrachtete die Münze im Licht, das durch die bogenförmigen Fenster fiel. Eine Seite zeigte einen bärtigen Mann mit ausgebreiteten Armen – sie kannte den Mann, es war der Prophet namens Jesus, und sein Zeichen war das Kreuz. Auf der anderen Seite kniete ein Mann vor einem anderen Mann. Der kniende Mann trug einen seltsam geformten Hut, der stehende einen Reif um den Kopf. Der Mann mit dem Stirnreif glich der Statue, die sie auf einer der großen Zwillingssäulen gesehen hatte, zwischen denen Tod hindurchgeschritten war. Aber die Identität des knienden Mannes war ihr ein Rätsel.

Feyra hielt das kalte Metall einen Moment lang so vorsichtig fest, als würde es sie verbrennen, dann schob sie die fremdartige Münze unter die Bandage, die ihre Brüste flachpresste. Sie hatte keine Ahnung, welchen Wert sie haben mochte, aber sie würde davon sicherlich einen Laib Brot für ihren Vater erstehen können, vielleicht auch noch Wein und Fleisch. Bei dem Gedanken lief ihr das Wasser im Mund zusammen.

Die Glocke brachte sie wieder zu sich, und sie kehrte zu ihrem Vater zurück. Es war Zeit für die nächste Dosis Medizin, und sie segnete ihr Glück. Sie würde es mit einem Betoniensud versuchen, der als besonders wirksames Heilmittel für offene Wunden, Druckstellen und Beulen bekannt war.

Vielleicht lag es am heller werdenden Licht, aber ihrer Meinung nach sah ihr Vater nach ihrer Behandlung etwas besser aus. Sie senkte den Kopf und betete an seiner Seite, wobei sie versuchte, sich an die genauen Worte der Vorbeter zu erinnern.

Eines der wichtigsten Gebote der osmanischen Medizinkunde war das Konzept des *Mizan*, des Gleichgewichts. Das Gleichgewicht war von elementarer Bedeutung für die Gesundheit, die Zweiheit und die Einheit von Körper und Geist. Das Wohlbefinden des einen hing von dem des anderen ab, und der Körper musste als Gesamtheit behandelt werden. Dies bedenkend wandte sich Feyra ihrem eigenen Wohlbefinden zu, nachdem sie sich von ihrem Gebet erhoben hatte. Ihre Körperausdünstungen beleidigten ihre Nase, und ihre Haare wimmelten von Läusen. Sie erwog, in den Brunnen zu steigen, aber das salzige Meerwasser würde ihren Körper und ihre Kleider gründlicher säubern.

Sie zog die Decke vom reglosen Körper ihres Vaters und ging zu dem verlassenen Ufer hinunter. Dort entkleidete sie sich unter der Decke und ließ sich in das Wasser gleiten, das trotz der heißen Sonne so kalt war, dass sie nach Luft schnappte. Mit einer Hand hielt sie sich an dem kleinen Pier fest, mit der anderen schrubbte sie ihren Körper mit Sand und Salz ab, bis ihre Haut brannte. Dann beugte sie sich vor, tauchte den Kopf ganz ins Wasser, rieb ihre Kopfhaut mit Blättern des Teebaums ein, um die Läuse zu vernichten, und wrang das nasse Seil aus Haaren aus. Zitternd kämmte sie die dunkle Masse mit den Fingern durch, so gut es ging, und zerquetschte jede Laus, die sie noch fand, zwischen den Nägeln. Dann flocht sie sich einen dicken Zopf, so wie es die Odalisken taten.

Danach wusch sie ihre Kleider und Schleier, wrang sie aus und eilte mit ihrem nassen Bündel in den Schutz der Gebäude zurück. Die Decke hatte sie wie ein Kleid um sich geschlungen, während sie die Hose, die Bandage und das Hemd über die Brunneneinfassung hängte und die Schleier über den rostigen schmiedeeisernen Bogen breitete.

Im Torhaus zog sie die Decke wieder über ihren Vater, weil

sie hoffte, sie würde ihn kühlen und das Fieber senken. Mit an die Brust gezogenen Beinen und auf die Knie gestütztem Kinn saß sie zusammengekauert und vor Kälte schlotternd neben seinem Bett. Die nächste Stunde lang verharrte sie dort, wartete so lange, wie sie es wagte, bevor sie sich wieder anzog und fast weinte, als sie die immer noch feuchten Kleider überstreifte. Als sie sich das Hemd über den Kopf zog, wurde sie von Glockengeläut erschreckt: Erst begann die niedrige Kirche auf der Insel zu läuten, dann fiel eine jenseits des Wassers in der Stadt ein, dann noch eine, bis alle zusammen erklangen. Wurde Alarm gegeben? Würden sie gleich entdeckt werden?

Das Dröhnen der Glocken jagte Feyra eine solche Angst ein, dass sie jegliches Zeitgefühl verlor und der Rest des Tages in einem Durcheinander von Kräutern und Gebeten verstrich, bis das Licht wieder schwächer zu werden begann. Feyra wusste, dass es ihrem Vater immer schlechter ging. Von Panik erfüllt dachte sie über das nach, was ihr als der letzte Ausweg erschien.

Bevor sie das Licht und ihr Mut im Stich ließen, zog sie ein rasiermesserscharfes Skalpell aus ihrem Gürtel, das von demselben Schmied stammte, der ihr die Löffel angefertigt hatte. Damit schlitzte sie das Hemd ihres Vaters in der Mitte auf, entfernte die Umschläge von den Schwellungen und öffnete die linke Beule. Nachdem sie auch die zweite Beule aufgestochen hatte, folgte sie einer plötzlichen Eingebung und ließ etwas von dem schwarzen Blut in eine ihrer Phiolen rinnen. Dann strich sie etwas Zitronenbalsam aus ihrem Gürtel auf die gereinigten Wunden.

Im ersterbenden Licht beugte sie sich über das Gesicht ihres Vaters und forschte nach Anzeichen einer Reaktion auf den chirurgischen Eingriff. Der bittere Duft des Zitronenbalsams stieg ihr in die Nase und ihm scheinbar auch, denn wunderbarerweise schlug er die Augen auf.

»Sie trug eine Maske«, sagte er ziemlich deutlich. Er sprach, als würde er ein früheres Gespräch wieder aufnehmen.

Feyra kauerte sich erleichtert neben ihn, nahm seinen Arm und knetete das Fleisch wie Teig. »Wer, lieber Vater?«

»Sie besaß eine Maske an einem Stab, ein schönes Stück aus Silber und Perlen. Sie hatte die Form eines Pferdekopfes, das weiß ich noch. Sie sah damit aus wie eines der Einhörner aus den Sagen. Ich beherrschte ein paar Brocken Venezianisch, aber zumeist unterhielten wir uns pantomimisch wie die Schattenspielpuppen – erinnerst du dich an die Schattenspielpuppen.« Seine bernsteinfarbenen Augen blickten jetzt trüb, aber er erkannte sie, als er ihr die Frage stellte.

Feyra nickte und drückte seine Hand. Timurhan hatte sie einmal zu einem *Karagöz*-Schattenspiel in Beyoglu mitgenommen, bei dem spindeldürre, verschnörkelte Silhouetten eines Kalifen und einer Konkubine sich bewegt und getanzt hatten, als würden sie leben und atmen.

»Ich fragte sie, ob sie gerne reiten würde, und sie legte eine Hand auf ihr Herz und sagte, es wäre ihre große Leidenschaft. Sie zeigte mir den Ring, den sie trug, ein wahres Kunstwerk. Ihr Onkel, der sie liebte, hatte ihn ihr geschenkt – sie zeigte ihn mir, er war der Doge. Und als wir losritten, kamen wir an Zitronenbäumen vorbei, die uns zustimmend zuraschelten. Die Pferde zerquetschten die Früchte unter ihren Hufen. Ich kann den Duft noch immer riechen, Feyra. Ich rieche ihn jetzt.«

Sie lächelte ihn voll neu erwachter Hoffnung an, da sie wusste, dass er den Zitronenbalsam riechen konnte. Er würde gesund werden, und ihre Operation hatte ihn gerettet.

Dann starb er.

Einmal mehr musste Feyra sich zwischen Brunnen und Meer entscheiden, und diesmal aus einem weit düstereren Grund. Sie wollte ihren Vater nicht in einer einem anderen Gott geweihten Erde begraben und konnte nicht riskieren, anderswo ein Grab auszuheben. Sie wollte auch nicht, dass das Meer zu seiner letzten Ruhestätte wurde. Obwohl der Ozean seine Heimat gewesen war, wollte sie nicht, dass feindliche Gewässer seinen Körper aufblähten und er an ein feindliches Ufer geschwemmt wurde. Sie wählte den Brunnen, weil er darin rasch unter die Erde gelangte, wie es der Prophet vorschrieb, und von den Steinen vor dem unheiligen Ort geschützt wurde, der ihn umgab. Die Ruine war verlassen, es schien keine Gefahr zu bestehen, dass jemand Wasser aus diesem Schacht schöpfte. Und eines Tages konnte sie vielleicht zurückkehren, wenn Gott ihr gnädig war, um seine Gebeine zu holen, sie nach Hause zu bringen und dort mit allen Ehren zu bestatten.

Da es ihr nicht möglich war, das Bett an den Seilen hinter sich herzuziehen, rollte sie Timurhan in seinen Laken von dem Lager herunter, dankbar dafür, dass sie ihn wie ein Leichentuch einhüllten und sie sein geliebtes, totes Gesicht nicht sehen musste.

Trotzdem benötigte sie in ihrem geschwächten Zustand über eine Stunde, um ihn zum Brunnen zu schaffen. Sie trank ein letztes Mal, dann befestigte sie ihren Vater wie einen großen Fisch an dem Haken, hievte ihn mit Mühe über den Rand und hielt ihn in einer letzten grässlichen Umarmung fest, bevor sie ihn fallen ließ. Feyra schloss die Augen, hörte nur das Rasseln der Kette und das Platschen, mit dem Timurhan auf der Wasseroberfläche aufschlug. Dann spähte sie hinunter. Der eingehüllte Leichnam sah einen Moment so aus, als würde er aufrecht stehen, dann zog ihn das vom Regen angeschwollene Brunnenwasser in die Tiefe.

Feyra sah zu, wie das Wasser unter ihr Blasen warf und sich wieder glättete. Sie nestelte an dem Ring an ihrem Finger herum, erwog einen Moment, ihn ihrem Vater hinterherzuwerfen, damit er etwas von ihrer Mutter bei sich hatte. Aber ihr Vater war in der Dschanna und sie hier, und der Ring war alles, was sie mit ihrer Familie, ihrer Mutter und – das Außergewöhnlichste von allem – mit dem Dogen verband.

Ihr Weg lag plötzlich klar vor ihr. Dieser Ring war die Garantie für ihre Sicherheit. Sie würde zum Dogen gehen. Ihre Mission, die Pest von seiner Tür fernzuhalten, war gescheitert, sie hatte versagt, aber sie konnte den Ring vorzeigen, Erinnerungen an seine geliebte verlorene Nichte Cecilia Baffo wecken und um eine sichere Rückkehr in die Türkei bitten.

Sie verhüllte ihr Gesicht wieder mit einem Schleier, weil sie es plötzlich eilig hatte, diesen Ort zu verlassen, an dem sie die letzten Stunden mit ihrem Vater verbracht und wo sie mit den Händen über das taufeuchte Gras gestrichen und die Betonie und die Münze gefunden hatte. Doch gerade als sie sich ein letztes Mal umsah, hörte sie, wie draußen etwas gegen den Pier prallte.

Feyra rannte zum Tor und spähte durch den kleinen Bogen des Ruderhauses. Ein Boot hatte am Dock angelegt, und ein Mann in langen Gewändern kam an Land und schlang die Fangleine um einen Pfahl.

Mit angehaltenem Atem verbarg sie sich im Torhaus und beobachtete ihn durch die große bogenförmige Türöffnung. Er hinkte ein wenig, und bei näherer Betrachtung folgerte sie aus seinem Alter und seinem Gewicht, dass er an der Gicht litt. Als er nur noch eine Armspanne von ihr entfernt war, hörte sie, dass er leicht pfeifend atmete. Entweder hatte er als Kind Lungenfieber gehabt, oder er arbeitete an einem Ort, wo er schlechter Luft ausgesetzt war. Letzteres nahm sie nicht an, denn sie sah, dass seine Kleider aus Samt und Eichhörnchenpelz gefertigt waren, außerdem trug er einen schwarzen, weichen, viereckigen Hut. In Konstantinopel zeugte das Tragen eines Hutes von einem hohen Rang, und er trug den seinen, als sei das hier auch der Fall. Sein Gesicht war freundlich, seine Augen gütig und sein Bart weiß. Sie war versucht, sich zu erkennen zu geben und ihn in seiner eigenen Sprache anzusprechen, aber irgendetwas hielt sie davon ab. Also sah sie nur zu, wie der Mann in der Ruine umherging. Sie hielt den Atem an und betete, dass er sich nicht dem Brunnen näherte. Ihre Gebete wurden erhört, er schien kein Interesse daran zu haben. Stattdessen schritt er einmal in die eine, einmal in die andere Richtung. Dabei schien er leise zu zählen, und immer wieder blieb er stehen, nahm eine Tafel und ein Schreibgerät zur Hand und trug seine Ergebnisse darauf ein. Ein Mal hörte sie ihn klar und deutlich etwas murmeln, aber es ergab keinen Sinn für sie. Er sagte: »Sechzehn zu vierzig *passi.*«

Über eine Stunde lang fuhr er mit seinen seltsamen Messungen fort. Einmal bückte er sich, um ein wenig Erde aufzulockern, als suche er ebenfalls nach einer Heilpflanze. Er verstaute die Probe in seinem Ranzen, und bevor er ging, hielt er noch einen Ziegel, den er auf der Grasnarbe gefunden hatte, ins Licht und schob ihn dann gleichfalls in seine Tasche.

Feyra beobachtete, wie der Mann zu seinem Boot zurückging. Sie erwog einmal mehr, ihn zu bitten, sie zur Stadt hinüberzurudern, aber wieder hielt sie irgendetwas davon ab. Als er davonruderte, stieß sie einen Seufzer aus, in dem Erleichterung und Bedauern zugleich mitschwangen.

Sie war nicht entdeckt worden, aber jetzt war sie zum ersten Mal, seit sie ihre Heimat verlassen hatte, wirklich ganz alleine.

# 14

An seinem zweiten Tag in seiner Heimatstadt Venedig kleidete sich Annibale Cason nicht sorgfältig vor dem Spiegel an. Er ließ die Schnabelmaske darüber hängen, und sie blickte ihm nach, als er die Kammer verließ.

Aber er ging weder aus dem Haus, noch machte er sich auf den Weg zum Campo Santa Maria Nova, um dort bei Tagesanbruch Valnetti zu treffen, wie es ihm nach seiner gestrigen Aufsässigkeit streng eingeschärft worden war. Stattdessen tappte er im Nachthemd nach unten und zog dabei einen kleinen Schlüssel darunter hervor, den er seit sieben Jahren um den Hals trug.

Der kleine goldene Schlüssel an der Goldkette war warm von seiner Haut. Er trug ihn auf der Brust, seit er nach dem Tod der letzten seiner vielen Tanten als vierzehnjähriger Junge nach Padua aufgebrochen war. Erst da hatte ihm der Familiennotar den Schlüssel zu der Cason-Schatztruhe übergeben, dem Vermächtnis des Vaters, den er nie gekannt hatte.

Annibale stieg mit seiner Kerze in den Weinkeller hinunter. Die Kälte der Steine kroch in seine bloßen Füße. Die Weinfässer reagierten knarrend auf die Temperaturveränderung, die Annibales Präsenz im Raum mit sich brachte. Als er als kleiner Junge hier heruntergekommen war, hatte er den Keller für einen verwunschenen Ort gehalten. Damals wie heute konnte er den Kanal draußen gegen die Steine schwappen hören, denn der Keller, in dem die Familie Cason jahrhundertelang ihren Wein und ihr Salz gelagert hatte, lag unterhalb der Wasserlinie.

Die Familie Cason, deren einziger Nachkomme Annibale jetzt war.

Hier unten war er sicher und ungestört, genau wie er es wollte. Es empfahl sich nicht, dass die Diener die Schatulle zu Gesicht bekamen.

Annibale war all die Jahre sehr vorsichtig mit dem Familienvermögen umgegangen. Er hatte das Geld nicht in der Stadt verprasst, wie es seine Kameraden taten, sondern nur für seine Ausbildung sowie für Kost und Logis benutzt und am Ende seines siebenjährigen Studiums sein Ärztegewand davon erstanden. So kam es, dass die hinter dem vierten Fass Valpolicella verborgene Schatulle noch fast voll war.

Er ließ etwas Wachs auf den Boden tropfen, das auf den feuchten Steinen wie eine Katze zischte, und befestigte die Kerze in der Pfütze. Dann beugte er sich vor, um den Kasten aufzuschließen, ohne dabei den Schlüssel von seinem Hals zu lösen – er hatte einst geschworen, ihn niemals abzulegen. Er schob ihn in das Schloss und klappte den Deckel der Eichenholzkassette auf. Die Messingbänder, mit denen er beschlagen war, klirrten leise.

Der Kasten war mit Dutzenden kleiner Goldmünzen gefüllt, die man als Zechinen bezeichnete. Sie lagen in einem kleinen Einsatz, der einen falschen Boden bildete. Unter diesem Einsatz befand sich ein weit größerer Schatz, eine Lage goldener Dukaten. Er nahm einen davon heraus und betrachtete die Gestalten darauf eindringlich. Auf einer Seite kniete der Doge mit seinem auffälligen *corno*-Hut vor dem heiligen Markus, auf der anderen war Christus abgebildet. Er umschloss die Münze einen Moment lang mit der Hand, bis sie warm wurde, dann ließ er sie wieder zu den anderen in den Kasten fallen und schob den Einsatz an seinen Platz zurück. Es würde reichen und war für seine Zwecke mehr als genug.

Dem Deckel der Kassette entnahm er eine Geldbörse aus Mäuseleder, zählte vier Dukaten hinein und verteilte eine Hand voll Zechinen auf seine Taschen, bevor er den Kasten wieder verschloss. Dann entdeckte er einen alten Messingkelch, der unter die Weinfässer gerollt war, und polierte ihn mit seinem Nachthemd, bis er im Kerzenlicht schimmerte. Annibale nahm ihn gleichfalls mit. In Venedig war es immer ratsam, etwas bei sich zu tragen, mit dem man andere bestechen konnte.

Er ging wieder nach oben und kleidete sich in der Hälfte der Zeit an, die er gestern benötigt hatte. Mit dem Cason-Schatz unter seinem Umhang verließ er beschwingten Schrittes das Haus, aber diesmal hatte seine Zuversicht einen anderen Grund. Annibale mochte die erste Partie gegen die Pest verloren haben, aber das Spiel war noch nicht vorüber.

Es war nicht schwer, an der Fondamenta Nuove ein Boot aufzutreiben. Sowohl der Handel als auch das Reisen waren nahezu zum Stillstand gekommen, und die Bootsführer und Gondolieri, die gesund geblieben waren, standen müßig auf dem Dock herum. Seine Wahl fiel auf einen kräftigen Burschen, der aussah wie ein guter Ruderer. Der Mann hob eine Braue, als er Annibales Anweisungen hörte, aber eine Goldzechine überzeugte ihn.

Als sie auf die Inseln zusteuerten, die er am Abend zuvor gesehen hatte, stand Annibale unbeweglich im Bug. Die Jahre in Padua hatten ihn seiner Seemannsbeine nicht beraubt. Er verfügte noch immer über die allen Venezianern angeborene Fähigkeit, stocksteif und sicher in einem Boot zu stehen. Er war wieder mit seiner Maske angetan, blickte unverwandt nach vorne und wirkte wie eine Galionsfigur. Der redselige Bootslenker bekam aus ihm nicht mehr Worte heraus als aus einer Statue.

Annibale sah zu, wie erst die Insel Murano vorüberglitt, wo die Glasöfen jetzt kalt blieben, dann Burano, wo keine Spitzenstickerinnen mehr in den Türen der bunten Häuser saßen. Auf Torcello läutete die Glocke der Kathedrale klagend, zählte die Toten und verriet ihm, dass die Pest auch dieses Ufer erreicht hatte. Doch als das Boot auf die Lazarette zuhielt, herrschte dort Ruhe. Annibale wies den Bootslenker an, Vigna Murada anzusteuern, die Quarantäneinsel.

Als sie näher kamen, konnte Annibale eine graubraune, von Bäumen gesäumte Einöde und irgendeinen von einer Mauer umgebenen Gebäudekomplex erkennen. Es gab einen langen Anlegesteg, der an einem hölzernen Bootshaus endete. Was die beiden Männer dort sahen, bewirkte, dass der Bootsführer die Ruder einzog und sich den Kragen seines Umhangs über den Mund zog. Auf dem Bootshaus prangte ein mannshohes krakeliges rotes Kreuz.

»Warte hier, wenn dir das lieber ist«, fauchte Annibale, dem nicht entging, dass der Mann davor zurückscheute, noch weiter zu fahren. Der Bootsführer machte sein Boot bei den drei kleinen Stufen fest. Annibale vergewisserte sich, dass die Mäuselederbörse und der Messingkelch noch immer sicher in seinem Ärmel verstaut waren, und sprang an Land, wobei er die Cason-Schatzschatulle auch weiterhin unter seinem Umhang verbarg. Er warf dem Bootsführer eine weitere Zechine zu und befahl ihm kalt, auf ihn zu warten.

Am Kopfende des Piers war ein Torhaus in die große Mauer eingebaut, dessen Tür fest verschlossen zu sein schien. Direkt davor saßen zwei Männer, ein alter und ein junger, und angelten in der Lagune. Der Graubart sah dem näher kommenden Arzt bereits wachsam entgegen, aber der junge Bursche starrte mit glasigen Augen ins Leere. Ein dünner silberner Speichelfaden hing wie eine Angelschnur von seiner Lippe bis auf seinen Schoß hinab. Die Füße des Jungen baumelten ein gutes Stück über der Wasseroberfläche, seine Arme und sein Rumpf waren verkürzt, nur der Kopf hatte eine für einen jungen Mann normale Größe und wirkte auf dem gedrungenen Körper überdimensional. Sein Schädel war eigenartig geformt, die Knochen waren wahrscheinlich bei der Geburt deformiert worden, nahm Annibale an. Er hatte solche Zwerge schon öfter gesehen. Die meisten wurden gleich ertränkt, nachdem sie das Licht der Welt erblickt hatten, andere jedoch als Schauspieler in der *commedia* eingesetzt, denn manche verfügten über alle normalen Fähigkeiten und konnten sprechen und singen. Annibale hatte ein solches Geschöpf am Hof von Padua gesehen, der Herzog hatte es seinem Kuriositätenkabinett einverleibt und ihm beigebracht, zotige Geschichten zu erzählen. Aber dieser Junge war eindeutig ein Einfaltspinsel. Annibale achtete nicht auf ihn, sondern grüßte stattdessen den älteren Mann.

»Ich bin Doktor Annibale Cason vom *Consiglio della Sanità«,* log er. »Bist du hier der Torhüter?«

Der Alte zuckte die Achseln. »Das war ich, *Dottore,* bis die Pesthexe kam. Da machten sich alle davon. Der *Consiglio Marittima* hat verfügt, dass keine Schiffe in die Stadt hereinkommen oder sie verlassen dürfen, bis wir wieder pestfrei sind. Das letzte kam am Dienstag – während eines fürchterlichen Sturms. Eine Galeere namens *Il Cavaliere.* Wir haben gerufen und Fackeln geschwenkt, aber sie ließ sich nicht aufhalten.«

»Ja, ja«, versuchte Annibale den unaufhörlichen Wortfluss einzudämmen. »Also sind alle fort? Die Marschälle, die Vierzigtagemänner? Die *bastazi* und ihre Familien?«

»Ja, *Dottore.* Alle sind fort, und vor Eurem war nur ein Boot da, das die Briefe vom *Consiglio* brachte. Sie räuchern die Post jetzt natürlich. Ich habe heute Morgen einen Brief bekommen und konnte ihn kaum lesen, so gelb war er …«

»Natürlich«, unterbrach Annibale. »Demnach ist wirklich niemand mehr hier?«

»Keiner, *Dottore.* Sie sind alle nach Treporti gegangen. Alle außer mir und meinem Jungen.« Der Graubart hob sein stoppeliges Kinn. »Ich bin der Torhüter, und bei Gott, ich werde das Tor bewachen. Wir leben hier, *Dottore,* mein Junge kennt es nicht anders.«

*Zum Festland geflohen.* Annibale nickte, sodass der Schnabel seiner Maske vor seinem Gesicht einen schwungvollen Bogen beschrieb. Die Reichen flohen immer in ihre Villen in Venetien, die Armen nach Treporti. Er musterte den Zwerg, der noch immer angelte und dem Gespräch augenscheinlich keine Beachtung schenkte. »Kann ich mich hier umsehen?«

»Selbstverständlich, *Dottore.* Ich führe Euch herum. Komm«, rief er dem Jungen zu. Vater und Sohn ließen ihre Angelruten im Stich, und das seltsame kleine Trio begab sich zum Torhaus, wobei der Graubart die ganze Zeit schwatzte und der Junge in einen Trab verfallen musste, um mit seinen kurzen Beinen mit ihnen Schritt halten zu können. An der Tür zog der Mann einen Schlüsselring hervor. Das Haupttor führte zu einem niedrigen Bogen, der Annibale einen verlockenden Blick auf das bot, was dahinter lag. Aber erst galt es, das Geschäftliche zu besprechen. Annibale deutete auf eine Tür in der Mauer links von ihnen.

»Und dies ist deine Unterkunft?«

»Nichts Großartiges, *Dottore,* nichts Großartiges.« Der alte Mann bat ihn mit einer so übertriebenen Geste herein, als lüde er ihn in den Palazzo Ducale selbst ein, obwohl das Torhaus wenig mehr als einen Tisch, Stühle und eine rauchende Feuerstelle enthielt. »Ich wurde am Tag meiner Hochzeit zum Torhüter der Vigna Murada ernannt, am Matthäustag vor vielen Jahren. Ich kam mit meiner Frau hierher, aber als wir den Jungen bekamen, warf sie nur einen Blick auf ihn und verließ uns. Verschwand, kaum dass sie aus dem Kindbett aufgestanden war.«

Annibale schielte zu dem Jungen hinüber, doch dessen graue Augen waren so ruhig wie die Lagune. »Wie lauten eure Namen?«

»Ich bin Bocca Trapani, und dies hier ist Salve.« Bocca war

kein christlicher Vorname, doch Annibale vermutete, dass der Torhüter wegen seiner Geschwätzigkeit so genannt wurde; er redete für seinen stummen Sohn gleich mit. Annibale musste verhindern, dass der Mann ihn herumführte, er wollte in Ruhe nachdenken. Salve war ein Name, den Behinderte oft erhielten, er bedeutete wörtlich »hilf« oder »rette«. Der Torhüter musste ein frommer Mann sein. Annibale kam ein Gedanke.

Er nahm den Kelch und die Börse aus seinem voluminösen Ärmel, legte beides behutsam auf den Holztisch und bedeutete den beiden Männern, sich zu setzen. Er bemerkte, dass der Junge sich sofort in den Schatten der Kaminecke zurückzog, sich dort verbarg und zu ihnen hinüberspähte. »Jetzt hör mir gut zu«, begann Annibale. »Dies hier ist mein Familienschatz.« Er deutete mit seinem behandschuhten Finger auf die Börse. »Kann ich ihn euch beiden ehrlichen Männern anvertrauen, während ich mich im Auftrag des Dogen hier umschaue? Und dies«, er tippte gegen den Rand des alten Messingkelchs, der daraufhin leise summte, »ist ein sehr alter Kelch. Es heißt«, hier senkte er ehrfürchtig die Stimme, »dass Christus selbst aus ihm getrunken hat.«

Der alte Mann starrte den wertlosen Becher überwältigt an.

»Ich bin beim nächsten Glockenläuten zurück.« Mit diesen Worten verließ Annibale das verräucherte Haus und schritt durch den Bogen auf die Vigna Murada.

Er hatte einen nach rein praktischen Gesichtspunkten angelegten Ort erwartet, aber er erblickte eine üppige grüne Rasenfläche und eine herrliche Allee weißer Maulbeerbäume, deren goldgeränderte Blätter sich vom tiefblauen Himmel abhoben. Hier und da zeugten abgebrochene Säulen und große umgestürzte Steine davon, dass dort einst ein altes Gebäude gestanden hatte. Innerhalb der Mauern befand sich eine Reihe niedriger steinerner Armenhäuser mit einer kleinen Kirche an einer Ecke und in der Mitte von allem ein großes überdachtes Bauwerk mit sich nach außen öffnenden Bögen, das die Venezianer als *Tezon* bezeichneten.

Er hatte viel von diesem Ort gehört und konnte sich jetzt vorstellen, was sich hier abgespielt hatte, wenn ein Schiff kam. Er sah die Szene förmlich vor sich, bevölkerte die Insel im Geist mit Menschen. Erst ging die Besatzung von Bord und stapfte durch eine flache Kalkgrube. Dann luden die Männer die Waren aus, stapelten sie im Tezon auf und markierten die Ladung durch ein Kennzeichen an der Wand. Danach wurde die Besatzung für vierzig Tage in den Armenhäusern untergebracht – der Ursprung des Wortes *Quarantäne.* Es wurde von ihnen erwartet, dass sie gesund und keusch lebten und den Gottesdienst in der kleinen Kirche besuchten, wenn sie keine Ungläubigen waren. An jedem der vierzig Tage wurden die Waren durch die offenen Bögen vor das Tezon geschafft, über reinigenden Feuern geräuchert, gelüftet und über Nacht wieder unter dem großen Dach gelagert. Sowie Ware und Besatzung für nicht gesundheitsgefährdend erklärt worden waren, durften sie die Insel verlassen, die Stadt Venedig betreten und dort ihre Waren verkaufen.

Annibale wusste, dass es einen Erlass des Rates gegeben hatte, demzufolge alle Handelswaren klar gekennzeichnet werden mussten, weil der Schwarzmarkt auf den Quarantäneinseln blühte. Die Waren, die nach dem Räuchern und Lüften wieder in den Laderaum zurückwanderten, waren mengen- und qualitätsmäßig nicht immer mit dem identisch, was ausgeladen worden war. Annibale fragte sich, wie viel Geld Bocca im Lauf der Jahre dadurch verdient hatte, dass er Luxusgüter gegen billigere Ware ausgetauscht hatte. Nun, bald würde er sich einen Eindruck von der Ehrlichkeit des Torhüters verschaffen können.

Annibale trat durch einen der großen Bögen in das Tezon. Sobald sich seine Augen an die Dunkelheit gewöhnt hatten, sah er eine große, gähnend leere Fläche, von deren früherer

Nutzung nur noch ein paar alte Fässer und eine oder zwei zerbrochene Kisten zeugten. Die Wände jedoch erzählten ihre eigene Geschichte. Auf jede freie Stelle waren Schriftzeichen und Zeichnungen gekritzelt worden, einige venezianisch, andere osmanisch, wieder andere in ihm unbekannten, fremdartigen Hieroglyphen. Alle leuchteten rot, und wenn dies ein Gefängnis gewesen wäre, hätte er gedacht, sie wären mit Blut geschrieben. Er trat näher heran, rieb mit dem Finger über ein Schriftzeichen und schnupperte an seinem Handschuh. Es war Eisenoxyd, dieselbe Mischung, mit der die Fracht gekennzeichnet worden war. Einige von ihrem vierzigtägigen Zwangsaufenthalt im Lazarett offensichtlich gelangweilte Seeleute hatten ihrem künstlerischen Talent freien Lauf gelassen – hier prangte eine Gondel, dort eine perfekte Galeere, hier ein Ritter und dort ein turbanbewehrter Ungläubiger.

Als Annibale an einem Ende des großen Raums angekommen war, blickte er sich um. Jede Maueröffnung bildete eine natürliche Nische, und er konnte Dutzende von Matratzen dort unterbringen. Er würde nur die offenen Bögen verschließen lassen müssen, um die Kranken vor den Elementen zu schützen.

Annibale duckte sich wieder ins Freie und erklomm die mächtige Grenzmauer, die *murada*, die der Insel ihren alten Namen gegeben hatte. Entlang der Mauer standen in regelmäßigen Abständen *torresin*, Wachtürme, auf denen die Marschälle standen und die Schiffe im Auge behielten. Er stieg auf einen davon hinauf und blickte über das Gelände hinweg. Jenseits der Mauern lag eine kleine bewaldete Wildnis, und zwischen den Lorbeer- und Schlehdornbäumen hindurch verlief ein Rundweg. Dahinter erstreckten sich bis zur Lagune führende salzige flache Marschen. Sie waren mit kleinen Tümpeln durchsetzt, die sich perfekt für die Forellenzucht oder als Wäscheteiche eigneten. Ganz hinten am Horizont, so klein, wie ihm diese Insel gestern Abend vorgekommen war, lag Venedig, das aus dieser Entfernung zu einer dornigen Zinnkrone inmitten der Lagune zusammengeschrumpft war.

Annibale stieg die steinernen Stufen wieder hinunter, ging hinten um das Tezon herum und stieß auf einen Brunnen, eine ziemlich große Einfassung mit einer dekorativen Rinne. Bei Brunnen dieser Bauart gab es sieben Schichten von Fels und Sand, die das Wasser filterten, sodass es klar und frisch war. Das steinerne Becken war mit einem Relief des allgegenwärtigen geflügelten Löwen verziert, doch hier war das Buch, das er zwischen den Tatzen hielt, geschlossen.

Annibale war einen Moment lang abgelenkt und beugte sich vor, um genauer hinzusehen. Normalerweise war bei derartigen Darstellungen das Buch aufgeschlagen und die Grußformel für den heiligen Markus – *Pax tibi, Marce, Evangelista meus* – deutlich in den Stein geritzt. Er fragte sich, was das geschlossene Buch zu bedeuten hatte. Vielleicht, dass irgendetwas versiegelt oder versteckt war.

Was ihn an etwas erinnerte. Er sank auf die Knie, grub ein viereckiges Loch in den weichen Boden, versenkte die Cason-Schatulle tief in der Erde neben dem Brunnen und bedeckte sie sorgsam, damit sie nicht gefunden wurde. Doch er spürte die ganze Zeit lang Augen auf sich ruhen und dachte einen atemlosen Moment lang, der Löwe würde ihn beobachten.

Als er sich erhob, kam eine große graue Katze wie von einem Katapult abgeschossen auf ihn zugejagt, verlangsamte ihre Geschwindigkeit, schlich geradewegs auf ihn zu und stupste gegen seine Hand, damit er sie streichelte. Sie würde eine Enttäuschung erleben.

Annibale schritt an der Häuserreihe entlang. Er spähte in eines der leeren Gebäude – zwei Räume, einer über dem anderen, mit Kamin, gutem Licht und ausreichender Belüftung. Es gab wahrscheinlich über hundert dieser Familienunterkünfte. Alle Häuser waren in einem guten Zustand, nur eines an der Ecke wirkte heruntergekommen und baufällig. Annibale nahm an, dass es einst von Kanonenkugeln getroffen worden war. Nicht alle Schiffe, die von den Beamten zu der Insel beordert worden waren, hatten sich bereitwillig den strikten Quarantänevorschriften der Republik unterworfen.

Dort, wo zwei Häuserreihen aneinandergrenzten, stand eine kleine quadratische Kirche mit einem Kreuz darauf. Annibale ging zu ihr hinüber, gefolgt von der Katze, und trat ein. Er hatte nicht viel Zeit für Religion. Er war zwar zur Frömmigkeit erzogen worden, hatte aber in Padua ein paar radikale Untergrundvorträge von jenen gehört, die die Wissenschaft über Gott stellten. Insgeheim hatte er ihnen manchmal recht geben müssen.

Er drehte sich in dem kleinen Kirchenschiff um. Es gab ein schönes Buntglasfenster aus Muranoglas, das vier Schiffe mit den scharlachroten und goldenen Bannern Venedigs zeigte, die über kleine immergrüne Wellen hinwegflogen. Aber ansonsten sah er nichts als ein paar grob geschnitzte Bänke und ein Holzkreuz auf dem schlichten Altar, weder einen Kelch noch ein Buch. Anscheinend hatte Gott diesen Ort schon vor langer Zeit verlassen. Vögel nisteten in den Deckenbalken.

Doch irgendjemand hatte den Boden gefegt, er konnte Reisigspuren eines Besens im Staub erkennen, und dort, wo jemand versucht hatte, den Vogeldreck von den Bänken zu schrubben, war ein weißer Fleck zurückgeblieben. Annibale prägte sich diese kleine Information ein, konservierte sie in seinem Gedächtnis wie eine seltene Spezies in einer Flasche.

Draußen blickte er zu dem Architrav auf, auf dem in Goldbuchstaben *San Bartolomeo* stand. Sankt Bartholomäus. Ein guter Name für eine Kirche, ein noch besserer für ein Krankenhaus, dachte er.

Er ging zum Torhaus zurück. Der alte Kauz betrachtete den einfachen Kelch auf dem Tisch vor sich, als könne er Wunder vollbringen. Der Einfaltspinsel, der immer noch im Schatten der Kaminecke kauerte, beobachtete seinen Vater.

Annibale griff nach der Mäuselederbörse. Sie fühlte sich leichter an als vorher. »Ich danke euch«, sagte er. »Und als Lohn für eure Mühe schenke ich euch diesen Kelch. Möge er dir und deinem Sohn Segen spenden, denn hat nicht Jesus selbst die geistig Armen geliebt? Meine Dukaten nehme ich natürlich wieder an mich.« Er durchbohrte den Vater mit einem stechenden roten Blick.

Bocca starrte ihn an. Seine Augen waren so rund wie die Dukaten. Annibale sah einen Anflug von Schuldbewusstsein darin aufflackern und wusste plötzlich, wer die Kirche gefegt hatte. Er betastete die Münzen durch das Mäuseleder hindurch – es waren drei, nicht vier.

»Wartet.« Bocca wand sich geradezu vor Scham. Er öffnete seine schmutzige Hand. »Hier ist eine Münze, die ich … auf … dem Boden gefunden habe. Sie muss aus der Börse gefallen sein, als Ihr sie auf den Tisch gelegt habt.«

Annibale stürzte sich darauf und packte sie mit seiner behandschuhten Hand. Er sah, wie der Mann vor seinem Schnabel zurückzuckte. »Ich danke dir, Bocca. So ehrliche Männer trifft man selten. Und um meinem Dank für deine Aufrichtigkeit Ausdruck zu verleihen, mache ich dir ein Angebot. Der *Consiglio della Sanità* hat mir diese Insel zugesprochen, um hier ein Pestkrankenhaus einzurichten. Deine Hilfe wäre mir sehr willkommen, deswegen kannst du bleiben und für mich arbeiten.«

Bocca kniete nieder und küsste Annibales Handschuh. »O ja, *Dottore,* lasst uns bleiben. Wir werden Euch bei allem helfen, so gut wir können.«

Annibale war mit seiner raffinierten Vorgehensweise sehr zufrieden. Er brauchte Bocca, der die Insel seit zwanzig Jahren kannte, und der Mann und sein schwachköpfiger Sohn würden sich ihm gegenüber jetzt absolut loyal verhalten und seine Befugnisse nicht anzweifeln.

»Nun gut. Ich werde morgen wiederkommen. Öffne in der

Zwischenzeit niemand anderem das Tor. Ab heute wird diese Insel *Lazzaretto Nuovo* heißen.«

Zufrieden mit der Arbeit dieses Morgens schlang Annibale seinen schwarzen Umhang um sich und wandte sich zum Gehen.

Die graue Katze folgte ihm bis zum Pier und trottete hinter ihm über die Holzplanken zum Boot. Als Annibale stehen blieb, strich sie ihm um die Beine und blickte hoffnungsvoll zu ihm auf. Annibale packte sie am Nackenfell und hob sie auf. Eine der Regeln auf seiner Insel – denn er betrachtete sie bereits als *seine* Insel – lautete, dass es hier keine Katzen oder Hunde geben würde, die die Pest verbreiten konnten. Die Katze baumelte ruhig in seinem Griff, und er hob sie hoch, um ihr ins Gesicht sehen zu können, bevor er sie ins Meer warf.

Das erwies sich als Fehler. Die roten Glasaugen blickten in jadegrüne, schwarz umrandete, und Annibale las bedingungsloses Vertrauen darin. Fluchend warf er die Katze stattdessen zur Überraschung des Bootslenkers in das Boot und nahm sie den ganzen Weg zur Fondamenta Nuove mit, bevor er sie in den Straßen von Venedig freiließ.

Zum Dank für seine Mühe trug er einen langen Kratzer davon.

# 15

Feyra kam später von der Insel fort als geplant, weil sie der Besuch des seltsamen alten Mannes aufgehalten hatte.

Das Licht begann bereits zu schwinden, warf einen silbernen Schimmer über die Lagune und ließ die Stadt auf der anderen Seite des Wassers grau erscheinen.

Sowie sie die Ruine verlassen hatte und begann, an der Küste entlangzuwandern, fühlte sie sich verwundbar, obwohl sie wieder ihren Schleier und ihren Medizingürtel trug. Sie zog die fremdländische Münze aus ihrem Mieder, drehte sie wieder und wieder in der Hand und holte tief Atem. Ja, sie war ganz allein auf sich gestellt, aber sie verfügte immer noch über ihren Verstand und ihr Wissen und eine Goldmünze. Das reichte. Es musste reichen.

Sie folgte einem steinernen Fußpfad auf der Stadtseite der Insel zu einer kleinen Ansiedlung von Häusern hinunter. Als sie näher kam, sah sie ein schwarzes, halbmondförmiges Boot den silbernen Kanal zwischen der Insel und der Stadt überqueren. Der Bootsführer steuerte auf einen kleinen Pier mit einem vielfarbigen Pfahl zu. Mit wild klopfendem Herzen kam sie unmittelbar nach ihm dort an. Er hatte ein paar Passagiere an Land gehen lassen, und sie registrierte interessiert, dass zwei der weiblichen Reisenden zum Schutz vor dem Seedunst einen Schal vor das Gesicht gezogen hatten. Vielleicht würde ihr Schleier gar kein besonderes Aufsehen erregen, und die Decke ihres Vaters, die sie sich als provisorischen Umhang umgeworfen hatte, verbarg den Rest ihrer fremdländischen Kleidung.

Der Bootslenker stand jetzt auf dem Pier und rief in langen, klagenden, gedehnten Silben ein Wort, das sie nicht kannte. »*Traghetto! Traghetto!*« Feyra nahm all ihren Mut zusammen und ging zu ihm hinüber. Er streckte eine Hand aus, und sie drückte die Münze hinein. Er betrachtete erst das Geldstück und dann sie voller Verwunderung. Anschließend brabbelte er etwas anderes, was sie nicht verstand.

Von Panik erfüllt deutete Feyra einfach auf die Münze und auf ihn. Seine Augen wurden schmal, er zuckte die Achseln und hielt ihr erneut die Hand hin. Vorsichtig sagte sie: »Das ist alles, was ich habe.«

Jetzt sah er sie ein wenig freundlicher an. »Es ist mehr als genug. Gebt mir Eure Hand.«

Sie hielt ihm ihre Hand hin, und er war ihr beim Einsteigen behilflich. Er war erst der zweite Mann in ihrem Leben, der ihre Hand gehalten hatte.

Der Tag neigte sich dem Ende zu, und Feyra war der einzige Passagier. Sie vermutete, dass die Menschen hier bei Anbruch der Dämmerung von Venedig zu den umliegenden Inseln übersetzten, so wie viele Arbeiter von Konstantinopel zurück nach Pera fuhren, wo sie wohnten. Im Gegensatz zu den Stechkähnen auf dem Bosporus gab es in diesem Boot keine Sitze, daher wäre sie beinahe gefallen, als der Mann es vom Ufer abstieß, und war gezwungen, erneut nach seiner Hand zu greifen. Trotz der Decke fror sie erbärmlich, das Schwanken des Bootes verursachte ihr Übelkeit, und die Anstrengung, das Gleichgewicht zu halten, ermüdete sie. Der Mann steuerte das Boot geschickt mit einem langen Ruder und pfiff dabei. Voller Erleichterung sah sie die Stadt, vor der sie sich so gefürchtet hatte, näher kommen. Im Augenblick wollte sie nichts anderes, als wieder an Land zu gehen.

Sie legten offenbar weit entfernt von der Stelle an, wo Tod

von Bord gegangen war. Zwar konnte sie den Turm noch sehen, der auf ihrem Kompass Norden darstellte, aber er lag in der Ferne und wurde teilweise von hohen Gebäuden verdeckt. Aus ihrer Zeit in Konstantinopel wusste sie, dass die bedeutendsten und mächtigsten Männer in den größten Häusern lebten. Um zum Dogen zu gelangen, musste sie den großen Platz wiederfinden, vor dem die *Il Cavaliere* zwei Tage zuvor vor Anker gegangen war.

Als das Boot am Dock anlegte, sprang der Mann an Land, um ihr beim Aussteigen zu helfen. Sie nickte zum Dank, und er musterte sie erneut freundlich. Als sie ihre Hand aus der seinen löste, befand sich die Münze wieder in ihrer Handfläche. Sie drehte sich um, um Einwände zu erheben, aber er hatte das Boot schon wieder vom Dock abgestoßen und zu pfeifen begonnen.

Feyra segnete ihn stumm und steckte die Münze weg. Ihre Stimmung hatte sich beträchtlich gehoben, als sie in die dunkel werdenden Straßen eintauchte. Sie hatte wieder festen Boden unter den Füßen, und es gab noch Güte auf der Welt, sogar in der Fremde.

Aber ihr Optimismus schwand zusammen mit dem Licht. Dies war ein höllischer Ort. Es kam ihr vor, als könne sie stundenlang laufen, nur um dann wieder am Ausgangspunkt zu landen. Grässliche, gespenstische Geräusche hallten von den steinernen Mauern wider, das Lampenlicht brach sich im Wasser und wurde als verzerrtes Glühen zurückgeworfen, das furchterregende Schatten über den Boden tanzen ließ. Nebelschwaden waberten um sie herum und erschwerten es ihr zusätzlich, sich zurechtzufinden. Zu dem natürlichen Meeresdunst kamen noch die von Menschen entzündeten Feuer, von denen beißender gelber Rauch aufstieg, der Hustenreiz auslöste. Feyra war außer Atem und wurde von dem erstickenden Rauch gepeinigt, zudem fühlte sie sich von den hohen, schmalen Häusern und den schmalen Gassen eingeengt. In Konstantinopel waren die Gebäude niedrig. Und hier war der Gott der Ungläubigen allgegenwärtig: An jeder Ecke standen von Kerzen erleuchtete Schreine des Prophetenbabys und seiner Mutter, und an viele Türen waren rote Kreuze gemalt. Dennoch lungerten in denselben Hauseingängen gottlose Dirnen herum; zwei Mal sah sie Frauen mit entblößten Brüsten, die den Vorübergehenden unsittliche Angebote machten. Schockiert wandte sie sich ab, nur um mit einem noch erschreckenderen Anblick konfrontiert zu werden – Gestalten, die sich im Schatten eines Torbogens umarmten. Feyra war nicht prüde, sie war im Harem aufgewachsen und wusste, was sie da sah. Aber der Sultan frönte seiner Lust wenigstens hinter verschlossenen Türen, in Konstantinopel würde man für Unzucht in der Öffentlichkeit gesteinigt werden.

Schlimmer als die menschlichen Bewohner der Stadt waren die grotesken Mischwesen, die sie sah. Vögel, Bestien und Dämonen schienen aus dem Nebel aufzutauchen. Es dauerte einige Zeit, bis Feyra begriff, dass sie nicht unter Wahnvorstellungen litt: Die Bürger trugen bemalte Masken. Von Kindheit an hatte sie die Legenden gehört, denen zufolge die Venezianer halb Mensch, halb Tier waren. Sie wusste, dass das nicht stimmen konnte, aber in den wabernden Nebelschwaden dieser entsetzlichen Stadt war sie fast geneigt, es zu glauben. Die Kreaturen starrten sie über gekrümmte Nasen hinweg aus leeren, hohlen Augen an. Und über all das herrschte der geflügelte Löwe. Er war überall, beobachtete sie von Tafeln an den Häusern und Bannern aus, allgegenwärtig und bedrohlich.

Feyra wusste nicht, ob sie vor Furcht oder vor Kälte zitterte, denn ihre Kleider waren vom Waschen noch feucht, und die Gischtspritzer, denen sie in dem seltsamen Boot ausgesetzt gewesen war, hatten sie weiter durchweicht. Als sie von Gasse zu Gasse stolperte, gelangte sie ständig in eine Sackgasse und sah sich einem weiteren schimmernden Kanal gegenüber, der spöttisch zu ihren Füßen plätscherte. Sie hatte Tausende winziger Brücken überquert, bis sie über die Mutter von allen schritt – eine mächtige Holzkonstruktion, auf der sich die böswilligen Bürger der Stadt drängten. Sie schien sie jedoch endlich ihrem Ziel näher zu bringen. Im Dämmerlicht konnte sie den großen spitzen Turm erneut sehen und steuerte entschlossen darauf zu.

Feyra beschloss, sich so nah wie möglich bei dem großen Kanal zu halten, den sie soeben überquert hatte, eine breite silberne Wasserstraße, die sich durch die Mitte der Stadt schlängelte. Sowie sie die Brücke hinter sich gelassen hatte, war sie für die letzte Stunde dankbar, die sie vergeudet hatte. Sie hätte bis zum Morgengrauen in der Gegend umherlaufen können, wo sie ausgestiegen war, ohne den Turm zu finden, denn er lag auf einer ganz anderen Insel, abgetrennt durch den großen Kanal. Aber mit dem Wasserweg als Führer gelangte sie innerhalb kurzer Zeit zu einem weitläufigen Platz. Sie konnte den hohen Turm erneut sehen und auch die goldene Kirche, an die sie sich noch erinnerte.

Als Feyra unbemerkt den von Menschen wimmelnden Platz überquerte, stieß sie auf eine weitere Plage: die grässlichen grauen Vögel, die sich um ihre Füße scharten und ihre Schritte behinderten. Wurden sie aufgeschreckt, flatterten sie hoch, flogen ihr ins Gesicht und schlugen mit ihren schmutzigen Flügeln gegen ihren Schleier. Sie musste sich zusammennehmen, um nicht fortzulaufen.

Endlich erreichte sie den Turm. Ihr war der Gedanke gekommen, dass sie hier vielleicht den Dogen finden konnte, denn der Topkapi-Palast prunkte mit dem höchsten Turm ihrer Heimatstadt, und der Sultan residierte direkt darunter. Aber die Mauern des Turms ragten kalt und fensterlos in den Nebel, und ganz oben dröhnte eine unsichtbare Glocke. Das Gebäude wirkte mit all seinem Gold und den Gemälden großartig genug, war aber eindeutig ein Tempel. Also blieb der große weiße Palast mit den zarten schneeweißen Ziergiebeln.

Sie mischte sich unter die Menge, die sich um eine riesige, oben von Zwillingsstatuen flankierte Treppe geschart hatte. Im selben Augenblick wurden die mächtigen Türen über der Treppe geöffnet, und Diener mit brennenden Fackeln und Platten voller Brotlaibe strömten heraus. Die Menge stürzte sich auf die Brote. Ein köstlicher Hefegeruch stieg Feyra in die Nase, woraufhin ihr Magen zu knurren begann und ihr das Wasser im Mund zusammenlief. Der Doge musste ein barmherziger Mann sein, wenn er seinen Untertanen Almosen gab, dachte sie. Ein Stückchen fiel zu Boden, sie griff danach und stopfte sich die süße Wärme in den Mund. Das Brot schmeckte so wunderbar, dass ihr die Tränen in die Augen traten. Mit neu erwachter Kraft nahm sie ihre Chance wahr und rannte die Stufen hoch. Oben versperrten ihr zwei Wachposten mit gekreuzten Speeren den Weg. So klar und deutlich, wie es ihr möglich war, sagte sie: »Ich möchte den Dogen sprechen.«

Einer der Wächter musterte sie von Kopf bis Fuß. »Natürlich, *signorina.* Ich werde ihn sofort holen. Und hättet Ihr gern einen Becher Wein, während Ihr wartet?«

Feyra wollte gerade höflich ablehnen, als die beiden Männer vor Lachen zu prusten begannen. Hinter ihren Speeren sah sie einen in die Wand eingelassenen steinernen Löwenkopf mit einem schwarzen Briefschlitz als Maul. Er schien sie gleichfalls auszulachen. Verzweifelt verdoppelte sie ihre Bemühungen. »Bitte, ich muss ihn sehen. *Jetzt.*«

Sie lachten nur noch lauter. Endlich rief sie verzweifelt in das plötzliche interessierte Schweigen hinein, das sich über die Menge unten gelegt hatte: »Ich habe eine Botschaft von der Valide Sultan von Konstantinopel!«

Die Wächter hörten so abrupt auf zu kichern, als wären sie geschlagen worden, und sie erkannte ihren Fehler.

Sie hätte den venezianischen Namen ihrer Mutter benutzen sollen.

Das Wort »Sultan« hatte sie verraten.

Plötzlich bekam sie es mit der Angst zu tun. Langsam und behutsam, als würde eine überstürzte Flucht den Bann brechen, begann sie die Treppe hinunterzusteigen. »Bist du … ?«, begann einer der Wächter, dem etwas dämmerte.

»Sie *ist*!«, entfuhr es dem anderen.

»Bist du eine *Türkin?*«

Feyra schüttelte den Kopf und wich noch weiter zurück. Die Menge unten war verstummt; verfolgte das sich auf den Stufen abspielende Drama. Feyra stolperte, taumelte zurück, verlor einen ihrer gelben Pantoffeln und fiel vier weitere Stufen hinunter. Sie spürte Stiche in ihrer Seite, schnappte vor Schmerz und aufgrund des Anblicks ihres im hellen Fackelschein mitten auf der Treppe liegenden Schuhs, des gelben Schuhs eines Muselmanen mit der unverkennbaren hochgebogenen Spitze, entsetzt nach Luft.

»Seht nur, der gelbe Schuh!«, schrie eine Stimme aus der Menge.

»Sie ist eine *Muselmana*!«

Feyra rappelte sich hoch und rannte los.

Die Menge riss ihr die Decke weg, zerrte an ihren Schleiern, zerriss ihre Hose und versuchte sie festzuhalten, damit die Wächter sie festnehmen konnten. Sie setzte sich erbittert zur Wehr, machte sich los und bemühte sich, die Ohren vor den Schmähungen und Beleidigungen zu verschließen, mit denen ihr Volk überschüttet wurde. Solche Hasstiraden gegen die Türken hatte sie noch nie zuvor gehört. Ihre Schleier waren mit Speichel durchweicht, ihre Seite blutete, weil eine der Phiolen in ihrem Gürtel zerbrochen war. Aber wie ein gejagtes Tier schüttelte sie die Hände ab, die nach ihr griffen, und floh weiter.

Sie rannte über den Platz, wobei sie einen Blick nach oben riskierte. Dort bot sich ihr ein Anblick, der nacktes Entsetzen in ihr auslöste. Hoch über dem Tor des Tempels standen vier große Bronzepferde mit Schaum vor den Nüstern, geöffneten Mäulern und über den Boden scharrenden Vorderbeinen.

Die vier Pferde waren bereits hier.

Da sie vor ihnen fast noch mehr Angst hatte als vor dem Pöbel, verdoppelte sie ihre Anstrengungen. Die dunklen Gassen, vor denen sie sich gefürchtet hatte, waren jetzt, auf der Flucht vor der sie verfolgenden Menge, ihre Freunde. Die beiden Wächter hinter ihr wurden von ihrer schweren Rüstung behindert, die klirrend verkündete, wo sie sich befanden. Ohne zu wissen, wo sie war, lief Feyra durch die Nacht, über ein Dutzend, über hundert Brücken. Ein oder zwei Mal hörte sie das verräterische metallische Klirren, weit entfernt oder ganz nah, das vom Wasser und den Steinen widerhallende Echo verzerrte die Geräusche. Einmal fanden sich Verfolger und Verfolgte auf zwei parallel liegenden Brücken wieder, und einen furchtbaren Moment lang blickten sich Feyra und die Wächter in die Augen. Jetzt befand sie sich im Nachteil, denn die Männer wussten, wie sie zu ihr gelangen konnten, und sie hatte keine Ahnung, wie sie ihnen ausweichen sollte.

Eine Hand auf ihre blutende Seite gepresst, entschied sie sich für eine Richtung, doch sie traf die falsche Wahl. Erneut geriet sie in eine Sackgasse und stand vor einem Kanal, der zu tief war, um hindurchzuwaten, und zu breit, um darüber hinwegzuspringen. Sie wirbelte herum und jagte in einen kleinen, dunklen Platz, und hier besiegte die höllische Stadt sie endlich. Der Platz hatte nur einen Ausgang, den, durch den sie gekommen war. In der Gasse hinter ihr kam das Klirren näher.

Sie konnte nicht weiterlaufen. Erschöpft sackte sie in sich zusammen und wartete darauf, dass die Wächter sie einholten. Sie schloss die Augen und rang so heftig nach Atem, dass sich der feuchte Schleier vor ihrem Mund abwechselnd blähte und eingesogen wurde. Da sie sicher war, dass ihr Ende kurz bevorstand, sprach sie ein kurzes Gebet.

Es wurde erhört. Als sie die Augen aufschlug, sah sie auf der anderen Seite des Platzes etwas golden schimmern. Über einer Tür glänzte ein umgekehrtes V, eine Form, die ihr sowohl vertraut als auch lieb und teuer war. Feyra erhob sich, überquerte den Platz und spähte durch die Nebelschwaden. Vor einer Doppeltür aus Eichenholz blieb sie stehen. Sie hatte sich nicht geirrt. Über der Tür prangte ein in den Stein eingemeißelter vergoldeter Zirkel.

*Ein Haus mit einem goldenen Zirkel über der Tür.*

Plötzlich hörte sie die Rufe ihrer Verfolger und das Klirren ihrer Waffen. Sie hämmerte im selben Rhythmus gegen die Tür, da die Klangwirkung dieser Straßen zur Folge hatte, dass sie nicht wusste, ob sie noch ein paar Gassen entfernt oder ganz in der Nähe waren. Die Tür wurde geöffnet, und ein Mann stand vor ihr. Sein ergrauendes Haar stand ihm stachelig vom Kopf ab, sein schmaler Mund stand offen, und eine der neumodischen Brillen baumelte von seiner tintenfleckigen Hand herab.

»Ein Mann namens Samstag«, keuchte sie. »Ich suche einen Mann, den man Samstag nennt.«

»Das bin ich«, erwiderte der Mann. »Aber Betteln ist hier nicht gestattet.«

Er machte Anstalten, die Tür zu schließen, doch sie schob den ihr noch verbliebenen gelben Pantoffel schmerzhaft in den Spalt. »Bitte!« Sie zerrte den Pferdering von ihrem Finger und suchte nach den venezianischen Worten. »Wegen des Rings. Im Namen von Cecilia Baffo, Eurer Freundin.«

Der furchtbare Druck auf ihren Fuß ließ nach. Der neugierig gewordene Mann blickte erst den Ring an, dann sie, dann mit raschen, vogelähnlichen Bewegungen rechts und links auf die Straße hinaus. Kurz darauf packte er sie am Arm und zog sie ins Haus.

Feyra konnte in dem dämmrigen Kerzenlicht nichts erkennen, aber sie hörte, wie die Eichentüren hinter ihr geschlossen wurden.

Sie war in Sicherheit.

# 16

»Cecilia Baffo«, sagte der Mann namens Samstag. »Verzeih mir. Ich habe diesen Namen seit Jahren nicht mehr gehört.«

Feyra hielt mit dem Essen inne und sah ihn an. In seinen von der Brille vergrößerten Augen lag ein geistesabwesender Ausdruck. Als er sich zu ihr umdrehte, verwandelte der Kerzenschein die gläsernen Kreise in flache Goldmünzen, und sie konnte seine Augen nicht mehr erkennen. Aber seine schmalen Lippen verzogen sich zu einem Lächeln. »Schmeckt es dir?«

Sie nickte, denn ihr Mund war so voll, dass sie nicht sprechen konnte. Er hatte ihr eine »aus der Küche stibitzte« Platte mit Essen gebracht – einen kleinen Laib Brot, ein Stück Käse und etwas getrockneten Fisch, und sie schlang alles so schnell hinunter, wie sie konnte. Feyra wusste, dass sie nach dem langen Fasten langsam essen und gut kauen sollte, aber das kümmerte sie nicht. Sie war in einem Palast aufgewachsen, und trotzdem war das die beste Mahlzeit, die ihr je vorgesetzt worden war.

Sie befanden sich in einer kleinen Schlafkammer mit einem Rollbett, einem Stuhl und einem Kreuz an der Wand. An dem Kreuz hing der kleine Prophet, den sie auf der Münze gesehen hatte, verkrümmt und sterbend, mit einer Dornenkrone auf dem Kopf. Sie hatte sich bewusst mit dem Rücken zu ihm auf das Bett gesetzt, um ihr Mahl zu verzehren, aber sie war so erschöpft, hungrig und durchgefroren, dass sie mit dem Teufel persönlich gespeist hätte.

Jetzt, satt und warm vor Erleichterung, musterte sie diesen eigenartigen Mann. Er trug ein Wams, Hemdsärmel, Kniehose, Strümpfe und weiche Lederschuhe. Sein Haar stand ihm so merkwürdig vom Kopf ab, weil er ständig mit den Händen hindurchfuhr. Seine Wangen waren eingefallen und mit aschgrauen Stoppeln bedeckt. Seine langen, empfindsamen Hände starrten vor Tintenflecken, aber die schuppige, trockene Haut schälte sich an vielen Stellen und leuchtete dort, wo er sie aufgekratzt hatte, rot und entzündet. Er nahm seine Brille ständig ab und schob sie wieder auf die Nase, setzte sich und stand wieder auf, als müsse er andauernd in Bewegung bleiben. Wenn er sprach, geschah dies in einem Wortschwall, der voll nervöser Energie aus ihm herausbrach, und seine Sprechweise und sein hektisches Gebaren verstärkten den vogelartigen Eindruck, den er erweckte.

»Ich kannte Cecilia Baffo«, sagte er. »Vor langer Zeit, als sie eine junge Frau war, war ich ihr Zeichenlehrer. Ich stand in den Diensten von Herzog Nicolò Venier, auf der Insel Giudecca.« Er hielt in seinem Auf- und Abgehen inne. »Kennst du sie?«

*Giudecca.* »Ja«, erwiderte Feyra ruhig.

»Herzog Nicolò wünschte, dass sein einziges Kind all die Künste erlernte, die sich für junge Damen schickten, damit sie eines Tages eine gute Partie machen und alle seine Hoffnungen erfüllen würde. Ich war ein junger Zeichner mit beachtlichem Talent. Wir waren gleichaltrig. Ich war von ihr fasziniert, nur dachte ich nicht, dass sie jemanden wie mich eines zweiten Blickes würdigen würde. Aber eine Zeitlang *hat* sie sich für mich interessiert.«

Feyra betrachtete ihn plötzlich mit anderen Augen. Sie stellte sich vor, wie er ausgesehen hatte, als sein wirr vom Kopf abstehendes graues Haar schwarz und seine Züge straff und glatt rasiert gewesen waren, und sie glaubte, dass er einst ein attraktives Äußeres geboten haben mochte.

»Sie begann gerade ihr Familienerbe anzutreten.« Er neigte den Kopf zur Seite. »Ich meine nicht ihren Reichtum, sondern ihre Schönheit. Ich hatte noch nie ein so schönes Geschöpf gesehen, so goldenes Haar, so blaue Augen und eine Taille, so schmal wie die eines Windhunds.« Während er sprach, schritt er vor dem kleinen Fenster auf und ab, blickte in eine andere Zeit und auf einen anderen Ort, während Tausende von Sternen sich einen Weg durch den widerwärtigen Nebel bahnten. »Ich wurde an einem Samstag geboren, und wenn man in Venedig an diesem Tag geboren wird, gilt man als von Gott gesegnet und wird nach diesem Tag benannt. Mein Vater wurde gleichfalls an diesem Tag geboren, also erhielt ich den Namen Zabato Zabatini und war demzufolge gleich doppelt gesegnet. Mein ganzes Leben lang hatte ich darauf gewartet, dass mir einmal besonderes Glück widerfährt – wir waren weder sonderlich reich noch in irgendeiner Weise berühmt. Aber im Nachhinein denke ich, dass sich mir mein Namensglück in der Zeit mit Cecilia offenbart hat.« Er drehte sich wieder zu Feyra um. »Ich war angesichts ihrer Schönheit machtlos, und eines Tages wurden wir im Schulzimmer in enger Umarmung ertappt.«

Feyras Augen wurden groß. Zum ersten Mal stellte sie sich ihre Mutter als junge Frau vor, als die Cecilia Baffo, die sie nie gekannt hatte: eigenwillig, schön und bereit, ihre Macht auszuspielen; eine Frau, die es fertigbrachte, zum Spaß einen jungen Zeichenlehrer zu verführen und dann mit einem Kapitän durchzubrennen, den sie erst seit einer Stunde kannte. Und zum ersten Mal stellte sie das leichtfertige Verhalten ihrer Mutter in Frage. Hatte sie sich diesem Mann vor ihrem Vater, vor Sultan Selim, hingegeben? Sie wusste nicht, wie sie Zabato diese Frage stellen sollte, und wollte es eigentlich auch gar nicht.

Aber er beantwortete sie trotzdem. »Es war nur ein Kuss. Aber Nicolò Venier schäumte vor Wut. Er hatte Angst, ich würde ihr die Jungfräulichkeit nehmen und seine Hoffnungen auf eine gute Partie für seine Tochter und eine vorteilhafte Verbindung für ihn zunichtemachen. Er entließ mich und brachte Cecilia unverzüglich in ihren Sommerpalast auf Paros, wo er mit den Verhandlungen bezüglich einer Heirat begann. Ich nehme an, dass sie dort den Türken in die Hände fiel.«

Feyra kannte die Fortsetzung dieser Geschichte nur zu gut, und sie wusste auch, dass das Feuer, das dieser eigenartige hagere Mann in ihrer Mutter entfacht hatte, nicht leicht auszulöschen gewesen war.

»Und nun ist sie tot.«

»Sie starb vor zwei Wochen in Konstantinopel.«

Zabato nahm wieder Platz. »Also entsprach alles der Wahrheit«, krächzte er. »Ich hörte, dass sie von Piraten entführt wurde.«

Sie nickte. »Von meinem Vater. Er war Schiffskapitän, und er brachte sie in die Türkei.«

Seine Brauen, so schwarz, wie einst sein Haar gewesen war, schossen in die Höhe. »Und übergab sie dem Sultan?«

»Ja.«

Zabato sah sie eindringlich an. »War sie glücklich?«

Feyra überlegte. »Ja.« Und sie glaubte es. In der Verbindung mit dem Sultan hatte Cecilia nicht nur Zufriedenheit in der Ehe gefunden, sondern auch die Möglichkeit, die osmanische Politik dank ihres Scharfsinns mitzubestimmen. Wahrscheinlich war sie als Nurbanu glücklicher gewesen als als Cecilia, die Frau eines mittellosen Zeichners oder als Cecilia, Frau eines türkischen Kapitäns.

Der Gedanke an ihren Vater erinnerte sie an etwas anderes, das sie zu sagen hatte. »Ich bin ihre Tochter.«

Zum ersten Mal an diesem Abend schwieg Zabato. Er sah sie an und versuchte ihre Züge unter dem dünnen *yemine*-Schleier zu erkennen. »Ja«, sagte er langsamer, als er sonst sprach. »Ja, das bist du.«

Stockend erzählte sie ihm den Rest ihrer Geschichte, berichtete vom Ende ihrer Mutter und ihres Vaters sowie von dem Verschwinden des Schiffs und Takat Turans. Sie zeigte ihm den Kristallring und sah ihm an, dass er ihn erkannte.

Wie um Tränen wegzuzwinkern schüttelte Zabato den Kopf, erhob sich und begann erneut im Raum umherzutigern. »Ich habe ihr nach Paros geschrieben. Ich habe ihr sogar an den Hof des Sultans geschrieben, die Briefe Kaufleuten und sogar unserem Botschafter mitgegeben. Zuletzt schrieb ich ihr, um ihr mitzuteilen, welche Stellung ich in diesem Haus einnehme, und ihr zu versichern, dass ich immer ihr ergebener Diener bleiben würde, aber ich weiß nicht, ob sie meine Briefe je erhalten hat.«

Daran hegte Feyra keinen Zweifel. »Sie muss sie bekommen haben.«

Er nickte rasch, ein, zwei, drei Mal. »Ja. Ja. Ja. Und jetzt, da du hier bist, wird Zabato Zabatini dir helfen, wo er nur kann. Wie soll ich dich nennen?« Er streckte eine Hand aus.

Sie sah ihn an und war nicht sicher, was sie tun sollte. Also berührte sie seine Hand kurz mit den Fingern und deutete dann auf ihre Brust. »Mein Name ist Feyra Adalet bint Timurhan Murad.«

Zabato ließ ihre Hand sinken und schüttelte den Kopf. »Das geht nicht. Wenn du dich hier verstecken willst, ist es wichtig, dass niemand deine Herkunft kennt. Die Türken waren hier nie sonderlich beliebt, und seit Lepanto lodert der Hass noch stärker.«

Und das wird noch schlimmer werden, wenn herauskommt, was mein Vater getan hat, dachte Feyra.

»Wir sollten dir einen venezianischen Namen geben«, meinte Zabato.

»Cecilia?«

Zabato neigte den Kopf. »Natürlich. Und als Nachnamen kannst du meinen annehmen, Zabatini, denn ich werde dich den Angehörigen des Haushalts gegenüber als meine Nichte ausgeben.«

»Ich kann hier bleiben?«

Er hob die knochigen Schultern. »Wo willst du sonst hin?«

»Ich will den Dogen sehen. Er muss mir helfen, nach Hause zurückzukehren.«

»Nach *Constantinopoli*? Nein, nein und nochmals nein!«

Eine eisige Faust schloss sich um Feyras Herz. »Warum nicht?«

»Auf Anordnung des *Consiglio Marittima* kommt kein Schiff nach Venedig hinein oder verlässt die Stadt, solange die Pest unser Gast ist. Du musst warten, bis sie abgeebbt ist.«

Feyra schluckte. Wie lange würde sie an diesem Ort gefangen sein? »Aber der Doge? Ich kann den Dogen sehen?«

Zabato erwiderte sanft: »Ich kenne den Dogen nicht, obwohl Sebastiano Venier der Bruder meines früheren Herrn ist. Ich habe für *Nicolò* Venier gearbeitet, aber er hat mir vor dreißig Jahren die Tür gewiesen. Mein Glück hat mich zusammen mit meiner großen Liebe verlassen, und seither habe ich einen Posten nach dem anderen innegehabt.« Er sah, wie sich Feyras Gesicht verdüsterte, beugte sich vor, legte die tintenfleckigen Hände gegeneinander und stützte die Ellbogen auf die Knie. »Heute haben wir unser Hausmädchen verloren. Deshalb habe ich dir die Tür geöffnet.«

»Die Pest?« Feyra hielt den Atem an. Wenn die Pest schon im Haus weilte, waren dieser freundliche Mann und sein gesamter Haushalt vermutlich bereits zum Tode verurteilt.

»Nein. Sie ist zu ihrer Familie auf das Festland geflohen.« Er stand wieder auf und deutete auf ein Bündel cremefarbener Kleider, die über die Lehne eines Stuhls geworfen worden waren. »Das sind ihre Kleider. Ruh dich jetzt aus und zieh sie morgen früh an.« Er warf sie auf das Bett.

Feyra betastete den fremdartigen Stoff und blickte dann auf. »Kann ich einen Schleier tragen?«

Zabato Zabatini schüttelte den Kopf. »Nein. Ein Schleier würde dich sofort verraten.« Er sah den Ausdruck in ihren Augen und versuchte einmal mehr, sie zum Leuchten zu bringen. »Du bekommst auch denselben Lohn wie unser Hausmädchen. Eine Zechine pro Woche, dazu Kost und Logis. Und im Lauf der Zeit werden wir schon einen Weg finden, dich zum Dogen oder nach Hause zu bringen.«

Sie wollte ihm danken, besaß aber nichts, was sie ihm hätte schenken können, also gab sie ihm das Einzige, was sie hatte. »Eure Hände«, sagte sie. »Reibt sie damit ein.« Sie reichte ihm einen kleinen Tiegel mit Salbe aus ihrem Gürtel. Er betrachtete ihn skeptisch durch seine Augengläser. »Kampfer und Tragant. Jeden Abend. Und trinkt am Morgen den Saft einer Zitrone.«

Er sah erst ihre Hände an, dann wieder seine, anschließend lächelte er sein schwaches Lächeln. »Schlaf jetzt. Ich wecke dich bei Tagesanbruch und erkläre dir deine Pflichten.«

Gerade als er sich zum Gehen wandte, fand sie die Worte für die Frage, die sie ihm stellen wollte. »Warum tut Ihr das?«

Er drehte sich auf der Schwelle um, und sein Lächeln erstarb. »Cecilia hat nur mit mir gespielt, ihre Macht erprobt. Für mich war es mehr. Ich habe sie geliebt.«

Am nächsten Morgen war Feyra schon wach und angekleidet, als an ihre Tür geklopft wurde.

Zabato Zabatini stand auf der Schwelle. »Hast du gut geschlafen?«

»Ja.«

Die Matratze war weich und nicht mit Läusen verseucht gewesen, und da sie weder vom Schlingern eines Schiffs noch von der Sorge um den Gesundheitszustand ihres Vaters gepeinigt worden war, hatte sie tatsächlich einige Stunden tief und traumlos geschlafen. Er trat so weit zurück, wie es der dämmrige Flur zuließ. »Lass dich anschauen.« Sein Blick ruhte auf ihr, aber gütig, nicht gierig.

Sie fühlte sich in den Kleidern des Hausmädchens unbehaglich. Der Stoff war weich und angenehm zu tragen, wenn auch unter den Achselhöhlen steif vom Schweiß der Vorbesitzerin, aber der Schnitt des Kleides war unschicklich. Zwar gab es keinen Spiegel im Raum, aber Feyra konnte die vielen Fehler des Gewandes trotzdem deutlich erkennen. Der Hals war entschieden zu stark entblößt, da der Ausschnitt fast bis zu ihren Brustwarzen reichte. Sie hatte auch keine Möglichkeit, die Bandage um ihre Brüste zu wickeln, da das Mieder mit einem eng geschnürten Korsett unterlegt war, das ihren Busen riesig erscheinen ließ. Die Ärmel lagen eng an den Oberarmen an, und eine einfache Spitzenmanschette fiel vom Ellbogen bis zum halben Unterarm und ließ einen großen Teil ihrer Handgelenke unbedeckt. Die voluminösen Röcke, unter denen sie ein halbes Dutzend Unterröcke trug, füllten fast den ganzen kleinen Raum aus, reichten in der Länge jedoch nur bis zu ihren Waden und ließen zu viel bestrumpftes Bein sehen. Feyra war zudem um einiges größer als das abwesende Mädchen, was hieß, dass das Mieder tiefer ausgeschnitten und die Ärmel und Röcke kürzer waren. Ihr sperriger Medizingürtel, den sie unter die Röcke geschnallt hatte, ließ diese an den Hüften noch bauschiger und ihre Taille noch schmaler wirken. Zur Kopfbedeckung gab es eine weiche Spitzenhaube. Als Feyra ihr Haar geflochten und aufgesteckt und alle widerspenstigen Locken daruntergeschoben hatte, waren ihr gesamter Hals und die Schultern unbedeckt. Ihre eigenen Kleider taugten nur noch zum Verbrennen. Statt der gelben Pantoffeln zog sie die Lederstiefel an, die unter dem Stuhl standen. Sie waren ein bisschen klein und hatten schiefe Absätze, aber das Leder war überraschend weich und geschmeidig. Ihren einen schmutzigen gelben Pantoffel schob sie unter das Bett – die einzige Erinnerung an ihre ursprüngliche Kleidung.

Sie richtete sich auf und präsentierte sich dem Mann namens Samstag. Ihr war kalt, und sie fühlte sich unwohl und halb nackt, aber Zabato schien mit ihrem Äußeren zufrieden zu sein.

»Eine echte Venezianerin.« Er winkte sie zu sich. »Komm, ich erkläre dir, was du zu tun hast. Aber sprich mit niemandem, dein Akzent verrät dich. Ich habe den anderen Mitgliedern des Haushalts erzählt, du hättest einen Sprachfehler. Sprich vor allem nicht mit meinem Herrn. Er hegt keinen speziellen Groll gegen die Türken, aber er hat im Moment eine schwierige Aufgabe zu bewältigen, die ihn Tag und Nacht beschäftigt. Aber später können wir ihn, wenn du einverstanden bist, ins Vertrauen ziehen, denn er kennt den Dogen persönlich.«

Feyra stutzte verwirrt. »Herr? Seid nicht Ihr der Herr hier?«

Er lachte, ein merkwürdiges, schnaubendes Geräusch, in dem ein bitterer Unterton mitschwang. »Nein. Ich sagte doch, dass mich mein Glück zusammen mit deiner Mutter verlassen hat. Die Zeiten waren schwer, und ich war seither immer irgendjemandes Diener. Komm.«

Feyra folgte ihm aus dem Raum und die Treppe hinunter. Bald würde sie schweigen müssen, also stellte sie ihm ihre letzte Frage. »Und wie heißt Euer Herr?«

Die Treppe war schmal und gewunden, also antwortete Zabato über seine Schulter hinweg: »Sein Name ist Andrea Palladio.«

Irgendwo tief im Bauch des Dogenpalastes standen die beiden Wachposten, denen Feyra entkommen war, in einem fensterlosen Raum. Vor ihnen saß an einem Schreibtisch aus dunklem Holz ein blonder Mann, der viele Fragen stellte, aber sein Ton war so umgänglich, dass sie zu hoffen begannen, der Auspeitschung zu entgehen, mit der sie gerechnet hatten. Auf der anderen Seite des Schreibtischs befand sich ein kleinerer Mann, der eine Feder in der Hand hielt und den viereckigen Hut eines Schreibers trug. Der Schreiber kritzelte etwas auf seinen

Papierbogen, als der Ältere der beiden Wächter die Flüchtige beschrieb.

»Sie war dunkel.«

»Haut oder Haare?«

»Beides, *signore.*«

»Dunkler als eine Venezianerin?«

»Dunkler als einige, da bin ich sicher, *signore*«, erwiderte der Jüngere. »Aber wenn ihre Kleider nicht gewesen wären, hätte sie als eine Frau aus dem Süden durchgehen können.«

»Irgendwelche besonderen Merkmale?«

Die Wächter wechselten einen Blick.

»War irgendetwas auffällig an ihr? Abgesehen von ihrer Kleidung, meine ich. Wir haben eure Beschreibung der gelben Pantoffeln.«

»Nun ja, *signore,* sie war … ich meine … als die Leute ihr den Schleier wegrissen …«

»Sie war bezaubernd«, platzte der zweite heraus.

Eine kurze, vielsagende Stille trat ein. »Willst du damit sagen, dass sie *schön* war?«

»Ja, *signore.*«

»Du willst mir weismachen, dass wir eine *schöne* türkische Frau suchen?«

Der erste Wächter, der Ältere und Klügere der beiden, bekam es mit der Angst zu tun. Irgendetwas am Ton des Inquisitors ließ ihn erneut an die Peitsche denken. »Nun, jetzt, wo Ihr es erwähnt … ihre Haut war wirklich dunkel, fast schwärzlich.« Er sah seinen Kameraden an.

»Das stimmt«, nickte dieser. »Und ihre Nase war ziemlich groß …«

»Und krumm«, schloss der Erste triumphierend. »Sie zeigte so nach unten wie ihre Ungläubigenschuhe nach oben.«

Der blonde Mann nickte beifällig, als der Schreiber schneller zu zeichnen begann. Als er fertig war, zeigte der Inquisitor den beiden Wächtern das Bild.

»Würdet ihr sagen«, fragte er mit jetzt wieder honigsüßer Stimme, »dass ihr dies hier ähnlich sieht?«

Die Wächter betrachteten die Zeichnung. Sie zeigte eine abstoßende hakennasige Vettel mit schwarzer Haut, die in Schleier und bauschige Pluderhosen gehüllt war. Ihre Nase reichte fast bis zu den hochgebogenen Spitzen ihrer Schuhe hinunter. Beide Männer nickten nachdrücklich.

Der Inquisitor griff mit seiner beringten Hand nach der Zeichnung und reichte sie dem älteren Wächter. »Bring das persönlich zu den Flugblattverfassern auf dem Campo San Vio«, befahl er. »Bei Sonnenuntergang soll eines an jeder Ecke von jedem *sestiere* hängen.«

# 17

Im ersten Tageslicht schritt ein Mann mit einer Vogelmaske durch die stillen Straßen des Miracoli-*quartiere.* Sein schwarzer Umhang schleifte über das Pflaster.

Vor einer Tür mit einem roten Kreuz darauf blieb er stehen und klopfte mit seinem Stock an. Eine in Umhänge mit Kapuzen gehüllte Familie, die ein paar Habseligkeiten bei sich trug, strömte schweigend heraus und schloss sich ihm an.

Er ging zur nächsten mit einem Kreuz versehenen Tür und tat dasselbe. Schon bald folgte ihm eine kleine Schar von Menschen durch die Straßen, die ständig anwuchs.

Bei der Kirche Santa Maria dei Miracoli machte die Prozession Halt, als Annibale seinen Stock hob. Er betrat die Kirche, in der er getauft worden war, aber er sank weder auf die Knie, noch bewunderte er den prächtigen Marmor im Inneren. Stattdessen stieg er die kleine Treppe zu dem steinernen Bogen hoch, der wie ein graubrauner Regenbogen die Straße überspannte, und gelangte zu dem an die Kirche angeschlossenen Kloster. Durch das Gitterwerk der Fenster sah er die unten zusammengedrängten Familien, die auf ihn warteten. Ein Anflug von Panik wallte in ihm auf. Aber er hatte den Stein ins Rollen gebracht, jetzt gab es kein Zurück mehr.

Er ging auf die kleine Tür zu und klopfte so respektvoll wie es ging, mit dem Knauf seines Ebenholzstocks an. Eine ältere Nonne in schwarzer Ordenstracht und weißem Schleier öffnete. *La Badessa,* die Äbtissin des Miracoli-Ordens, mit der er gestern eine lange Unterredung geführt hatte. »Seid Ihr soweit, *Dama* Badessa?«

Sie nickte ernst. »Ja, wir sind soweit.«

»Und Ihr seid ganz sicher?«

Sie schenkte ihm ein geisterhaftes Lächeln. »Wir sind ein seelsorgerischer Orden, *Dottore.* Wenn die Familien gehen, gehen wir auch.«

Annibale wandte sich ab, und die Badessa und ihre Mitschwestern folgten ihm die Treppe hinunter. Er wartete, während die Badessa vor dem Marmoraltar niederkniete und das in die Altarwand eingelassene Fach verschloss, das die Hostie enthielt. Nachdem sie sich vor dem Tabernakel verneigt hatte, verbrannte sie etwas geweihtes Öl vor dem goldenen Kreuz und legte es auf den Marmorboden. Auf dem Rückweg zu ihren im Gang wartenden Nonnen erwies die Badessa dem liegenden Kreuz nicht noch einmal ihre Reverenz. Der Priester war in der Nacht zuvor gestorben, und im Moment war dies keine Kirche mehr, sondern nur noch ein schönes marmornes Mausoleum. Gott war fort, und die Schwestern des Miracoli-Ordens mussten gleichfalls gehen.

Draußen wies Annibale der Gruppe den Weg wie der Rattenfänger, der die Kinder von Hameln gestohlen hatte. Doch seine wachsende Anhängerschar hatte Aufmerksamkeit erregt – *Dottore* Valnetti, der seinen Karren voller in Flaschen abgefüllter falscher Hoffnung hinter sich herzog, ließ den roten Griff fallen und rannte hinter Annibale her. Annibale knirschte hinter seiner Maske mit den Zähnen. Er hatte gewusst, dass dieser Moment kommen würde.

»Annibale? Wo bringt Ihr diese Leute hin?«

»In mein neues Krankenhaus.«

»Was zum … und wo soll das sein?«, stammelte Valnetti.

Annibale blieb stumm.

»Das sind *meine* Patienten!« Valnettis Stimme wurde lauter.

»Meine auch.«

»Das könnt Ihr nicht machen, Cason.«

»Ich tue es trotzdem.«

»Aber warum?«

»Wir wenden verschiedene Methoden an, Ihr und ich. Ich habe Eure ausprobiert, und nun versuche ich es mit meiner.«

Valnettis Stimme nahm einen einschmeichelnden Klang an. »Wir können uns gewiss auf einen Kompromiss einigen.«

»Das glaube ich nicht.« Mit steinerner Miene rauschte Annibale an Valnetti vorbei, doch Valnettis Arm schoss vor und hielt ihn zurück.

»Meine Familie stammt aus Genua, müsst Ihr wissen.«

»So?«

»Dort gibt es eine Legende.« Valnetti stolperte, um mit Annibale Schritt zu halten, und sprach schnell und laut. »Ein Hirte namens Nikolaus, der fast noch ein Kind war, hatte eine Vision von Gott und führte Tausende von Kindern über die Alpen, um sich auf einen Kreuzzug gegen die ungläubigen Muselmanen zu begeben.« Er rannte, um den jüngeren Mann zu überholen. »Sie gelangten schließlich nach Genua, all diese verlorenen Kinder. Nikolaus glaubte, das Meer würde sich teilen, und die kleinen Kreuzfahrer setzten sich alle an das Ufer, um darauf zu warten.« Er hielt Annibale mit ausgestrecktem Arm auf und bekam den Umhang des anderen zu packen. Sein Schnabel prallte gegen den von Annibale. »Nikolaus war kein Visionär, Cason, sondern nur ein dummes Kind.«

Annibale stieß ihn weg und ging schweigend weiter. Valnetti wurde von dem stetigen Strom mitgeschwemmt. Einige der Menschen rempelten ihn im Vorbeigehen an. Er versuchte auf den einen oder anderen einzureden, erhielt aber keine Antwort. So blieb ihm nichts anderes übrig, als hinter Annibale her zu trotten, bis die Gruppe die Fondamenta Nuove erreichte.

Als Annibale die Familien in die wartenden Boote dirigierte, konnte Valnetti nur hilflos zusehen. Während der jüngere Arzt in das größte Boot sprang, feuerte er seinen letzten Schuss ab.

»Ich lasse Euch aus dem *Consiglio Medico* ausschließen«, warnte er.

Annibale zuckte die Achseln. »Es ist ein Dienst an der Menschheit.«

Valnetti schnaubte in die lange Nase seiner Maske. »Seit wann?«

Annibale musste nicht überlegen. Er schob einen Fuß vor und stieß das Boot vom Dock ab.

»Seit jetzt«, sagte er.

An der Spitze der kleinen Flotte befand sich Annibale, der wieder als Galionsfigur fungierte. Er hatte die schwersten Fälle als Vorreiter bei sich im Boot. Als sie das Lazzaretto Nuovo erreichten, sah er, das Bocca die Befehle ausgeführt hatte, die er ihm im Lauf der vergangenen Woche erteilt hatte. Das rote Kreuz war vom Bootshaus entfernt worden, es würde hier keine unheilvollen Kennzeichen mehr geben. Am Pier war ein Kohlenbecken aufgestellt worden. Brannte es, hatten die Boote hier anzulegen, war es dunkel, durften sie nicht näher kommen. Bocca hatte auf Annibales Anordnung hin an der Torschwelle eine flache Grube ausgehoben und mit Pottasche gefüllt, damit jeder Besucher beim Betreten und Verlassen des Geländes seine Füße reinigen konnte.

Annibale wies die anderen Boote an, zu warten, und führte seine kleine Gruppe Schwerkranker durch das Tor. Einige wurden von den gesünderen Patienten auf Bahren getragen, einige konnten noch aus eigener Kraft laufen, und einige stolperten an Krücken oder stützten sich auf ihre Kameraden. Annibale brachte sie in das Tezon, wies ihnen ihre Betten zu und gab jedem Wasser. Dann wurden die großen Türen geschlossen.

Er kehrte zu den Booten zurück, holte nacheinander die Familien, brachte sie in den Armenhäusern unter und schärfte ihnen ein, keinesfalls das Tezon zu betreten, auch wenn sie sich noch so sehr danach sehnten, ihre Angehörigen zu besuchen. Zwei Häuser blieben unbewohnt: die kleine Ruine neben der Kirche und das Eckhaus am *torresin,* das er selbst beziehen wollte. Er überließ die Kinder ihrem Spiel unter den Maulbeerbäumen und machte sich auf den Weg zum Tezon.

Aber erst warf er einen Blick in die kleine Kirche. Darin sah er eine kniende Gestalt. Annibale zog sich zurück, weil er sie nicht beim Beten stören wollte, doch die Badessa drehte sich um und erhob sich. »Kommt herein«, sagte sie.

Er trat etwas zaghaft vor und nahm den breitkrempigen Hut ab. Die Schnabelmaske behielt er an. »Verzeiht die Maske«, sagte er. »Sie dient eher Eurer als meiner Sicherheit.« Aber er verneigte sich linkisch, um es nicht an Respekt fehlen zu lassen – ihr gegenüber, nicht gegenüber dem Altar. »Ich möchte Euch nicht stören.«

Sie spreizte die schwieligen Hände. »Ich sage nichts, was nicht auch noch bis später Zeit hätte.« Sie deutete mit einem knubbeligen Finger zu den Deckenbalken. »Unser Gespräch dauert ein Leben lang, es wird nicht heute beendet.« Sie strich ihre Tracht über den breiten Hüften glatt. »Was tut Ihr hier, *Dottore*?«

Er zupfte an einem Splitter im Holz herum und lächelte wehmütig hinter der Maske. »Ganz offen? Ich weiß es nicht.«

Sie lächelte ebenfalls. »Ich denke, ich schon. Ihr steht im Begriff, ein großes Werk zu vollbringen.« Sie nahm auf einer der Bänke Platz und bedeutete ihm, es ihr gleichzutun. »Als Ihr gestern zu mir kamt und den armen Vater Orlando versorgt habt, habt Ihr mich daran erinnert, dass unser Orden zum Wohle der *incurabili* gegründet wurde – der Unheilbaren, die Gott mit Lepra oder anderen nicht behandelbaren Krankheiten gestraft hat, die von den Kreuzzügen mit zurückgebracht wurden. Diese ersten Patienten wussten, dass es keine Heilung für sie gab. Die ersten Schwestern wussten es ebenfalls. Aber sie glaubten an ein Wunder.« Sie sah ihn an. »Als Ihr mir Eure Idee unterbreitet habt, beschämte mich das zutiefst. Deswegen kam ich mit meinen Mitschwestern mit Euch. Es war damals unsere Aufgabe, Wunder zu bewirken, und wie es aussieht, ist sie es heute auch noch.«

Annibale hörte schweigend zu.

Die Badessa schloss eine Hand um ihr schlichtes Holzkreuz. »Sohn, ich habe Valnettis Geschichte gehört, und viele sagen, sie wäre wahr. Nikolaus und der Kinderkreuzzug saßen am Ufer und *warteten* auf ein Wunder. Aber es gibt noch eine andere Geschichte, einen Teil der größten, die je erzählt wurde. Ein Mann führte sein Volk in das gelobte Land, doch ein Ozean lag zwischen ihm und seinem Ziel. Er setzte sich nicht hin und wartete darauf, dass das Wasser sich teilte, er stieß seinen Stab auf den Boden und *verlangte,* dass es sich teilte.« Die Badessa erhob sich. Das Buntglas des einzigen Fensters ließ ihr schlichtes Gewand in allen Farben schillern. Sie drehte sich um und blickte auf ihn hinab. »Und das tat es, *Dottore.* Das tat es.«

In den nächsten Tagen ging es auf der kleinen Insel so geschäftig zu wie in einem Bienenstock. Die Schwestern des Miracoli-Ordens füllten die Bögen des Tezon mit Flechtwerk und Lehm. Der Junge Salve schien trotz seiner Behinderung einfache Anweisungen zu verstehen und war eine große Hilfe, eine größere als Bocca, um der Wahrheit die Ehre zu geben. Unter den Familien auf der Insel gab es einen Flechter, der die Arbeiten leitete, während die Schwestern, für ihre praktische, zupackende Art bekannt, sich nicht zu gut dafür waren, sich die Hände schmutzig zu machen.

Annibale schickte ein paar der Schwestern auf den Markt in Treporti auf dem Festland, wo die Pest noch nicht tobte, um gutes Leinen zu kaufen. Bocca und Salve wurde aufgetragen, jeden Morgen frisches Wasser aus dem Brunnen zu holen, jeden Tag in der Lagune zu fischen, Forellen in die Teiche zu setzen und an dicken, mit Knoten versehenen Seilen Austern zu züchten. Eine der Nonnen, eine stämmige Frau namens Schwester Ana, die sich auf Geflügelaufzucht verstand, brachte in einem kleinen Ruderboot zwei brütige Hennen und einen Hahn mit, die sie sich wie eine lebende Stola über die Schulter geworfen hatte. Annibale glaubte, dass Nahrungsmittel nicht von schlechter Luft vergiftet werden konnten, wenn sie frisch angebaut oder geangelt wurden.

Zu einer der Familien gehörte ein Lehrer, der in der kleinen Kirche ein Schulzimmer für die Jungen einrichtete und sie dort unterrichtete, während die Nonnen abwechselnd zu den kanonischen Stunden die Messe sangen und für die Familien einen täglichen Gottesdienst abhielten, bei dem Bocca nie fehlte und Annibale selten zugegen war. Bocca hatte der Badessa voller Stolz den Kelch, den Annibale ihm gegeben hatte, als Gefäß für die Hostie verehrt. So kam es, dass ein schlichter Bronzekelch aus einem nicht mehr benutzten Weinkeller San Bartolomeos kostbarste Reliquie wurde.

Annibale überwachte jede Einzelheit seines kleinen Utopia. Die Nonnen begannen, in der fruchtbaren Erde hinter dem Brunnen einen Kräutergarten anzulegen, und er fertigte für sie Zeichnungen der botanischen Gärten von Padua an, sodass seine Heilpflanzen an Ort und Stelle gezogen und zu Arzneien verarbeitet werden konnten.

Die Frauen nähten Matratzen für ihre Männer und stopften sie auf Annibales Geheiß mit Weinraute und Heidekraut aus, und er reihte sie ordentlich auf dem Boden des Krankenhauses auf. Die Kranken blieben im Tezon, ihre Familien in den kleinen Häusern, und beide Seiten durften unter keinen Umständen zusammentreffen. Nur Annibale in seiner Schutzkleidung war es gestattet, vom Tezon zu den Häusern zu gehen.

All dies wurde aus der Cason-Schatulle finanziert, die sich in ihrem Versteck am Brunnen, wo der steinerne Löwe sie bewachte, rasch leerte.

Jeden Tag hielt Annibale mit seiner Arbeit inne, stieg auf den *torresin* in der südwestlichen Ecke der Mauer und blickte über das Wasser nach Venedig hinüber. Wenn der Wind aus der richtigen Richtung wehte, konnte er das unaufhörliche Läuten der Pestglocken hören, die für die dahingegangenen Seelen schlugen. Die sechs Ärzte der *sestieri* verloren ihren Kampf. Durch seine Augengläser sah Venedig aus, als würde es in Flammen stehen.

Annibale war sich seiner heiklen Situation bewusst. Er wusste, dass er eine Insel beschlagnahmt hatte, die Eigentum der Republik war, und er konnte nur darauf hoffen, dass der Rat sie ihm lassen würde, wenn sich seine Methoden als wirksam erwiesen hatten. Valnetti schätzte es nicht, wenn man ihm in die Quere kam, und er vermutete, dass der Arzt bereits beim *Consiglio della Sanità* vorstellig geworden war, um sich über Annibale zu beschweren. Und jeden Tag, wenn er durch seine roten Linsen auf das rötliche Meer hinaussah, rechnete er damit, dass jemand kommen würde, um ihm Einhalt zu gebieten.

# 18

Cecilia Zabatini gewöhnte sich rasch an ihr neues Leben als Dienstmädchen im Haus des goldenen Zirkels.

Innerhalb kurzer Zeit war sie mit dem hohen schmalen Haus mit den unzähligen Verbindungstreppen und Gängen vertraut. Sie gewöhnte sich an die Dunkelheit der Hinterzimmer und die gleißende Helligkeit der vorderen Salons, wo strahlendes Sonnenlicht durch das Glas der Fensterbögen fiel und bunte Regenbögen auf den Boden malte. Zu einer Seite des Hauses lag ein ruhiger Platz mit einem Brunnen in der Mitte. Hier war der Haupteingang für Besucher durch den Zirkel über der Tür kenntlich gemacht. An der Vorderseite, die auf den Kanal und das geschäftige Treiben darauf hinausging, gab es ein Wassertor, und hinter dem Haus befand sich ein kleiner schmutziger, noch von drei anderen großen Häusern umschlossener Hof. Dieser Hof diente als Sammelort für alle Abfälle des Hauses – hier endeten menschlicher Unrat und Küchenabfälle, um einmal in der Woche von den Mistsammlern abgeholt zu werden. Er verströmte einen fauligen Geruch, und das neue Dienstmädchen, das diesen Ort für gesundheitsschädlich hielt, mied ihn nach Möglichkeit.

Die anderen Haushaltsmitglieder akzeptierten das hochgewachsene, stille Mädchen. Sie war intelligent und hilfsbereit, man musste ihr nicht sagen, was zu tun war, sondern sie ahnte, was anstand, bevor es ihr aufgetragen wurde. Sie waren freundlich zu Feyra, teils um ihrer selbst willen, teils, weil sie eine Sprachstörung hatte, und teils, weil sie unter dem Schutz ihres Onkels Zabato stand, eines Mannes, den sie mochten und respektierten und der überdies der beste Freund ihres Herrn war. Die zwei Lakaien waren noch aus einem weiteren Grund nett zu dem neuen Mädchen. Jeder Narr konnte sehen, wie hübsch sie war, auch wenn sie sich noch so große Mühe gab, dies zu verbergen.

Der Köchin, die Corona Cucina gerufen wurde, weil sie, wie sie selbst prahlte, die unangefochtene Königin der Küche war, entging sehr wenig von dem, was sich in ihrem Reich abspielte. Sie bemerkte rasch die Blicke der Lakaien und beschloss, Abhilfe zu schaffen. Als Feyra am ersten Morgen nach unten kam, kitzelte sie sie sacht unter dem Kinn und schnalzte mit der Zunge. »*Gesumaria,* Herzchen, so wie du aussiehst, könntest du dich ohne weiteres auf die *ponte delle tette* stellen und den Männern deine Titten hinhalten. Ich werde ein Spitzentuch für diesen Ausschnitt suchen, und am besten auch noch einen langen Unterrock.«

Die Köchin zog sie in eine Kammer im Keller, die Feyras eigener glich, und wühlte in ihren Schränken herum. Sie fand einen Unterrock, der dem Mädchen glücklicherweise fast bis zu den Knöcheln reichte. »Und hier«, Corona Cucina schlang Feyra einen Spitzenschal um die Schultern, hielt ihn mit einer fleischigen Hand zusammen und kramte mit der anderen in einer kleinen Schublade. »Ich bin sicher, dass ich irgendwo eine alte Brosche habe – ah, hier –, damit kannst du den Schal feststecken.«

Die freundliche Köchin schob die Nadel der Brosche durch den Knoten, um den Schal am Kleid zu befestigen. Feyra blickte auf ihre Brust hinab. Die Brosche war ein kleines Zinnkreuz, an dem eine winzige Figur hing.

Das Symbol des Hirtenpropheten zu tragen war nicht das einzige Zugeständnis, das Feyra machen musste. Ohne Schleier beleidigten die Gerüche des Hauses ihre Nase, die Fischgräten, die auf dem Küchenherd ausgekocht wurden, die Bienenwachspolitur in der Speisekammer und der ranzige Hammeltalg der Kerzen im *studiolo.* Der beißende Teergeruch der Kohlen, die sie holen musste, reizte sie zum Husten, und sogar das muffige Leder und Papier der Bücher in der kleinen Bibliothek, die auf einem rings um die Wände des Studierzimmers herum verlaufenden Mezzanin untergebracht war, brachte sie zum Niesen.

Einmal erlitt sie einen Schock. Als sie in den kleinen Keller unter dem Haus geschickt wurde, um Salz zu holen, streifte sie im Dunkeln etwas Borstiges. Sowie sie die Kerze hob, sah sie ein ganzes, an den Hachsen aufgehängtes Schwein, dessen Zunge ihm aus der blutigen Schnauze hing. Feyra ließ die Kerze klirrend fallen und rannte von Würgereiz geschüttelt zu dem kleinen Hof in der Mitte des Hauses. Corona Cucina kam zu ihr geeilt, rieb ihr den Rücken, während sie sich übergab, und fragte, was geschehen war. Feyra, die ihre Tarnung völlig vergaß, krächzte nur: *»Porco.«*

»Vor dem musst du keine Angst haben, Herzchen. In seinem Zustand kann es dir nichts mehr tun, nicht wahr?« Die Köchin streichelte Feyras klamme Wange. »Du läufst vor einem Schweinchen weg wie eine *Muselmana.«*

Feyra erstarrte. Da war das Wort wieder.

*Muselmana.*

Das Wort, das Nurbanu bei ihrem Unterricht ausgelassen hatte, das Wort, das auf den Stufen des Dogenpalastes gefallen war, als sie ihren Pantoffel verloren hatte. Sie blinzelte in das besorgte Gesicht der Köchin. Corona Cucina war gutmütig, hier bot sich ihr die Chance, etwas zu lernen. *»Muselmana?«,* fragte sie, bemüht, das Wort so venezianisch wie möglich auszusprechen.

»Ja – ihnen ist Schweinefleisch ein Gräuel. Und so konnten wir Venezianer den Leichnam des gesegneten Apostels Markus«, Corona Cucina malte mit dem Zeigefinger ein Kreuz auf ihren mächtigen Busen, »aus dem Land der Heiden holen, um ihn im christlichen Venedig in der Basilika zu bestatten. Sie legten den Heiligen in einen großen Korb und bedeckten ihn mit Kräutern und Schweinefleisch, und die Träger wurden angewiesen, allen, die sich ihnen näherten, um den Korb zu durchsuchen, ›*Schwein!*‹ zuzurufen. So führten sie die *Muselmani* hinters Licht und brachten unseren Heiligen nach Hause.«

Feyras Verwirrung musste ihr im Gesicht geschrieben gestanden haben, denn Corona Cucina hob die Stimme, als wäre sie begriffsstutzig. »*Muselmani.* Sie gehen in gelben Schuhen zur Kirche und wickeln sich einen Turban um den Kopf! *Dio*, dein Onkel sagte, du wärst stumm, nicht einfältig.« Sie zwickte Feyra ins Kinn. »Tja, sie wissen gar nicht, was ihnen entgeht, denn wenn das Schwein eine Woche lang gehangen hat, mache ich Pancetta und Hackfleischpastete, bei der dir das Wasser im Mund zusammenläuft. Dann hast du auch nichts mehr gegen ein Ferkelchen.«

Von da an mied Feyra den Hof, wenn Corona Cucina Schwein zubereitete. Sogar den Geruch einzuatmen war schon ein gottloser Akt, fast noch schlimmer als das Kreuz zu tragen.

Der vorherrschende Geruch im Haus war jedoch der nach Tinte und Papier. Ihr unsichtbarer Herr hatte Berge davon im Haus verteilt, es quoll aus seinen Schubladen und bedeckte die Kartentruhe und sogar den Esstisch. Sie betrachtete die Bögen ein oder zwei Mal. Die Notizen verstand sie nicht, aber die Zeichnungen waren ihr vertraut. Sie hatte ähnliche oft bei Mimar Sinan gesehen.

Es waren Baupläne.

Dieser Palladio war Architekt, wie Sinan.

Feyra begann sich den venezianischen Akzent anzueignen. Die anderen Diener sprachen nicht die reine, klare Sprache, die ihre Mutter ihr beigebracht hatte. In dem Dialekt gab es so viele Zs, dass sie zusammen wie ein Bienenstock klangen, und die Leute fuchtelten so wild mit den Händen herum, dass sie sich in den schmalen Gängen des Hauses gelegentlich anstießen oder Kerzen aus ihren Haltern fegten. Aber während der beiden Mahlzeiten, die die Diener morgens und abends gemeinsam in der Küche einnahmen, beobachtete Feyra sie, hörte ihnen zu und begann sich anzupassen.

Sie verließ den kleinen Platz nur selten, aber wenn sie zum Markt ging, stellte sie fest, dass Venedig bei Tag eine ganz andere Stadt war als die, durch die sie nachts geflohen war. In diesem Stadtteil schien es noch keine Pestfälle zu geben. Zabato sagte, die Seuche würde am schlimmsten in dem Cannaregio genannten Bezirk wüten, und wenn sie ihre Einkäufe bei der Rialtobrücke erledigte und auf direktem Weg wieder zurückkam, bestünde keine Gefahr für sie.

So lernte Feyra ihr Stadtviertel oder *sestiere* Castello recht gut kennen. Ihr fiel auf, dass der Hirtenprophet überall an jeder Straßenecke und über jeder Kirchentür gegenwärtig war. Ihr Glaube erlaubte es nicht, Gott bildlich darzustellen, es war nicht nur respektlos, sondern auch gar nicht möglich. Aber hier lebten die Christen mit ihrem Gott, als wäre er ihr Nachbar, und man konnte ihm nicht aus dem Weg gehen. Er schien nur in zwei Gestalten zu erscheinen: als Baby in den Armen seiner Mutter oder halb tot am Kreuz hängend. Der Anfang und das Ende seines Lebens, dazwischen gab es offenbar nichts. Sogar auf dem Markt, wo geschlachtete Tiere an hölzernen Balken hingen, hing der Hirtenprophet hoch über allem.

Meistens ging Corona Cucina zum Markt, da sie keinem anderen zutraute, ihre kostbaren Gewürze einzukaufen, aber manchmal schmerzten ihre Beine und Füße so sehr, dass sie sich auf einen Stuhl setzen und die Beine hochlegen musste. Feyra erhaschte einmal einen Blick darauf, die Füße waren riesig, mit missgebildeten Zehen und dicken Schwellungen zu beiden Seiten. Außerdem traten die Adern an Coronas Waden wie blaue und schwarze Stricke hervor. Feyra hatte solche Adern im Harem gesehen und fragte sich, ob sie wohl je den Mut aufbringen würde, der Köchin zum Dank für ihre Freundlichkeit ihre Mittel anzubieten.

Sie vermisste es, ihren Beruf auszuüben, nicht nur wegen des sozialen Status, den dieser mit sich brachte, sondern weil sie sich danach sehnte, nach ihrer Meinung gefragt zu werden und ihre praktischen Fähigkeiten anwenden zu können. Hier stand sie in der Hierarchie der Dienerschaft ganz unten, und ihre Pflichten bestanden darin, das Haus zu säubern, Besorgungen zu machen und in den Räumen des Herrn Feuer zu entfachen.

Nach ihrem ersten Arbeitstag hörte sie auf, den Kristallring mit den vier Pferden an der Hand zu tragen. Ihre Arbeit war körperlich anstrengend, und sie wusste, dass er irgendwann einmal zerspringen oder beschädigt werden würde. Sie riss einen Stoffstreifen von einem ihrer zahlreichen Unterröcke ab, hängte sich den Ring um den Hals und schob ihn in ihr Mieder. Dabei musste sie an die osmanische Tradition denken, Amulette zu tragen, um sich seine Gesundheit zu erhalten – einen in winziger Schrift verfassten und zusammengerollten Vers aus dem Koran, den Namen Gottes auf einem Stück Papier in einer Tasche oder einen Anhänger wie die Hand der Fatima. Amulette waren geheim und persönlich, sie wurden unter den Kleidern getragen und waren für ihren Besitzer äußerst wertvoll. Nun, jetzt würde der Ring ihr Amulett sein, das Einzige an ihrer Person, das sie auf dem ganzen Weg von Konstantinopel hierher begleitet hatte. Ihr fiel auch auf, wie viel sie seit dem Tod ihrer Mutter über sie erfahren hatte. Es sagte einiges über ihr verhätscheltes Luxusleben aus, dass sie bis zu ihrem Ende jeden Tag einen Glasring hatte tragen können.

Feyra sah, dass den Frauen in Venedig sogar innerhalb der Dienerschaft das schlechteste Los beschieden war. Sie schienen über keine Ausbildung zu verfügen, und wenn die Männer abends in der Küche Karten spielten, mussten sich die Frauen in ihre Kammern zurückziehen. In Venedig, da war sie sicher, würde keine Frau dazu ermutigt werden, sich als Ärztin zu qualifizieren, oder überhaupt erst die Erlaubnis dazu erhalten.

Einiges war hier wie bei ihr daheim. Corona Cucina glich den Köchinnen, die sie im Topkapi gekannt hatte, sie war gutmütig, laut und derb. Sie redete unaufhörlich, und manchmal hätte sich Feyra am liebsten die Ohren zugehalten, um die vielen Geschichten darüber, wie es der Köchin in ihrer Jugend ergangen war oder wie verschiedene Mitglieder des Haushalts ihre Liebesaffären abwickelten, auszublenden.

Und doch begann sich Feyra allmählich gegen ihren Willen für den Feind zu erwärmen. Sie dachte an die junge Mutter, die den Tod die Hand gereicht hatte, an den Bootsmann, der ihr die Münze zurückgegeben hatte, und an Zabato Zabatini, bei dem sie untergekommen war. Bei diesen Gelegenheiten erinnerte sie sich erschrocken daran, dass sie selbst halb Venezianerin war. Sie gehörte zwei Nationen an, unabhängig davon, dass ein Ozean die beiden trennte.

Feyra mochte stolz darauf sein, sich in Palladios Haushalt eingefügt zu haben, aber trotzdem waren nicht nur die beiden Lakaien auf sie aufmerksam geworden. Neuigkeiten über eine schöne neue Dienstmagd im *sestiere* verbreiteten sich rasch, vor allem in einer von der Außenwelt abgeschnittenen Stadt. Einmal mehr musste sie sich an die Blicke der Männer gewöhnen. Ihre wenigen Ausflüge zum Markt hatten das Interesse der Standbesitzer geweckt, und sie wäre entsetzt gewesen, wenn sie gewusst hätte, dass bei mehr als einem Trinkgelage ein Toast auf sie ausgebracht wurde. Sie hatte sich inzwischen an ihre venezianische Kleidung gewöhnt, der Schleier und die

Stoffhüllen ihrer Heimat schienen einem anderen Leben anzugehören. Aber als sie eines Tages über den Markt eilte, blieb sie beim Anblick eines von der Sonne vergilbten, an die Wand genagelten Flugblatts plötzlich wie angewurzelt stehen.

Mit klopfendem Herzen trat sie näher und strich es glatt, um es eingehender zu betrachten. Das Papier beulte sich unter ihren mit einem Mal schweißfeuchten Fingerspitzen. Die darauf abgebildete Gestalt war grotesk – eine Frau, eine Türkin, die einen Schleier, eine voluminöse Hose und nach oben gebogene gelbe Pantoffeln trug. Unter dem Kopftuch ringelten sich drahtige schwarze Korkenzieherlocken, und über dem *yashmak* krümmte sich eine Hakennase. Feyra konnte Venezianisch nicht so gut lesen wie sprechen, aber sie erkannte das Wort *Muselmana.* Dieses Bild sollte sie darstellen, daran hegte sie keinen Zweifel. Sie riss das Papier rasch von der Wand und zerknüllte es in ihrem Korb. Dann blickte sie nach links und rechts, um sich zu vergewissern, dass niemand Zeuge ihres Tuns geworden war, übersah aber die hochgewachsene, in einen Umhang gehüllte Gestalt, die sie vom Rand des Marktplatzes aus beobachtete.

# 19

Annibale wurden nur sieben friedliche Tage auf seiner Insel gewährt.

Es war Bocca, der aus dem Torhaus gerannt kam und ihn alarmierte. Seit er ihm den Kelch zum Geschenk gemacht hatte, war er Annibale treu ergeben und meldete ihm jedes vorbeikommende Schiff oder Boot, ob es nun von Bedeutung war oder nicht.

Heute schloss Annibale aus der Eile des alten Mannes und seinem Gesichtsausdruck, als er »Schiff ahoi, *Dottore,* Schiff ahoi!«, rief, dass es sich diesmal um ein besonderes Schiff handeln musste, noch bevor Bocca zu Einzelheiten überging.

»Langboot, *Dottore,* vierzig Ruder, kommt von San Marco.«

Annibale lief hastig durch das Tor, war aber nicht so durcheinander, dass er vergaß, seine Füße in die Pottasche zu tauchen. Er konnte einen Fleck am Horizont ausmachen und bewunderte den Torhüter für seine scharfen Augen, obwohl der Blick seiner eigenen durch die rauchigen roten Gläser getrübt wurde. Die Barke kam näher, bis er die absolut synchronen Bewegungen der vierzig Ruder sehen konnte. Das Boot schien aus irgendeinem leichten Holz zu bestehen und wirkte im Sonnenlicht wie aus Gold gefertigt. Es glitt noch näher heran, und Annibale erkannte, dass er sich nicht geirrt hatte – die Barke war in der Tat vergoldet, und sowie er das Löwengesicht am Bug mit der wie Sonnenstrahlen leuchtenden Mähne sah, wusste er, dass es vorbei war.

Dies war die *Bucintoro,* die Barke des Dogen.

Ein Mann stand im Bug, sein magentafarbener Umhang blähte und bauschte sich im Wind wie ein Segel, und die Brise zerzauste sein kurzes blondes Haar. Er war weder besonders groß noch muskulös, aber er strahlte eine enorme Autorität aus.

»Seid Ihr Annibale Cason, *Dottore della Peste?*«

»Der bin ich.«

»Ich bin der Camerlengo von Sebastiano Venier, Seiner Hoheit, des Dogen von Venedig.«

Annibale war dankbar für die Maske. Er musterte den Camerlengo. Der Haushofmeister trug Schwarz unter dem Umhang, seine Kleider schienen aus weichem, geschmeidigem Leder zu bestehen. Er war jünger, als Annibale erwartet hatte, hatte das blonde Haar und die blauen Augen der Menschen aus dem Norden, war glatt rasiert, trug das Haar kurz geschoren wie ein Teutone, und seine Stimme klang tief und kultiviert. Es gab nichts Bedrohliches an ihm, trotzdem stieg plötzlich Furcht in Annibale auf.

»Können wir uns irgendwo ungestört unterhalten?«, fragte der Camerlengo.

»Ja.« Annibales Blick schweifte zu dem Halbkreis von Wächtern. »Ihr alle?«

Der Camerlengo lächelte freundlich. »Nur ich.«

Annibale begann sich ein wenig zu entspannen und nahm seinen Mut zusammen. »Wenn es Euch nichts ausmacht, Camerlengo … würdet Ihr bitte durch diese Grube gehen?«

Der Camerlengo hob seinen weinfarbenen Umhang und schritt gehorsam durch die Pottasche. Annibale folgte ihm durch das Tor.

Sowie sie sich innerhalb der Mauern befanden, ging Annibale über den Rasen voraus, wobei er einen großen Bogen um das Tezon schlug. Er versuchte sich vorzustellen, was der Camerlengo denken mochte, und bemühte sich, den Ort mit seinen Augen zu sehen. Es war ein herrlicher Herbsttag, die Sonne schien, im Schatten war es angenehm kühl, und ein Hauch von Winter lag in der Luft. Die Maulbeeren nahmen Rosen- und Bernsteintöne an. Er konnte die Kinder beim Schulhaus umherlaufen sehen und die kleine Glocke von San Bartolomeo hören, die die Nonnen zur Terz rief. Der fruchtbare dunkle Lehm des säuberlich umgegrabenen Kräutergartens mit den kreisförmigen und quadratischen Beeten bildete einen erfreulichen Gegensatz zu der grünen Grasnarbe und dem Stück Wildnis, das gerodet worden und als Friedhof vorgesehen war. Bislang ruhte noch kein Verstorbener dort. Alles ließ sich ausgezeichnet an. Annibale zeigte mit seinem Stock auf die Gebäudereihe. »Mein Haus …« Er brach ab, weil das übermäßig besitzergreifend klang. »Ich wohne dort hinten.«

Der Camerlengo blieb stehen und sog die kühle Herbstluft tief ein. »Es ist ein schöner Tag, nicht wahr? Wollen wir nicht lieber hier draußen bleiben? Ich verbringe viel zu viel Zeit in den Räumen des Regierungspalastes.« Die Bemerkung klang nicht einmal ansatzweise prahlerisch; der Camerlengo verfügte über eine fast absolute Macht. »Also halte ich mich an der frischen Luft auf, wann immer ich kann. Und hier draußen erscheint sie mir um einiges gesünder als in unserer verpesteten Stadt. Einen solchen Tag verbringt man besser im Freien, findet Ihr nicht auch?«

Er setzte sich auf die umgestürzte alte Säule bei der Maulbeerbaumallee, und Annibale nahm argwöhnisch neben ihm Platz. Er fand nicht, dass die Frage eine Antwort erforderte, aber der Camerlengo war anderer Meinung. »Meint Ihr nicht, Cason?«, wiederholte er.

Der müßigen Frage haftete die Spur einer Drohung an. Annibale drehte sich zu ihm um. Die Sonne fiel auf das Eis in den blauen Augen. Der Camerlengo erwartete auf seine floskelhafte Frage tatsächlich eine wohldurchdachte Antwort, und vermutlich auf alle anderen Fragen ebenfalls. Annibale überlegte, ob er wohl jemals die großen, bunt bemalten Salons des Dogenpalastes verließ, um sich in die Verliese zu begeben und seine inquisitorischen Fähigkeiten mit mehr Nachdruck auszuüben, vielleicht unter Zuhilfenahme von Feuer und Eisen. Sein Blick wanderte zu den Wächtern hinter dem Tor. Sie standen mit vor sich gefalteten Händen in einem Halbkreis auf dem Pier, ohne eine lockere Haltung einzunehmen oder derb zu scherzen, wie es Bewaffnete gern taten. Er wusste, dass diese Männer die *Leoni*, die Eliteleibwache des Dogen und seines Haushalts, waren. Also wartete Annibale auf die nächste Frage, wohl wissend, dass er machtlos war.

»Wisst Ihr etwas über den *Consiglio della Sanità*?«

Annibale kannte den Gesundheitsrat sehr gut und war mehr als einmal in dem riesigen weißen Gebäude neben der *Zecca*-Münzanstalt in San Marco gewesen, das dem Rat als Hauptquartier diente.

»Ich bin kürzlich dort gewesen«, sagte der Camerlengo. »Ich sollte im Auftrag meines Herrn, des Dogen, nach einem *vero Dottore* suchen. Wisst Ihr, was er damit gemeint haben könnte?«

Annibale wusste ganz genau, was *er* unter einem »richtigen Arzt« verstand, konnte aber nicht ahnen, ob der Doge seine Meinung teilte. Etwas von seiner früheren Arroganz schimmerte wieder durch. »Ja. Er dürfte mich meinen.«

Der Camerlengo lächelte kaum merklich. »Interessant, dass Ihr das sagt. Ich muss Euch nämlich mitteilen, dass ich, als ich beim *Consiglio* war, dort auf einen Arzt namens Valnetti traf, der sich lautstark über Euch beschwerte. Kennt Ihr diesen Mann?«

»Ja.« Annibale begann den Camerlengo zu verstehen. Er verfügte über eine messerscharfe Intelligenz, ließ sich dies jedoch nicht anmerken. Stattdessen stellte er Fragen und verleitete seine Untergebenen dazu, sich selbst zu verraten. Er beschloss, auf absolute Ehrlichkeit zu setzen. »Er ist ein Narr.«

Der Camerlengo schnaubte. »Das war auch mein Eindruck. Und der des Dogen, wie ich hinzufügen möchte. Also …« Er strich die Röcke seiner Robe mit seinen langen, schlanken Fingern glatt. Seine Fingernägel waren viereckig geschnitten und sehr sauber. »Eure Insel hier. Wie lässt sich alles an? Die Kranken befinden sich dort in dem großen Gebäude?«

»Ja«, erwiderte Annibale, durch das Interesse des Mannes ermutigt. »Und ihre Familien sind in den Armenhäusern untergebracht.«

Die hellen Brauen schossen in die Höhe. »Ihr habt die Familien ebenfalls hergebracht? Aus sentimentalen Gründen?«

»Nein«, wehrte Annibale hastig ab. »Sondern weil sie den giftigen Ausdünstungen ebenfalls ausgesetzt waren und sich leicht angesteckt haben könnten. Wenn Ihr ein Krebsgeschwür entfernt, müsst Ihr alles herausschneiden, den Tumor *und* das ihn umgebende gesunde Fleisch.«

Der Camerlengo verzog angesichts der Metapher leicht den Mund. »Verstehe. Und haben sie sich angesteckt?«

»Bislang noch nicht.«

Der Camerlengo wirkte beeindruckt. »Und wie behandelt Ihr die Infizierten? Darf ich davon ausgehen, dass Ihr von Valnettis Heilmitteln nichts haltet?«

»Vierräuberessig? Nein. Ich finde ihn etwas … überholt. Ich wende bei meinen Patienten die neuesten chirurgischen Methoden an – ich habe gerade meine Ausbildung in Padua abgeschlossen.« Der Camerlengo nickte. »Zum Beispiel glaube ich an Galenos' Theorien, die sich ja, wie wir alle wissen, als richtig erwiesen haben: die vier Körpersäfte und die Notwendigkeit, sie im Gleichgewicht zu halten. Ich lasse die Patienten zur Ader, um die üblen Säfte abzuziehen, und ich habe begonnen, die Beulen aufzuschneiden, die in der Leistengegend und unter den Armen auftreten. Das scheint Wirkung zu zeigen.«

Mit einem Mal kam es ihm so vor, als habe er dem Camerlengo zu viele Informationen geliefert.

»Hat es Todesfälle gegeben?«

»Bis jetzt noch nicht.«

»Und die Familien – trefft Ihr Vorkehrungen, um sie vor Ansteckung zu schützen.«

»Natürlich. Wir haben die Infektionsgefahr eingegrenzt, und es gibt bestimmte Maßnahmen, die verhindern, dass sich das Gift über den Isolationsbereich hinaus ausbreitet. So gehe ich jedes Mal, wenn ich diesen Bereich betrete oder verlasse, durch eine Rauchkammer, und an der Türschwelle gibt es noch eine Grube mit Kalk und Pottasche.«

»Würdet Ihr sagen, dass man diese Sicherheitsvorkehrungen auch im Haus eines einzelnen Mannes treffen kann?«

»Natürlich.« Annibale begann zu ahnen, worauf die Frage abzielte, und brachte den Mut auf, seinerseits eine zu stellen. »Ist es Euer Wunsch … ich meine, wollt Ihr, dass ich der Leibarzt des Dogen werde?«

»Nein, das nicht. Er sorgt sich nicht um seine eigene Gesundheit. Aber es gibt da einen Mann, der sehr wichtig für ihn ist, einen Mann, den er um jeden Preis am Leben erhalten will.«

Das Leben welches Mannes könnte wohl für Venedig wertvoller sein als das des Dogen?, fragte sich Annibale.

»Überlegt Ihr, wer das sein könnte?« Der Camerlengo kam von seiner Gewohnheit, ständig Fragen zu stellen, nicht los.

»Ja.«

»Sein Name ist Andrea Palladio.«

Der Name ließ irgendwo im Nebel seines Gedächtnisses eine kleine Glocke läuten. Annibale war erstaunt. »Der Architekt? Warum?«

»Mein Herr, der Doge, hat ihn beauftragt, an der Stätte eines alten Klosters auf der Insel Giudecca eine Kirche zu errichten. Bei dem Kloster handelt es sich um eine Ruine, wo einst Pestkranke mittels eines heiligen Brunnens auf wundersame Weise geheilt wurden. Signor Palladio soll dort eine Kirche bauen, die groß und prächtig genug ist, um den Zorn Gottes zu beschwichtigen und Ihn dazu zu bewegen, Venedig zu verschonen.«

Annibale gelang es nur mühsam, ein Schnauben zu unterdrücken.

»Ihr findet das seltsam? Trotzdem glaubt der Doge, dass es dem Allmächtigen eher gelingt, die Stadt zu retten als den professionellen Medizinern – jedenfalls denen, mit denen er bislang zu tun hatte. Vielleicht seid Ihr ja die rühmliche Ausnahme.« Der Camerlengo ließ nicht durchblicken, ob er dem Dogen zustimmte oder nicht. Er war hier, um den Willen seines Herrn durchzusetzen, und genau das würde er tun. »Er braucht jedoch einen Arzt, dem er vertrauen kann und der den Architekten vor der Pestilenz bewahrt, bis er sein Werk vollendet hat.«

»Er ist gesund? Der Architekt?«

»Relativ gesund, denke ich. Er ist alt, aber das ist eine Krankheit, die uns alle eines Tages trifft, nicht wahr?«

Annibale blickte zum Tezon hinüber und dachte an die Schwerkranken innerhalb der Mauern. Es war ein ungeheuerliches Ansinnen, dass er jeden Tag einen gesunden Mann aufsuchen sollte, wenn sich bei seinen Patienten bereits die Finger schwarz verfärbten und sich Pestbeulen bildeten. Von plötzlicher Ungeduld erfüllt, stand er auf.

»Ich bin mir der großen Ehre bewusst, die Ihr mir erweist, trotzdem muss ich bedauerlicherweise ablehnen. Ich kann meine Zeit nicht an einen Mann verschwenden, dem nichts fehlt.«

Der Camerlengo blickte zu ihm auf und kniff die blauen Augen zum Schutz vor der Sonne zusammen. Er erhob keine Einwände, sondern stellte eine weitere Frage.

»Was werde ich jetzt sagen?«

Annibale spähte zum Tor, zu der Phalanx von Wächtern hinüber. Die *Leoni* hatten sich während des gesamten Gesprächs nicht von der Stelle gerührt. Dann sah er den Camerlengo wieder an, der so unbeweglich wie seine steinerne Sitzgelegenheit auf der moosbewachsenen Säule saß. Geschlagen nahm er ebenfalls wieder Platz. »Ihr werdet sagen, dass mein Anspruch auf die Insel nicht anerkannt wurde, dass ich mit meinen Patienten und ihren Familien diesen Ort räumen und mich von Euren Männern festnehmen lassen muss.«

»Und wenn Ihr Euch einverstanden erklärt, den Architekten zu behandeln?«

»Dann werdet Ihr sagen, dass ich die Insel als Krankenhaus behalten kann und in Ruhe gelassen werde, solange ich mich um Signor Palladio kümmere.«

»Korrekt. Ich gratuliere Euch zu Eurer raschen Auffassungsgabe.« Der Camerlengo zog eine Metallscheibe aus seinem Handschuh. »Dies ist das Siegel des Dogen«, erklärte er. »Ihr könnt es immer vorzeigen, wenn Ihr in der Stadt zu tun habt, dann gilt Euer Wort, als wäre es das seine.«

Annibale betrachtete das Siegel in seiner Handfläche, eine kunstvoll gearbeitete runde Messingscheibe mit dem Bild des Dogen und des geflügelten Löwen und einem Stück weinrotem Band daran. Der Camerlengo hatte gewusst, dass Annibale auf sein Angebot eingehen würde. Jetzt erhob sich der Haushofmeister ebenfalls.

»Dann ist das also geklärt. Ihr kommt mit mir?« Es war nicht wirklich eine Frage.

»Ich muss meinen Stellvertretern Bescheid geben«, erwiderte Annibale vorsichtig. Er nannte die Schwestern des Miracoli-Ordens nicht direkt, da er nicht wusste, ob es rechtens gewesen war, dass sie die Stadt verlassen hatten.

»Dann tut das.«

Annibale suchte die Badessa auf, teilte ihr mit, dass er gegen

Ende des Tages zurück sein würde, und folgte dem Camerlengo dann zu der großen Barke. Als die Wächter die Ruder ins Wasser tauchten, sah er mit einem flauen Gefühl im Magen zu, wie seine Insel in der Ferne immer kleiner wurde. Er konnte das Gefühl nicht benennen, es war ihm vollkommen fremd, doch als die Barke davonglitt, dachte er, es könne an Heimweh grenzen.

# 20

Eine ganze Woche verstrich, bevor Feyra ihren Herrn erstmals zu Gesicht bekam. Sie sah die Beweise seiner Gegenwart – die Anzahl der Zeichnungen wuchs, sie verteilten sich zunehmend überall im Haus, und die Art der Entwürfe änderte sich. Seine Teller und Becher wurden geleert und zum Säubern zurückgelassen. Aber ihre erste Begegnung mit ihm war weder ein flüchtiger Blickwechsel im Korridor noch die Ansicht eines in einem Raum verschwindenden Rückens, sondern erfolgte auf wesentlich dramatischere Weise.

Licht zählte im Haus des goldenen Zirkels zu den wichtigsten Dingen. Es war Feyras Aufgabe, die Leuchter mit frischen Kerzen zu bestücken und Untersetzer darunter zu platzieren, damit das Wachs nicht auf die kostbaren Zeichnungen tropfte, die Kerzenvorräte zu ergänzen und die zahlreichen Lampen anzuzünden. Der Herr wünschte, jederzeit zeichnen zu können, und sogar mitten in der Nacht mussten die Räume taghell sein. Ihre letzte Pflicht vor dem Zubettgehen bestand darin, eine große weiße, bis zum Rand mit Wasser gefüllte Glaskugel, Goldfischglas genannt, in das *studiolo* des Architekten zu tragen. Sie verstand deren Funktion und bewunderte die ausgeklügelte Wissenschaft dahinter. Wenn eine Kerze hinter die Glaskugel gestellt wurde, fungierte das Wasser als Linse, die Flamme wurde vergrößert und das durch das Wasser fallende Licht verstärkt, sodass der Zeichentisch komplett beleuchtet wurde.

Als sie eines späten Abends die große Kugel von der Küche zur Kammer ihres Herrn trug, bemerkte sie in dem dunklen Gang einen dünnen rechteckigen, mannshohen Rahmen, der in der Finsternis zu schweben schien.

Mit der mit Wasser gefüllten Kugel in der Hand ging sie darauf zu und bemerkte, dass die Umrisse flackerten. Da wusste sie, dass es sich bei dem, was sie sah, nicht um ein gemütliches Kaminfeuer, sondern um einen Zimmerbrand handelte.

Sie stieß die Tür auf und wäre angesichts der ihr entgegenschlagenden Hitze fast zurückgeprallt. Zum ersten Mal war der große Tisch nicht mit Zeichnungen übersät, sie verstopften alle den Kamin, wo sie lichterloh brannten und glühende Funken aufwirbelten. Ohne nachzudenken schüttete Feyra den Inhalt der Glaskugel über den langen Tisch, dann riss sie das Tischtuch herunter, warf es über das Feuer, erstickte die Flammen und stampfte mit ihren Lederstiefeln auf die Reste umherfliegender Glut.

Hustend drehte sie sich in der plötzlichen Dunkelheit um, ertastete sich den Weg zum Fenster und stieß es auf. Dann schob sie den Kopf ins Freie und sog unter den funkelnden Sternen die frische Luft tief ein.

Als sie den Kopf zurückzog, erklang plötzlich von einem Stuhl in der Ecke her eine Stimme und bewirkte, dass sie erschrocken zusammenzuckte. Nachdem sich ihre Augen an das Mondlicht gewöhnt hatten, konnte sie die weiß geränderten Umrisse einer Gestalt erkennen. »Was tust du da?«, fragte sie.

»Was ich da tue? Was tut *Ihr* da?«

Vor Schreck vergaß Feyra, Venezianisch zu sprechen, und fuhr die Gestalt auf dem Stuhl auf Türkisch an. »Ihr müsst den Verstand verloren haben! Wie könnt Ihr auf eine so stümperhafte Art ein Feuer machen? Der Kamin hat ja gar nicht richtig gezogen! Wie könnt Ihr Euch das seelenruhig ansehen? Wisst Ihr nicht, dass das Haus bis auf die Grundmauern abgebrannt wäre, wenn der Wandbehang über dem Kaminsims

Feuer gefangen hätte? Und weil das Haus so hoch und so lächerlich schmal ist, hätten die Dienstboten im Dachgeschoss in der Falle gesessen. Ist Euch das ganz egal?« Sie hielt inne, um Atem zu schöpfen, und auch die Gestalt auf dem Stuhl schwieg. Sie konnte nur das Schimmern eines schneeweißen Bartes ausmachen.

»Wer bist du?«

Feyra, die ihren Fehler erkannte, schwieg gleichfalls. Mit klopfendem Herzen wechselte sie ins Venezianische. »Ich bin Cecilia Zabatini, das neue Hausmädchen.«

»Tatsächlich?« Die Stimme aus dem Dunkel klang belustigt. »Es freut mich, dich kennen zu lernen. Du gefällst mir jetzt schon besser als deine Vorgängerin. Entzünde die Kerzen, bitte«, sagte Andrea Palladio. »Wenn wir Höflichkeitsfloskeln austauschen wollen, ist es besser, wenn wir uns dabei ansehen können.«

Feyra war noch immer verärgert und schnaubte leise. »Wie soll ich das machen? Ich kann sie nicht sehen.«

Palladios Stimme quietschte wie eine Ziehharmonika, außerdem schwang ein leises Knirschen darin mit. »Eine steckt in dem Halter bei der Haupttür, zwei stehen auf dem Architrav des Kaminsimses, eine zwischen dem zweiten und dem dritten Fenster und drei über dem Fries und unter dem Karnies. Zünde eine an, dann siehst du den Rest.«

Das waren Worte, die Nurbanu sie nicht gelehrt hatte. »Ich verstehe nicht, was Ihr sagt.«

»Such einen Anzünder. Ich mache es selbst.« Feyra fand ein Stück Papier, das von den Flammen verschont geblieben war, und rollte es zu einem dünnen Stäbchen zusammen. Ihr Herr erhob sich von seinem Stuhl und schlurfte an ihr vorbei. Er hielt das Papier erst an die Glut und dann an jede Kerze im Raum. Als die Kammer in ein warmes Licht getaucht wurde, erkannte sie ihn sofort – er war derselbe alte Mann, der kurz nach dem Tod ihres Vaters zu der Ruine auf Giudecca gekommen, dort auf und ab geschritten war, im Boden herumgestochert und sich Notizen gemacht hatte.

Sie sah zu, wie er mit seinem schlurfenden, gichtigen Gang zu seinem Stuhl zurückkehrte und sich so schwer darauf niederließ, als trüge er die Last der Welt auf seinen Schultern. Sie ging zum Kamin und stocherte in den verkohlten Pergamenten herum. Sie waren mit Zeichnungen und Diagrammen bedeckt, und jedes einzelne war zerstört. Sie sah genauer hin und hob dann einen glimmenden Fetzen auf. Die Zeichnungen waren vor dem Verbrennen zerrissen worden, als habe er sein Werk vollständig auslöschen wollen. Mit dem Pergamentstück in der Hand blickte sie auf. »Warum habt Ihr das alles verbrannt?«

Er seufzte so tief, dass sein Atem die Asche aufwirbelte. »Ich schaffe es nicht.«

»Was schafft Ihr nicht?«

»Eine Kirche zu bauen.«

Sie erstarrte. Etwas, was Zabato Zabatini zu ihr gesagt hatte, kam ihr wieder in den Sinn. So beiläufig wie möglich fragte sie: »Für den Dogen?«

»Nicht für ihn. Wenn ich nur Sebastiano Venier zufriedenstellen müsste, wäre es kein Problem. Nein, für einen anspruchsvolleren Herrn. Für Gott.«

Feyra ließ den Pergamentfetzen fallen, richtete sich auf und wischte ihre rußigen Finger an ihrem Rock ab. Sie war sich nicht sicher, ob sie ihn nicht lieber allein lassen sollte, aber sie hatte sich verraten und ihn angeschrien, und nun gab es kein Zurück mehr. Außerdem schien er zum Reden aufgelegt zu sein, und er war ihr einziger Weg zu dem Dogen. Sie holte tief Atem. »Was habt Ihr bislang getan?«, fragte sie.

»Ich habe die Örtlichkeiten vermessen und«, er schwenkte die Hand in Richtung Kamin, »genug Linien gezeichnet, um Jerusalem zu erreichen, wenn man sie aneinanderreiht. Und ich habe meinen armen Zeichner so viele zeichnen lassen, um wieder bis nach Hause zurückzukommen. Alles nur wertloses Gekritzel.«

Feyra dachte an den Zeichner namens Samstag und seine tintenverschmierten Finger, die er sich wundgescheuert hatte. »Und was wird er zu dem sagen, was Ihr getan habt?«, fragte sie streng.

»Er kennt mich mittlerweile gut genug. Du bist mit Zabato Zabatini bekannt?«

»Ich bin seine Nichte«, erwiderte Feyra vorsichtig.

Er sah sie direkt an, und sie sah winzige Kerzen fröhlich in seinen Augen brennen. »Das bist du mit Sicherheit nicht. Zum einen ist seine Schwester nicht verheiratet. Und zum anderen hast du eben wie eine Ungläubige geschnattert. Bist du eine Maurin? Oder eine Russin?«

Er wirkte nicht ärgerlich, eher belustigt. Feyra beschloss, ihm die Wahrheit zu gestehen. »Ich komme aus Konstantinopel.« Sie wappnete sich dafür, ihm ihre Geschichte erzählen zu müssen.

Aber es schien, dass Palladio an dieser Geschichte nicht interessiert war, da er mit seinen eigenen Problemen beschäftigt war. Stattdessen murmelte er nachdenklich: »Ah, *Constantinopoli.* Dort gibt es viele wundervolle Tempel, wie ich hörte.«

Einen besseren Weg zu Feyras Herzen hätte er nicht finden können. Sie trat eifrig zu seinem Stuhl. »O ja! Es gibt viele Moscheen. Abgesehen von der Hagia Sophia ist da noch die Süleymaniye-Moschee, die auf einem Hügel steht und das Goldene Horn überblickt. Sie ist die größte Moschee Konstantinopels und hat vier Minarette. Dann ist da noch die Fatih-Moschee mit Koranschulen, Hospizen, Bädern, einem Krankenhaus und einer Bibliothek.« Sie fühlte sich plötzlich dorthin zurückversetzt; schlenderte wieder über das sonnenwarme Pflaster. Die Fatih-Moschee verkörperte für Feyra mehr als jedes andere Gebäude das Konzept des *Mizan,* denn sie befasste sich sowohl mit der Seele als auch mit dem Geist und dem Körper.

»Dann gibt es die Beyazit-Moschee, sie steht in der Mitte eines großen Komplexes. Sie hat eine riesige, von vier Säulen getragene Kuppel.« Sie beschrieb die Kuppel mit den Händen. »Diese Handwerkskunst!« Sie konnte sich nicht bremsen und wurde plötzlich von einer überwältigenden Wehmut erfasst. »Und dann ist da noch die Eyüp, die älteste von allen. Sie liegt außerhalb der Stadtmauern in der Nähe des Goldenen Horns, an der Stelle, wo der Standartenträger des Propheten Mohammed begraben sein soll. Sie ist so prachtvoll, dass die Gläubigen seit Jahrhunderten dorthinpilgern.« Der große Sinan würde nicht in Selbstmitleid versinken und seine Zeichnungen verbrennen, dachte Feyra. »In Konstantinopel sind die Architekten von ihren Visionen besessen«, fuhr sie fort. »Ich kannte einen, der vom Morgengrauen bis zum Sonnenuntergang nichts isst. Erst wenn das Licht so schwach ist, dass er nicht mehr bauen kann, bricht er sein Fasten.«

»Ich wünschte, ich wäre von seiner Leidenschaft erfüllt – meine ist erloschen, wie es aussieht«, grübelte Palladio, der in seinem Unglück schwelgte. Er erhob sich und begann an einem Fensterriegel herumzunesteln. »Für jeden der Tempel, die du aufgezählt hast, kann ich eine meiner Kirchen nennen. Sieh her …« Plötzlich beflügelt, zog er die Schubladen unter dem langen Kartentisch auf und entnahm ihnen eine Reihe von Plänen. »Hier«, las er von seinen Notizen ab. »Tor für die Kirche Santa Maria dei Servi. Und hier: Fassade für die Basilika San Pietro di Castello. Und hier: Fassade für San Giorgio Maggiore. Das Kloster Santa Maria della Carità. Die Fassade für die Kirche San Francesco della Vigna. Und so geht es immer weiter. Und jetzt, *jetzt* bekomme ich meinen ersten Auftrag von der Republik Venedig, und ich kann keine vernünftigen Entwürfe anfertigen.« Frustriert schlug er sich mit der Faust in die Handfläche.

Feyra betrachtete die verstreuten Pläne. »Warum muss diese Kirche etwas Besonderes sein?«

Palladio warf die Arme hoch und verschränkte die Hände hinter seinem weißhaarigen Kopf. »Weil es sich um ein Opfer handelt. Ich habe einen Vertrag abgeschlossen, er ist besiegelt, die Dokumente sind unterzeichnet, und es gibt keine Möglichkeit, davon zurückzutreten.« Er nahm wieder Platz und ließ die Hände sinken. »Der Doge glaubt, Gott würde unsere Stadt verschonen, wenn ich zu Seinen Ehren ein Wunderwerk der Architektur baue. Er glaubt, die Bürger von Venedig haben gesündigt, und Gott hat sie dafür gestraft.«

Feyra, die diese neue Begründung für die Katastrophe außerordentlich interessierte, gab nicht preis, dass der perfide Plan eines sterblichen Mannes, der im Topkapi-Palast saß, die Seuche nach Venedig gebracht hatte. Sie dachte an ihren früheren Beruf. »Was ist mit den Ärzten? Es muss hier doch welche geben.«

»Der Doge schickt morgen einen zu mir, der mir meine Gesundheit erhalten soll. Er glaubt, ein Arzt könne *mich* retten, aber nur Gott kann *uns* retten.« Palladio faltete seine rauen Hände, als wolle er beten. »Aber das zählt nicht, ich habe meinen Vertrag und muss ihn erfüllen. Nur dass ich das nicht kann.« Er sah sie an. »Was tust du, wenn dir etwas nicht gelingt?«

Feyra dachte an die vielen Male im Harem, wo ihre Mittel nicht gewirkt hatten. »Ich gehe zum Anfang zurück«, sagte sie schlicht. »Ich denke, Ihr müsst Euren Anfang finden.«

*»Meinen Anfang finden«,* sinnierte er und saß dann so lange still da, dass Feyra sich fragte, ob sie besser gehen sollte. Sie begann, sich im Raum umzusehen. Ihr Blick blieb an einer einzelnen Zeichnung hängen, die an die Wand geheftet und vom Feuer verschont geblieben war. Sie stand auf und ging zu ihr hinüber.

Die Zeichnung zeigte einen Mann mit wildem Haar und

feurigen Augen. Sie spürte, wie sie errötete, denn er war unbekleidet – ein Mann in der Blüte seiner Jahre, mit glühenden Augen und Haaren wie Sonnenstrahlen. Er hatte doppelt so viele Gliedmaßen wie andere Menschen, alle ausgestreckt wie die einer Spinne, ein Paar war von einem Kreis, das andere von einem Quadrat umgeben.

Ein Mann innerhalb eines Kreises innerhalb eines Quadrats.

»Warum bewahrt Ihr das auf?«

Der Architekt löste sich aus seiner Versunkenheit und blickte langsam auf. »Weil es nicht von mir ist. Sondern von einem Mann namens Leonardo aus Vinci in der Nähe von Florenz. Dies ist die Zeichnung, mit der alles begonnen hat. Dies …« Er erhob sich. In seiner Stimme schwang eine Erkenntnis mit. »Dies ist mein Anfang.«

Mit neu erwachter Energie nahm Palladio eine Kerze aus dem nächstbesten Leuchter und humpelte die kleine Wendeltreppe zum Mezzanin hoch. Der safrangelbe Lichtkreis wanderte über die Buchrücken hinweg und beleuchtete die Buchstaben, so wie die Tinte seiner eigenen Zeichnungen von den Flammen vergoldet worden war. Er zog einen alten Band aus dem Regal und blies den Staub von den Seiten. »Da ist mein alter Freund ja.« Er trug das Buch nach unten und warf es mit einem dumpfen Aufschlag und einer ihn begleitenden Staubwolke auf den Tisch. Feyra entzifferte das Wort auf dem Einband. Zuerst dachte sie, es hieße Venedig, aber dann konzentrierte sie sich und las:

»VITRUV.«

»Du liest Latein?«

Feyra hatte in der Bibliothek des Topkapi in einigen Kräuterbüchern geblättert, aber nur ein paar Worte verstehen können. »Nein.«

»Er war zu der Zeit, als die Römer alles beherrschten, ein großer Baumeister.« Palladio lächelte leise. »Als dein Land und meines ein Reich bildeten.«

Feyra sah zu, wie er behutsam die Seiten umblätterte, und dabei fielen ihr seine Hände auf. Sie waren mit Tintenflecken übersät wie die von Zabato, schwer und breit, mit kurzen Nägeln und verhornten, schwieligen Fingerkuppen. Die Hände eines Arbeiters, nicht die eines Adeligen, und doch verstand sie seine Sprache besser als die aller anderen im Haus. Sie vermutete, dass er nicht als Adeliger geboren worden war. Über seine Schulter hinweg warf sie einen Blick in das Buch. »Womit fängt es an?«

Er tippte mit dem Zeigefinger auf das erste Diagramm. »Hiermit. Mit einem Kreis in einem Quadrat.«

Sie runzelte die Stirn. »Ist das die Antwort?«

Ihr Herr seufzte. »Vitruv ist mein Anfang und mein Ende, mein Alpha und Omega. Seine geometrischen Regeln beherrschen alles, was ich tue – und nicht nur das, sondern das gesamte Universum.« Er beschrieb mit einem Arm einen Bogen in Richtung des offenen Fensters, eine Geste, mit der er den Kosmos zu umarmen schien, und machte Feyra auf den sternenübersäten Nachthimmel aufmerksam. »Ich habe mein Leben auf Vitruvs Schultern aufgebaut. Er ist meine Inspiration.«

Feyra blickte zu den Sternen empor, denselben Sternen, die über Konstantinopel funkelten. Sie dachte an die von Mimar Sinan entworfenen Minarette und Kuppeln, erinnerte sich daran, wie Nurbanu mit dem ernsten, einen Turban tragenden Mann an den Plänen für ihre Moschee gearbeitet und eine Treppe hier, einen Zierbogen dort und eine Zwischenwand da vorgeschlagen hatte. Wieder betrachtete sie das Buch von Vitruv. Den Kreis im Quadrat. Jetzt war die Form anders, dreidimensional, veränderte sich vor ihren Augen. Sie erfasste die Bedeutung. Es war eine Kuppel.

»Vielleicht … will Euer Gott nicht dasselbe wie immer. Vielleicht wünscht er etwas ganz anderes.« Sie wählte ihre Worte sehr sorgfältig. »Der Mann, von dem ich Euch erzählt habe … sein Name ist Mimar Sinan.«

»Ein Ungläubiger?«

»Ein Architekt«, berichtigte sie ihn streng.

Palladio neigte den Kopf. »Es ist spät. Komm am Morgen zu mir. Dieser lästige Arzt wird mich gegen Mittag behandeln, aber komm vorher zu mir. Ich möchte gerne mehr über diesen Sinan erfahren.«

Als sie sich verneigte und den Raum verließ, sah sie, wie Palladio mit seinen harten Fingern verzückt die Seiten umblätterte. Er hatte sich ein sauberes Blatt Papier und einen Kohlestift geholt und zeichnete wieder und wieder einen Kreis in einem Quadrat.

# 21

Als Feyra am nächsten Morgen Palladios *studiolo* betrat, sah der Raum völlig anders aus.

Die Wände waren sauber geschrubbt, und der einzige Beweis für das Feuer war ein Rußfleck auf dem Wandbehang über dem Kaminsims. Die Pläne waren wieder weggepackt worden, nur das bei dem Kreis und dem Quadrat aufgeschlagene Buch von Vitruv lag auf dem Tisch, und der Mann mit den vielen Gliedmaßen starrte von der Zeichnung an der Wand aus seinem geometrischen Gefängnis herab. Der große Stuhl war in die Mitte des Raums gerückt worden. Palladio forderte sie auf, sich zu setzen, während er selbst stehen blieb. Feyra gehorchte, und ihr Besuch in Konstantinopel begann.

Der Architekt wies sie an, mit im Schoß gefalteten Händen still dazusitzen und die Augen zu schließen. Dann bat er sie, sich nach Konstantinopel zurückzuversetzen und von ihrem Haus aus loszugehen. Er humpelte um sie herum, während sie sprach, und feuerte Fragen auf sie ab wie ein Bogenschütze Pfeile auf eine Zielscheibe. Fasziniert tat Feyra, wie ihr geheißen.

In Gedanken trat sie über die Schwelle des kleinen Hauses in Sultanahmet, das sie mit ihrem Vater geteilt hatte, und ging über das ausgetretene, warme Kopfsteinpflaster. »Bring mich irgendwo hin«, hörte sie Palladios ferne, heisere Stimme, und sie bog links zum Basarviertel ab und schlenderte über den Gewürzmarkt. Sie war so in ihrem Tagtraum gefangen, dass sie die beißenden Düfte riechen und die heruntergefallenen Kräuter unter den Sohlen ihrer dünnen gelben Pantoffeln spüren konnte. Sie ging weiter, bis sie das Imaret-Tor erreichte. »Wo bist du?«, fragte die Stimme.

»Ich bin an der Süleymaniye-Moschee, der Grabstätte Süleymans, dem größten Gebäude, das Sinan je gebaut hat.« Jetzt gelangte sie in den Schatten des Muvakkithane-Tors und kam sich im Vergleich zu der prächtigen Marmorkonstruktion geradezu zwergenhaft klein vor. »Und jetzt bin ich im *avlu*, einem großen Hof auf der Westseite. Dort gibt es lange Säulenreihen.«

»Ein Peristyl, ein von Säulen umgebener Innenhof. Weiter.«

Während der Architekt sie gelegentlich mit Fragen unterbrach, ging Feyra im Geiste in dem gesamten Komplex herum und beschrieb minutiös alle Säulen, Höfe und Minarette.

»Und was ist mit der Kirche selbst?«, fragte er.

»Die Hauptkuppel ist so hoch wie der Himmel und innen vergoldet, als hätte jemand einen Blitz eingefangen. Das Innere ist fast quadratisch …«

»Ein Kreis in einem Quadrat«, hauchte die Stimme weicher als zuvor. »Weiter.«

»Zusammen ergeben beide Formen einen einzigen riesigen Raum. Die Kuppel wird von Halbkuppeln flankiert, und bei den nördlichen und südlichen Bögen gibt es Fenster mit Dreiecken darüber.«

»Und wie werden die Kuppeln gestützt?«

Feyra drehte sich unter der Kuppel um. »In die Wand sind Stützstreben eingebaut, aber sie werden von den Bögen der Galerien verborgen.«

»Er hat die Stützpfeiler verdeckt, um einen harmonischen Eindruck zu erzeugen. Raffiniert.« Die Stimme klang warm vor Bewunderung.

»Innen gibt es eine einzelne *serife*, eine Galerie, und eine zweistöckige draußen. Das Innere ist mit *Iznik*-Fliesen ausgekleidet und das Holzwerk mit schlichten Intarsienmustern aus Elfenbein und Perlmutt verziert. Aber das Juwel in dieser Schatulle – das Grab Süleymans – ist aus weißem Marmor gefertigt.«

Feyra befand sich fest im Griff ihres Traums; schritt unter dem juwelenbesetzten Dach herum. Sie fühlte sich wie im Himmel. Ein scharfer Klopflaut riss sie unsanft auf die Erde zurück.

»Verdammt«, fluchte Palladio. »Das muss der Arzt sein.« Feyra erhob sich verwirrt. »Komm …« Ihr Herr öffnete eine kleine Tür neben der Treppe zum Mezzanin. »Warte im *cabinetto.*«

Der kleine Raum enthielt Palladios sämtliche Gerätschaften, seine Stifte und Tinten, Kohlestückchen und Stapel von Papier. Feyra hielt die Tür mit ihrem in das Schlüsselloch geschobenen kleinen Finger zu, doch ihre Neugier gewann die Oberhand, und sie schob sie einen Spalt breit auf, um hinauszuspähen.

Der Anblick, der sich ihr bot, löste ein solches Herzrasen bei ihr aus, dass sie fast in den Raum gefallen wäre. Ihr Herr saß auf dem Stuhl, von dem sie soeben aufgestanden war, und ein grässliches, schwarz gekleidetes Monster mit einem zum Zustoßen bereiten gebogenen Schnabel beugte sich über ihn.

# 22

»Ich glaube nicht, dass Ihr überhaupt krank seid.«

Annibale musterte den alten Mann. Der Qualität seiner samtenen Kleider, der Größe der Räume und des guten Eichenholzes, aus dem sein Stuhl gefertigt war, nach zu urteilen war der Architekt eindeutig ein wohlhabender Mann. Obwohl sein Bart weiß war, schimmerten seine Augen wach und klar.

»Das bin ich auch nicht«, räumte der alte Mann ein. »Noch nicht. Aber ich kann es mir nicht erlauben, krank zu werden, und der Doge behauptet, Ihr seid der beste Pestarzt in ganz Venedig.«

Annibale war nicht eitel. Seine Mutter hatte ihm einst gesagt, er wäre ein hübsches Baby gewesen, seine Tanten hatten ihn ein hübsches Kind genannt, und dann hatten ihn viele Frauen als attraktiven Mann bezeichnet. In Padua galten die Lobeshymnen nicht mehr seinem Äußeren, sondern seiner Intelligenz. Seine Lehrer schwärmten immer wieder, er habe den schärfsten medizinischen Verstand seines Jahrgangs. Und dann hatte ihn der Camerlengo der Republik persönlich für diese Mission ausgewählt, daher zuckte er jetzt nur die Achseln. Es ärgerte ihn, von seiner Arbeit fortgerufen worden zu sein, und es ärgerte ihn, dass er dem Camerlengo hatte nachgeben müssen. Er machte kein Hehl daraus. »Und Ihr«, bemerkte er sarkastisch, »seid der wichtigste Mann in Venedig, weil Ihr eine Kirche baut.«

Der alte Mann straffte sich ein wenig. »Nicht irgendeine Kirche. Eine Kirche, um Gott den Herrn zu bitten, uns von der Pest zu erlösen.«

Annibale dachte an die Straßen, durch die er gerade gegangen war. Valnetti und seinen Kollegen gelang es ganz offensichtlich nicht, die Seuche einzudämmen. In manchen *quartieri* prangten jetzt an allen Türen Kreuze, standen an jeder Ecke Kisten mit Kalk, quoll Myrtenrauch aus jedem Schornstein. »Dann bittet ihn sehr inbrünstig«, schnarrte er, rückte seine Maske zurecht und schickte sich an, sich zu verabschieden.

Der alte Mann deutete mit seiner rauen Hand auf den Schnabel. »Hilft das Ding?«

»Bis jetzt ja. Und egal ob er hilft oder nicht – die Leute erwarten, dass ich diese Maske trage, das ist viel wichtiger.« Annibale richtete sich auf und griff zu einer Lüge, um seinen Aufbruch zu beschleunigen. »Offen gestanden, *Maestro,* wenn Ihr der Pest schon so viele Tage lang entronnen seid, ist es mehr als unwahrscheinlich, dass sie Euch jetzt noch ereilt.« Er lenkte ein. »Aber etwas könnt Ihr tun. Beschafft Euch ein Stück guten Leinens – ich meine ein fest gewobenes, so wie das aus Ägypten –, räuchert es jeden Tag über dem Feuer aus und bindet es Euch vor Mund und Nase, wenn Ihr Euch ins Freie begebt.« Er blickte sich zu dem alten Mann um. »Wenn Ihr ein Steinmetz seid, solltet Ihr das ohnehin tun, oder dieser Husten wird Euch umbringen, bevor die Pest es tut. Entweder das, oder Ihr haltet Euch von den Steinen fern.«

Der Mann lächelte in seinen weißen Bart hinein. »Das kann ich nicht. Steine sind mein Leben.«

»Dann wird das, was einst Euer Leben war, Euch den Tod bringen«, fauchte Annibale.

Jetzt kicherte der alte Mann leise. »Wenn ich vorher noch meine Kirche fertigbauen kann, mag er nur kommen.«

Annibale schnaubte, woraufhin ihn sein Gegenüber scharf musterte. »Ihr seid nicht gläubig? Geht nicht in die Kirche?«

Annibale musterte ihn mit einem gereizten Blick. »Ich habe in der diesseitigen Welt zu viel zu tun, um mich mit der jenseitigen zu beschäftigen. In Eurem Beruf würdet Ihr Gott auch besser dienen, wenn Ihr der Menschheit dienen würdet. Bevor Ihr Eure Kirche baut, solltet Ihr bessere Wohnhäuser bauen. Die Pest hat sich hauptsächlich aufgrund überfüllter enger Räume, unerträglicher hygienischer Verhältnisse und mangelnder Belüftung so rasend schnell ausgebreitet. Gesundheit beginnt zu Hause.«

Die Augen des alten Mannes leuchteten auf, und er sah den Arzt zum ersten Mal richtig an. »Ihr habt vollkommen recht«, sagte er so nachdrücklich, als sei er auf eine verwandte Seele gestoßen. »Fahrt fort.«

Annibale öffnete den Mund, um seinem Zorn auf die Republik und die erbärmlichen Wohnverhältnisse, die sie den Armen zumutete, freien Lauf zu lassen, schloss ihn dann aber wieder. Er musste zu seiner Insel zurück, seiner Insel und seinen Patienten. »Wenn Ihr mich jetzt entschuldigt – ich muss mich um die kümmern, die mich wirklich brauchen. Wir sehen uns in sieben Tagen«, sagte er knapp, bevor er mit wehendem Umhang aus dem Raum rauschte.

Leider wurde sein dramatischer Abgang dadurch verdorben, dass er die falsche Tür öffnete und sich in einem kleinen Vorraum wiederfand, in dem ein Dienstmädchen herumhantierte. Sie schrak zusammen, lief rot an und durchbohrte ihn mit einem bernsteinfarbenen Blick, bevor sie ihre fremdartigen Topasaugen respektvoll niederschlug.

Automatisch taxierte er ihr Äußeres, wie er es bei allen Menschen tat. Ihre Haut war makellos, die Wangen glühten geradezu vor Gesundheit. Palladios Dienerschaft schien zumindest nicht von der Pest befallen zu sein, und damit war der Kampf schon halb gewonnen. »Verzeihung«, bellte er aufgrund der lächerlichen Situation noch barscher als sonst, bevor er sich zurückzog und das Haus verließ. Diesmal durch die richtige Tür.

# 23

Feyra verbrachte jeden Morgen in Palladios *studiolo*. Ihre Pflichten wurden anderen übertragen, und Zabato Zabatini erhielt die Anweisung, nur nachmittags zu seinem Herrn zu kommen. Niemand im Haus machte eine Bemerkung darüber: Der Herr arbeitete wieder.

Feyra berichtete ihm von der neuen Moschee, die Sinan für ihre Mutter baute, ein Bauwerk, das jetzt Nurbanus Grab werden würde. Während dieser Gespräche hielt sich Zabato Zabatini oft im Raum auf, und Feyra spürte, wie er sie durch seine Augengläser hindurch beobachtete, als würden ihre Stimme und ihre Züge ihm Cecilia zurückbringen.

Doch sie vergaß Zabato rasch, denn nun wurden Palladios Fragen immer direkter. Da sie gesehen hatte, wie die Moschee entstanden war, wollte er wissen, wie die Kuppel konstruiert war, wie sie gestützt wurde und sogar, wie die Steinmetze die Steine zuschnitten. Er war von dem Konzept geradezu besessen. Wie verwandelte man einen Kreis innerhalb eines Quadrats in eine Kugel innerhalb eines Würfels? Eine richtige, ästhetisch ansprechende und nach allen geometrischen Regeln Vitruvs erbaute Kuppel musste unter sich ebenso viel Platz aufweisen, wie sie oben einnahm – eine Leere, die die Betenden mit ihrem Glauben ausfüllen würden.

Manchmal zeichnete er lauter geschwungene Linien und kritzelte die Details in Randnotizen daneben. Manchmal zeichnete sie selbst und fand heraus, dass ihr der Stift gut in der Hand lag, denn sie hatte gelernt, anatomische Zeichnungen anzufertigen. Immer wieder wurde Feyras Blick von dem vitruvianischen Mann an der Wand angezogen. Seine Geometrie erklärte jedem die Zeichnungen im Raum, und sein Ausdruck versinnbildlichte das Zusammenwirken von Feyras Disziplin und Palladios Architektur – Anatomie und Baukunst.

Manchmal fragte Palladio sie auch über Sinan selbst aus, und sie versuchte, sich so gut wie möglich an den stillen kleinen Mann mit dem Turban zu erinnern. Es bestanden durchaus Ähnlichkeiten zwischen Mimar Sinan und Andrea Palladio: Beide waren bärtig, gütig und völlig von ihrer Arbeit besessen, sodass man sie für Brüder hätte halten können, die durch ein Meer getrennt waren. Doch Palladio erkundigte sich genauso oft nach den alten Bauwerken wie nach den neuen.

Wieder und wieder bat er Feyra, ihm von der Eyüp-Moschee zu erzählen, die den Schrein des Standartenträgers ihres Propheten beherbergte. Durch Bauwerke erlangte Unsterblichkeit schien ihn zu faszinieren, die Vorstellung, dass Pilger noch Jahrhunderte nach dem Tod des Architekten zu seinen Werken strömten, um dort zu beten. Er schien keinen Unterschied zwischen seinem Gott und ihrem zu machen, und Feyra begann sich zu fragen, ob er in diesem Punkt vielleicht nicht ganz unrecht hatte. Wenn Sinan und Palladio zwei Seiten einer Münze bildeten, wie bei der Münze, die sie in ihrem Mieder trug, dann verhielt es sich mit dem Gott des Westens und dem Gott des Ostens vielleicht ebenso. Vielleicht waren Palladios Allmächtiger und ihr Allah Spiegelbildgötter.

Sie schalt sich für diese gottlosen Gedanken und pflegte jeden Abend die Treppe hochzusteigen und laut genug zu beten, um das ständige Glockengeläut zu übertönen. Von Corona Cucina hatte sie die kanonischen Stunden gelernt, und diese fremdartigen Zeiten bestimmten jetzt ihre Tage – Matutin, Prim, Terz, Sext und Non. Die Köchin zählte andauernd die Perlen ihres Rosenkranzes ab, und ihr unerschütterlicher Glaube erinnerte Feyra an die Salaah, ihre eigenen Gebetsvorschriften. Sie schwor sich, sie im Herzen und im Kopf zu bewahren, auch wenn sie nicht zu den vorgeschriebenen fünf Zeiten, dem Gegenstück zu den kanonischen Stunden, niederknien oder Waschungen durchführen konnte. Doch ihre Pflichten und die Zeiten, zu denen die Mahlzeiten eingenommen wurden, hinderten sie daran, und bald vergaß sie es ganz.

Wenn sie sich daran erinnerte, betete sie inbrünstig und hoffnungslos und umklammerte dabei ihren gelben Pantoffel. Sie hätte sogar noch verzweifelter gebetet, wenn sie gewusst hätte, dass eines Abends, in einer dunklen Ecke des Dogenpalastes, eine unsichtbare Hand ein Stück Papier in einen Briefkasten geschoben hatte. Der Briefkasten selbst war nur ein Schlitz in der Mauer, aber dieser Schlitz war in das große steinerne Relief eines Löwenkopfes eingelassen und saß dort, wo das Maul des Tieres gewesen wäre. Hinter der steinernen Maske befand sich ein massiver Holzkasten, der im Büro des Camerlengo stand und nur von diesem persönlich geöffnet wurde. In diesem Fall enthielt die Denunziation, die der Löwe verschlang, nur ein paar Zeilen in einer unbeholfenen Handschrift: eine Wegbeschreibung zum Haus des goldenen Zirkels und den Namen von Feyra Adalet bint Timurhan Murad.

# 24

Als die Zeit verstrich, dachte Feyra immer öfter und eingehender über das Konzept des *Mizan* nach.

Sie hatte immer daran geglaubt, dass eine Krankheit der Seele ebenso schädlich für den menschlichen Geist war wie eine Krankheit des Körpers, und Palladio war das typische Beispiel dafür. Feyra hatte seine seelische Krankheit geheilt und seine leidenschaftliche Hingabe an seine Arbeit zu neuem Leben erweckt. Sie verbrachte immer noch ihre Morgen mit ihm und berichtete von den Prachtbauten des Ostens, aber an den Nachmittagen und Abenden zeichnete er mit Zabato Zabatini neue Pläne für seine kuppelbewehrte Kirche.

Händler schleppten Berge von frischem Papier, Tiegel mit Tinte, staubige Kohlestifte und Sägemehl zum Löschen der Tinte herbei. Der Zeichner zeichnete bis spät in die Nacht hinein, während Palladio ihm über die Schulter spähte oder hinter ihm auf und ab schritt, redete und mit den Händen fuchtelte, um die Bögen und Säulen in die Luft zu malen. Und auf dem Papier schien ein Wunder zu entstehen, Palladios in Schwarz und Weiß zu Papier gebrachte Vision. Jede Dimension war exakt ausgewogen, alle Maße genauestens aufgelistet, die Pläne für die Steinmetze, die sie in Stein umsetzen sollten, detailliert ausgearbeitet.

Zum ersten Mal bewunderte Feyra Zabatos Kunstfertigkeit. Palladios Zeichnungen waren kapriziöse Fantasien, die Zabato mit der Realität verband. Er zeichnete nicht mit Leidenschaft, sondern mit Genauigkeit und machte so die Verwirklichung der Fantasie möglich.

Feyra sorgte sich jetzt nicht länger um Palladios seelische Verfassung, sondern mehr um seine sterbliche Hülle. Sie lauschte den Geräuschen, die aus seiner Brust drangen, wenn er sich über die Pläne beugte, und wusste, dass er der Pest zum Opfer fallen würde, wenn die Seuche jetzt in das Haus eindrang. Sie dachte über den Besuch des Vogelmannes nach. Es fiel ihr schwer zu glauben, dass die Ärzte Venedigs sich so kleideten wie die Schamanen der Wilden, und sie war erstaunt, als sie seiner Unterredung mit Palladio entnommen hatte, dass er als der beste Pestarzt der Stadt galt. Sie hatte nur einigem zugestimmt, was er gesagt hatte – seine Meinung bezüglich der hiesigen Wohnverhältnisse stimmte mit der Vorstellung des *Mizan* überein, und eine Maske würde ihren Herrn vor den giftigen Dämpfen in den Straßen schützen. Aber sie fand, dass er die Gefahr, die für Palladio bestand, ein wenig zu leichtfertig heruntergespielt hatte. Präventivmedizin für die Gesunden war ebenso wichtig wie die kurative Behandlung für die Kranken, besonders für jemanden, den seine bereits geschädigte Lunge empfänglicher für durch die Luft übertragene Krankheiten machte. Nun gut, wenn der Vogelmanndoktor sich nicht um ihren Herrn kümmerte, würde sie das tun.

Eines Morgens nahm Feyra ihren ganzen Mut zusammen, ging zu Zabato Zabatini und sagte ihm, was sie wollte. Sie fand ihn im *cabinetto,* wo er alabasterweiße frische Papierbögen zuschnitt. Er hörte sich die lange, lange Liste schweigend an, dann nahm er seine Brille ab und fuhr sich mit der Hand durch das Haar. »Feyra«, sagte er. »Was du verlangst, ist unmöglich.« Er setzte die Brille wieder auf. »Unser Herr ist mit seiner Kirche beschäftigt, er wird keine Unruhe im Haus dulden.«

Feyra schob das Kinn vor. »Was machen Eure Hände?«

Zabato Zabatini spreizte die Finger und betrachtete sie, als sähe er sie zum ersten Mal. Die Haut schälte sich nicht mehr und war auch nicht mehr wund und entzündet.

Feyra hob nur die Brauen.

Er seufzte. »Also schön.«

An diesem Morgen ging Feyra nicht zu Palladio. Stattdessen bat sie Corona Cucina, in einem großen Topf Pottasche und Gänsefett zu mischen. Sie benutzte die Paste, um die Ritzen in sämtlichen Fenstern zu kitten, und band die Fensterflügel mit Zwirn zu. Da der Winter nahte, erhob niemand im Haus Einwände. Als Palladio begann, nach Giudecca überzusetzen, um das Baugrundstück zu besichtigen, wies sie Zabato an, ihn in einer Gondel mit einem *felze,* einem schwarzen Leinwandverdeck, dorthin zu bringen, damit er nicht der Luft ausgesetzt war. In der Kammer ihres Herrn ließ sie das Bettzeug waschen und räuchern und die Vorhänge mit Kampfer einreiben. Dann stellte sie ein Pulver her, das zu gleichen Teilen aus Aloeholz, Storax und Kalamit bestand. Sie vermischte die Zutaten in einem Mörser mit Rosenwasser aus Damaskus und formte die Paste zu kleinen, länglichen Briketts, die ins Feuer geworfen wurden.

Feyra schloss die Lieferantentür, die man über einen Weg durch den vor Schmutz starrenden Hof erreichte, und bestand darauf, dass jeder, der das Haus besuchte, es unabhängig von seinem Rang durch den zum Platz hin gelegenen Haupteingang mit dem Zeichen des goldenen Zirkels betrat. Diese Tür führte in eine kleine Kammer, in der die Umhänge, Hüte und Stöcke aufbewahrt wurden. Dahinter lag eine weitere Doppeltür, die immer offen stand. Feyra ließ den kleinen Kleiderraum leer räumen, die steinernen Fliesen fegen und mit Weinraute und Pottasche versetzte Binsen daraufstreuen, die sie dann mit Kassie, Essig und Rosenwasser besprengte. In die Wandhalter steckte sie Kerzen, die sie selbst aus Holzasche,

Hammeltalg und Wasser hergestellt und mit holzigen Weihrauchsplittern aus ihrem Gürtel versetzt hatte. Jeder Besucher musste diese Kammer durchqueren und die Füße in den Binsen und Kräutern reinigen. Feyra gab strikte Anweisung, dass die Türen im Haus geschlossen blieben, wenn die zur Straße geöffnet wurde, und umgekehrt.

Wenn Palladio von diesen Maßnahmen Notiz nahm, sagte er nichts dazu. Er ließ sie schalten und walten, wie sie wollte, solange seine Arbeit nicht beeinträchtigt wurde.

Und das wurde sie auch nicht, bis es eines Nachts so schien, als würde die Pest doch noch ihre Klauen nach ihm ausstrecken.

# 25

Mitten in der Nacht wurde Feyra abrupt von einem lauten Klopfen an der Tür aus einem Albtraum gerissen.

Als sie mit schlaftrunkenen Augen öffnete, sah sie Zabato Zabatini in einem Nachtgewand vor sich stehen und in das Licht seiner Kerze blinzeln. *»Komm und sieh«*, sagte er.

Sie zuckte ob dieser Formulierung zusammen, die sie zu dieser Stunde nicht einordnen konnte, gehorchte aber, ohne Fragen zu stellen, und folgte ihm durch die grotesken Schatten des von Kerzen erleuchteten Treppenhauses hindurch nach unten.

Während sie die Stufen hinunterstiegen, raunte Zabato ihr zu: »Mein Herr hat hohes Fieber und eine mispelgroße Schwellung am Körper.«

Feyra stolperte ein wenig vor Müdigkeit. Eine böse Vorahnung keimte in ihr auf, und sie wappnete sich für das Kommende. »Seine Fingerspitzen – sind sie schwarz?«

Der wilde graue Haarschopf vor und unter ihr flog von einer Seite zur anderen. »Ich weiß es nicht.«

Die Kammer ihres Herrn lag zwei Stockwerke unter ihrem Dachgeschossraum. Sie zog die schweren, mit Kampfer imprägnierten Vorhänge des großen Himmelbetts zurück. Palladio war mit Nachtmütze und Hemd bekleidet und wand sich in Fieberkrämpfen auf der Matratze. Sein Bart und sein Haar waren mit Schweiß durchtränkt. Aber sie schöpfte neuen Mut.

Seine Haut war erhitzt und gerötet, nicht grau verfärbt und fahl wie ein von der Pest ausgezehrtes Gesicht. Sie hob seine Finger an und stellte fest, dass sie rosig schimmerten, und als sie die harten Kuppen drückte, floss das Blut sofort in die weißlichen Dellen zurück. Sie wies Zabato an, die Kerze still zu halten, und untersuchte die Achselhöhlen. Sie waren zwar schweißnass, wiesen aber keine Beulen auf.

Ohne einen Gedanken an Anstand und Schicklichkeit zu verschwenden machte sie Anstalten, sein Hemd hochzuziehen, um die Leistengegend abzutasten, doch da sah sie die Schwellung, die Zabato erwähnt hatte. Sie ragte gelb und fest wie eine Quitte aus der Seite von Palladios linkem Knie. Erleichterung durchströmte sie. Hier handelte es sich nicht um die Pest. Doch die Erleichterung hielt nicht lange an, denn ihr Herr war alt und wurde von einem heftigen Fieber geschüttelt.

Corona Cucina, die mit etwas Grappa für ihren Herrn in den Raum gekommen war, stellte ihr Tablett klirrend neben dem Bett ab und bekreuzigte sich so hastig, dass ihre Hände förmlich vor ihrem Busen verschwammen. »Ist es die Pest? Das Ende von uns allen?«, jammerte sie.

»Nein«, versetzte Feyra knapp und gab ihr den Grappa zurück. »Nimm das weg – es tut ihm nicht gut. Koch ihn auf, bis er Blasen wirft, und bring ihn dann zurück.« Sie meinte, die Ursache der Schwellung zu kennen. Palladio litt an der Gicht. Sie hatte diese Diagnose schon gestellt, als sie ihn an dem Tag, an dem ihr Vater gestorben war, in der Ruine von Giudecca hatte umherhinken sehen. Die Schwellung am Knie, die von einer Flüssigkeitsansammlung im Gelenk herrührte, hatte sich entzündet und musste geöffnet werden. Sie seufzte, als sie ihren Gürtel abnahm und sich zurechtlegte, was sie brauchte. Hätte sie diesen Mann in ihrer Obhut gehabt, hätte sie die Gicht behandelt, und Palladio hätte dieses Stadium gar nicht erst erreicht.

Sie erhitzte ihr silbernes Skalpell in dem blauen Herzen der

Kerzenflamme und legte es danach zum Abkühlen beiseite. Dann nahm sie etwas von ihrer kostbaren Roten Betonie und Zitronenbalsam zum Beschleunigen des Heilungsprozesses aus ihrem Gürtel, riss ein Stück Leinen vom Laken des Herrn ab und bestreute es mit Kalk. Alles war vorbereitet.

Mit dem furchtbaren Gefühl, eine Szene erneut zu durchleben, öffnete sie die gichtige Schwellung und sah zu, wie der grünliche Eiter auslief. Sie wartete eine Weile, dabei betupfte sie die Wunde einmal mit Corona Cucinas dampfendem Grappa. Dann nahm sie Nadel und Faden und zog beides durch die Flüssigkeit, um es anzufeuchten. »Erbarmen!«, entfuhr es der Köchin, die jede ihrer Bewegungen verfolgte. »Du wirst doch wohl unseren Herrn nicht zunähen wollen wie ein Kissen?«

»Halt sein Bein fest«, antwortete Feyra in befehlendem Ton, »und gieß ihm den Rest Grappa in den Mund, wenn er aufwacht.«

In der osmanischen Gesellschaft war Alkohol verboten, er durfte nur in den Krankenhäusern als Medizin eingesetzt werden. Im Topkapi-Palast pflegten die Pagen des dritten Hofes immer Beschwerden vorzutäuschen, um ins Krankenhaus geschickt zu werden und den Wein trinken zu können. Bei der Erinnerung lächelte Feyra grimmig und erhitzte die Nadel in der Flamme, ließ sie diesmal aber nicht abkühlen, damit die Hitze das Fleisch veröden würde. Nun begann sie die Wunde Stich für Stich säuberlich zu nähen. Wie Haji Musa es ihr beigebracht hatte, schlang sie den weingetränkten Faden unter jedem Stich zu einer Schlinge, um ihm festen Halt zu geben. Nachdem sie den Faden verknotet und abgeschnitten hatte, öffnete sie eine Lederkapsel aus ihrem Medizingürtel, streute ein wenig gemahlenes Glas auf die Wunde, legte Betonie darüber und verband das Bein mit dem kalkgepuderten Leinen. Palladio schien nichts davon zu spüren.

»Ich werde diese Nacht hier wachen«, teilte Feyra Zabato

mit. Dieser nickte und führte die lautstark protestierende Corona Cucina aus dem Raum.

In den frühen Morgenstunden fiel Feyras Kopf gegen das Fußbrett des Bettes, als sie schließlich vom Schlaf übermannt wurde, und als die Matutinglocke sie am Morgen weckte, schlief ihr Patient ebenfalls, fühlte sich kühl an, atmete gleichmäßig, und seine Wangen leuchteten rosig, statt eine hektische Röte aufzuweisen.

Erleichtert schleppte sie sich in die Küche, nur um von Corona Cucina, die als Einzige von der Dienerschaft wusste, was in der Nacht geschehen war, augenblicklich in ihre Dachkammer hochgescheucht zu werden.

Feyra wurde von erhobenen Stimmen geweckt.

Die Sonne stand hoch am Himmel, also musste es Mittag sein. Sie kauerte sich in den Schatten der Treppe und erkannte die knappe, arrogante Sprechweise des Vogelmanns.

Sie schlich zwei Stockwerke tiefer und lauschte an der Tür des Studierzimmers ihres Herrn. Da sie gelernt hatte, dass sie als Dienerin für Besucher sozusagen unsichtbar war, legte sie eine Hand auf den Türknauf und betrat den Raum.

Und tatsächlich stand der Arzt dort. Als sie eintrat, drehte sich der Vogelmann nicht um, sondern beugte sich über ihren im Bett liegenden Herrn wie ein Aasgeier, der auf Beute hofft und frustriert feststellen muss, dass sein Opfer noch am Leben war. Feyra blieb ganz in der Nähe stehen, beschäftigte sich damit, Palladios Bettdecke unnötigerweise zurechtzuzupfen, und lauschte.

»Wer hat das getan? Beschäftigt Ihr noch einen anderen Arzt? Ist es Valnetti?«

Annibale war aufgebracht, und sein Zorn trübte sein logisches Denkvermögen. Nähte wie diese, mit einer Schlinge unter jedem Stich, hatte er nur einmal gesehen, als ein Arzt aus Persien Padua besucht hatte. Er beugte sich so tief über die

Wunde, wie es seine Maske zuließ. Sogar durch den Schnabel stieg ihm der bittere Geruch von Grappa in die Nase. Der Arzt hatte den Faden desinfiziert, einen Betonienumschlag vorbereitet und Palladio dann so säuberlich zusammengeflickt wie eine Spitzenstickerin von Burano. Die Wunde schien man auch ausgebrannt zu haben. Valnetti konnte es also nicht gewesen sein, der Mann verfügte über nicht mehr Geschick als ein Metzger. »Wenn Ihr die Dienste eines anderen Arztes in Anspruch nehmt, kann ich für Eure Sicherheit nicht garantieren.«

Und wenn Palladio sich an einen anderen Arzt gewandt hatte, was war dann mit seiner, Annibales, Abmachung mit dem Camerlengo? Wenn er nicht der Einzige war, der den Architekten behandelte, würde er dann seine Insel zurückgeben müssen? Als er das Haus betreten hatte, war ihm der Weihrauchduft in der kleinen Halle aufgefallen, die reinigenden Kräuter auf dem Boden und die mit Fett und Asche versiegelten Fenster – genau die Sicherheitsvorkehrungen, die er selbst hätte treffen sollen. Die Schuldgefühle ob dieses Versäumnisses entfachten seinen Zorn noch mehr.

Palladio schlug einen versöhnlichen Ton an. »Ich habe keinen anderen Arzt rufen lassen«, sagte er, doch sein Blick wanderte über Annibales Schulter hinweg zu dem Dienstmädchen, das am Bettpfosten stand.

Annibale fuhr zu ihr herum und sah verräterische rote Flecken auf ihren Wangen lodern. Er schoss auf sie zu und stieß ihr fast seinen Schnabel ins Gesicht. »Wer hat dich gelehrt, Fleisch so zu nähen?« Er legte den Vogelkopf schief, während er ihre Züge forschend betrachtete. »Wo kommst du her?«

Das Mädchen begann zurückzuweichen.

»Warte! So warte doch!«

Aber sie tat das genaue Gegenteil, sie wandte sich ab und ergriff die Flucht.

# 26

Palladio war seltener und seltener im Haus. Er hatte seine Steinmetze und einen Trupp Bauarbeiter angeheuert, und die Arbeiten an seiner Kirche kamen rasch voran.

Seine und Feyras Rollen hatten sich umgekehrt. Er beschrieb ihr jetzt, wie die Fundamente gelegt, die Säulen errichtet und die Stützpfeiler eingesetzt wurden. Er lud sie auch ein, mit ihm die Baustelle zu besichtigen, um zu sehen, wie die Mauern hochgezogen wurden, aber sie konnte es nicht ertragen, den Ort zu besuchen, der für immer das Grab ihres Vaters sein würde. Außerdem erfuhr sie zu ihrem Schrecken, dass die Bauarbeiter Probleme mit den Pilgerhorden hatten, die in Scharen mit Eimern und Lederbeuteln und anderen Gefäßen herbeiströmten, um Wasser aus dem Brunnen zu schöpfen, weil sie glaubten, es hätte wundersame Heilkräfte. Diese Legende hatte sich aus der Geschichte des heiligen Sebastian ergeben, die der Doge erzählt hatte, und Palladio war gezwungen gewesen, Wächter anzuheuern, um diesem Unsinn ein Ende zu setzen.

Feyra, der sein Ton nicht entging, musterte ihn scharf. »Was werdet Ihr mit dem Brunnen tun?«, fragte sie.

»Ihn zumauern«, erwiderte Palladio knapp.

Feyra dachte an die Gebeine ihres Vaters, die dann auf ewig im Herzen einer christlichen Kirche ruhen würden. Ihr eigenes Herz schien sich in einen Stein verwandelt zu haben, als sie sich erkundigte: »Glaubt Ihr nicht an Wunder?«

Palladio überlegte einen Moment lang. »Nein.«

Sie dachte an ihre Mutter, an ihren Vater. »Ich auch nicht.«

Die Neuigkeit bezüglich des Schicksals des Brunnens drückte Feyras Stimmung. Die Gefahr und die Verzweiflung nach ihrer Flucht von Giudecca hatten sie gezwungen, die Trauer um ihren Vater zu verdrängen, und diese schlug jetzt mit Macht über ihr zusammen, flutete wie *acqua alta* über sie hinweg und drohte sie von den Füßen zu reißen. Sie empfand seinen Verlust wie einen körperlichen Schmerz, der direkt unterhalb ihres Herzens tobte. Ihr zunehmender Kummer wurde noch von Besorgnis verstärkt. Denn als die Woche verstrich und der nächste Besuch des Vogelmanns bevorstand, begann sie Vergeltungsmaßnahmen seitens des Arztes zu fürchten. Da sich Palladio und Zabato auf der Baustelle aufhielten und sie nicht beruhigen konnten, wuchs ihre Angst stetig. Ihr war klar, dass der Vogelmann Einfluss auf den Dogen hatte.

Palladio blieb jeden Freitag nur widerwillig zu Hause, um seinen Arzt zu treffen, denn es zog ihn zu seiner Kirche. Als der nächste Freitag anbrach, schlich Feyra nach unten, ihre Augen waren so trüb wie die der Makrelen, die Corona Cucina in der Küche zum Frühstück zubereitete. Sie holte zittrig Atem. Normalerweise stellte der Freitag, wo es Fisch zu jeder Mahlzeit gab, eine willkommene Abwechslung zu dem heidnischen Fleisch dar, das die Venezianer bevorzugten. Aber heute verursachte ihr der Meeresgeruch, den sie verströmten, Übelkeit. Gegen Mittag lungerte sie in der Halle herum und hoffte, jemand anderes würde dem Arzt öffnen, und als sie ein Klopfen an der Tür und einen kleinen Tumult in der Halle hörte, als der Vogelmann ins Haus kam, versteckte sie sich. Mit bis zum Zerreißen gespannten Nerven versuchte sie tief und gleichmäßig durchzuatmen, aber das Herz schlug ihr bis zum

Hals, als sie aus den Schatten der Halle zu der kleinen Gruppe an der Türschwelle hinüberspähte.

Denn bei dem Besucher handelte es sich gar nicht um den Vogelmann.

Es war ein Fremder mit kurz geschorenem hellem Haar, und er war nicht allein, sondern wurde von einem Halbkreis von Wächtern in den leichten Rüstungen begleitet, die sie vom Dogenpalast her kannte. Der Fremde kehrte ihr den Rücken zu, und noch Furcht einflößender als seine Eskorte war das Emblem auf seinem Umhang, der geflügelte Löwe mit aufgesperrtem Maul, der sie zu beobachten schien. Als der Mann sich umdrehte, lächelte er, doch das Lächeln erreichte seine eisblauen Augen nicht, und er wirkte kaum weniger bedrohlich als der Löwe. »Gute *Dama*«, sagte er zu Corona Cucina, die ihm die Tür geöffnet hatte, »wärt Ihr bitte so freundlich, alle Mitglieder des Haushalts in der Kammer Eures Herrn zu versammeln?«

Es war keine Frage, sondern ein Befehl.

Feyra war zutiefst erleichtert darüber, nicht allein zu sein. Corona und sie mussten sich im *studiolo* zu all den anderen Hausangestellten gesellen, von den Küchenmägden über die Mistsammler bis hin zu den Laufburschen.

Ihr Herr saß in seinem gewohnten Eichenholzstuhl und strich sich über den Bart, Zabato stand nervös hinter ihm. Palladio wirkte äußerlich ruhig und gelassen, aber Feyra wusste, dass er vor Ungeduld geradezu zittern musste. Es sprach für die Macht des Mannes, der sie hier zusammengerufen hatte, dass der Architekt ihn zu dieser Zeit empfing, wo die Arbeit an seinem Bauwerk in vollem Gang war. Feyra begann zu begreifen, dass jeder in dieser Stadt vor dem Löwen kuschte.

Sie verbarg sich hinter Coronas massiger Gestalt, fürchtete aber nicht länger, diese seltsame Zusammenkunft könne etwas mit ihr zu tun haben. Der Fremde wartete darauf, dass die Tür geschlossen wurde, bevor er sprach. »Ich denke, die meisten hier wissen, dass ich der Camerlengo des Dogen bin?« Niemand gab eine Antwort, die auch nicht erwartet wurde. »Mir wurde zugetragen«, sagte er mit leiser, melodischer Stimme, »dass sich ein Flüchtling in eurer Mitte befindet.«

Feyra drohte das Herz stehen zu bleiben. »Eine Türkin, eine Ungläubige, wurde vor einiger Zeit dabei beobachtet, wie sie in Richtung dieses Hauses floh. Eine Suche blieb erfolglos, aber vor einigen Tagen wurde ein Denunziationsschreiben in einer unbekannten Handschrift durch das Löwenmaul am Dogenpalast geschoben, in dem uns die Identität der Türkin enthüllt wurde, die sich hier verbirgt.«

Feyras Herz hämmerte gegen ihre Rippen und wurde von einem ähnlichen Hämmern an der Haustür begleitet. Sie ließ den Blick durch den Raum wandern. Alle Mitglieder des Haushalts waren hier. Der Fremde musste noch einen Mann vor der Tür postiert haben. Sie saß in der Falle.

»Ich will eure Geduld nicht über Gebühr strapazieren, indem ich euch alle hier befrage«, fuhr der Camerlengo milde fort. »Alle Männer können zum Kamin hinübergehen.«

Die Menge rings um Feyra lichtete sich, als die Männer des Haushalts nach links rückten. »Und jetzt bleiben alle Mädchen, die im letzten Monat hier zu arbeiten begonnen haben, wo sie sind. Der Rest geht ebenfalls zum Kamin.«

Feyra blieb wie versteinert stehen, nicht imstande, sich zu rühren, als die anderen sich zur Feuerstelle begaben. Alle Augen ruhten auf ihr, aber sie fühlte nur den durchdringenden blauen Blick des Fremden, der auf ihr haftete. Sie konnte förmlich spüren, wie er ihre bernsteinfarbenen Augen, ihre Haut und die braunen Haare, die unter ihrer Haube hervorlugten, abschätzend musterte.

»Du brauchst keine Angst zu haben«, sagte er freundlich, auf eine Weise, die genau das Gegenteil andeutete. »Sag mir nur deinen Namen und wo du herkommst.«

Feyra wusste nicht, wie sie reagieren sollte. Nach all der Zeit in diesem Haus beherrschte sie das Venezianische recht gut, aber ihr Akzent würde keinen Einheimischen täuschen, und sie achtete noch immer streng darauf, mit niemandem außer ihrem Herrn und Zabato und nur ein paar Worte mit Corona Cucina zu sprechen. Verzweifelt blickte sie zu den beiden älteren Männern hinüber, die ihr Zuflucht gewährt hatten – einer kannte ihre Geschichte, der andere nicht, aber beide wussten über ihre Herkunft Bescheid. Palladio saß ganz still da, aber in seinen Augen las sie eine Warnung. Zabato rang nervös die Hände.

Der Camerlengo kam näher. Sie konnte den süßen Waldmeisterduft riechen, den er verströmte. »Komm schon«, sagte er. »Willst du nicht antworten?«

Zabato trat vor, stolperte und richtete sich wieder auf. »Sie ist meine Nichte!«, quiekte er mit hoher, von Panik erfüllter Stimme. » Sie ist letztens ins Haus gekommen, weil uns unser Dienstmädchen verlassen hat, als die Pest kam.«

Der Camerlengo wandte die hellen Augen nicht einen Moment lang von Feyras Gesicht ab. Es war, als hätte er Zabato gar nicht zur Kenntnis genommen, und trotzdem war es klar, dass er jedes Wort gehört hatte. »Ist das wahr?«

Feyra hatte schon den Mund geöffnet, um sich zu verraten, als sie einen schmerzhaften Stoß in den Rücken erhielt, weil die Tür geöffnet wurde und der Vogelmann hereinkam.

Er rauschte fast ebenso entschlossen in den Raum wie der Camerlengo kurz zuvor. »Was hat das zu bedeuten?«, wollte er wissen. Die grässliche Schnabelmaske verstärkte seine Stimme noch.

»Nur eine Befragung, Cason. Beruhigt Euch.«

»Ich soll mich beruhigen!« Der Vogelmann griff in seinen schwarzen Umhang und förderte eine runde Scheibe zutage, die im Sonnenlicht schimmerte, als er sie in die Höhe hielt. Sie schien aus irgendeinem gelblichen Metall gefertigt zu sein. »Was ist das?«

Der Camerlengo lächelte. »Kommt schon, Cason, das wisst Ihr sehr gut. Es ist das Siegel des Dogen. Ich habe es Euch selbst gegeben.«

Der Schnabel beschrieb einen Bogen nach unten. »Und *warum* habt Ihr es mir gegeben?«

Der Camerlengo schwieg.

Der Vogelmann beantwortete seine eigene Frage. »Damit ich diesen Mann hier vor der Pest bewahren kann.« Er deutete mit einem schwarz behandschuhten Finger auf Palladio. »Ihr seid auf meine Insel gekommen und habt mir gesagt, der Doge persönlich würde wünschen, dass ich diesen Architekten täglich aufsuche und die Pest von seiner Tür fernhalte, nicht wahr?«

Der Camerlengo neigte den Kopf.

»Und wie soll ich meine Arbeit tun, wenn Ihr die halbe Stadt in sein *studiolo* schleppt? Gott weiß, was an ihren Kleidern haftet und was ihr Atem enthält. Der Doge hat mir bei der Behandlung des Architekten freie Hand gelassen. Ich habe mich entschieden, ihn zu isolieren. Daher muss ich euch alle bitten, zu gehen.« Die roten Glasaugen starrten in die Runde. »Und zwar jetzt sofort.«

»Aber …«

Der Vogelmann hielt das Siegel hoch. Der Camerlengo machte Anstalten, zu protestieren, besann sich aber und scheuchte seine *Leoni* mit einem Nicken seines blonden Kopfes aus dem Raum. Die Hausangestellten folgten ihnen, dabei starrten sie Feyra mit Augen an, in denen unzählige Fragen standen.

Der Camerlengo zögerte eine Sekunde, als wolle er noch mehr sagen, dann verließ er ebenfalls den Raum. Er sah den Vogelmann nicht noch einmal an, sondern fixierte die im Schatten stehende Feyra mit einem letzten blauen Blick.

»Er weiß es.«

»Natürlich weiß er es«, gab der Vogelmann, an den Architekten gewandt, spöttisch zurück. »Er weiß alles.«

Zabato tigerte im Raum auf und ab. Seine Hände flatterten wie gestutzte Flügel.

»Könnt Ihr nicht dafür sorgen, dass er damit aufhört?«, fragte der Vogelmann Palladio, als könne Zabato ihn nicht hören.

»Lasst ihn«, versetzte Palladio. »Der Doge mag fromm und gütig sein, aber sein Wachhund ist es nicht. Kein Wunder, dass er gefürchtet wird. Und er wird zurückkommen.«

Feyra lehnte am ganzen Leib zitternd an der Wand und versuchte zu begreifen, was soeben geschehen war. Sie hätte den Dolch des Sultans gegen ein Hühnerei gewettet, dass es der Arzt gewesen war, der sie denunziert hatte, aber stattdessen hatte er sie gerettet.

»Jetzt müssen wir Feyra verstecken«, sagte Zabato Zabatini.

Palladio saß immer noch benommen auf seinem Stuhl. »Wer ist Feyra?«

Zabato deutete in die Schatten. »Sie. Das Hausmädchen, das Ihr als Cecilia Zabatini kennt.«

Palladio sah sie nachdenklich an. Sie erfasste mit einem Blick, dass ihm viel an ihr lag, dass er wusste, wie viel er ihr zu verdanken hatte und dass er sich schämte, weil er sich nie die Mühe gemacht hatte, mehr über sie in Erfahrung zu bringen. »Natürlich müssen wir sie verstecken«, stimmte er zu.

»Aber wo?« Zabatos Zähne klapperten vor Angst. »Dieses Haus hat viele Ecken und Nischen, aber der Camerlengo würde sie im Handumdrehen aufspüren. Und im Haus gibt es einige, die sie nicht schützen würden, weil sie jetzt wissen, dass sie eine Türkin ist. Selbst auf Corona Cucina ist kein Verlass. Wie Ihr wisst, wurde ihr Mann bei Lepanto getötet.«

Feyra schluckte. Selbst von Corona Cucina, ihrer Freundin und Fürsprecherin, hatte sie keine Hilfe zu erwarten.

»Ich könnte sie vielleicht nach Vicenza bringen lassen.« Das kam von Palladio.

»Nein«, hielt Zabato dagegen. »Sie wird jetzt mit Euch in

Verbindung gebracht. Wenn sie in Eurem Haus gefunden wird, könnte das Eure Familie dort in Gefahr bringen.«

Der Vogelmann schwieg dazu. Er hatte sich nicht an der Diskussion beteiligt, sie hatte nichts mit ihm zu tun. »Nun – ich muss zu meiner Insel zurück.«

Die beiden älteren Männer drehten sich wie auf ein Stichwort hin um, um den maskierten Mann anzustarren.

Der Vogelmann trat mit erhobenen behandschuhten Händen einen Schritt zurück. »*Ich* kann sie nicht aufnehmen. Ich muss ein Krankenhaus betreiben.«

»Ein Krankenhaus auf einer Pestinsel, die niemand zu betreten wagt.«

»Was soll ich mit einem Dienstmädchen?«

»Sie verfügt über gute medizinische Kenntnisse. Das habt Ihr selbst zugegeben.«

Der Vogelmann ließ sich nicht umstimmen. »Ich weigere mich entschieden. Und jetzt muss ich gehen. Ich sehe Euch dann in einer Woche.«

Palladio erhob sich. »In einer *Woche*«, wiederholte er, die Silben bewusst betonend. Er trat auf den Vogelmann zu, bis seine Nase fast den Schnabel berührte. »In Gegenwart des Camerlengo«, bemerkte er obenhin, »habt Ihr gesagt, Ihr wärt jeden *Tag* hier gewesen. Aber das stimmt nicht. Ihr seid einmal in der Woche vorbeigekommen.«

Betretenes Schweigen antwortete ihm.

»Wie würde es Euch gefallen, wenn er das erfährt?«, überlegte Palladio laut. »Wie würde er Euch bestrafen?«

Der Arzt stand stocksteif da.

»Aber«, fuhr Palladio fort, »wenn Ihr *Feyra*« – er benutzte absichtlich ihren wahren Namen – »mit auf Eure Insel nehmt, braucht Ihr nur zu jedem Neumond herzukommen, also einmal alle vier Wochen, und der Doge wird nichts davon erfahren.«

Der Vogelmann bewegte sich plötzlich und packte seinen

Stock. »Na schön«, bellte er. »Aber sie muss jetzt sofort mitkommen.«

»Das Haus wird bestimmt bewacht«, warnte Palladio.

»Das Wassertor«, schlug Zabato vor. »Ich werde eine Gondel mit einem *felze* auftreiben, so eine, wie mein Herr sie immer benutzt.« Er wandte sich an Feyra. »Hol deine Sachen aus deiner Kammer.«

Feyra rannte zu ihrer Dachkammer hoch. Ihre Gedanken überschlugen sich. Aber ihr blieb nichts anderes übrig, sie musste gehen. Viel hatte sie nicht zu packen: Sie besaß nur die Kleider, die sie trug, den Ring an dem Band um ihren Hals, die Münze in ihrem Mieder und den gelben Pantoffel unter ihrem Bett, in dessen Spitze die Zechinen klimperten, die sie bislang verdient hatte. Im Nu war sie wieder unten.

Außer dem Zischen der Fackel war kein Laut zu hören, als Palladio, der Vogelmann und Feyra Zabato Zabatini eine dunkle, gewundene Treppe hinunterfolgten, die zu einem Ort führte, an dem Feyra nie gewesen war, da sie das Haus noch nie per Boot verlassen hatte.

Sie stand auf einer feuchten Plattform. Darunter lag ein Schwimmdock, ein klares grünes Wasserrechteck, auf dem in früheren Jahrhunderten die Gondeln und Barken der Familie gedümpelt hatten.

Zabato öffnete die Türen zum Dock mit einer Winde, und sie sahen zu, wie eine tintenschwarze Gondel mit schwarzem Verdeck auf sie zukam; eine der vielen Gondeln und *traghetti,* die täglich Passagiere über den glitzernden Kanal beförderten. Ein stämmiger Mann an der Ruderpinne hob eine Hand und legte am Dock an. Der Arzt stieg als Erster in das Boot, dabei blickte er mit hin- und herschwingendem Schnabel nach links und rechts, um nach Spionen auf dem Wasser Ausschau zu halten.

Zabato lächelte Feyra schwach zu, nervös wie immer, und sie sah ihm an, dass er sie ungern gehen ließ. Palladio zog sie zur Seite und griff sanft nach ihrer Hand.

»Ich hoffe, ich sehe dich wieder, und du siehst eines Tages meine Kirche, denn du hast ebenso viel Anteil an ihr wie ich.« Als er ihr in die Gondel half, blickten seine Augen so stumpf wie Stein.

Dann wurden die Vorhänge geschlossen, und sie war allein in der Finsternis, nur der Schnabel des Vogelmannes neigte sich zu ihr und schimmerte im Dunkeln wie ein ausgeblichter Knochen.

# Teil 3

# DER LÖWE

# 27

Annibale schwieg wahrend der gesamten Fahrt zur Fondamenta Nuove beharrlich.

Er sprach auch kein Wort, als er Feyra in ein größeres Ruderboot half, und gab dem Bootsmann nur ein paar knappe Anweisungen. Innerlich schäumte er vor Wut darüber, zweimal innerhalb einer Woche überlistet worden zu sein. Daran war er nicht gewöhnt, und es gefiel ihm nicht.

Er fragte sich, was er um alles in der Welt mit diesem Mädchen anfangen sollte, aber als sie die Insel erreichten, hatte er sich ein wenig beruhigt. Sie plapperte nicht unaufhörlich, sondern legte ein schickliches Benehmen an den Tag und saß wie eine *Maria di Legno* im Bug, wie eine der hölzernen Marienfiguren, die man in jeder Kirche Venedigs kannte.

Seit dem Tod seiner letzten Tante war Annibale an den Umgang mit Frauen nicht mehr gewöhnt. Seine Mutter war nur ein gelegentlicher, unzuverlässiger Bestandteil seines Lebens gewesen, aber er sprach nicht von ihr. Die erste Aufgabe im Leben einer Mutter bestand doch sicherlich darin, ihrem Kind eine Mutter zu sein, und indem sie ihn im Stich gelassen hatte, hatte sie sogar in diesem Punkt versagt. Nach ihrem Verschwinden war sie so tief gesunken, dass er es kaum über sich brachte, ihren Namen auszusprechen. Die Badessa und die Schwestern auf der Insel waren seine einzige weibliche Gesellschaft, aber sie waren praktisch veranlagt und fromm, die meisten schon älter und keine sonderlich attraktiv. Feyras Auftauchen brachte alles durcheinander.

Er war ihr beim Aussteigen behilflich, dann stapfte er vorneweg, ohne auf das Mädchen zu warten, bis sie das große Tor und den Pottaschegraben erreichten. »Geh hier durch, aber sorgfältig«, befahl er, wohl wissend, dass er ihr nichts zu erklären brauchte.

Bocca stand am Torhaus Wache, als der Arzt eintrat. Annibale verlangsamte seine Schritte nicht. »Sag jetzt nichts Falsches«, zischte er durch die Zähne, da er wusste, wie schlüpfrig der Humor des Torhüters sein konnte. »Sie ist mein Dienstmädchen, sonst nichts.«

Er ging zielstrebig bis zur Mitte des grünen Rasens, dann blieb er stehen und drehte sich so abrupt um, dass sein Schnabel Feyra fast die Zähne ausgeschlagen hätte.

»Wie heißt du?«

»Feyra Adalet bint Timurhan Murad.«

»Wo hast du so viel über Medizin gelernt?«

»Bei Haji Musa, dem obersten Arzt im Topkapi-Palast in Konstantinopel.«

»Du warst seine Assistentin?«

»Ich war Ärztin«, berichtigte sie ihn ernst.

Er schwieg erstaunt, denn abgesehen von Hebammen und Engelmacherinnen, die Frauen von einem unerwünschten Kind befreiten oder Gift für einen unerwünschten Ehemann mischten, schlossen sich Frauen und Medizin in diesem Land aus. »Wie bist du in Palladios Haus gekommen?«

Das Mädchen schien sich die Antwort genau zu überlegen. »Ich bin mit einem Schiff hergekommen«, erwiderte sie vorsichtig. »Mein Vater war der Kapitän, und er … er bekam die Pest.« Sie sprach gut Venezianisch, aber mit einem schweren, nicht unattraktiven Akzent. »Als wir Venedig erreichten, pflegte ich ihn, aber er starb. Ich bat im Haus des Architekten um Arbeit, und er stellte mich ein.«

Er zeigte keinerlei Mitgefühl, sondern kam gleich auf den Kernpunkt der medizinischen Seite der Sache zu sprechen. »Und du hast dich nicht angesteckt?«

»Ich wäre an Bord des Schiffes fast an der Pest gestorben, aber meine Beulen brachen auf, und ich blieb am Leben.«

»Also hattest du die Pest und hast sie überlebt?«

»Ja.«

»Aber dein Vater nicht?«

Sie schwieg so lange, dass er sich verpflichtet fühlte, weiterzusprechen. »Ich werde dir die Insel zeigen«, sagte er steif. »Es gibt noch viel zu tun, aber trotzdem läuft alles schon recht gut.« Er wusste selbst nicht, warum er meinte, seine Arbeit vor ihr entschuldigen zu müssen, und deutete unwirsch auf das große, überdachte Gebäude in der Mitte der Insel.

»Das ist mein Krankenhaus, das Tezon.« Er konnte nicht verhindern, dass sich ein Anflug von Stolz in seine Stimme schlich, und fuhr fort, ihr den Rest der Insel zu zeigen. Er konnte sich nicht erklären, warum er sie selbst herumführte, obwohl er sie sofort der Obhut der Badessa hätte übergeben können, wie er es vorgehabt hatte. Aus irgendeinem Grund eilte er auch an dem Friedhof hastig vorbei. Er nahm an, dass auch hier sein Stolz im Spiel war, denn in der letzten Zeit hatte es mehr Todesfälle gegeben – genug, um ihn des Nachts an der Wirksamkeit seiner Methoden zweifeln zu lassen. »Das sind die Armenhäuser, in denen die Familien der Kranken wohnen.« Er warf ihr einen verstohlenen Blick zu, aber sie machte keine Bemerkung darüber, sondern betrachtete die Häuser nur nachdenklich und lächelte ein paar Kindern zu, die auf den Türschwellen spielten. Ihr Lächeln bewirkte, dass er plötzlich vergaß, was er hatte sagen wollen.

Sie ging an ihm vorbei. »Und was ist das?«

Annibale zuckte die Achseln, eilte durch den botanischen Garten, freute sich an den geometrisch angelegten Reihen und den eifrig mit der Gartenarbeit beschäftigten Nonnen und blieb bei dem Brunnen stehen. Er erklärte ihr die Regenzisterne und die sieben Filter aus mineralischen Salzen und Sand, die das Wasser von Venedig zum reinsten städtischen Wasser der Welt machten. Aber er sah, dass das Mädchen den steinernen Löwen mit seinem geschlossenen Buch voller Interesse betrachtete. »Und die Frauen in den schwarzen Gewändern sind die Schwestern vom Miracoli-Orden.«

»Sie pflegen die Patienten?«

»Nein. Ich bin der Einzige, der das Tezon betritt. Sie kümmern sich um die Familien und helfen mir, dafür zu sorgen, dass der Betrieb auf der Insel funktioniert. Sie arbeiten im Garten, bestücken die Forellenteiche und die Aaltümpel und waschen die Wäsche. Sie rudern zum Festland, um Vorräte zu besorgen, und versorgen die Hühner und die Ziegen. Ich werde dich der Badessa anvertrauen. Du wirst bei den Schwestern wohnen und ihnen bei den täglich anfallenden Arbeiten helfen.« Er musterte sie durch die roten Gläser seiner Maske, registrierte ihren unbedeckten Hals. Es störte ihn nicht, dass sie eine Türkin war, aber er wusste, dass die Frauen ihres Kulturkreises sich verschleierten, und er fragte sich, welche Überwindung es sie kostete, sich so den Blicken anderer auszusetzen. Es würde sowohl für ihn als auch für sie eine Erleichterung darstellen, wenn dieses Gesicht bedeckt wurde. »Du kannst einen Schleier tragen, wenn du willst«, sagte er knapp.

Feyra blickte in die leeren roten Glasaugen und versuchte zu ergründen, was darunter verborgen lag.

In der Türkei wurde auf *feraset*, die Physiognomie, großen Wert gelegt. Der menschliche Körper war die Bekleidung der Seele, und daher war es möglich, durch das Studium körperlicher Merkmale Rückschlüsse auf Charakter und Temperament zu ziehen. Aber der Vogelmann, der diesen Ort hier geschaffen hatte, war von Kopf bis Fuß verhüllt, sogar noch sorgfältiger, als sie sich zu bedecken pflegte, und sein Gesicht wurde von dem grässlichen Schnabel verborgen. Sie konnte ihn nur aufgrund seiner Sprache und seiner Handlungsweise einschätzen, und er hatte ihr Zuflucht geboten – nicht nur im geografischen, sondern auch noch in einem tieferen Sinne. Wie es aussah, würde sie sich hier verschleiern dürfen. Es war das erste Zeichen von Freundlichkeit, das er gezeigt hatte.

Feyra blickte zu einer in der Nähe arbeitenden Nonne hinüber, die sich über die Kräuter beugte und in der Erde grub. Dabei baumelte eine schlichte Holzperlenkette vor ihrem Gesicht, an der ein kleines Zinnkreuz hing, das in der Sonne aufblitzte. Es glich dem mit dem Miniaturpropheten daran, das ihr Corona Cucina gegeben hatte und das sie immer noch an ihrem Mieder trug. Sie löste die kleine Brosche von ihrem Spitzenschal und ließ sie in den Brunnen fallen. Dann schlang sie sich die Spitze um den Kopf und drehte sich zu dem Vogelmann um.

»Ich werde nicht ihnen helfen.« Sie deutete auf das Tezon. »Sondern Euch.«

Der Vogelmann benötigte nur eine Stunde, um zu erkennen, was für ein Geschenk ihm mit Feyra in den Schoß gefallen war. Als die Glocke viermal geläutet hatte, rief er sie zu sich. »Gut«, sagte er. »Von jetzt an bist du meine Krankenschwester.«

Feyra erwiderte nichts darauf. Verglichen mit ihrem Status als Haremsärztin war dies eine Degradierung, aber immer noch besser, als als Dienstmädchen zu arbeiten.

»Wie viel hat der Architekt dir bezahlt?«

»Eine Zechine pro Woche.«

»Dann zahle ich dir dasselbe.«

Wenn Feyra gedacht hatte, befördert worden zu sein, dann hatte sie sich geirrt.

Ihre Arbeit war wesentlich schwerer als die in Palladios Haus. Am ersten Tag wechselte sie die beschmutzten Matratzen der Patienten, gab allen Essen und Wasser, wechselte ihre Kleidung und die Breiumschläge auf den zahlreichen Nahtwunden, die sie bei jedem Kranken fand. Einige organisatorische Aspekte des Tezon beeindruckten sie, aber sie fand, dass es von einem Musterkrankenhaus noch weit entfernt war. Sicher, der Vogelmann hatte die Patienten bewundernswert isoliert, die Rauchkammer bei der großen Tür desinfizierte den Arzt beim Kommen und Gehen, und die Kranken waren so bequem wie möglich auf ihren Pritschen untergebracht. Seine Arzneischränke waren gut gefüllt, seine botanischen Gärten ertragreich. Der Torhüter stellte Nahrungsmittel und Wasser draußen vor der Tür ab. Aber die Patienten lagen so eng nebeneinander wie Heringe in einer Kiste, und niemand schien sich um ihren seelischen Zustand zu kümmern.

Den Gesprächen, die sie mit ihnen führte, entnahm sie, dass einige noch nicht einmal wussten, dass sich ihre Familien ganz in der Nähe aufhielten. Während sie sich mit den hier herrschenden Verhältnissen vertraut machte, beschloss Feyra, einige Veränderungen vorzunehmen, solange sie hier war. Und hier konnte sie genauso gut ihre Zechinen verdienen, um ihren Pantoffel zu füllen, wie anderswo. Sowie die Pest abgeflaut war und der Schiffsverkehr wieder aufgenommen wurde, würde sie genug Geld zusammen haben, um in die Türkei zurückzukehren.

Als sie an diesem ersten Tag bei ihren Patienten im Tezon saß, betrachtete sie die mit Eisenoxyd an die Wand gemalten Schriftzüge. Es waren nur Ladungsverzeichnisse, nur die Worte für Seide oder Gewürze, Kupfer oder Baumwolle, aber sie erschienen ihr wie die schönsten Sagen der Dichter. Genau wie die Kennzeichen der Schiffe, die hier und da an die Wand gekritzelt worden waren. Diese Zeichen, die sie seit ihrer Kindheit auf den Schiffen ihres Vaters und seinen Ladelisten gesehen hatte, kamen ihr so schön vor wie die *tugra,* die goldenen kalligrafischen Unterschriften des Sultans.

Es gab sogar die wundervolle Darstellung eines Schiffes osmanischer Bauart – passenderweise auf der Ostseite des Krankenhauses –, das dem glich, mit dem ihr Vater in See gestochen war. Sie erinnerte sich daran, wie sie, kaum älter als acht Jahre, auf der Serail-Spitze gestanden und zugesehen hatte, wie es über den Sund glitt. Das Heimweh traf sie wie eine Faust in den Magen, und sie empfand es als außerordentlich tröstlich, an ihren gelben Pantoffel voller Zechinen zu denken, der sie wieder nach Hause bringen würde.

Am Ende des Tages kannte sich Feyra auf der Insel recht gut aus. Sogar der kleine Friedhof in der Wildnis hinter dem Brunnen war kein verbotener Bereich für sie. In ruhigen Momenten hob sie in kameradschaftlicher Gemeinsamkeit Seite an Seite mit den Schwestern Gräber aus, in schweigendem Respekt für die Dahingeschiedenen, wobei die Angehörigen beider Glaubensrichtungen stumm ihre jeweiligen Gebete formten. Sie holte für die Patienten Wasser aus dem Brunnen, in den sie ihr Kreuz hatte fallen lassen, und war von der Klarheit dieses Wassers beeindruckt. Sie blickte den steinernen Löwen an, der ihren Blick erwiderte, aber seltsamerweise hatte sie hier, auf dieser Insel, keine Angst vor ihm. Sein Maul war so geschlossen wie sein Buch. Es war der offene Rachen, den sie fürchtete; das aufgesperrte Maul, das vergiftete Briefe verschlingen konnte.

Sie hatte nicht die geringste Ahnung, wer sie verraten haben könnte. Der Vogelmann war es nicht gewesen. Und außer Palladio und Zabato hatte kein Mitglied von Palladios Haushalt ihre wahre Identität gekannt. Hatte Corona Cucina aus ihren Arzneien und ihrem Akzent die richtigen Schlüsse gezogen? Das erschien ihr zu sehr aus der Luft gegriffen, um wahr zu sein. Und wie lange würde es dauern, bis sich die Kunde von ihrer Anwesenheit auf der Insel auf dem Festland verbreitete? Wenn der Camerlengo und seine Männer fest entschlossen waren, sie zu finden, wie lange würden sie dann brauchen, um auf den Gedanken zu kommen, hier zu suchen?

Feyra achtete für den Rest des Tages darauf, möglichst wenig Aufmerksamkeit zu erregen, während sie ihrer Arbeit nachging. Der einzige Ort, den sie mied, war die Kirche. Sankt Bartholomäus war der christliche Heilige, nach dem der damaszenische Baum benannt worden war, dessen Sporen ihre Mutter vergiftet hatten, und aus diesem und aus noch einem anderen Grund würde sie keinen Fuß in dieses Gebäude setzen.

Doch ebenso entschieden, wie Feyra sich weigerte, die Kirche zu betreten, wollte jemand anderes sie um jeden Preis von ihr fernhalten.

»Sie kann nicht mit uns zusammenwohnen.«

Am Ende von Feyras erstem Tag auf der Insel fing die Badessa Annibale ab. Er schob seinen Schnabel kampfeslustig vor und schüttelte den reinigenden Rauch aus den Falten seines Umhangs.

»Warum nicht?«, wollte er wissen, obwohl er die Antwort schon kannte.

»Sie ist eine Ungläubige.«

Annibale seufzte. Es wäre so eine naheliegende Lösung gewesen. Die Nonnen bewohnten alle das Zollhaus hinter der Kirche, das über einen großen Raum im Obergeschoss verfügte. »Aber sie würde ja nicht in der Kirche selbst wohnen. Davon war nie die Rede.«

»Das ist egal. Dieses Haus zählt zu den Kirchengebäuden. Sie kann nicht in unserer Mitte leben.« Die Badessa berührte seinen Arm. »Ich werde ihr eine Freundin sein. Ich versuche, mich wie eine Samariterin zu verhalten, wie unser Herr es uns lehrt. Falls es Euch aufgefallen ist – ich habe ihr Tücher für ihren Kopf und Sandalen für ihre Füße gegeben. Aber sie darf weder in unserem Schlafsaal schlafen noch unsere Kirche betreten. Wenn Ihr sie fragen würdet, würde sie das wahrscheinlich auch gar nicht wollen.«

Als die Sonne unterging, zeigte Annibale Feyra die kleine Hütte neben der Kirche. Es handelte sich um das Haus, das unter Kanonenbeschuss genommen worden und so baufällig war, dass er es als Unterkunft für eine Familie oder sich selbst abgelehnt hatte. Er gab sich besonders kurz angebunden und teilte ihr, bevor er ging, mit, dass es hier einen schwachsinnigen Jungen gab, der einige Reparaturen ausführen würde. Dann überquerte er den Rasen, rief nach Salve und befahl ihm barsch, Material und Werkzeuge zu holen und das Dach zu flicken. Er sah, wie Feyra ihren Wortwechsel von der Türschwelle ihrer kleinen Ruine aus verfolgte. Sie sah ihn an, sagte aber nichts.

Feyras Hütte erinnerte sie stark an das kleine Torhaus, in dem sie ihren Vater verloren hatte. Oben schimmerte ein gezacktes Stück blauen Himmels durch das Dach, und sie wusste, dass sie ihr Bett unten herrichten sollte, bevor die Nacht hereinbrach. Sie zerrte die Matratze nach unten, aber der Anblick ihres Lagers neben der steinernen Türeinfassung glich dem Sterbebett ihres Vaters noch mehr. In den Überresten des Dachgesimses gab es sogar auch ein Starennest, das sie vorsichtig anhob und zu dem Schlehdornwald hinübertrug. Sie bemerkte, dass der Vogelmann sie beobachtete, als sie mit dem Nest in den Händen über den Rasen ging, aber sie ignorierte ihn geflissentlich.

Als sie zurückkam, war ihr Bett im unteren Raum näher an den Kamin herangerückt und die Decke ordentlich gefaltet worden. Im Kamin brannte ein kleines Feuer. Die dünnen Äste waren kegelförmig aufgestapelt und rauchten bereits wie ein Vulkan. Ein breites Stück Leinwand war zum Schutz vor Zugluft vor dem unverglasten Fenster befestigt worden, und ein kleiner, körperlich missgestalteter Mann stand im Schatten des Schornsteinkastens.

Feyra bemühte sich, ihn nicht allzu auffällig anzustarren. Sein Kopf wirkte im Verhältnis zu seinem Körper unnatürlich groß, sodass er wie ein riesiges Baby aussah. Seine Gliedmaßen waren missgebildet, aber er war dennoch erstaunlich beweglich, denn er hatte in dem kurzen Moment, den sie im Wald gewesen war, mehr vollbracht als sie in der gesamten Stunde zuvor. Sie las Furcht und Scheu in seinen Augen, nahm seine kleinen verdrehten Hände in die ihren und sah ihm ins Gesicht. »Danke«, sagte sie.

Von da an hatte Feyra einen Freund auf der Insel. Wenn es im Tezon nichts zu tun gab, kehrte sie in ihr kleines Haus zurück und saß kameradschaftlich bei Salve, während er Reparaturen erledigte. Im Lauf der nächsten Wochen sprach sie freundlich mit ihm, ohne eine Antwort zu erhalten, und war erstaunt, als er eines Tages etwas zu erwidern begann.

»Weiß der Doktor, dass du sprechen kannst?«

»Nein.«

Sie hörte, dass er das Sprechen nicht gewöhnt war – dass er an einer Verformung der Zunge und des Unterkiefers litt. »Und dein Vater?« Sie hatte den Torhüter beim Brunnen getroffen. Er war freundlich und umgänglich gewesen, aber sie war kaum zu Wort gekommen, so viel hatte er geredet.

»Gibt … nie … Gelegenheit.«

Salves Wortschatz war in der Tat begrenzt, aber er war nicht so geistesschwach, wie der Vogelmann dachte. Feyra brachte viel Geduld mit ihm auf, und er begann, mehr zu sprechen. Aber sie bemerkte, dass er in Gesellschaft anderer, sogar in der seines Vaters, weiterhin schwieg, und vor dem Arzt pflegte er sich zu verstecken.

Wie es aussah, hatte der Vogelmann keine Zeit für die Gemeinschaft auf der Insel. Seine Haltung gegenüber Salve war beispielhaft für sein Verhalten gegenüber der kleinen Nachbarschaft in den Armenhäusern. Er war gerade einmal so weit gegangen, den Leuten zu empfehlen, dass jeder, der es vertragen konnte, Pfeife rauchen sollte, und so gingen Männer und

Frauen in ihren persönlichen Rauchwolken umher. Aber ansonsten gab sich der Arzt mit den Familien nicht ab, und die Bewohner der Insel zogen nur dann seine Aufmerksamkeit auf sich, wenn sie krank wurden.

Im Lauf der Zeit legte sich Feyras Furcht vor dem Vogelmann, und sie fühlte sich mutig genug, um ihn in diesem Punkt herauszufordern.

»Warum habt Ihr die Familien hergebracht?«

Feyra stand neben ihm bei dem großen Arzneischrank an der hinteren Wand des Tezon. Sie stellte die Frage ohne Einleitung.

Annibale dachte an den Camerlengo, der dasselbe gefragt hatte. »Weil sie sich bei ihren Angehörigen angesteckt haben könnten. Wenn man ein Krebsgeschwür herausschneidet …«

Aber sie interessierte sich nicht für die Methapher. »Hören sie denn etwas von ihnen?«

»Bitte?«

»Hören die *Familien«*, sie sprach mit ihm wie mit dem Zwerg, »etwas von ihren *Angehörigen*?«

»Nein, natürlich nicht.«

Sie sah ihn an.

Annibale hatte gedacht, es würde für ihn eine Erleichterung sein, wenn sie ihr Gesicht bedeckte, aber trotzdem musste er immer noch das ertragen, was er bei sich »den Blick« nannte. Ihre bernsteinfarbenen Augen ruhten dann weder tadelnd noch mitleidig, sondern eher mit einer Mischung aus beidem auf ihm, und »der Blick« flößte ihm immer das Gefühl ein, sie auf irgendeine Weise enttäuscht zu haben. Er fühlte sich bemüßigt, sich zu verteidigen. »Glaubst du, ich habe Zeit, um …«

»Ich habe die Zeit. Und die Schwestern auch.«

Innerhalb einer Woche hatte sie alles arrangiert.

Sie hatte großes Interesse an einem Brief vom *Consiglio della Sanità* gezeigt, den Bocca ihm gebracht hatte. Der Inhalt – dass alle neu entwickelten Mittel gegen die Pest registriert werden mussten und man verpflichtet war, ihre Zusammensetzung dem *Consiglio* mitzuteilen – hatte keine Bedeutung für sie. Aber sie betrachtete das Papier über seine Schulter hinweg. Ihre Nähe verursachte ihm Unbehagen.

»Warum ist er so verfärbt?« Sie deutete darauf. »Und warum ist dort ein weißer Fleck?«

Er blickte auf die entsprechende Stelle. Der Brief war von einem offiziellen Sekretär verfasst worden, und diagonal über das braun gesprenkelte Papier verlief ein langes Rechteck, das seinen ursprünglichen Alabasterton behalten hatte. Die Tinte schimmerte pechschwarz. »Er ist geräuchert worden«, erwiderte er. »Das ist in Seuchenzeiten an der Tagesordnung, damit die Pest nicht mit der Post von einem *sestiere* zum nächsten getragen wird. Siehst du, hier sind zwei Siegel …« Er drehte den Brief um. »Eines vom Absender, das rote, und das orangefarbene vom Gesundheitsrat.« Er zeigte ihr die beiden Wachssiegel.

Ihr Interesse war geweckt. »Und der weiße Fleck?«

»Stammt von der Zange, mit der der Brief über einen Räucherofen gehalten wurde.«

Innerhalb einer Woche hatte sie ein ähnliches System eingeführt, räucherte die Briefe der Familien und überbrachte sie selbst den Patienten. Annibale beobachtete sie, wie sie neben den Kranken stand, während diese die Briefe lasen, oder sie sie den Schwächeren in ihrem akzentbehafteten Venezianisch vortrug. Zu seiner Überraschung lächelten sie, sogar die Sterbenden, und an der Art, wie sich Feyras Bernsteinaugen über dem Schleier verengten, sah er, dass sie ebenfalls lachte.

Annibale fand heraus, dass sie alle Patienten mit Namen kannte. »Nummer eins braucht einen Breiumschlag«, hatte er ihr im Vorbeigehen mitgeteilt.

Sie hatte ihm den Weg versperrt und ihn mit »dem Blick« bedacht. »Welcher ist Nummer eins?«

»Der Bursche ganz am Ende.«

»Das ist Stefano. Tommasos Bruder.«

»Tommaso?«

Wieder »der Blick«. »Nummer fünfzehn.« Er war ehrlich überrascht.

»Es könnte gut für sie sein, wenn sie nebeneinander liegen dürften.«

Sie führte auch noch andere Veränderungen ein – und das häufig, ohne ihn vorher zu fragen. Er wusste, dass sie der Meinung war, er wäre zu versessen auf chirurgische Eingriffe und würde die Patienten grundlos operieren. Sie selbst griff nur zum Messer, wenn es unbedingt sein musste. Er hatte sie angewiesen, die Patienten täglich zur Ader zu lassen, denn er züchtete in einem der Tümpel in den Marschen Blutegel und verfügte über einen unerschöpflichen Vorrat davon. Aber sie betrachtete die sich in ihrem Krug krümmenden schleimigen grauen Tiere voller Abscheu, und er sah niemals, dass sie sie den Kranken ansetzte.

Stattdessen begann sie die Patienten nicht nur von ihren Familien, sondern auch voneinander zu isolieren. Um mehr Privatsphäre zu schaffen, hängte sie große, mit Kampfer getränkte Leinenquadrate als Vorhänge zwischen ihren Lagern auf. Sie wusch die Kranken jeden Tag und legte den Familien nah, sich ebenfalls sauber zu halten. Als Annibale sie darauf ansprach, zitierte sie den Propheten Mohammed: »Säubert euch«, deklamierte sie, »dann wird Gott euch von euren Sünden reinigen.« Dieses außergewöhnliche Mädchen brachte sogar die Nonnen dazu, sich an einem tiefen kleinen Teich hinter dem Schlehdornwald anzustellen und in das Wasser zu tauchen. Annibale, dem es einen Schock versetzte, einen Blick auf einen alabasterfarbenen, Gott geweihten Schenkel zu erhaschen, als er auf dem *torresin* stand, wunderte sich über die Beziehung zwischen der Badessa und Feyra. Die beiden Frauen hielten einander für Ungläubige, aber die Badessa unterstützte nicht nur Feyras Postsystem, sondern erklärte die täglichen Waschungen auch zur eisernen Regel. Annibale tolerierte Feyras Kapriolen, bis sie ihre topasfarbenen Augen auf ihn richtete und die ungeheuerlichen Worte äußerte: »Euch könnte es auch nicht schaden, wenn Ihr Euch waschen würdet.«

Feyra legte gleichfalls großen Wert auf das, was sie *diata* nannte – Ernährung. Sie ermutigte die Nonnen, so viele Lebensmittel zu erzeugen, wie sie konnten, und trennte ein kleines Feld hinter den Gärten eigens für den Gemüseanbau ab. Sie pflügte es mit einem Handpflug, nur mit Hilfe des Zwerges, und bebaute es eigenhändig. Sie säuberte die Öfen unterhalb des Hauses, in dem die Nonnen schliefen, bestückte sie mit Maulbeerbaumholz und Nussschalen und ließ die Schwestern Tag und Nacht Brot backen. »Wenn man in Konstantinopel ein Stück Brot auf die Straße fallen lässt, hebt es jemand auf«, erklärte sie Annibale ernst. »Brot ist heilig, es erhält das Leben und die Gesundheit.« Die Badessa, die erst hatte überredet werden müssen, Feyra das Haus hinter dem Friedhofstor betreten und die Öfen anheizen zu lassen, bemerkte dankbar, dass es die Schwestern zum ersten Mal seit Wochen nachts warm hatten.

Sie beteiligte sich auch an einer anderen Veränderung, die Feyra auf seiner Insel vornahm. Feyra erzählte Annibale, dass es in den Krankenhäusern von Konstantinopel üblich war, Tag und Nacht Musik zu spielen. Einige Krankenhäuser verfügten sogar über eine eigene Kapelle. Mit ihrer üblichen Tatkraft ließ sie die Schwestern einen Tag, nachdem sie ihm diese Information hatte zukommen lassen, auf dem Rasen Psalmen, Motetten und Hymnen anstimmen, wann immer sie nicht von ihren Pflichten in Anspruch genommen wurden.

Und die Musik war nicht immer geistlicher Natur. Feyra fand heraus, was die Lieblingslieder der Patienten waren. Sie entlockte ihnen ihre bevorzugten Volkslieder oder Kinderverse, wenn sie noch sehr jung waren, oder Seemannsweisen, wenn es sich um alte Seefahrer handelte, und ließ sie ihnen von ihren Familien in sicherer Entfernung vorsingen. Manchmal sang sie sogar selbst, während sie ihnen den Puls maß; eine seltsame Melodie, deren Rhythmus immer langsamer wurde. Auf Annibales Frage hin erwiderte sie, dass solche Gesänge den Herzschlag der Kranken regulierten.

Annibale hielt das alles für Unsinn, aber selbst er musste zugeben, dass es das Herz erwärmte, inmitten der ständigen Gegenwart des Todes Lieder über die Insel schallen zu hören, und er wollte nicht, dass ihre ungewöhnliche Stimme im Tezon verstummte. Außerdem hätte er die Veränderungen sofort unterbunden, wenn er sie medizinisch betrachtet für schädlich erachtet hätte. Aber auch wenn er es Feyra gegenüber nicht zugab, musste er ehrlich zu sich selbst sein: Seit sie auf die Insel gekommen war, war die Anzahl der Totenscheine, die er abends an seinem einsamen Feuer ausfüllen musste, beträchtlich gesunken.

Doch neben dem Tod gab es auch neues Leben. Kurz nach Feyras Ankunft auf der Insel hatte Valentina, ein frisch verheiratetes Mädchen, begonnen, sich zu übergeben und ohnmächtig zu werden. Der Vogelmann befasste sich nicht mit Frauenbeschwerden, aber Feyra, die die Symptome oft genug beobachtet hatte, wusste, dass sie ein Kind erwartete. Das schwarzhaarige venezianische Mädchen wurde schon sehr jung Mutter, zudem hatte sie eine Wespentaille und kaum breitere Hüften, weshalb Feyra befürchtete, dass es Probleme geben würde, wenn ihre Zeit kam, aber das lag in der Zukunft. Man musste immer optimistisch bleiben.

Manchmal fragte Feyra sich, wie der Vogelmann wohl aussah, denn sie sah ihn nie ohne Maske. Manchmal sah sie die Maske selbst vor den abgeteilten Nischen liegen, die sie im Tezon geschaffen hatte, und wusste, dass er einen seiner vielen chirurgischen Eingriffe vornahm, bei dem ihn sein Schnabel behindern würde.

Bei einer dieser Gelegenheiten nahm sie eine der Veränderungen vor, die sie nicht mit dem Arzt besprach. Sie schob die Hand tief in den Schnabel und zog die staubigen alten und ihrer Meinung nach nutzlosen Kräuter heraus. Dann nahm sie ihren Gürtel ab und suchte in Kapseln und Taschen nach den Kräutern, die sie brauchte. Heimlich stopfte sie sie in den Schnabel und rieb Zitronenbalsam in die Nähe der Nase, so wie es vorher gewesen war. Es würde weder nutzen noch schaden, aber hoffentlich den Geruch der anderen Pflanzen überdecken, die sie benutzt hatte. Dann legte sie die Maske genau so zurück, wie sie sie vorgefunden hatte, und floh.

Feyra nahm an, dass er die Maske in seinem eigenen Haus, das direkt gegenüber von ihrem auf der anderen Seite des Rasens hinter dem Tezon lag, nicht trug. Manchmal brannte dort nachts Licht, ein goldenes Rechteck schwebte in der samtschwarzen Luft. Sie stellte sich vor, wie der Vogelmann über medizinischen Abhandlungen brütete, und beneidete ihn. Es juckte sie in den Fingern, die Seiten eines Buches umzublättern. Sie fragte sich, ob er die Schnabelmaske auch im Bett trug, und musste bei dem Gedanken kichern. Sie fragte sich auch, wie alt er war. Manchmal sprach er wie ein betagter Graubart, aber andere Dinge, die er sagte, klangen so, als wäre er noch recht jung und hätte sein Studium noch nicht lange abgeschlossen. Er unterhielt sich nie mit ihr, sondern erteilte ihr nur knappe Anweisungen und war abgesehen von ihrem medizinischen Wissen nicht an ihr interessiert. In diesem Punkt erinnerte er sie stark an Palladio.

Sie dachte oft an den Architekten und Zabato und wartete ungeduldig auf Nachricht von ihnen, wenn der Vogelmann am Ende jedes Monats aus der Stadt zurückkam. Er hielt sich an seine Abmachung mit Palladio, besuchte den Architekten an jedem Neumondtag und erzählte Feyra, welchen Eindruck er gemacht hatte, wenn sie fragte, aber nicht mehr.

Sie fragte sich, ob die beiden je an sie dachten. Palladio hatte sie wegen ihres Wissens über Konstantinopel gern in seiner Nähe gehabt, und für Zabato stellte sie die Erinnerung an die Frau dar, die er einst geliebt hatte. Und jetzt schätzte der Vogelmann sie wegen ihrer medizinischen Kenntnisse. So viele Feyras, so viele Seiten ihrer selbst. Sie überlegte, ob sie sich wohl jemals in der Gesellschaft von jemandem wiederfinden würde, der die ganze Feyra kennenlernen wollte.

# 28

Feyra versuchte, sich nicht in Sicherheit zu wiegen.

Sie hatte sich daheim in Konstantinopel sicher gefühlt und war von allem fortgeschickt worden, was sie je gekannt hatte. Dann hatte sie sich in Palladios Haus sicher gefühlt, bevor sie zur Flucht gezwungen worden war. Diese Insel war der letzte Ort, von dem sie erwartet hätte, sich hier zu Hause zu fühlen, dennoch tat sie das in gewisser Weise. Sie hatte ihr Haus, ihre Arbeit und ihren Vogelmann.

Das Verhalten der Nonnen ihr gegenüber war von Duldung über Höflichkeit zu Freundlichkeit übergegangen. Die Badessa hatte sogar über ihre Kindheit in Otranto gesprochen. Der Name dieser italienischen Küstenstadt war Feyra wohlbekannt. Alle Türken kannten ihn, weil die Osmanen Otranto belagert und dann sämtliche Einwohner abgeschlachtet hatten. Keine der beiden Frauen erwähnte dieses Massaker während des Gesprächs. Als es stattgefunden hatte, war die Badessa noch gar nicht geboren gewesen, aber als Feyra zum Tezon zurückkehrte, konnte sie sich des Eindrucks nicht erwehren, dass die ältere Frau versucht hatte, sich für irgendetwas zu entschuldigen.

Der Zwerg Salve war ebenfalls ein guter Freund geworden. Der stille, sensible Junge besuchte sie manchmal abends und ließ eine Klugheit erkennen, die sein begrenztes Sprachvermögen Lügen strafte. Sie versuchte, ihm allmählich beizubringen, das auszudrücken, was er sagen wollte. Einige Dinge, die er äußerte, versetzten ihr einen Stich. Sie hatte sich anfangs angewöhnt, mit ihm wie mit einem Kind zu sprechen, aber er war kein Kind. Sie mochte ihn, lieber als seinen Vater Bocca, der sie manchmal auf eine Weise ansah, die ihr nicht gefiel. Sie wusste, dass der Torhüter sehr fromm war, und sie fragte sich, ob er ihren Glauben ablehnte, obwohl die Nonnen ihn tolerierten.

Manchmal dachte Feyra an die Besatzung der *Il Cavaliere* und an ihren Helden Takat Turan. Er dürfte inzwischen an der Pest gestorben sein, dachte sie und trauerte um den tapferen Mann. Aber mittlerweile schienen sie alle, sogar ihr Vater, einem anderen Leben anzugehören. Sie waren so körperlos wie Geister oder die Silhouetten des *Karagöz*-Schattentheaters, das sie in Beyoglu besucht hatte. Sie hortete noch immer jede Woche ihre Zechinen in ihrem gelben Pantoffel, aber sie dachte immer seltener an Konstantinopel. Und während sie an dem anschwellenden Bauch von Valentina Trianni, der jungen, schwangeren Frau ablas, wie die Monate verstrichen, wurden die Menschen von Lazzaretto Nuovo zu ihrem Leben.

Vor allem einer.

Mit dem Vogelmann lag sie ständig im Krieg, er war der Dorn in ihrem Fleisch und die Fliege in ihrer Suppe. Aber die Diskussionen mit ihm und der Kampf um die Herrschaft über das Tezon, der inmitten all der Toten und Sterbenden zwischen ihnen tobte, bewirkte paradoxerweise, dass sie sich lebendiger fühlte als je zuvor. Sie belagerten dieses Krankenhaus. Sie war Saladin, er Richard Löwenherz, und das Tezon war ihre Heilige Stadt. Weder Osten noch Westen trugen auf Dauer einen Sieg davon, und die Vorherrschaft wechselte fast täglich. Es war eine konstante Pattsituation.

Feyra hatte sich mit dem Vogelmann monatelang über seine Methoden gestritten. Sie wusste, dass in Padua großer Wert auf Chirurgie gelegt wurde und die Kräuterkunde in den Hintergrund trat, aber sie begriff nicht, wie sein ständiger Aderlass den Patienten helfen sollte. Und er verstand nicht, dass der Briefwechsel zwischen den Armenhäusern und dem Tezon oder das Singen eines Kinderliedes die Lebensgeister der Kranken hob. Feyra sagte ihm nicht, woher sie mit Sicherheit wusste, dass das Aufschneiden der Pestbeulen nicht half. Sie hatte es als letzte Möglichkeit eingesetzt, um ihren Vater zu retten, und es hatte keine Wirkung gezeigt. Sie wusste, dass die medizinische Philosophie des Vogelmanns auf den Lehren des griechischen Heiden Galenos aufbaute, die ihrer Meinung nach nicht Bestand haben würden. Sie hatte versucht, den Arzt darauf hinzuweisen, dass die Sterblichkeitsrate unter denen, die er operierte, weit höher war als bei denen, die er in Ruhe ließ, aber er wollte nicht hören.

Er gab zu bedenken, dass es eine Frage des Gleichgewichts war, dass die Drainagen und der Aderlass die natürliche Ausgewogenheit der Körpersäfte wieder herstellen würden. Das war für sie vertrauter Boden, und sie versuchte ihm das Konzept des *Mizan,* des Gleichgewichts von Körper, Geist und Seele zu erklären, aber in diesem Punkt waren sie erneut entgegengesetzter Meinung. Er sprach sich immer für Eingriffe aus.

In einem Punkt stimmten sie jedoch gezwungenermaßen überein: Sie waren sich einig, dass keines der vom *Consiglio della Sanità* favorisierten Pestheilmittel irgendeine Wirkung zeigte. Der Vogelmann erzählte ihr die Geschichte von einem Arzt namens Valnetti und seines Vierräuberessigs, und sie machte sich mit ihm zusammen darüber lustig. Aber noch während sie lachte, kam ihr ein Gedanke: Wenn jemand *glaubte,* ein wirksames Heilmittel erhalten zu haben, würde die Stärke dieses Glaubens dann Auswirkungen auf seine Genesung zeigen? Konnte der Geist allein durch Glauben auf den Körper einwirken? Noch während sie über die Methoden dieses Scharlatans Valnetti spottete, räumte sie insgeheim ein, dass das, was er praktizierte, den Prinzipien des *Mizan* entsprach: des medizinischen Einflusses des Geistes auf den Körper.

Aufgrund ihrer Differenzen und weil der Vogelmann Geburtshilfe nicht zu seinen Aufgaben zählte, kämpfte Feyra in dem kleinen Haus am Brunnen alleine darum, das Baby auf die Welt zu holen, als Valentina Triannis Stunde gekommen war. Nur die Mutter des Mädchens ging ihr dabei zur Hand.

Die junge Frau wälzte sich auf ihrem Bett hin und her, wobei ihr angeschwollener Bauch gefährlich wogte, während ihr Mann unten am Feuer kauerte und versuchte, die qualvollen Schreie auszublenden. Sie lag seit dem Mittag des vorigen Tages in den Wehen, und jetzt war es fast Mitternacht. Valentina verlor immer wieder kurzzeitig das Bewusstsein. Ihr blauschwarzes Haar breitete sich auf dem Kissen aus wie die Strahlen einer dunklen Sonne.

Feyra mühte sich im Kerzenschein ab, während ihr eigener vergrößerter Schatten über den rauen Putz der Wand tanzte und sie verspottete – das Schattenspiel eines unfähigen Arztes. Das Problem bestand in der Figur des Mädchens, ihr Becken war schmal, das Kind jedoch sehr groß. Hier auf Lazzaretto aßen die Inselbewohner gut – denn Feyra wusste, dass eine gesunde Ernährung der beste Arzt überhaupt war – und atmeten die frische Salzluft. Wenn Valentina ihr Kind in einem Armenviertel bekommen würde, wäre es vielleicht so mühelos aus ihr herausgeglitten wie ein eingeöltes Zicklein, aber hier war das Baby zu groß für den Schoß der Mutter geworden. Als die Kirchenglocke dumpf die Mitternachtsstunde einläutete, wischte sich Feyra daher die Hände ab und sagte Valentinas Mutter, sie würde den Arzt holen.

Sie sah die Erleichterung auf dem Gesicht der alten Frau, war aber nicht gekränkt, sondern froh. Sie wusste, dass sie in den Streitgesprächen mit dem Vogelmann recht gehabt hatte. Es war fast ebenso wirkungsvoll zu glauben, dass ein Heilmittel greifbar war, wie das Mittel selbst. Der Arzt fungierte sozusagen als Scheinmedikament. Trotzdem kostete es sie Überwindung, zu dieser Stunde zu dem Vogelmann zu gehen und zuzugeben, dass sie nach sechsunddreißigstündigen Wehen Gefahr lief, Mutter wie Kind zu verlieren und dass in diesem Fall ein chirurgischer Eingriff die einzige Möglichkeit war, beide zu retten.

Mit neu erwachter Energie lief sie durch die Nacht, das Fenster des Arztes wies ihr wie der Polarstern den Weg. Sie hämmerte zweimal an die hölzerne Tür, erhielt aber keine Antwort. Also atmete sie die kalte Luft tief ein, hob den Riegel an und trat in den Raum.

Ein junger Mann saß zusammengekauert am Feuer. Seine dunklen Locken fielen nach vorne und verdeckten sein Gesicht zum Teil. Der Feuerschein zauberte kupferne Lichter in sein Haar. Er starrte so gedankenversunken in die Flammen, dass er ihr Klopfen überhört hatte. Aber als sie ins Haus trat, sprang er so abrupt auf, dass der Stuhl umkippte.

»Wo ist der Arzt?«, fragte Feyra.

Der junge Mann legte unwillkürlich eine Hand an seine Wange, als sei er nackt überrascht worden. Sie begann zu begreifen. *»Ich* bin der Arzt«, sagte er.

Feyra trat einen Schritt zurück. Seine Stimme klang ohne die harte Schale der Maske etwas anders als sonst, weicher, weniger kratzend. *»Ihr* seid der Arzt? Aber Ihr seht so …« Sie wusste nicht recht, wie sie den Satz beenden sollte. Jung aus? Attraktiv? Überrascht? Schuldbewusst? Und in die Enge getrieben, dachte sie.

Seine Hand zuckte zu der Maske, die an seinem Schürhaken hing, und sie fragte sich, ob er sich dahinter versteckte wie sie sich hinter ihrem Schleier.

»Was willst du? Was ist passiert?«, erkundigte er sich, und da wusste sie, dass sie ihren Vogelmann vor sich hatte: grob, schroff und kurz angebunden.

»Valentina Trianni«, erwiderte sie. »Sie liegt in den Wehen, aber das Kind will nicht kommen.«

Ohne ein weiteres Wort griff er nach seinem Umhang und seiner Maske.

Feyra beobachtete ihn, als er Valentina untersuchte und sich mit seinem Schnabel über das Mädchen beugte, als wäre es seine Beute. Aber Feyra sah die Maske nicht mehr, nur noch sein unvergessliches Gesicht, das sich unauslöschlich in ihr Gedächtnis eingebrannt hatte. Sie wusste, was er gleich sagen würde.

»Das Kind muss herausgeschnitten werden.«

Sie hatte recht gehabt. Aber sie gestand sich auch ein, dass sie ihn aus ebendiesem Grund geholt hatte. »Bindusara«, entfuhr es ihr unwillkürlich.

»Kaiser von Indien, aus dem Leib seiner Mutter geschnitten«, fügte der Vogelmann hinzu, und ihre Blicke trafen sich über Valentinas sich hebenden und senkenden Bauch hinweg. »Und der heilige Raimund Nonnatus – dieser Prozedur verdankt er seinen Namen. Und in beiden Fällen …« Er brach abrupt ab. Wieder wusste sie, was er nicht aussprechen wollte.

In beiden Fällen hatte die Mutter nicht überlebt.

Aber sie hatten keine andere Wahl. Das Trianni-Baby befand sich in der Steißlage und konnte nicht gedreht werden. Es stand zu befürchten, dass Valentina starb, aber das würde sie ohnehin, wenn sie nichts unternahmen, und das Baby ebenfalls. Annibale herrschte die Mutter an, den Raum zu verlassen, aber sie weigerte sich, ihrer Tochter von der Seite zu weichen, bis Feyra ihr versicherte, dass sie sich um Valentina kümmern würde und sie ihre Tochter allein durch ihre Gegenwart bei der Operation gefährdete. Sowie die alte Frau hinausgegangen war, nahm der Vogelmann seine Maske ab.

Dieses eine Mal war Feyra froh, nur zu assistieren. Sie gab Valentina so viel Mohnsaft, wie sie es wagte, aber das arme

Mädchen litt solche Qualen, dass es nicht stillhalten konnte, um den Trank zu schlucken, und das schwarze Gebräu über ihre Wangen rann. Feyra säuberte den geschwollenen Bauch mit Rosenwasser, das mit Minze und Borretsch versetzt war, und trat zurück, als der Vogelmann einen langen Schnitt oberhalb des Schambeins durchführte und dunkles Blut aus der bemerkenswert geraden Linie quoll. Das Baby wurde förmlich aus dem Körper seiner Mutter gespien. Als Feyra es hochhob, öffneten sich zwei kleine Augen, und ein Mund formte sich zu einem Schrei, als der Vogelmann die Nabelschnur durchtrennte. Feyra säuberte das Baby mit einem Leinentuch und schob einen Finger zwischen die winzigen Lippen, um den Mund zu reinigen, woraufhin es sofort zu saugen begann. Valentina hatte bei dem Schnitt das Bewusstsein verloren. Feyra legte das kleine Bündel neben den dunklen Kopf und fuhr mit ihrer Arbeit fort. Sie säuberte die Wunde und griff nach dem weingetränkten Faden, um sie zu nähen. Sie arbeitete so sorgfältig, wie es ihr im Licht der Kerze möglich war. Da ihr Palladio einfiel, stellte sie die Glasschale, die das Rosenwasser enthielt, vor die Kerzenflamme, sodass das Licht durch die provisorische Linse fiel. Sie machte eine Schlinge unter jeden Stich, wie Haji Musa es sie gelehrt hatte, und konnte dabei spüren, wie der Vogelmann sie beobachtete. Dann legte sie einen Breiumschlag aus Zinnober und Rosmarin auf die Wunde, um zu verhindern, dass sie sich entzündete, und zog die Decke behutsam über das Mädchen. Danach konnte sie nur noch warten.

Das Baby schlief neben dem Kopf seiner Mutter, als habe sein stürmischer Eintritt in diese Welt es erschöpft. Feyra rechnete damit, dass der Vogelmann gehen würde, aber er blieb und wachte mit ihr bei Valentina, sein Schatten gesellte sich zu ihrem an der Wand. Sie wusste, dass er nicht ihre Gesellschaft suchte, sondern leidenschaftslos auf den medizinischen Ausgang seiner Operation wartete. Und sie mussten nicht lange warten. Als die Glocke zur Matutin läutete, schlug Valentina die Augen auf, und als wären sie durch ein unsichtbares Band verbunden, erwachte auch das Baby.

Der Vogelmann und Feyra gingen in kameradschaftlichem Schweigen im Dunkeln über den Rasen zurück. Auf der anderen Seite der Lagune bildete die Morgendämmerung eine weiße Linie am Horizont, und das Frühjahrsgras unter ihren Füßen war taufeucht. Als sie am Tezon vorbeikamen, drehte sie sich im Dunkeln zu ihm um. Der Krankenhausbereich war der Turnierplatz, wo sie jeden Tag ihre Kämpfe ausfochten, und sie konnte der Herausforderung nicht widerstehen. Valentinas Vater lag innerhalb dieser Mauern und erholte sich von seinem eigenen Kampf gegen die Pest, daher sagte sie boshaft: »Und vielleicht werdet Ihr mir jetzt zustimmen, dass der alte Gianluca Trianni von der Geburt seines kräftigen Enkels erfahren sollte? Dass diese Nachricht ihm mehr helfen wird als alle Mittel, die wir ihm geben können?«

Der Vogelmann musterte sie über seinen Schnabel hinweg. »Und vielleicht wirst *du* mir zustimmen, dass das bis zum Morgen Zeit hat? Denn sogar du musst einräumen, dass Doktor Schlaf ein besserer Arzt ist als Doktor Gute Nachrichten.«

Feyra neigte lächelnd den Kopf. Sie sah sein vom Feuerschein vergoldetes Fenster vor sich, so wie sie es schon hundert Mal gesehen hatte. Ihr eigenes Haus war dunkel. Sie wollte nicht heimgehen, noch nicht. Vor seiner Tür blieben sie in schweigender Übereinkunft stehen.

»Möchtest du nicht kurz mit hineinkommen?«

Diesmal nahm er seine Maske ab, als wäre das eine Erleichterung für ihn. Sie revidierte ihre frühere Meinung – er versteckte sich nicht dahinter, sondern sie war ihm lästig. Sie blickte ihn erneut an. Das war er, ihr Vogelmann. Nein, Annibale, denn in dieser Nacht hatte sie seinen Namen erfahren, allerdings nur, weil Luca Trianni dem *Dottore* hatte danken wollen, indem er seinen neugeborenen Sohn nach ihm benannte. Sie fand es schwierig, sich daran zu gewöhnen. *Annibale.* Es würde sie wundern, wenn er älter wäre als sie. Wenn sie sich gegenüberstanden, waren sie genau gleich groß, und sie konnte ihm in die Augen sehen. Er wirkte müde, aber beschwingt.

»Setz dich«, sagte er. »Du trinkst wohl keinen Wein?«

Sie schüttelte den Kopf.

Er goss sich selbst welchen ein und deutete auf den Stuhl auf der anderen Seite des Kamins, und sie ließ sich erschöpft darauf sinken.

Dann hob er sein Glas und trank ebenso auf sich als auch auf das Baby. »Auf Annibale.«

Als Feyra in sein Haus gestürmt war, hatte er verdrossen in die Flammen gestarrt und zum ersten Mal in seinem Leben das Gefühl gehabt, mehr abgebissen zu haben, als er kauen konnte. Er war so sicher gewesen, dass sein Krankenhaus ein Erfolg werden würde, aber die Pest gewann an Boden. In der letzten Zeit hatte es mehr Todesfälle gegeben, als der kleine Friedhof fassen konnte, und er spürte, dass er die Oberhand verlor. In seinem langen Kampf mit dem Tod schien sich dieser auf der Siegerstraße zu befinden. Dann hatte ihm dieses außergewöhnliche Mädchen seinen chirurgischen Triumph beschert.

Natürlich war die Gefahr für Valentina Trianni noch nicht gebannt. Die Operation war ein größerer Eingriff gewesen, und es konnte leicht zu einer Sekundärinfektion kommen, aber er, Annibale Cason, hatte eine *non natus*-Operation durchgeführt, und bislang waren Mutter und Kind am Leben. Er gab zu, dass er sich nicht allzu viele Gedanken um die junge Mutter machte. Feyra interessierte ihn viel mehr. Er betrachtete sie im Feuerschein. In dieser Nacht hatte sie ihm seinen Glauben an die Medizin, seinen Glauben an sich selbst zurückgegeben. Er wollte sich dafür erkenntlich zeigen.

Er registrierte ihre zimtfarbene Haut und die bernsteinfarbenen Augen, in denen sich das Feuer widerspiegelte. Sie sah ihn unverwandt an, und wieder spürte er die Macht ihres Blicks. Heute Nacht schien sie ihn zu bewundern, und das wärmte ihn noch stärker als das Feuer.

»Ihr seid also Annibale.«

»Ja, Annibale. Annibale Cason, *Dottore della Peste.*«

Sie neigte den Kopf leicht zur Seite. »Was bedeutet Euer Name?«

»Ich habe keine Ahnung«, fauchte er. Er ärgerte sich über sich selbst, weil er seinen vollen Titel angegeben hatte.

»Meiner bedeutet ›Gerechtigkeit fließt aus meinem Mund‹«, erklärte sie.

Der Name passte zu ihr, dachte Annibale, denn ihr Mund war besonders schön, voll und rot, und die Oberlippe war eine Spur größer als die untere.

Sie blickte wieder in die Flammen. »In meinem Land ist die Bedeutung des Namens alles. Wir überlegen uns sehr gründlich, wie wir ein Kind nennen. Für meinen Glauben ist das äußerst wichtig. Es wundert mich, dass ihr Venezianer nicht wisst, was eure Namen bedeuten.«

Annibale streckte die Beine aus, bis seine Stiefel fast das Feuer berührten. »Da gibt es nicht viel zu wissen. Wir werden hauptsächlich nach Heiligen und Tagen benannt.«

Heilige und Tage. Als sie den sich aufhellenden Himmel betrachtete, fiel ihr etwas ein. »Valentinas Geburtstag, das Fest des heiligen Valentin, wie sie mir sagte. Und dann ist da noch Zabato Zabatini, der nach einem Glückstag benannt wurde.« Sie dachte an ihren alten Freund und seinen Herrn und die Kirche, die um das Grab ihres Vaters herum entstand. »Und euer heiliger Nonnatus … jetzt wissen wir, woher sein Name kommt.« Sie sah ihn an. »Ihr seht also, dass einige eurer Namen eine Bedeutung haben, auch wenn das bei Eurem nicht der Fall ist.«

Er schwieg eine Weile. »Ich habe nicht die Wahrheit gesagt«, bekannte er schließlich stockend. »Ich weiß, warum ich Annibale getauft wurde.«

Sie wartete geduldig ab.

»Hannibal war ein Feldherr aus Karthago, der im Zweiten Punischen Krieg mit Elefanten über die Alpen nach Italien zog, um die Macht Roms zu brechen. Als er aufbrach, hatte er keine Vorstellung davon, was ihn erwartete oder ob er sein Ziel je erreichen würde.«

Sie schwieg ebenfalls. Mit einem Mal erinnerte sie sich an die Tradition des wechselseitigen Geschichtenerzählens und daran, wie sie und Tod solche Geschichten ausgetauscht hatten. »Im Osmanischen Reich«, begann sie, »gibt es für die Kameltreiber entlang ihrer Handelswege Rastplätze, die man Karawansereien nennt. Manchmal liegen Hunderte von Meilen zwischen ihnen, und um sie zu erreichen, müssen die Männer Wüsten durchqueren oder Berge überwinden. Aber sie reisen in dem Wissen, dass es am Ende ihrer Reise einen Ort gibt, wo sie ausruhen und sich stärken können. Selbst wenn sie noch nie in dieser Gegend waren, hegen sie keinen Zweifel daran, dass sie früher oder später auf eine solche Karawanserei stoßen werden.«

Annibale beugte sich interessiert vor. »Woher wissen sie das?«

»Sie wissen es nicht. Sie vertrauen auf ihren Glauben.«

Er lehnte sich wieder zurück. »Ich glaube, das hat Hannibal auch getan. Deswegen hat mich meine Mutter so genannt.« Sie sah ihm an, dass es ihn Überwindung kostete, von ihr zu sprechen. »Ihr gefiel die Geschichte. Sie sagte, niemand könne wissen, was der nächste Tag bringt, aber man müsse hoffen, tapfer sein und darauf vertrauen, dass alles gut wird.«

Der Camerlengo musterte den Mann vor ihm prüfend. Er trug das geschlitzte Wams und den roten Hut eines Gondoliere, und diese zählten nicht unbedingt zu den ehrlichsten

Männern. Aber die Augen dieses Burschen blickten ruhig und klar, und er sprach mit fester Stimme. Der Camerlengo erkannte einen Lügner, wenn er einen sah, und er glaubte nicht, jetzt einen vor sich zu haben.

»Bist du sicher?«

»So sicher, wie ich hier stehe, Euer Ehren. Cosimo heißt er, und er arbeitet an der Tre-Archi-Brücke. Letzten Donnerstag war es. Er sagte, er hätte eine Frau bei der Adresse abgeholt, nach der Ihr gefragt habt. Er erinnerte sich daran, weil der Mann, der ihn gerufen hatte, ausdrücklich eine *felze* verlangte.« Der Mann sah den Camerlengo an und fühlte sich bemüßigt, hinzuzufügen: »Eine Gondel mit Verdeck.«

Der Camerlengo war es gewohnt, für einen Ausländer gehalten zu werden. »Hat sie irgendjemand begleitet?«

Der Gondoliere zuckte die Achseln. »Das hat er nicht gesagt.«

Der Camerlengo hob die hellen Brauen. »Aber er hat dir trotzdem von dieser Frau erzählt?«

»Er hat im Wirtshaus damit geprahlt. Hat gesagt, er würde reich werden.«

Der Camerlengo legte die Hände gegeneinander. Gondolieri waren bekanntermaßen gierig und käuflich, und was noch wichtiger war, sie hatten keinen Gemeinschaftssinn. Er wusste, dass es nicht lange dauern würde, bis einer von ihnen an seine Tür klopfte, wenn eine Belohnung ausgesetzt war. Aber etwas passte nicht ins Bild.

»Warum ist er dann nicht selbst gekommen, um die Belohnung einzustreichen, was meinst du?«

»Das weiß ich nicht, Euer Ehren.« Der Gondoliere scharrte mit den Füßen. »Kann ich jetzt meine Dukaten haben?«

Der Camerlengo betrachtete ihn nachdenklich, dann erhob er sich. »Bring mich erst zu ihm.«

Er hätte eine *Leoni*-Eskorte mitnehmen können, verzichtete aber darauf. Stattdessen entschied er sich für die zwei Wachposten, denen das Mädchen damals entwischt war. Er wählte sie bewusst aus, weil er so gut wusste wie sie, dass sie ihm ihr Leben verdankten. Er wartete nicht ab, bis ihm seine Kappe und sein Umhang gebracht wurden, sondern schritt so, wie er war, in sein schwarzes Leder gekleidet, hinter dem Gondoliere die steinerne Treppe hinunter, gefolgt von den Wächtern.

Der Gondoliere steuerte sein Boot durch geheime, unbekannte Kanäle, stehende Wasserwege, die so schmal waren, dass die Sonne sie erst mittags beschien. Der Weg stellte eine beträchtliche Abkürzung dar, doch der Camerlengo, der im Bug saß, vibrierte innerlich vor Ungeduld.

Bei Tre Archi ging er wortlos hinter dem Gondoliere her. Der Pestrauch wehte um seine Füße. Unter einem kleinen *sotoportego* in einem ärmeren Bezirk des *quartiere* sah er zu, wie der Mann die Türen zum Haus seines Kollegen abzählte. »Zwölf, dreizehn, vierzehn, fünfzehn …«

Die Stimme des Mannes erstarb. Nummer fünfzehn war mit einem Holzbrett versperrt, und auf der Tür leuchtete ein rotes Kreuz.

Der Camerlengo schwieg einen Moment lang. Dann befahl er den Wächtern mit ruhiger, beherrschter Stimme: »Befragt die Nachbarn. Du«, er wandte sich an den ersten Mann, »nimmst die Sechzehn. Und du«, er drehte sich zu dem zweiten um, »die Vierzehn.«

Wenig später kamen sie zurück.

»Er ist gestorben«, berichtete der eine.

»Letzte Nacht«, fügte der andere hinzu.

Der Gondoliere wich vor der Wut zurück, die in den Augen des Camerlengo aufflackerte, doch dessen Hand schoss vor und packte den Mann am Kragen. Mit einer fließenden Bewegung hob er das Brett an, trat die Tür auf, schleuderte den Gondoliere in das pestverseuchte Haus und verriegelte die Tür hinter ihm.

# 29

Von diesem Tag an waren Annibale und Feyra Freunde. Wenn sie abends ein letztes Mal nach den Patienten gesehen hatten, reinigten sie sich, verließen das Tezon und gingen zu Annibales Haus zurück.

Feyra fiel manches an ihm auf – die Art, wie er die Stimme hob, wenn er aufgeregt war, oder wie seine Nasenflügel leicht bebten, wenn er sprach. Sie bemerkte auch, dass er etwas an einer Kette um den Hals trug, so wie sie den Ring ihrer Mutter, und sie fragte sich, ob er auch ein Andenken an seine Mutter in Ehren hielt. Morgens erschien Feyra mit verquollenen Augen im Tezon und gähnte hinter ihrem Schleier, weil sie jeden Abend später und später in ihr eigenes Haus zurückkam. Manchmal überquerte sie sogar erst im Morgengrauen die Rasenfläche, wobei sie von einem einzigen Augenpaar beobachtet wurde: den alten Augen der Badessa, die die Kirche für die Matutin öffnete.

Es kam Annibale nicht in den Sinn, dass ihre Treffen Feyra kompromittierten. Für ihn stellten diese Abende ein berufliches Arrangement dar. Daher fertigte er die Badessa barsch ab, als sie ihn darauf hinwies, dass es unschicklich war, so viel Zeit alleine mit Feyra zu verbringen. »Wir *arbeiten* abends. Wir sprechen über medizinische Angelegenheiten. Wir bereiten unsere Tränke und Salben zu. Wann sollen wir diese Dinge denn sonst tun – tagsüber? Es ist genau so, als wenn sie ein

Mann wäre.« Aber er glaubte dies ebenso wenig wie die Badessa. Die Wahrheit lautete, dass die Abende mit Feyra der beste Teil seines Tages waren.

Feyra kochte ein einfaches Abendessen. Die Zutaten bestanden nur aus dem, was in Treporti gekauft werden konnte oder auf der Insel wuchs, aber die Art der Zubereitung und die Gewürze, die sie verwendete, waren neu für Annibale. Danach schenkte er sich ein Glas Wein ein, und sie saßen am Feuer. In stummer Übereinkunft trug keiner von ihnen seine Maske. Feyra legte ihren Schleier ab, so wie sie es im Haus ihres Vaters getan hatte, und Annibale hängte seinen Schnabel neben die Tür. Dann diskutierten sie über medizinische Fragen oder über Kräuter. Feyra lehrte Annibale, wie man die sirupartigen Sorbets und süßen Getränke mit Pfefferminze oder die *ma'cun* genannte teigige Paste zubereitete. Manchmal stellten sie auf dem großen Fleischerblock, den Annibale eigens zu diesem Zweck erstanden hatte, auch Salben her.

Und sie studierten zusammen medizinische Abhandlungen, wobei Annibale Feyra half, wenn sie über das Lateinische stolperte. Sie registrierte interessiert, dass die unglaublich detailgetreuen anatomischen Zeichnungen in einem Buch, das Annibale ihr zeigte, von demselben Leonardo aus Vinci stammten, der auch den vitruvianischen Mann gezeichnet hatte. Im Gegenzug erzählte sie ihm von den Werken des großen osmanischen Arztes Serafeddin Sabuncuoglu und den *aqrabadhin*-Lehrbüchern in der Bibliothek des Topkapi. Als sie das kostbarste und am sorgfältigsten gehütete Manuskript im Sultanspalast erwähnte – *Al-manhaj al-sawi,* Jalal al-Din al-Suyutis meisterhafte Umsetzung der in den Worten des Propheten ausgedrückten medizinischen Details –, stellte sie erfreut fest, dass ihm dieses Buch nicht unbekannt war. Wie es aussah, befasste man sich in Padua auch mit der Medizin aus fremden Ländern.

Feyra berichtete ihm von den sechs nicht natürlichen Bestandteilen, die im menschlichen Leben das *Mizan,* das Gleichgewicht, ausmachten. »Licht und Luft«, sagte sie, die Grundpfeiler der Gesundheit an den Fingern abzählend, »Essen und Trinken, Arbeit und Ruhe, Schlaf und Wachzustand, Exkretion und Sekretion, wozu auch«, sie hüstelte leicht, »Bäder und Geschlechtsverkehr gehören, und schließlich die Veranlagung und der Zustand der Seele.«

Annibale antwortete mit der Ausgewogenheit der vier Körpersäfte; ein Thema, bei dem sie zu einer gewissen Übereinstimmung gelangten – schwarze Galle, rotes Blut, helle Galle und fahler Schleim, die für das melancholische, das sanguinische, das cholerische, und das phlegmatische Temperament standen. Einen Moment lang meinte sie, eine Verbindung von enormer Bedeutung zwischen den Körperflüssigkeiten und den vier Pferden zu erkennen, die ihre Mutter ihr beschrieben hatte. Sie waren gleichfalls schwarz, rot, weiß und fahl. Sie fragte Annibale, ob er je von vier Pferden in diesen Farben gehört oder in einem seiner vielen Bücher davon gelesen hatte, doch er zuckte nur die Achseln. »Als Kind in der Kirche vielleicht. Aber seither habe ich mit der Bibel nicht mehr viel zu schaffen. Ich erinnere mich nur, dass es hieß, sie würden den Tod bringen.« Das Gespräch hinterließ bei Feyra ein Gefühl des Unbehagens. Wie um das Böse fernzuhalten, berührte sie den Ring in ihrem Mieder.

Als sie vertrauter miteinander wurden, schnitten sie auch andere Themen an. Feyra beging ihrer Mutter gegenüber keinen Vertrauensbruch, aber sie erzählte Annibale von ihren Eltern, und allmählich begann er auch über die Mutter zu sprechen, die ihn im Stich gelassen hatte. Diese Frau hatte ihn offenbar so verletzt, dass seine äußere Hülle zwar gesund und ansprechend, seine Seele jedoch kränker war als jeder Patient im Tezon. Feyra fand den Grund dafür rasch heraus.

»Sie war eine Kurtisane?«

»Nein«, wehrte er heftig ab. »Anfangs nicht. Mein Vater war ein Edelmann aus Venedig, und als er starb, ließ sie mich – einen kleinen Jungen – in der Obhut meiner Tanten zurück. Während ich zwischen fünf und zwanzig Jahre alt war, sah ich sie nur sporadisch. In all den Jahren tauchte sie nur für einen Tag oder zwei auf. Dann sah sie sauber und ordentlich aus, war nüchtern. An ihrem Benehmen gab es nichts auszusetzen, sie legte untadelige Manieren an den Tag und erdrückte mich fast mit Liebe. Und am nächsten Tag, wenn sie einen neuen Gönner gefunden oder sämtlichen Wein im Haus ausgetrunken hatte, machte sie sich wieder davon. Häufig wussten wir nur, dass sie verschwunden war, weil eine meiner Tanten ein paar Münzen, eine juwelenbesetzte Brosche oder einen Perlenkamm vermisste. Dann seufzte sie und sagte: ›Columbina ist wieder fort‹, und ich suchte das ganze Haus nach ihr ab und stellte unweigerlich fest, dass sie ohne ein Wort oder eine Nachricht für mich gegangen war.« Annibale schwieg einen Moment. Der Feuerschein flackerte über sein ernstes Gesicht.

»Als ich ein kleiner Junge war, habe ich tagelang geweint«, fuhr er fort. »Ich konnte nicht begreifen, wie jemand, der mich mit Küssen und Liebe überschüttet hatte, sich einfach so aus dem Staub machen konnte. Ich roch dann immer ihr Parfüm, es hing noch Tage nach ihrem Verschwinden im Haus.« Er lachte bitter. »Es blieb länger dort als sie.«

»Hast du sie vermisst?«, bohrte Feyra sanft nach.

»Als Junge schon. Als ich erwachsen wurde, kümmerte es mich nicht mehr.«

Feyra erwiderte nichts darauf, sondern fragte sich, ob das wirklich stimmte. »Wann hast du sie zuletzt gesehen?«

»Während meines ersten Jahrs in Padua. Sie kam in meine Kammer und erzählte mir, wie stolz sie auf mich wäre, drückte mich an ihre Brust und bezauberte alle meine Bekannten.

Sie entschuldigte sich für ihre lange Abwesenheit und versprach, dass wir noch ein Mal ganz von vorne anfangen würden, dass sich alles ändern und sie eine vorbildliche Mutter sein würde.«

»Und was geschah?«

»Am nächsten Tag war sie verschwunden. Zusammen mit meinen silbernen Skalpellen.«

Feyras Mutter war zur Königin und Herrscherin aufgestiegen, während Annibales Mutter wieder in der Gosse gelandet war, aber sie wusste, dass der Unterschied zwischen der Konkubine, die ihre Mutter gewesen war, und der Kurtisane, die seine war, gar nicht so viel ausmachte. »Meine Mutter war auch nicht besser«, gestand sie ihm und auch sich selbst ein.

Er stieß einen zischenden Seufzer aus, der mit dem Prasseln des Feuers wetteiferte. »Kinder von Dirnen, in Sünde geboren«, erwiderte er heftig.

Die barschen Worte schockierten Feyra, aber sie fand, dass sie es ihrer Mutter und ihrem Vater schuldig war, ihre Beziehung zu rechtfertigen.

»Vielleicht ist es keine so große Sünde, wenn Liebe im Spiel ist.« Sie wählte ihre Worte sehr sorgfältig und blickte dabei auf ihre Hände im Schoß hinab, daher sah sie nicht, dass in seinen Augen ein kleiner Funke aufglomm.

Was sie gesagt hatte, gab Annibale neue Hoffnung.

Natürlich stritten sie auch miteinander und vertraten oft völlig gegensätzliche Meinungen, was die medizinische Praxis anbelangte. Diese Auseinandersetzungen genossen sie beide ebenso sehr – wenn nicht noch mehr – als die Punkte, in denen sie übereinstimmten. Aber diese Diskussionen glitten nie ins Persönliche ab und waren schnell vergessen.

Einer ihrer heftigsten Streitpunkte war die osmanische Praxis der Variolation. Feyra wies darauf hin, dass die Zufuhr einer kleinen Menge infizierten Blutes oder verseuchten Gewebes bei einem gesunden Patienten fast immer die teilweise oder völlige Immunität gegen diese Krankheit zur Folge hatte, vor allem bei den Pocken. Sie beschrieb, wie Haji Musa einmal vier Adern an der Stirn und der Brust eines kleinen Jungen geöffnet und eine kleine Dosis Schleim von einem Pockenpatienten in die Wunden gegeben hatte. Der Junge war zu einem gesunden Mann herangewachsen, obwohl sich alle anderen Mitglieder seiner Familie die Krankheit zugezogen hatten.

Annibale hielt dagegen, dass die katholische Kirche diese Praxis aus gutem Grund verboten hatte: weil ebenso viele Menschen daran starben, wie durch sie gerettet wurden. Er zwang Feyra, zuzugeben, dass in manchen Fällen die geimpften Patienten an genau der Krankheit starben, die die Ärzte verhindern wollten. Sie kehrten immer wieder zu dem Thema zurück und gelangten nie zu einer Einigung. Die Auseinandersetzungen endeten stets auf dieselbe Weise. »Mohammed sagt, Gott schafft in dieser Welt keine Krankheit, wenn er nicht auch ein Heilmittel dafür bereitstellt«, gab Feyra zu bedenken. »Könnte dieses Heilmittel nicht *in* der Krankheit zu finden sein?«

Annibale pflegte dann den Kopf zu schütteln. »Lass mich zur Antwort auf Mohammed Maimonides zitieren, der bemerkt hat, der perfekte Arzt wäre der, der es für besser erachtet, Gesunde in Ruhe zu lassen, als ein Mittel zu verschreiben, das schlimmer ist als die Krankheit.«

Die zweite erbitterte Diskussion kreiste um die Frage, ob Patienten für Arzneien zahlen sollten oder nicht. Annibale verabscheute diese Praxis und berief sich auf Valnetti und die anderen Wucherer, die vom Elend der Menschen profitierten. Er führte den Ärztekodex an, der besagte, dass Ärzte für ihr Geld arbeiten und ihre Kosten decken, sich aber nicht unmäßig am Verkauf ihrer Mittel bereichern sollten.

Feyra dachte pragmatischer. »Aber was, wenn ein Arzt sich

durch den Verkauf seiner Arzneien das nötige Geld verschaffen kann, um seine Patienten besser zu versorgen?«

»*Ich* finanziere dieses Krankenhaus«, versetzte Annibale scharf. »Ich verfüge über ausreichende Mittel und brauche nicht noch mehr Geld.«

Was nicht ganz der Wahrheit entsprach.

Als das Krankenhaus ein Jahr lang bestand, war der Cason-Schatz, den er schon lange aus der Erde bei dem Brunnen ausgegraben und unter den Dielenbrettern unter seinem Bett versteckt hatte, beängstigend schnell dahingeschmolzen. Nach seinem letzten Gespräch mit Feyra stieg Annibale die Stufen hoch und hob das Brett an.

Er stellte die Schatulle auf seine Knie und schob den kleinen Schlüssel von der Kette an seinem Hals in das Schloss. Dann ließ er das restliche Gold durch die Hände gleiten, spürte die kalten Metallscheiben zwischen den Fingern. Jetzt bedeckte nur noch eine dünne Goldschicht den Boden des Kastens. Er schätzte, dass die Münzen bis zum Michaelstag reichen würden, nicht länger. Er klappte den Deckel zu und begrub die Schatulle zusammen mit seinen Sorgen wieder unter den Dielenbrettern.

Feyra veränderte sich.

Annibale war der erste Mann, den sie je getroffen hatte, den sie nicht auf Abstand halten wollte. Wenn sie mit ihm zusammen war, empfand sie die Stoffschichten, unter denen sie wie das empfindliche weiße Herz einer Artischocke lebte, nur noch als störend. Nachts träumte sie davon, ihre Kleider für ihn abzulegen. Manchmal war er in ihren Gedanken bei ihr, wenn sie sich entkleidete, griff nach ihren Schals und Schleiern, wirbelte sie herum wie ein Derwisch und wickelte sie aus dem dünnen Stoff, bis sie benommen und völlig nackt vor ihm stand.

Jedes Mal erwachte sie mit brennenden Wangen und kniete sofort nieder, um zu beten, aber kein Gebet der Welt konnte sie von ihrem Verlangen befreien. Zum ersten Mal verstand sie den Impuls, der ihre Mutter bewogen hatte, mit ihrem Vater in die Nacht hinauszureiten. Aber sie war keine venezianische Prinzessin, sie konnte nicht einen ungläubigen Schiffskapitän mit einem Wink ihres weißen Handschuhs quer durch einen Ballsaal zu sich locken. Sie musste warten, bis er ihr ein Zeichen gab.

Und eines Abends tat er es.

Sie saßen wie immer zu beiden Seiten des Feuers. Feyra betrachtete einen Holzschnitt von Andreas Vesalius und versuchte aus der lateinischen Schrift schlau zu werden, als Annibale das Wort ergriff. Er schlug einen bedächtigen Tonfall an.

»Das Trianni-Mädchen, die Mutter des kleinen Annibale … sagtest du nicht, sie wäre wieder schwanger?«

Feyra ließ den Holzschnitt sinken. »Ja. Das Kind kommt im Frühjahr.«

»Sie sollten in ein eigenes Haus ziehen. Inzwischen wohnen zu viele Menschen in dieser Hütte.«

Sie blieb stumm.

»Das ist gesundheitsschädlich, würde dein Freund Palladio sagen.«

Feyra wartete.

Er beugte sich über das Feuer, war ihr plötzlich sehr nah. »Dein Haus«, sagte er. »Vielleicht würdest du es gar nicht so ungern verlassen?«

»Es ist … sehr kalt dort«, murmelte sie.

»Das Dach ist undicht«, fügte er flüsternd hinzu.

»Es regnet Tag und Nacht hindurch«, flüsterte sie zurück, dabei empfand sie Gewissensbisse gegenüber dem armen Salve, der das Dach komplett abgedichtet hatte.

»Und dann die Kirchenglocken.«

»Sie wecken mich nachts jede Stunde.« Sie begann zu lächeln.

»Du solltest hier einziehen.«

Sie schwieg und wagte nicht zu atmen. Sie wollte ganz sicher sein. »Als deine Mätresse?«, wisperte sie.

Er störte sich nicht an ihrer Unverblümtheit. »Ja. Wirst du kommen?«

»Ja.«

# 30

Als Andrea Palladio die fünfzehn Stufen zu seiner Kirche auf Giudecca emporstieg, wurde seine Freude über den Anblick des wachsenden Bauwerks ein wenig von seiner eigenen Kurzatmigkeit getrübt.

Er hatte eine Erkältung gehabt, die ganze Woche gekeucht und nach Luft gerungen und ein Engegefühl in der Brust verspürt. Und er hatte das Haus vor Casons freitäglichem Besuch verlassen, da er wusste, dass der Arzt ihn für krank erklären würde, wenn er ihn zu fassen bekam. Palladio wollte aber mit seiner Arbeit fortfahren. Er hatte begonnen, sich damit abzufinden, dass diese Kirche sein letztes Bauwerk sein würde, und es sollte sein Vermächtnis werden.

Seine Unsterblichkeit und seine Sterblichkeit trafen auf den Stufen abrupt aufeinander. Das Pfeifen in seinen Lungen erinnerte ihn daran, dass er neunundsechzig war. Dafür konnte er nicht länger die Jahrzehnte verantwortlich machen, während derer er Steinstaub ein- und nicht vollständig wieder ausgeatmet hatte. Er wurde alt.

Zabato schob seinen struppigen Kopf aus der Türöffnung heraus. »Herr, können wir weitermachen? Das Licht wird schwächer.«

Auf der letzten Stufe wurde Palladio von einem plötzlichen, stechenden Schmerz überwältigt. Er stolperte und erstarrte, und ihm war mit einem Mal eiskalt. Es fühlte sich an, als würde eine himmlische Hand sein Herz zusammendrücken, das wie ein in einer Schlinge gefangenes Kaninchen zappelte. *Das Licht erlischt,* dachte er voller Panik, *und ich ebenfalls.* Der Herr würde doch Seinen Baumeister sicher nicht zu sich rufen, bevor dieser seinen Vertrag erfüllt hatte?

Im nächsten Moment war der Schmerz verflogen, und Palladio konnte weitergehen und tief und erleichtert Atem holen. Zabato vor ihm hatte nichts bemerkt. Als Palladio unter dem großen Türsturz hindurchschritt, beruhigte sich sein Herzschlag wieder, aber er fühlte sich immer noch schwach und verschwitzt. Er hatte unlängst festgestellt, dass er häufiger zu Gott sprach, seit er Ihm eine Kirche baute. Es war kein spiritueller Dialog, nur ein Gespräch von der Art, wie er es mit jedem großen Herrn führte, für den er ein Gebäude errichtete. Er hatte Hunderte solcher Diskussionen mit seinen Freunden, den Brüdern Barbaro, gehabt, als er ihre große Villa in Maser gebaut hatte, und er sah nicht ein, warum er es mit dem Allmächtigen nicht ebenso halten sollte. Also beriet er sich mit seinem himmlischen Patron bezüglich des Stils der Säulen und der Fliesenmuster und erwartete keine Antwort von ihm. Aber jetzt erbat er sich im Gegenzug etwas – sein erstes Bittgebet.

*Gib mir Zeit, Herr,* betete er. *Gib mir nur noch etwas Zeit.*

Es war schon später Nachmittag, als Annibale Palladio endlich aufspürte. Er war zuerst zu dem Haus am Campo Fava gegangen und hatte mit seinem Stock gegen die Tür mit dem goldenen Zirkel darüber gehämmert. Die dicke Köchin hatte ihm geöffnet und gesagt, ihr Herr wäre zu der Baustelle auf Giudecca gefahren. »Er ist jeden Tag dort«, sagte sie. »Er und Zabato kommen immer wie zwei Geister zurück, so weiß sind sie vom Steinstaub.«

Annibale nickte. Er bemerkte, dass Feyras Sicherheitsvorkehrungen, die reinigenden Kräuter und Weihrauchkerzen, im Atrium eingehalten worden waren, wies die Köchin an, auch weiterhin so zu verfahren, und verließ das Haus. Es bereitete keine Mühe, auf dem Heimweg kurz einen Abstecher nach Giudecca zu machen. Beschwingten Schrittes ging er nach Zattere, um ein *traghetto* zu suchen, und dachte an Feyra.

Während er in dem Boot stand und in Richtung von Giudecca blickte, stellte er sie sich so vor, wie sie aussah, wenn sie den Rasen vor dem Tezon überquerte. Sie hielt den Blick stets unverwandt nach vorne gerichtet wie die Galionsfigur eines Schiffs, wieder die Verkörperung der *Maria di Legno,* in ihrer Zielstrebigkeit niemals nachlassend. Er dachte an ihre zimtfarbene Haut und die bernsteingelben Augen. Er konnte nicht glauben, dass sie ab dem heutigen Abend in seinem Haus leben würde.

Seit sie ihm die Bedeutung ihres Namens erklärt hatte, war er von ihrem Mund besessen, diesem seltsamen, wie umgedreht wirkenden Mund, dessen Oberlippe ein wenig voller war als die untere. Er fragte sich, wie es sich wohl anfühlen würde, wenn er auf ihr lag und sich ihre Körper und ihre Münder aufeinanderpressten.

Der dumpfe Schlag, mit dem das *traghetto* gegen den Pier prallte, riss ihn aus seinen Gedanken. Annibale warf dem Bootslenker eine Zechine zu, sprang leichtfüßig wie ein Spielmann an Land und nahm die Kirche zum ersten Mal bewusst wahr.

Da er mit der Topografie von Giudecca aufgewachsen und an die zerklüftete Ruine des Klosters von San Sebastiano gewöhnt war, empfand er die Fortschritte, die Palladios Gotteshaus machte, als überwältigend. Was für ein wunderbarer Platz, um eine Kirche zu errichten! Sie war bislang nur ein rechteckiges Steinprisma ohne Turm oder Campanile, aber dennoch bereits das höchste Gebäude der Insel. Deshalb erinnerte sie Annibale an einen Tempel des Ostens, und die breite Säulenplatte am Eingang verstärkte diesen Eindruck. Die Fassade könnte die eines Tempels in Jerusalem oder eines Parthenons in Athen oder – hier erschauerte er vor Freude – eines Schreins in Konstantinopel sein. Annibale zählte fünfzehn Stufen bis zu den Türen und stürmte jede einzelne empor.

Drinnen empfing ihn ein Chaos aus Erde und Steinen. Eine erstickende weiße Staubwolke hing in der Luft, und eine ohrenbetäubende Kakophonie aus den Hammerschlägen der Steinmetze, den Rufen der Männer und dem Knarren der komplizierten Winden und Flaschenzüge, mit denen die Blöcke in die Höhe gezogen wurden, schlug ihm entgegen.

Mit Pflöcken und vielfarbigen Seilen war ein kreuzförmiger Weg markiert worden, in dessen Mitte dort, wo Christus hängen sollte, Palladio und sein Schatten standen, der struppige Zeichner. Annibale strahlte die beiden an, vergaß dabei aber, dass er seine Maske trug. Als sie ihn sahen, schlug sich Palladio gegen die Stirn.

»Verzeiht mir, *Dottore.* Ich hatte vergessen, dass heute Freitag ist. Wir debattieren gerade darüber, was mit dem Brunnen passieren soll.«

Annibale tauchte seinen Schnabel in den zerbröckelnden Schacht. Er wirkte sehr alt. »Worin besteht euer Problem? Schüttet ihn zu.«

»Das lag eigentlich auch in meiner Absicht«, erwiderte der Architekt, rieb sich aber immer noch unschlüssig den Bart. »Und trotzdem ist er ein Ziel für die Gläubigen. Meine Steinmetze schicken täglich Pilger weg, die verzweifelt nach einem Mittel gegen die Pest suchen. Ich dachte, ich könnte ihn vielleicht in den Gesamtentwurf eingliedern, aber Zabato sagt, der Brunnen würde direkt unter der Mitte der Kuppel liegen. Und da natürlich nichts von deren Pracht ablenken darf, fürchte ich, er muss doch verschwinden.« Palladio blickte ebenso wie Annibale in den Brunnen und lachte leise. »Ihr seid mein Arzt.

Soll ich von dem Wasser trinken? Das Wundermittel erproben, bevor der Brunnen für immer begraben wird?«

Annibale lachte. »Tut Euch keinen Zwang an, mein Bester, denn das Wasser wird Euch weder umbringen noch heilen. Wann beginnt Ihr mit der Kuppel?«

»Heute.«

Annibale blickte zum Himmel empor. Er war so blau wie ein Entenei und mit kleinen Wolken übersät, unter deren fedrigen Bäuchen er tiefer indigoblau schimmerte. Es erschien unmöglich, einen Teil davon unter einer Kuppel verschwinden zu lassen, aber heute hielt Annibale alles für möglich. Palladio würde es zuwege bringen.

Er betrachtete den alten Mann. Vielleicht lag es an dem Licht im Freien, aber der Architekt schien ihm nie gesünder ausgesehen zu haben. Er hatte eine gleichmäßige Gesichtsfarbe, atmete kräftig und regelmäßig, und seine Augen blickten hell und klar. Annibale öffnete den Mund, um sich nach Palladios Befinden zu erkundigen, stellte ihm dann aber eine ganz andere Frage.

»Was bedeutet Euer Name?«

»Verzeihung?« Der alte Mann wirkte verwirrt.

»Euer Name. Palladio. Was bedeutet er?«

»Mein erster Herr, Gian Giorgio Trissino, gab ihn mir«, entgegnete Palladio. »Er leitet sich von der Göttin der Weisheit Pallas Athene ab.«

Annibale lächelte. Im Moment entlockte ihm alles ein Lächeln. »Ich dachte mir schon etwas in der Art. Wie lautet denn Euer richtiger Name?«

»Andrea di Pietro della Gondola. Aber an Palladio können sich die Leute besser erinnern. Und ich möchte, dass man sich an mich erinnert, vor allem dieser Kirche wegen.« Er schien zu erschauern.

»Das wird man«, versicherte ihm Annibale. »Ihr werdet sie mühelos vollenden; Ihr wart klug genug, auf Eure Gesundheit zu achten.« Er war Palladio wohlgesonnen, war der ganzen Welt wohlgesonnen. Er gab sogar eine höfliche Antwort, als sich der Zeichner mit dem wilden Haarschopf nach Feyra erkundigte. Es war eine Freude, ihren Namen zu hören, eine Freude, von ihr zu sprechen. »Es geht ihr gut«, erwiderte er. »Sie lässt Euch grüßen.«

Nachdem er einmal begonnen hatte, von ihr zu sprechen, hätte er am liebsten ununterbrochen weitergeredet, ständig ihren Namen wiederholt, jede Kleinigkeit zum Besten gegeben, die sie ihm gegenüber je geäußert hatte. Er musste sich verabschieden, bevor er sich verriet. Also entschuldigte er sich bei den beiden Männern und rannte zu dem *traghetto* zurück, als wäre der Teufel hinter ihm her.

Während er sich über die Lagune rudern ließ, beobachtete Annibale voller Freude, wie die Schatten des späten Nachmittags immer länger wurden, da jeder Zentimeter, um den sie wuchsen, ihn der Nacht und Feyra näher brachte. Kaum, dass der Bootslenker das Boot an der kleinen Mole vertäut hatte, sprang er auch schon an Land, entlohnte den Mann großzügig und grüßte, als er das Torhaus passierte, nicht nur Bocca, sondern auch den Zwerg. Ein leichter Schauer lief ihm über den Rücken, als er am Krankenhaus vorbeikam, weil er wusste, dass sie darin beschäftigt sein würde. Ihm so nah.

Dieses eine Mal betrat er das Tezon nicht, sondern begab sich auf direktem Weg zu seinem Haus. Vor dem heutigen Abend wollte er sie nicht bei den Patienten sehen, wollte nicht Seite an Seite mit ihr arbeiten, ohne sie berühren zu dürfen. In der Ecke bei dem Feuer hatte er ein kleines Bett aufgestellt, damit die ersterbende Glut sie nachts wärmte, und es mit seiner besten Decke und seiner besten strohgefüllten Matratze versehen. Mit einer Hand strich er über das glatte Laken, auf dem sie beide heute Nacht liegen würden.

Gegen seinen Willen hörte er erneut die Stimme der Badessa des Miracoli-Ordens. Als er ihr beiläufig mitgeteilt hatte, dass die Hütte neben der Kirche für die wachsende Familie Trianni frei werden würde, hatte sie ihn streng gemustert.

»Was wollt Ihr mit diesem Mädchen?«, fragte sie. »Sie ist Waise, unverheiratet und weit weg von ihrer Heimat. Ihr seid unverheiratet. Weitaus schwerer wiegt es, dass ihr verschiedenen Glaubensrichtungen angehört. Ihr ist die ewige Verdammnis gewiss, aber *Ihr* könnt noch gerettet werden. Daher kommt es auch überhaupt nicht in Frage, dass Ihr um sie anhaltet, und wenn Ihr in Sünde mit ihr zusammenlebt, bringt Ihr Eure unsterbliche Seele in Gefahr. Lasst sie in Ruhe.«

»Von einer derartigen Beziehung kann keine Rede sein«, log er. »Sie wird unten am Feuer schlafen. Wollt Ihr mir ein Hausmädchen verwehren?«

»Nur dass sie nicht Euer Hausmädchen ist«, gab die Badessa mit fester Stimme zu bedenken.

Jetzt verlor Annibale die Beherrschung und fuhr sie an: »Nein, das ist sie nicht.« Seine Stimme hallte innerhalb der Schnabelmaske in seinen Ohren wider. »Sie ist meine Kollegin. Sie ist eine *Ärztin.«* Es war das erste Mal, dass er das Wort laut aussprach, und er wunderte sich über sich selbst.

Für den Rest des Tages machte er sich im Haus zu schaffen. Er dachte an Feyra, die die Patienten betreute, verschleiert und geschäftig, und sehnte sich danach, sie hier zu haben. Er wusste genau, wie er sie in die Arme schließen und wie er ihren wundervollen Mund küssen würde. Annibale, der niemals betete, betete jetzt, das Licht möge schwächer werden.

Als endlich die Dunkelheit hereingebrochen war und sie an die Tür klopfte, schoss er förmlich von seinem Stuhl hoch. Er riss die Tür so hastig auf, dass das Feuer eine Rauchwolke ausspie. Als sie sich verzog, gab sie den Blick auf eine grässliche Erscheinung frei.

Es war, als wäre Feyra ein halbes Jahrhundert gealtert, als hätte sie ihre dunklen Locken künstlich schwarz gefärbt, Krähenfüße bekommen, die sich um die von bernsteinfarben zu schlammgrün getrübten Augen herumzogen, und ihre Wangen durch zwei zu rote Rougeflecken betont. Sie trug ein zerlumptes rotes Samtkleid mit einem Ausschnitt bis zu den Brustwarzen, das man beim besten Willen nicht als sittsam bezeichnen konnte. Unfähig, sich von der Stelle zu rühren, starrte er sie voller Entsetzen an.

Es war Columbina Cason. Seine Mutter.

# 31

Feyras Hand zitterte, als sie sie hob, um an Annibales Tür zu klopfen. Dies war der Beginn eines neuen Lebens für sie beide.

Die Tür wurde geöffnet, und eine Frau stand vor ihr. Sie trug einen Reiseumhang und hielt eine Maske in der Hand, als sei sie ebenfalls gerade erst angekommen. Feyra, der der Schreck die Sprache verschlagen hatte, stand stumm vor ihr. Die Frau hob nach Art vornehmer Damen das Kinn. »Ja?«, fragte sie hochmütig.

»Ich möchte den Doktor sprechen.« Feyra sah Annibale unschlüssig im Hintergrund stehen und warf ihm einen flehenden Blick zu.

Die Frau registrierte ihren Akzent, und ihre grünen, katzenähnlichen Augen wurden schmal. »Und du bist …«

Annibale trat hastig vor. »Feyra ist meine Krankenschwester im Tezon.«

»So, so.« Die Frau verlagerte ihr Gewicht auf eine Weise von einer Hüfte auf die andere, die aufreizend und besitzergreifend zugleich wirkte. »Mein Sohn braucht keine Krankenschwester. Seine *Mamma* ist wieder zu Hause.« Mit diesen Worten schlug sie Feyra die Tür vor der Nase zu.

»Ich habe mich geändert.«

Seine Mutter hatte unaufgefordert auf dem Stuhl am Feuer

Platz genommen, der für Feyra gedacht gewesen war. Er erwiderte nichts darauf, aber sie musste seine Zweifel gespürt haben.

»Doch, das habe ich, Annibale. Ich habe mich von meinem alten Leben endgültig losgesagt. Ich möchte hier bei dir bleiben und dir endlich eine Mutter sein. Ich weiß, dass ich dir großes Unrecht zugefügt habe – dich mehr als ein Mal schmählich im Stich gelassen …«

»Wie hast du mich gefunden?«, unterbrach er sie scharf.

Sie schlug die Katzenaugen nieder. »Ich bin mit einem Kaufmann … einem Bekannten nach Treporti gegangen. Dort hörte ich, dass ein Arzt namens Cason hier auf der Insel ein Krankenhaus betreibt. Mein Bekannter wurde krank, und ich wusste nicht, was ich tun sollte. Aber ich wusste, dass mein Sohn mir helfen würde, wenn ich zu ihm gehe. Ach, mein Junge! Du hast all dies bewirkt, du hast all diese guten Menschen hierhergebracht und sie gerettet.« Sie sank vor ihm auf die Knie und küsste seine Hände. »Ich wusste, dass du auch mich retten würdest!«

Da er feststellte, dass er seine Hände nicht wegziehen konnte, wartete er schweren Herzens, bis sie sich wieder setzte, anmutig an der Ambrakugel schnupperte, die an ihrem Handgelenk hing, und ihre Röcke um sich drapierte. Ihre Augen waren vollkommen trocken.

»Ich dachte, wir sollten noch ein Mal von vorne anfangen, du und ich. Ich hatte kein einfaches Leben, musst du wissen. Dein Vater …«

Annibale gefror plötzlich das Blut in den Adern. »Du warst aber schon mit meinem Vater verheiratet, oder?« Er dachte an alles, was er je gekannt hatte, seinen Namen, seine Abstammung, den unter den Bodendielen unter seinem Bett verborgenen Cason-Schatz.

»Natürlich war ich das. Aber was du nicht weißt, ist, dass ich eine Kurtisane war … nicht erst danach, sondern schon vorher.«

Er zwinkerte, weil seine Augen vom Feuer brannten, und versuchte zu begreifen, was sie ihm sagen wollte. »Du meinst, als mein Vater dich kennenlernte …«

»Ja. Ich habe mein Gewerbe in der Nähe des Campo d'Oro betrieben. Du wurdest im Karneval in einer Gondel gezeugt. Als ich merkte, dass ich schwanger war, sagte Carlo, er würde mich heiraten. Ich war so schön damals, das kannst du dir nicht vorstellen.«

Das konnte er in der Tat nicht. Für ihn war nur eine Frau schön, und außerdem bestand Schönheit für ihn nicht in der Maske, die ein Mensch trug, sondern in der Person darunter. Er betrachtete die Maske seiner Mutter, die neben seinem Schnabel am Feuerhaken hing, eine unheilige Verbindung von Kurtisane und Vogel. Ein makelloses, bemaltes Gesicht starrte ihn aus der Vergangenheit seiner Mutter an.

Er erfuhr, dass sie, nachdem sie ihn und seinen Vater verlassen hatte, mit ihrem neuen Liebhaber in eine der großen Villen in Venetien gezogen war. Nachdem sie herausgefunden hatte, dass ihr Gönner sich nebenbei auch noch mit den beiden Küchenmädchen vergnügte, war sie mit dem Maler, von dem die Fresken in der Villa stammten, nach Rom gegangen. Dort war sie die Mätresse eines Priesters geworden, bevor sie mit einem seiner Messdiener nach Messina durchbrannte.

Nach einer Weile hörte Annibale nicht mehr zu, sondern reimte sich stattdessen eine andere Wahrheit zusammen. In ihrer Jugend war sie schön genug gewesen, um trotz ihres niedrigen Standes einen unbedeutenderen venezianischen Edelmann zu betören. Er vermutete, dass es sich bei ihrem letzten Liebhaber, dem Kaufmann, in Wirklichkeit um einen Straßenhändler mit einem Stand auf dem Markt in Treporti handelte. Mit dem Dahinschwinden ihrer Schönheit war auch ihr Kundenkreis immer armseliger geworden, und geblieben war nur ihr schlechter Charakter, der verhinderte, dass sie im Herbst ihres Lebens einen Gefährten dauerhaft an sich binden konnte. Endlich konnte er die jammervolle Geschichte nicht länger ertragen, er schlief auf seinem Stuhl ein und wurde prompt von kummervollen Träumen geplagt. Am Morgen waren seine Weinflaschen leer und rollten vor seinen Füßen herum, das Feuer war erloschen, und seine Mutter schnarchte auf der Pritsche am Feuer, die er so liebevoll für Feyra hergerichtet hatte.

Er ließ sie dort liegen.

Annibales Abende verliefen nun ganz anders als zuvor. Statt mit Feyra medizinische Diskussionen zu führen, die ihm das Gefühl verliehen, den Tod besiegen und die ganze Welt heilen zu können, musste er sich die Geschichten seiner Mutter von gesellschaftlicher Schande und sozialem Abstieg und ihre Klagen um ihre verlorene Jugend anhören. Annibale fühlte sich mit einem Mal furchtbar einsam, obwohl er ständig mit seiner Mutter zusammen war. Er war isoliert und dennoch körperlich nicht mehr so oft berührt worden, seit Columbina ihn als Kind verlassen hatte. Ihre Zärtlichkeiten waren in dieser Zeit stecken geblieben und von der Erinnerung verklärt. Sie ging mit ihm um, als wäre er noch ein achtjähriger Junge. Sie zauste sein Haar, zwickte ihn in die Wangen, kitzelte seinen Nacken und rieb ihm den Rücken, wie sie es, wenn sie denn da gewesen wäre, vielleicht getan hätte, wenn er krank war. Er brachte es nicht fertig, sie wegzustoßen, doch ihre Umarmungen verursachten ihm Übelkeit, da sie ein groteskes Zerrbild der Liebe waren, die er bei einer anderen zu finden gehofft hatte. Außerdem hatte er seiner Mutter sein Bett in der oberen Kammer überlassen, sodass er als zusätzliche Qual in dem Bett schlafen musste, das für Feyra bestimmt gewesen war.

Annibale riet Columbina, stets eine Maske zu tragen. An die Maske, die sie bei sich hatte und die das ganze Gesicht bedeckte und mit einer Schnur am Hinterkopf befestigt wurde, meinte er sich aus seiner Kindheit her zu erinnern. Sie zeigte ein schönes, geschminktes Kurtisanengesicht, weiß wie Bleipaste, mit einem perligen Schimmer, kirschroten Lippen und roten Flecken auf den Wangen. Sie verlieh ihr den gespenstischen, leeren Abglanz einer Schönheit, die sie nicht länger besaß. Ihre Kleider saßen schlecht, und die leuchtenden Farben hätten zu einer jugendlichen Erscheinung besser gepasst. Sogar ihr Name wirkte jetzt zu jung für sie. *Columbina Cason* war ein Name für eine Kokotte oder eine frische, kapriziöse Schöne. Diese Zeit lag längst hinter ihr.

Auch sonst trug Columbina Cason eine Maske. Sie besuchte jede Familie und brachte im Namen ihres Sohnes milde Gaben mit: Schalen mit Eintopf, frische Zitronen oder Süßigkeiten für die Kinder. Sie nähte mit den Nonnen Matratzen und raffte sogar ihre Röcke, um im Garten zu arbeiten. Täglich besuchte sie den Gottesdienst und erregte das Mitleid der Nonnen, indem sie von ihrem elenden Leben und ihrer aufrichtigen Reue erzählte, und sie beichtete der Badessa fast jeden Tag ihre Sünden, weil die Beichte ihr eine weitere Gelegenheit bot, über sich selbst zu sprechen.

Das eigenartige, verschleierte Mädchen, das schweigend, kompetent und offenbar sehr eng mit ihrem Sohn zusammenarbeitete, war Columbina ein Dorn im Auge. Voller Eifersucht hatte sie anfangs versucht, ihr zu schmeicheln, aber das fremdländische junge Ding schien als einziger Mensch auf der Insel gegen ihren Charme immun zu sein, wenn man von der schwachsinnigen Missgeburt einmal absah. Columbina hatte den Zwerg ein- oder zweimal dabei ertappt, wie er sie anstarrte, und ihm zur Strafe dafür in seine hässliche Fratze geschlagen. Das schweigsame Mädchen war sofort herbeigeeilt und hatte ihm eine Salbe für den Kratzer gegeben, den Columbinas Ring hinterlassen hatte. Die ältere Frau hatte das unbehagliche Gefühl beschlichen, dass die bernsteinfarbenen Augen des Mädchens bis auf den Grund ihrer Seele blicken konnten.

Von da an ignorierte sie die *Muselmana* nicht mehr, sondern bekreuzigte sich jedes Mal, wenn sie sie sah, und spuckte vor ihr aus, wie es sich für eine gute Christin gehörte, auch wenn sie sich in der Gegenwart ihres Sohnes ein solches Benehmen wohlweislich verkniff. Bald begannen einige der jüngeren Nonnen ihrem Beispiel zu folgen, und die zunehmende Isolation der Ungläubigen bestärkte Columbina in ihrer Ansicht, Gottes Werk zu tun.

Die Badessa der Schwesternschaft des Miracoli-Ordens war eine gute Menschenkennerin, und sie ließ sich von Columbina Cason nicht so leicht täuschen.

Die Äbtissin erkannte wahren Glauben, wenn sie ihn sah – zum Beispiel bei Bocca, dem Torhüter, der wahrhaft fromm war –, aber den endlosen Beichten der Mutter des Doktors hatte sie entnommen, dass die Frau ebenso wenig gläubig war wie ihr Sohn. Und die würdevolle Art, mit der Feyra Columbina Casons Beleidigungen hinnahm, nahm sie noch mehr für das Mädchen ein.

Daher hatte sie Feyra, als diese ungefähr eine Woche nach Columbina Casons Ankunft an der Kirchentür aufgetaucht war, warm begrüßt. Das Mädchen sah furchtbar elend aus. »Stimmt etwas nicht?«

»Nein, nein«, wehrte Feyra flüchtig ab, aber ihre Miene strafte ihre Worte Lügen. »Ihr müsst nur den Triannis sagen, dass sie vorerst noch nicht umziehen können. Ich brauche das Haus noch ein wenig länger.« Sie wandte sich hastig zum Gehen, aber der Badessa war der feuchte Glanz in ihren Augen trotzdem nicht entgangen.

Sie rief das Mädchen zurück. Feyra würde weder freiwillig über die Schwelle der Kirche treten, noch würde die Badessa es ihr gestatten, daher trat die ältere Frau ins Freie. »Geht es dir nicht gut?«

Feyra hatte sich wieder gefasst. »Mir fehlt nichts.«

Es war nicht die Art der Badessa, sich einzumischen, aber sie hatte das, was sie dem Arzt gesagt hatte, ernst gemeint. »Wenn ich … ich schätze, irgendetwas hat verhindert, dass du mit unserem Doktor unter einem Dach lebst, und ich wage zu behaupten, dass das ein Segen sein könnte.«

Die Andersgläubige richtete ihre schönen Augen auf sie. »Wäre es denn so schlimm gewesen, wenn Liebe im Spiel ist?«

Die Badessa musterte sie mitleidig, sprach aber mit großer Entschiedenheit. »Das, was du meinst, ist eine Sünde, eine Sünde gegen die christlichen Gebote.« Doch als sie zusammen zum Friedhofstor gingen, lenkte sie ein. »Ihr gehört zwei verschiedenen Glauben an, aber vielleicht gibt es einen Weg, euch zusammenzubringen. Wenn du die christliche Bibel, das Buch der Bücher, liest und studierst, könntest du im Lauf der Zeit in die Familie Gottes aufgenommen werden. Dann, und nur dann wäre es dem Doktor möglich, seine Beziehung zu dir zu legalisieren.«

Die fremdartigen gelben Augen des Mädchens weiteten sich noch mehr. Sie sah aus, als wäre ihr die Vorstellung ein Gräuel, doch im nächsten Moment veränderte sich ihr Blick wie die Lagune, wenn eine Brise kleine Wellen über sie hinwegtrieb. »Ja«, erwiderte sie. Ihre Worte überschlugen sich fast. »Ja. Wenn Ihr es erlaubt, würde ich mir gern eine … Bibel ausleihen.«

Feyra hatte nicht die Absicht, sich der Familie des Christengottes und seines Hirtenpropheten anzuschließen. Sie wusste, dass ihre Mutter diesen Schritt in umgekehrter Richtung vollzogen hatte, aber sie fand allein den Gedanken daran verabscheuungswürdig.

Doch als die Badessa die Bibel erwähnt hatte, war ihr wieder etwas in den Sinn gekommen, was ihre Mutter gesagt hatte: Die Bibel war das Buch der Bücher, und darin würde sie alles finden, was sie über die vier Reiter wissen musste. Jetzt, wo ihre Abende wieder ihr allein gehörten, hatte sie öfter und öfter über das Rätsel nachgegrübelt und versucht, sich an die lange vergessenen Worte ihrer Mutter zu erinnern. Nun, wo sie eine Beschäftigung brauchte, beschloss sie, das Geheimnis der vier Pferde zu lüften.

Sie saß vor ihrem eigenen Feuer, einer ärmlicheren Version von Annibales Kamin, und betrachtete das in ihrem Schoß liegende Buch. Es war in karminroten Samt gebunden, mit silbernen Klammern versehen, und die Kanten der Seiten waren kunstvoll vergoldet.

Feyra schlug das Buch so vorsichtig auf, als könne sie sich daran die Hände verbrennen. Das kunstfertig hergestellte Pergament war glatt und milchig und der Rücken mit zierlichen Stichen genäht. Es handelte sich offensichtlich um ein sehr wertvolles Buch, und es hatte die Badessa sicher einige Überwindung gekostet, es ihr zu überlassen. Die Schrift war eng und schwarz, der Text leuchtend bunt illustriert. Die Bilder zeigten Engel und Dämonen, die Erlösung oder Verdammnis verhießen. Dieses Buch hatte Gewalt gegen ihr Volk und Schmähungen ihres Glaubens legitimiert, und dennoch blätterte sie die Seiten entschlossen um. Sie kämpfte mit den lateinischen Worten, doch in gewisser Weise brachte sie dies Annibale näher, denn sie las die Sprache, die er sie gelehrt hatte. Sie fand es seltsam, dass die Sprache der westlichen Medizin auch die des christlichen Glaubens war, obwohl beides Annibale zufolge manchmal in scharfem Gegensatz zueinander stand. Er hatte ihr einmal erzählt, dass die Kurie von Padua Einwände gegen die an der dortigen medizinischen Fakultät entwickelten Behandlungen der Pocken erhoben hatte, und zwar mit der Begründung, sie seien gottlos.

Feyra blätterte in der Bibel und starrte die Buchstaben an, bis die schwarz gedruckten Sätze verschwammen und die vergoldeten Figuren am Rand vor ihren Augen zu tanzen begannen, als wäre ihnen Leben eingehaucht worden. Endlich fand sie in einem Buch namens Offenbarung das, was sie suchte. Dort ritten sie, als wollten sie von den Seiten springen. Ein weißes Pferd, ein rotes, ein schwarzes und ein fahles, und auf jedem saß ein grinsendes Skelett.

Die vier apokalyptischen Reiter.

Es fiel ihr schwer, das Latein zu entziffern, und sie war über den ersten Satz nicht hinausgekommen, als sie sich fröstelnd an die letzten Worte ihrer Mutter erinnerte, die diese im Delirium gestammelt hatte.

»*Komm und sieh!*«, las sie laut. »*Und ich sah, und siehe, ein schwarzes Pferd. Und der darauf saß, hatte eine Waage in der Hand. Und ich hörte eine Stimme mitten unter den vier Gestalten sagen: Ein Maß Weizen für einen Silbergroschen und drei Maß Gerste für einen Silbergroschen; aber dem Öl und Wein tu keinen Schaden!*«

Die Worte ergaben für Feyra jetzt ebenso wenig Sinn wie damals, als ihre Mutter sie auf dem Sterbebett hervorgestoßen hatte. Aber als sie weiterlas, schluckte sie hart, weil sie zum ersten Mal verstand, was ihr Vater nach Venedig befördert hatte, denn das schwarze Pferd brachte die Pestilenz. Mit wachsender Verwirrung las sie, wie die Große Bedrängnis aussah, vor der ihre Mutter gewarnt hatte. Vor dem schwarzen Pferd kam das rote, der Bote von Feuer und Blutvergießen.

»*Als das Lamm das zweite Siegel auftat*«, las Feyra, »*hörte ich die zweite Gestalt sagen: Komm und sieh! Und es kam heraus ein zweites Pferd, das war feuerrot.*«

Dann gab es noch ein weißes Pferd, einen Eroberer mit einem Bogen und einer Krone, der Krieg führen wollte. Zuletzt folgte das fahle Pferd, grünlich wie Galle, das Tod, Verzweiflung und das Ende der Welt brachte.

Sie klappte das Buch zu und presste die Deckel zusammen, als könne sie dadurch die darin enthaltenen Schrecken fortschließen. Dann kniff sie die brennenden Augen zu und versuchte sich daran zu erinnern, was Nurbanu genau gesagt hatte. Sie hatte gesagt, dass *vier* Pferde kommen würden, nicht nur eines. Vier Pferde, wie das bronzene Quartett mit den auskeilenden Hufen, das sie auf der Basilika des Dogen gesehen hatte.

In der Bibel folgte das fahle Pferd auf das schwarze, aber als sie den von ihrem Körper gewärmten Kristallreif genauer betrachtete, stellte sie fest, dass auf ihrem Ring das rote Pferd direkt nach dem schwarzen kam, dann das weiße und zuletzt das grünlichfahle Tier.

Feyra verwünschte sich dafür, dass sie sich nicht an die Zeichen erinnerte, die ihre Mutter sie gelehrt hatte, und die Botschaft nicht an den Dogen weitergeleitet hatte, wie sie es geschworen hatte. Nachdem ihr Freund Tod die Stadt betreten hatte, hatte sie ihre Mission als gescheitert betrachtet. Das schwarze Pferd war aus seinem Stall entkommen, und sie hatte keinen Sinn darin gesehen, danach noch die Tür zu schließen. Aber jetzt begann sie sich von einer dumpfen Furcht erfüllt zu fragen, ob weiteres Unheil folgen würde.

Mit Annibale an ihrer Seite hätte sie die Prophezeiungen vielleicht als Hirngespinste abgetan, aber jetzt überlegte sie, was für Plagen noch von Konstantinopel über das Meer in diese leidgeprüfte Stadt geweht werden konnten. Der Schiffsverkehr war noch immer eingestellt, die Besatzung der *Il Cavaliere* davongesegelt, und sie war der einzige noch lebende Mensch von diesem Schiff, der sich noch in Venedig aufhielt. Das teuflische Unternehmen musste beendet sein. Und doch wünschte sie, die in Schwarz und Weiß niedergeschriebene schreckliche Vision nie gesehen zu haben. Sie hatte in ihr das furchtbare Gefühl ausgelöst, dass es vielleicht noch nicht vorüber sei.

In dieser Nacht ging Feyra nicht zu Bett. Sie saß da und betrachtete das Buch auf dem Kaminsims, als könnten sich die Reiter aus den Seiten lösen und zum Leben erwachen. Als sie die Glocke zur Matutin läuten hörte, huschte sie zur Kirche hinüber und legte das Buch auf die Schwelle.

Die Badessa, die vor dem Morgengrauen die kleine Kirche San Bartolomeo verließ, um die Schwestern zum Dormitorium zurückzuführen, wäre fast auf die Bibel getreten. Sie hob sie auf, wobei ihre alten Knochen knirschten, und gestand sich mit einem tiefen Seufzer ihr Versagen ein. Dann ging sie zu Bett, um vor der Prim noch ein paar kostbare Stunden zu schlafen, und schüttelte vor Kummer über ein verlorenes Schaf den Kopf.

# 32

Im Lauf der nächsten Tage versuchte Feyra die Reiter zu vergessen. Sie beschloss stattdessen, etwas gegen die einzige der Plagen zu unternehmen, die sie kannte. Sie würde ihr und Annibales Wissen und ihrer beider Erfahrung nutzen, um ein Mittel gegen die Pest zu entwickeln.

In Konstantinopel hatten die gelehrtesten Ärzte oft einen Trank hergestellt, der Theriak genannt wurde. Das Allheilmittel zählte zu den komplexesten Formen der Medizin und war in so vielen Zusammensetzungen zu finden, wie es Zwecken diente. Aufgrund der zahlreichen Zutaten konnten es sich meist nur die Wohlhabendsten leisten, und nur die kompetentesten Ärzte wagten sich an die Herstellung.

Doch Feyra hatte keine Angst. Sie brauchte eine Beschäftigung. Sie holte ihren Medizingürtel und inspizierte die Kräuter, Salben und Pulver. Einige stammten aus Konstantinopel, andere aus Venedig, mit denen sie ihre Vorräte ergänzt hatte, und einige neue Schätze waren darunter, die sie hier auf der Insel in den dunkelsten Ecken des Schlehdornwaldes außerhalb der Mauern gefunden oder aus den seltsamen Pflanzen zusammengemischt hatte, die in der salzigen Erde der Marschen wuchsen.

Sie verfolgte zwei Ziele: die bereits Erkrankten zu heilen und zu verhindern, dass die Gesunden von der Seuche befallen wurden. Ihre Arznei musste sowohl Fieber senken als auch die Beulenbildung reduzieren sowie das Blut reinigen, und vor allem musste es Hoffnung spenden. Jeder, der sie nahm, musste fest daran glauben, dass der Inhalt jeder kleinen Flasche ihm das Leben zurückgeben würde. Sie beschloss, das Mittel *Theriaca* zu nennen, die venezianische Version des vom Griechischen abgeleiteten Originalwortes. Sie war damit sehr zufrieden, aber bislang war ein Name alles, was sie hatte.

Sie begann mit der Arbeit.

Ihr Haus verwandelte sich in ein Alchemielabor, das mit Flaschen, Destillierkolben, Kesseln und Tiegeln vollgestopft wurde. Obwohl sie versuchte, sich zu konzentrieren, blickte sie bei jedem Geräusch, jedem Türknarren in der Hoffnung auf, *er* wäre es, der gekommen war, um ihr mitzuteilen, dass seine grässliche Mutter fort war.

Aber die Tage wurden zu Wochen und die Wochen zu einem Monat, und noch immer sah sie Annibale nur im Krankenhaus. Soweit sie wusste, besuchte er Palladio jeden Freitag, und an diesen Tagen verließ sie das Tezon kaum, denn dann machte ihr die boshafte Gegenwart der Mutter des Arztes das Leben außerhalb des Krankenhauses zur Hölle. Sie nutzte die Zeit klug. An diesen Freitagen stellte sie Versuche mit den Patienten an, wobei sie die, die sprechen konnten, um Erlaubnis fragte und die anderen einfach so behandelte, da sie davon ausging, dass all jene, nach denen der Tod schon die eisigen Klauen ausstreckte, für jede Chance auf Heilung dankbar sein würden. Sie bot den Trank auch einigen der Familien in den Armenhäusern an, bei denen ein Angehöriger vor kurzem an der Pest erkrankt war. Die Ergebnisse ihrer Nachforschungen interessierten sie brennend.

Dank ihres so erworbenen Wissens war sie bereit, die Medizin in größeren Mengen herzustellen. Sie nahm einen Stapel Phiolen aus dem Tezon mit, füllte sie mit Seesalz und ließ sie über Nacht so stehen. Am nächsten Tag, einem Freitag, ging sie mit einem Ranzen voll gereinigter Flaschen zum Brunnen, um sie mit Wasser zu füllen, das sie für ihren Trank brauchte. Nachdem sie den Eimer mit dem kristallklaren Wasser in die Höhe gezogen hatte, maß sie es sorgfältig ab, füllte die Flaschen damit, verkorkte sie und legte sie in ausgeräuchertes Leinen, um sie nach Hause zu tragen und ihre geheime Zutat hinzuzugeben. Sie lud sich das klirrende Bündel auf den Rücken. Der steinerne Löwe mit dem geschlossenen Buch beobachtete sie.

»Kein Wort«, sagte sie zu ihm.

Es war schon fast dunkel, als Annibale auf die Insel zurückkehrte. An diesem speziellen Freitag hatte er seine Rückkehr aus Venedig bewusst hinausgezögert, weil er sich ausgerechnet hatte, dass er Feyras Gesicht jetzt einen Monat lang nicht gesehen hatte und es eine Qual für ihn war, in ihrer Nähe, ihr aber nicht nah zu sein. Im Krankenhaus hatte sie sich still und zurückhaltend verhalten und schwerer denn je gearbeitet. Sie war höflich zu ihm, aber er konnte sehen, dass sie verletzt war, und das fand er so unerträglich, dass er sich noch schroffer gab als sonst. Außerdem sah er sich gezwungen, einer Wahrheit ins Auge zu blicken.

Egal ob seine Mutter ging oder blieb, er wusste, dass er von Feyra nie wieder das erbitten durfte, worum er sie in jener letzten Nacht am Feuer gebeten hatte. Er konnte sie nicht entehren, indem er sie zu seiner Mätresse machte, und genauso wenig konnte er sie heiraten. Die Badessa hatte recht: Die Kluft zwischen ihnen war zu groß. Er könnte ein, zwei Jahre mit ihr zusammenleben, bis die Pest erloschen war, und was dann? Er durfte nicht zulassen, dass sie von einem Mann zum anderen gereicht wurde, bis sie in denselben Abgrund stürzte, der Columbina Cason verschlungen hatte.

Er hatte sich an die abendliche Gesellschaft seiner Mutter gewöhnt, an die konstante Beanspruchung seiner Person, an ihr unaufhörliches Geschnatter und ihre nur um sich selbst kreisenden Leidensgeschichten. Er saß dann nur schweigend da, starrte ins Feuer und versuchte das Gesicht vor seinem geistigen Auge heraufzubeschwören, das ihm so fehlte, den seltsamen Mund und die topasfarbenen Augen. Er hatte sich damit abgefunden, dass eine ganze Ewigkeit solcher Abende vor ihm lag, doch als er zu seinem Haus zurückkam, stellte er überrascht fest, dass seine Mutter verschwunden war. Sein erster Gedanke galt der Möglichkeit, sie könne ihn um einige seiner medizinischen Gerätschaften erleichtert haben, aber außer ihrem Umhang und den Handschuhen fehlte nichts, und die gespenstische weißgesichtige Maske hing nicht mehr am Feuerhaken.

Er eilte in die Nacht hinaus und lief zum Torhaus zurück, wo Bocca und sein Sohn am Feuer ein kärgliches Mahl verzehrten. »Ist ein Boot gekommen?«, fragte er.

Der Tonfall des Arztes reichte aus, um Bocca aufspringen zu lassen. »Ja, *Signor Dottore.* Zur Sext habe ich das Kohlenbecken angezündet und Eure Frau Mutter abgeholt, als die Barke kam. Ich bin davon ausgegangen, dass Ihr von ihrer Abreise wusstet.«

Einen Herzschlag lang fühlte sich Annibale wieder wie ein Achtjähriger, verlassen und beraubt, aber er nickte und war froh darüber, seine Maske zu tragen. »Natürlich wusste ich das«, fauchte er. »Ich wollte nur wissen, ob sie gut weggekommen ist.« Er wandte sich abrupt zum Gehen, weil er sich über das finstere Gesicht des Zwerges ärgerte, der ihn wie üblich aus dem Schatten heraus anstarrte.

Als er den Rasen überquerte, verspürte er eine ungeheure Erleichterung. Er konnte zwar keine so intime Beziehung zu Feyra unterhalten, wie er geplant hatte, aber er durfte doch sicher darauf hoffen, dass sie im Lauf der Zeit wieder Freunde werden würden. Er redete sich ein, dass es ihn schon glücklich machen würde, nur mit ihr zusammenzusitzen, ihr Gesicht zu sehen und über die Dinge zu sprechen, die ihnen beiden am

Herzen lagen. Auf halbem Weg blieb er stehen. Er würde jetzt zu ihrem Haus gehen, anklopfen und sie bitten, mit zu ihm an sein Feuer zu kommen.

Dann sah er den Brunnen. Die hellen Steine schimmerten im Dunkel. Der Löwe, der das geschlossene Buch in den Tatzen hielt, starrte ihn mit leeren steinernen Augen an. Von plötzlicher Panik überkommen, machte er kehrt und rannte nicht zu Feyras Haus, sondern zu seinem eigenen.

Er stürmte zur Tür herein und die Treppe hoch und riss dabei seine Maske ab. Dann kroch er unter das Bett und hob die lose Bodendiele an, unter der der Cason-Schatz versteckt war. Die Diele ließ sich so leicht lösen, als wäre sie erst vor kurzem wieder an ihren Platz zurückgelegt worden. Der Hohlraum darunter war leer, die Schatulle verschwunden.

Annibale ließ verzweifelt den Kopf sinken, bis seine Stirn die Dielen berührte. Der nutzlose goldene Schlüssel baumelte an seinem Hals.

# 33

Annibale war mit seiner Weisheit am Ende.

Paradoxerweise hatte sich die Kluft zwischen ihm und Feyra nach dem Verschwinden seiner Mutter vergrößert.

Von seinem Vermögen war nichts geblieben. Die Münzen in seinen Taschen würden nur noch wenige Tage lang reichen. Jetzt würde das Krankenhaus und seine utopische Insel wegen des Diebstahls, den seine Mutter begangen hatte, nur bis zum Ende der Woche überleben.

Die Familien würden nach Hause zurückkehren, die Toten und Sterbenden hierbleiben und die Schwestern wieder ihr Ordenshaus beziehen. Was aus Feyra werden würde, wusste er nicht. Vermutlich musste er sie zum Festland bringen und ein Schiff finden, das vielleicht von Ancona oder Ravenna aus in die Türkei fuhr. Er verwünschte sich dafür, seiner Mutter geglaubt und tatsächlich gedacht zu haben, sie wäre imstande, sich zu ändern.

Da ihm keine andere Wahl blieb, bat er Feyra, ihn an diesem Abend in seinem Haus zu besuchen, und betete, dass er beim Anblick ihres schönen Gesichts an seinem Vorsatz festhalten würde.

Sie folgte seiner Aufforderung, setzte sich aber nicht auf ihren gewohnten Stuhl, weil sie wusste, wer ihn während ihrer Abwesenheit mit Beschlag belegt hatte. Stattdessen blieb sie stehen und registrierte traurig, dass er zum ersten Mal, seit sie in diesem Haus miteinander allein waren, seine Maske nicht abgenommen hatte. Und sie ihren Schleier auch nicht.

»Zuerst«, begann der Vogelmann mit gedämpfter Stimme, »möchte ich dich beruhigen. Ich werde das Angebot, das ich dir vor einiger Zeit gemacht habe, nicht erneuern.«

Feyra schluckte. Sie hatte es gewusst, aber es zu hören schnitt ihr ins Herz. Sie spürte, wie ihr die Tränen in die Augen stiegen, und schwieg, weil sie fürchtete, ihre Stimme könne sie verraten.

»Zweitens muss ich dir leider mitteilen, dass der Cason-Schatz fort ist.«

Er äußerte sich nicht näher dazu, hatte aber vergessen, wie gut sie ihn kannte.

»Und deine Mutter?«

Die Vogelmaske blickte zu Boden. »Auch fort.«

Sie erwiderte nichts darauf.

»Daher muss die Insel geräumt und der Republik zurückgegeben werden. Das Krankenhaus wird in sieben Tagen geschlossen. Ich werde dich bis zum Ende der Woche bezahlen und mein Bestes tun, um für dich eine Rückfahrmöglichkeit in den Osten zu finden.«

Da war er. Der Moment, für den sie gearbeitet und all die kleinen goldenen Zechinen gespart hatte, die in ihrem gelben Pantoffel klimperten und die Heimreise nach Hause versprachen. Während des letzten einsamen Monats hatte sie begonnen, über das Leben nachzudenken, das sie führen konnte, wenn sie in die Türkei zurückkehrte. Natürlich nicht nach Konstantinopel, sondern an irgendeinen weit vom Auge des Sultans entfernten Außenposten wie Antiochia oder Tarsus, wo sie vielleicht eine eigene Arztpraxis eröffnen konnte. Sie wollte fortsegeln und den Westen nie wieder sehen. Doch stattdessen sagte sie: »Es muss nicht dazu kommen. Ich habe einen Trank entwickelt, ein Antidot, das ich Theriaca nenne. Lass es mich verkaufen, um das Krankenhaus zu finanzieren.«

Der Vogelmann schlug sich mit der Faust in die Handfläche, sprach aber mit ruhiger Stimme. »Ich habe dir oft genug gesagt, dass ich es verurteile, sich mit nutzlosen medizinischen Scharlatanerien am Elend der Kranken zu bereichern.«

»Und jedes Mal, wenn wir darüber gesprochen haben, habe ich gesagt, dass es vertretbar ist, wenn ein Arzt durch den kontrollierten Verkauf einer Arznei die Mittel aufbringen kann, um seinen Patienten zu helfen. Ich spreche nicht von Ausbeutung, ich spreche von rechtmäßigem Verkauf, denn mein Trank ist alles andere als nutzlos.«

»Woher willst du das wissen?«

Sie holte tief Atem. »Während des letzten Monats habe ich freitags Versuche durchgeführt. Mein Trank hat sich als äußerst wirksam erwiesen.«

»Du hast die Arzneien verändert, die ich meinen Patienten verordnet habe?«, bellte er barsch. Sein Schnabel verstärkte den Zorn in seiner Stimme noch.

Sie hob das Kinn und war froh, selbst wütend zu werden. »Ja. Mit *großem Erfolg.«* Sie hob die Hände. Da waren sie, stritten wieder wie in alten Zeiten. »Wenn du mich machen lässt, kannst du hier weitermachen wie bisher. Für immer. Willst du all das wirklich nur um dieses Machtspiels willen aufgeben, das du mit mir treibst?«

Der Vogelmann atmete schwer. Seine Augen schienen hinter den Rauchglasprismen an ihr herauf und hinunter zu wandern. Sie folgte seinem Blick. In dem Jahr, das sie nun hier war, war sie wieder dazu übergegangen, sich im osmanischen Stil zu kleiden und sich nach und nach in eine lose Hose, ein langes Hemd mit einem langen zinnoberroten Übergewand zu hüllen. Diese Farbe war für ihre Arbeit im Tezon die praktischste.

»Na schön«, sagte er endlich, wobei er wieder wie der Annibale klang, den sie kannte, »aber *so* kannst du nicht gehen.«

Annibale sprang bei Treporti an Land, dabei zählte er schon die letzten Münzen in seinen Taschen. Als er durch die überfüllten Gassen des Marktes rauschte, machten die Leute dem Arzt ehrerbietig Platz. Er musterte die Bürger der Stadt in gewohnt professioneller Manier. Die Pest schien noch nicht bis zu ihnen gelangt zu sein, und an den Türen der kleinen weißen, in gleißendes Sonnenlicht getauchten Häuser prangten keine Kreuze. Er hatte diese Aufgabe zwar keinem anderen anvertrauen wollen, dennoch streifte er eine Weile unschlüssig zwischen den Ständen umher, da er nicht ganz sicher war, wonach er eigentlich suchte.

Mamma Trianni hatte ihm aufgetragen, Samit oder Seide in jeder Farbe, die ihm gefiel, zu besorgen, und sie würde den Rest übernehmen. Er kannte den Unterschied zwischen den beiden Materialien nicht, hatte das aber nicht zugegeben. Er steuerte auf einen leuchtend bunten Stand zu, an dem Stoffbahnen wie Wimpel im Wind flatterten. Ohne groß nachzudenken, griff er nach einem Ballen in demselben Grünton wie seine Augen, der Farbe von Flaschenglas, die einen wässrigen Schimmer aufwies, als er sie ins Licht hielt.

Der Händler tauchte neben ihm auf. »Eine gute Wahl, *Dottore,* dieses Smaragdgrün. Indigo aus Indien für das Blau, feine englische Färber-Resede für das Gelb, beides zusammengemischt und mit guter venezianischer Pisse fixiert, um das Grün zu erzeugen.«

Annibale trat einen Schritt zurück, den Ballen noch immer an sich gepresst. »Kann man aus diesem Stoff ein Kleid schneidern?«, bellte er.

»Ja, *Dottore.«*

»Wie viel würde ich … würde meine Schneiderin brauchen?«

»Das kommt darauf an.« Der Mann kratzte sich am Kinn und zupfte das um seinen Hals hängende Maßband zurecht. »Ist die Dame üppig gebaut?«

»Was? Nein, nein, sie ist schlank wie ein Windhund. Ungefähr so …« Annibale deutete Feyras Taillenweite mit den Händen an.

»Und wollt Ihr auch Stoff für ein Mieder? Und Unterröcke? Und wie wäre es mit ein paar Glasperlen zum Besticken?«

Der Tuchhändler hätte genauso gut eine andere Sprache sprechen können. Annibale willigte verwirrt in alles ein, was der Mann vorschlug, und verließ den Stand mit einem sehr großen Paket und sehr wenig Geld.

Auf dem Rückweg zum Boot kam ihm plötzlich eine Idee. Feyra brauchte eine Maske – nicht, um ihre Anonymität zu wahren, sondern aus gesundheitlichen Gründen. Er schwenkte zum Stand des Maskenschnitzers ab und erstand rasch einen perlweißen Pferdekopf. Auf dem Rückweg zu der Insel fiel ihm endlich ein, warum er ausgerechnet einen Pferdekopf gewählt hatte. Er erinnerte sich schwach an eine Frage, die sie ihm einmal gestellt hatte.

Er gab das Paket beim Haus der Schneiderin ab und hielt das unangenehme Gespräch so kurz wie möglich. »Tu dein Bestes, denn sie muss wie eine Edelfrau aussehen.«

Mamma Trianni lachte pfeifend durch ihre wenigen verbliebenen Zähne. Er bemerkte, dass die alte Dame äußerst bereitwillig gehorcht hatte, als er den Familien geraten hatte, Pfeife zu rauchen, um sich vor dem Gift der Pest zu schützen. »Keine Sorge, *Dottore*«, sagte sie. »Ich weiß genau, was ich tue. Wenn ich fertig bin, wird sie sich mit jeder Dogaressa messen können.«

Er entschuldigte sich, so rasch er konnte, und eilte zu Feyras Haus, wo sie die Flaschen für den morgigen Tag einpackte.

Er hatte den Rest seiner Dukaten auf Murano für eine Bootsladung neuer Flaschen ausgegeben, die im Feuer gereinigt und noch nie zuvor benutzt worden waren. So würden sie die Inhaltsstoffe ihres geheimnisvollen Tranks nicht verfälschen, worum auch immer es sich dabei handeln mochte.

Er hatte interessiert registriert, dass die stämmigen Glasbläser mit den vom Feuer geröteten Gesichtern eigene Sicherheitsvorkehrungen getroffen hatten, um sich vor der Seuche zu schützen, die ihre Insel noch nicht erreicht hatte. Die Flaschen wurden in einem kleinen Boot zu ihm hinübergeschoben, und er wurde angewiesen, seine Münzen in das Salzwasser zu werfen, aus dem sie einer von ihnen später herausfischte.

Jetzt verstaute Feyra die Flaschen sorgfältig in einem ledernen Kasten mit starren Seiten, in dem sie nicht umkippen würden. Er bemerkte, dass das darin enthaltene Gebräu – ihr geheimes Antidot, dessen Zutaten sie ihm immer noch nicht verraten hatte – genauso grün schimmerte wie ihr Kleid.

Sie richtete sich auf, als Annibale eintrat.

»Ich habe nachgedacht«, sagte er ohne Einleitung. »Du brauchst eine Geschichte, so wie die von Valnetti von den vier Räubern, einen heiligen Baum oder Brunnen oder etwas in der Art. Irgendeine Legende, die die Leute dazu bringt, an dein Heilmittel zu glauben. Von Medizin verstehen sie nichts, dafür umso mehr von volkstümlichen Sagen.«

»Gut«, stimmte sie sofort zu. »Wie wäre es mit dem Brunnen mit dem Löwen und dem geschlossenen Buch, ich habe das Wasser für den Trank tatsächlich dort geholt.« Sie lächelte. »Und mehr sage ich dazu nicht.«

Angesichts ihres Lächelns wurde ihm warm ums Herz, aber er zuckte nur die Achseln. »Wir müssen uns nicht darum kümmern, was wahr ist und was nicht, denn diese ganze Angelegenheit ist ein einziges Lügengewebe, und es gefällt mir nicht.«

Sie trat so nah an ihn heran, dass er fast ihre Wärme spüren konnte. »Ich würde diesen Trank nicht verkaufen, wenn ich nicht fest davon überzeugt wäre, dass er hilft.«

»Na schön. Der Löwenbrunnen ist gut, das Löwenemblem lockt jeden Venezianer an. Außerdem sind heilige Brunnen ein gefundenes Fressen für die Leichtgläubigen. Auf Giudecca gibt es einen, genau da, wo Palladio seine Kirche baut. Die Pilger schwören, dass das Wasser sie vor der Pest schützt.«

Feyra erwiderte nichts darauf, aber es dauerte nicht lange, bis sie sich unmaskiert gegenübersaßen, wie früher miteinander diskutierten, einander unterbrachen und gestikulierten und ihre Standpunkte vertraten, während sie die Legende des Tranks erfanden, den sie Theriak nannte.

»Ich bin eines Tages an dem Brunnen vorbeigegangen, habe den Löwen und das Buch gesehen und …«

»Nein, der Löwe hat zu dir *gesprochen.«*

»Ja, das klingt besser. Der Löwe sprach zu mir und sagte: ›Ich bin das Sinnbild Venedigs. Mein Brunnen enthält Wasser, das mein Volk retten wird, Wasser, das gesegnet wurde, und zwar von …‹« Sie brach ab.

»Dem heiligen Markus«, schloss Annibale.

Feyra erinnerte sich an die Geschichte des unglücklichen Heiligen, der in Schweinefleisch verpackt worden war wie eine christliche Festtagsmahlzeit. »Dem heiligen Markus, als er aus dem Osten zurückkam …«

»Dem Heiligen Land. Es heißt immer das Heilige Land«, unterbrach Annibale.

»Dem heiligen Markus, als er aus dem Heiligen Land zurückkam. Er schrieb seinen Segen mit einem Blitz vom Himmel in mein Buch …«

»Himmlisches Licht?«, schlug Annibale vor. »Mit seinem himmlischen Licht, und dann befahl er mir, mein Buch für immer zu schließen …«

»Um das Geheimnis zu bewahren!«, beendete Feyra den Satz triumphierend.

Annibale ließ sie die Geschichte wieder und wieder erzählen, um ihren venezianischen Akzent zu perfektionieren. Sie war eindeutig gegen die Pest immun, da sie all die Monate ohne eine Maske zu tragen, wie er es tat, zwischen den Kranken umhergegangen war. Aber sie würde in große Gefahr geraten, wenn jemand herausfand, dass sie eine Türkin war. Feyra, die sich nur zu gut an ihre Flucht vom Dogenpalast erinnerte, lauschte seinen Anweisungen aufmerksam und bemühte sich, einen venezianischen Zungenschlag nachzuahmen.

Mamma Trianni ging zu der Truhe unter dem kleinen Fenster und klappte sie mit großer Geste auf. Unglaublich grüne Stofffalten quollen wie ein Wasserfall heraus. Die Farbe glich genau der der Lagune an einem wolkenverhangenen Tag, ein sattes, schimmerndes Grün von kleine Wellen schlagendem Wasser. Mit Hilfe ihrer Tochter Valentina zog die alte Frau das Kleid heraus und hielt es in die Höhe, damit Feyra die kunstvolle Arbeit von Mieder und Ärmeln bewundern konnte. Sie nahm es Mamma Trianni voller Ehrfurcht ab – es war unglaublich schwer – und sah, dass die wahre Kunst in der Anfertigung des grünen Mieders lag, das in Schnörkelformen, die den Wellen der Adria nachempfunden waren, mit winzigen Glasperlen bestickt war.

Feyra entkleidete sich rasch und streifte das grüne Kleid über, das sich auf ihrer warmen Haut kühl und schwer anfühlte.

Mutter und Tochter hörten auf zu schwatzen, als Feyra zum Fenster ging. »Sieht es gut aus?«, fragte sie zaghaft. Es gab keinen Spiegel im Raum, daher konnte sie nicht sehen, was die anderen sahen. Doch just in diesem Moment trat Annibale ein, und ihre Zweifel verflogen.

Annibale stand mit offenem Mund wie angewurzelt da. Seine Feyra war so verwandelt wie eine Raupe, die zu einem Schmetterling geworden war. Sie hatte den Ozean zwischen Byzanz und Venedig überquert und war als Venus des Westens wiedergeboren worden. Das grüne Gewand fiel bis zum Boden und unterstrich ihre Größe, und ihre goldfarbenen Schultern erhoben sich aus dem kristallenen Mieder. Der raffinierte Schnitt ließ ihre Taille besonders schmal erscheinen. Das

Kleid war in einem einzigen Farbton gehalten, der ihre Haut warm glühen ließ und ihren Bernsteinaugen Feuer verlieh. Mamma Trianni flatterte um sie herum und zupfte überflüssigerweise hier und dort etwas zurecht.

»Jetzt bin ich an der Reihe.« Valentina erhob sich. »Es dauert nicht lange, *Dottore.*«

Annibale lehnte sich verzückt gegen den Türrahmen.

»So, das Haar. Zuerst werden wir es lösen.« Der Schleier wurde abgenommen, und Annibale sah Feyras Haar zum ersten Mal offen auf die Schultern fallen. Er hatte versucht, anhand der kleinen Locken, die unter ihren Schleiern hervorlugten, die Farbe zu bestimmen, aber diese winzigen Hinweise waren zu verwirrend. Manchmal waren die Strähnen kupferfarben, manchmal dunkel wie Tintenfischtinte, manchmal glänzend wie Kirschholz. Jetzt konnte er die ganze Farbskala von Gold- und Brauntönen in ihrem Haar erkennen.

»*Gesumaria,* so dicht! Und all diese Farben!«, rief Mamma Trianni begeistert und fasste so seine Gedanken in Worte. Annibale verfolgte, wie Valentina die schimmernde Masse zu einem lockeren Knoten in Feyras Nacken schlang und ein perlenbesetztes Netz darüberzog, unter dem sich rund um die Ohren ein paar Locken ringelten.

Zum ersten Mal sah er, dass an dem schlichten Band, das Feyra um den Hals trug, ein Ring hing. Einen Moment lang fürchtete er, es könne sich um ein Andenken an eine frühere Liebe handeln, aber wie auch immer sie dazu gekommen sein mochte, das schlichte Schmuckstück passte hervorragend zu dem grünen Kleid und dem zusammengeschlungenen Haar.

Sowie Valentina ihr Werk beendet hatte, reichte Annibale Feyras die prachtvolle weiße Pferdemaske. Er hatte sie in der Hoffnung ausgesucht, ihr damit eine Freude zu machen, konnte sich aber nicht erklären, warum sie bei ihrem Anblick vernehmlich nach Luft schnappte.

Annibale stellte fest, wie verändert sie wirkte, als sie sich die

Maske vor das Gesicht hielt: Sie beraubte ihre Züge jeglichen Ausdrucks, nur Feyras Augen glitzerten verführerisch dahinter. Ihre Schönheit jagte ihm Angst ein. Sie war jetzt ein Geschöpf, das jeden Mann betören würde, nicht mehr seine Feyra, mit der er am Feuer gesessen hatte. Aber er behielt seine Gedanken für sich und fragte nur: »Bist du bereit?«

Annibale bot Feyra seinen Arm, als sie die Rasenfläche überquerten, und sie ergriff ihn, so wie es schicklich war. Er trug ihr auch den Kasten mit den Flaschen bis zum Pier. Die Glasfläschchen klirrten im Gleichklang mit ihren sich nervös überschlagenden Gedanken. Die schweren Röcke zerrten an ihren Hüften, und sie fragte sich, wie sich die Venezianer ihren Karnevalsausschweifungen hingeben konnten, wenn sie durch ihre Kleider so behindert wurden. Sie blickte ihren Begleiter an und bemerkte, dass er sie musterte, als wäre sie eine Fremde.

»Mir gefällt diese ganze Sache nicht. Ich möchte nicht, dass du gehst«, sagte er.

»Dann geh du doch.«

»Du weißt, dass ich das nicht kann. Ich heiße deinen Trank nicht gut, und ich nehme nicht für mich in Anspruch, ihn entwickelt zu haben. Außerdem muss ich als Arzt der Republik die Bestandteile eines jeden Heilmittels beim *Consiglio della Sanità* registrieren lassen, der dann einen Großteil des Profits einstreichen würde.«

Sie öffnete das Tor und löste sich aus seinem Schatten. »Ich bringe mich nicht in Gefahr«, versicherte sie ihm. »Ich bin eine harmlose Bürgersfrau, die ein hausgemachtes Mittel verkauft. Und du musst zugeben, dass ich sogar in deinen Augen venezianisch genug aussehe.« Sie dachte an das, was die Badessa gesagt hatte, dass sie sich ändern, sich Gott zuwenden und sich in den christlichen Westen integrieren könnte. Würde sie so aussehen wie jetzt, wenn sie wirklich Annibales Frau wäre? Sie biss sich leicht auf die Lippe, was ihren Mund noch röter wirken ließ.

Er blieb stehen und drehte sich um. »Ich wollte nie, dass du so aussiehst«, protestierte er so vehement, als wäre der Umstand, dass sie das wusste, plötzlich wichtiger als alle seine Anweisungen bezüglich ihrer Sicherheit in der Stadt.

Am Pier reichte sie ihm ihren gelben Pantoffel voller Zechinen. Sie tat es schnell, bevor sie ihre Meinung ändern konnte, denn ihr schwer verdientes Geld repräsentierte für sie die Rückkehr in die Türkei. Nun würde sie nie mehr nach Hause kommen.

»Für das Krankenhaus«, sagte sie. »Bis ich mit mehr zurückkomme.« Dann stieg sie rasch in die wartende Barke, wobei sie die ungewohnten Röcke behinderten. Ihr grünes Kleid breitete sich wie ein einzelnes Lilienblatt auf dem Wasser im Boot aus.

Feyra sah zu, wie Annibales Gestalt kleiner und kleiner wurde, als sich die Barke vom Steg entfernte. Seine Schnabelmaske verhinderte, dass sie erkennen konnte, was in ihm vorging, aber er drehte den gelben Pantoffel in seinen ausdrucksvollen Händen. Es war richtig gewesen, dass sie ihn ihm gegeben hatte. Sie hatte gedacht, sie würde es nicht über sich bringen, ihre Patienten im Stich zu lassen, aber die Wahrheit lautete, dass er es war, den sie nicht verlassen konnte, obwohl keinerlei Hoffnung auf ein gemeinsames Leben mehr bestand.

# 34

Annibale hatte Feyra in einem Dory mit festem Boden in die Stadt geschickt, das genug Platz für ihren schweren Kasten und ihr voluminöses grünes Kleid bot, daher musste sich der Bootslenker, als er sich Venedig näherte, sehr vorsichtig zwischen dem Schiffsverkehr auf dem Kanal hindurchschlängeln.

Ein dichter Nebel aus Seedunst und dem Rauch der Pestfeuer hing tief über dem Wasser, sodass die Türme der Stadt daraus herausragten wie Binsen aus einem Sumpf und Feyra durch ihre Maske blinzeln musste, um festzustellen, in welche Richtung sie fuhren. Sie sah, dass das Dory fast genau auf die Stelle zuhielt, wo *Il Cavaliere* vor all diesen Monaten seine furchtbare Fracht ausgespien hatte. Dort waren der weiße filigrane Palast und die großen Zwillingssäulen, zwischen denen Tod hindurchgeschritten war.

Jetzt sah sie sein Werk.

Die zahlreichen Barken waren nicht mit Ausflüglern besetzt, sondern mit in Tücher gehüllten Leichen gefüllt, die schon mit schneeweißem Kalk bestäubt waren, weil sie auf ihrem Weg ins Grab zu verwesen begannen. Hier und da hob eine schwache Brise die Leichentücher an, und eine schwarz verfärbte Hand oder ein starrer Kiefer kamen zum Vorschein. Gelber Nebel hing über der Stadt und kappte die Spitzen der Kirch- und Glockentürme. Während Feyras monatelanger Abwesenheit hatte die Pest von Venedig Besitz ergriffen, und der

Bedarf an dem, was sie zu verkaufen hatte, war groß. Sie straffte sich ein wenig und hielt sich die Pferdemaske vor das Gesicht. Heute hatte sie eine Rolle zu spielen.

Sie beugte sich vor. »Welches ist die *Veduta della Sanità et Granari Pubblici*?«

Der Bootslenker deutete darauf. »Das große weiße Gebäude, *Dama,* mit all den Hausierern davor.«

Feyra spähte durch die Sehschlitze ihrer Maske zu dem langen, niedrigen Gebäude hinüber. Die Menschenmenge davor versperrte ihr fast den Blick auf die Säulen und Vorbauten. Überall waren Verkaufsstände aufgebaut worden. »Wer sind all diese Leute?«, keuchte sie.

Der Mann lachte bitter auf. »Traumverkäufer, *Dama.* Sie versprechen, die Pesthexe daran zu hindern, zu Euch ins Bett zu kriechen, verkaufen Euch einen Binsenhalm als Mondstrahl und verlangen ein Vermögen dafür.«

Feyra hielt das Kinn hoch erhoben, als der Bootslenker ihr aus dem Dory half. Sie konnte nichts anderes tun, als sich mit ihrem Kasten zu den anderen zu stellen und ihre Ware feilzubieten.

Zur Mittagszeit hatte sie eine Flasche verkauft – an einen Mann, der eindeutig glaubte, sie wolle etwas ganz anderes verkaufen – und eine weitere umsonst herzugeben. Niemand schenkte ihrer Geschichte von dem Löwen und dem Brunnen Beachtung, sie ging im Stimmengewirr der anderen Verkäufer unter, die ihre Mittel anpriesen. Einer verkaufte Feuerholzbündel. Wacholder, Esche, Weinreben und Rosmarin, deren Rauch die Pest unter Garantie vertreiben würde, brüllte er. Ein anderer warb für ein Pulver aus Mastixholz, Lorbeer und Zypresse, das ins Feuer gestreut werden sollte. Eine Frau ganz in ihrer Nähe, die ein fast so kostbares Kleid trug wie Feyra, bot Riechäpfel aus Gummiarabikum an, die nach Rosen und Kampfer dufteten und mit rotem und weißem Zindeltaft kunstvoll umhüllt waren. Es gab Heilmittel für jeden

Geldbeutel, von einem Gebräu aus Lavendel und Rhabarber für die Armen bis hin zu einem Pulver aus echten Smaragden oder einem Amethyst mit einem eingeritzten Gesundheitssymbol für die Reichen. Einige Mittel muteten geradezu bizarr an. Ein geschäftstüchtiger Bursche, der abgetrennte Taubenflügel zu verkaufen schien, besang die heilende Wirkung seiner Waren in einem klangvollen Bariton.

Feyra fühlte sich durch diese Konkurrenz herabgesetzt. Sie sah, wie eine Frau mit einem silbernen Becher an fast jeden Stand trat und verzweifelt versuchte, das Gefäß gegen einen Trank einzutauschen, der ihre einzige Tochter vor der Pest bewahrte. Da sie daraus schloss, dass sich das Kind noch nicht angesteckt hatte, gab Feyra ihr die zweite Flasche Theriak mit genauen Anweisungen, wie er anzuwenden war.

Nachmittags war sie selbst der Verzweiflung nah. Sie konnte es nicht ertragen, mit einem vollen Kasten nach Lazzaretto Nuovo zurückzukehren und Annibale zu sagen, er müsse sein Krankenhaus schließen. Sie war so sicher gewesen, die Insel für ihn retten zu können.

Sie blickte sich um. Annibale war so darauf bedacht gewesen, dass sie in Venedig nicht auffiel, dass sie mit ihrer Maske, dem Umhang und dem Gewand nicht anders aussah als all die anderen Damen von Stand, die sie zwischen den Ständen umhergehen sah. Vielleicht war ihr Kleid etwas prächtiger und ihre Haltung stolzer, aber sie war durch und durch venezianisch. Sie erinnerte sich an etwas, was Annibale gesagt hatte: Wenn alle Mittel gleich aussehen, brauche man etwas, was sonst niemand hatte, um sie verkaufen zu können. Der Sänger mit seinen Taubenflügeln hatte seine Ware schon längst losgeschlagen, seine Sachen zusammengepackt und war nach Hause gegangen. Qualität und Wirksamkeit zählten zunächst nicht. Qualität und Wirksamkeit würden einen Kunden *zurückkommen* lassen. Aber um zum ersten Mal etwas zu verkaufen, musste man sich von der Masse abheben.

Feyra hatte plötzlich eine Eingebung. Sie würde den Leuten etwas viel Schlimmeres erzählen als die Lügen der anderen Verkäufer. Sie würde ihnen die Wahrheit sagen. Sie fand eine alte Fischkiste, drehte sie um, nahm eine einzelne Flasche Theriak aus ihrem Kasten, legte Umhang und Maske ab und stieg auf die Kiste.

»Hört mich an, Bürger von Venedig«, übertönte sie das Stimmengewirr. »Hört die Geschichte vom Geheimnis des Sultans!« Sie zog die Aufmerksamkeit einer kleinen Gruppe von Menschen ganz in ihrer Nähe auf sich, die sich umdrehten, um zuzuhören, und andere Umstehende zum Schweigen brachten. Feyra fuhr mit ihrem besten venezianischen Akzent fort, bediente sich aber der traditionellen Gesten und Manierismen der osmanischen Geschichtenerzähler, um ihr Publikum zu fesseln. *Fang mit einem Geheimnis an,* erinnerte sie sich. *Wecke ihre Neugier, erzähl ihnen etwas, was sie nicht wissen.* »Ganz recht, ich bin im Besitz eines Geheimnisses, das von weither aus Byzanz kommt und das außer mir keine Menschenseele kennt. Ich weiß, wie die Pest nach Venedig gekommen ist, und ich alleine kenne das Heilmittel gegen die Seuche!«

Ihr Herzschlag beschleunigte sich, ihre Stimme hallte über die Köpfe der jetzt verstummten Menge hinweg. Sie holte tief Atem und fuhr fort: »Die Türken haben uns die Pest gebracht! Ja, der osmanische Sultan hat die Seuche in unsere Stadt geschickt!«

»Woher wisst Ihr das, *Dama*?«, rief jemand.

»Mein Mann, Gott schenke seiner Seele Frieden«, würgte sie den verräterischen Segen hervor, »arbeitete auf der Quarantäneinsel Vigna Murada.« Sie hatte sich an den alten Namen von Annibales Insel erinnert. »Die Vierzigtagemänner hielten kürzlich ein Schiff an, das von Konstantinopel gekommen war, und ließen die Mannschaft an Land. Das war ihr Fehler. Innerhalb von sieben Tagen waren alle Vierzigtagemänner mit dem Schwarzen Tod infiziert, und die herzlosen

Ungläubigen trugen Vorräte zusammen und warteten darauf, dass die Männer starben.«

Die Menge war jetzt angewachsen und hörte wie gebannt zu. Feyra dämpfte ihre Stimme ein wenig. »Mein Mann war der Letzte, der starb, er blieb als Einziger übrig, um sich dem Feind zu widersetzen. Das Schiff sollte wieder in See stechen, aber trotz seiner Krankheit hielt mein guter Gemahl einen Mann davon ab, an Bord zu gehen, indem er ihm ein Messer ins Herz stach. Seine Landsleute ließen den Türken, einen Ungläubigen namens«, sie überlegte rasch, »Takat Turan einfach feige im Stich.«

Totenstille hatte sich über die Menge gelegt, sie hätte jetzt flüstern können, und jeder hätte sie verstanden. Aber sie sprach klar und deutlich und erwärmte sich zunehmend für ihr Thema. »Die beiden Männer waren allein auf der Insel, ein Christ und ein Heide, einer mit einem Stich im Herzen, der andere unrettbar an der Pest erkrankt. Mein Mann, mein geliebter ... Annibale«, sie täuschte ein leises Schluchzen vor, »fragte Turan, wieso keiner seiner Landsleute an der furchtbaren Seuche erkrankt war, die sie mitgebracht hatten. Turan zeigte ihm die Antwort – dies hier.« Sie hielt die Theriakflasche in die Höhe. Die darin enthaltene Flüssigkeit, die so grün wie ihr Kleid war, wurde von einem Sonnenstrahl erleuchtet, der den Nebel durchdrungen hatte, sodass sie in der Düsternis der Pestilenz wie ein Stern der Hoffnung strahlte. »In diesen letzten Stunden überzeugte mein Mann den *Muselmano* davon, dass es noch nicht zu spät war, Reue zu zeigen. Sie schleppten sich gemeinsam zu der kleinen Kirche San Bartolomeo auf der Insel, und dort forderte mein Mann Takat Turan auf, sich dem wahren Gott zuzuwenden. Da mein Mann zu edelmütig war, um nach Hause zu kommen und mich mit der Pest anzustecken, schrieb er die ganze Geschichte nieder, listete die Zutaten für den Trank auf, rollte das Pergament zusammen und schob unseren Ehering über die Rolle ...« Sie zog den Kristallring aus ihrem Mieder. »So fand ich das Rezept, als mir seine persönliche Habe überbracht wurde. Nun verfüge ich über gewisse Kenntnisse auf dem Gebiet der Herstellung von Arzneimitteln – im häuslichen Bereich, meine ich«, fügte sie hastig hinzu, »denn kochen wir Frauen nicht jeden Tag in der *cucina* für unsere Männer?« Sie überhörte das Gekicher einiger Leute und fuhr fort: »Daher bereitete ich den Trank genau so zu, wie er es aufgeschrieben hatte.«

Ein interessiertes Raunen lief durch die Menge. »Woher sollen wir wissen, dass er hilft?«, rief eine Frau.

»Ich bin der lebende Beweis dafür«, flötete Feyra mit glockenklarer Stimme. »Seit sechs Monaten habe ich jetzt in einem Pestbezirk gelebt, ohne zu erkranken. Doch nun sagte mir eine gute Badessa, es sei Gottes Wunsch, dass ich mein Geschenk mit euch teile, für den geringen Preis von«, fügte sie schweren Herzens hinzu, »einer Zechine pro Flasche. Ein niedriger Preis für ein Leben.« Sie öffnete die Hand und sah, dass ihre Handfläche blutete, weil sie die Nägel so fest hineingegraben hatte. So stand sie wie die Verkörperung von Jugend und Gesundheit da und wartete mit flehend ausgebreiteten Armen. Eine Hand blutete wie die des gekreuzigten Propheten, und in der anderen hielt sie die magische Phiole.

Das reichte aus.

Sie wurde in dem folgenden Ansturm förmlich von der Kiste gestoßen.

Und inmitten des Geschreis, des Getümmels und der Panik, eine Phiole zu ergattern, vernahm sie den wahren Grund für ihren Erfolg. Wieder und wieder hörte sie, wie die Türken geschmäht und als Teufel, Dämonen und elende Ratten bezeichnet wurden. Wieder und wieder hörte sie, wie furchtbare Lügen bezüglich ihrer religiösen Praktiken von Mund zu Mund gingen, wie ihre Frauen beleidigt wurden und Flüche auf ihr ganzes Volk hinabregneten. Nur der Gedanke an Annibale und all das Gute, das sie mit dem Geld tun konnte, vermochte sie mit dem Umstand zu versöhnen, dass der Grund für ihren Erfolg Hass war.

Angesichts von Feyras Erfolg überwand Annibale seine Skrupel rasch. Eine Woche lang kehrte sie an ihren Verkaufsplatz zurück und erzählte ihre Geschichte, schmückte sie aus, verfeinerte sie und erstickte fast an jedem Wort. Die Menge wuchs und veränderte sich jeden Tag, und zu ihren Kunden zählten Lehrer, Geistliche und einmal sogar ein Wachposten in derselben Livree, in der seine Kameraden sie einst vom Dogenpalast aus verfolgt hatten. Einmal sah sie sogar einen Arzt, der einen Handkarren mit eigenen Heilmitteln hinter sich herzog. Sein Schnabel glich dem von Annibale, nur dass seine Maske eine schwarz gemalte Brille rund um die Augen aufwies. Er schien aufmerksam zuzuhören und legte den Kopf schief wie ein Spatz, als der Name »Annibale« fiel. Feyra geriet ins Stocken und spürte, wie sich ihr Magen plötzlich vor Furcht zusammenzog. Sie hatte diese Woche so viel Geld verdient, dass sie Aufmerksamkeit erregte. Vielleicht war es besser, ein paar Tage nicht wiederzukommen.

Nachdem sie ihre Flaschen verkauft hatte, musste sie einen Beamten des *Consiglio* zu Hilfe holen, um sie vor der aufgebrachten enttäuschten Menge zu schützen. Er meinte, es sei zu gefährlich für sie, am Wasser entlangzugehen, also huschte sie in die schmalen Gassen, in die keine Sonne fiel. Nachdem sie einige Minuten umhergewandert war, gelangte sie in einen ihr vertrauten Bezirk. Warum nicht?, dachte sie und wandte sich in Richtung des kleinen Platzes, an dessen Rand ein Haus mit einem goldenen Zirkel über der Tür stand.

Sie klopfte nicht ohne ein Gefühl der Beklommenheit an, schließlich war sie als türkische Spionin aus diesem Haus geflohen, und obwohl sie nicht daran zweifelte, dass Palladio sie willkommen heißen würde, wusste sie, dass andere vielleicht nicht so erfreut sein würden, sie zu sehen.

Corona Cucina öffnete die Tür. Feyra stand voller Unbehagen vor ihr, wohl wissend, dass ein Teil der Geschichte, die sie die ganze Woche lang zum Besten gegeben hatte, für diese Frau, die tatsächlich ihren Mann durch die Türken verloren hatte, Realität war. Aber die Köchin knickste und fragte unterwürfig: »Wie kann ich Euch helfen, *Dama*?«

»Na, Corona Cucina«, erwiderte Feyra mit einem nervösen Lachen. »Erkennst du mich nicht?«

Die Augen der Köchin wurden so groß wie Untertassen. Sie zog Feyra an sich und hielt sie dann auf Armeslänge von sich ab. »Türkin, so ein Unsinn! Ich wusste immer, dass du eine Venezianerin bist! Komm und besuch den Herrn. Er wird sich freuen, dich zu sehen.«

Bei Sonnenuntergang stellte Doktor Valnetti seinen Karren vor den großen Türen des *Ufficio della Sanità et Granari Pubblici* ab, dem Hauptsitz des *Consiglio della Sanità.*

Er verlangte von dem diensthabenden Wachposten zweierlei: erstens, unverzüglich beim Tribunal vorstellig werden zu dürfen, und zweitens, dass der Mann seinen Karren im Auge behielt. Er war immer noch bis zum Rand mit kleinen Flaschen gefüllt, denn er hatte heute genau eine Phiole seines Vierräuberessigs verkauft. Er könnte die Phiolen genauso gut von Ganoven stehlen lassen, dachte er, als er die breiten weißen Marmorstufen zu dem großen Saal emporstieg, denn dank der Frau im grünen Kleid waren sie so gut wie wertlos.

Die *Sala della Consiglio della Sanità* war ein prachtvoller Raum, der die gesamte Länge des obersten Stockwerks des Gebäudes einnahm. Dick verglaste Fenster ließen die Strahlen der sinkenden Sonne in den Saal, sodass die großen dunklen Fresken beleuchtet wurden, die die sieben Phasen der Alchemie darstellten. Hier und da flammten Symbole der Elemente oder Figuren der Weisen golden auf.

Am anderen Ende des Raums saßen drei scharlachrot gewandete Greise hinter einem langen, mit dicken Kontobüchern übersäten Eichenholztisch. Sie wirkten so alt wie die Zeit, ihre schlaffen Wangen verschmolzen mit den zahlreichen wächsernen Falten ihrer teigigen Kinne.

Das war das Tribunal des *Consiglio della Sanità.*

Der Älteste der Männer hielt mit dem Zählen der Tageseinnahmen inne. Seine Hand zitterte in der Luft. »Seid Ihr Valnetti?«

»Ja, Tribun.«

»Was gibt es, *Dottore*? Für heute ist das Tagesgeschäft beendet.«

Valnetti stapfte über die Holzplanken auf sie zu und wiederholte die Geschichte der mysteriösen Witwe. Die drei Greise hörten schweigend zu. Sowie er geendet hatte, fühlte sich Valnetti bemüßigt, sein Anliegen kurz und knapp zusammenzufassen.

»Kurz gesagt, das Geschäft leidet, weil diese Witwe in dem grünen Kleid ihr ›türkisches Heilmittel‹ verkauft, diesen *Theriaca.*«

Einer der Tribune strich sich über seine hängenden Kinne. »Hilft der Trank denn?«, fragte er mit seiner brüchigen Stimme laut.

»Das behauptet sie jedenfalls. Tut das etwas zur Sache?«

»Aber Ihr kennt die Regeln, Valnetti«, warf der erste Alte nörgelnd ein. »Wenn sie ein Arzt wäre, müsste sie jeden noch so kleinen Bestandteil des Mittels registrieren lassen und die fälligen Steuern zahlen. Aber dem, was Ihr sagt, entnehme ich, dass es sich um eine Privatperson handelt.«

Valnetti hielt seine Zunge im Zaum. Seine Patienten waren ihm gleichgültig, aber er hatte im Laufe seiner Jahre als Arzt viel Geld verdient, weil er sich auf seinen Instinkt verlassen hatte. Er hatte die Ohren gespitzt, als die Witwe den Namen erwähnt hatte, den er auf dieser Welt am meisten hasste: *Annibale.* Das und ihre Geschichte von der Insel, auf der Cason sein Krankenhaus eingerichtet hatte, waren zu viele Zufälle. Valnetti war so sicher, wie er nur sein konnte, dass sein junger Erzfeind hinter all dem steckte. Aber er würde seinen Verdacht für sich behalten, bis er Beweise hatte.

»Wenn sie eine Lizenz zum Ausüben einer ärztlichen Tätigkeit hätte, sähe die Sache natürlich schon anders aus«, fuhr der Zweite fort.

»Natürlich«, echote der dritte Alte. »Dann könntet Ihr den Zehnten von ihr fordern. Und das wäre eine beträchtliche Summe, wenn sie die Flaschen wirklich dutzendweise verkauft, wie Ihr sagt.«

Valnetti knirschte mit den Zähnen. »Aber wenn ihre Medizin den Markt beherrscht, verliert *Ihr* auch eine Menge Geld!«

Eine bedrückende Pause trat ein, bevor der erste Tribun wieder das Wort ergriff. »Da hat er recht.«

Der zweite Greis holte tief Atem und stieß ihn mit einem vernehmlichen Seufzer wieder aus. »Also gut, Valnetti. Dann findet heraus, wo sie herkommt und ob sie mit einem Krankenhaus oder einem Arzt zu tun hat, dann können wir vielleicht verlangen, dass sie ihre Medizin registrieren lässt … wie heißt sie doch gleich?«

»Theriaca.«

»Theriaca. Ein seltsamer Name.«

»Wie soll ich in Erfahrung bringen, wo sie herkommt?«

»Wir sind in Venedig, mein Bester«, sagte der dritte Tribun. »Lasst sie beschatten.«

Als Feyra eine Stunde später Palladios Haus verließ, hatten der Erfolg des heutigen Tages und die Gesellschaft des alten Mannes sie in eine solche Hochstimmung versetzt, dass sie den Beobachter im Schatten nicht bemerkte.

Sie dachte an das Gespräch mit dem Architekten zurück, lächelte im Dunkeln und schüttelte leicht den Kopf. Er hatte sich nicht verändert, war so von seiner Kirche besessen, die

Stein für Stein auf Giudecca wuchs, und so erpicht darauf, ihr jeden Deckenträger und jeden Stützpfeiler in allen Einzelheiten zu beschreiben, dass er darüber vergessen hatte, sie zu fragen, weshalb sie gekommen war und noch dazu venezianische Kleidung trug.

Er erkundigte sich jedoch nach dem Arzt und gestand ihr, dass er manchmal das Gefühl hatte, sein Herz würde flattern. Sie hatte ihm etwas Rinde von der Silberweide zum Kauen gegeben und dazu eine kleine grüne Phiole Theriak, die er unter ihrem strengen Blick leeren musste. Als sie gegangen war, war er bester Laune gewesen und hatte sie bestürmt, eines Tages einmal seine Baustelle zu besuchen. Sie hatte nur gelächelt, wusste aber, dass sie dieser Bitte nie nachkommen würde. Sie würde keinen Fuß in eine christliche Kirche setzen. Nach all den Lügen, die sie in den letzten Tagen im Namen dieses fremden Gottes verbreitet hatte, fürchtete sie eine schreckliche Vergeltung, wenn sie es wagen sollte, über die Schwelle seines Hauses zu treten.

Aber als sie in Richtung Fondamenta Nuove durch die *calli* eilte, verflog ihr Lächeln. Sie hörte Schritte im Dunkeln, die sich dem Rhythmus der ihren anpassten. Rasch hielt sie sich die Pferdemaske vor das Gesicht und schlug die Kapuze ihres Reitumhangs hoch.Vielleicht bildete sie sich etwas ein … aber nein, da erklangen die Schritte erneut, verlangsamten und beschleunigten sich im Gleichklang mit ihren, blieben stehen, wenn sie stehen blieb.

Sie wechselte die Richtung, wenn es ihr möglich war, und schlug Bögen, aber sie hörte die Schritte immer noch. Sie verwünschte den Impuls, der sie Palladios Haus hatte aufsuchen lassen. In ihrer Nervosität bog sie falsch ab und geriet in eine schmale, von dunklen, hoch aufragenden Palästen gesäumte Straße. Sie rannte sie entlang, doch sie entpuppte sich als Sackgasse. Hoch oben an der Wand befand sich ein Schrein der Mutter und ihres Kindes, der von einem wie ein warnendes Leuchtfeuer flackernden Kerzenstummel angestrahlt wurde.

Wie erstarrt blickte sie zu dem Bild auf. Seit sie in der Stadt war, hatte sie an sämtlichen Ecken solche Szenen gesehen. Aber hier ruhten die Augen der Mutter nicht liebevoll auf ihrem Sohn, der nach ihrem lächelnden Gesicht griff: Dies war eine Ikone einer älteren Christenheit. Hier blickten Mutter und Sohn, deren Gesichter sich nur durch die Größe unterschieden und hinter deren Köpfen Goldreifen schimmerten, sie direkt an und beschuldigten sie, sich eines Gottes bedient zu haben, der nicht der ihre war.

Die Vergeltung nahte.

Ihr Verfolger war dicht hinter ihr.

Von Panik erfasst, drehte sie sich schließlich um und sah eine schwarze Gestalt, hoch gewachsen wie ein Baum und gesichtslos unter einer schwarzen Kapuze, am Ende der Gasse stehen.

Er schritt langsam auf sie zu und wusste, dass sie in der Falle saß. Sein Umhang bauschte sich in der Brise, und nackte Angst würgte sie in der Kehle. War das Tod, der noch immer durch die Straßen streifte und jetzt gekommen war, um ihre Schulden bei dem Christengott einzufordern?

Er kam näher. »Feyra Adalet bint Timurhan Murad«, sagte er in ihrer eigenen Sprache. »Ich habe lange nach dir gesucht.«

Er schlug die Kapuze zurück.

Es war Takat Turan.

# 35

»Ich war derjenige, der dich angezeigt hat.«

Die Worte hingen in der Luft wie Leichen an einem Galgen.

Feyras Augen weiteten sich. Sie blickte in Takat Turans Gesicht. Er war dünner, als sie ihn in Erinnerung hatte, aber noch immer ordentlich und gepflegt, sein Bart war gestutzt, sein Haar eingeölt. Es waren die Augen, an die sie sich am deutlichsten erinnerte, pechschwarz und von einem namenlosen Feuer erfüllt. Sie dachte daran, wie er sie vor der Besatzung der *Il Cavaliere* gerettet hatte. *»Warum?«*

»Ich war sieben Tage lang todkrank, ich konnte nicht zu dir und deinem Vater in die Ruine der Ungläubigen zurückkehren. Als ich mich so weit erholt hatte, um zu dem Tempel zu gehen, in dem ich euch zurückgelassen hatte, fand ich dort nur einen Steinmetztrupp bei der Arbeit vor, und ihr wart fort. Ich fürchtete, ihr wäret tot, aber ein Bootsmann erinnerte sich an dich, wenn auch nicht an deinen Vater.« Takat Turan senkte den Kopf. Seine respektvolle Geste stand in seltsamem Gegensatz zu dem, was er ihr enthüllte. »Von da an hielt ich die Augen offen und wartete und fand dich schließlich im Haus des Architekten.«

Feyra spürte, wie Zorn in ihr aufwallte. Sie fuhr auf ihn los. »Warum hast du das getan? Warum hast du mich in Gefahr gebracht? Du, der mich beschützt hat. Du, der meinem Vater bis zu seinem Tod gedient hat!«

Takat Turan hob die Hände, als wäre er überrascht. »Ich wollte dich näher an den Dogen heranbringen. War das nicht dein Wunsch? Wenn du verhaftet worden wärst, hätte man dich in den Bauch seines Palastes gebracht, wo sich die Verliese befinden.«

»Damit ich verhört und gefoltert werde?« Sie machte aus ihrem Entsetzen kein Hehl.

»Wenn es das ist, was unser Herr verlangt, müssen wir es ertragen.«

Feyra begann sich plötzlich vor ihm zu fürchten. Was er sagte, klang vernünftig, aber die Bedeutung seiner Worte zeugte von Wahnsinn. Jetzt konnte sie dem in seinen Augen lodernden Feuer einen Namen geben. Er war ein wahrer Fanatiker.

»Wie sollte mir das helfen, den Dogen zu sprechen?«

»Ihn sprechen?« Takat Turan lachte. Das unpassende Geräusch hallte durch die Gasse. »Ihn *töten,* meinst du wohl? Sind wir nicht deswegen hier?«

Feyra wich einen Schritt zurück. Ihre Schulterblätter berührten die kalten Steine des Palazzos hinter ihr. Sie zwang sich zu schweigen.

»Aber dann bist du verschwunden, und ich habe dich nicht wiedergesehen. Ich habe mir alles Notwendige beschafft und, als der Tag näher rückte, beschlossen, alleine zu handeln.«

Er öffnete seinen Umhang und entnahm ihm einen kleinen, schlammigen Ball. Wieder fielen ihr seine fehlenden Finger auf.

»Persisches Naphtha«, erklärte er. »Bei den Kreuzfahrern sehr beliebt, die brennbarste Substanz, die Menschen kennen. Du siehst, es ist alles bereit. Wir müssen nur noch die Details ausarbeiten.« Er umfasste ihre Schultern mit einem eisernen Griff. »Und dann entschied Gott, dass ich dich wiederfinden sollte, in Ketzerkleidern, in denen du heidnische Lügen erzähltest, um Geld für unsere Mission zusammenzubekommen. Ich wusste, dass du nicht einfach davonlaufen würdest. Ich wusste, dass du das Werk deines Vaters zu Ende bringen würdest, sowie er dich erst einmal in den gesamten Plan des Sultans eingeweiht hatte – des Lichts meiner Augen und der Freude meiner Seele.«

»Mein *Vater*?« War es möglich, dass Timurhan auch an diesem zweiten Verbrechen, den Dogen von Venedig in seinem eigenen Palast zu verbrennen und seine Stadt in Brand zu stecken, beteiligt gewesen war? Oder hatte ihr Vater nur von der Pest gewusst? Feyra zwang sich, Ruhe zu bewahren. Sie durfte sich nicht anmerken lassen, wie wenig sie wirklich wusste. »Und jetzt?«

»Wird die zweite Phase der Großen Bedrängnis eingeleitet«, flüsterte er. Das Zischen in seiner Stimme vermischte sich mit dem der Votivkerze. *»Es ist Zeit für das reinigende Feuer.«*

Feyra blickte in seine Augen, in denen sich die Kerzenflamme widerspiegelte, und begann zu zittern. »Wann?«, krächzte sie.

»Morgen Abend. Die Ungläubigen feiern ein Fest, der große Platz wird von den verderbten Bürgern dieser Stadt nur so wimmeln. Sie hatten die Pestilenz zu Gast, doch einige haben überlebt. Das nicht löschbare Feuer wird sie verschlingen. Der Doge wird brennen, sein Palast wird brennen und seine ganze Stadt ebenfalls. Und jetzt bist *du* mir geschickt worden, um mir zu helfen.«

Feyras Herz schlug so rasend schnell wie ihr Puls, aber sie bemühte sich, mit ruhiger, fester Stimme zu sprechen. »Wie verschaffen wir uns Zutritt zum Palast?«

»Das ist das Einfachste bei der ganzen Sache. Wir lassen uns von den Wachposten festnehmen.« Seine Hand schloss sich wie ein Schraubstock um ihren Arm.

Sie machte sich los. »Und was geschieht mit uns? Den treuen Untertanen des Sultans?«

»Wir werden gleichfalls verbrennen. Aber wir werden nach dem Willen Gottes errettet und gehen in die Dschanna ein. Komm …« Er klatschte in die Hände. »Es gibt viel zu tun, und uns bleibt nur noch ein Tag Zeit. Ich werde dich zu meinem Versteck bringen. Es ist sicher, niemand wird uns dort finden, denn es liegt in der Nähe einer Kirche.« Er lächelte angesichts dieser Ironie, als würden sie über schlechtes Wetter sprechen.

*Er ist irrsinnig*, dachte Feyra.

»Mit deinen heidnischen Münzen können wir Zunder für das Öl kaufen, ja …« Er drehte sich wieder zu ihr um, um sie anzusehen, und sie erkannte, dass sein ganzes Trachten auf ein Ziel gerichtet war – seinem irdischen und seinem himmlischen Herrn zu dienen. »Und deine Verkleidung sowie der Umstand, dass du ihre schmutzige Sprache beherrschst, wird mir helfen, denn ich spreche sie nicht, und ich sehe auch nicht so unschuldig aus wie du.«

Er führte sie zum Anfang der Gasse, auf eine größere Straße hinaus, über eine Brücke und an einem Kanal entlang, der so glatt und still dalag wie ein Rauchglas-Spiegel. Sie befand sich ganz in der Nähe von Palladios Viertel, wusste aber, dass es ihr nichts nützen würde, zu dem Architekten zu flüchten, da Takat das Haus bereits kannte und sie dort sofort finden würde. Sie musste nach Lazzaretto Nuovo und zu Annibale zurück und konnte nur beten, dass Takat von der Existenz dieser Insel nichts wusste. Sie kannte diese Straßen und konnte ebenfalls nur beten, dass er sie nicht kannte. Feyra passte sich seinen Schritten an, aber als sie an einem kleinen *sotoportego* vorbeikamen, befreite sie sich aus seinem Griff und rannte los.

Sie musste an ihre erste Flucht durch diese Stadt denken, doch heute floh sie vor einer weit größeren Gefahr als den Wachposten des Dogen. Die üppigen Röcke des grünen Kleides behinderten sie beim Laufen, und ihre Rippen begannen zu schmerzen, doch endlich erreichte sie den Wasserrand. Sie stürmte über die letzte Brücke und hielt auf eine Gruppe freundlich wirkender Bootslenker zu.

Takat Turan tauchte aus dem Dunkel auf und versperrte ihr den Weg. Sie schrie unwillkürlich laut auf, woraufhin die Männer sich umdrehten, um zu sehen, was dort vor sich ging. Als Takat ihr eine Hand über den Mund legte, biss sie so fest zu, wie es ihr möglich war, und brüllte in ihrem besten Venezianisch: »Helft mir! Er ist ein Türke! *Muselmano! Muselmano!*«

Die Bootsleute, die sahen, dass eine Venezianerin im Dunkeln angegriffen wurde, jagten über die Brücke und stürzten sich auf Takat Turan. Feyra klammerte sich an die Balustrade der Brücke und sah zu, wie Takat auf die andere Seite geschleift wurde. Die Männer versetzten ihm Hiebe gegen den Kopf, bis er auf den Schultern hin und her kippte, seine Lippen und Augen anschwollen und zu bluten begannen. Straßenköter kamen herbei und strichen um seine Beine, um das Blut aufzulecken. Feyra schlug die Hände vor den Mund.

»Sag etwas«, schnarrte einer der stämmigen Burschen, der seine muskulösen Rudererarme um Takats Hals gelegt hatte und dessen Speichel auf Takats verschwollenes Gesicht troff. »Sag etwas, damit ich ganz sicher bin, bevor ich dich den Wächtern übergebe!«

»Ich verfluche euch und eure Teufelsstadt! Ihr werdet alle brennen!«, stieß Takat giftig hervor.

Nur Feyra verstand die Worte, aber die Männer erkannten den fremdländischen Akzent sofort. »Bringt ihn zu den Wächtern des Dogenpalastes«, sagte einer von ihnen. Takat Turan erschlaffte plötzlich in ihrem Griff. Als er weggezerrt wurde, sah er sich noch einmal zu Feyra um, und ein leises Lächeln spielte um seine Lippen. Noch lange, nachdem er um die Ecke geschleift worden war, spürte sie seine Augen auf sich ruhen, und das Feuer darin brannte sich in ihre Haut.

Feyra wartete, bis er außer Sicht war, bevor sie einem müßig herumstehenden Bootsmann so leise ihr Ziel nannte, dass niemand sonst den Namen der Insel verstehen konnte. Sowie sie im Boot saß, begann sie zu zittern. Sie hatte Takat Turan genau dorthin gebracht, wo er sein wollte: in die Verliese tief im Bauch des Dogenpalastes. Aber sie wusste auch, dass er vor morgen nichts unternehmen würde, er würde nicht von seinem Plan abweichen. Er wollte, dass sich die Bürger der Stadt zu ihrem Fest einfanden, damit er so viel Unheil wie möglich anrichten konnte.

Auf Lazzaretto Nuovo nahm sich Feyra kaum die Zeit, den Bootslenker zu bezahlen. Sie rannte mit einem flüchtigen Gruß in Salves Richtung durch das Torhaus und steuerte geradewegs auf das erleuchtete Quadrat von Annibales Fenster zu. Sie wusste, dass er noch auf war und auf sie wartete, damit sie wie jeden Tag schuldbewusst wie Wucherer vor dem Feuer ihre Zechinen zählen konnten.

Feyra stürmte zur Tür hinein und fand ihn wie beim ersten Mal, als sie ihn gesehen hatte, zusammengekauert und mit ihm ins Gesicht fallenden langen Locken vor dem Feuer vor. Ihr Herz blieb einen Moment lang stehen, aber jetzt war nicht die Zeit für romantische Erinnerungen.

»Du musst mir helfen«, keuchte sie. »Dein Doge schwebt in Gefahr.«

Er sprang sofort auf. »Wie meinst du das? Was ist passiert?«

»Das rote Pferd kommt.«

Feyras Bootsmann ruderte mit der Geschwindigkeit und der Befriedigung eines Mannes nach Venedig zurück, der für seine Mühe doppelt bezahlt worden war. Er kehrte auf direktem Weg zur Fondamenta Nuove zurück und ging von da aus die kurze Strecke zu *Dottore* Valnettis Haus, um dort den Aufenthaltsort der Frau in dem grünen Kleid zu melden.

*Teil 4*

# DAS ROTE PFERD

# 36

Doktor Annibale Cason wanderte bei Sonnenuntergang durch San Marco.

Seine Schnabelmaske fiel inmitten der Feiernden, die sich auf das Markusfest vorbereiteten, kaum auf. Neben ihm ging sein Assistent, ein junger Mann, der genauso groß war wie der Arzt und die Tasche seines Herrn trug. Er war in einen schlichten dunklen Gehrock, Kniehose und ein Batisthemd ohne Halstuch gekleidet und hatte keinen Hut auf seinen Locken, doch die Frauen drehten sich trotzdem nach ihm um, denn in diesen Zeiten war er eine wahre Augenweide.

Der heutige Markustag war auch als *Festa del Bocolo* bekannt, das Fest der Rosenknospen, denn an diesem Tag überreichten Männer den Mädchen, die ihnen gefielen, langstielige Rosen. Offensichtlich hatte die Pest dieser Tradition keinen Abbruch tun können. Die venezianischen Mädchen und auch die erwachsenen Frauen, selbst die, die bereits eine Rose erhalten hatten, bedachten Annibale mit koketten, die erfahreneren unter ihnen gar mit hungrigen Blicken. Es erinnerte ihn daran, warum er überhaupt begonnen hatte, die Schnabelmaske anzulegen. Während er vorüberging, fielen den Frauen ihre Rosen aus den Händen und wurden unbemerkt unter den zahlreichen Füßen zertreten.

Sie waren bis spät in die Nacht aufgeblieben, und Feyra hatte Annibale alles erzählt – von dem Tag, an dem ihre Mutter und ihr Vater sich in Paros kennengelernt hatten, über das Sterbebettgeständnis ihrer Mutter, bis hin zu dem Tag, an dem sie ihren Vater begraben hatte. Sie erzählte ihm von dem Ring mit den vier Pferden, ihrer Mission, dem Dogen Bericht zu erstatten, und von Takat Turan, der von Giudecca verschwunden und früher an diesem Abend wie ein Geist wieder aufgetaucht war. Er hatte der Geschichte verblüfft gelauscht, beschämt darüber, dass sie diese Bürde alleine hatte tragen müssen. Sie hatte ihm kleinlaut gestanden, welche Rolle ihr Vater in diesem Plan gespielt hatte, und er hätte sie am liebsten in die Arme geschlossen und ihr versichert, dass sie keine Schuld an dem Verbrechen ihres Vaters und dem Unheil trug, das über die Stadt hereingebrochen war. Seit sie nach Venedig gekommen war, hatte sie ständig versucht, Wiedergutmachung zu leisten, und als sie ihn dann bat, weiteres Blutvergießen zu verhindern, konnte er nichts anderes tun, als ihr zu helfen.

Verwirrt darüber, wie anders sie die Welt durch die Augengläser des Arztschnabels wahrnahm, achtete Feyra sorgfältig darauf, wo sie ihre Füße hinsetzte. Sie sah die Stadt so, wie er sie sah, und das empfand sie als beunruhigend. Der Abstand, den der Schnabel zwischen einem Arzt und seiner Umwelt schuf, erschien ihr wie eine sehr große Kluft. Kein Wunder, dass Mitgefühl selten über den Rand der Maske hinausdrang.

Sie näherten sich dem Campanile. Am Fuß des großen roten Glockenturms stand ein vergoldeter Käfig von der Größe einer Barke. Darin schritt ein großer Löwe auf und ab, das Fleisch gewordene Symbol Venedigs. Feyra blieb stehen, um das Ungeheuer eingehender zu betrachten. Das Fell war struppig und scheckig, anstatt golden zu glänzen, und die zottige Mähne wirkte flohverseucht und räudig. Nur die Augen glänzten, weil sich das Licht der sinkenden Sonne darin fing und sie so bernsteinfarben schimmern ließ wie ihre eigenen, aber nichts konnte über das Elend des Tieres hinwegtäuschen.

»Das ist der Löwe des heiligen Markus«, sagte Annibale. »Der *Consiglio* hält hier dauerhaft ein lebendiges Exemplar. Wenn dieser stirbt, besorgen sie einen neuen. Er soll«, fügte er voller Ironie hinzu, »der Stadt Glück bringen.«

Feyra hätte nie gedacht, Mitleid mit ihrer Nemesis empfinden zu können, aber sie hatte auch nicht gewusst, dass ein Löwe so aussehen konnte. Er wirkte bereits besiegt. Sie wandte sich ab, und sie und Annibale überquerten die breite Straße zum Dogenpalast.

Gemeinsam erreichten sie die weiße Treppe mit den beiden Wache stehenden Alabasterriesen, die aus leeren Marmoraugen auf sie hinabstarrten. Als sie die Stufen emporstiegen, zitterten Feyras Knie leicht, weil sie sich an das erste Mal erinnerte, als sie diese Treppe erklommen hatte, und die beiden Wachposten wiedererkannte, die sie damals verfolgt hatten.

Oben angekommen, berührte Annibale seine Stirnlocke und wandte sich an die beiden Wächter, die ihm mit gekreuzten Hellebarden den Weg versperrten. »*Dottore* Annibale Cason bittet um eine Audienz beim Dogen«, sagte er unterwürfig.

Die Wächter blickten nicht ihn, sondern Feyra mit der Schnabelmaske an. »Euer Zeichen, *Signor Dottore*«, verlangte einer.

Feyra hielt ihm das Siegel des Dogen hin, das auf der Handfläche ihres schwarzen Handschuhs schimmerte. Der Wächter griff danach und drehte es um. Sie betrachtete die Metallscheibe gemeinsam mit ihm; den Dogen und den heiligen Markus auf der einen und den Hirtenpropheten alleine auf der anderen Seite, wie auf dem Dukaten, den sie unter ihrem Arztumhang in der Bandage trug, die ihre Brüste flachpresste.

Sie wartete. Sie konnte nicht glauben, dass sie endlich doch noch den Dogen sehen würde. Sebastiano Venier, Admiral von Lepanto und Herzog von Venedig: ihr Großonkel.

Zu Feyras Überraschung reichte das Siegel aus, die Hellebarden wurden gesenkt und sie beide durchgewunken. Einer der Wächter bedeutete einem Diener in einer weinroten und goldenen Livree, ihnen den Weg zu weisen. Sie fühlte einen leichten Stoß im Rücken und ging voraus, da ihr wieder einfiel, dass sich Annibale als ihr Diener hinter ihr halten würde. Beim Gehen wiederholte sie im Geist die Geschichte vom Tod ihrer Mutter, dem Sarkophag auf dem Schiff, ihrem Vater und Takat Turan und dem nahenden Feuer.

Der Diener führte sie durch einen palastartigen steinernen Gang, der sich in einen riesigen Saal öffnete. Feyra hatte im Topkapi-Palast viele Wunder der Baukunst gesehen, war aber nie in einem solchen Raum gewesen: Dieser einzelne Saal war so groß wie das Innere der Hagia Sophia. Jeder Zoll der Wände war mit ländlichen Szenen bedeckt, die Decke passend dazu in einen tiefblauen, mit Sternen übersäten und mit pausbäckigen Engeln geschmückten Himmel verwandelt worden. Hoch in den Wolken prangten die Bilder von Dutzenden von Dogen mit Schriftrollen an den Hälsen, auf denen ihr Geburts- und Todesdatum vermerkt war. Feyra erschauerte. Wenn es ihr nicht gelang, dem Dogen ihre Botschaft auszurichten, könnte er sich zu seinen Vorgängern gesellen, mit dem heutigen Tag als Todesdatum.

In einer unsichtbaren Kammer ertönten Schritte, die Tür wurde geöffnet, und ihr Herz machte einen Satz. Dann keimte Hoffnung in ihr auf und erstarb wieder, als der Camerlengo den Raum betrat.

»*Dottore* Cason?«, sagte er. Feyra erinnerte sich von dem Verhör her, dem er sie in Palladios Haus unterzogen hatte, an seinen wohlmodulierten Tonfall: der Mann, der in Fragen sprach. Das Blut gefror ihr in den Adern. Sie nickte und der Schnabel fuhr vor ihrem Gesicht hinab wie eine Henkersaxt.

»Kommt Ihr wegen des Architekten? Stimmt etwas nicht?«

Sie schwieg, und auch Annibale konnte nicht antworten, denn dann hätte der Camerlengo gemerkt, dass er der echte Arzt war. Sie schüttelte den Kopf, wobei der Schnabel diesmal hin und her schwang. Ihr Herz hämmerte so stark, dass sie es innerhalb der Maske hören konnte. Einen Moment lang herrschte bedrückende Stille, während der Camerlengo ungeduldig mit den Füßen scharrte. »Wie Ihr wisst, fungiere ich sozusagen als Sprachrohr zwischen der Welt und Seiner Exzellenz. Mein Herr wird gleich erscheinen, aber dürfte ich zuerst erfahren, was Euch hierherführt?«

Feyra spürte, wie Annibale sie am Arm zupfte. Sie erwog, den Schnabel abzunehmen und sich an dem Camerlengo vorbeizudrängen oder in Richtung der Schritte zu rennen, die sie jetzt näher kommen hörte. Doch just in diesem Moment brach links von ihr ein Tumult aus.

In einer kleinen Tür, die zu dem zierlichen Steinbogen einer Brücke führte, erschien die massige Gestalt eines Wächters. Er zerrte einen an ihn geketteten Gefangenen hinter sich her, und ein weiterer Wächter folgte ihm. Der Camerlengo drehte verärgert den blonden Kopf zu ihm. »Entschuldigt Ihr mich einen Moment?«, fragte er. »Ein Gefangener, der verhört werden muss. Bringt ihn in die Kammer und wartet dort auf mich«, befahl er dem Wächter. Nichts in seiner Stimme verriet, was dem Gefangenen bevorstand. »Ist dir nicht klar, dass mein Herr, der Doge, hier gleich eine Besprechung hat? Glaubst du, wir können so eine Störung gebrauchen?«

Auch Feyra drehte sich um. Annibale zog sie erneut am Arm. Er wollte die Ablenkung zur Flucht nutzen.

Die Schritte des Dogen wurden lauter.

Der Gefangene kam in Sicht. Seine Augen glühten, und sie wusste Bescheid.

Während sie ihn voller Entsetzen beobachtete, schien das Feuer in seinen Augen sein Herz in Brand zu setzen, und sein Wams explodierte. Das Feuer rann an seinen Armen hinunter, und der Wächter, an den er gekettet war, schrie gellend auf, als das Naphtha seinen Körper verschlang. Der unselige

Mann rannte, seinen brennenden Gefangenen hinter sich herziehend, zu den voluminösen Vorhängen am Fenster, riss den Samt herunter und hüllte sie beide darin ein, als die Flammen sie umzüngelten. Doch die Vorhänge fingen gleichfalls Feuer, und die Flammen schossen von ihnen zu der bemalten Decke hoch, wo die Farbpigmente in Brand gerieten und feurige Tropfen auf die unten Stehenden herabregneten.

Als Annibale sie wegzerrte, sah Feyra den Camerlengo in die innere Kammer stürzen und erkannte hinter der Tür eine schattenhafte Gestalt mit einem hohen weißen Hut, bevor Rauchwolken die Sicht auf die beiden Männer versperrten.

Während ihrer Flucht aus dem Saal vergaßen Feyra und Annibale ihre Tarnung und brüllten allen, die ihren Weg kreuzten, zu, sofort den Palast zu räumen. Annibale schob sie auf die große weiße Treppe zu, und sie polterten die Stufen hinunter. Gerade als sie den Fuß der Treppe erreichten, fiel Feyra ein, dass die Küchenmeister beim letzten Mal, als sie hier gewesen war, Brot für die Armen gebracht hatten.

Sie packte Annibale am Arm. »Die Dienstboten!«, übertönte sie die Schreie und den Rauch. Sie stürmten in die Keller und Küchen des Palastes zurück, schlugen Alarm und scheuchten die Legionen von Dienern auf den Platz hinaus. Draußen schlug ihnen eine Kakophonie von Schreien und Rufen, Glockengeläut und hervorgestoßenen Gebeten entgegen, und über allem dröhnte das albtraumhafte Gebrüll des Löwen des heiligen Markus.

Feyra und Annibale drehten sich um, um das Inferno zu betrachten. Das Maßwerk der Palastfenster bildete jetzt schwarze Spitzensilhouetten vor dem Hintergrund der topasfarbenen Flammen. Die weißen und roten Ziegel verfärbten sich ebenfalls rasch schwarz. Feyra war nie zuvor bewusst gewesen, wie laut Feuer sein konnte; dass Flammen lauter zu brüllen vermochten als ein Löwe, dass Holz kreischte, wenn es sich verzog und zerfiel, dass Glas quietschte, wenn es schmolz. Der auf eigenartige Weise schöne und zugleich furchtbare Anblick hypnotisierte sie, sie konnte den Blick nicht davon abwenden, obwohl die durch die Luft wirbelnde Asche in ihren Augen brannte. Sie konnte nichts tun, um dem Dogen zu helfen, obwohl sie gesehen hatte, wie der Camerlengo losgerannt war, um ihn zu retten. Es war die Stadt selbst, die jetzt in höchster Gefahr schwebte. Sie hätte sich abwenden und mit Annibale fliehen können, aber sie wusste, dass dies keinem von ihnen einfallen würde. Sie waren Heiler und Lebensretter, und das Inferno befahl ihnen laut, zu bleiben. In stummer Übereinkunft drängten sich Annibale und Feyra zum Rand der Lagune durch, um bei der Bekämpfung der Feuersbrunst zu helfen, und reihten sich in die rasch wachsende Eimerträgerkette ein.

Die Löscharbeiten wurden bereits von einem hoch gewachsenen Mann mit weißem Haar und weißem Bart geleitet, dessen lange Gewänder zerfetzt, rußgeschwärzt und am Saum zerschlissen waren wie die eines Hausierers. Er hätte ein Priester oder Eremit sein können, aber er befehligte die Helfer wie ein General seine Armee, und wie ein guter General erteilte er nicht nur Befehle, sondern befand sich mitten im Getümmel und am dichtesten bei dem Feuer. Feyra folgte seinem ausgestreckten Arm, schob sich zwischen ihm und Annibale in die Reihe und half, Eimer mit Salzwasser weiterzureichen.

In diesen Stunden, während derer ihre Armmuskeln zu schmerzen begannen und sich Blasen an ihren Händen bildeten, begann sie den Kameradschaftsgeist der Menschen zu bewundern, der sich in den Scharen von Venezianern ausdrückte, die aus allen Teilen der Stadt herbeigeströmt waren, um mit anzupacken. Als die Bemühungen, das Feuer einzudämmen, verstärkt wurden, wanderten nicht nur Eimer durch Feyras erschöpfte Hände, sondern auch Krüge, Nachttöpfe und sogar ein Kinderbadezuber. Das Feuer, das große Drama, das sich vor ihr abspielte, während der riesige weiße Palast brannte, schrumpfte jetzt auf diese einfachen Haushaltsbehältnisse zusammen, und durch die gesprungenen Krüge und Taufbecher mit dem eingravierten Namen ihrer Kinder darauf lernte sie diese Menschen kennen.

Als die nicht enden wollende Nacht sich hinzog, schlief Feyra fast im Stehen ein. Ihr Gesicht brannte in der Hitze des tobenden Feuers. Die Schnabelmaske war schon lange verschwunden, verbrannt oder zertrampelt, oder sie wurde zum Wasserschöpfen benutzt, sie würde es nie erfahren. Das kalte Wasser, das aus den Eimern schwappte, hatte ihre Füße zu Eisblöcken erstarren lassen. Aber es sah so aus, als würde sich das Feuer allen Anstrengungen zum Trotz ausbreiten, und endlich wandte sich der weißhaarige General an die Menschenkette. »Das Feuer wird auf die Basilika übergreifen!«, donnerte er. »Wir müssen das Kontor abreißen! Zu mir, Männer! Bringt Hämmer und Rammböcke!«

Von da an verlief die Nacht anders. Die Männer begannen wie entfesselt die antiken Mauern der alten *Zecca,* die Münzanstalt und das Kontor zu zerstören. Die alten Steine wurden unter ihren Händen niedergerissen, bis sich eine Bresche vom gelben Himmel abhob, eine Bresche, die das Feuer nicht überspringen konnte.

Feyra hielt verzweifelt nach Annibale Ausschau und erblickte ihn ein- oder zweimal in der Masse der Männer, von Rauch eingehüllt und so schwarz im Gesicht wie ein Mohr. Sie warf ihren Umhang ab und leitete die Frauen in der Eimerkette an, die ihre Anstrengungen verdoppelten, um das Fehlen der Männer auszugleichen. Zwischen den Löscharbeiten versorgte sie auch noch Verletzungen, wo sie nur konnte: leichte Brandwunden, rauchvergiftete Lungen und einmal sogar die stark blutende Kopfwunde einer Frau, die von einer herabgefallenen Bleiglasscheibe getroffen worden war.

Als sie sich wieder in die Kette einreihte, wurde sie sich der

Ironie ihres Tuns bewusst. Sie kämpfte zusammen mit diesen Menschen darum, ihre große goldene Kirche zu retten, eine Kirche, auf deren Galerie die vier Bronzepferde im Feuerschein golden schimmerten. Als Feyra sah, wie sich die Tiere über den Flammen aufbäumten, wusste sie, dass dies ihr Werk war, dass das rote Pferd von den vieren heute Nacht die Herrschaft übernommen hatte. Warum sollte sie diese vierbeinigen Bestien retten? Oder den heiligen Markus, der in der Kirche in einer Decke aus Schweinefleisch ruhte und dessen Fest die Bürger heute feierten? Sollte er doch darin braten wie eine Festmahlspeise. Aber sie hielt nicht mit dem erbarmungslosen Entgegennehmen und Weiterreichen der Eimer inne und verlangsamte ihren Rhythmus nie.

Gegen Morgen gewannen sie die Oberhand. Nachdem es ein großes schwarzes Stück aus dem Palast herausgebissen hatte, schien das gierige Feuer zufrieden zu sein und erstarb zu ein paar Flammenbüscheln. Der Tempel und seine ihn bewachenden Pferde wurden von Rauch umwabert, waren aber in Sicherheit. Als sich der Himmel silbrig verfärbte, ging die Sonne über einer anderen Welt auf. Alles war schwarz – der Palast, die Bürger, und sogar vom Himmel regnete es rußige Asche. Die in der Asche herumwirbelnden Rosenblätter des heiligen Markus bildeten die einzigen Farbflecke.

Feyra ließ ihren Eimer fallen und taumelte zu der Ecke der Kirche. Die Männermenge löste sich auf. Sie suchte fieberhaft nach Annibale und sah ihn endlich an der Ecke der Basilika lehnen. Er krümmte sich vor Husten, und sein Gesicht war so braunrot wie der Stein. Sie zog ihn mit sich, drückte ihn auf eine umgestürzte Säule nieder und beobachtete ihn scharf, während er nach Atem rang. Während seiner gesamten Arzttätigkeit hatte er stets sein Gesicht bedeckt, und jetzt war er nicht nur den giftigen Ausdünstungen der Stadt, sondern auch dem dichten Rauch schutzlos ausgesetzt. Das Feuer war gelöscht, der Doge sicher, wie sie hoffte, und Takat tot. Es war

Zeit für sie zu gehen. Sie hielt ihm ihre Hand hin. »Lass uns nach Hause fahren«, sagte sie.

Annibale keuchte noch immer und war unfähig, einen Ton herauszubringen. Er hatte sich kaum erhoben, als ein Mann, der einen Rauchschweif hinter sich herzog wie ein Komet, von der Riva degli Schiavoni her um die Ecke gestürzt kam und schwer atmend vor dem hoch gewachsenen Eremiten stehen blieb. Der alte Mann sprach ihn an.

»Tommaso.« Er legte seine lange Hand auf die sich hebende und senkende Schulter des Mannes. »Beruhige dich. Das Feuer ist besiegt, wir haben die Stadt gerettet.«

»Eben nicht«, versetzte der Mann in der rußgeschwärzten Livree. »Das Feuer hat auf die *Piombi* übergegriffen, und die Gefangenen sind alle in ihren Zellen geschmort worden wie Truthähne im *forno,* und der Brand breitet sich jetzt entlang des unteren Ufers zur Merceria aus.«

»Die Rialtobrücke!« Der Eremit eilte davon, und die, die noch die Kraft dazu hatten, folgten ihm.

Feyra drehte sich zu Annibale um. »Palladio!«, entfuhr es ihr.

Sie liefen der Menge hinterher an der Basilika vorbei. Feyra blickte einmal mehr zu den bronzenen Pferden auf. Die vier glühten wie in einem Schmiedeofen erhitzt, trommelten mit den Hufen und sperrten die roten Mäuler auf, als wäre die Basilika ein vergoldeter Streitwagen, den sie mit all ihrer Kraft zogen. Ihr Tempel war vom Feuer verschont geblieben. Die Pferde hatten beschützt, was ihnen gehörte.

Sie wandte sich ab und war entschlossen, ihrerseits den Architekten zu beschützen, dessen Haus am Campo Fava im Weg der Flammen lag. Sie rannten vor der sich ausbreitenden Feuersbrunst her über den Markt, der wegen des Festtages von mehr Händlern besucht worden war als sonst. Feyra drehte sich kurz um und stellte fest, dass die Stände hinter ihnen lichterloh brannten. Die Waren der Glasbläser knackten und zerbarsten in der Hitze und spien winzige Juwelen bunten Glases auf das Pflaster.

Bevor sie die alte Brücke erreichten, lösten sie und Annibale sich aus der Menge und hasteten zu dem kleinen Platz mit dem Haus mit dem goldenen Zirkel über der Tür. Das Leichentuch aus Rauch folgte ihnen wie ein unheilvoller Schatten. Feyra hämmerte an die Tür, und als die Köchin erschien, sprach sie an Annibales Stelle, weil sie sah, dass er immer noch nach Atem rang.

»Corona Cucina«, sagte sie. »Alarmiere jeden im Haus und bring alle in Sicherheit. Ein großes Feuer ist ausgebrochen, und es zieht in diese Richtung.« Sie hob eine Hand, um einen Schwall von Fragen seitens der Köchin abzuwehren. »Ist dein Herr da?«

»Ja, und Zabato auch.«

Feyra drängte sich an ihr vorbei und ging direkt in das ihr so vertraute Studierzimmer. Dort fand sie Palladio vor, der sich in gewohnter Manier mit Zabato über seine Zeichnungen beugte. So oft hatte sie die beiden grauen Köpfe so dicht beieinander gesehen. Plötzlich erfüllte sie eine wilde Entschlossenheit, diese beiden Männer vor der Feuersbrunst zu bewahren. Sie blickten auf, als sie in den Raum stürmte.

»Feyra?« Palladio zog die dunklen Brauen zusammen und blickte an ihr vorbei zur Tür. »Und wer ist das?«

Feyra begriff, dass er Annibales Gesicht noch nie gesehen haben konnte.

Annibale trat vor. »Ich bin Euer Arzt, und ich gedenke, die Aufgabe zu erfüllen, die ich übernommen habe. Der Dogenpalast hat gebrannt, und das Feuer breitet sich durch die Merceria bis zur Rialtobrücke aus.«

Palladio bewegte sich überraschend schnell. Er griff nach einem weichen Lederbündel, in dem seine Werkzeuge verräterisch klirrten. »Zabato, bring die Mitglieder des Haushalts zur Accademia hinüber.«

Sein Zeichner sprang ebenfalls auf. »Wo geht Ihr hin?«

Palladio war schon unterwegs zur Tür. »Wenn das Feuer die Rialtobrücke erreicht, gerät die andere Seite der Stadt in Brand.« Auf der Schwelle drehte er sich noch einmal um. »Wir müssen die Brücke abreißen.«

Feyra und Annibale konnten mit Palladio, der vor ihnen durch die *calli* eilte, kaum Schritt halten.

Schon bald ragte die große Brücke vor ihnen auf, ein mächtiger schwarzer Holzbogen auf steinernen Pfeilern, der sich vom safrangelben Himmel abhob. Feyra konnte die hoch gewachsene Gestalt des Eremiten ausmachen, der Eimer füllen ließ, um das Feuer zu bekämpfen, und sogar Kinder dazu heranzog, umherfliegende Funken auszutreten, die die große Holzkonstruktion bedrohten.

Palladio steuerte schnurstracks auf den Eremiten zu und begann auf ihn einzureden, wobei er mit den Armen fuchtelte und immer wieder auf die Brücke deutete. Feyra bekam von ihrem Gespräch kaum etwas mit, weil das brennende Holz so laut knackte, doch dann drehte sich Palladio wieder zu ihnen um. »*Dottore,* kommt mit. Feyra, geh mit den anderen über die Brücke.«

Feyra rührte sich nicht von der Stelle. Das Gefühl nahenden Unheils jagte ihr einen Schauer über den Rücken. »Was habt Ihr vor?«

Palladio legte sein Bündel klirrend ab, entnahm ihm ein Stemmeisen und reichte es Annibale. Er selbst hielt einen schweren Hammer in der Hand. »Wir müssen die Pfeiler wegschlagen. Dann stürzt die ganze Brücke in sich zusammen.«

Die beiden Männer stiegen ins Wasser und machten sich unten an der Brücke zu schaffen, während Frauen und Kinder noch darüber hinwegstürmten, um am anderen Ufer Schutz zu suchen. Palladio konzentrierte seine Anstrengungen auf die zwei großen Träger, die die Pfeiler zu beiden Seiten der Brücke stützten. Die beiden Männer hieben erbittert darauf ein, doch die Flammen befanden sich auf dem Vormarsch. Der Eremit hatte die Männer angewiesen, die Reihe kleiner hölzerner Hütten am Ufer zu zerstören, aber das Feuer trieb sie rasch zurück. Dann wateten einige der Männer, darunter auch der Eremit selbst, gleichfalls ins Wasser, um Palladio und Annibale zu helfen. Feyra biss sich auf die Finger, bis sie bluteten, und lauschte voller Angst, als die Holzkonstruktion zu ächzen und dann zu knarren begann, denn jetzt fürchtete sie, die Brücke würde einstürzen und die beiden Manner unter sich begraben. Vor sich konnte sie die Flammen sehen, die sich im Wasser widerspiegelten und es in flüssiges Feuer verwandelten, dennoch wandte sie sich nicht ab. Die Sonne war aufgegangen, als der hölzerne Bogen zu wanken begann, und da vermochte sie nicht länger an sich zu halten, watete ins Wasser und zog beide Männer mit einer Kraft zurück, von der sie gar nicht gewusst hatte, dass sie sie besaß. Als die Brücke in sich zusammenzustürzen begann, hörte sie, wie die Menge am gegenüberliegenden Ufer entsetzt aufschrie, denn der Verlust dieses symbolträchtigen Bauwerks verhieß Unheil.

Feyra fragte sich, was es für Palladio, dessen Leben daraus bestand, etwas zu erschaffen, wohl bedeutete, stattdessen etwas zerstören zu müssen. Doch als sich der alte Mann aufrichtete, glühte ein Feuer in seinen Augen, bei dem es sich nicht nur um ein Spiegelbild der Flammen handelte, und seine Züge drückten eine gewisse Genugtuung aus. »Was zerstört ist, kann jederzeit wieder aufgebaut werden«, lächelte er.

Annibale watete auf sie zu. »Kommt. Wir müssen uns in Sicherheit bringen.«

Sowie Palladio, dessen Haus unversehrt geblieben war, zu Bett gegangen war, stolperten Feyra und Annibale über den Platz in die Richtung der Riva degli Schiavoni zurück. Mit rot geränderten Augen, ascheverklebten Haaren und rußgeschwärzten Gesichtern wankten sie durch Asche und Rosenblätter.

Vor der Ruine des Dogenpalastes hatte ein Maler seine Staffelei aufgestellt, seine Palette zur Hand genommen und damit begonnen, Farben auszuwählen. Als die beiden Ärzte an ihm vorbeigingen, versuchte er gerade, mit wütenden Kohlestiftstrichen die Schönheit der Verwüstung ringsum einzufangen.

Der Löwe des heiligen Markus in seinem Käfig am Fuß des Campanile war nur noch ein verkohltes, rauchendes Skelett, das im Tod wie im Leben hinter schwarz verfärbten Gitterstäben gefangen war.

# 37

Feyra blickte auf den Torhüter Bocca hinunter, der sich in Schweiß gebadet auf seinem Bett im Torhaus wälzte.

»Was ist mit ihm geschehen, Salve?«, fragte sie.

Der Zwerg hielt sich wie üblich im Schatten. Er würde nicht sprechen, solange der Arzt im Raum war.

Es war ein unangenehmer Morgen für Annibale gewesen. Er war vom Schlafmangel ausgelaugt, seine Lungen brannten von dem Rauch, und jedes Mal, wenn er ausspie, fand sich Ruß in seinem Speichel, was alles schon schlimm genug gewesen wäre, aber dazu kam noch, dass er sich – besonders hier auf der Insel – ohne seine Maske nackt vorkam. Die unvermeidlichen Erklärungen und die faszinierten Blicke der Inselbewohner, besonders der Frauen, führten dazu, dass er sich noch schroffer verhielt als sonst, und Feyra fürchtete, Salve könne seine scharfe Zunge zu spüren bekommen.

Sie wandte sich an Annibale. »Ruh dich aus«, drängte sie. Ihm fielen fast die Augen zu, und er schwankte vor Müdigkeit. »In dieser Verfassung nutzt du niemandem etwas.«

Er drehte sich wortlos um und verließ das Haus. Sowie er fort war, kam Salve aus seiner Ecke.

»Was ist passiert?«, fragte Feyra ihn erneut sanft.

»Arzt nicht hier.« Salve hatte Mühe, die Worte zu formen. Er deutete auf seinen kranken Vater. »Er Wasser geholt. Zum Tezon gebracht.«

Zu Boccas täglichen Pflichten gehörte es, einen Eimer Wasser aus dem Löwenbrunnen zu schöpfen, ihn zum Tezon zu tragen und vor dem Eingang stehen zu lassen.

Feyra überlief plötzlich ein kalter Schauer. »Und was dann?«

»Hat es hereingebracht.«

Feyra wurde das Herz schwer. Statt das Wasser an der Tür zurückzulassen, wie es ihm aufgetragen worden war, hatte Bocca es hinter die Rauchkammer und in das Krankenhaus getragen, um die Becher der Patienten zu füllen. Ob es aus Eitelkeit oder christlicher Nächstenliebe geschehen war, zählte jetzt nicht mehr – es hatte ausgereicht, um ihn zu infizieren. Feyra drehte die Finger des Torhüters um. Sie waren schwarz verfärbt. Seufzend machte sie sich auf, um Annibale zu wecken.

Feyra fühlte sich entsetzlich schuldig, weil sie in ihrem Eifer, die Inselbewohner mit ihrem Theriak zu schützen, irgendwie vergessen hatte, Vater und Sohn in dem relativ weit entfernten Torhaus eine Dosis zu verabreichen. Nachdem Bocca so bequem wie möglich im Tezon untergebracht worden war, kehrte sie sofort zum Torhaus zurück. Salve starrte von seiner Ecke im Schatten aus ins Feuer, als wisse er nicht, was er tun solle. Ihr Herz flog ihm zu, als sie ihn so sah: ein mutterloses Kind, dem der Vater vielleicht auch noch genommen werden würde. Sie setzte sich auf die andere Seite des Feuers, auf den Stuhl, der Bocca gehörte.

»Gut?«, klang es aus dem Schatten.

»Gut genug«, erwiderte Feyra vorsichtig, denn sie wollte nicht lügen. Bocca glühte vor Fieber, und er würde vielleicht die Nacht nicht überleben. Da sie sich für den Jungen verantwortlich fühlte, der kein eigenes Geld verdienen konnte, griff sie in ihr Mieder.

Die Münze, die sie so lange am Herzen getragen hatte, war noch warm von ihrer Haut. Bevor sie die verkohlte Stadt verlassen hatten, hatten sie erfahren, dass der Doge am Leben war und bei Sonnenuntergang, wenn er sich ausgeruht hatte, zu den Bürgern sprechen würde. Sie hatte dazu beigetragen, den zweiten Teil des Plans des Sultans zu vereiteln und das rote Pferd zurückzuschlagen. Jetzt würde sie alles in ihrer Macht Stehende tun, um Bocca und seinen bedauernswerten Sohn zu retten. Sie hielt den Dukaten ins Licht und betrachtete das Bild des Dogen. Merkwürdig, dachte sie, dass ihr Großonkel ihr die ganze Zeit lang so nah gewesen war und sie ihn dennoch bislang nicht kennengelernt hatte.

Sie gab Salve die Münze. »Das ist für dich, denn dein Vater kann erst wieder fur dich sorgen, wenn er gesund ist. Mach dir keine Sorgen.«

Salve nahm den Dukaten über das Feuer hinweg in seine missgestaltete Hand. Er passte kaum in seine Handfläche. Seine Augen wurden so rund wie die Münze.

»Warum … gibst du … das?«

»Weil ich mich um dich kümmern möchte. Komm heute Abend zu mir, ich werde einen speziellen Trank für dich zubereiten, damit du gesund bleibst.«

Sowie er allein im Torhaus war, drehte Salve den Dukaten in der Hand. Er drückte ihn an die Lippen, während Feyras Worte in seinem verformten Kopf widerhallten.

Als Feyra an diesem Abend die Tür ihres Hauses öffnete, rechnete sie mit Annibale. Sie hatte vergessen, dass sie Salve eingeladen hatte, und musste den Blick senken, um ihren Besucher sehen zu können.

Sie bat ihn freundlich herein. Seit er nach ihrer Ankunft auf der Insel die notwendigen Reparaturen ausgeführt hatte, war er nicht mehr in ihrem Haus gewesen. Er blickte sich abschätzend um, um zu sehen, ob er gute Arbeit geleistet hatte, und ihr ging plötzlich auf, dass sie ihm seither eine schlechte Freundin gewesen war. Sie forderte ihn auf, sich zu setzen. Er blieb stehen.

»Du hast gesagt … um mich kümmern.«

»Ja«, bestätigte sie. »Trink das.« Sie nahm die Flasche mit dem Trank vom Tisch, den sie an diesem Nachmittag von Schuldgefühlen geplagt mit besonderer Sorgfalt hergestellt hatte. Sie hielt die Phiole in die Höhe. »Es verhindert, dass du die Krankheit deines Vaters bekommst.«

Er nahm die Flasche entgegen, und ihre Finger berührten sich einen Moment lang. Die Phiole wirkte in seinen Händen übergroß, und er drehte sie nervös, als müsse er all seinen Mut zusammennehmen. *»Du* kümmerst dich um *mich«*, krächzte er, als würde er seinen Katechismus aufsagen.

Sie nickte bedächtig. »Ich kümmere mich um dich.«

»Was, wenn … *ich* mich um *dich* kümmere?«

Sie sah ihn an, und er erwiderte ihren Blick. Seine verschleierten, ungleichen Augen flackerten nicht. Zum ersten Mal fiel ihr auf, dass sie so trübblau waren wie die Lagune nach einem Sturm. Ganz langsam dämmerte ihr, dass sie gerade einen Antrag erhalten hatte.

Sie holte tief Atem und ließ sich Zeit mit der Antwort. »Ich danke dir, Salve, aber … lass es mich so sagen … ich meine, bist du überhaupt schon …?«

»Siebzehn.« Sein verformter Gaumen erschwerte es ihm, das Wort auszusprechen. Feyra bemühte sich, sich ihre Überraschung nicht anmerken zu lassen. Sie hätte sein Alter nicht schätzen können. Seine Deformierungen ließen ihn jünger wirken, aber manchmal hatten ihre Gespräche und sein handwerkliches Geschick darauf hingedeutet, dass er wesentlich älter war.

Sie empfand plötzlich ein so starkes Mitleid mit ihm, dass ihr die Tränen in die Augen traten. Heute Morgen hatte sie sich geirrt. Er war kein Kind. Er war ein Mann, ein in diesem verkümmerten Körper gefangener Mann. Sie dachte an die tausend kleinen Grausamkeiten, die sie ihm täglich zugefügt hatte, wenn sie ihn ungeduldig angefahren oder ihn gekränkt oder ignoriert hatte, da sie so in ihrem Kummer wegen Annibale gefangen gewesen war. Ihr war manchmal aufgefallen, dass Salve eine Vorliebe für sie hegte, aber sie hatte angenommen, er wolle so seine Dankbarkeit unter Beweis stellen, weil sie ihn vor Columbina Cason und ihrer bösen Zunge geschützt hatte.

Aber jetzt wusste sie, dass seine Gefühle tiefer gingen. Sie hatte immer gedacht, Salves Hass auf Annibale rühre von den Quälereien her, die er von der Mutter des Arztes hatte erdulden müssen, doch jetzt wurde ihr klar, dass sie auch in diesem Punkt unrecht gehabt hatte. Sie wollte ihn nicht auslachen oder ihn schroff zurückweisen. Vielleicht würde sie ihn nicht verletzen, wenn sie ihm ihr Geheimnis anvertraute.

»Es tut mir leid, Salve, aber ich kann nicht. Ich liebe einen anderen.«

Er wusste es bereits. »Du liebst Doktor.«

Sie bekannte sich zum ersten Mal offen zu der Wahrheit. »Ja.«

Und dann begriff sie, was für einen furchtbaren Fehler sie gemacht hatte. Sie hatte seinen Stolz nicht verletzen wollen und ihm stattdessen das Herz gebrochen. Statt ihn einfach nur zurückzuweisen, hatte sie ihm einen grausamen Spiegel vorgehalten, der ihm gezeigt hatte, wie er hätte sein können, wenn der Hirtenprophet ihm wohlgesonnen gewesen wäre. Und alles war so viel schlimmer, seit die Schnabelmaske im Feuer verbrannt war. Jetzt konnte er Annibales Gesicht sehen, konnte sehen, wie er nie sein würde.

Salve wandte sich ab, aber nicht, bevor sie den Schmerz in seinen Augen gelesen hatte, und verließ das Haus, die kleine Flasche mit Theriak fest umklammernd.

Als Salve an dem Brunnen mit dem Löwen und dem Buch vorbeikam, ließ er den Theriak hineinfallen. Dann schritt er so schnell auf das Tezon zu, wie ihn seine kurzen Beine tragen wollten.

Wenn er über das nachdenken würde, was Feyra zu ihm gesagt hatte, würden sich die Worte wie eine Schlange um sein Herz wickeln und es zerdrücken, und er würde verbluten. Er wollte zu dem einzigen Menschen, auf den er sich immer hatte verlassen können. Bocca hatte zwar nicht mit herabsetzenden Bemerkungen gespart und mit ihm geschimpft, seinen missgebildeten Sohn aber trotzdem geliebt, Fleisch in den deformierten Mund geschoben und den verkrümmten Körper mit Kleidern bedeckt. Er hatte ihn nicht im Stich gelassen, so wie Salves Mutter es getan hatte.

Salve musste sich auf die Zehenspitzen stellen, um die Tür des Krankenhauses zu öffnen. Nur noch drei Patienten lagen in dem langen, von einem Kohlenbecken, in dem Zinnober und Myrrhe brannten, erleuchteten Raum. Hinter dem zweiten Vorhang, den er zurückzog, fand er Bocca.

Salve beugte sich über den Leichnam, und erst jetzt ließ er seinen Tränen freien Lauf. Bocca konnte ihn nicht mehr hören, also konnte er ruhig sprechen. Er stieß das erste Wort hervor, das er je zu seinem Vater gesagt hatte. *»Papa«*, krächzte er und lauschte dem durch die Dunkelheit hallenden Wort nach.

Dann legte er sich neben den noch warmen Leichnam, zog seinen Vater an sich und wartete auf den Tod.

# 38

Feyra beweinte Salve so bitterlich wie nie einen Patienten zuvor.

Sie hatte Salve mehr als irgendjemand sonst in seinem Leben vernachlässigt und gequält, indem sie sich erst mit ihm angefreundet und ihm dann ihre Freundschaft wieder entzogen hatte, um sich einem anderen zuzuwenden. Es wäre besser gewesen, ihn in Ruhe zu lassen, nie eine Freundschaft entstehen zu lassen, die zu pflegen sie sich nie die Mühe gemacht hatte. Sie sagte wieder und wieder seinen Namen, weinte, bis ihr Schleier durchweicht war. Dann richtete sie ihn eigenhändig her, damit er neben seinem Vater begraben werden konnte. Sie küsste seine missgebildete Wange, und als sich die Totenstarre löste und seine Hand sich öffnete, sah sie ihren Dukaten darin. Sie küsste die Münze ebenfalls und schob sie in ihr Mieder zurück, worin sie so lange gelegen hatte.

Nachdem sie den Torhüter und seinen Sohn dahingerafft hatte, schien die Pest der Insel abrupt den Rücken zu kehren.

Aus Venedig erreichte sie die Nachricht, dass vier der sechs *sestieri* jetzt pestfrei waren. Feyra vermutete, dass das reinigende Feuer, von dem Takat gesprochen hatte, sich gegen ihn gewandt und die giftigen Ausdünstungen vernichtet hatte, die den Toten entströmt waren.

Als sich das Tezon leerte, weil die letzten Patienten starben oder gesund wurden, begann Feyra sich zu fragen, was die Zukunft für sie und Annibale bereithielt. Er hatte den Antrag, den er ihr einst gemacht hatte, nie wiederholt, aber sie meinte, auch glücklich sein zu können, wenn sie als seine Kollegin und Freundin hier bei ihm blieb. Aber ohne Patienten konnte man kein Krankenhaus betreiben. In der letzten Zeit verordnete sie häufiger Rinde gegen Zahnschmerzen oder Borretsch, um Mondblutungskrämpfe zu lindern, als ihren Theriak.

Als sie an einem Frühlingstag auf die *murada* stieg, sah sie ein großes Schiff über das sonnenbeschienene Wasser gleiten. Sie konnte erkennen, dass es ein zyprisches Schiff war. Eine Wolke schob sich vor ihre Sonne, und ein kalter Klumpen der Furcht bildete sich in ihrem Magen. Der Handelsverkehr zwischen Venedig und der Welt wurde wieder aufgenommen. Sie spähte in die Ferne und stellte sich vor, wie Palladios Kirche auf ihrer Insel gen Himmel wuchs. Sie wusste, dass sie bald fertiggestellt sein würde. Der Doge würde Annibale nicht mehr brauchen, und die Republik würde ihre Insel zurückhaben wollen.

Am nächsten Tag kam die Badessa zu ihnen in den Kräutergarten, wo Feyra und Annibale den Boden bearbeiteten, weil das Tezon leer stand. Feyra richtete sich auf und presste eine Hand ins Kreuz, als die Badessa, gefolgt von ihren Nonnen, um die Beete herumging.

Annibale stieß seinen Spaten grimmig in die Erde und sah die Äbtissin an. »Ihr geht zurück«, stellte er fest.

»Ja«, bestätigte sie sanft. »Schwester Immaculata war gestern in Miracoli. Das *sestiere* ist nicht mehr verseucht. Es wird ein neuer Priester kommen, um Vater Orlando zu ersetzen. Ein guter Mann, glaube ich.«

Annibale schnaubte leise. »Ich werde ein Dory für euch kommen lassen. Bocca …« Er brach ab.

Die Badessa nickte. »Wir haben Messen für seine Seele und die seines Sohnes gelesen. Und Schwester Ana hat schon das Kohlenbecken entzündet, um ein Boot zu rufen.«

Jetzt nickte Annibale knapp. »Wir verabschieden Euch noch.«

Feyra zögerte, unschlüssig, ob sie sich anschließen sollte, aber die Badessa forderte sie mit einer Handbewegung zum Mitkommen auf.

Sie ging Arm in Arm mit der älteren Frau über den sonnigen Rasen zum Torhaus, und am Tor blieb die Badessa stehen und sah zu, wie die Schwestern hindurchströmten. Sie griff in ihren Ärmel und reichte Feyra ein in Leinen gewickeltes schweres Buch. »Für den Fall, dass du es brauchst«, sagte sie und schritt durch das Tor, ehe Feyra das Geschenk ablehnen konnte. Sie wickelte es nicht aus, dazu bestand kein Anlass. Sie wusste, was das Päckchen enthielt.

Am Pier stiegen die Nonnen nacheinander in das Dory. Die Badessa drehte sich im Boot noch einmal um.

»Eines noch, *Dottore* Cason, bevor ich gehe. Schwester Immaculata hat einige der Häuser unserer Inselfamilien aufgesucht. Einige sind noch leer und in gutem Zustand, aber andere verfallen, und einige sind von Vagabunden besetzt worden. Wenn Eure kleine Gemeinde hier nicht bald nach Hause zurückkehrt, wird die Republik Familien in den Gebäuden einquartieren. Viele Leute haben bei dem Feuer ihre Häuser verloren.«

Auch ohne Maske verriet Annibales Miene nicht, was in ihm vorging. »Habt Ihr das den Familien gesagt?«

Die Brauen der Äbtissin verschwanden fast unter ihrem Schleier. »Natürlich. Sie können nicht ewig hier leben. Selbst wenn Ihr das Wasser teilen könntet, könntet Ihr das Meer nicht ewig zurückhalten«, fügte sie weich hinzu. »Eines Tages schlägt es über Euch zusammen.«

Feyra verstand. Ihr seltsames, verpestetes Paradies stand kurz vor dem Ende.

# 39

*Dottore* Valnettis Zorn trieb ihn an, denn er hatte sonst nichts, was ihn aufrechthielt.

Sein *sestiere* Miracoli glich einer Geisterstadt. Die Hälfte der Häuser stand leer, in den anderen waren die Sterbenden untergebracht. Er hatte seinen Vierräuberessig nicht mehr loswerden können und begonnen, ihn wegen des darin enthaltenen Alkohols abends selbst zu trinken, denn Wein konnte er sich nicht länger leisten. Das Fass Gascogne-Wein, das er für die wenigsten Todesfälle in seinem *sestiere* hätte gewinnen können, lag in so weiter Ferne wie ein Regenbogen, denn er schien jeden Tag Totenscheine auszustellen, das war jetzt seine einzige Funktion als Arzt dieses Stadtteils.

Vielleicht aufgrund der anderen Bestandteile seines Gebräus war er in der letzten Zeit von eigenartigen, halluzinatorischen Träumen geplagt worden, die sich alle um eine mysteriöse dunkle Frau in einem grünen Kleid drehten, die um ihn herumwirbelte wie ein Kobold oder ein Dschinn. Dann pflegte er mit einem nagenden Hungergefühl, aber ohne Geld für Brot und ohne Diener, der es ihm beschafft hätte, zu erwachen. Seine letzten Münzen hatte er dem gierigen Bootslenker in den Rachen werfen müssen, den er dafür bezahlt hatte, die Frau in dem grünen Kleid zu der jetzt als Lazzaretto Nuovo bekannten Quarantäneinsel zu bringen.

Annibale Casons Insel.

Er hatte gewusst, dass Cason hinter all dem steckte. Er war felsenfest davon überzeugt, dass dieses Weib Casons Geschöpf war und dass sie mit ihrem »Theriaca« sein wahnwitziges Unternehmen finanzierte. Cason und seine grüne Hexe vor den *Consiglio* zu zerren, war jetzt Valnettis einziges Ziel im Leben. Hass war seine Triebfeder, aber er konnte seinen Hass nicht essen.

Daher willigte er sofort ein, als man ihm Gold für eine äußerst seltsame Aufgabe bot.

»Der *Salamander*? Wer ist der Salamander?«

Valnetti hatte die Tür selbst öffnen müssen, denn sein Diener war schon längst gegangen, nachdem er das silberne Tafelgeschirr des Arztes als Lohn akzeptiert hatte. Er blickte auf den kleinen, schmuddeligen Jungen hinab.

»Der Salamander«, der Junge kostete das Wort genüsslich aus, »ist in Cannaregio eine Legende. Er hat das Feuer überlebt, und deswegen und wegen seiner anderen echsenhaften Eigenschaften nennt man ihn so, *Signor.*«

»Als da wären?«

»Er hat eine schuppige Haut, und er lebt in einem Olivenölbad wie eine Eidechse in einem Olivenhain. Seine Zunge ist gespalten wie die einer Eidechse, und er …«

»Ja, ja«, unterbrach Valnetti ihn gereizt. »Hast du ihn gesehen?«

»Ich nicht, aber mein Freund Luca. Er hat ihn durch das Fenster gesehen. Er ist grässlich, nur verbrannte Haut und schreckliche Augen, schwarz wie die Sünde. Luca sagte, er hätte ihn angezischt wie ein Dämon. Er spricht nämlich unsere Sprache nicht.«

»Er spricht kein Venezianisch?«

»Nur ein paar Worte, *Signor.*«

»Wie soll ich ihn denn dann behandeln? Du verschwendest meine Zeit«, sagte Valnetti barsch.

»Nein, *Signor,* das tue ich nicht«, protestierte der Junge. »Er bezahlt uns, damit wir ihm Brot und Fische kaufen. Aber nur uns Kinder. Erwachsene duldet er nicht in seiner Nähe. Wir haben Tage gebraucht, um das Öl für sein Bad zu beschaffen, er hat eine ganze Armee von uns auf die Märkte geschickt. Und die einheimischen Kinder gehen bei ihm ein und aus, um ihm Venezianisch beizubringen – diejenigen, die seinen Anblick ertragen können, versteht sich. Er sucht jemanden, und er will genug Worte kennen, um ihn zu finden. Einige kommen mit den Taschen voller Münzen aus seinem Haus.«

Valnetti, der ihm gerade die Tür vor der Nase hatte zuschlagen wollen, hielt inne. »Münzen?«, fragte er laut genug, um das Knurren seines Magens zu übertönen.

»Ausländische Münzen, aber aus Gold, man muss nur daraufbeißen. Seht Ihr?«

Der Arzt nahm die Münze von der schmutzigen Handfläche des Jungen und hielt sie in das Frühlingssonnenlicht. Geld und Währungen gehörten zu den Dingen, mit denen er sich am liebsten beschäftigte, und er schmeichelte sich, ein Experte auf diesem Gebiet zu sein. Bei dem Goldstück handelte es sich um einen *sultani,* eine osmanische Münze mit dem eingestanzten Bild eines turbanbewehrten Kalifen auf einer Seite. Rund um den Turban des Sultans verliefen kleine Zahnabdrücke.

Der Junge streckte die Hand aus, und Valnetti gab ihm die Münze widerstrebend zurück. »Und dieser … Salamander hat dir das gegeben?«

»Ja, *Signor«,* erhielt er zur Antwort. »Eine für den Botengang und eine dafür, dass ich mit einem Arzt wiederkomme.«

»Und wo lebt er?«

»In einem der leer stehenden Häuser, die die Familien verlassen haben, als sie auf diese Insel gegangen sind. Neben der Kirche der Wunder.«

Valnetti überlegte. Es mochte ja eine heidnische Münze

sein, aber Gold war Gold. Er holte seinen Stab und seinen Hut. »Bring mich hin«, befahl er.

Auch ohne seinen kleinen Führer hätte Valnetti das Haus mühelos gefunden. Eine kleine Armee venezianischer Kinder umkreiste es wie eine neugierige und zugleich ängstliche Möwenschar. Es lag im Schatten von Santa Maria dei Miracoli, einer Kirche, an der er jeden Tag vorbeikam. Doch heute war etwas anders.

Valnetti hob seine Schnabelmaske, als könne er das Geräusch riechen.

Gesang.

Zum ersten Mal seit einem Jahr drang der liebliche Gesang der Schwestern des Miracoli-Ordens aus den Fenstern des angrenzenden Klosters. Die Schwestern waren wieder da.

Valnetti erinnerte sich sehr gut daran, dass Cason die Schwestern fortgelockt hatte, um seine Insel zu bevölkern und sein Krankenhaus zu betreiben.Bedeutete das jetzt, dass Casons Krankenhaus geschlossen war? Der Gesang hallte wie eine Siegeshymne in seinem Kopf wider.

Einer der größeren Straßenjungen schien die Tür des Hauses zu bewachen. Als er Valnetti und seinen Führer sah, öffnete er die Tür, die Unheil verkündend knarrte und ein pechschwarzes Rechteck freigab. Einen Moment lang regte sich nichts, dann kam eine Goldmünze aus der Dunkelheit geflogen und segelte an Valnettis Schnabel vorbei. Der Junge, der ihn hergebracht hatte, fing sie auf und rannte davon. Vom Aufblitzen des Goldes ermutigt, drang Valnetti in die Finsternis vor.

Einen Moment lang konnte er überhaupt nichts erkennen. Er ging ein paar Schritte weiter. Gestank stieg ihm in die Nase, zertretenes Ungeziefer knirschte unter seinen Füßen. Irgendwo im Raum atmete etwas mühsam und abgehackt.

Dann sah Valnetti eine kleine Fläche schwarz schimmern wie die Oberfläche eines Teichs, die sich leicht kräuselte, als sich etwas darin bewegte. Sobald sich seine Augen an die Dunkelheit gewöhnt hatten, entpuppte es sich als ein menschliches Wesen. Der Arzt suchte in seinem Umhang nach seiner Zunderbüchse und entzündete mit schmerzhaft hämmerndem Herzen ein Binsenlicht. Bei dem Anblick, der sich ihm bot, hätte er dieses Licht beinahe fallen lassen.

Er sah einen Mann in einem Sitzbad vor sich, einen Mann, der auf den ersten Blick so aussah, als habe man ihn gehäutet. Sein Haar und seine Brauen waren verschwunden, die Nase zu zwei schwarzen Löchern geschmolzen. Sein Fleisch leuchtete so scharlachrot wie die Dämonen, die sich in den Fresken in der Kirche nebenan tummelten. Hier und dort zeugten weiße Narben von dem hoffnungslosen Versuch des Gewebes, sich selbst zu heilen. Seine Brust und seine Leistengegend waren am schwersten verbrannt, sein Rumpf mit Höckern trockenen Fleisches überzogen. Die Stelle, wo sich seine Männlichkeit befunden hatte, wurde gnädigerweise von dem Öl bedeckt, denn Valnetti, der in seinen Jahren als Arzt schon viel gesehen hatte, meinte, noch mehr Grauen nicht ertragen zu können. Die verbrannten Gliedmaßen ragten wie monströse Klauen aus dem Bad, die Finger und Zehen waren zu unnatürlichen Klumpen zusammengeschmolzen, die nicht Gottes Schöpfung entsprachen. Aber die schwarzen Augen glühten noch immer in dem kahlen roten Kopf. Augen, die eine so tiefe Schwärze aufwiesen, dass Valnetti meinte, in eine Seele gesogen zu werden, deren Finsternis ihn zurückschrecken ließ.

Die Zunge des Salamanders schnellte ständig vor, um die Krater zu befeuchten, die einst seine Lippen gewesen waren, doch diese Zunge war nicht fleischig und rosig, sondern schwarz und gegabelt wie das Ende eines Feuerhakens, was ihn noch reptilienhafter wirken ließ. Hier und da sprossen Haare auf dem verdorrten Fleisch, als wäre ein Truthahn nachlässig gerupft worden.

Der Mann hatte schwere Verbrennungen erlitten, so schwere, dass es an ein Wunder grenzte, dass er noch lebte.

Die Flamme schien die Kreatur auf irgendeine Weise aufzuwühlen, also löschte Valnetti erleichtert das Licht. Trotzdem sah er die grässliche Erscheinung noch immer vor sich, der Anblick hatte sich unauslöschlich in sein Gedächtnis eingebrannt.

»Helft«, sagte das Wesen in einem abscheulichen Knurrton. Das Wort wurde durch die verformte Zunge, die fehlenden Lippen und noch etwas anderes verzerrt, das tief in dem Mann, der er einst gewesen war, begraben lag: einen fremdländischen Akzent.

»Nun … ich würde sagen, Ihr habt bereits die richtigen Maßnahmen angewandt«, stammelte Valnetti. Wie immer, wenn er sich fürchtete, nahm er Zuflucht zu Schmeichelei. »Olivenöl ist bei Verbrennungen äußerst wirksam.« Seine Stimme klang selbst in seinen eigenen Ohren so dünn und hoch wie das Quieken einer Fledermaus. Er begann zurückzuweichen. Er würde bereitwillig auf seinen Lohn verzichten, wenn er nur diesen höllischen Ort verlassen konnte.

»Muss grüne Dame finden.« Die Kreatur im Dunkeln sprach stockend, aber verständlich.

Valnetti blieb stehen.

»Bringe … Tod.«

Valnettis kleine Äuglein leuchteten auf. War es möglich, dass der Salamander und er dasselbe Ziel verfolgten? »*Sie* ist diejenige, die Ihr sucht?«

»Reise.«

Valnetti musste sich Klarheit verschaffen. »Ihr sucht die grüne Dame, Ihr bringt Tod, und Ihr müsst so weit wiederhergestellt werden, dass Ihr zu ihr reisen könnt.«

Die Kreatur in dem Sitzbad nickte.

»Ihr verratet, ich töte Euch.«

Valnetti schnaubte, denn der Salamander konnte sich kaum aus seinem öligen Sumpf erheben. Doch die Kreatur zischte ihn aus dem Dunkel an, und in dem grässlichen Laut schwang etwas mit, was ihm das Lachen auf der Zunge ersterben ließ.

»Ich kann Euch helfen«, beteuerte er hastig. »Ich weiß, wo sie ist. Ich werde Euch eine Phiole Mohnsaft bringen, er wird während der Fahrt Eure Schmerzen lindern. Und ich kann Euch in einer Sänfte zum Kanal hinunterbringen lassen, wo ein Boot auf Euch warten wird. Aber es wird Euch«, er überlegte, wie hoch er seine Forderung schrauben konnte, »dreißig *sultani* kosten.«

Das Wesen nickte erneut.

Valnetti beugte sich eifrig so weit vor, wie er es wagte, um dem Salamander zu berichten, wo sich die Frau in Grün aufhielt. Es war so viel befriedigender, dieses Geschöpf seine Probleme lösen zu lassen. So viel bequemer, den Salamander auf die grüne Hexe zu hetzen und ihn ihr den Tod bringen zu lassen. So viel einfacher, als sich der nervenzermürbenden Prozedur zu unterziehen, Cason beim *Consiglio della Sanità* anzuklagen. Trotz der körperlichen Beeinträchtigungen des Salamanders hegte Valnetti keinen Zweifel daran, dass die Kreatur ihre Aufgabe zu Ende bringen würde, bevor sie sich gestattete zu sterben. Es war das Einzige, was diesen zerstörten Körper am Leben hielt.

Fast beschwingt verließ Valnetti das feuchte Haus, um die notwendigen Arrangements zu treffen. Der Salamander hatte ihm eine Möglichkeit geboten, Cason und seine Hexe zu vernichten, ohne sich selbst die Hände schmutzig machen zu müssen und ohne großen bürokratischen Aufwand.

Bürokratie gehörte wirklich zu den lästigsten Dingen in Venedig.

# 40

Die Abreise der Schwestern war der erste von vielen Abschieden auf Lazzaretto Nuovo.

Eine nach der anderen kehrten die Familien nach Hause zurück, um ihr altes Leben in Venedig und dem *quartiere* Miracoli wieder aufzunehmen. Nur die Triannis wohnten noch in den Armenhäusern, und das aus einem ganz bestimmten Grund.

Die Badessa hatte ihnen mitteilen lassen, dass es ein kleines Problem gab. Das Trianni-Haus, das rechts von der Kirche Santa Maria dei Miracoli lag, war momentan bewohnt. Feyra sprach mit Schwester Benedetta, die die Nachricht überbracht hatte, während die stämmige Nonne ihr Boot am Pier vertäute. »Damit war doch wohl zu rechnen?«, fragte sie. »Viele Menschen sind durch das Feuer obdachlos geworden, und man kann einer Familie keinen Vorwurf daraus machen, dass sie sich ein Dach über dem Kopf sucht.«

»Nur dass es sich nicht um eine Familie handelt«, versetzte die Schwester sachlich. »Es ist ein Dämon, ein Feuerdämon, heißt es, der die Gestalt einer Eidechse angenommen hat.«

Feyra trat einen Schritt zurück, musterte die Nonne forschend und versuchte zu ergründen, ob sie sich einen Scherz mit ihr erlaubte, aber Schwester Benedettas Miene war todernst. Sie hob die breiten Schultern. Dämonen gehörten zu ihrem Alltag.

»Wir werden das Haus im Auge behalten, warten und beten und Euch benachrichtigen, sowie der Eidechsendämon aus dem Haus vertrieben worden ist. Aber die Triannis sollten noch wenigstens eine Woche hierbleiben.«

Feyra nahm die Nachricht, dass sich die Abreise ihrer Freunde verzögerte, mit Erleichterung, aber auch einer Spur heimlicher Enttäuschung auf. Sie überlegte manchmal, was geschehen würde, wenn sie und Annibale allein auf der Insel waren.

In dieser Nacht träumte sie von ihm, so intensiv, dass sie meinte, seine Hitze und sein Gewicht auf ihrem Körper zu spüren. Als sie erwachte, rang sie nach Atem, als habe ihr jemand eine Hand auf den Mund gelegt und ihr die Luft abgeschnürt. Die Scham strömte zusammen mit Schweiß aus ihr heraus. Feyra stand auf und schlich nach unten, wo das Feuer noch immer brannte. Die Bibel, die die Badessa ihr gegeben hatte, stand auf dem Kaminsims. Sie wollte das Buch nicht im Haus haben, brachte es aber nicht über sich, ein gut gemeintes Geschenk zu verbrennen.

In Konstantinopel war der Name Gottes heilig. Wurde er auf Papier geschrieben, so wurde selbst der kleinste Fetzen zu einer Kostbarkeit. Weil die Leute solche Papierstücke bei sich trugen, wurden diese oft auf dem Boden gefunden, und die Bürger Konstantinopels hoben sie auf und steckten sie in die Mauern. Einige der belebteren Straßen waren vom Namen Gottes förmlich durchdrungen. Feyra wollte die Bibel nicht verbrennen. Obwohl der dort genannte Gott nicht der ihre war, fürchtete sie sich vor seiner Rache.

Da ihr plötzlich zu heiß war, trat sie so, wie sie war, in ihrem langen Hemd in die Nacht hinaus. Der Boden war kalt unter ihren Füßen, und sie spürte, wie ein willkommener Schauer über ihre brennende Haut lief. Ein runder Frühlingsmond schien fast so hell wie die Sonne, Sterne funkelten am Firmament, und sie konnte jeden silbrigen Grashalm so klar und deutlich erkennen, als wäre es Tag.

Sie ging über den Rasen zum Tezon. Der Saum ihres Hemdes schleifte über das taufeuchte Gras und sog sich voll. In dem leeren Krankenhaus erleuchtete der Mond das Atrium des gewölbeähnlichen Raums, und die Geister derer, die sie dort behandelt hatte, flüchteten in die Schatten. Rings um die Tür konnte sie die an die Wand gekritzelten *graffiti* sehen, die sie zuvor jeden Tag gesehen hatte. Sie schienen im Mondschein schwach zu glühen, und ihr Blick fiel wieder auf das osmanische Schiff und die Kalligrafie, die ihr einst ein solcher Trost gewesen war.

Die Zeichnungen sprachen von einer vergangenen Toleranz gegenüber den vielen Menschen, die hierher gekommen waren, um Handel zu treiben, von einer Beziehung zum beiderseitigen Vorteil, vom gegenseitigen Geben und Nehmen. Dieses frühere Venedig war ein Schmelztiegel von Nationalitäten, Rassen und Religionen gewesen, der so viele Farben aufwies wie ein Kristallprisma, und sie konnte nur hoffen, dass Venedig wieder so werden würde, wenn die Pest abebbte. Sie konnte sich des Gedankens nicht erwehren, dass der Sultan zusammen mit den vier Pferden noch ein fünftes geschickt hatte: Mit der Einstellung des Handels hatte er der Stadt ihr Lebensblut entzogen.

Feyra hob eine Hand und berührte das Wort, das sie am klarsten lesen konnte: *Konstantinopel.* Einst hatte es für sie Heimat bedeutet. Jetzt war diese Insel ihre Heimat.

Auf dem Rückweg blickte sie zu Annibales Haus hoch. Darin brannte kein Licht mehr. Im Haus der Triannis war gleichfalls alles dunkel. Sie beschloss, noch ein Stück weiter zu gehen, und schlenderte zum Torhaus. Dort stand die Tür offen, und sie konnte Salves Stuhl in der Ecke neben dem kalten Kamin sehen.

Sie schritt durch das Tor und auf den Pier hinaus, wo sie

noch an diesem Nachmittag Schwester Benedetta nachgewinkt hatte. Feyra blickte auf die Lagune hinaus, auf den in Mondlicht getauchten silbrigen Wasserweg, der zum Horizont führte, wo das Meer auf die Nacht traf. Während sie darüber hinwegblickte, kräuselte sich das Wasser zu unzähligen kleinen Lichtwellen.

Ein Boot.

Feyra blieb stocksteif stehen und beobachtete es. Das Herz schlug ihr bis zum Hals, als ihr klar wurde, dass das Boot sich von der Insel entfernte und nicht darauf zuhielt. Sie blinzelte ins Mondlicht. In dem Boot befand sich ein Lenker, aber kein Passagier. Was hatte das zu bedeuten?

Feyra trat einen Schritt vor und sah direkt vor sich eine Fußspur auf dem Pier glänzen. Es waren Abdrücke, die kein menschliches Wesen hatte hinterlassen können. Einer sah aus wie ein zweizehiger Huf, der andere hatte drei Zehen.

Wie eine Eidechse.

Sie kauerte sich davor und berührte den Abdruck. Er war immer noch feucht und verströmte einen vertrauten Geruch. Sie tauchte einen Finger hinein, hob ihn zum Mondlicht empor und rieb ihn gegen den Daumen. Dann hielt sie Daumen und Zeigefinger an die Nase und schnupperte daran. Es war Olivenöl.

In ihrer gebückten Haltung drehte sie sich zum Tor um. Die seltsamen Fußabdrücke verliefen bis zum Torhaus und daran vorbei. Sie richtete sich zu schnell auf und schwankte einen Moment lang leicht. Jemand war hier an Land gegangen. Sie stand in seinen Fußstapfen.

Feyra folgte den Spuren durch das Torhaus und verlor sie dann im Gras. Unwillig schüttelte sie den Kopf. Schwester Benedettas Gerede von Eidechsendämonen hatte ihren Verstand vernebelt. Sie musste unbedingt schlafen.

Das Erste, was sie sah, als sie ihre Haustür öffnete, waren die überall im Raum verstreuten Seiten der Bibel. Dann entdeckte sie einen Kleiderhaufen auf dem Boden, einen voluminösen Umhang, ein Hemd und eine Hose.

Und dann sah sie den Dämon selbst hautlos vor dem Feuer ausgestreckt liegen, als hätten ihn die Flammen geboren.

Feyra sackte auf einem Stuhl zusammen. Als sie die Augen aufschlug, hätte sie sie am liebsten sofort wieder geschlossen.

Sie konnte jetzt erkennen, dass das Wesen auf dem Boden ein Mann war, doch er hatte keine Haut mehr. Er sprach erstickt und undeutlich, denn seine Lippen waren verschwunden.

»Verzeih mir. Ich kann weder Kleider an meinem Körper noch Schuhe an den Füßen ertragen.«

Feyra erinnerte sich an die verbotenen Radierungen von Andreas Vesalius, die von der christlichen Kirche für Teufelswerk erklärt worden waren. Sie und Annibale hatten sie abends oft studiert. Sie erinnerte sich an die ihrer Haut beraubten Körper, die das Zusammenspiel von Muskeln und Sehnen zeigten, dabei aber lebendig wirkten, standen oder gingen und wache Augen in den Köpfen hatten. Dieses Ungeheuer war einem wissenschaftlichen Werk entstiegen, hielt aber ein Buch des Glaubens in seinen verkrümmten Händen – die Überreste der Bibel, die die Badessa ihr gegeben hatte.

»Hast du das getan?«, flüsterte sie.

Das Wesen wirkte erregt und wiegte den scharlachroten Kopf hin und her. »Ich kann es nicht finden. Ich habe es versucht, aber ich kann es nicht finden.«

»Was kannst du nicht finden?«

»Das weiße Pferd. Janitscharen werden als Christen erzogen. Mein Vater war Turmkommandant in Iskenderun und ein Anhänger des Hirtenpropheten. Daher kannte ich das Buch der Ungläubigen gut, bevor ich nach Konstantinopel gebracht wurde und in das Licht des wahren Gottes eintrat.«

Der vertraute Name durchdrang den Nebel von Feyras Albtraum. »Wer *bist* du?«

Der Mann richtete seine schrecklichen, wimpern- und brauenlosen Augen auf sie. Das Feuer, das ihr daraus entgegenschlug, kannte sie nur zu gut. »Kennst du mich nicht mehr?«, fragte er.

Sie nickte bedächtig. »Ich kenne dich«, erwiderte sie. »Du bist Takat Turan.« Im Dogenpalast hatte sie mit eigenen Augen gesehen, wie sich das Feuer auf seiner Brust ausgebreitet hatte. Wie konnte er das überlebt haben? »Aber – das Feuer … ich dachte, du wärst in den Flammen umgekommen.«

»Das bin ich auch.«

Feyra war von seinem entsetzlichen Schicksal erschüttert und kniete sich neben ihn. »Was verschafft dir Linderung?« Plötzlich fielen ihr die Fußabdrücke auf dem Pier wieder ein. »Olivenöl?«

Das Wesen nickte. »Und ein Arzt hat mir Mohnsaft gegeben.«

Feyra griff nach ihrer Arzneitruhe, dabei hielt sie den Atem an, denn sein bloßgelegtes Fleisch stank nach Fäulnis. Sie goss ihm den schwarzen Trank direkt in den Mund, und obwohl er an seinen verbrannten Wangen herunterrann, gelang es ihm, etwas davon zu schlucken. Er schien ihm ein wenig neue Kraft zu geben.

»Ich möchte eine Gunst von dir erbitten.«

»Von mir?«

»Ich sterbe.«

Dies war nicht der Zeitpunkt für fromme Lügen. »Ich weiß.« Plötzlich fügte sich alles zusammen wie die Steinchen eines Mosaiks. »Das vierte Pferd ist der Tod«, sagte sie.

»Ja. Und jetzt werde ich ihm von Angesicht zu Angesicht gegenübertreten.«

Sie bohrte weiter. »Aber es geht nicht nur um *deinen* Tod, nicht wahr? Davor kommt noch mehr. Das erste Pferd, das schwarze, war die Pest. Mein Vater hat sie auf seinem Schiff hierhergebracht. Das nächste Pferd, das rote, war das zweite. Der Tod ist das vierte, das fahle Pferd. Was ist das dritte?«

Takat schwieg, hielt die Augen geschlossen.

Sie wiederholte drängend: »Was ist das weiße Pferd?«

»Die Zeit läuft ab. Der Würfel ist gefallen. Aber ich muss dich um einen letzten Gefallen bitten. Du musst meine Gebeine nach Konstantinopel zurückschicken. Ich muss bei den wahren Gläubigen begraben werden, um im Paradies meine Belohnung zu erhalten. Versprichst du mir das?«

Feyra erhob sich. Ihr Mitleid war verflogen. »Erzähl mir von dem weißen Pferd.« Ihre Stimme klang kalt wie Eis. »Sag es mir, oder ich werde dich unter den Steinen einer Kirche begraben. Ganz in der Nähe gibt es einen Tempel des heiligen Bartholomäus.« Sie beugte sich dicht über sein grausam entstelltes Gesicht. »Ich werde die Fliesen vor dem Altar anheben und dich darunter verscharren, das schwöre ich dir. Erzähl es mir. Das weiße Pferd. Was kommt noch nach Venedig?«

»Was, wenn ich es dir erzähle?«, krächzte er schwach.

Sie zwang sich, einen freundlichen Ton anzuschlagen. »Dann werde ich dich in einen Sarg legen und dich zu …« Sie überlegte rasch. Nicht zum Sultan, denn er würde diesem Mann, der sein Leben für ihn gegeben hatte, seinen letzten Wunsch nicht erfüllen. »Ich schicke dich zu Haji Musa, dem Arzt des Topkapi. Er wird dich den Priestern übergeben und dafür sorgen, dass sie für dich beten und dich mit allen Ehren bestatten. Und jetzt *rede*!«

»Im Topkapi gibt es einen Raum«, formten die Überreste der Lippen. »Das Privatgemach des Sultans. Ich habe es einmal gesehen, als ich meine Befehle entgegennahm. Es hat einen Marmorfußboden, der die sieben Meere und alle Länder zeigt.«

Feyra wurde ungeduldig. Takats Geist begann sich zu verwirren, wie sie es oft erlebt hatte, wenn ein Leben zu Ende ging.

»Mein Herr besitzt eine ganze Flotte von aus vielen Metallen gefertigten Schiffen«, erklang das grässliche Flüstern erneut. »Die Schiffe reichen ihm bis zum Knie. Er kann sie bewegen, wie Allah die Sterblichen mit seiner Hand lenkt.«

Feyra biss die Zähne zusammen. Er hatte nicht mehr viel Zeit. Die Überfahrt über die Lagune musste ihn seine letzte Kraft gekostet haben, und sie durfte gar nicht darüber nachdenken, welche Schmerzen ihm jeder Spritzer der salzigen Gischt auf seinem gehäuteten Fleisch bereitet haben musste. Sie fasste ihn bei den öligen Schultern und schüttelte ihn leicht, wobei sich ihre Finger in das weiche Gewebe gruben.

»Vergiss die Metallschiffe. Sag mir schnell und verständlich, was du weißt.«

Er richtete den Blick auf sie. »Das weiße Pferd steht für Krieg.«

Eine eisige Hand schloss sich um ihr Herz. »Weiter.«

»Der Plan des Sultans sah vor, die Stadt durch Pest und Feuer zu schwächen. Die ersten Pferde waren nur die Vorboten. Und jetzt schickt er mit den Frühjahrsfluten eine Armada aus, um Venedig einzunehmen. Es wird die größte Seeschlacht, die es je gegeben hat. Lepanto wird sich im Vergleich dazu unbedeutend ausnehmen.«

Feyra sah ihm an, welche Schmerzen er beim Sprechen litt. Die Überreste seiner Lippen waren in einem permanenten Fletschen von den schwarz verfärbten, abgebrochenen Zähnen zurückgezogen, doch sie verhärtete ihr Herz. »Wann?«

»Der Angriff wird am neunundzwanzigsten Tag des *mayis* beginnen. Dieser Tag ist für den Sultan wegen der Ereignisse von 1453 von großer Bedeutung.«

Feyra runzelte die Stirn. »1453?«

»Vielleicht erkennst du das Datum in unserer Zeitrechnung. 857.«

Feyra stieß langsam den Atem aus. Alle osmanischen Kinder lernten dieses Datum des größten Triumphs des Ostens über die westliche Welt in der Schule. »Der Fall Konstantinopels«, keuchte sie.

Inzwischen konnte das Wesen nur noch nicken.

Nach dem christlichen Kalender lag dieses unheilvolle Datum noch zwei Wochen entfernt. Sie musste erneut handeln, wenn sie die Stadt vor der Endphase der Großen Bedrängnis retten wollte.

Aber für Takat Turan gab es keine Rettung mehr. Sie flößte ihm mehr Mohnsaft ein, doch er wurde rasch schwächer und schwächer und brachte nicht mehr die Kraft auf, den Trank in seinem lippenlosen Mund zu halten. Sie salbte seinen schuppigen Körper noch einmal mit Öl, aber als das Feuer im Kamin erstarb, starb er mit ihm, als könne der Salamander ohne die stärkenden Flammen nicht überleben.

Feyra nahm eine Schaufel, ging zum Brunnen, wo der Boden weich war, und hob das Grab selbst aus. Sie rollte Takat in seinen eigenen Umhang ein, zerrte ihn darin zum Brunnen und schob ihn in das Loch. Während sie den Leichnam mit Erde bedeckte und der torfige Lehmgeruch den Gestank verbrannten Fleisches überlagerte, rutschte der Ring ihrer Mutter aus ihrem Mieder und baumelte lose an seinem Band.

Sie drehte ihn im grauen Morgenlicht, bis das dritte Pferd zuoberst erschien, und betrachtete die weiße, in das Glas eingravierte Figur.

Ihr war, als ob Augen auf ihr ruhen würden. Der steinerne Löwe auf dem Brunnen beobachtete sie über sein Buch hinweg. Feyra ließ den Ring fallen und sprach zu ihm. »Wusstest du, dass das geschieht?«, fragte sie. »Hast du es vorhergesehen?«

Der Löwe blieb stumm.

»Dann tust du gut daran, dieses Geheimnis ebenfalls für dich zu behalten.«

Und in einer Aufwallung von Zorn stieß sie den Spaten in die Erde, bis er zitternd aufrecht darin stecken blieb, und wandte sich zum Gehen.

Wieder zurück im Haus schenkte sie den öligen Bodendielen keine Beachtung, sondern sammelte die verstreuten Seiten der Bibel auf, bis sie die Offenbarung des Johannes fand, die sie zuvor markiert hatte. »*Ich hörte eine der vier Gestalten sagen wie mit einer Donnerstimme: Komm und sieh! Und ich sah, und siehe, ein weißes Pferd. Und der darauf saß, hatte einen Bogen, und ihm wurde eine Krone gegeben, und er zog aus sieghaft und um zu siegen.*«

Sie machte Anstalten, die Seiten auf die glimmende Asche zu werfen, besann sich dann aber und schob sie stattdessen in einen Spalt über dem Kaminsims. Dann trat sie zu der Truhe unter dem Fenster. Sie hatte das grüne Kleid zum Schutz vor Motten mit Kampfer bestreut und weggepackt, weil sie gedacht hatte, sie würde es nie wieder tragen. Doch in diesem Punkt hatte sie sich geirrt, wie sie sich schon so oft geirrt hatte, wenn sie dachte, der Fluch der Pferde des Sultans wäre gebannt.

Feyra kleidete sich im Dämmerlicht sorgfältig an, strich das grüne Kleid über den Hüften glatt, wand ihr Haar um ihre Finger und steckte es im venezianischen Stil auf, denn wenn die Sonne aufgegangen war, musste sie nach Venedig, um Palladio zu besuchen.

Es war endlich an der Zeit, beim Dogen vorstellig zu werden.

## *Teil 5*

# DAS WEISSE PFERD

# 41

Feyra kam rechtzeitig aus der Stadt zurück, um sich von der Familie Trianni zu verabschieden.

Mamma, die Feyras grünes Kleid genäht hatte, und Papa, der im Tezon den Klauen der Pest entrissen worden war, stiegen zuerst ins Boot und küssten voller Dankbarkeit die Hände derer, die sie gerettet hatten. Als Nächste kam Valentina, die jetzt zwei Kinder hatte, den kleinen Annibale und ein Mädchen, das sie auf Feyras Vorschlag hin Cecilia genannt hatte. Sie küsste Feyra direkt oberhalb des Schleiers auf die Wange. »Ich werde dich nie vergessen«, sagte sie, während ihr Mann Annibale dankbar die Hand schüttelte.

Jetzt ist der Zeitpunkt gekommen, dachte Feyra, als sie zusah, wie das Boot der Triannis davonsegelte. Morgen, am Sonntag, wollte Palladio sie zur Einweihung seiner Kirche mitnehmen. Der Doge würde persönlich daran teilnehmen. Niemand konnte wissen, ob der Doge sie anhören und ihr Glauben schenken oder ob er sie in Ketten legen lassen würde. Ihr und Annibale war nur diese eine Nacht sicher.

Sie löste ihren Schleier und drehte sich zu ihm um.

Sie standen sich gegenüber. Hier Feyra, dort Annibale.

Er sah sie halb fragend, halb lächelnd an, als wüsste er genau, was sie wollte, als habe er damit gerechnet. Sie stand so nah bei ihm, dass sie seine Haut fast auf der ihren spüren konnte. Über ihre eigene Kühnheit verwundert, schloss sie ihn in die Arme, und er erhob keine Einwände. Sie hob die Lippen zu seinem Mund und wollte ihn gerade küssen, als sie die Hitze spürte, die sein Gesicht ausstrahlte, eine kranke Hitze, die sie ein Dutzend, hundert Mal auf ihrer Wange gespürt hatte, wenn sie sich über ihre sterbenden Patienten beugte, um festzustellen, ob sie noch atmeten.

Die Hitze, die Annibale verströmte, rührte nicht von Leidenschaft her, sondern von der Pest.

# 42

Andrea Palladio stand am hinteren Rand der Menge und lauschte der Einweihung von La Chiesa del Santissimo Redentore: seiner Kirche.

Der Gottesdienst war schon im Gange, aber Palladio hatte kaum ein Wort bewusst wahrgenommen.

Ganz vorne drängten sich prunkvoll gekleidete Geistliche und Edelleute in schwerem Samt. Direkt unterhalb des Altars saß der Doge in seinem goldenen Stuhl. Er trug seinen *corno*-Hut, und man sah ihm jedes seiner einundachtzig Jahre an. Hinter ihm saß der Camerlengo, dessen kurz geschorenes Haar so golden schimmerte wie das eines Erzengels. Vor den beiden stand Bischof Giovanni Trevisano, der Patriarch von Venedig, in seiner scharlachroten Robe. Seine Stimme klang so monoton, dass Palladio sich wunderte, dass sie die Menge nicht in den Schlaf wiegte. Er hatte dem Patriarchen einst in Vicenza ein Haus gebaut. Der Mann war die personifizierte Langeweile.

Es war ein warmer Frühlingstag, und die Kirche war bis auf den letzten Platz besetzt. Der Geruch nach menschlichem Schweiß wurde von dem erstickenden süßen Duft des Weihrauchs überdeckt, der in weißen Wolken aus den silbernen Fässern quoll. Palladio stand Schulter an Schulter mit seinen Nachbarn zur Linken und zur Rechten. Sein Ärger wurde nur leicht von dem kleinen Freudenschauer gemildert, den ihm das Wissen darum bescherte, dass weder die korpulente Frau rechts noch der Bursche links von ihm – dem Gestank, der von ihm ausging, nach zu urteilen ein Fischer – ahnten, dass *er* der Architekt dieses prachtvollen Bauwerks war.

Palladio wandte den Blick von den überfüllten Bänken ab und richtete ihn nach oben. Da ihn der Gottesdienst nicht interessierte, betrachtete er seine Kirche. Sie war wundervoll und sein Stolz so groß, dass ihm buchstäblich das Herz schwoll.

Die Anordnung der Räume und Flächen harmonierte wunderbar mit der Außenfassade. Das Dreiecksschema spiegelte sich in der Abfolge von Kirchenschiff, Prozessionsweg und Altarraum wider. Ihre Abgrenzung voneinander fand sich nicht nur in veränderten Bodenhöhen, sondern auch in verschiedenen Deckentypen wieder, wobei die paarigen, vom Boden zur Decke aufragenden Halbsäulen dem Raum ein einheitliches Aussehen verliehen. Es gab keine Fresken, nur wenige Gemälde und kaum Statuen. Im Gegensatz zu allen anderen venezianischen Kirchen lag die Schönheit hier nicht in der Dekoration, sondern im Gebäude selbst. Es war nicht nur schön, sondern in seiner Geometrie auch genial konstruiert. Palladio hoffte, dass Gott es verstehen würde, auch wenn das gewöhnliche Volk es nicht sah – denn waren nicht das Himmelsgewölbe und alles in der Natur nach geometrischen Linien ausgerichtet? Der goldene Schnitt selbst drückte sich in dem Kräuseln eines Farns, der Spirale einer Schnecke oder der Schale eines schlichten Nautilus aus. Er scharrte leicht mit den Füßen und blickte nach unten.

Da war er. Der Nautilus.

Palladio hatte die Kirche mit rotem und weißem *terrazzo*-Marmor fliesen lassen, und in einer der Fliesen, die die Steinmetze ihm gebracht hatten, hatte der Architekt einen perfekten Nautilus gefunden. Der oberste Steinmetz hatte ihn gefragt, ob sie die Fliese wegwerfen sollten, als wäre sie beschädigt, aber Palladio bestand darauf, dass das Fossil blieb.

Jetzt befand es sich unter seinen Füßen, und die Nautilusfliese war beileibe nicht in irgendeiner Ecke versteckt worden, sondern hatte einen Ehrenplatz im Gang erhalten, wo man sie sehen konnte.

Als ihm diese Aufgabe übertragen worden war, war er sich in Venedig so gefangen vorgekommen wie der Nautilus in seinem Stein. Er hatte vor der Pest fliehen, den einzigen Auftrag ablehnen wollen, den die Republik ihm je erteilt hatte, sein größtes Werk und den Beginn vieler weiterer, wie er hoffte. Es erschien ihm angemessen, dass der Nautilus im Herzen dieser Kirche seinen Platz gefunden hatte, es war ein Scherz, den der Allmächtige verstehen würde.

Palladio fühlte sich vor allem unglaublich erleichtert. Die Kirche gehörte nicht mehr ihm, sondern dem Volk, und nun oblag es den Bürgern Venedigs, sie sich Sonntag für Sonntag, Woche für Woche, Jahr für Jahr zu eigen zu machen. Er würde sie vielleicht nie wieder betreten, denn er pflegte seine Bauwerke nach ihrer Vollendung nicht wieder zu besuchen. Sie waren wie ein Buch, das der Autor zuklappte, nachdem die letzte Zeile geschrieben war, und nie wieder einen Blick hineinwarf. Er hatte sein Vermächtnis jetzt aus der Hand gegeben.

Aber er war froh, dass Gott mit der Kirche zufrieden war, denn sowie sie sich der Fertigstellung genähert hatte, hatte die Pest ihren Würgegriff gelockert. Die Leute auf den Straßen sagten, das Feuer hätte die Stadt von den giftigen Ausdünstungen gereinigt, und der neue Wundertrank Theriak hätte Neuerkrankungen verhindert. Aber Palladio kannte die Wahrheit: Es war die Kuppel. Feyras Kuppel, Sinans Kuppel, *seine* Kuppel. Er hatte ein tiefblaues Stück Himmel eingefangen und in einer Halbkugel festgehalten, die mit denen der ungläubigen Baumeister des Ostens wetteifern konnte. Er hatte seinen Vertrag mit Gott dem Herrn erfüllt. Eine Kirche im Austausch für Venedig.

Er wusste auch, dass nach diesem Auftrag nur er allein die Aufgabe übertragen bekommen würde, die Stadt wieder aufzubauen, sodass Venedig wie ein Salamander aus den Flammen auferstehen konnte, von seiner alten Haut befreit, gereinigt, neu. Es würde so viel zu bauen geben, dachte er voller Vorfreude. Palladio legte eine Hand vor die Stirn, wie um seine Gedanken vor Gott zu verbergen, als er sich an die unziemliche Genugtuung erinnerte, mit der er die alte Rialtobrücke abgerissen hatte. Sein größter Traum war jetzt, die Brücke neu zu erbauen. Er sah sie schon vor sich, ein weißer steinerner Regenbogen, der den Canal Grande überspannte, ein weiterer Grundpfeiler seines Vermächtnisses. Und wer würde wohl eher den Vertrag erhalten als Palladio, der Freund des Dogen?

Der Gedanke an seinen Wohltäter riss ihn mit einem Ruck aus seiner Versunkenheit.

Wo war Feyra?

Sie war vor zwei Tagen zu ihm gekommen, prachtvoll anzusehen in ihrem grünen Kleid und venezianisch bis ins Mark, um darauf zu bestehen, Venedigs Dogen in einer Angelegenheit auf Leben und Tod zu sprechen. Sie wollte ihm nicht sagen, worum es ging, nur, dass es ausschließlich für die Ohren des Dogen bestimmt war. Aber er meinte, ihr so viel zu verdanken, dass er sie angewiesen hatte, ihn just an diesem Morgen auf den Stufen der Kirche zu treffen. Am Ende des Gottesdienstes würde ihm der Titel *La Proto della Serenissima,* Oberster Architekt der Republik, verliehen werden. Er sah kein Problem darin, Feyra dem Dogen vorzustellen, denn in diesem grünen Kleid hätte sie jeden König um eine Audienz ersuchen können, aber es bereitete ihm Sorgen, dass sie nicht zur vereinbarten Zeit erschienen war.

Ihm blieb reichlich Zeit, um zu der Krankeninsel zu fahren und rechtzeitig zu seiner Amtseinführung wieder zurück zu sein. Palladio begann sich einen Weg durch die Menge zu bahnen, um zum Wasser hinunterzugehen und ein Boot heranzuwinken. Die Kirchentüren wurden von den Menschen aufgedrückt, die sich so dicht draußen auf den Stufen drängten, dass er kaum durchkam. Sie standen dicht beieinander am Wasserrand und säumten die Ufer bis hin zum Venier-Palast und zurück.

Es handelte sich nicht nur um einfache Bauern. Mehr als einmal sah er die Perücke eines Advokaten, den Schnabel eines Arztes oder die Halskrause eines Lehrers. Mütter hatten ihre Kinder mitgebracht, erwachsene Männer ihre alten Eltern. Es waren Venezianer aus allen sozialen Schichten. Das Einzige, was ihnen gemein war, war der Ausdruck in ihren Augen: demütig, aufmerksam, ruhig. Ein eigenartiger, mit Entschlossenheit gepaarter Frieden.

Wasserfahrzeuge aller Art hielten aus jeder Richtung auf die Kirche zu. Ein geschäftstüchtiger Zeitgenosse hatte sogar ein Floß gebaut, mit dem er von Zattere aus, wo die weniger abenteuerlustigen Bürger am Ufer standen, um so nah wie möglich an die Kirche und die heilige Zeremonie heranzukommen, hinüberpaddelte. Palladio war erstaunt und geschmeichelt, bis er begriff, dass die Menschen nicht seinetwegen und auch nicht wegen seiner Kirche dort waren. Während er sich von der Einweihung seines eigenen Bauwerks entfernte, erkannte er, wovon er hier Zeuge wurde.

Es war eine Manifestation des Glaubens.

# 43

Feyras Wunsch hatte sich erfüllt.

Sie hatte tatsächlich in der ersten Nacht, in der sie allein waren, Annibales Bett geteilt. Aber Gott hatte ihr einen grausamen Streich gespielt, sie hart für ihre Sünden bestraft. Denn sie versuchte lediglich, den Mann, den sie liebte, am Leben zu erhalten.

Sie würde nie erfahren, ob der Rauch des Feuers seine Lungen geschädigt und so der Pestilenz Einlass gewährt hatte oder ob er nach dem Verlust seiner Maske die verseuchte Luft des Tezon eingeatmet hatte. Die bittere Wahrheit lautete, dass *sie* ihn in Gefahr gebracht hatte. Nachdem er sich in sie verliebt hatte, waren sein eigenes Leben und seine Gesundheit zum ersten Mal wichtig für ihn geworden, und als *sie* ihn gebeten hatte, beides aufs Spiel zu setzen und ohne Maske in die Stadt zu gehen, hatte er es ohne zu zögern getan.

All die intimen Verrichtungen, die sie leistete, schmerzten sie. Als sie ihn zum ersten Mal berührte, geschah das, um ihm in der furchtbaren Parodie einer zärtlichen Geste die Locken aus dem hektisch geröteten Gesicht zu streichen. Sie griff erstmals nach seiner Hand, aber nur, um seinen flatternden Puls zu fühlen. Sie knöpfte sein Hemd auf, wie sie es so lange erträumt hatte, nur um die scheußlichen Schwellungen in seinen Achselhöhlen freizulegen. Sie befeuchtete seine Lippen nicht mit Küssen, sondern mit einem mit Essig und Wasser getränkten Schwamm. Sie unternahm lange Spaziergänge in die Schlehdornwildnis, aber nicht, um nach lauschigen Fleckchen für Liebende Ausschau zu halten, sondern um verzweifelt nach neuen Wurzeln, die sie bislang übersehen hatte, oder einer neuen Blume zu suchen, aus deren Saft sich ein Heilmittel herstellen ließ.

Wie zuvor bei ihrem Vater versuchte sie alles: alle Kräuter in ihrem Medizingürtel und alle Tränke in ihrer Truhe. Sie setzte ihm sogar Blutegel an, was sie nie bei einem ihrer Patienten getan hatte, und sah voller Abscheu zu, wie die grauen Kreaturen sich an seinem Blut labten. Aber wenn er an diese Methode glaubte, war sie es ihm schuldig, sie zu erproben. Sie schnitt auch die Beulen auf, aber der Eingriff zeigte nicht mehr Wirkung als bei ihrem Vater. Annibales Blässe ließ darauf schließen, dass sie ihn eher noch zusätzlich geschwächt hatte. Seine Augen waren geschlossen, sein Puls war schwach und flatterte in seinem Hals, als hätte er eine Motte verschluckt.

Dann versuchte sie alles, was er nicht gutgeheißen hätte. Sie sang die venezianischen Volkslieder, die sie im Tezon gelernt hatte, in der Hoffnung, seine unsägliche Mutter könne ihm zumindest eines davon einst vorgesungen haben. Und sie las ihm sogar Passagen aus der Bibel vor, nachdem sie die zerknüllten Seiten aus der Wand ihres Hauses gezogen hatte, und kämpfte mit den lateinischen Worten, damit Gott sie verstand.

Das Einzige, was sie nicht anwandte, war ihr Theriak, weil sie wusste, dass es dafür viel zu spät war. Sie erinnerte sich daran, wie oft er über ihre Methoden gespottet und wie er die Theorien zerpflückt hatte, auf denen ihre Heilkunst basierte. Was würde sie jetzt darum geben, nur ein Wort aus seinem Mund zu hören, selbst wenn es im Zorn hervorgestoßen würde! Er wirkte so entsetzlich blass, sein Gesicht hatte die Farbe von Alabaster angenommen und war mit Schweißtröpfchen übersät wie eine im Regen stehende Statue.

Sie löste ihren Schleier, um seine letzten flachen Atemzüge auf ihrer Wange zu spüren. Wenn es nur um sie ginge, hätte sie ihn hier und jetzt für immer abgelegt, aber sie wollte Annibale nicht durch ihren Atem noch weiter in Gefahr bringen, also zog sie den Schleier wieder vor das Gesicht. Dann legte sie sich erschöpft neben ihn und betete zu dem Gott, den sie vernachlässigt hatte, sie gleichfalls für immer einschlafen zu lassen, wenn er nicht mehr aufwachte. Aber ihre Gebete wurden nicht erhört. Im Morgengrauen erwachte sie an Annibales Rücken geschmiegt, so wie damals bei ihrem Vater.

Und dort fand Palladio sie. Sie lag mit dem Arzt auf dem Bett, aneinander gepresst wie die Meißel in seinem Werkzeugbündel. Sie hätten jedes beliebige attraktive, gut zusammenpassende Paar in seinem Ehebett sein können.

Aber er hatte gewusst, dass etwas nicht stimmte, sowie er auf der verlassenen Insel an Land gegangen war, die Rasenfläche überquert, in das große, leere, scheunenartige Gebäude in der Mitte und in ein unbewohntes Haus nach dem anderen gespäht hatte. Und jetzt war er im letzten Haus die Stufen hochgestiegen und hatte sie gefunden.

Er ließ sich vorsichtig auf sein gesundes Knie sinken und berührte leicht Feyras Wange. Sie drehte sich zu ihm um, als hätte sie ihn erwartet. »Ich konnte ihn nicht retten«, flüsterte sie, wie um die reglose Gestalt nicht zu wecken. Ihre Augen standen voller Tränen, ihr Schleier war durchweicht. »Ich habe *alles* versucht.«

Palladio dachte an seine Kirche, seine Kuppel und die Menschenmassen am Ufer. »Nicht *alles*«, widersprach er. »Eines kannst du noch versuchen.«

Er streckte ihr eine Hand hin, und sie erhob sich widerstrebend von dem Bett und drehte sich zu dem Mann um, den sie zurückließ, als wäre er ihre andere Hälfte, von der sie sich nicht trennen konnte. *»Komm und sieh.«*

Er registrierte, dass sie auf die Worte reagierte, als habe

sie sie schon ein Mal gehört. Hoffnung flackerte in ihren Augen auf.

Sie nestelte an ihrem Schleier herum. »Soll ich das grüne Kleid anziehen?«

Er sah sie an – das Kopftuch, die Pluderhose, den Gesichtsschleier. Sie sah unverkennbar osmanisch aus.

»Nein«, erwiderte er. »Bleib nur so, wie du bist.«

# 44

Feyra blieb stehen und blickte zu der großen Kirche auf. Ihr schossen die Tränen in die Augen. Palladio hatte sie nicht nach Hause zurückgebracht, er hatte ihre Heimat zu ihr gebracht.

Die unglaubliche Kuppel, die Minarette, die Fassade eines Tempels – sie war wieder daheim in Konstantinopel und doch in Venedig. Eine Kirche, die so aussah, durfte sie ungestraft betreten. Wie in einem Traum gefangen, begann sie die fünfzehn Stufen zu erklimmen und schritt an den Wachposten an der Tür vorbei. Die Wächter trugen das Löwenemblem, genau wie die, die sie vom Dogenpalast verjagt und sie dann in ihrer Arztmaske eingelassen hatten. Wie bei diesem letzten Mal gaben sie ihr den Weg frei, diesmal auf Geheiß des Architekten, der sie begleitete. Im Gegensatz zu damals erkannten beide Männer sie sofort.

Feyra trat zum ersten Mal in ihrem Leben über die Schwelle einer christlichen Kirche.

Im Inneren war es nach dem hellen Sonnenlicht dämmrig. Der Raum wurde von Kerzen erleuchtet, und Weihrauchwolken hingen in der Luft. Reihen neuer weißer Wachskerzen warteten darauf, entzündet zu werden, während andere zum Dank für die Rettung einer Stadt noch immer brannten. Das Kerzenlicht tauchte die Kirche in einen warmen Schein, und Feyra war für diesen freundlichen Empfang dankbar, denn dieser Ort schüchterte sie ein.

Sie ging auf die Mitte des Kreuzgangs zu. Unter ihren Füßen zeigte ein schwarzer Marmorstern den Mittelpunkt der Kuppel an, und sie stellte sich den Brunnen vor, in dem ihr Vater lag. Sie sandte Timurhan in ihrer beider Sprache einen stummen Gruß.

Dann blickte sie auf.

Wieder und wieder drehte sie sich unter der Kuppel um die eigene Achse. Es war eine riesige, perfekte, nicht mit Bildern verzierte, aber wie die Innenseite einer Muschel mit einer perlmuttartigen Substanz überzogene Halbkugel. Sie rief sich alle Moscheen ins Gedächtnis, die sie im Osten besucht hatte, den Harem, Palladios Haus, das Tezon, Annibales Haus; jeden Ort, an dem sie bis jetzt je gestanden hatte.

Sie kniete nieder und faltete die Hände, wie sie es bei den Schwestern gesehen hatte, wenn sie beteten. Dann blickte sie zu dem Altar auf, zu dem Kreuz, das sie einst getragen, dem Kreuz, das sie einst in einen Brunnen geworfen hatte.

»Bitte«, sagte sie in ihrer eigenen Sprache.

Danach verfiel sie für den Fall, dass dieser Gott sie nicht verstand, ins Venezianische. »Rette ihn. Bring ihn mir zurück.« Wenn alle Götter ein Gott waren, würde er ihr dann antworten?

Aber das Kreuz schwieg, und sie kam sich wie eine Närrin vor. Sie erhob sich von ihren schmerzenden Knien. Sie hätte nicht herkommen sollen. Es gab keinen Gott, weder in dieser Kirche noch in irgendeiner anderen. Die Tempel von Sinan und Palladio waren leer und verlassen.

Als sie aufstand, bemerkte sie, dass sie nicht allein war. Ein Mann kniete mit geschlossenen Augen in einer Nische. Sie erkannte ihn an seinem *corno*-Hut, den sie auf den Flugblättern gesehen hatte, die in den Straßen Konstantinopels verbrannt wurden, an dem Hut, der auf dem Dukaten prangte, den sie in ihrem Mieder trug.

Sie war vor Kummer so benommen, dass sie sich beinahe

gar nicht an den Dogen gewandt hätte, aber ein paar Momente würden für Annibale jetzt keinen Unterschied mehr machen, und sein Lebensinhalt war es gewesen, Leben zu retten. Wenn sie das weiße Pferd aufhalten konnte, wäre es ein passender Tribut an ihre Liebe. Sie ging zu dem Dogen und stellte sich hinter ihn, bis er ihre Gegenwart spürte und sich umdrehte.

»Wer bist du? Wie kannst du es wagen, mich im Gebet zu stören?«

Als er sich wutentbrannt erhob, erkannte sie den hoch gewachsenen alten Eremiten, der in der Nacht des Feuers den Bürgern Anweisungen erteilt hatte. Sie hatte die ganze Nacht lang Seite an Seite mit ihm gearbeitet.

Sie hatte so lange auf diesen Moment gewartet. Sie sah den alten Mann an, blickte in sein bärtiges Gesicht und fühlte sich an ihren Vater erinnert. Beide waren Seefahrer, der Horizont lag in ihren Augen.

Feyra öffnete den Mund, aber bevor sie etwas sagen konnte, flogen die Türen der Kirche auf, und eine schwarz gekleidete Gestalt mit kurzem goldenem Haar rauschte den Gang entlang, gefolgt von den Wachposten. »Zur Seite!«, befahl er. Die Wächter packten Feyra bei den Armen. Sie drehte sich verzweifelt zu dem Dogen um, der einen Schritt zurückwich.

»Was gibt es?«, fragte er seinen Haushofmeister.

»Das«, versetzte der Camerlengo schwer atmend, »ist die Ungläubige, die wir die ganze Zeit gesucht haben. Sie ist zur gleichen Zeit gekommen wie die Pest. Sie kann eine vom Sultan geschickte Attentäterin sein.«

»Dieses … *Kind*?« Der Doge ging zu Feyra hinüber, die von den Wächtern grob den Gang hinuntergezerrt wurde, hinter dem Camerlengo her, der die beiden mächtigen Türen aufstieß.

Mit einer letzten verzweifelten Anstrengung entwand sie sich dem Griff ihrer Häscher und drehte sich um, um dem

Dogen ins Gesicht blicken zu können. Sie griff in ihr Mieder und hielt den Ring in die Höhe, den ihre Mutter ihr gegeben hatte. Mit der anderen Hand riss sie sich den Schleier vom Gesicht.

Die Stimme des Dogen hallte von den Steinen wider. »Halt!«

Der Camerlengo drehte sich auf der Schwelle ebenfalls verunsichert um. Er formulierte die erste Frage, die er seinem Herrn je gestellt hatte. »Aber … warum?«

»Weil sie eine Venier ist.« Der Doge würdigte den Camerlengo und die beiden Wächter keines Blickes. »Lasst uns allein«, befahl er.

Die großen Türen fielen zu. Der Doge hob eine Hand, um Feyra über die Wange zu streichen, und ließ sie wieder sinken.

»Cecilia?«, fragte er.

»Ich bin ihre Tochter.«

»Aber du bist …«

»Ich bin Türkin, das stimmt.« Feyra flüchtete sich in die Dringlichkeit ihres Anliegens. »Die Zeit ist knapp, und es gibt etwas, das Ihr wissen müsst. Just in diesem Moment zieht Sultan Murad III. von Konstantinopel eine große Flotte gegen Euch zusammen, er kommt, um die Stadt einzunehmen. Es war einer seiner Janitscharen, der Euren Palast in Brand gesteckt hat, und einer seiner Kapitäne, der die Pest nach Venedig gebracht hat.« Sie holte zittrig Atem. »Ich bin die Tochter dieses Kapitäns und mit demselben Schiff hierhergekommen. Und meine Mutter Nurbanu, die Valide Sultan, war einst Cecilia Baffo von Paros.« Wieder hielt sie inne, um Atem zu schöpfen. »Auf dem Sterbebett erzählte sie mir von dem Plan ihres Sohnes, des Sultans, und trug mir auf, Euch vor den vier Pferden zu warnen, die großes Unheil über Venedig bringen. Es ist mir nicht gelungen, Euch rechtzeitig von zweien dieser Pferde zu berichten, aber wenn ich Euch vor den beiden letzten, vor Krieg und Tod, bewahren kann, werde ich es tun.« Sie hielt ihm den Ring hin, den sie zum ersten Mal von seinem Band gelöst hatte. »Meine

Mutter fasste ihre Warnung wegen des Rings, den sie mir als Unterpfand gab, in diese Worte. Seht Ihr das Pferdemuster? Ich glaube«, fuhr sie angesichts seines Gesichtsausdrucks vorsichtig fort, »dass Ihr diesen Ring gut kennt.«

Der Doge nahm ihr den Ring ab und berührte die kleinen Pferde mit der Fingerspitze. »Ja«, bestätigte er verwundert. »Ich habe ihn ihr vor langer Zeit selbst auf Paros geschenkt.« Er brach ab und sah sie an. »Du hast große Gefahren auf dich genommen, um mir diese Warnung zu überbringen«, sagte er weich. »Wie kann ich dir jetzt helfen?«

»Erlaubt mir, wieder nach Hause zurückzugehen.«

»Nach Konstantinopel?«

»Nein«, versetzte sie heftig. »Nein, das ist nicht mehr meine Heimat.« Sie begann, gangabwärts zurückzuweichen.

»Der Ring?« Der Doge hielt ihn ihr hin.

Sie winkte ab. »Er gehört Euch.«

»Nein.« Er folgte ihr. »Er gehört dir.« Und er steckte ihn ihr dort im Gang des Kirchenschiffs an den Finger, als wäre eine Trauung vollzogen worden. »Denn du bist eine Venier.«

Sie betrachtete den Reif an ihrem Ringfinger; dort, wo ihn auch ihre Mutter getragen hatte.

»Wo ist denn deine Heimat?«, fragte der Doge sanft.

»Auf Lazzaretto Nuovo.«

»Der Krankenhausinsel?«

»Ja.« Sie stieß die mächtigen Türen zur Außenwelt auf.

»Lebst du mit dem Arzt dort?«, rief der Doge ihr nach.

Feyra blieb stehen. *Natürlich.* Der Doge hatte Annibale die Insel ja selbst zugesprochen. »Nein«, flüsterte sie. »Ich lebe allein.«

# 45

Feyra wusste nicht, wie lange sie an Annibales Lager gesessen und seine schwarz verfärbte Hand gehalten hatte.

Bei ihrer Rückkehr von Il Redentore hatte die Sonne hoch am Himmel gestanden. Jetzt war sie tief genug gesunken, um sein lebloses Gesicht zu vergolden wie eine Reliquie.

Sie hatte während dieser Stunden ihr gemeinsames Leben durchlebt, so wie es hätte sein können. Zusammen leben und arbeiten, vielleicht Reisen zu den Lehrkrankenhäusern von London, Bologna und Damaskus unternehmen, vielleicht gemeinsam ein Krankenhaus eröffnen. Während dieser imaginären Jahre hatte sie jedoch nie Überlegungen darüber angestellt, wie wohl ihre Töchter und Söhne ausgesehen hätten. Sie wollte keine Kinder, hatte sich nie welche gewünscht, sie wollte nur Annibale. Sie wollte nur mit ihm zusammen sein, auf eine Weise seine Frau werden, die ihrer beider Glauben zuließ.

Sie zog den Venier-Ring vom Finger, weil sie plötzlich von der Vorstellung besessen war, dass sie verlobt sein sollten, bevor Annibale der Erde übergeben wurde. Es war ein Frauenring, daher musste sie ihn auf seinen kleinen Finger schieben, wo der Kristall auf der schwarzen Haut schimmerte. Schwarze Galle, rotes Blut, helle Galle und fahler Schleim. Alle Säfte waren aus seinem Körper gewichen, jegliche Ausgewogenheit dahin. Der sich drehende Kreisel war zu Boden gefallen.

Selbst dieser Gedanke trieb ihr nicht die Tränen in die Augen. Voller Ingrimm stellte sie fest, dass das fahle Pferd zuoberst auf seinem Finger erschienen war, und dann verstand sie. Jetzt wusste sie, dass das letzte Pferd, das fahle Pferd des Todes, nicht Takats Tod und auch nicht den von Venedig vorhergesagt hatte, sondern Annibales Tod.

Die sinkende Sonne schien ihr direkt ins Gesicht, und das Licht ließ ihre trockenen Augen feucht werden. Sie erhob sich. Bald würde es dunkel werden, und sie musste den Leichnam waschen und aufbahren. Heute Nacht würde sie bei ihm wachen, und morgen würde sie ihn begraben.

Sie nahm ein Bündel neuer weißer Talgkerzen aus ihrer Truhe und legte sie neben das Bett. Dann ging sie nach unten und auf den Friedhof hinaus, wo sie über die knorrigen Wurzeln stolperte und die Dornenranken an ihren Kleidern zerrten. Sie schritt vorsichtig um die Gräber herum und dachte an die darin ruhenden Skelette.

Die Menschen, die sie nicht hatte retten können.

Bei dem jüngsten Erdhügel, dem Grab von Takat Turan, blieb sie stehen und stampfte mit dem Fuß darauf. Sie erinnerte sich an ihr Versprechen, seine Gebeine nach Hause zu schicken. Sie hatte nicht die Absicht, es zu halten. »Verrotte hier«, spie sie und setzte ihren Weg fort.

Sie zog den Kalkkarren von seinem Platz an der *murada* weg und rollte ihn zu Annibales Haus. Am Morgen würde sie seinen Leichnam mit dem Kalk bestreuen.

Dann ging sie zum Brunnen, um Wasser zu holen, damit sie Annibale waschen konnte. Der steinerne Löwe beobachtete sie mit seinem wissenden Blick. Sie hatte genug von ihm. »War das dein großes Geheimnis? Gut gemacht, die Prophezeiung hat sich erfüllt.«

Sie ließ den Eimer rasselnd hinab. Als sie ihn wieder hochzog, sah sie im letzten Sonnenlicht etwas auf seinem Grund aufblitzen. Sie griff mit einer nassen Hand nach dem Silberglanz und brachte ein kleines, an einer Nadel befestigtes Zinnkreuz zum Vorschein. Es war das Kreuz, das Corona Cucina ihr gegeben hatte, um ihren Spitzenschal über der Brust zusammenzuhalten; die Brosche, die sie an ihrem ersten Tag auf der Insel in den Brunnen geworfen hatte. Sie schloss die Faust darum. Hunderte, Tausende Eimer Wasser waren letztes Jahr hier geschöpft worden, und doch hatte das Kreuz beschlossen, just an *diesem* Sonntag zu ihr zurückzukommen.

Feyra öffnete die Hand und betrachtete den Hirtenpropheten an seinem Kreuz. Welchen Nutzen hatte er jetzt noch für sie? Er war nur ein ganz gewöhnlicher Mann, der gestorben war wie Annibale. Dann fiel ihr langsam die Legende wieder ein.

Er war gestorben und wieder auferstanden. Der Hirte war von den Toten auferstanden.

Es war ein Wunder.

Feyra ließ den Eimer fallen, wobei sie das Wasser verschüttete, und lief zu Takat Turans Grab hinüber. Dann begann sie zu rennen, an den Armenhäusern vorbei, wo sie die Trianni-Babys geholt hatte, vorbei am Tezon, in dem Salve als Letzter gestorben war, vorbei am Torhaus, in dem Bocca gelebt hatte, vorbei an der Kirche, wo die Badessa ihr eine Bibel gegeben hatte, und zurück zu Annibales Haus. Nach Atem ringend, stürmte sie die Treppe hoch und blieb keuchend auf der Türschwelle stehen.

Er hatte sich bewegt.

Feyra eilte zu seinem Bett und sank auf die Knie. Die Hand, die sie gehalten hatte, die Hand mit dem Ring, die sie zusammen mit der anderen auf seine Brust gelegt hatte, war jetzt neben seine Seite gefallen. Sie ergriff sie und umschloss sie so fest, dass der Ring mit den vier Pferden, den sie ihm angesteckt hatte, säuberlich in zwei Hälften zerbrach.

Dann kletterte sie auf ihn, öffnete sein Hemd und presste das Ohr auf seine Brust. Und dort spürte sie unter den Schichten von Muskeln, Knochen und Sehnen ein Flattern, so leicht und zart wie die ersten Flügelschläge eines gerade geschlüpften Schmetterlings.

Irgendwie hatten die Blutgefäße und Kammern, die Herzklappen und Vorhöfe, von denen Annibale gesprochen hatte, wieder zu arbeiten begonnen. Aber dafür gab es keine wissenschaftliche Erklärung, es war ein Wunder Gottes. Als sie die Lippen auf die betreffende Stelle drückte und dann zu seinem Mund hochwandern ließ, kamen ihr doch die Tränen.

Und als sie ihn zum ersten Mal küsste, ihren Mund auf den seinen presste, schlug er die Augen auf.

# *Teil 6*

# DAS FAHLE PFERD

# 46

Nie zuvor hatten sich auf dem Markusplatz solche Menschenmassen gedrängt, noch nicht einmal an den Karnevalstagen. Sie erblickten das größte Flottenaufgebot, das die Stadt seit den Tagen des Vierten Kreuzzugs gesehen hatte, als die Rechtschaffenen und die Raubgierigen ausgezogen waren, um Konstantinopel zu plündern. Sogar die Vorbereitungen für Lepanto vor sechs Jahren waren nichts im Vergleich zu diesem Schauspiel gewesen. Die Kriegsmaschinerie war in Betrieb gesetzt worden. »Nun ja, armes Venedig«, sagte Palladio laut. »Auf ein Neues!«

Der Dogenpalast bildete einen apokalyptischen Hintergrund für die Szenerie. Von der prächtigen weißen Front war nur eine verkohlte Ruine geblieben. Das Feuer letzte Woche hatte sie von dem schönsten Lächeln schneeweißer Zähne der Welt in das schwarze Zahnstumpfgrinsen eines Hausierers verwandelt.

Palladio bahnte sich einen Weg durch die Menge der Huren und Hausfrauen auf dem Platz. Die einen boten sich den Seeleuten an, um ihnen ein letztes Mal Vergnügen zu verschaffen, bevor sie an Bord ihrer Schiffe gingen, die anderen flehten ihre Männer an, nicht in den Krieg zu ziehen. Auf provisorischen Bühnen führten die Schauspieler der *commedia dell'arte* Dramen auf, in denen sie die Türken als Erzfeinde darstellten. Jeder Ungläubige wurde von einem Mann verkörpert, der sich das Gesicht mit Walnusssaft gefärbt hatte, einen riesigen Turban und einen wehenden Bart trug und mit einer überdimensionalen Hakennase ausgestattet war.

Hunderte von Bürgern stellten sich an, um in die Basilika zu gehen. Der Umstand, dass die Kirche, der Heilige und seine ihn beschützenden Pferde unversehrt geblieben waren, grenzte an ein Wunder. In dem nach Weihrauch duftenden Dunkel beteten sie zu der Madonna von Nicopeia, einer Ikone, die den Türken entrissen worden war, und flehten sie an, sie vor den Ungläubigen zu bewahren. Venedig war schon zu normalen Zeiten ein Hexenkessel von Klatsch und Tratsch, aber in der letzten Woche war er vor Gerüchten geradezu übergekocht. Die Nachricht, dass die Türken entschlossen waren, die Stadt einzunehmen, hatte sich schneller verbreitet als das Feuer.

Palladio ignorierte die menschlichen Dramen, er wollte den Dogen sprechen. Er betrat den Palazzo Sansoviniano, der dem Herrscher momentan als Hauptquartier diente. In der großen, bemalten Kammer summte es wie in einem Bienenstock. Pulverjungen und Seekadetten, denen kaum der erste Bartflaum wuchs, liefen hin und her und überbrachten Botschaften. Die Fresken an den Wänden wurden von großen Karten verdeckt, die aus dem *Salle delle Mappa* des Palastes stammten. Bei einigen fehlten Teile, andere hatten angesengte Ränder, und bei wieder anderen hatte das Feuer große Stücke herausgebissen. Und aus der Mitte des Getümmels ragte wie eine lange silberne Kompassnadel die hoch gewachsene Gestalt des Dogen auf.

Palladio erkannte ihn nur an seiner gebieterischen Stimme. Die langen scharlachroten und weißen Gewänder und der *corno*-Hut, den er im Redentore getragen hatte, waren verschwunden. Er trug den blauen Umhang und die Orden eines Seelords über einer leichten silbernen Rüstung, das weiße Haar und der Bart waren nach der Einweihung der Kirche kurz gestutzt worden, und er wirkte dreißig Jahre jünger.

Heute war er nicht Sebastiano Venier, der alternde Doge von Venedig, sondern Sebastiano Venier, *Capitano Generale da Mar,* Admiral und Kommandant der venezianischen Flotte, der einen neuerlichen Krieg gegen die osmanischen Türken anführen würde.

Als er gegen Veniers Arm tippte und der Doge sich umdrehte, starrte er Palladio einen Moment lang verwirrt an, dann gewann er seine Fassung zurück. »Palladio«, sagte er. »Was führt Euch her?«

»Ich würde Euch gerne zu einem Becher Wein einladen, das bringt Glück.«

*»Jetzt?«* Der Admiral breitete die Arme aus, als wolle er das Gewühl im Raum erfassen.

»Es wird nur eine Viertelstunde dauern«, versetzte Palladio ruhig, »und es wird zum Erfolg Eurer Aktion gegen die Türken beitragen.« Palladio hielt dem Blick der blauen Augen lange genug stand, um den Dogen daran zu erinnern, dass es der Architekt gewesen war, der Feyra zu ihm gebracht hatte. Wenn dieser ihm etwas zu sagen hatte, täte er vielleicht gut daran, ihn anzuhören.

Sebastiano Venier seufzte. »Also gut.«

Im Getümmel draußen entdeckte Palladio den hölzernen *ombra*-Karren, der den ganzen Tag im Schatten des Campanile um den Platz herumfuhr. Die Betreiber verzeichneten heute gute Geschäfte, da die Seeleute ihre wenigen letzten Zechinen für Grog ausgaben. Palladio erstand für zwei Münzen zwei bis zum Rand gefüllte Becher und gesellte sich zu Venier auf das Dock. Die beiden Männer setzten sich auf das Untergestell eines Geschützes und sahen zu, wie sich die Galeeren versammelten.

Sebastiano Venier spähte in das endlose Blau hinaus, als könne er sehen, was ihn in diesen fremdländischen Gewässern erwartete, und schüttelte leicht den Kopf. »Ich hätte nie damit gerechnet, noch ein Mal dort hinauszumüssen«, sagte er ruhig. »Nach Lepanto dachte ich, ich wäre mit den Türken fertig. Aber wie es aussieht, sind sie noch nicht mit mir fertig. Pest, Feuer, und jetzt Krieg und Tod.« Er trank einen Schluck Wein. »Was habt Ihr mir zu sagen?«

Palladio zog ein kleines Federkästchen hervor. »Habt Ihr Pergament bei Euch?«

Venier entrollte eine Karte des Golfs von Patras und drehte sie um.

»Gut.« Der Architekt zeichnete rasch und flüssig. »Ein Kampf, auch einer auf See, ist immer eine Frage der Geometrie. Was ich hier zeichne, ist die Architektur einer Schlacht, wenn man so will. Jetzt seht her. Wenn Ihr ihre Galeeren dazu verleitet, *diese* Formation einzunehmen«, er zeichnete mehrere kleine Ovale, »dann befindet Ihr Euch im Vorteil. Eure neuen Galeeren haben die größere Feuerkraft, sind aber massiver und nicht so beweglich. Da die Kanonen seitlich montiert sind, ist es am besten, *zwei* von ihnen vor jeder Hauptdivision zu positionieren«, er zeichnete schneller, um seinen Worten Nachdruck zu verleihen, »um die Türken daran zu hindern, sich mit kleinen Booten anzupirschen und Eure Schiffe zu beschädigen oder zu entern. Wenn Ihr sämtliche Bewegungen auf dem Wasser den Osmanen überlasst, dann gewinnt Ihr das Spiel. Haltet die Linie christlicher Schiffe um jeden Preis.«

Venier betrachtete erst das Diagramm, dann Palladio. »Woher wisst Ihr das?«

Palladio zuckte die Achseln. »Ich arbeite an einer illustrierten Ausgabe von Polybios' *Historíai,* einer Untersuchung römischer Schlachtformationen. Da meine Bauwerke immer von klassischen Bauten beeinflusst wurden, kam mir der Gedanke, dass Ihr Eure Kampftaktik an den Vorbildern Hannibals und Scipios orientieren solltet.«

Venier nickte langsam und blies auf die Zeichnung, um die Tinte zu trocknen, wobei sich seine Wangen blähten, als seien sie von einem der vier Winde getroffen worden. »Danke«, erwiderte er schlicht. »Ich werde Euren Rat befolgen.« Er faltete die Zeichnung sorgfältig zusammen, dann sprach er bedächtig weiter. »Ich hasse sie nicht, müsst Ihr wissen.« Es klang fast wie eine Entschuldigung.

Palladio begriff im ersten Moment nicht, was er meinte.

»Die Türken. Ihr habt ja von der Tochter meiner Nichte meine Geschichte gehört. Cecilia Baffo wurde eine *Muselmana* und heiratete Selim II. von Konstantinopel. Sie änderte ihren Namen in Nurbanu Sultan. Von ihrem Sohn, diesem Murad III., der uns all dieses Unheil beschert hat, werden alle nachfolgenden Sultane abstammen. Männer, die, wie ich hoffe, dauerhaften Frieden zwischen unseren Nationen schaffen werden.« Er seufzte schwer. »Fünf Jahrhunderte Blutvergießen sind genug.«

Palladio nickte und erhob sich. *»Varenta vu«*, bedachte er den Admiral mit einem Abschiedsgruß, der so alt war wie die Stadt selbst. »Und möge alles Glück dieser Welt mit Euch segeln.«

Der Architekt entfernte sich, blieb dann stehen und drehte sich noch ein Mal um. Der Admiral saß noch immer auf der Geschützlafette, hielt Palladios Zeichnung in der Hand und studierte sie eingehend.

»Ich hasse die Türken auch nicht«, sagte Palladio, dabei dachte er an Feyra. »Aber ich liebe Venedig mehr.«

# 47

Feyra sah den Architekten einen Monat nach der Einweihung seiner Kirche wieder.

Er besuchte die Insel, während der Arzt noch das Bett hütete. Feyra begrüßte ihn alleine, aber glücklich, denn Annibale ging es von Tag zu Tag besser.

Bis sie Palladio sah, hatte sie kaum einen Gedanken an die Außenwelt verschwendet. Sie hatte sich gefragt, wann die Insel erneut vom Staat mit Beschlag belegt werden würde, aber im Grunde genommen kam es darauf nicht an. Sie und Annibale konnten überall hingehen, wo sie wollten, so wie sie es sich erträumt hatte, konnten alle großen medizinischen Zentren der Welt besuchen: Bologna, Salerno, Damaskus, Askalon.

Während der Zeit ihrer Isolation hatte sich Feyra nicht um den Kampf gekümmert, der in fernen Gewässern tobte. Sie hatte ihre Aufgabe erfüllt und den Dogen gewarnt. Sie hatte Schiffe fortsegeln und zurückkehren sehen, aber sie wusste nicht, was für eine Abfolge von Ereignissen sie in Gang gesetzt hatte. Venedig und Konstantinopel mochten sich gegenseitig in die Hölle befördern, es interessierte sie nicht. Für sie zählte nur, dass Annibale am Leben bleiben würde.

Doch jetzt, wo der Architekt sie besuchte, fragte sie sich plötzlich, wie die Seeschlacht wohl ausgegangen und was mit dem alten Mann mit dem Horizont in den Augen geschehen war. Inzwischen war Hochsommer, und sie führte Palladio zu der umgestürzten Säule auf dem Rasen im Schatten der Maulbeerbäume.

»Ich bin nicht nur auf eigenen Wunsch hier, meine liebe Feyra, ich habe auch noch zwei Aufträge vom Dogen auszuführen«, sagte er.

»Er ist also zurück!«

»Ja, und er hat mich angewiesen, dir auszurichten, dass die Osmanen einmal mehr besiegt worden sind. Dank deiner Information konnte die Flotte noch nicht einmal in der Meeresbucht zusammengezogen werden, bevor sie von den Venezianern gestellt wurde. Die Schiffe wurden zu Kleinholz verarbeitet, und die Seeleute mussten wie Makrelen nach Konstantinopel zurückschwimmen.« Er brach ab, weil ihm einfiel, mit wem er sprach.

Feyra blickte schweigend auf ihre Hände. Aufgrund ihrer Warnung war das Blut ihrer Landsleute vergossen worden. *Aber du bist eine Venier,* dachte sie plötzlich. *Die Venezianer sind ebenfalls dein Volk.* Die Schatten der Maulbeerblätter ließen ihre Hände so scheckig wirken, als wären sie mit Prellungen übersät.

»Ich sprach von *zwei* Aufträgen, Feyra.« Der Architekt wollte sie aufheitern. »Der zweite ist beruflicher Natur. Der Doge hat euch beiden die Insel zugesprochen, damit ihr dort ein Krankenhaus betreiben könnt.« Er lächelte sie an und spreizte die Finger. »Ich habe im Moment nichts zu tun, verstehst du? Er sagte, du würdest vielleicht einen Architekten brauchen.« Das Erstaunen, das sich in ihrem Gesicht widerspiegelte, entzückte ihn.

»Aber … was ist mit dem Wiederaufbau der Stadt?«

Palladio schüttelte den Kopf. »Ich trage durch das, was ich hier tue, zum Wiederaufbau der Stadt bei. Ich habe meinen Vertrag mit Gott erfüllt, und jetzt möchte ich einen mit einem Menschen abschließen.«

Dank der Hilfe Palladios und des Dogen konnten Feyra und Annibale nicht nur ein Seuchenlazarett, sondern auch noch ein Forschungskrankenhaus einrichten. Von Zeit zu Zeit befahl der Doge Palladios Arzt zu sich, damit er ihn untersuchte, und bestand stets darauf, dass Annibale seine Kollegin mitbrachte. Bei diesen Gelegenheiten bekam Annibale seinen hochrangigen Patienten nie zu Gesicht, denn er ließ die beiden Veniers alleine, damit diese die Beziehung zueinander aufbauen konnten, die die Umstände ihnen bislang verwehrt hatten. Während sie sich unterhielten, schlenderte Annibale auf Giudecca umher und blickte im Vorübergehen immer zu Palladios Kirche auf, ohne sie je zu betreten.

Er hatte einen bestimmten Grund dafür.

Während seiner Genesung hatten Annibale und Feyra eines Tages, als er wieder kräftig genug war, um rund um die Rasenfläche zu spazieren, beim Brunnen Halt gemacht, um sich auszuruhen. Während sie die Sommersonne genossen, streichelte Feyra die steinerne Mähne des Löwen. »Danke«, sagte sie ruhig.

Annibale musterte sie forschend. »Du sagst, es wäre ein Wunder, dass ich wieder gesund geworden bin«, bemerkte er. »Aber wie erklärst du dir die Brunnenwunder?«

»Die Brunnenwunder?«

»Zahllose Pilger, die Wasser aus den heiligen Brunnen wie dem des alten Klosters Santa Croce holen, schwören, dass dieses Wasser sie vor der Pest schützt. Wie erklärst du dir das?«

Feyra dachte an den Brunnen, in dem ihr Vater jetzt auf ewig unter einem schwarzen Marmorstern im Boden von Palladios Kirche ruhte. Sie spürte, wie Annibales Blick sie durchbohrte. »Ich glaube«, erwiderte sie bedächtig, »dass das Wasser beim letzten Ausbruch der Pest verseucht wurde. Dass eine Ratte, ein Kaninchen, ein Hund oder sonst irgendetwas hineingefallen ist. Irgendein infiziertes Lebewesen.«

»Und dieses Mal?«

Sie vermochte ihm nicht in die Augen zu sehen. »Dieses Mal *weiß* ich, dass es so war.«

»Warum sterben die Pilger dann nicht an dem Wasser?«, bohrte er weiter.

Als sie nichts darauf erwiderte, griff er nach ihrer Hand. »Also war meine Heilung wirklich ein Wunder?«

Sie lächelte in den Brunnen. »Ja.«

»Hast du mir etwas von deinem Trank, deinem Theriaca, gegeben, als ich todkrank war?«

Sie spähte tiefer in den Schacht, suchte nach dem Lichtkreis des Wassers. »Nein.« Dann sah sie ihn an. Seine Kraft nahm täglich zu, die Höhlungen in seinen Wangen und unter seinen Augen füllten sich, die Sonne verwandelte seine kränkliche Blässe in eine gesunde Bräune. »Weißt du auch, warum nicht?«

»Lass mich meine Erkenntnisse zusammenfassen.« Er zählte die Punkte an den Fingern ab. »Du hast die Pest überlebt, dein Vater aber nicht. Durch deine Versuche hast du herausgefunden, dass die Patienten im Tezon, bei denen die Pest voll ausgebrochen war, trotzdem gestorben sind, in den Familien, denen du die Arznei verabreicht hast, aber keine *neuen* Fälle aufgetreten sind. Also leerte sich das Tezon, und die Familien kehrten nach Hause zurück. Dem Sohn des Torhüters hast du den Trank gegeben, nicht aber Bocca selbst. Du hast dem Architekten eine Phiole gegeben, mir aber nicht, und jetzt meinst du, es könnte ein infiziertes Lebewesen, vielleicht sogar der Leichnam eines Opfers, in den Brunnen des heiligen Sebastian gelangt sein.«

Sie wagte kaum zu atmen, geschweige denn, ihn anzusehen. Stattdessen starrte sie weiterhin in den Brunnen. »Und was schließt du daraus?«

Er drehte sie zu sich. »Du hast Variolation praktiziert. Du hast die Patienten gegen die Seuche geimpft.«

Jetzt hielt sie dem Blick seiner grünen Augen unverwandt

stand. »Und du hast nichts dagegen? Wir hatten einen Streit deswegen, falls du dich noch daran erinnerst.«

»Eine Diskussion«, berichtigte Annibale sie lächelnd.

»Einen Streit«, beharrte sie, erwiderte sein Lächeln aber.

»Ich nehme an, du hast dem Theriaca eine geringe Menge einer infizierten organischen Substanz beigefügt.«

»Ja.«

»Und der Rest der Zutaten?«

»Wird dich weder umbringen noch heilen«, zitierte sie einen seiner Lieblingssprüche.

»Hast du für den entscheidenden Bestandteil Blut oder Eiter aus den Beulen genommen?«

»Getrockneten und gemahlenen Eiter.«

»Von deinem Vater?«

Das Lächeln erstarb, und er sah, dass sie einen Moment lang unfähig war, einen Ton hervorzubringen.

»*Er* war der Leichnam in dem Brunnen.« Es war keine Frage, und er wechselte das Thema. »Dein Instinkt hat dich nicht getrogen«, stellte er sanft fest. »Ich glaube, um Immunität zu erzielen, muss die Probe einer der Primärinfektion möglichst nahen Quelle entnommen werden.« Er blickte auf das Meer hinaus, gen Osten. »Dein Vater hat die Seuche hier eingeschleppt – vielleicht hat er auch gleich das Heilmittel mitgebracht.« Er warf ihr einen Seitenblick zu. »Sagt der Prophet nicht, Gott erschafft keine Krankheit in der Welt, ohne auch ein Heilmittel dafür zu erschaffen?«

Feyra gewann die Fassung zurück. »Also hast du bezüglich dieser Streitfrage deine Meinung geändert?«

Annibale schnaubte leise. »Vielleicht. Ich gebe zu, dass du großen Erfolg hattest, aber es müssen noch zahlreiche weitere Forschungen angestellt werden.« Er nahm ihre Hände in die seinen. »Aber nachdem du mir jetzt alles erzählt hast, musst du auch den *Consiglio della Sanità* informieren. Der Doge hat uns die Insel zugesprochen, eher deinetwegen als meinetwegen, denke ich, aber wir müssen uns an die Spielregeln halten. Seine Herrschaft als Doge wird nicht ewig andauern, und er hat uns geraten, die venezianischen Gesetze nicht zu übertreten. Es ist Zeit, Theriaca als offizielle Arznei registrieren zu lassen.«

Feyra sah ihn entgeistert an. »Aber der *Consiglio* wird ihn als offizielles Heilmittel zulassen und vom Verkaufserlös den Zehnten verlangen!«

»Soll er. Sie können den Trank nur nach deinen Angaben herstellen. Man wird dich auffordern, die Zutaten zu nennen.«

Der Anflug von Bosheit in seiner Stimme entging Feyra nicht. »*Alle* Zutaten?«, fragte sie.

»*Fast* alle.«

Feyra stand vor dem Tribunal des *Consiglio della Sanità.*

Annibale hatte sie begleitet, saß aber bei den Schreibern auf den langen hölzernen Bänken im hinteren Teil des Raums. Ein Lichtstrahl fiel auf Feyra und bewirkte, dass sie sich in ihrem grünen Kleid strahlend hell von dem Dämmerlicht im Saal und den düsteren Fresken abhob. Sie wirkte jung und gesund und stand hoch aufgerichtet und schlank wie eine Weidenrute vor den drei alten Männern, die ihren Fall verhandelten.

Annibale war nicht der einzige anwesende Arzt. Drei Plätze von ihm entfernt saß Valnetti. Er schnaufte hinter seinem Schnabel, und seine vogelähnlichen Knopfaugen huschten dann und wann zu Annibale. Dieser ignorierte ihn beharrlich.

»Ich nehme an, Euch ist bekannt«, wandte sich der erste Tribun an Feyra, »dass es Frauen nicht gestattet ist, in der Republik Venedig eine Arzttätigkeit auszuüben.«

»In diesem Fall wundert es mich, dass Ihr Euch die Mühe gemacht habt, mich hierherzubestellen, Euer Ehren«, versetzte Feyra trocken.

Annibale lächelte hinter seiner Schnabelmaske.

Der zweite Alte ergriff das Wort. »Ihr habt einen Bürgen mit einer vom *Consiglio* genehmigten Arztlizenz?«

Annibale erhob sich.

Der dritte Tribun erhob sich. »Diese Frau arbeitet für Euch?«

»Sie arbeitet mit mir zusammen.«

Der erste Tribun, der seine Schreibfeder angespitzt hatte, räusperte sich. »Lassen wir das jetzt. Fangt an.«

Feyra verkündete klar und deutlich: »Registrationsname: Theriak.« Ihre Stimme hallte jetzt fast ohne ihren heimatlichen Akzent durch den geräumigen Saal, als sie die Bestandteile des Tranks auflistete.

»Rosmarin und Salbei, Weinraute, Minze, Lavendel, Kalmuswurzel, Muskat. Knoblauch, Zimt und Gewürznelken. Weißer Essig, Kampfer. Und Wermutkraut und Beifuß.«

Valnetti sprang aufgebracht auf. Sein Stock fiel klappernd zu Boden. »Das ist Vierräuberessig!«, bellte er. »Es muss noch etwas anderes darin sein. Sie muss *alle* wesentlichen Zutaten angeben. Lest die Statuten, Tribun!«

Annibale erhob sich ebenfalls. »Es ist eine Tatsache, *Dottore* Valnetti, dass es bei Arzneien immer kleine Abweichungen gibt. Dem Gesetz zufolge darf ein Mittel eine solche Abweichung oder einen zusätzlichen Inhaltsstoff im Verhältnis Eins zu Hundert enthalten. Lest *dieses* Statut, Tribun!«

Der Tribun wandte sich an Feyra. »Enthält denn diese Flasche sonst noch irgendeine Substanz?«

Annibales Blick wanderte von ihr zu der kleinen Flasche auf dem Tisch des Tribuns, die in demselben Lichtstrahl grün glühte, in den auch Feyra getaucht war. Am Flaschenboden hatte sich etwas abgesetzt, nicht mehr als ein paar Körnchen sterblichen Staubes. Annibale hielt den Atem an und stieß ihn dann zischend wieder aus, als Feyra ruhig erwiderte: »Es gibt natürlich Restpartikel und Verunreinigungen, die bei der Herstellung hineingeraten sind. Aber sicherlich nur in einem Verhältnis von weniger als Eins zu Hundert.«

Valnetti rauschte aus dem Saal. Der erste Tribun reichte das Dokument dem zweiten, der es unterzeichnete und dem dritten gab. Dieser blickte auf. »Habt Ihr die Gebühr von einem Dukaten, der für die Registrierung Eurer Arznei zu entrichten ist?«

Annibale tastete in seinem Gewand nach seiner Mäuselederbörse, doch ehe er sie finden konnte, hatte Feyra schon in ihr Mieder gegriffen und eine Münze hervorgezogen, die sie auf den Tisch legte, wo sie im Licht blinkte.

Annibale erfuhr nie, wo sie ihn herhatte, aber es war ein einzelner goldener Dukaten.

# Epilog

KONSTANTINOPEL
DREI JAHRE SPÄTER

In der Stille des Topkapi-Palasts betrachtete Doktor Haji Musa den Kasten, der ihm geschickt worden war.

Das Löwensiegel und der Geruch nach Myrten verrieten ihm, dass er aus Venedig stammte. In der Republik wurde es mit der Quarantäne und der Desinfektion von Frachtgütern sehr genau genommen, das wusste er.

Dennoch wies der Arzt einen Sklaven an, den Kasten für ihn zu öffnen, und befahl dem Eunuchen, ihn vorsichtig weit weg von den Gemächern des Sultans zu tragen, um ganz sicher zu sein. Die Venezianer waren dafür bekannt, Schießpulver mit einer Klammer, die beim Öffnen Funken schlug und eine Explosion auslöste, oder Giftschlangen und gar Skorpione zum Palast zu schicken. Es war Mittag, und der Palast flirrte vor Hitze, also trug der Eunuch die Kiste in den Garten der Lilien, wo ein Springbrunnen sprudelte und es schattig und kühl war.

Er stellte den Kasten auf den Boden, öffnete die Verschlüsse und hob behutsam den Deckel an. Lange Zeit herrschte Stille, Haji Musa konnte nur das Plätschern des Wassers hören. »Was enthält er?«, fragte er aus sicherer Entfernung ungeduldig.

Der Eunuch wirkte verwirrt. »Knochen«, sagte er.

Der Arzt kam näher und spähte in den Kasten. Dann schickte er den Sklaven weg, kniete sich in seinem zinnoberroten Gewand auf den Boden und wickelte die Gebeine selbst aus. Es war das vollständige Skelett eines jungen Mannes. Jeder Knochen war peinlich genau nummeriert und katalogisiert, jeder mit einer kleinen, beschrifteten Pergamentrolle umwickelt. Alle Knochen waren da, zusammen über zweihundert, von den Zehengliedern über sämtliche Rückenwirbel bis hin zum Schädel.

Hier musste die Hand eines Arztes am Werk gewesen sein.

Haji Musa setzte das Skelett auf dem warmen Pflaster des Hofes zusammen, während über ihm die Falken kreischten, die um ihre Beute betrogen waren, da ihr Opfer schon lange tot war. Als er fertig war, erhob sich der alte Arzt mühsam und betrachtete den Mann. Der Schädel starrte ihn aus leeren Augenhöhlen an. Der Arzt warf einen Blick in den Kasten, wo er zwischen Brocken venezianischer Erde eine in osmanischer Schrift verfasste Notiz fand.

*Dies sind die Gebeine von Takat Turan.*
*Er soll im Garten der Janitscharen begraben werden, denn er war einer der ihren.*
*Mir geht es gut.*
*Eure Schülerin*
*Feyra Adalet bint Timurhan Murad*

Haji Musa drückte die Nachricht freudig an sein Herz und bückte sich erneut, um die Knochen einzusammeln. Der Schädel war voller Erde. Er klopfte damit wenig ehrfurchtsvoll auf das Pflaster, und etwas fiel klirrend heraus. Er säuberte den Gegenstand und hielt ihn ins Licht, denn seine Augen waren nicht mehr so gut wie früher. Dann blinzelte er verwirrt, weil er sich nicht erklären konnte, was diese Beigabe zu bedeuten hatte.

Denn es handelte sich um ein christliches Kreuz.

Palladio hatte den größten Teil des Nachmittags gedöst, wie er es dieser Tage meistens tat. Er hatte sich angewöhnt, auf der Liege unten in seinem *studiolo* zu schlummern, denn er konnte die Treppe kaum noch bewältigen. Außerdem lag er gerne dort, wo er seine Zeichnungen sehen konnte.

Manchmal fiel sein Blick auf den Leonardo, den vitruvianischen Mann, und er erinnerte sich an die Zeit, als er auf dem Höhepunkt seines Schaffens selbst mit ausgestreckten Fingerspitzen die Grenzen seiner eigenen Geometrie ausgelotet hatte. Manchmal betrachtete er seine Entwürfe für die neue Rialtobrücke, die er gewissenhaft auf Pergament festgehalten und jeden Winkel wunderschön dargestellt hatte. Er hatte seine Pläne termingerecht beim Rat der Zehn eingereicht, aber der Brücke war es bestimmt, nur in seinem Kopf zu existieren, denn den Auftrag für die neue Rialto hatte ein anderer erhalten. Der Architekt Antonio da Ponte war jünger als er und einst sein Schüler gewesen, was die Pille noch bitterer schmecken ließ.

Palladio tröstete sich mit dem Gedanken an seine Kirche. Er erinnerte sich verschwommen an eine Geschichte von einem Tempel im Osten, zu dem die Menschen Hunderte von Jahren lang gepilgert waren, um am Grab des Standartenträgers eines Propheten zu beten. Aber er hatte sowohl den Namen des Tempels als auch den des Erzählers vergessen.

An besseren Tagen stützte er sich auf die Ellbogen und wies Zabato Zabatini an, seine neuesten Ideen zu Papier zu bringen. Manchmal verstieg er sich zu Fantasien, die nie verwirklicht werden konnten, weil sie nur von Träumen und nicht von Stein und Mörtel getragen wurden.Wenn er von seiner Liege aus diese architektonischen Kapriolen hinausschnatterte, konnte er sehen, dass Zabato mit dem Zeichnen innehielt. Dann nahm der Zeichner seine Brille ab, legte sie beiseite und wischte sich über die Augen, und Palladio wunderte sich, warum er weinte.

Heute war kein guter Tag. Der Architekt vermochte kaum den Kopf zu heben. Ihm war, als würde ein schweres Gewicht auf seiner Brust lasten. Er kannte den Namen dieses Gewichts. Er lautete Tod, und es wog jeden Tag schwerer.

Die niedrig stehende Sonne ließ seine Augen schmerzen, daher verspürte er Erleichterung, als zwei Gestalten vor seinem Fenster auftauchten und das Licht ausblendeten. Sie schienen genau gleich gekleidet zu sein, trugen weite Gewänder und Turbane, doch bei einer handelte es sich um einen Mann und bei der anderen um eine Frau. Da er meinte, er würde träumen, schadete es nichts, ihnen zuzulächeln, auch wenn es Ungläubige waren. Der Druck auf seine Brust ließ nach.

Die Frau streckte ihm die Hand hin wie er einst ihr. *»Komm und sieh«*, sagte sie.

Als sie im Boot saßen, konnte er die beiden deutlicher sehen. Keiner von ihnen hatte das Gesicht verhüllt, wie man es hätte erwarten können. Beide waren attraktiv, dunkelhaarig, gebräunt und genau gleich groß. Sie hätten Bruder und Schwester sein können, wenn nicht sogar er mit seinen alten Augen gesehen hätte, dass sie sich liebten. Sie tauschten keine Zärtlichkeiten aus, saßen noch nicht einmal so dicht beieinander, dass sich ihre Ärmel berührten, und dennoch wirkten sie so intim miteinander vertraut wie damals, als er sie eng umschlungen auf einem Bett vorgefunden hatte. Inzwischen hatte er sie wiedererkannt. Sie waren beide Ärzte, und sie betrieben das Krankenhaus, das er gebaut hatte.

Sie näherten sich dem Zatteresund und der Insel Giudecca.

»Seht«, sagte der Arzt. »Sie haben eine Brücke gebaut.«

Palladio beobachtete die große Prozession, während das

Boot auf die Insel zuglitt. Aus zusammengebundenen Holzflößen war eine Brücke entstanden, über die die Einwohner von Zattere zu Fuß zu seiner Kirche gehen konnten.

Und sie kamen zu Hunderten.

Jeder Mann, jede Frau und jedes Kind hielt eine Kerze in der Hand, sodass sich eine Schlange schimmernden Feuers über den Kanal und die Insel und die Stufen zur Kirche emporwand.

Palladio hörte einen monotonen Gesang, der zu einem einzigen Wort anschwoll. Es hallte über das Wasser, doch sein Gehör hatte im Alter gelitten. »Was singen sie?«, fragte er.

*»Redentore«,* erwiderte der Arzt. »So nennen sie die Kirche jetzt. Nur *Redentore.* Der *Erlöser.«* Er lächelte seine Partnerin an, als hätte das Wort eine besondere Bedeutung für sie. »Sie danken Gott, dass er sie vor der Pest gerettet hat – welcher Gott auch immer es war. Sie sind angewiesen, das jedes Jahr zu tun.«

»Jedes Jahr? Wie lange denn?«

»Für immer.«

Palladio spürte, wie sich seine Augen mit Tränen füllten.

Die drei stiegen bei den großen Stufen aus und schlossen sich der Prozession an. Gemeinsam erklommen sie die fünfzehn Steinstufen. Palladio ging zwischen den beiden Ärzten, die ihn bei den Armen gefasst hatten, um ihn zu stützen. Der Architekt wurde in der Menge gar nicht bemerkt, und es fielen auch keine Bemerkungen über die beiden Ärzte, obwohl sie Turbane trugen. Nachdem die Pest vorüber war, hatten Ärzte ihre Schnäbel mit einem *biretta*-Tuch vertauscht, das um den Kopf gewickelt wurde. Und in einer seltsamen Modekapriole war seit dem osmanischen Konflikt der türkische Stil bei den Venezianern sehr beliebt.

Die beiden Ärzte blieben bei der Tür stehen, und Palladio drehte sich verwirrt zu ihnen um.

»Kommt ihr nicht mit?«

Feyra lächelte. »Ein Mal war genug.«

Annibale schüttelte den Kopf. »Dies ist Eure Kirche, aber nicht unsere.«

Palladio hob die Brauen.

Zur Antwort öffnete Annibale sein Gewand. Er trug einen Anhänger in Form eines *Muselmano*-Halbmondes. Feyra tat es ihm nach, sie trug den Zwillingsanhänger. Palladio betrachtete sie. Bei genauerem Hinsehen handelte es sich bei den Anhängern um zwei Hälften eines Rings, eines Glasrings mit irgendeiner Verzierung. Annibale trug den östlichen Halbkreis, Feyra den westlichen. Palladio sah Annibale wieder an.

»Ihr seid konvertiert?«

»Ja«, erwiderte er. »Ich habe meinen Gott nicht geliebt, aber sie liebt ihren.«

»Seid vorsichtig.« Palladio musste nicht erklären, was er meinte.

»Kommt Ihr zurecht?«, erkundigte sich Feyra auf der Schwelle der mächtigen Tür besorgt.

»Oh ja«, versicherte ihr der Architekt. Zum Abschied umfasste er die Hände der beiden einen Moment lang, dann betrat er die Kirche.

**Andrea Palladio** hat nicht nur einige der bedeutendsten Gebäude der Renaissance gebaut, sondern war auch der Begründer des Palladianismus, einer der beständigsten und allgegenwärtigsten Architekturstile der Welt.

Er verfügte darüber hinaus über umfassende Kenntnisse bezüglich der Geometrie von Schlachten, wie seine Illustration von Polybios' *Historíai* beweist. Palladio korrigierte das Manuskript selbst, und zu seinen Korrekturen zählt die Richtigstellung des Fehlers des Kopisten, der »Hasdrubal« statt »Hannibal« geschrieben hatte. Palladio vertrat die Ansicht, der Feldherr müsse unbedingt bei seinem richtigen Namen genannt werden.

Dennoch wurde Palladio nach der Feuersbrunst in Venedig nicht damit beauftragt, irgendeines der bedeutenden Bauwerke der Stadt wieder aufzubauen, abgesehen von dem **Redentore,** einem Projekt, mit dem er bereits begonnen hatte.

Während der Pestjahre der 1570er wurde die als **Vigna Murada** bekannte Quarantäneinsel in ein Seuchenlazarett namens **Lazzaretto Nuovo** umgewandelt. Unter der österreichischen Besetzung Venedigs im 18. Jahrhundert wurden Soldaten auf der Insel einquartiert, die nach dem Abzug der Truppen dem Verfall preisgegeben war.

**Theriak** wurde zu einer der beliebtesten und profitabelsten Arzneien in der Welt der Renaissance. Die Herstellung wurde vom *Consiglio della Sanità* genehmigt, der hohe Steuern auf das Mittel erhob.

Die **Variolation,** später **Impfung** genannt, war in der osmanischen Medizin eine gängige Praxis, lange bevor sie im Westen angewandt wurde. In der Moderne sind viele Beweise für die Wirkung einiger Seuchenimpfstoffe erbracht worden, und auf diesem Gebiet wird bis heute weiter geforscht.

**Sebastiano Venier,** Admiral und Oberkommandant der venezianischen Flotte sowie Doge von Venedig, ist nicht nur wegen seiner Teilnahme an der Schlacht von Lepanto unvergessen, sondern auch, weil er persönlich bei der Bekämpfung des Feuers half, das seinen Palast zerstört hatte. Es heißt, er starb vor Kummer darüber, dass die Stadt unter seiner Herrschaft abbrannte.

**Antonio da Pontes Rialtobrücke** wurde zu einer der berühmtesten Brücken der Welt und vielleicht zum architektonischen Wahrzeichen Venedigs.

An jedem dritten Sonntag im Juli gehen die Bewohner von Venedig von Zattere über eine Pontonbrücke nach Giudecca hinüber und danken Gott in Palladios Kirche **Il Redentore** für das Verschwinden der Pest.

# Danksagung

Dieses Buch begann mit einem Frühstück, aber nicht bei Tiffany's, sondern bei Claridges.

Ich war mit der Filmproduzentin Ileen Maisel dort, die mich fragte, ob ich je erwogen hätte, über Palladio zu schreiben. Ich möchte Ileen vor allem dafür danken, dass sie mir diese Frage gestellt hat. Das war 2008, wo sich der Todestag des Architekten zum fünfhundertsten Mal jährte, und an diesem Tag fand in der Royal Academy eine Ausstellung seiner Arbeit statt. Ich beendete das Frühstück, ging um die Ecke zur RA und verbrachte den Morgen damit, jeden Plan, jedes Bild und jedes Modell genau zu studieren. Ich war so fasziniert, dass ich im Museumsshop das dickste Buch kaufte, das ich finden konnte, und nach Hause ging, um es förmlich zu verschlingen. Dieser umfangreiche Band, *Palladio* von 2008, von Guido Beltramini und Howard Burns herausgegeben und in Zusammenarbeit mit der Royal Academy of Arts veröffentlicht, war mir beim Schreiben dieses Buches von unschätzbarem Wert. Palladio lebte in interessanten Zeiten. In Venedig – wie in London – suchten die Pest und ein Großfeuer die Stadt dicht nacheinander heim, und die Möglichkeit, über diese Periode zu schreiben und den Bau des Redentore als Rückgrat der Geschichte zu nutzen, war zu gut, um sie ungenutzt verstreichen zu lassen.

Zwei weitere Bücher unter den vielen, die ich im Zuge der

Recherchen für diesen Roman gelesen habe, verdienen es, hier erwähnt zu werden. Miri Shefer-Mossensohns *Ottoman Medicine: Healing and Medical Institutions 1500–1700* (2009) liefert einen ausgezeichneten Überblick über die Entwicklung türkischer Medizinpraktiken, und Philip Zieglers *The Black Death* (2010) verschaffte mir Einsicht in die altmodischen Heilmittel bei früheren Ausbrüchen der Pestilenz.

Einige in diesem Buch beschriebene Orte sind frei zugänglich, so wie der prachtvolle Redentore auf der Insel Giudecca. Aber der interessanteste Ausflug, den ich im Rahmen meiner Recherchen unternommen habe, war der nach Lazzaretto Nuovo – der geheimnisvollen Seucheninsel weit draußen in der Lagune von Venedig. Der Zugang zu dieser Insel ist nur eingeschränkt möglich, daher möchte ich Giorgia Fazzini für die Erlaubnis danken, diesen faszinierenden Ort sowie das kleine Museum dort zu besichtigen, das einen wahren Schatz an Informationen birgt. Anerkennenswert ist auch die Arbeit der Freiwilligenorganisation Ekos Club, die sich dafür einsetzt, die Archäologie und Ökologie der Insel zu erhalten.

Mein Dank gilt auch zwei großartigen Recherchehelfern: Richard Brown, der die westlichen Aspekte des Romans abgedeckt hat, und Yasemin Uğur, die für den Osten zuständig war und die Bedeutung und Schreibweise türkischer Ausdrücke überprüft hat. Ein Dankeschön geht an meine Schwester, die Archäologin Veronica Fiorato, die mich an ihrem Wissen über Gräber von Seuchenopfern und Skelettüberreste teilhaben ließ.

Ich danke meinem Vater Adelin Fiorato, der zwar nicht gerade ein Experte auf dem Gebiet der Renaissance ist, aber charakterlich in vieler Hinsicht das Vorbild für mein Porträt Palladios war.

Ein Mal mehr möchte ich mich auch bei der Kostümbildnerin Hayley Nebauer bedanken, die unermüdlich ihre eigenen Archive durchstöbert und Renaissancegemälde studiert hat, um die Details der venezianischen Kostüme zu überprüfen.

Ich danke Caroline Westmore und dem fantastischen Team bei John Murray für ihre Mitarbeit bei der Produktion dieses Buches.

Und vor allem bedanke ich mich bei meiner Redakteurin Kate Parkin und meiner Agentin Teresa Chris, die nicht nur wie immer hervorragende Arbeit geleistet haben, sondern diesmal auch in der entscheidenden Phase der Planung der Geschichte für mich da waren, bezeichnenderweise bei einem *sehr* langen Lunch im Royal Institute of British Architects!

Last, but not least möchte ich den Hauptpersonen meiner eigenen Geschichte danken: Sacha, Conrad und Ruby.

Sie fanden diesen Roman so fesselnd,
dass Sie ihn gar nicht mehr aus der Hand legen wollten?
Dann lesen Sie doch einfach weiter!

Auf den folgenden Seiten finden Sie eine Leseprobe
aus Marina Fioratos Roman *»Das Herz von Siena«*.

Ab November 2013
als Taschenbuch erhältlich!

# Siena, 1723

## *Die Eule*

Zu ihrem neunzehnten Geburtstag bekam Pia Tolomei, die schönste Frau Sienas, eine Halskette und einen Ehemann.

Ihren Ehrentag verbrachte sie zunächst damit, ruhig in ihrer Kammer zu sitzen – wie an jedem anderen ihrer ewig gleich verlaufenden Tage. Doch dann richtete Pias Zofe ihr aus, dass ihr Vater sie zu sehen wünschte, und sie wusste sofort, was ihr bevorstand. Seit acht Jahren wartete sie auf diesen Augenblick.

Mit zitternden Händen legte sie ihren Stickrahmen beiseite und begab sich unverzüglich in das Piano nobile hinunter. Auch ihre Knie zitterten, als sie ihre schmale, kerzengerade Gestalt die Treppe hinuntertrugen, aber Pia verfügte über ein beträchtliches Maß an Mut. Sie wusste, dass der Zeitpunkt gekommen war, sich dem zu stellen, was sie am meisten fürchtete – seit sie alt genug war, um die ungeschriebenen Gesetze des Heiratsmarktes zu begreifen.

Seit langem hatte Pia tagtäglich damit gerechnet, irgendeinem jungen sienesischen Adelsspross wie ein Geschenk zur Frau gegeben zu werden, doch das Schicksal hatte ihr bislang noch die Freiheit gewährt. Pia wusste, dass ihr Vater sie nicht außerhalb ihres Stadtteils, der Contrada Civetta, der Eule, verheiraten würde. Und das war ihr Glück gewesen, denn in den guten Civetta-Familien gab es nicht viele männliche Erben. Ein Junge, mit dem sie schon in der Wiege verlobt worden war, war am Wasserfieber gestorben, ein anderer war in den Krieg gezogen und wieder einer hatte im Ausland geheiratet. Der einzige andere Erbe, der ihr einfiel, hatte gerade seinen fünfzehnten Geburtstag gefeiert. Sie vermutete, dass ihr Vater gewartet hatte, bis dieser Junge volljährig wurde. Als sie jetzt nach unten ging, wappnete sie sich dafür, an ein Kind gekettet zu werden.

Ihr Vater Salvatore Tolomei stand in einem Strahl goldenen Lichts, der durch das Fenster der großen Kammer fiel. Er hatte schon immer einen Hang zu theatralischen Inszenierungen gehabt. Auch jetzt wartete er, bis sie auf ihn zutrat und einen kühlen Kuss auf seine Wange hauchte, bevor er mit der schwungvollen Geste eines Magiers eine Goldkette aus seinem Ärmel zog und in ihre Handfläche gleiten ließ. Dort rollte sie sich wie eine kleine glitzernde Schlange zusammen, und Pia sah, dass eine Art Medaillon daran hing.

»Sieh genauer hin«, drängte Salvatore.

Pia gehorchte, ohne sich ihre aufkeimende Ungeduld anmerken zu lassen, und betrachtete fragend den rumpflosen, nahezu schwebenden Frauenkopf auf der runden Goldscheibe.

»Das ist Königin Kleopatra in höchsteigener Person, auf einer ihrer eigenen ägyptischen Münzen«, flüsterte Salvatore ehrfürchtig. »Sie ist über tausend Jahre alt.«

Seine massige Gestalt schien vor Stolz noch mehr anzuschwellen. Pia seufzte innerlich. Während sie herangewachsen war, hatte man sie fast täglich daran erinnert, dass die Vorfahren der Tolomei einem ägyptischen Königsgeschlecht, den Ptolemäern, entstammten. Salvatore Tolomei nutzte wie alle seine männlichen Ahnen vor ihm jede sich bietende Gelegenheit, um den Leuten von der berühmten Königin Kleopatra zu erzählen, deren direkter Nachfahr er, der Capitano der Contrada Civetta, war.

Mit einem Mal spürte Pia die Bürde ihres Erbes schwer auf sich lasten. Fast mitleidig musterte sie das Abbild der längst verstorbenen Herrscherin. Unfassbar, dass ihre lange, illustre königliche Linie sich bis hin zu ihr erstreckte – zu Pia, der kleinen Eule, der Tochter und Erbin des Hauses der Eulen. Pia war lediglich die Königin ihrer Contrada, Herrscherin eines ruhigen Stadtviertels im Norden Sienas, Regentin einer Anzahl alter Höfe und Herrin über eine Kompanie von Schuhmachern.

»Schau dir die andere Seite an.«

Pia drehte die Münze um und sah das goldene Relief einer kleinen Eule.

»Unser eigenes Emblem und ihres; das Emblem von Minerva, von Aphrodite ... von Civetta.«

Sie blickte zu ihrem Vater auf; wartete darauf, dass er zur Sache kam. Salvatore verschenkte nichts, ohne eine Gegenleistung zu erwarten, das wusste sie.

»Es ist ein Geschenk zu deinem Ehrentag, aber auch eine Mitgift«, fuhr er fort. »Ich habe mit Faustino Caprimulgo von der Contrada Aquila gesprochen. Sein Sohn Vicenzo wird dich zur Frau nehmen.«

Pia schloss die Hand so fest um die Münze, dass sie ihr ins Fleisch schnitt. Eine weiß glühende Flamme der Wut loderte in ihr auf. Sie hatte natürlich nicht erwartet, ihren Mann selbst wählen zu dürfen, aber gehofft, im Fall einer Verbindung mit dem Chigi-Jungen diesen ein wenig formen zu können, bis er sich zumindest annähernd so verhielt, wie sie es sich wünschte – sie freundlich behandelte und ansonsten möglichst in Ruhe ließ. Wie konnte ihr Vater ihr das antun? Sie hatte immer, wirklich immer getan, was Salvatore von ihr verlangte, und nun belohnte er sie für ihre Hingabe, indem er sie mit einem Mann vermählte, dessen denkbar schlechter Ruf selbst ihr bekannt war und der noch dazu einer fremden Contrada angehörte. Es war einfach unfassbar!

Ihr war bekannt, dass man Vicenzo nachsagte, fast ebenso skrupellos und grausam zu sein wie sein Vater, der berüchtigte Faustino Caprimulgo. Die Familie Caprimulgo, die Capitani der Adler-Contrada, gehörte zu den ältesten Familien

Sienas, aber die Würde des alten, vornehmen Blutes spiegelte sich nicht in ihrem Verhalten wider. Sie hatte sich zahlreicher Verbrechen schuldig gemacht, war eine Bande von Schurken – Adlermörder. Pia war zu gut erzogen, um sich mit Klatsch zu befassen, dennoch waren ihr einige Geschichten zu Ohren gekommen: die Morde, das brutale Verprügeln von Gegnern, Vicenzos wiederholte Schändungen sienesischer Frauen. Letztes Jahr hatte sich ein Mädchen am Fleischhaken ihrer Familie erhängt. Sie hatte gerade erst ihre Schulzeit hinter sich gebracht. »War in anderen Umständen«, hatte Pias Zofe gezischelt. »Noch ein Adlerbastard.« Anscheinend vermochte Salvatore angesichts einer vorteilhaften Partie über derart zügellose Ausschweifungen hinwegzusehen.

»Vater, ich kann ihn nicht heiraten«, flehte sie. »Du weißt doch, wie man über ihn redet – was dem Benedetto-Mädchen zugestoßen ist. Und er ist ein Adler. Seit wann verbindet sich ein Adler mit einer Eule?«

Im Geiste sah sie, wie die beiden Vögel sich paarten, um einen furchterregenden Mischling zu zeugen; eine Chimäre, einen Greif. Es war falsch, alles falsch. Salvatores Gesicht rötete sich vor Ärger, und im selben Moment hörte sie hinter sich das Knirschen eines Stiefels.

Er war hier.

Pia drehte sich langsam um. Eine eisige Hand umschloss ihr Herz, als Vicenzo Caprimulgo sich aus dem Schatten löste.

Ein Lichtstrahl fiel zuerst auf seine Nase und seine Augen. Ein Schnabel und zwei Glasperlen – wie bei den ausgestopften Vögeln in der Jagdhütte ihres Vaters. Seine dünnen Lippen verzogen sich zu einem leisen Lächeln.

»Es tut mir aufrichtig leid, dass Euch die Verbindung nicht zusagt.« Seine Stimme klang ruhig und beherrscht, aber der unüberhörbare Anflug einer Drohung schwang darin mit. »Euer Vater und ich haben sehr spezielle Gründe für dieses Bündnis zwischen unseren Contrade. Aber ich bin sicher, dass ich Euch ... überzeugen kann, besser von mir zu denken, wenn Ihr mich näher kennt.«

Pia öffnete den Mund, um zu entgegnen, dass sie nicht den Wunsch hegte, ihn besser kennenzulernen, aber ihre gute Erziehung verbot es ihr, unhöflich zu sein, und sie war zu verängstigt, um ihre Meinung zu sagen.

»Und dazu habt Ihr bald reichlich Gelegenheit, denn Euer Vater ist damit einverstanden, die Heirat morgen nach dem Palio stattfinden zu lassen – den ich zu gewinnen gedenke.«

Er trat näher, bis sie seinen Atem auf ihrer Wange spüren konnte. Außer ihrem Vater war ihr noch kein Mann so nahe gekommen.

»Und ich versichere Euch, dass es gewisse Gebiete gibt, auf denen ich Euch mehr Vergnügen verschaffen kann als ein fünfzehnjähriger Junge.«

Die Bosheit in seinen Augen war nicht misszuverstehen. Und sie las noch etwas anderes darin: eine nackte Begierde, die ihre Knochen in Wasser verwandelte. Sie drängte sich an ihm vorbei und rannte die Stufen zu ihrer Kammer hoch, wobei die Entschuldigungen ihres Vaters in ihren Ohren widerhallten. Er entschuldigte sich nicht bei ihr, sondern bei Vicenzo.

Allein in ihrer Kammer schritt Pia mit geballten Fäusten auf und ab, während das Blut in ihren Schläfen pochte. Unten konnte sie hören, wie die letzten Vorbereitungen für das Fest getroffen wurden, von dem sie gedacht hatte, es gälte ihrem Ehrentag. Wie konnte es sein, dass ihr Leben so plötzlich eine derart verhängnisvolle Wendung genommen hatte?

Im Lauf des Abends schickte Salvatore wiederholt Diener zu ihr. Sie ignorierte ihr Klopfen: Das Fest würde auch ohne sie seinen Fortgang nehmen. In ihrer Verzweiflung kauerte sie hungrig und fröstelnd, obwohl es nicht kalt war, in einem Sessel, während die Abenddämmerung hereinbrach.

Endlich erschien ihr Vater selbst, und ihn konnte sie nicht

abweisen. Sie solle mit Vicenzo im Hof spazieren gehen, befahl er, um den Sonnenuntergang zu bewundern. Die Dienstboten waren alle im Haus. Es wäre eine Gelegenheit für sie, sich ein Bild von ihrem zukünftigen Mann zu machen.

Pia tat, wie ihr geheißen, und begleitete Vicenzo zu seinem Pferd, während die sinkende Sonne einen goldenen Schein über die alten Steine warf. Noch immer vor Schock wie gelähmt, unternahm sie keinen Versuch der Konversation, und als sie den Hof überquert hatten, waren seine Schmeicheleien und Höflichkeiten Spott und Provokationen gewichen. Benommen registrierte sie, wie sich die Schatten des Zwielichts um sie schlossen. Schweigend ging sie neben Vicenzo zu der Loggia, in der sein Pferd angebunden war, und wartete gleichfalls schweigend darauf, dass er in den Sattel stieg. Plötzlich stürzte er sich auf sie und stieß sie in die Dunkelheit hinter einem Pfeiler. Seine hungrigen Lippen pressten sich auf ihren Nacken, und gierige Hände schlossen sich um ihre Brüste.

»Komm schon«, flüsterte er heiser. »Die Kontrakte sind unterzeichnet, du gehörst ohnehin schon fast mir.«

Erst jetzt setzte sie sich zur Wehr, begann aus vollem Hals zu schreien, obwohl niemand da war, der sie hören konnte, und drosch mit den Fäusten auf sein Gesicht und seine Brust ein. Doch ihr Widerstand schien seine Raserei nur noch zu steigern, und als er die Finger in ihr Haar krallte und sie durch die halb geöffnete Stalltür zerrte, hielt sie sich für verloren. Sie roch das warme Stroh und schmeckte kupfriges Blut im Mund, weil sie sich in die Innenseite ihrer Wange gebissen hatte. Aber dann schien Vicenzo mit einem Mal zur Besinnung zu kommen.

»Dann bleib noch eine Nacht unberührt«, spie er aus, als er sich drohend über sie beugte. »Morgen hole ich dich ohnehin in mein Bett.« Er blieb auf der Türschwelle stehen und drehte sich ein letztes Mal um. »Und wage es ja nie wieder, die Hand gegen mich zu erheben!«

Unvermittelt fing er an, wie von Sinnen auf sie einzutreten – nicht auf ihr makelloses Gesicht, sondern auf ihren Körper, wo die Blutergüsse unter ihrer Kleidung nicht zu sehen sein würden.

Als er endlich von ihr abließ und aus dem Stall stürmte, überwältigte sie das Grauen, und sie begann heftig zu würgen. Im warmen Dunkel konnte sie die Civetta-Pferde schnauben und unruhig tänzeln hören.

Jede Faser ihres Körpers schmerzte, als sie sich aufrichtete, den Hof verließ und quer über die Piazza auf die Kirche zusteuerte. Sie legte die Hände auf die schweren Türen, durch die sie zu ihrer Taufe getragen worden war und die sie später so oft durchschritten hatte – zu ihrer Konfirmation und unzählige Male zur Beichte. Heute Abend hob sie den Riegel jedoch nicht behutsam an, sondern stieß die Eichenholztüren mit solcher Wucht auf, dass sie gegen die Stützpfeiler prallten und zornige Echos durch das Innere der alten Kirche schickten. Pia lief zu der Marienkapelle, wo ihre Beine endlich unter ihr nachgaben und sie auf dem kalten Steinboden auf die Knie fiel. Das Medaillon fest zwischen beide Hände gepresst, betete sie inbrünstig, ohne dabei jedoch den Blick zu den Bildern von Christus und der Jungfrau Maria zu erheben; sie flehte weit ältere Gottheiten um Hilfe an, da sie sich von ihnen mehr Beistand erhoffte. Sie betete, etwas möge geschehen, irgendein Unglück eintreten, das sie aus ihrer misslichen Lage befreite. Als sie die Hände voneinander löste, hatte Kleopatra einen Abdruck auf der einen und die Eule einen auf der anderen Handfläche hinterlassen.

# Der Palio

Ein Jahr der Planung, zehn Männer, zehn Pferde, drei Runden um die Piazza, und das ganze, zweimal jährlich in kurzem Abstand stattfindende Schauspiel war innerhalb eines einzigen Moments vorbei.

Kein Außenstehender konnte sich eine Vorstellung davon machen – geschweige denn verstehen –, was der Palio für die Sienesen bedeutete. Dass er sie beim Essen, beim Atmen und im Schlaf beherrschte. Dass sie das ganze Jahr lang jeden Tag zu ihren Heiligen um den Sieg beteten. Dass ihre gesamte Loyalität, ihre Farben und ihre Contrade sich um den Palio rankten wie das Netz um die Spinne. Die konzentrischen Kreise ihrer Sitten und Gebräuche und ihrer Gesellschaft hatten ihren Ursprung in diesem Platz, diesem Tag und diesem kleinsten aller Kreise – die Rennbahn, bedeckt mit dem Staub des Kalktuffs aus den toskanischen Hügeln, über den in Siena geborene Männer auf in Siena gezüchteten Pferden direkt unter den antiken Palästen und Türmen der alten Stadt dahindonnerten. Der Palio war der Mittelpunkt von allem, der Palio war Siena. Wer das verstanden hatte, hatte alles verstanden.

Am 2. Juli 1723, dem Tag des ersten der beiden Palios des Jahres, herrschte in Siena fast unerträgliche Hitze. Trotzdem schien die Menge, die sich versammelt hatte, um einen Blick auf den Palio di Provenzano zu erhaschen, noch größer zu sein als sonst. An anderen Tagen lag die wunderschöne muschelförmige Piazza del Campo so ruhig und friedlich da wie eine leere Jakobsmuschel, aber heute drängten sich hier mindestens tausend Sienesen, die ihre Trommeln schlugen und ihre Fahnen schwenkten. Jeder andere Platz der Stadt war menschenleer; jede Straße, jeder Hof, jedes Gebäude, jede Kirche und jede Schänke verlassen. In den Gerichtssälen hielt sich niemand mehr auf, die Apotheken waren geschlossen, die Geldverleiher hatten ihre Tische weggeräumt und die Schneider die Fensterläden ihrer Geschäfte geschlossen. Im Kirchenspital Santa Maria Maddalena wiesen die Schwestern die Krankenpfleger an, ihre Patienten, sofern es möglich war, auf Tragen zur Piazza zu schaffen. Sogar die Stare bildeten einen Schwarm, um den Palio vom heißen blauen Kreis des Himmels hoch oben über der Rennbahn aus zu verfolgen. Sie schwirrten um die Turmspitzen herum, bildeten rauchfarbene Wolken, die sich kurz darauf wieder auflösten wie Tinte im Wasser, und kreischten dabei vor Aufregung.

Jeder nahm an diesem besonderen Tag den ihm zustehenden Platz ein, von den Ranghöchsten bis hin zum allerniedrigsten Bettler. An oberster Stelle, auf der Empore des großen Palazzo Pubblico mit seinen Terrakottazähnen gleichenden Zinnen und dem hohen Uhrenturm, stand die Regentin der Stadt. Violante Beatrix de' Medici, fünfzig Jahre alt, farblos und unscheinbar, stand mit Würde und Anmut dem Rennen vor, so wie sie es seit ihrer Ernennung zur Gouverneurin der Stadt nach dem Tod ihres Mannes nun schon seit sechs Jahren tat.

Unter ihr waren die Capitani, die Anführer der teilnehmenden Contrade, in letzte geheime Besprechungen mit ihren Leuten verstrickt. Diese Männer waren die Graubärte, die Oberhäupter ihrer Familien, die jetzt die silbernen Köpfe zusammensteckten. Die Augen in ihren zerfurchten, wettergegerbten Gesichtern hatten schon alles gesehen, und sie kannten die Stadt und ihre Gepflogenheiten besser als jeder andere.

Die in grellbunte Seide gekleideten Fantini, die Reiter, erhielten ihre Nerbi-Peitschen, tückische Schnüre auf straff gespannter Ochsenhaut, mit denen sie in Kürze nicht nur ihre Pferde antreiben, sondern auch auf ihre Gegner einschlagen würden. Diese jungen Männer, die Blüte der sienesischen Jugend, vibrierten förmlich vor Anspannung, ihre dunklen Augen glitzerten freudig erregt. Immer wieder brachen kleinen Vulkanausbrüchen gleichende verbale und auch handgreifliche Streitereien in ihren Reihen aus. Jeder Einzelne hatte sich seit Wochen von seiner Frau oder Geliebten ferngehalten, um sich körperlich wie geistig auf das Rennen vorzubereiten.

Schlecht getarnte Wettsyndikate tauschten über die Köpfe der Menge hinweg geheime Zeichen aus; Straßenhändler versorgten diejenigen, die seit Sonnenaufgang auf dem Platz ausharrten, mit Weinschläuchen und Trockenfleisch; geschäftstüchtige Fächerverkäufer boten Papierfächer in den Farben der teilnehmenden Contrade feil. Die Kapelle stimmte immer wieder die feierliche Palio-Hymne an; eine Aufgabe, die sie bis zum Anbruch des nächsten Tages beschäftigen würde. Jeder Musiker kannte seinen Einsatz und die Noten im Schlaf.

Sogar die kleinen Kinder schwenkten die leuchtend bunten Fahnen ihrer Contrada und versuchten ihren älteren Brüdern nachzueifern, den Alfieri, die prahlerisch herumstolzierten und bei der Hauptparade ihre größeren Fahnen geschickt hoch in die Luft schleuderten. Der kleine Waisenjunge und Wasserträger, der Zebra genannt wurde, weil er die schwarzweißen Farben der Stadt statt denen einer Contrada trug und somit mit niemandem und allen zugleich verbündet war, trottete geschäftig hin und her, reichte den Durstigen hölzerne Becher und nahm dafür Münzen in Empfang. Er bewegte sich leichtfüßig und zielsicher in der brodelnden Menge.

Auch die Pferde schienen dem Ereignis entgegenzufiebern. An ihrem Geschirr flatterten bunte Wimpel und blinkten metallene Anhänger, und ihre Mähnen waren mit Bändern durchflochten. Noch wurden sie von ihren Reitern im Schritt geführt, aber sie wussten, dass sie in Kürze losgaloppieren würden und für das Stadtviertel, dessen Farben sie trugen, den Sieg erringen mussten.

Pia aus dem Geschlecht der Tolomei fühlte sich, als gehörte sie mit einem Mal zu jenen Zuschauern, die den niedrigsten Rang bekleideten. Als verlobter Frau brachte man ihr nicht mehr den Respekt entgegen, den sie erfahren hatte, als sie noch eine begehrte Heiratskandidatin gewesen war – eine stadtbekannte Schönheit, die von den besten Familien der Civetta umworben wurde. Jetzt war sie nichts mehr als eine unbedeutende junge Frau, von der erwartet wurde, dass sie ihrem Verlobten zujubelte und sonst nichts. Aber Pia Tolomei hatte nicht die Absicht, die ihr zugedachte Rolle zu spielen. Ja, sie würde zusehen, wie ihr Verlobter das Rennen bestritt, aber sie würde ihn nicht anfeuern. Stattdessen würde sie darum beten, dass er während des Palio tödlich verunglückte.

Denn heute Abend sollte sie in der Basilika mit Vicenzo Caprimulgo vermählt werden. Heute trug sie zum letzten Mal das Rot und Schwarz der Contrada Civetta. Ihre Blutergüsse wurden von einem gleichfalls in den Farben des Eulenviertels gehaltenen breiten Gürtel verdeckt, der sich um ihre schmale Taille schlang, und ihr schimmerndes schwarzes Haar war unter ihrem Hut zu einer hohen Frisur aufgesteckt. So wie während der vergangenen neunzehn Sommer ihres Lebens und aller Palios, denen sie beigewohnt hatte, saß sie auch jetzt neben ihrem Vater auf den erhöhten Bänken der Eulen-Contrada. Sich dieser Position, ihres Standes und ihrer schmerzenden Rippen allzu deutlich bewusst, bemühte sich Pia, die Tränen zurückzuhalten, denn beim nächsten Palio, dem Palio dell' Assunta im August, würde sie als Vicenzos Frau auf der anderen Seite des Platzes sitzen und das schwarze und goldene Gefieder der Adler tragen. Sie würde in der Rangordnung dieser Raubvögel bis zur Spitze aufsteigen.

Überall ringsum konnte sie die wachsende Erregung der Menge spüren, nahezu greifbar wie ein Luftzug oder ein Hitzeschleier, doch sie selbst fühlte sich als völlige Außenseiterin. Pia war in Siena geboren und hatte die Stadt kaum je verlassen. Obwohl die Toskana an eine Küste grenzte, hatte sie das

Meer noch nie zu Gesicht bekommen. Doch trotz ihres Einsiedlerdaseins in der Abgeschiedenheit ihrer Contrada, trotz neunzehn innerhalb der Stadtmauern verbrachter Jahre empfand sie sich heute zum ersten Mal als nicht dazugehörend. Aufgrund ihrer Verlobung war sie keine Eule mehr, aber auch noch kein Adler, sondern ein seltsames, verkümmertes Vogelzwischending. Eine Missgeburt.

In Siena war jeder Bürger ein Produkt seiner Contrada. Seine Identität begann mit seinem eigenen Viertel und endete dort, wo zum Beispiel die Drachen-Contrada in die der Wölfin oder die des Einhorns in die des Turms überging. Pia war mit den Farben eines jeden Bezirks vertraut, vom Rot und Blau des Panthers bis hin zum Gelb und Grün der Raupe. Und zweimal im Jahr erlangten diese geografischen und farblichen Unterteilungen eine sogar noch größere Bedeutung.

In wenigen Stunden würde sich die Bitterkeit der Niederlage wie aus einem Unratkübel über die geschlagenen Contrade ergießen und überströmende Freude die Einwohner des Siegerviertels erfüllen. Pia wusste, dass Vicenzo heute alles daransetzen würde, zu gewinnen. Bei der Auslosung der Pferde, die einige Tage vor dem Rennen stattfand, hatte er Berio gezogen, einen großen, schönen Kastanienbraunen, von dem behauptet wurde, er sei das schnellste Pferd der Toskana – das Pferd, auf das jede Contrada gehofft hatte. Da Vicenzo als der beste Reiter der Stadt galt, standen seine Siegeschancen mehr als gut. Und wie, überlegte Pia, würde sich sein Triumph dann wohl in ihrem Ehebett zeigen? Nur dieses siebzig Herzschläge dauernde Rennen konnte ihr keusches Leben verlängern. Unwillkürlich erschauerte sie.

In dem Versuch, sich von dem Schauspiel unter ihr fesseln zu lassen, beugte sie sich vor und sah zu, wie Pferde und Reiter den Platz umrundeten. Ihr Blick folgte gewohnheitsmäßig den Civetta-Farben, als ihr ein einzelner Reiter auffiel. Er lenkte sein Pferd langsam und mit absoluter Konzentration durch das Bocca-del-Casato-Tor. Der Bogen des Architravs umrahmte ihn wie einen gemalten Engel.

Pia kannte diesen Mann nicht, doch er war das schönste lebende menschliche Wesen, das sie je gesehen hatte. Er hatte die olivfarbene Haut der Gegend, einen vollen Mund, der jetzt fest und konzentriert zusammengepresst war, aber dennoch Weichheit erahnen ließ, und dunkles, lockiges Haar, das der Tradition des heutigen Tages gemäß mit einem Band in den Farben der Turm-Contrada zu einem Pferdeschwanz zusammengebunden war. Seine Augen waren gleichfalls dunkel, und seine Züge glichen denen antiker Statuen – in Marmor gemeißelte Perfektion. Sein Körper war gut proportioniert und muskulös, seine Beine lang, und seine Hände hatten sich sanft um die Zügel des Pferdes geschlossen. Aber noch etwas fiel ihr auf: Er besaß die Ausstrahlung eines Edelmannes. Wenn Würde und eine noble Aura mehr von der neuen Wissenschaft der Physiognomie abhingen als davon, in Adelskreise hineingeboren worden zu sein, grübelte Pia, dann sollte er auf der Palastempore über ihrem Kopf sitzen und nicht die hausbackene Gouverneurin.

Während ihrer gesamten Kindheit hatte Pia bei Büchern Zuflucht gesucht, und trotz Vicenzos gestrigen gewalttätigen Ausbruchs glaubte sie immer noch an die höfische Liebe – jetzt vielleicht noch mehr als zuvor. Aber sie wies dem Fremden nicht augenblicklich die Rolle all der Tristans, Lanzelots und Rolands zu, von denen sie gelesen hatte. Sie war zu realistisch um zu glauben, dass irgendjemand von hohem Rang denjenigen liebte, den er heiratete. Dabei waren andere Dinge von Bedeutung.

Dennoch gestattete sie es sich, sich nur einen Moment lang auszumalen, wie es wohl wäre, statt mit Vicenzo mit dem unbekannten Reiter verlobt zu sein. Besser noch – wenn er als ihr edler Ritter für sie in das Rennen ziehen könnte, wie es dem Ideal vergangener Jahrhunderte entsprach, ohne dass sie die sehr realen körperlichen Bedrohungen fürchten musste, die eine Ehe mit sich brachte. Sie würde ihn nicht berühren und ihn schon gar nicht näher kennenlernen müssen. Berührungen bargen Gefahren, wie sie jetzt wusste. Sich aus sicherer Entfernung nach jemandem zu verzehren, das war es, was ihr vorschwebte. Wie würde sie sich wohl fühlen, überlegte sie müßig, wenn sie in ihrer Loge sitzen und zuschauen könnte, wie dieser Mann nur für sie allein zu siegen versuchte ... vielleicht mit einem Zeichen ihrer Gunst am Ärmel oder an der Mähne seines Pferdes?

Als der Unbekannte zusammen mit den anderen abstieg, um der Gouverneurin traditionsgemäß seine Reverenz zu erweisen, kam er direkt neben Vicenzo zu stehen. Als passendes Sinnbild seiner Contrada überragte der Reiter aus dem Turmviertel seinen Rivalen von den Adlern um einiges. Vicenzo schnitt bei diesem Vergleich nicht gerade gut ab, stellte Pia nicht ohne eine gewisse Befriedigung fest. Die Reiter reihten sich jetzt unter der Empore der Gouverneurin auf. In einem pantomimischen Akt des Widerstandes gegen die Herrschaft der Medici beäugte sie jeder Fatino so dreist und geringschätzig wie möglich.

Mit einer Ausnahme.

Nur der unbekannte Reiter nahm seinen Dreispitz ab und bewies Respekt vor dem Geschlecht, wenn schon nicht dem Rang der Gouverneurin, indem er den Blick auf den Boden richtete und sich verneigte. Pia wurde warm ums Herz, doch dieses Gefühl verflog sofort wieder, als sie ihren Verlobten musterte. Vicenzo spähte mit bewusster Unverschämtheit zu seiner Regentin empor. Er hatte seinen Dreispitz aufbehalten. Pia erkannte abermals, wie sehr sie ihn verabscheute. Dieser Beweis schlechter Manieren – dass er es nicht für nötig erachtete, in Gegenwart einer Dame den Hut abzunehmen – löste in ihr fast noch mehr Verachtung aus als die Gewalt, die er am gestrigen Abend gegen sie angewendet hatte.

Neben Vicenzo stand sein Vater. Faustino Caprimulgo, der Anführer der Adler-Contrada, war hochgewachsen, drahtig und von dunkler Gesichtsfarbe, hatte aber schneeweißes Haar, das sich wie eine Kappe um seinen Kopf schmiegte. Mit seinen hohen Wangenknochen, den eingefallenen Wangen und der langen, gebogenen Nase ähnelte er dem Adler, den er in seinem Banner führte. Faustino pflegte sich stets zu seiner vollen Größe aufzurichten. Sein Selbstbewusstsein rührte von dem Umstand her, dass er das Oberhaupt der ältesten Familie von Siena war. Trotz des Prunks und des gebieterischen Auftretens der Medici wusste jeder in der Stadt, dass Siena in Wirklichkeit von den Caprimulgi beherrscht wurde. Sie hatten einst in den Tagen der Neun geherrscht, dem Regierungsrat der alten Republik, und jetzt immer noch, wenn auch nicht offiziell. Der Sohn stand Schulter an Schulter mit seinem Vater und fixierte die Gouverneurin mit demselben Raubvogelblick – ein Zwergfalke neben einem Falken, eine kleinere, bösartigere Ausgabe seines Erzeugers.

Pia verfolgte, wie der von vier milchweißen Ochsen gezogene Streitwagen mit dem Palio, einem großen Seidenbanner in den Farben der Stadt, auf dem die Figuren der Heiligen Jungfrau und des Papstes prangten, neben dem Palast vorfuhr. Diener falteten die Flagge zusammen und überreichten sie dem Sieger des Vorjahres, Ghiberti Conto, dem Oberhaupt der Schlangen-Contrada, der dreimal an die Tür klopfte und dann in den Palast eingelassen wurde. Kurz darauf erschien er neben der Gouverneurin auf der Empore und händigte ihr das Banner aus. Beatrix Violante nahm es mit einem Nicken entgegen und wurde für wenige Momente zu seiner Hüterin, bevor sie es dem diesjährigen Sieger übergeben würde. Pia griff, ohne sich dabei im Geringsten illoyal vorzukommen, nach der Eulenmünze, die um ihren Hals hing, und betete, der unbekannte Reiter möge das Rennen gewinnen und nicht Vicenzo.

Sie beugte sich vor und versuchte, die Turmfarben des

Fremden inmitten der anderen Reiter unten an den Startseilen auszumachen. Ihre unbeteiligte Gleichgültigkeit war verflogen. Sie sah, wie die Fantini einander aus den Mundwinkeln heraus etwas zuraunten, letzte Drohungen oder Versprechen, während ihre bunte Seidenkleidung vernehmlich knisterte. In diesem Moment wurden Abmachungen getroffen oder gebrochen, und große Geldsummen wechselten den Besitzer. Die Pferde tänzelten und stießen sich an; eines stieg vorne in die Höhe und warf seinen Reiter ab – denjenigen im Grün-Weiß der Gans-Contrada, registrierte Pia erleichtert. Nicht ihn.

Ihr wurde klar, dass das Los den Fremden zum Reiter an der Außenposition der Seile bestimmt haben musste, und im nächsten Moment bestätigte sich ihre Vermutung. Er ritt später als die anderen auf das Seil zu, schien aber kein Interesse daran zu haben, seinen Vorteil auszunutzen. Für gewöhnlich nutzte ein skrupelloser Reiter diese Position, um gegnerische Contrade beim Start in eine schlechtere Ausgangsposition zu manövrieren. Doch Pia sah, dass der Reiter regungslos auf seinem Pferd saß, mit niemandem sprach, den Blick auf einen Punkt weit in der Ferne heftete und keinerlei Anstalten machte, seine Konkurrenten anzurempeln oder zu bedrängen. Auch sein Hengst stand unbeweglich in dem Getümmel; das Paar ähnelte in seiner starren Ruhe der Bronzestatue des berittenen Cosimo des Großen, die sie bei ihrer ersten und einzigen Reise nach Florenz gesehen hatte. Pia wünschte sich so inbrünstig, er möge Vicenzo besiegen, dass es sie selbst überraschte. Ihr Blick bohrte sich in seinen breiten Rücken, bis die blaue und burgunderfarbene Seide vor ihren Augen verschwamm.

Kurz vor dem Start herrschte das übliche Durcheinander. Während die Pferde stampften und sich aufbäumten, rief der Startrichter einen Fehlstart nach dem anderen aus. Dann endlich reihten sich die Tiere in einem Augenblick fast unerträglicher Spannung auf und beruhigten sich wie auf ein stummes Kommando hin. Das Gebrüll und der Jubel der Menge wichen einer kurzen, gespenstischen Stille, und über Pias Kopf ließ die große Glocke Sunto im Torre del Mangia ihre selten zu vernehmende Stimme erklingen. Das Lied der Glocke, die von einem Palio bis zum nächsten schwieg, hallte über die Stadt hinweg, um zu verkünden, dass die Stunde gekommen war. Alle Köpfe fuhren herum, und alle Blicke richteten sich nach oben, denn es hieß, die Wetterfahne auf dem Mangiaturm würde in dem letzten Windhauch auf das Stadtviertel zeigen, das den Sieg davontragen würde. Der bronzene Pfeil deutete zitternd auf den Duomo der Adler-Contrada, woraufhin der Jubel aus diesem Bezirk fast die letzten Schläge der Glocke übertönte. Pia schluckte. Angesichts dieses Omens stieg Übelkeit in ihr auf. Aber die Zeit für fruchtlose Grübeleien war vorüber. Nach dem siebten Schlag verstummte Sunto, und die kleine Feuerwerkskörperkanone am Startseil wurde abgefeuert. Zehn Pferde schossen davon …